Lauren Rowe
Countdown to Kill

PIPER

Zu diesem Buch

Die gerissene Charlene Wilber stammt aus einfachen Familienverhältnissen. Ihr größter Traum ist es, Schauspielerin zu werden. In Hollywood lernt sie durch Zufall den Tanzclub-Besitzer Kurtis Jackman kennen, der eine Größe im Filmbusiness ist und seine Augen nicht von ihr lassen kann. Der cleveren Charlene spielt das sehr gut in die Hände. Sie liest ihm jeden Wunsch von den Lippen ab, inszeniert sich als die perfekte Frau und unwiderstehliche Geliebte. Um so erfolgreich wie ihr Idol Marilyn Monroe zu werden, würde sie wirklich alles tun – sogar zu einem Mord anstiften. Sie heiratet Kurtis. Und plant, ihn in genau 929 Tagen wieder loszuwerden …

Lauren Rowe ist das Pseudonym einer amerikanischen Bestsellerautorin und Singer-Songwriterin, deren Herz für heiße Liebesgeschichten schlägt. Ihre »The Club«-Serie erstürmte auf Anhieb die deutsche Bestsellerliste. »Countdown to Kill« ist ihr erster Thriller. Lauren lebt zusammen mit ihrer Familie in San Diego, Kalifornien, wo sie mit ihrer Band auftritt und sich möglichst oft mit ihren Freunden trifft.

Lauren Rowe

COUNTDOWN TO *Kill*

Roman

Übersetzung aus dem Amerikanischen
von Christina Kagerer

PIPER

Mehr über unsere Autoren und Bücher:
www.piper.de

Von Lauren Rowe liegen im Piper Verlag vor:
The Club – Flirt
The Club – Match
The Club – Love
The Club – Joy
The Club – Kiss
The Club – Desire
The Club – Passion

True Lovers – Captain Love
True Lovers – Dirty Dancer

Countdown to Kill

Deutsche Erstausgabe
ISBN 978-3-492-31329-2
September 2018

Titel der amerikanischen Originalausgabe:
»Countdown to Killing Kurtis«, SoCoRo Publishing 2015
Übersetzungsrechte vermittelt durch The Sandra Dijkstra Literary Agency

Umschlaggestaltung: zero-media.net, München
Umschlagabbildung: FinePic®, München
Satz: Fotosatz Amann, Memmingen
Gesetzt aus der Stempel Schneidler
Druck und Bindung: CPI books GmbH, Leck
Printed in the EU

KAPITEL 1

Hollywood, Kalifornien, 1992
20 Jahre alt

1 TAG BIS ZUM KILLING-KURTIS-TAG

Mein Kopf schlägt gegen die Wand, während Kurtis stöhnend und grunzend mit mir schläft. Ich spüre, dass er kurz vor dem Höhepunkt ist und nicht mehr lange an sich halten kann.

»Baby«, stöhnt er mit zittriger Stimme.

Ich drehe das Gesicht zu seinem Ohr und ziehe scharf die Luft ein. Dabei versuche ich, meinen Atem so abgehackt und verlangend klingen zu lassen, als könne ich mich selbst kaum noch unter Kontrolle halten. Natürlich, liebster Ehemann, bringst nur du das kleine Mädchen mit den großen Augen in mir zum Vorschein, das Mädchen, das an Happy Ends und Seelenverwandtschaft glaubt. Ich verdrehe die Augen, während mein Kopf wieder mit einem lauten Schlag gegen die Wand kracht.

Meistens genügt es, Kurtis ins Ohr zu stöhnen, um ihn zum Orgasmus zu bringen. Aber nicht dieses Mal.

Poch, poch, poch. Mein Kopf schlägt weiterhin gegen die Wand unseres Hotelzimmers.

»O Kurtis«, rufe ich und lasse meine Stimme so erregt wie möglich klingen. Und weil Kurtis so darauf abfährt, wenn ich mit meinem texanischen Akzent spreche, lege ich die Lippen an sein Ohr, atme aus und flüstere in meinem schönsten Slang: »Grundgütiger, Liebster.«

Das sollte genügen.

Ich warte.

Er stöhnt und grunzt wie ein Schwein im Dreck, lässt sich aber immer noch nicht gehen. Meine Güte, es sieht so aus, als müsste ich mich heute Abend etwas mehr anstrengen, um meinen dämlichen Ehemann zum Höhepunkt zu bringen. Ich gebe einen gequälten Laut von mir, als würde ich vor Lust explodieren, und beiße ihm dann – nur um sicherzugehen – fest ins Ohrläppchen.

Ja, das hilft. Halleluja. Kurtis gibt einen Schrei der Erleichterung von sich, auf den ich mit meinem typischen Stöhnen, das ihm signalisiert, dass ich ihn ja so liebe, reagiere. Und weil das hier meine letzte Vorstellung ist und ich fest daran glaube, dass man alles zu einem guten Abschluss bringen sollte, täusche ich den besten Orgasmus meines Lebens vor. Ich strecke den Rücken durch und stöhne vor angeblicher Lust so laut auf, wie ich kann.

Ich grinse in mich hinein. Ich hätte Schauspielerin werden sollen. Moment – ich *bin* ja Schauspielerin. Und eine verdammt gute noch dazu. Meine Bestimmung ist es, auf den Kinoleinwänden der ganzen Welt gesehen zu werden.

Kurtis wird still. Sein Körper ist schlaff. Seine Augenbrauen, seine Brust und seine Wangen sind schweißbedeckt. Wenn ich meinen Ehemann nicht so hassen würde, fände ich ihn tatsächlich attraktiv – ziemlich attraktiv sogar.

Ich lächle meinen lieben Mann verträumt an und denke an morgen – wenn er endlich tot sein wird.

»Du bist fantastisch, Baby«, sagt Kurtis und grinst mich dümmlich an.

»O Kurtis«, erwidere ich. In einem plötzlichen und unerwarteten Anfall von ehrlicher Freude werfe ich den Kopf zurück und lache laut auf. Morgen ist endlich Killing-Kurtis-Tag, und ich kann es kaum noch erwarten.

Kurtis gibt mir einen Kuss auf die Nase. »Ich liebe dich, Baby.«

»Ich liebe dich auch, Kurtis«, antworte ich. Und das stimmt. Ich liebe Kurtis wirklich – wenn man Liebe mit diesem schwer zu erklärenden Gefühl von Erwartung und Sehnsucht beschreibt, das einen überkommt, wenn man die Tage, die Stunden und schließlich die Minuten zählt, bis der Geliebte kalt und tot unter der Erde liegt, wie er es verdient. Das ist wirklich aufregend, und wenn ich ehrlich bin, törnt es mich auch total an. Nach einem qualvollen Jahr minus einen Tag des Wartens darauf, dass sein Schicksal ihn endlich einholt, bin ich so nah dran. Dass sein Abschied von dieser Welt so kurz bevorsteht, macht mich unglaublich an. Plötzlich küsse ich meinen Ehemann stürmisch auf den Mund, und er steckt seine Zunge in meinen.

»O Baby«, murmelt er, und sein muskulöser Körper reagiert sofort auf meine überraschende Einladung. »Noch mal?«

»Noch mal«, flüstere ich.

Der Mistkerl kann genauso gut mit einem Lächeln in seinem dummen, verlogenen Gesicht über den Jordan gehen.

KAPITEL 2

Kermit, Texas, 1982
10 Jahre alt

3552 TAGE BIS ZUM KILLING-KURTIS-TAG

»Du bist so hübsch, meine Butterblume«, sagt Daddy zu mir und streicht mir das Haar aus den Augen. »Wenn du auf einem Zaun säßest, würden die Vögel *dich* füttern.« In den zehn Jahren meines bisherigen Lebens ist noch kein einziger Tag vergangen, an dem Daddy diese Worte oder irgendeine Variation davon nicht zu mir gesagt hat. Er sitzt auf der Kante meines Kinderbettes und deckt mich zu. Mommy schläft am anderen Ende des Gangs schon auf ihrer Matratze und stinkt nach Whiskey – wie immer. »Du bist das hübscheste kleine Mädchen auf der ganzen Welt«, schmeichelt Daddy mir und betont jedes Wort, indem er mit der Fingerspitze an meine Stirn tippt. »Du darfst dich im Leben immer nur mit dem Besten zufriedengeben, Butterblume. Wenn mir jemand diesen Rat gegeben hätte, als ich zehn war, sähe mein Leben jetzt vielleicht anders aus.«

Ich frage mich, ob das bedeutet, dass er bereut, mich bekommen zu haben.

Daddy muss den besorgten Blick in meinen Augen gesehen haben, denn sofort streichelt er mir sanft über die Wange und sagt: »Aber ich würde nichts anders machen, Butterblume, denn der liebe Gott hat mir dich geschenkt. Und du bist alles, was ich zum Glücklichsein brauche.«

Ein breites Grinsen legt sich auf mein Gesicht.

»Du verdienst nur das Allerbeste.«

Immer, wenn Daddy seine *Aus-Charlie-Wilbers-Tochter-wird-etwas-werden*-Rede hält, was oft vorkommt, ist es an mir, meine Faust als Zeichen uneingeschränkter Solidarität und gemeinsamer Zukunftsvorstellungen in die Luft zu strecken. Und ich verpasse meinen Einsatz nie.

»Nur das Beste für Charlie Wilbers Tochter«, sage ich.

Ja, das habe ich schon tausendmal von Daddy gehört: »Nur weil Charlie Wilber mit einer saufenden, herzlosen, nichtsnutzigen Ehefrau, die nicht den leisesten Hauch von Klasse besitzt, in einem Wohnwagen festsitzt, heißt das nicht, dass Charlie Wilbers *Tochter* das gleiche Schicksal ereilen wird. O nein, Charlie Wilbers Tochter wird etwas Richtiges lernen und ein bedeutender Mensch werden.«

Daddy hatte nicht nur für seine Tochter große Pläne, sondern auch für sich selbst. Er hat davon geträumt, ein weltbekannter Minigolfplatz-Designer zu werden. Aber leider sind die Dinge nicht so gelaufen, wie er es sich vorgestellt hat – dank der unzähligen Arschlöcher, die es auf der Welt gibt. »Ich habe jeden Penny des Erbes meines guten alten Onkel Ray – Gott hab ihn selig – dafür ausgegeben, mir ein tolles Stück Land an der Route 291 zu kaufen – du kennst doch den langen Abschnitt in der Wüste, oder? Dort wollte ich den besten Minigolfplatz bauen, den die Welt je gesehen hat.« Aber dank dieser Möchtegern-Napoleons in der Planungsabteilung, von denen jeder einzelne strohdumm ist und nur darauf aus, über andere zu bestimmen, wurden die Pläne für Daddys Minigolfplatz auf Eis gelegt, und er musste sich schließlich mit der bitteren Wahrheit abfinden, dass er niemals aus Kermit, Texas – achthundertdreiundvierzig Einwohner – rauskommen wird.

Aber immer, wenn ich Daddy traurig anschaue, weil aus seinem Leben nicht das geworden ist, was er sich erträumt hat, versichert er mir schnell, dass alles Gottes Plan ist. »Aber das ist schon okay, Butterblume, denn meine größte Errungenschaft im Leben bist du.«

Und bei diesem Teil von Daddys Geschichte weise ich normalerweise immer darauf hin, dass es vielleicht doch noch nicht zu spät ist, um Daddys Träume wahr werden zu lassen.

»Nein, Butterblume«, antwortet Daddy dann immer. »Als ich mit siebzehn Jahren direkt hinter dem achtzehnten Loch auf Walts Minigolfplatz mit dem schärfsten Mädchen von Winkler County geschlafen habe, musste ich herausfinden, dass sich die Trajektorie des gesamten Lebens eines Mannes mit einer kleinen Ejakulation ändern kann.« Daddy lacht immer, wenn er das sagt, und ich stimme in sein Lachen mit ein, obwohl ich gar nicht weiß, was eine Trajektorie, geschweige denn eine Ejakulation ist.

Als Daddy das erste Mal von dem ungeplanten Baby im Bauch meiner damals sechzehnjährigen Mutter gehört hat, hat er sich tatsächlich gefreut. Er hat sofort erkannt, dass die kleine Kaulquappe, die da heranwächst, ihn zum ersten Mal im Leben richtig glücklich machen kann. Er hätte eine richtige Familie, die er lieben und sein Eigen nennen kann und die er mit teuren Geschenken überschütten kann. »Ich habe mir gedacht, wenn ich schon so jung anfange, Kinder zu kriegen, kann ich genauso gut zwölf bekommen und mir meine eigene Armee zusammenstellen für den Fall, dass die Russen uns angreifen.« Bei dem Teil mit den Russen fängt Daddy immer an zu lachen, und ich lache mit ihm, obwohl mich diese Bemerkung ehrlich gesagt zu Tode ängstigt.

Die abendliche Routine ist heute nicht anders als sonst. Nachdem Daddy mir sagt, wie hübsch ich bin, und mich daran erinnert, dass ihm die Arschlöcher dieser Welt bei jeder

Gelegenheit Steine in den Weg gelegt haben, fragt er mich wie immer, wie mein Tag gelaufen ist.

»Na ja«, antworte ich. »Kennst du diesen dreckigen kleinen Hund, der bei Mrs Miller und ihrem bekloppten Enkelsohn in dem Wohnwagen mit der verrosteten Fliegengittertür lebt? Also dieser verrückte Hund ist ausgebüxt und rumgerannt wie ein Eichhörnchen bei einem Waldbrand. Und da es heute so wahnsinnig heiß war, habe ich ihm Wasser gegeben und ein bisschen mit ihm gespielt.« Ich seufze bei der Erinnerung daran – ich liebe Welpen und kleine Kätzchen und einfach alles, was ein Fell hat. »Aber nach einer Weile«, fahre ich fort, »habe ich gehört, wie Mrs Millers bekloppter Enkelsohn ihn aus dem Wohnwagen heraus gerufen hat. Also habe ich den kleinen Kerl zu ihm gebracht, und der Junge war wirklich dankbar, seinen Hund wiederzuhaben.« Ich erröte bei der Erinnerung daran, wie der kleine Junge mich angeschaut hat, als wäre ich ein wunderschönes Gemälde. »Und Daddy, der Junge hat gesagt, dass ich das schönste Mädchen bin, das er in seinem ganzen Leben gesehen hat.«

»Natürlich hat er das gesagt«, erwidert Daddy. »Niemand ist hübscher als du, Butterblume.«

Ich seufze laut auf. Ich weiß, ich sollte mich darüber freuen, dass ich diesem dummen Jungen den Tag gerettet habe, indem ich ihm seinen Hund zurückgebracht habe (und weil ich so verdammt hübsch bin), aber ich kann nur daran denken, dass ich schon immer selbst einen kleinen Hund oder eine kleine Katze haben wollte, damit ich hier nicht so alleine bin. Aber wegen Mommys Allergien können wir kein Haustier haben.

Wenn man vom Teufel spricht: Gerade kommt Mommy an die kleine Küchenzeile herangewankt. Sie trägt immer noch ihre Kellnerinnenuniform von der Arbeit, und ihre Haare sehen aus, als wäre sie gerade knapp einem Tornado entkommen.

Mommy starrt Daddy und mich einen Augenblick lang ohne ein Wort zu sagen an, lehnt sich gegen die Küchenzeile, und wir starren zurück. Schließlich gähnt sie und reißt den Mund dabei so weit auf, dass ich bis in ihr Innerstes sehen kann. Dann holt sie sich ihre Whiskeyflasche aus dem Regal und schenkt sich ein großes Glas ein. Als das Glas voll ist und schon fast überläuft, grunzt sie wie ein Schwein und schwankt mit ihrem Drink zurück ins Schlafzimmer.

Als Mommy außer Sichtweite ist, brechen Daddy und ich in schallendes Gelächter aus.

»Verdammt«, sagt Daddy durch sein Lachen hindurch. »Sie sieht aus, als sei sie von einem hässlichen Baum gefallen und hätte auf dem Weg nach unten jeden Zweig mitgenommen.«

Ich halte mir die Hand vor den Mund, um mein Lachen zu dämpfen, aber es hilft nichts. Daddy ist einfach zu witzig.

»Und voll wie eine Haubitze«, fügt Daddy immer noch lachend hinzu, und ich nicke wie eine Wackelkopfpuppe. »Deine Mommy hat sich wirklich verändert, seit ich sie vor zehn Jahren hinter dem achtzehnten Loch flachgelegt habe. Damals war sie eine Perle im Plüschkissen.«

»Armer Daddy«, sage ich. »Mommy ist anscheinend wirklich ein anderer Mensch geworden.«

»Das kannst du laut sagen. Und diese Frau kann sich vielleicht beschweren, sage ich dir«, fügt er noch hinzu.

»Diese Frau würde sogar meckern, wenn Jesus Christus persönlich vor ihr stehen und ihr einen Fünf-Dollar-Schein geben würde.«

Daddy wirft seinen Kopf in den Nacken und lacht laut auf. »Ja, das würde sie.«

Ich strahle ihn an. Ich liebe es, wenn ich Daddy zum Lachen bringen kann.

Als Daddy sich schließlich zusammenreißen kann und sich die Tränen aus den Augen wischt, blickt er mich an, als wäre ich ein Eis an einem Sommertag. Ich weiß, dass er sich gerade denkt, was wir zwei doch für ein gutes Team sind, und das lässt mein Herz vor Freude schneller schlagen.

»Was hast du denn heute gelesen?«, will Daddy wissen.

Seit Daddy es sich zur Aufgabe gemacht hat, mich zu Hause zu unterrichten, lese ich normalerweise ein Buch pro Tag. Auch wenn Daddy tagsüber kaum da ist, um auf meine Ausbildung zu achten, kümmert er sich doch jeden Abend darum, wie ich vorangekommen bin (und das ist mehr, als ich von Mommy behaupten kann).

»Heute habe ich *Kaltblütig* gelesen«, antworte ich.

Daddy strahlt mich an. »Ah, Truman Capote. Das ist ein gutes Buch, oder?«

»Ja.«

»Wusstest du, dass dieses Buch alleine das komplette *True-Crime*-Genre erschaffen hat?«

Ich schüttle den Kopf.

»Also, wenn dir dieses Buch gefallen hat, dann lies als nächstes *Helter Skelter*«, sagt Daddy.

Ich nicke euphorisch, auch wenn ich noch nie von dem Buch gehört habe. Aber der Titel gefällt mir – er hört sich lustig an.

»Ich will, dass du morgen in die Bücherei gehst und es dir ausleihst«, sagt Daddy.

»Das mache ich, Daddy.«

»Du musst immer zusehen, dass du dich weiterbildest, Butterblume.«

Ich nicke. »Jawohl.«

»Es liegt an dir, dein Gehirn mit großen Gedanken zu füllen anstatt mit durchschnittlichem, kleingeistigem Scheiß.«

Ich nicke wieder und schaue ihn ernst an, damit er weiß, dass ich ihm aufmerksam zuhöre. »Ja, Daddy.«

»Deshalb unterrichte ich dich zu Hause. In der Schule sagen sie dir nämlich nur, was du tun und lassen sollst, und sie bringen dir bei, so zu denken wie jeder andere. Aber du und ich, wir sind nicht wie die anderen. Was denkst du, wie habe ich mir alles beigebracht, was ich weiß?«

»Du hast es dir selbst beigebracht.«

»Verdammt richtig. Ich habe nie einen kleingeistigen Lehrer gebraucht, der in einem Klassenzimmer festsitzt. Wenn ein Lehrer ein Teleportationssystem erfinden oder den besten Minigolfplatz der Welt entwerfen könnte, denkst du dann nicht, dass er genau das tun würde? Oder würde er weiterhin in einem Klassenzimmer rumsitzen und Multiple-Choice-Tests austeilen?«

Ich nicke und gebe ein »Pfft« von mir, damit Daddy weiß, dass ich nichts von irgendeinem kleingeistigen Lehrer habe, der in einem Klassenzimmer Multiple-Choice-Tests austeilt.

»Du kannst alles erreichen, was du dir in den Kopf setzt – alles.«

»Ja, Daddy.«

»Lass dir nie von jemandem sagen, was du tun kannst oder nicht.«

»Nein, Daddy.«

Aus dem Schlafzimmer ertönt ein Stöhnen. »Charlie!«, ruft Mommy. »Bring mir die Flasche.« Daddy verdreht die Augen und blickt mich an. Ich erwidere seinen Blick. Mommy ist das Kreuz, das wir gemeinsam zu tragen haben. Als Daddy aufsteht, um sich um Mommy zu kümmern, drehe ich mich mit einem breiten Grinsen im Gesicht auf die Seite. Ich bin das glücklichste Mädchen auf der Welt, weil ich so einen gut aussehenden und klugen Vater habe, der mich über alles liebt.

KAPITEL 3

18 Jahre und 6 Tage alt

735 TAGE BIS ZUM KILLING-KURTIS-TAG

Die Sekretärin im Vorzimmer von Kurtis Jackmans Büro ist steinalt und klingt, als würde sie zwei Schachteln Zigaretten am Tag qualmen. Die Frau ist total unbeeindruckt, als ich mit zuckersüßer Stimme sage: »Ich bin hier, um Mr Kurtis Jackman zu sehen.« Aber als ich hinzufüge, dass Johnny aus dem Club mich geschickt hat, antwortet sie sofort. »Mr Jackman wird Sie in ein paar Minuten empfangen.«

Zehn Minuten später stehe ich persönlich vor dem Mann in seinem chaotischen Büro. Er sitzt hinter einem großen Mahagoni-Schreibtisch und schaut aus dem Fenster, während er telefoniert. Er ist ungefähr doppelt so alt wie ich, wahrscheinlich im Alter meines Vaters, aber größer und muskulöser, als Daddy es je war. Und er trägt einen schicken, schwarzen Anzug mit lila Krawatte, der bestimmt ein Vermögen gekostet hat.

Kurtis' Gesicht ist ziemlich attraktiv, muss ich zugeben – eine markante Kinnpartie und stechende, dunkle Augen –, aber in dem Moment, in dem ich ihn ansehe und merke, wie er gestikuliert und ins Telefon bellt, fast als würde er so *tun*, als wäre er groß und wichtig, weiß ich sofort, dass Mr Kurtis Jackman sich überhaupt nicht groß und wichtig und attraktiv findet. Ich würde sogar wagen zu behaupten, dass Mr Kurtis Jackman tief unter seinem schicken Anzug und der lila Krawatte denkt, dass er klein und hässlich und ein Niemand ist.

Kurtis' Büro quillt über vor Videokassetten und *Casanova*-Magazinen, gerahmten Filmplakaten mit vollbusigen Frauen und Bildern von ihm selbst mit – wie ich vermute – berühmten und wichtigen Leuten, auch wenn ich keinen davon erkenne. Der Stil seines Büros schreit förmlich danach, gemocht zu werden – genau wie die Erscheinung des Mannes selbst. Ich muss mich nur hier umsehen und habe keinen Zweifel daran, dass Kurtis ein Mann ist, der sich danach sehnt, von schönen Menschen gemocht zu werden. Gut, dass ich so verdammt schön bin.

Ich beschließe, mich auf den Moment vorzubereiten, in dem Kurtis mich zum allerersten Mal sieht. Mit hochgezogener Augenbraue und geschürzten Lippen setze ich einen extrem gelangweilten Gesichtsausdruck auf. Ich gehe sogar so weit, frustriert zu seufzen, als würde ich sagen wollen: »Wann hört dieser Blödmann endlich auf zu telefonieren und meine kostbare Zeit zu verschwenden?«

Noch vor zwei Minuten – bevor ich Mr Kurtis Jackman zum ersten Mal gesehen habe – dachte ich, meine beste Strategie wäre Demut und Bescheidenheit. Aber ein Blick auf diesen Mann, wie er schon im Sitzen Eindruck schinden will, und ich weiß sofort, dass Demut und Bescheidenheit hier fehl am Platz sind.

»Hallo-*hallo*.« Anscheinend hat Mr Kurtis Jackman sein Telefonat beendet und redet jetzt mit mir. Natürlich ist mir nicht aufgefallen, dass er fertig ist, weil ich aus dem Fenster auf etwas viel Interessanteres als ihn geschaut habe. Aber da das hier sein Büro ist und da Johnny aus dem Club mich hergeschickt hat, um Kurtis direkt zu treffen, lasse ich mich dazu hinab, ihn anzublicken. Und als ich das tue, sieht er mich an, als wäre ich ein besonderes Geschenk Gottes, das ihm direkt aus dem Himmel geschickt worden ist.

»Hallo, Süße«, sagt Kurtis verführerisch zu mir, als würde er versuchen, ein Kätzchen vom Baum zu locken. »Ich bin Kurtis Jackman.« Er steht auf und hält mir seine Hand hin.

Höflich mache ich einen Schritt nach vorn und lege meine Hand in seine.

»Ich freue mich, Sie kennenzulernen, Mr Jackman.« Überrascht stelle ich ein Kribbeln fest, als sich unsere Hände berühren. Ich ziehe meine Hand zurück und achte darauf, dass meine Handfläche langsam an seiner entlanggleitet. »Johnny aus dem Club hat mich gebeten, direkt hierherzukommen und mich mit Ihnen zu treffen«, sage ich. »Aber ich weiß überhaupt nicht, warum.« Ich schenke ihm ein strahlendes Lächeln, als würde ich mich daran erinnern, wie Johnny mich gestern angehimmelt hat.

»Bitte setz dich.« Er deutet auf den Stuhl gegenüber von sich.

Ich setze mich, recke das Kinn und halte die Augenlider gesenkt – ich bin mir der Tatsache bewusst, dass ich in dieser Position besonders gut aussehe. Ich seufze – nur ganz leise, um den Eindruck eines Mädchens zu erzeugen, das total unbeeindruckt ist, aber trotzdem die Höflichkeit besitzt, es nicht zu zeigen.

»Willst du ein Wasser?«, fragt Kurtis.

»Nein danke. Aber sehr nett von Ihnen.«

»Also, wie lange tanzt du schon im Club?«

»O Gott, nein, Mr Jackman«, sage ich lachend und schüttle den Kopf. »Ich bin keine Tänzerin in Ihrem Club. *Natürlich nicht.*« Ich winke ab, als hätte er mir gerade vorgeschlagen, paniertes Hähnchen zum Frühstück zu essen.

»Ach so? Was bist du dann?«

»Ich bin Schauspielerin«, sage ich. »Und zwar eine verdammt gute. Es ist meine Bestimmung, eine berühmte Schauspielerin zu werden, die vom Kinopublikum auf der ganzen Welt bewundert wird.«

Ein breites Grinsen legt sich über sein Gesicht. »Ist das so?« Er lehnt sich zurück und betrachtet mich.

»Ja, Sir«, sage ich und strecke mein Kinn nach vorne. »Darauf können Sie wetten.«

Kurtis beugt sich vor und sieht mich an, als wäre ich ein köstliches Steak. »Wie heißt du, Süße?«

Ich stütze die Ellbogen auf seinen Schreibtisch, beuge mich ebenfalls nach vorne und lächle ihn verschwörerisch an. Dann sage ich ganz langsam, als würde ich ihm ein schmutziges Geheimnis verraten, das nur er erfahren darf: »Mein Name ist Butterblume.«

Kurtis' Blick wandert zu meinem Mund. »*Butterblume*«, wiederholt er und lässt das Wort über seine Lippen gleiten. »Das ist ja ein interessanter Name. Und wie lautet dein Nachname, Süße?« Er leckt sich die Lippen, als könne er kaum erwarten zu hören, was ich als Nächstes sage.

Ich denke, es wird ihm gefallen. Während meiner langen Busfahrt nach Hollywood habe ich lange und intensiv darüber nachgedacht, wie mein neuer Filmstar-Name lauten soll. Immer, wenn die Frau neben mir nicht gerade von ihren Hoffnungen und Träumen oder der Cousine ihres Freundes Ned, die ein richtiger Hollywoodstar ist, erzählt hat, habe ich in einer Biografie über die eleganteste Frau, die jemals gelebt hat, weitergelesen: Jacqueline Bouvier Kennedy. Und als ich zum ersten Mal ihren vollen Namen gesehen habe, habe ich vor Freude gejauchzt.

Ich beuge mich zu Kurtis und lecke mir die Lippen, wie er es eben noch gemacht hat. »Bouvier«, flüstere ich und betone dabei jede Silbe, damit es sich besonders verführerisch und elegant anhört. Es ist das erste Mal, das ich meinen neuen Filmstar-Namen laut ausspreche, und es ist ein fantastisches Gefühl. Ich setze mich wieder aufrecht hin und klimpere mit den Wimpern. »Mein Name ist Butterblume Bouvier.«

Unsere Blicke treffen sich, und die Spannung, die sich zwischen uns aufbaut – und direkt zwischen meine Beine fließt –, ist nicht zu leugnen. Ich wende den Blick von Kurtis ab und versuche, meine Fassung wiederzuerlangen, aber das Pochen zwischen meinen Beinen ist nicht leicht zu ignorieren.

»Also, Mr Jackman«, sage ich und spüre, wie meine Wangen rot werden. »Ich will Ihnen ja nicht zu nahe treten, aber ich habe keine Ahnung, was der Besitzer eines Clubs für *Gentlemen* mit einer *Schauspielerin* wie mir anfangen könnte.« Ich stehe auf und mache Anstalten, zu gehen.

»Moment, Moment. Johnny hat es dir nicht erzählt?«

Ich schaue ihn verständnislos an und mache große Augen. »Mir was erzählt?«

»Na, alles über mich. Über meine Projekte, die ich neben dem Club noch habe.«

Es sieht aus, als hätte der Fisch angebissen. Ich muss mir ein Grinsen verkneifen. »Wahrscheinlich hätte ich Johnny mehr Fragen stellen sollen, Sir. Alles, was ich weiß, ist, dass Sie einen *Stripclub* besitzen.« Das Wort »Stripclub« spreche ich aus wie *Leprakolonie*.

Kurtis hält inne und versucht anscheinend, aus mir schlau zu werden. »Wie lange bist du schon in Hollywood, Süße?«

»Seit gestern.«

Kurtis fängt an zu lachen. »Sozusagen frisch aus dem Bus.«

Ich reagiere gereizt. »Also, Sir. Wenn Sie sich über mich lustig machen wollen …« Ohne ein weiteres Wort oder noch einen Blick gehe ich Richtung Tür.

Kurtis folgt mir. »Nein, nein. Warte, Butterblume.«

Ich gehe direkt an der alten Sekretärin von Kurtis vorbei durch die Eingangstür des Gebäudes hinaus in das gleißende Sonnenlicht.

»Warte«, sagt Kurtis hinter mir. Ich kann nicht sagen, ob er genervt ist oder über mich lacht.

»Mein Daddy hat mich gut genug erzogen, um zu wissen, dass sich niemand über mich lustig machen darf«, rufe ich über die Schulter zurück.

»Bleib doch mal stehen«, sagt Kurtis und holt mich ein. Und jetzt kann ich nur zu deutlich sehen, dass er über mich lacht. Das Ganze scheint ihn extrem zu amüsieren. »Ich habe mich nicht über dich lustig gemacht, Süße, versprochen«, sagt er, aber er kann seine Belustigung kaum verbergen.

»Vielleicht seid ihr alle hier in La-La-Land jemanden wie mich nicht gewohnt, Mr Jackman. Aber ich versichere Ihnen, ich bin nicht so ein Dummerchen, das denkt, seine Träume gehen einfach so in Erfüllung, ohne etwas dafür zu tun.« Ich drehe mich auf dem Absatz um und blicke ihn so wütend an, wie ich nur kann. »*Niemand* macht sich über *mich* lustig.«

Eine lange Pause entsteht, und anscheinend hat es Kurtis die Sprache verschlagen.

»Also dann …«, stammle ich. Eigentlich habe ich erwartet, dass Kurtis jetzt etwas sagt. »Dann … ähm … auf Wiedersehen.« Ich mache Anstalten, davonzugehen.

»Warte, Butterblume«, ruft Kurtis mir nach. Sein Ton ist so bestimmend, dass ich auf der Stelle stehen bleibe und ihm meine uneingeschränkte Aufmerksamkeit widme. Wir sind jetzt schon ein ganzes Stück von seinem Büro entfernt. »Bitte verzeih mir«, sagt er mit sanfter Stimme. »Ich wollte dich nicht beleidigen.« Er seufzt laut auf. »Mein Gott, du bist schon ein forsches kleines Ding, nicht wahr?«

Ich schaue ihn mit zusammengekniffenen Augen an, sage aber nichts.

»Weißt du was?«, fährt Kurtis fort, und ein Grinsen legt sich auf sein Gesicht. »Warum lässt du dich nicht von mir zum Mittagessen einladen, damit ich es wiedergutmachen kann? Das ist das Mindeste, das ich tun kann, weil ich so unglaublich unhöflich zu dir war.« Seine Augen funkeln, als hätte er gerade ganz schmutzige Gedanken.

Ich mache eine übertrieben lange Pause und tue so, als würde ich scharf darüber nachdenken, ob ich diesem unwürdigen Mann erlaube, mich zum Mittagessen einzuladen. Aber in Wahrheit versuche ich mich zusammenzureißen. Ich weiß nicht, warum mein Herz so rast und mein Schritt förmlich in Flammen steht, aber ich kann es nicht leugnen. »Also …«, sage ich und verkneife mir ein Grinsen.

Kurtis fasst sich an die Brust, als würde er mich anflehen, ihm noch eine Chance zu geben. »Hab Erbarmen mit mir.«

Meine Mundwinkel zucken, als ich versuche, nicht zu grinsen.

Kurtis lacht triumphierend auf, doch ich unterbreche seine Freude jäh.

»Freuen Sie sich nicht zu früh. Ich bin mir noch nicht sicher, ob ich Ja sage.« Ich beiße mir auf die Lippen.

Aber Kurtis schenkt meiner Aussage keine Beachtung. Er weiß, dass er mich genau da hat, wo er mich haben will. »Betrachte es als deine Willkommensparty in Hollywood, Süße.«

Ich könnte ihn wohl noch etwas länger zappeln lassen, aber was hätte das für einen Sinn? Wir wissen beide, wo das hier hinführen wird. »Verdammt, Kurtis Jackman«, rufe ich lachend aus. »Ich nehme an, es kann nicht schaden, mit Ihnen mittagessen zu gehen – wenn Sie versprechen, sich zu benehmen.«

Er legt sich eine Hand aufs Herz und hält zwei Finger nach oben.

Ich spüre, wie ich erröte. »Ich muss zugeben, ich fühle mich etwas geschmeichelt von Ihnen, Mr Jackman.«

Er lacht. »Bitte nenn mich Kurtis. Und jetzt rühr dich nicht vom Fleck, okay?« Er klingt richtig aufgeregt. »Ich gehe nur noch mal kurz ins Büro, um mein Portemonnaie zu holen.« Er hält mich an den Schultern fest, um mir zu bedeuten, nicht wegzugehen.

»Mein Gott, Mr Jackman, Sie sind wirklich ein Charmeur. Na gut, dann warte ich. Aber Beeilung – ich bin so hungrig, ich könnte ein Pferd essen.«

KAPITEL 4

11 Jahre alt

3197 BIS **3196** TAGE BIS ZUM KILLING-KURTIS-TAG

»Du bist so hübsch, Butterblume, du würdest einen Bluthund zum Lächeln bringen«, sagt Daddy und streicht mir das Haar aus den Augen. Er sitzt auf meiner Bettkante und deckt mich für die Nacht zu. Als er sieht, dass mir Tränen in die Augen steigen und über meine Wangen zu laufen drohen, ist er sofort in größter Alarmbereitschaft. »Was ist los, Liebling?«

»Ich bin heute zu Jessica Santos' Wohnwagen rübergegangen, um mit ihrem neuen Kätzchen zu spielen«, sage ich mit zitternder Unterlippe. »Ich habe mich einsam gefühlt und wollte mit jemandem reden. Ich wollte ihm nicht wehtun.« Meine Stimme bricht, und ich kann nicht weiterreden.

Daddy legt den Finger unter mein Kinn und dreht meinen Kopf zur Seite. »Du hast einen Kratzer auf der Wange.«

Ich beiße mir auf die Lippe und versuche, die Tränen aufzuhalten, aber es gelingt mir nicht. Ich bin einfach zu traurig. Mommy hat geschlafen wie üblich, und Daddy war wie immer sonst wo unterwegs. Ich hatte es satt, in meinem Buch weiterzulesen, und ich hatte auch kein Geld, um zum nächsten Laden zu gehen und mir ein Eis zu kaufen. Und hier gibt es nie jemanden, mit dem ich reden kann. Als ich Jessica bei den großen Steinen hinter ihrem Wohnwagen mit diesem süßen, kleinen schwarz-weißen Kätzchen gesehen habe, wollte ich einfach nur mit ihr reden und das Kätzchen vielleicht ein bisschen halten.

Ich konnte ja nicht wissen, dass Mrs Millers bekloppter Enkel genau in diesem Moment mit seinem verlausten Köter an der Leine vorbeigehen würde, der mit seinem Gebell das Kätzchen in Todesangst versetzt hat. Ich wollte das Kätzchen nur ganz festhalten, damit es wegen diesem verrückten Hund nicht davonläuft – das ist alles. Aber das kann ich Daddy nicht erzählen, weil er sonst auf Jessica böse wird, weil sie auf mich böse ist – oder noch schlimmer, ich kann ihm nicht erzählen, dass ich mich immer so einsam fühle.

»Jessica hat gesagt, ich war zu grob zu ihrem Kätzchen, das ist alles«, sage ich. Die Tränen rinnen mir jetzt in Strömen über die Wangen. »Sie hat gesagt, ich darf es nie wieder halten.«

Daddy schnaubt und verzieht die Mundwinkel. »Sie hat gesagt, du darfst ihr Kätzchen nicht mehr halten? Dieses Mädchen mit dem zerzausten Haar und den Schlitzaugen denkt, sie kann *dir* sagen, was du zu tun und zu lassen hast?«

Ich bin schockiert, dass Daddy solche gemeinen Sachen über Jessica sagt. Ich bin eigentlich der Meinung, dass Jessicas Locken unglaublich hübsch sind und ihre Augen wie Diamanten funkeln. Aber Daddy sieht so böse aus, dass ich mich nicht traue, ihm zu sagen, was ich denke.

»Gütiger Gott«, knurrt Daddy. »Hat dieses Mädchen in letzter Zeit mal in den Spiegel geschaut? Dieses Mädchen ist so hässlich wie die Nacht.«

Ich nicke, aber nur, weil Daddy das von mir erwartet.

»Sie ist so hässlich«, fährt Daddy fort, »dass ihre Mutter ihr einen Knochen um den Hals binden musste, damit die Hunde mit ihr spielen.«

Das bringt mich zum Grinsen, obwohl es sehr gemein ist.

»Sie ist so hässlich«, sagt Daddy, »dass die Ärzte ihre *Mutter* geschlagen haben, nachdem sie sie auf die Welt gebracht hatte.«

Daddy hält inne und starrt mich an. Ich weiß genau, was dieser Ausdruck auf seinem Gesicht bedeutet. Er wartet darauf, dass ich auch etwas Cleveres sage, weil er Charlie Wilber ist und ich Charlie Wilbers Tochter bin.

Ich räuspere mich. »Jessica ist so hässlich, dass sie sich heimlich zum Frühstück schleichen muss«, murmle ich, aber ich fühle mich schlecht dabei, so etwas Gemeines über Jessica zu sagen, auch wenn sie gemeint hat, dass ich zu grob zu ihrem Kätzchen gewesen bin.

»Das ist mein Mädchen«, sagt Daddy. Er blickt mich nachdenklich an. »Ist Jessicas Wohnwagen der mit der grünen Markise?«

Ich nicke. »Jawohl. Der neben den großen Steinen.«

Daddy grunzt. »Wahrscheinlich wohnt sie neben den großen Steinen, damit ihre Nase nicht so groß erscheint.«

Ich nicke wieder, auch wenn ich der Meinung bin, dass Jessica Santos' Nase ziemlich perfekt ist.

»Dieses Mädchen ist so hässlich wie eine hausgemachte Seife«, sagt Daddy. Er blickt mich kurz an, schaut dann aber schnell wieder weg.

O nein. Ich mag es nicht, wenn Daddy so wegschaut. »Das ist sie«, sage ich und hoffe, Daddys Aufmerksamkeit wieder auf mich lenken zu können, bevor er abwesend ist. Aber Daddy antwortet nicht. »Das ist sie, Daddy«, wiederhole ich und hoffe, zu ihm durchdringen zu können, bevor er mir entgleitet.

Aber es ist zu spät. Daddy ist weg, auch wenn er immer noch neben mir sitzt. Als wäre er in eines dieser Teleportationssysteme gestiegen, von denen er immer redet.

Ich habe gelernt, geduldig zu warten, bis Daddy aus seinen Tagträumen wiederkehrt. Doch dieses Mal bleibt Daddy eine gefühlte Ewigkeit in Gedanken versunken. »Daddy?«, murmle ich schließlich leise. Er schaut mich an, aber seine Augen sehen mich nicht. »Dieses Mädchen ist so hässlich«, sage ich, »dass nicht einmal die Ebbe sie mit nach draußen nehmen würde.«

Doch Daddy reagiert nicht.

»Daddy?« Ich lächle ihn hoffnungsvoll an. »Nicht einmal die Ebbe würde sie mit nach draußen nehmen.«

Wie aus dem Nichts funkeln Daddys Augen wieder, und seine Gesichtszüge entspannen sich. Er ist zurück. Ich seufze erleichtert auf. Ich hasse es, wenn Daddy mich so zurücklässt.

»Da hast du recht, Baby«, sagt Daddy sanft. »Das ist ein Guter.« Er streicht mir zärtlich das Haar aus den Augen. »Aber genug davon für heute.« Er tippt mir mit der Fingerspitze auf die Nase. »Erzähl mir lieber, was du heute gelesen hast, um dich weiterzubilden.«

KAPITEL 5

11 Jahre alt

3195 TAGE BIS ZUM KILLING-KURTIS-TAG

Mommy ist im Bett, und Daddy ist weg, wie immer. Also schleiche ich mich mit einem Sandwich aus unserem Wohnwagen und gehe rüber zu Jessica Santos' Trailer. Es ist mir egal, dass Jessica gestern gesagt hat, dass ich ihr Kätzchen nicht mehr halten darf. Bestimmt lässt sie mich das flauschige Knäuel heute wieder halten, wenn ich besonders nett zu ihr bin und ihr sage, dass ich sie hübsch finde und wie sehr ich wünschte, das gleiche lange, lockige Haar wie sie zu haben. Und ich werde versprechen, ganz besonders vorsichtig und behutsam mit dem Kätzchen umzugehen und sicherzugehen, dass Mrs Millers Hund nicht in der Nähe ist.

Ich rüttle an der Tür ihres Wohnwagens. Ich warte, aber keiner kommt. O Gott, ich würde dieses süße kleine Kätzchen heute so gerne halten und streicheln.

Ich warte.

Ich trete in den Staub.

Niemand ist da.

Mist.

Ich gehe rüber zu den großen Steinen. Warmer Wind weht wie Parfüm durch die Luft. Ich klettere auf den größten Felsen und blicke mich um. Von hier oben habe ich eine gute Sicht über den ganzen Trailerpark. Ich frage mich, wann Jessica heimkommt. Ich überlege, was ich zu ihr sagen werde, um sie dazu zu bringen, dass ich das kleine, flauschige Kätzchen halten oder zumindest streicheln darf, während sie es hält.

Hey, vielleicht ist Jessica ja doch gerade in ihrem Wohnwagen. Hat sie mich klopfen gehört, aber ignoriert, weil sie immer noch sauer auf mich ist? Ich stelle mich aufrecht auf den Felsen und schaue hinüber zum Trailer. Ich kann keine Bewegung darin erkennen. Aber … Moment mal. Was ist das? Ich kneife die Augen zusammen und versuche, das schwarz-weiße Knäuel besser zu erkennen, das ich meine, auf dem Boden neben Jessicas Wohnwagen liegen zu sehen. Ist das …? Ich starre weiterhin mit zusammengekniffenen Augen in die Richtung. Könnte dieser schwarz-weiße Haufen da im Dreck Jessicas Kätzchen sein? Beim letzten Windstoß hat es ausgesehen, als würde der Haufen aufgeplustert wie bei einem Fell. Aber wenn das da unten Jessicas Kätzchen ist, warum bewegt es sich dann nicht?

Ich klettere die Steine wieder runter und gehe langsam auf Jessicas Wohnwagen zu. Dabei verkrampfen sich meine Hände um mein Sandwich. Mit jedem Schritt dreht sich mir der Magen mehr und mehr um, und mein Herz klopft immer lauter in der Brust, bis ich schließlich Panik in mir aufsteigen fühle. Als ich schließlich bei dem Knäuel angekommen bin, lasse ich mein Sandwich in den Dreck fallen, schlage mir die Hände vor den Mund und breche in Tränen aus.

»Was ist passiert, Butterblume? Hat Chevrolet aufgehört, Trucks herzustellen?«, fragt Daddy, der auf meiner Bettkante sitzt. Ich liege hier schon seit Stunden und heule mir die Augen aus dem Kopf.

»Jessicas Kätzchen«, wimmere ich. »Ich wollte heute zu ihr und es streicheln und …«

»Beruhige dich«, sagt Daddy leise. »Es gibt keinen Grund

mehr, wegen dieser Katze zu weinen.« Er wischt mir die Tränen aus dem Gesicht. »Was geschehen ist, ist geschehen.«

»Aber Daddy, ich bin zu dem Kätzchen gegangen, und ...« Ich breche mitten im Satz ab.

»Ach, Süße. Dieses Mädchen, Jessica Santos, sie ist eine hässliche Versagerin. Vergieß keine Tränen mehr wegen ihr.«

Ich kriege das Bild des armen, kleinen schwarz-weißen Fellknäuels nicht aus dem Kopf. »Aber Daddy, das Kätzchen war *tot*.«

Daddys Augen verengen sich zu Schlitzen. »Ist das so?« Ein Lächeln umspielt seine Mundwinkel. »Ich nehme an, Jessica Santos wird Charlie Wilbers Tochter nicht mehr sagen, was sie zu tun und zu lassen hat, oder? Was ist das doch für ein glücklicher Zufall.«

Mir klappt die Kinnlade runter.

»Geschieht ihr recht.«

Will Daddy damit sagen ...? Ich will den Gedanken nicht zu Ende bringen. Ich setze mich auf und vergrabe die Fingernägel in den Wangen. »Daddy?«

»Ich nehme an, es war das Schicksal dieses kleinen Kätzchens, Jessica Santos – und der ganzen Welt – klarzumachen, dass niemand Charlie Wilbers Tochter sagt, was sie zu tun und zu lassen hat.«

»Daddy«, stammle ich. Ich lege mir die Hände auf den Mund, um nicht zu schreien. Ich will meinen Ohren nicht trauen. Ich weiß, Daddy erwartet jetzt von mir, dass ich meine Faust in die Luft recke und »Niemand!« rufe, aber ich kann mich nur zurückfallen lassen und mein Gesicht in den Händen vergraben. Ich kriege das Bild des armen, kleinen Kätzchens nicht aus dem Kopf, wie es blutverschmiert und tot im Dreck liegt. Wie konnte Daddy diesem süßen kleinen Ding auch nur ein Haar krümmen?

»Und vergiss nicht, dieses Viech hat dich gekratzt, Butterblume«, sagt Daddy. »Es war eine böse Katze.« Daddy schiebt mir die Hände aus dem Gesicht und zwingt mich, ihn anzuschauen. »Die Katze hatte eine böse Fratze.« Er lacht über seinen eigenen Witz.

Ich stimme nicht in sein Lachen ein. Das kleine Kätzchen war weich und zuckersüß mit seinem winzigen, rosa Näschen. Seine Schnurrhaare haben mich an der Nase gekitzelt. Seine raue Zunge hat sich angefühlt wie Schmirgelpapier auf meiner Haut. Sein leises »Miau« war das niedlichste Geräusch, das ich je gehört habe. Ich habe Daddy nicht von Jessica erzählt, damit er *das* tut – ich wollte ihm nur erklären, warum ich weine. Wie konnte er nur glauben, dass ich wollte, dass er das tut?

»Butterblume, ich liebe dich«, sagt Daddy und schiebt mir das feuchte Haar aus dem Gesicht.

Ich antworte nicht.

»Ich liebe dich mehr als den Sternenhimmel, das weißt du, oder? Ich hasse es, dich weinen zu sehen. Ich würde alles tun, damit du aufhörst zu weinen, Liebling.«

Ich beiße mir auf die Lippe. Ich kriege kein Wort raus. Es hat mir das Herz gebrochen, mich heute von dem kleinen, flauschigen Kätzchen verabschieden zu müssen, seinen winzigen Körper blutverschmiert im Dreck liegen zu sehen. Verdammt, das kleine Ding hätte doch keiner Fliege etwas zuleide tun können.

»Also«, sagt Daddy. Er blickt mich auffordernd an und wartet darauf, dass ich etwas sage. Aber mir fällt nichts ein. »Butterblume? Hörst du mich?«

Ich sehe Daddy plötzlich mit ganz anderen Augen. Ich kann ihn kaum anschauen.

»Komm schon, Butterblume. Sag es.«

Verdammt, zum ersten Mal in meinem Leben will ich es nicht sagen.

»Sag es«, wiederholt Daddy mit funkelnden Augen.

Ich atme laut aus. »Niemand sagt Charlie Wilbers Tochter, was sie zu tun und zu lassen hat«, murmle ich.

Daddy lächelt mich an. »Gutes Mädchen.« Er tätschelt mir den Kopf. »Und jetzt hör auf zu weinen, okay? Kein Grund, den Kopf in den Sand zu stecken.« Daddy zieht mir die Decke bis zum Hals und küsst mich auf die Stirn. »Gute Nacht, Butterblume. Lass dich nicht von den Bettwanzen beißen.«

Ich versuche, ihn anzulächeln, aber es gelingt mir nicht. Der Versuch zu lächeln treibt mir nur noch mehr Tränen in die Augen. Ich schließe die Augen und zwinge mich, an etwas anderes zu denken als an das arme, blutige Kätzchen im Dreck. *Mein Daddy liebt mich*, sage ich mir selbst. *Mein Daddy liebt mich, und das ist alles, was zählt.*

Daddy geht langsam in Richtung des hinteren Raumes.

Mein Daddy liebt mich, und das ist das Wichtigste.

»Ich liebe dich, Butterblume«, sagt er und macht die Lampe neben dem kleinen Tisch aus. »Schlaf gut.«

»Daddy?«, frage ich leise.

Er dreht sich um, und sein Gesicht wird vom Mondschein erleuchtet.

Die Liebe meines Vaters ist wohl wichtiger, als das weiche, rosa Näschen eines kleinen Kätzchens zu streicheln. »Ich liebe dich.«

Daddy zwinkert mir zu und schenkt mir sein strahlendstes Lächeln. »Ich liebe dich auch, Butterblume – mehr als den Sternenhimmel.«

KAPITEL 6

18 Jahre und 1 Woche alt

734 TAGE BIS ZUM KILLING-KURTIS-TAG

Die Krankenschwester nickt mir zu und sagt: »Sie können jetzt zu Dr Ishikawa gehen.«

Ich sitze in einem überfüllten Wartezimmer – wenn man diese Kammer mit zwei Stühlen so nennen kann –, stehe auf Anweisung der Schwester auf und folge ihr durch eine schmale Tür in ein noch kleineres Zimmer, in dem nicht viel mehr Platz hat als ein Schreibtisch, eine Waage und eine Untersuchungsliege.

»Setzen Sie sich hier hin.« Sie deutet zur Liege. »Ziehen Sie Ihr T-Shirt aus. Der Doktor kommt gleich.« Dann verlässt die Krankenschwester den Raum.

»Ziehen Sie Ihr T-Shirt aus« ist für sie bestimmt ein Satz wie »Reich mir das Tabasco« für jeden anderen, aber trotzdem wirken diese Worte befremdlich auf mich. Ich habe noch nie vor einem Mann mein T-Shirt ausgezogen, und obwohl ich schon ein paarmal in meinem Leben beim Arzt war, hatte ich beim letzten Mal noch keine Brüste. Und auch wenn meine Brüste eher klein und flach sind, gehören sie doch mir, und ich zeige sie nicht Hinz und Kunz, selbst wenn es ein Arzt ist. Jeder Arzt, bei dem ich in der Vergangenheit war, hat mir wenigstens ein Papierhemdchen zum Überziehen gegeben. Warum hat mir die Schwester von Dr Ishikawa nicht so ein Hemd gegeben?

Ehrlich gesagt wünschte ich, ich müsste gar nicht hier

sein. Aber ich könnte meinen BH verkehrt herum anziehen, und er würde immer noch passen. Und meine Brüste werden einfach nicht größer, egal wie sehr ich es mir wünsche. Doch auf etwas zu hoffen, anstatt aufzustehen und es selbst in die Hand zu nehmen, ist ungefähr so sinnvoll, wie sich zu wünschen, dass ein Ochsenfrosch Flügel hat, damit er nicht auf seinen Hintern fällt, wenn er springt.

Langsam knöpfe ich mein Oberteil auf und ziehe es aus. Allerdings halte ich es mir sofort wieder vor die Brust. Verdammt, ist es in diesem Raum kalt. Plötzlich wird ohne Vorwarnung die Tür geöffnet, und ein kleiner Mann mit winzigen Händen und rabenschwarzem Haar betritt das Zimmer.

»Ich bin Dr Ishikawa«, sagt er. Er streckt mir seine winzige Hand entgegen, und ich schüttle sie.

»Hi, Doktor«, sage ich leise und presse mir mein Oberteil fest an die Brust.

»Was kann ich für Sie tun?«

»Bettie hat mich geschickt. Sie sagte, Sie machen die ganzen Mädchen?«

Es scheint nicht zu klingeln bei Betties Namen.

»Bettie aus dem Casanova Club? Mit dem langen schwarzen Haar und Pony?«

»Ach ja, natürlich. Bettie *Paigette*.« Er schmunzelt und stellt sich wahrscheinlich gerade Betties große Titten vor. »Ja, ihre Brüste sind wirklich gut geworden.«

Brüste? So nennt er diese Dinger? Mir würden tausend andere Wörter dafür einfallen. Hupen. Ballons. Vielleicht sogar Melonen. Aber mit Sicherheit nicht *Brüste*.

»Dann tanzt du also mit Bettie zusammen im Casanova Club?«, fragt der Doktor.

Ich erröte. »Nein.« Ich werfe mein neuerdings blondes

Haar zurück, und das Papiertuch auf der Untersuchungsliege knistert unter mir. »Ich bin *Schauspielerin*. Ich werde einmal berühmt sein und von Kinoleinwänden auf der ganzen Welt hinabschauen.«

Er grinst mich an. »Sehr schön. Ich bin mir sicher, das wirst du.« Sein Grinsen verwandelt sich in einen anzüglichen Blick, dann kichert er wieder. Ich weiß nicht genau, warum er das tut. »Na dann, werfen wir mal einen Blick darauf.« Er deutet auf meine Brust und will anscheinend, dass ich mein Oberteil fallen lasse.

Ich weiß, dass dieser Moment eine unvermeidliche Investition in meine Zukunft ist und dass ich tapfer sein muss wie der erste Mensch, der eine Auster gegessen hat, aber mir war nicht klar, wie unangenehm es sein würde, einem fremden Mann meine Brüste zu zeigen. Verdammt! Ich hole tief Luft, ignoriere mein pochendes Herz und lasse mein Oberteil langsam in meinen Schoß gleiten.

»Setz dich aufrecht hin«, sagt der Arzt und starrt auf meine Brust.

Ich setze mich aufrecht hin und blicke weg.

Der Doktor beugt sich etwas nach unten – wahrscheinlich, um auf gleiche Höhe mit meiner Brust zu kommen. »Gute Form. Gute Symmetrie«, sagt er. »Aber die Größe – ja, ich verstehe, warum du hier bist.« Er kichert wieder.

O mein Gott. Er ist der erste Mann, der in den Genuss des Anblicks meiner nackten Brüste kommt, und mehr hat er nicht dazu zu sagen? Ich knirsche mit den Zähnen. Ja, ich bin vielleicht zu ihm gegangen, weil ich neue Brüste will, aber zumindest könnte er mir in dieser für mich neuen Situation sagen, wie hübsch ich bin – was stimmt –, um mich abzulenken. »Du bist perfekt«, sollte er jetzt zu mir sagen, damit ich die Möglichkeit bekomme, ihm zu antworten:

»Moment, Doktor. Ich weiß, ich bin perfekt – für ein normales Mädchen. Aber ich bin *Schauspielerin*, verstehen Sie? Ich habe eine große Zukunft vor mir und werde wie Marilyn Monroe in die Filmgeschichte eingehen. Nur sind die Brüste, die der liebe Gott mir geschenkt hat, für diese Bestimmung unglücklicherweise etwas zu klein.« Mannomann, dieser Kerl hat vielleicht Nerven, mir zu sagen, dass ich neue Brüste brauche – auch wenn ich aus diesem Grund bei ihm bin. Ich funkle ihn böse an.

Dr Ishikawa aber starrt weiter auf meine Brüste, als begutachte er ein Lammkotelett beim Metzger. »Hmm, wir müssen uns nur für eine Größe entscheiden. Schauen wir mal, wie viel du wiegst.« Er deutet auf die Waage in der Ecke des Raumes. Und obwohl ich kurz davor bin, diesem Blödmann von Arzt mitten ins Gesicht zu schlagen, tue ich wie mir befohlen und stehe von der Liege auf. Während der Doktor auf die Anzeige der Waage schaut, verschränke ich die Arme vor der Brust. Verdammt, ist es hier kalt!

Dr Ishikawa bedeutet mir, mich wieder auf die Untersuchungsliege zu setzen. »Bei deiner Statur, die eher zierlich ist, stellt sich mir die Frage, ob du lieber Mansfields oder Monroes haben willst.«

Das Herz springt mir fast aus meiner flachen Brust. Unterteilt jeder in Hollywood Brüste in Mansfields und Monroes, oder ist das ein Zeichen von oben, dass ich auf dem richtigen Weg in meine vorherbestimmte Zukunft bin? Bevor ich etwas auf die Bemerkung des Arztes erwidern kann, fügt er hinzu: »Kennst du Jayne Mansfield und Marilyn Monroe?«

Glaubt dieser Kerl, ich komme von einem anderen Planeten?

»Mit deinem blonden Haar und deinen Gesichtszügen siehst du eher aus wie Jayne Mansfield, würde ich sagen.« Er grinst, als hätte er mir gerade ein großes Kompliment gemacht.

»Vielen Dank, Dr Ishikawa«, sage ich mit zuckersüßer Stimme, auch wenn ich ihm am liebsten den Kopf mit einem Baseballschläger abschlagen würde. »Aber ich habe *blaue* Augen wie Marilyn. Jayne hatte *braune* Augen.« Idiot. Dieser bescheuerte Arzt muss mich doch nur ansehen, um zu erkennen, dass ich das Ebenbild von Marilyn Monroe bin. Wir könnten Zwillinge sein.

»Nun ja, angesichts deines Berufes«, fährt Dr Ishikawa fort, »denke ich, dass Mansfields besser zu dir …«

»Machen Sie mir Marilyns, bitte«, sage ich schroff. »Groß genug für eine legendäre Schauspielerin, aber nicht so groß, dass mich keiner mehr ernst nimmt.«

Dr Ishikawa schnaubt und denkt wahrscheinlich, dass mich sowieso niemand ernst nehmen wird, egal, was für Brüste ich habe. Als ich ihn mit bösem Blick anschaue, verzieht er die Mundwinkel. »Okay, ich mache sie eher wie die von Marilyn. Aber seit der Zeit von Marilyn Monroe haben sich die Standards geändert. In Anbetracht deiner Statur müssen wir sie ein bisschen größer machen als ihre – nur um uns an die heutigen Standards anzupassen.«

Ich halte inne und überlege, was ich machen soll. Ich habe keine Ahnung von den heutigen Standards, aber ich bin mir sicher, dass ich sie erfüllen will. »Okay«, willige ich ein. »Solange Sie mir keine Brüste wie die von Bettie machen. Ich will nicht, dass sie auch nur annähernd so groß sind wie ihre, verstehen Sie? Ich bin Schauspielerin, keine Stripperin.«

»Ich verstehe.« Dr Ishikawa schnaubt erneut. »Und jetzt reden wir über den Preis.«

Er sagt mir, was meine zwei neuen Brüste kosten werden, und ich falle fast von der Untersuchungsliege. Ich hätte nicht gedacht, dass zwei Marilyns so teuer sein würden. Man möchte meinen, dass man für diesen Preis zehn Marilyns und noch eine Nase dazu bekommen könnte. Ich habe noch nie etwas so Teures gekauft oder auch nur daran gedacht. Aber natürlich muss ich es tun, egal, was es kostet. Meine Zukunft wartet auf mich, aber ohne zwei neue Brüste wird daraus nichts – auch wenn ich mein letztes Hemd dafür geben muss. Das Gute ist, ich habe genug Geld bei mir, um den Doktor zu bezahlen – sogar mehr dank meinen lieben Freunden, dem Yankee Clipper und Mr Clements. »Das ist kein Problem«, sage ich. »Ich kann bar bezahlen. Alles auf einmal.« Ich klopfe auf meine Tasche.

Dr Ishikawas Gesichtsausdruck erhellt sich. »Wunderbar! In diesem Fall können wir es gleich morgen früh machen. Um acht Uhr?«

»Prima.«

»Stell dich darauf ein, dass du danach eine ganze Woche Ruhe brauchen wirst.«

Zurück im Motel, wo ich mir – ebenfalls dank meiner großzügigen Freunde Joe DiMaggio und Mr Clements – ein Zimmer gemietet habe, ruft mich der Rezeptionist zu sich.

»Butterblume, richtig? Es gab drei Anrufe für dich, während du weg warst«, sagt er. »Alle von dem gleichen Kerl.« Er schaut auf den Zettel in seiner Hand. »Kurtis Jackman?«

Ich habe gestern während unseres dreistündigen Mittagessens, das sich in ein frühes Abendessen verwandelt hat, schnell erkannt, dass Mr Kurtis Jackman die Jagd mehr mag als das, was er jagt. Als wir uns vor dem Restaurant voneinander verabschiedet haben, habe ich ihm schnell meine Wange zugedreht, als er Anstalten gemacht hat, mich zu küssen. Ich dachte, es sei besser, diesen Mann zappeln zu lassen. Und zu meiner Überraschung hat er mir ohne zu murren wie ein richtiger Gentleman einen Kuss auf die Wange gegeben, obwohl seine Augen gefunkelt haben wie glühende Kohlen.

Was noch viel überraschender war: Als ich Kurtis' Lippen auf meiner Haut gespürt habe, mir sein Duft in die Nase gestiegen ist und er seine große Hand meinen Rücken hat hinabgleiten lassen, bis sie kurz über meinem Hintern zum Stillstand kam, da hat mir das Herz wieder bis zum Hals geschlagen, und ich habe ein drängendes Pochen im Schritt verspürt.

Ich gehe in eine Telefonzelle draußen auf dem Sunset Boulevard und wähle die Nummer, die auf dem Zettel steht.

Nach einem Klingeln ertönt eine Stimme. »Hier ist Kurtis.«

Ich bin verwirrt. Ich habe angenommen, dass Kurtis' Sekretärin den Anruf entgegennehmen würde. »Oh«, stammle ich. »Äh … hallo, Kurtis. Ich bin es, Butter…«

»Hallo, hallo. Diese sexy Stimme würde ich immer wiedererkennen. Wie geht es dir, Süße?«

»Es könnte nicht besser gehen. Wie geht es dir?«

»Ich bin dabei, den Verstand zu verlieren, danke sehr. Ich konnte an nichts anderes mehr denken als an dich, seit du mich gestern vor dem Restaurant alleine gelassen hast. Ich brauchte sofort eine kalte Dusche.«

»O Gott«, keuche ich. So etwas hat noch nie jemand zu mir gesagt.

»Ich muss dich sehen«, sagt Kurtis mit heiserer und drängender Stimme.

Ich versuche, fröhlich und oberflächlich zu klingen, auch wenn es mir schwerfällt. »O Kurtis, du bist wirklich süß. Ich habe noch nie jemanden wie dich getroffen.«

Und das stimmt. Ich war wirklich überrascht, wie schnell die Zeit mit Kurtis in diesem schicken Restaurant mit den roten Ledersitzen vergangen ist und wie wohl ich mich in seiner Gegenwart gefühlt habe. Na gut, er hat so laut gelacht, dass mir ein paarmal beinahe das Trommelfell geplatzt wäre, und ja, er hätte sich fast den Arm gebrochen, weil er sich so oft selbst auf die Schulter geklopft hat, und ja, ich war ein wenig enttäuscht, dass er seine Produktionsfirma (worüber ich doch am meisten hören wollte) nur am Rande erwähnt und stattdessen bloß von seinem dummen Männermagazin geprahlt hat.

Aber nichts von dem war wichtig in dem Moment, in dem sich Kurtis nach vorne gebeugt und mich fixiert hat, als wäre er ein Axtmörder, den ich beim Trampen mitgenommen habe. Für den Bruchteil einer Sekunde war ich mir nicht sicher, ob er jetzt vorhat, mich zu küssen oder mich umzubringen – aber in diesem Moment wäre mir alles recht gewesen. Dann hat mir Kurtis mit seinem Martiniglas zugeprostet und gesagt: »Auf das atemberaubendste Wesen, das ich je gesehen habe.« Und als ob das noch nicht gereicht hätte, um mich zum Schmelzen zu bringen wie ein Bananeneis, das jemand auf dem warmen Gehsteig hat liegen lassen, hat Kurtis weitergemacht. »Du bist so wunderschön«, hat er gesagt. »Dich will ein Mann einfach nur den ganzen Tag lang anschauen – für den Rest seines Lebens.« Heilige Scheiße! Wenn ich in diesem Moment aufgestanden wäre, hätte ich eine feuchte Spur auf dem Ledersitz hinterlassen.

Kurtis atmet am anderen Ende der Leitung laut aus und bringt mich wieder ins Hier und Jetzt zurück.

»Warum hast du mich nicht eher zurückgerufen, Butterblume?«, fragt er. »Willst du mich quälen?«

Der Tonfall seiner Stimme lässt mich erröten, und meine

Brust zieht sich zusammen – genau wie gestern, als er mich beim Essen wunderschön genannt hat.

»Dich quälen?«, sage ich und grinse vor mich hin. »Also das würde mir im Traum nicht einfallen, Süßer. Ich könnte keiner Fliege etwas zuleide tun, selbst wenn sie es sich auf meinem Lieblingskuchen bequem gemacht hätte.«

Kurtis lacht laut auf.

»Ich musste nur ein paar Dinge erledigen, da ich ja neu in der Stadt bin. Das ist alles. Aber jetzt habe ich dich ja zurückgerufen. Also kannst du mir unmöglich böse sein, oder?«

Kurtis macht ein Geräusch, das mich an einen Bären erinnert, der aus dem Winterschlaf erwacht. »Wenn du mit deiner sexy Stimme immer so weiterredest, dann kann ich dir den Rest meines Lebens nicht böse sein«, stöhnt er.

Ich spüre, wie mir die Röte in die Wangen steigt.

»Und wenn du mir im Bett einfach nur das Telefonbuch vorlesen würdest«, fährt Kurtis fort, »wäre ich der glücklichste Mann der Welt.«

Ich muss kichern. Das war nicht meine Absicht, aber ich kann es mir nicht verkneifen.

»Komm morgen zu mir«, sagt Kurtis. »Ich will dir etwas zeigen.«

Zu ihm? Allein der Gedanke daran macht mich nervös und aufgeregt. »O Süßer, das hört sich himmlisch an«, stammle ich. »Aber ich muss morgen etwas erledigen. Ich werde die ganze nächste Woche keine Zeit haben.«

»Eine ganze Woche? Was zum Teufel machst du denn eine Woche lang? Ich will dich morgen sehen.«

Diesmal entfährt mir nicht nur ein Kichern, sondern ich muss lauthals loslachen. »Geduld, Kurtis«, schnurre ich ins Telefon. »Die besten Dinge im Leben sind es wert, auf sie zu warten.«

Kurtis gibt ein dreckiges Lachen von sich. »Das ist mir neu. Wenn ich etwas will, dann warte ich nie darauf. Niemals.«

Das war unmissverständlich. »Na ja«, sage ich und muss schlucken. »Ich nehme an, es gibt für alles ein erstes Mal, oder?«

Ich kann förmlich hören, wie Kurtis am anderen Ende der Leitung teuflisch grinst. »Weißt du was? Ich glaube, du hast recht.«

KAPITEL 7

12 Jahre alt

2926 TAGE BIS ZUM KILLING-KURTIS-TAG

Mommy und Daddy streiten. Das ist nichts Ungewöhnliches. Ich lese einfach in meinem Buch weiter. *Fatal Vision*. Es ist echt gut. Ich bin noch nicht fertig mit dem Buch, aber ich weiß, dass der Kerl seine Familie umgebracht hat. Da bin ich mir sicher. Zuerst hat er alle überlistet, weil er sehr schlau ist und weil die Welt voller Idioten ist. Aber ich bin noch schlauer als er. Wenn ich es wäre, die in diesem Buch ihre Familie umgebracht hätte, dann hätte man mich nicht erwischt. Ich würde dem Kerl in dem Buch am liebsten sagen: »Hör mal her, du Idiot. Wenn du deine Familie umbringen willst, ist das ja schön und gut – es ist sogar mehr als verständlich in deiner Lage –, aber sei doch nicht so dumm und lass dich erwischen.« Wenn ich es wäre, die ihre Familie umbringen würde, könnte niemand darüber ein Buch schreiben, das verspreche ich.

Daddy schreit im Hinterzimmer: »Du schläfst den ganzen Tag. Du bist so nutzlos wie eine Fliegengittertür in einem U-Boot.«

»Ich arbeite die ganze Nacht«, schreit Mommy zurück.

Ich verdrehe die Augen. *Ich arbeite die ganze Nacht*. Das ist Mommys Ausrede für alles. Aber die Nachtschicht in einem Diner zu übernehmen erklärt mit Sicherheit nicht die Tatsache, dass sie hier überhaupt nichts tut oder dass sie die ganze Zeit sturzbetrunken ist.

»O wow, du arbeitest die ganze Nacht, wie?«, schreit Daddy.

»Die Nachtschicht in einem Diner zu übernehmen ist keine Entschuldigung dafür, hier absolut nichts zu tun und die ganze Zeit betrunkener zu sein als ein Baptisten-Prediger bei einer Highschool-Feier«, fügt Daddy noch hinzu.

Ich muss grinsen. Daddy und ich sind wirklich aus demselben Holz geschnitzt.

Diese Frau ist absolut wertlos.

»Du bist wertlos«, schreit Daddy jetzt, als hätte er meine Gedanken gehört.

»*Ich* bin wertlos?«, ruft Mommy empört. »Ich bin die Einzige, die Geld nach Hause bringt, damit wir was zu essen haben. Was machst du denn den ganzen Tag, verdammt?«

»Halt den Mund«, knurrt Daddy. »Ich habe was Großes in petto.«

Mommy lacht hämisch. »Ach ja, Charlie? Was ist es denn diesmal? Wirst du einen Minigolfplatz für die Königin von England bauen? Damit sie auf deinem schicken Platz ein paar Bälle einlochen kann und dich danach zum Ritter schlägt?« Ihr Lachen klingt teuflisch.

Mir gefällt es nicht, Mommy und Daddy beim Streiten zuzuhören, also widme ich meine Aufmerksamkeit wieder meinem Buch. Ich habe in letzter Zeit jede Menge guter Bücher für meine Bildung gelesen. Letzten Monat habe ich mein absolutes Lieblingsbuch bis jetzt gelesen – *Lana*, über die Schauspiel-Göttin Lana Turner aus dem Goldenen Zeitalter Hollywoods. Seitdem träume ich davon, nach Hollywood zu gehen und entdeckt zu werden wie sie.

Als Lana sechzehn war, hat sie an einem Nachmittag die Schule geschwänzt, um in ein Café in Hollywood zu gehen. Und da wurde sie einfach so von einem Mann aus dem Filmgeschäft entdeckt, der sich dort gerade ein Bier gekauft hat. Sie war einfach zum richtigen Zeitpunkt am richtigen Ort. Und natürlich hatte sie wunderschönes blondes Haar und große Brüste. Das Schicksal hat Lana an diesem Tag in diesem Café abgeholt, und sie wurde über Nacht zum Star. Ich will, dass mir genau dasselbe passiert wie Lana.

Man möchte meinen, dass das Leben es mit Lana nur gut gemeint hat, so wunderschön, wie sie war. Aber das war nicht der Fall. Denn aus irgendeinem Grund, den ich nicht verstehen kann, ist sie mit diesem Vollidioten Johnny Stompanato zusammengekommen, der Lana jeden Tag windelweich geprügelt hat. Also hat Lanas vierzehn Jahre alte Tochter eines Abends ein großes Messer genommen und Johnny damit erstochen – das hat die Tochter zumindest gesagt. Tief in mir drin weiß ich, dass Lana die Tat selbst begangen und ihrer Tochter die Verantwortung dafür übertragen hat – was natürlich die richtige Entscheidung war, wenn man bedenkt, was für ein großer Filmstar sie war. Das würde ich jedenfalls tun, wenn ich ein Filmstar wäre – genau wie Lana.

Ich nehme an, so läuft das nun mal: Die Menschen werden immer tun, was ihnen die Schönen befehlen, selbst wenn es darum geht, jemanden zu töten oder die Verantwortung für einen Mord zu übernehmen, wie es hier der Fall war. Und ein beschissener Mistkerl von Mann, der seine berühmte Ehefrau windelweich prügelt, muss halt damit rechnen, eines Abends an sich herunterzublicken und ein Messer in seiner Brust stecken zu sehen. Das ist der Lauf der Dinge.

»Ich warne dich, Weib, halt den Mund«, droht Daddy im Hinterzimmer.

»Du machst mich krank«, erwidert Mommy zischend.

Ich höre ein lautes Klatschen, und das Lachen meiner Mutter verstummt abrupt.

»Butterblume«, ruft Daddy plötzlich.

Ruckartig schaue ich von meinem Buch auf. Ich räuspere mich und will eigentlich antworten, dass ich direkt am Tisch neben dem Waschbecken sitze, aber mir versagt die Stimme. Ich habe Angst, irgendetwas zu sagen. Die Härchen auf meinen Armen stellen sich auf, und ich habe keine Ahnung, warum.

Daddy kommt aus dem Hinterzimmer gestürmt, und seine Nasenflügel beben wie die eines feuerspeienden Drachen. »Butterblume«, sagt er wieder. Sein Gesicht ist rot und angespannt, aber als er mich sieht, verzieht sich sein Mund zu etwas, das man als Lächeln bezeichnen könnte.

Halbherzig erwidere ich sein Lächeln, aber innerlich dreht es mir den Magen um.

Daddys Augen blitzen nicht, wie sie es normalerweise tun. Seine Gesichtszüge sind hart. Er greift in seine Tasche und reicht mir drei Dollarnoten – Scheine, keine Münzen. »Geh in den Laden und kauf dir etwas zu essen«, sagt Daddy. »Deine Mommy und ich müssen etwas besprechen.« Er wirft einen Blick über die Schulter in Richtung Hinterzimmer. »Allein.«

»Ja, Daddy.« Ich nehme die Scheine in die Hand, packe mein Buch unter den Arm und verlasse wortlos den Trailer.

Es ist schwer, gleichzeitig zu laufen und zu lesen, aber irgendwie schaffe ich es trotzdem. Ehrlich gesagt bin ich fast ein Profi darin. Der Laden liegt etwa eine Meile die Straße rauf, und es ist verdammt heiß heute. Wow! Es ist der perfekte Tag, von Daddy Geld zu bekommen, um mir einen Hotdog und ein Eis zu kaufen. Ich bin so hungrig, ich könnte eine ganze Kuh essen. Mann, mein Daddy tut immer im richtigen Moment so nette Sachen.

Als ich an der Hauptstraße angelangt bin, habe ich mein

Buch fertig gelesen und beschließe, mir erst in der Bücherei ein neues zu holen, bevor ich in den Laden gehe.

»Hallo, Liebes«, sagt die Bibliothekarin Mrs Monaghan, als ich durch die Tür trete. »Ist es immer noch so heiß da draußen, dass man die Farbe von den Häusern kratzen könnte?«

»Ja, Ma'am. Es ist so heiß, dass ich gesehen habe, wie zwei Bäume sich darum gestritten haben, an welchen von ihnen der Hund pinkeln soll.«

Mrs Monaghan lächelt, und kleine Fältchen legen sich um ihre Augen. »Also, Liebes, bereit für ein neues Buch?«, fragt sie.

»Ja, Ma'am.« Ich gebe ihr das alte zurück.

»*Fatal Vision*«, murmelt sie und liest den Titel. Ihr Blick verfinstert sich. »Das ist eine interessante Wahl. Ich will mal sehen, ob ich etwas Passenderes für dich finde, okay?«

Ich nicke.

Mrs Monaghan geht an mir vorbei, und ich erhasche den Duft ihres Parfüms. Sie riecht nach Blumen. Sie führt mich zur Kinderbuchabteilung, und ich beiße mir auf die Zunge. Ich habe noch nie ein Kinderbuch gelesen, aber gut, ich werde mir mal anschauen, was sie für mich aussucht. Denn ich mag Mrs Monaghan wirklich sehr.

»Vielleicht sollten wir einen Klassiker für dich raussuchen, was meinst du?«, sagt sie. »Oh, wie wäre es damit? Das ist ein gutes.« Sie reicht mir ein Buch mit zwei Hunden auf dem Cover. Es heißt *Wo der rote Farn wächst.*

Ich lese die Beschreibung auf der Rückseite. Es scheint ein Buch für kleine Kinder zu sein. »Nein danke, Ma'am«, sage ich höflich. »Ich denke nicht, dass es das Richtige für mein Leseniveau ist.«

Mrs Monaghan lächelt mich freundlich an, und ich beiße mir erneut auf die Zunge.

»Haben Sie vielleicht eine Biografie von einem Filmstar für mich, Ma'am? Das würde mir gefallen.«

»Hmm«, sagt sie und durchsucht das Regal. Sie fährt mit dem Finger über mehrere Buchrücken. »Ah, das hier.« Sie gibt mir eines mit dem Titel *Der geheime Garten*. Es sieht genauso aus wie das mit den Hunden. Aber es gefällt mir, dass es um ein Geheimnis geht. Das klingt interessant. Und außerdem will ich Mrs Monaghan nicht enttäuschen.

Ich nicke. »Danke, Ma'am.«

Sie zwinkert mir zu. »Dann tragen wir dich mal ein, Liebes.«

Ich nehme den langen Weg nach Hause an den Öl-Ladebäumen am Highway vorbei und schwitze in der prallen Sonne. Als ich bei unserem Wohnwagen angelangt bin, habe ich schon vier Kapitel meines neuen Buches gelesen, das gar nicht so schlecht ist, auch wenn es definitiv unter meinem Niveau liegt. Mein Magen ist mit einem extragroßen Hotdog und einem Kirsch-Wassereis gefüllt, und es geht mir richtig gut.

Ich bleibe ein paar Minuten vor unserem Trailer in der sengenden Hitze stehen und versuche zu hören, was drinnen vor sich geht. Aber es ist ganz ruhig. Ich wünschte, ich hätte hören können, was Daddy zu Mommy gesagt hat, nachdem ich gegangen bin. Was immer er gesagt oder getan hat, sie wird es verdient haben. Sie ist wertlos. Und dumm – genau wie diese Idioten in der Planungsabteilung und die Lehrer in den Schulen, die Multiple-Choice-Tests austeilen.

Verdammt, ich höre überhaupt nichts, nicht einmal Daddys Schritte auf dem Linoleumboden. Ich warte noch eine Weile und schlecke den Rest meines Eises auf. Dann strecke ich die Zunge raus und schiele auf die rote Farbe darauf.

Schließlich lege ich das Ohr wieder an die Wand des Wohnwagens und versuche, etwas zu hören. Nichts.

Dann beschließe ich, hineinzugehen.

Daddy sitzt an dem kleinen Tisch neben dem Waschbecken und ist über ein bernsteinfarbenes Getränk gebeugt. Das ist unüblich. Normalerweise trinkt Daddy nur Wasser. Er predigt immer, dass man Alkohol nicht anrühren darf. »Du musst immer nüchtern und klar im Geist bleiben. Man weiß nie, wann man eine klare Entscheidung treffen muss, die das ganze Leben beeinflussen kann.«

Als ich eintrete, blickt Daddy auf und bedeutet mir, mich auf den anderen Stuhl am Tisch zu setzen. »Setz dich, Butterblume«, sagt er leise.

Ich blicke mich um. Alles sieht aus wie immer. Aber wo ist Mommy? Ich werfe einen Blick Richtung Hinterzimmer.

»Sie ist nicht hier«, sagt Daddy, als lese er meine Gedanken. »Setz dich.«

Ich tue wie mir befohlen.

Ich nehme an, Daddy hat Mommy zum Teufel gejagt. Aber was immer er auch gesagt oder getan hat, ich bin mir sicher, sie hat es verdient.

Daddy nimmt einen großen Schluck von seinem Drink. Er riecht nach Mommys Whiskey.

»Jeder Mann ist gleich und frei geboren«, murmelt Daddy. »Wenn er heiratet, ist das seine eigene verdammte Schuld.« Er seufzt und nimmt einen weiteren Schluck. Dann mustert er mich von Kopf bis Fuß. »Du bist so wunderschön, Butterblume.« In seinen Augen blitzt etwas auf, das ich nicht deuten kann. »Und du strahlst wie ein neuer Penny.«

Ich rutsche unruhig auf meinem Stuhl herum.

»Gib dich im Leben nur mit dem Besten zufrieden.«

»Nur das Beste für Charlie Wilbers Tochter«, erwidere ich, allerdings ohne meinen üblichen Enthusiasmus.

Daddy lächelt, aber seine Augen bleiben dabei kalt. »Ich werde eine Weile fortgehen.«

Sofort steigt Panik in mir auf.

»Beruhige dich, Liebes – nur für eine Weile, habe ich gesagt.«

Seine Worte beruhigen mich nur wenig.

»Ich habe einen Typen kennengelernt, der jemanden in Kalifornien kennt.«

Bei dem Wort »Kalifornien« leuchten meine Augen auf.

»In Hollywood.«

Jetzt bin ich ganz Ohr. *Hollywood*. Genau wie bei Lana.

Daddy stellt sein Glas auf dem kleinen Tisch ab und macht dabei ein klirrendes Geräusch.

»Das ist die Chance meines Lebens, die da in Hollywood auf mich wartet, Butterblume«, sagt er. »Der Schwager des besten Freundes des Cousins meines Kumpels kennt dort einen Typen, der so reich ist, dass er sich ein neues Boot kauft, wenn das alte nass wird. Und wenn ich nach Kalifornien gehe und mich mit diesem reichen Kerl treffe, werde ich ihn dazu bringen, in meine Minigolfplätze zu investieren und vielleicht sogar auch in mein Teleportationssystem.«

Ich lehne mich auf meinem Stuhl zurück und muss das alles verarbeiten. Das sind wunderbare und schreckliche Neuigkeiten gleichzeitig. Ich will ja, dass wir reich sind, aber noch mehr will ich, dass mein Daddy und ich zusammenbleiben.

»Wenn dieser reiche Typ in meine Minigolfplätze investiert«, fährt Daddy fort, »werden wir so reich sein, dass ich uns eine große Villa in Hollywood kaufen kann. Sie wird so groß sein, dass wir Raketenrucksäcke brauchen werden, um von einem Ende des Hauses zum anderen zu gelangen. Verdammt, Süße, wir werden ein Schwimmbad und einen Whirlpool in unserem Garten haben. Und sogar einen Brunnen mit Skulpturen von nackten Frauen und Engelchen und einen kleinen Amor mit Flügeln.«

Das klingt wirklich alles sehr aufregend. Aber warum kann ich nicht mitkommen? Ich will nach Hollywood – aber vor allem will ich bei Daddy bleiben.

»Ich gehe vor und kümmere mich um alles«, fährt Daddy fort. »Und sobald ich die Villa habe, komme ich zurück und hole dich. Noch bevor der Pool gebaut ist oder die Möbel gekauft sind. Dann kannst du mir helfen, das Haus einzurichten, und mitentscheiden, welche Vorhänge du willst und ob wir einen Tennisplatz oder eine Bowlingbahn haben wollen – oder beides. Und …«

»Warum kann ich nicht mit dir kommen, Daddy?«, entfährt es mir.

»Ach komm schon, Butterblume. Ich kann dich nicht daheim unterrichten, während ich die Dinge mit dem Investor regle. Das erfordert meine ganze Konzentration. Du musst hier bei deiner Mom bleiben, bis ich alles vorbereitet habe. Ich hole dich, sobald alles in trockenen Tüchern ist.«

Ich atme scharf ein und verschränke die Arme vor der Brust. Natürlich freue ich mich, dass wir in Hollywood in einer großen Villa mit einem Brunnen mit Skulpturen von nackten Frauen und Engelchen und einem Amor mit Flügeln leben werden, aber im Moment sehe ich nur die Tatsache, dass ich ganz allein bei meiner besoffenen Mutter bleiben soll. Es ist mir egal, ob es eine Woche oder zwei dauert, mit Mommy allein zu sein, wird die Hölle. Sie ist so dumm und faul – nicht wie Daddy und ich. Ich kann mit ihr nicht einmal über meine Bücher reden. Sie ist so dumm – wenn man ihr Gehirn in eine Hummel stecken würde, würde sie rückwärts fliegen. Verdammt, ich will jetzt mit Daddy mitgehen. Ich versuche es mit einer neuen Taktik. »Wenn ich mitkommen darf, könnte ich deine persönliche Assistentin sein. Ich wäre sehr nützlich für dich.«

Daddy schüttelt den Kopf. »Du kannst nicht mitkommen.«

»Aber ich könnte in ein Café in Hollywood gehen und entdeckt werden wie Lana Turner, und dann würde ich dir mein ganzes Geld geben, das ich als Filmstar verdiene. Du kannst alles haben, Daddy, jeden Penny.«

»Nein.« Sein Ton lässt keine Widerrede mehr zu.

Ich fange an zu weinen. »Aber Daddy, ich dachte, *ich* wäre deine größte Errungenschaft. Ich dachte, *ich* wäre der Sinn deines Lebens.«

Daddy streicht mir das Haar aus dem Gesicht. »Das bist du, Kleines. Verstehst du denn nicht? Du bist der Grund, warum ich all das tue. Du verdienst nur das Beste, und ich werde es dir besorgen. Wie willst du denn das Beste im Leben bekommen, wenn wir hier in diesem Trailerpark leben? Hmm?«

Ich zucke mit den Schultern und blicke auf den Tisch.

»Das ist meine Chance, dir das Leben zu schenken, das du verdienst.« Er legt den Finger unter mein Kinn und dreht mein Gesicht nach oben, damit ich ihn anschaue. »Charlie Wilbers Tochter verdient nur das Beste. Du verdienst einen Brunnen mit Skulpturen von nackten Frauen und Engelchen und einem kleinen Amor mit Flügeln. Dir das bieten zu können ist mein größter Traum.« Er legt seine Hand wieder auf den Tisch. »Und nichts wird mich davon abhalten, diesen Traum wahr werden zu lassen.«

Ich schniefe, antworte aber nicht.

»Weil ich dich mehr liebe als den Sternenhimmel«, sagt er.

»Ich liebe dich auch, Daddy. Mehr als den Sternenhimmel.«

»Gutes Mädchen.«

Ich blinzle die letzten Tränen aus meinen Augen. »Okay, Daddy«, murmle ich. »Ich werde warten.«

»Gutes Mädchen«, sagt Daddy erneut. »Nichts trocknet so schnell wie eine Träne.« Er tippt sanft mit seiner Fingerspitze auf meine Nase.

Wenn ich mich zusammenreiße, kann ich wohl alles dafür tun, mit meinem wundervollen Daddy in Hollywood zu leben – auch wenn ich einen ganzen Monat darauf warten muss, dass er zurückkommt und mich holt. Weil ich meinen lieben, netten Daddy so sehr liebe. Mehr als den Sternenhimmel.

KAPITEL 8

18 Jahre und 2 Wochen alt

727 TAGE BIS ZUM KILLING-KURTIS-TAG

Kurtis lacht, als er die Tür öffnet und mich sieht. Vielleicht ist es mein Gesichtsausdruck, der ihn amüsiert, denn – heilige Scheiße – sein Haus ist eine riesige Villa. Ich rede nicht von einem großen Haus, ich rede von einer richtigen Hollywood-Villa, die Art Haus, in dem man einen Raketenrucksack braucht, um vom einen Ende zum anderen zu gelangen. Ich bin sprachlos, als Kurtis mir die Tür öffnet und ich den endlosen Raum hinter ihm sehe, als wären es die Great Plains.

Sobald Kurtis mich sieht, tritt er einen Schritt nach vorne und umarmt mich jauchzend vor Freude. »O Gott, komm her«, ruft er und drückt mich. »Das war die längste Woche meines Lebens, verdammt.«

Ich trete einen Schritt zurück und schaffe somit eine gewisse Distanz zwischen unseren Körpern, da meine eine Woche alten Brüste immer noch ziemlich wehtun. »Ist das dein Haus?«, frage ich ungläubig. »Das ist ja so groß wie halb Texas.«

Kurtis lacht. »Ich führe dich herum.«

Er führt mich durch jeden Raum seiner Villa, und meine Kinnlade klappt immer noch ein Stückchen weiter runter, bis Kurtis sie praktisch vom Boden kratzen kann. Die Decken in seinem Haus sind so hoch, dass mir fast schwindelig wird, wenn ich sie mir nur anschaue. Und es gibt auch ein »Foyer«

und eine »Wäscherei« und ein Esszimmer so groß, dass locker sechs Personen darin schlafen könnten, wenn sie wollten. Und das Beste von allem, es gibt einen Pool *und* einen Jacuzzi und sogar eine Veranda mit Blick auf alles.

»Na, was sagst du?«, fragt mich Kurtis aufgeregt, als die Führung zu Ende ist und wir in seinem sogenannten Heimkino stehen.

»Es ist eine Wahnsinns-Villa«, stammle ich.

»Hast du so was schon mal gesehen?«

Ich schüttle den Kopf. »Auf keinen Fall.« Und das ist die Wahrheit. »O Kurtis, du hast alles, wovon ein Mädchen träumt. Außer vielleicht einen Brunnen mit Skulpturen von nackten Frauen und Engelchen und einem kleinen Amor mit Flügeln.«

Kurtis schmunzelt. »Süße, du bringst mich mehr zum Lachen als jeder andere, den ich kenne.«

»Ich bin halt eine Komikerin.«

Kurtis macht einen Schritt auf mich zu, und in seinem Blick liegt pures Verlangen. »Ich konnte die ganze Woche nicht aufhören, an dich zu denken.« Er drückt sich an mich, und es besteht kein Zweifel, dass er sich wirklich sehr freut, mich zu sehen.

Ich trete ein Stück zurück.

Kurtis grinst. »Setz dich, Baby.« Er deutet auf einen der Stühle mit Blick zur Leinwand. »Ich habe eine große Überraschung für dich.«

»Ach ja?« Ich hoffe, die »große Überraschung« ist mehr als das, was ich gerade durch seine Hose hindurch gespürt habe.

»Ja.« Er macht eine dramatische Pause. »Ich zeige dir meinen Lieblingsfilm von denen, die ich gemacht habe.«

»Oh«, sage ich enttäuscht. »Das ist aber nett.«

Er strahlt mich an, als würde er mir gleich sein größtes Geheimnis verraten. »Damit ich dir erklären kann, welchen Film ich mit *dir* in der Hauptrolle drehen werde.«

Ich schnappe nach Luft und starre ihn an. Ich bin mir nicht sicher, ob ich ihn richtig verstanden habe. Bilde ich mir das nur ein, oder hat er gerade die Worte »Hauptrolle« und »mit dir« im gleichen Satz genannt? Oder wünsche ich mir das einfach nur zu sehr?

»Butterblume«, sagt Kurtis und grinst mich an. »Ich werde dich in einen meiner Filme stecken.«

Sofort schießen mir die Tränen in die Augen. Ich wusste, dass Kurtis dazu bestimmt ist, mich zu entdecken wie Lana Turner in diesem Café. Ich *wusste* es einfach. Ich springe aus dem Stuhl auf und drücke mich fest an ihn – schmerzende Brüste hin oder her. »O danke, Kurtis.« Ich werfe die Arme um seinen Hals und vergrabe die Nase in seiner Halsbeuge.

Ohne mich um Erlaubnis zu fragen, küsst mich Kurtis leidenschaftlich auf den Mund. Heilige Scheiße, was für ein Kuss! Dieser Mann küsst mich, als wäre ich sein Eigentum. So wurde ich noch nie zuvor geküsst. Wow! Wenn Wesley und ich uns geküsst haben, hat es sich immer angefühlt, als wäre er ein hungriges kleines Eichhörnchen auf der Suche nach einer Nuss. Nicht falsch verstehen – es hat mir sehr gefallen. Aber Kurtis? Er ist wie ein gieriger Löwe, der einer Gazelle die Haut abzieht – und er raubt mir förmlich den Atem.

Ehrlich gesagt bin ich total von den Socken von der Art, wie Kurtis küsst. Vielleicht, weil mich noch nie ein anderer außer Wesley geküsst hat – und mit Sicherheit kein Mann, der doppelt so alt ist wie ich. Die Stoppeln an Kurtis' Kinn sind rau und kratzig und männlich, und seine Zunge in meinem Mund zu spüren lässt meine Knie zittern. Großer Gott, Kurtis' Kuss ist aufregender als eine Achterbahnfahrt.

Wenn ich Wesley geküsst habe, wusste ich immer, was er mit seiner Zunge vorhat. Aber bei Kurtis ist das anders. Wenn ich denke, er bewegt sie gleich nach links, bewegt er sie nach rechts, und wenn ich mir sicher bin, dass er gleich den Mund schließt und sich zurückzieht, öffnet er ihn nur noch weiter und will mehr. Seine Arme um mich sind so breit und stark, dass mir fast schwindelig wird, und als er sich an mich presst und ich seine Erektion an meinem Schritt spüre, die darum fleht, in mich einzudringen, will ich nichts weiter, als ihn in mir zu spüren. Um ehrlich zu sein, würde ich diesen Mann am liebsten in mich aufsaugen wie ein Staubsauger einen Wollteppich.

Langsam und seufzend ziehe ich mich zurück. »Hallo, hallo … immer mit der Ruhe«, keuche ich. Ich glätte mein Kleid, weil ich nicht weiß, was ich sonst mit meinen Händen tun soll. Während meine Hände über mein Kleid fahren, fällt Kurtis' Blick direkt auf meine Brüste, und ich kann unverhohlenes Wohlgefallen erkennen. Vielleicht fragt er sich, warum er sie nicht so groß in Erinnerung hat. Oder aber sein geschulter Blick erkennt sofort, dass bei meinen Brüsten etwas nachgeholfen wurde, seit wir uns zum ersten Mal gesehen haben, und er denkt sich: »*Das* hat sie also die ganze letzte Woche aufgehalten.« Was er auch denkt, sein Blick verrät mir, dass ihm gefällt, wie meine Brüste mein Kleid ausfüllen.

Kurtis schaut mir wieder ins Gesicht, und seine Dringlichkeit überwältigt mich. Verdammt, der Mann sieht schon wieder aus wie ein Axtmörder – genau wie bei unserem Mittag-Schrägstrich-Abendessen im Restaurant. Und *o mein Gott*, es gefällt mir.

Da wird mir plötzlich klar, dass ich mich hier auf sehr dünnem Eis bewege. Das ist ein erwachsener Mann, kein Junge. Ein Mann, der es gewohnt ist, alles zu bekommen, was er will. Nur ein Blick auf sein Haus und seinen schicken Anzug genügen, um zu wissen, dass dieser Mann jemand ist. Früher oder später – und ich nehme an, früher – wird es diesem Mann langweilig werden, hinter einem Mädchen herzulaufen, das nicht viel mehr tut, als ihn zu küssen und mit den Wimpern zu klimpern. Auf der anderen Seite wird es ihn vielleicht noch mehr langweilen, wenn dieses kleine Mädchen sofort mit ihm ins Bett geht, ohne dass er ihr überhaupt hinterherlaufen musste.

Ich muss mir eine Katz-und-Maus-Strategie überlegen, wenn ich will, dass dieser Mann lange genug an mir interessiert ist, um einen Film mit mir zu drehen – ganz egal, wie sehr mein Körper sich schon jetzt nach ihm verzehrt. »Erzähl mir mehr von deiner Filmidee«, sage ich und lecke mir nach unserem Kuss die Lippen.

Kurtis' Wangen sind gerötet. »Setz dich.« Er deutet auf einen der Sitze in seinem Heimkino.

Ich setze mich.

»Ich bin gleich wieder da.« Kurtis geht in den hinteren Teil des Raumes, um etwas herzurichten, kommt dann zurück und setzt sich neben mich. »Ich zeige dir meinen Lieblingsfilm, damit du weißt, was für eine Art Film ich mit dir drehen möchte.«

Auf der Leinwand erscheint der Schriftzug »Casanova Productions«, dann der Titel »*Suzy wird flachgelegt*«, gefolgt von der Anmerkung »X-Rating«.

Ich kriege große Augen. Ich habe in meinem Leben noch nicht viele Filme gesehen und definitiv noch keinen mit dem X-Zertifikat. Mein Magen verkrampft sich, und ich springe aus meinem Sitz auf.

»O Gott, Kurtis. Ich kann doch nicht in einem *Porno* mitspielen.«

Kurtis scheint schockiert von meiner Reaktion.

»Ich habe noch nie etwas von diesem Zeug im *echten Leben* getan«, entfährt es mir. »Ich werde es bestimmt nicht zum ersten Mal vor einer Kamera tun.« In dem Moment, in dem die Worte meinen Mund verlassen, wünschte ich, ich könnte es rückgängig machen. Das hätte ich nie vor Kurtis offenbaren dürfen, bevor ich mir nicht eine Strategie zurechtgelegt habe. Jetzt habe ich wahrscheinlich jede Chance verspielt, dass Kurtis mich zum Star macht, wie es bei Lana Turner der Fall war.

Aber Moment mal. Der Blick in Kurtis' Gesicht sagt mir, dass alles gar nicht so schlimm ist. Es sieht fast so aus, als hätte meine Ehrlichkeit mich sogar einen Schritt weitergebracht. Denn Kurtis blickt mich an, als hätte er gerade etwas Einzigartiges entdeckt.

»Was meinst du damit, du hast noch nie etwas von *diesem Zeug* gemacht?«, fragt er sichtlich erregt.

Auf der Leinwand zieht sich gerade eine Frau mit enormen Brüsten aus, während ein Mann mit Werkzeuggürtel und Schutzhelm (und nichts weiter) ihr dabei zusieht. Ich drehe mich weg. Ich will nicht sehen, was als Nächstes passiert.

Kurtis geht wieder in den hinteren Teil des Raumes und macht den Film aus. Ich seufze erleichtert auf. Als er wieder zu mir kommt, ist er ganz aufgeregt. »Was meinst du damit, du hast noch nie so etwas getan?«, fragt er erneut mit drängendem Tonfall. Als ich rot werde und nicht antworte, fragt er: »Nichts davon?« Als ich immer noch nichts sage, fügt er hinzu: »Überhaupt nichts?«

»Na ja, nicht *überhaupt nichts*«, bringe ich schließlich heraus und verschränke abwehrend die Arme vor der Brust. »Ich meine, ich habe schon mal einen Mann geküsst, und …«

Er grinst mich breit an und sieht glücklicher aus als ein Fuchs im Hühnerstall. »Und …?«

Da geht mir plötzlich ein Licht auf. Kurtis' Leben besteht aus Stripperinnen und nackten Mädchen und Pornos, ich muss also für ihn etwas ganz Besonderes sein. Als ich diese Unterhaltung mit Kurtis begonnen habe, hatte ich keine Ahnung, wie ich mich am besten für ihn interessant mache, aber jetzt weiß ich es. Zum ersten Mal in meinem Leben wird die annähernde Wahrheit mein bester Freund sein.

»Mein Gott, Kurtis«, sage ich aufgebracht. »Das war alles, okay? Ich habe bis jetzt nur geküsst, und das auch nicht allzu oft. Mach es doch nicht noch peinlicher für mich, als es eh schon ist.«

Kurtis strahlt mich überglücklich an.

»Und ich habe bis jetzt auch nur *einen* Jungen geküsst.« Das ist die Wahrheit. »*Einmal.*« Nicht ganz die Wahrheit. Ich habe Wesley schon tausendmal unter der großen Eiche geküsst. Für den Bruchteil einer Sekunde muss ich daran denken, wie sehr es mir immer gefallen hat, den süßen Wesley mit dem Herz aus Gold zu küssen, und mein Herz macht einen Satz. »Das war gerade mein zweiter Kuss im Leben. Und mein erster Zungenkuss.« Nicht annähernd die Wahrheit. Wesley und ich haben genug Spucke ausgetauscht, um den Rio Grande damit zu füllen. »Und jetzt, da ich dich geküsst habe, Kurtis, erkenne ich, dass ich noch nie zuvor richtig geküsst worden bin.« Ich bin mir nicht sicher, ob das wahr ist oder nicht, denn ich habe Wesleys Küsse wirklich immer sehr genossen. Aber Kurtis zu küssen hat in mir ganz andere Gefühle ausgelöst. Ich senke die Augenlider und öffne leicht den Mund, wie ich es schon auf vielen Fotos von Marilyn in ihrer Biografie gesehen habe. »Das eben hätte genauso gut mein erster Kuss überhaupt gewesen sein können«, flüstere ich kaum hörbar.

Kurtis' Augen leuchten wie die Kerzen an einem Weihnachtsbaum.

Ich drehe den Kopf zur Seite und tue so, als wäre es mir peinlich. »Es tut mir leid, Kurtis. Ich bin sicher, du bist Mädchen mit viel, viel mehr Erfahrung gewohnt, und ich weiß nicht, wie ich jemals mit ihnen mithalten könnte.«

Kurtis geht auf mich zu und packt mich fest bei den Schultern. »Du bist besser als alle zusammen – sie können nicht mit *dir* mithalten.« Er mustert mich von oben bis unten. »Sieh dich doch nur an, Baby. O Gott, du bist so verdammt sexy. Und jetzt finde ich heraus, dass du auch noch Jungfrau bist? Ich meine, eine Jungfrau durch und durch?« Er wirft den Kopf in den Nacken und lacht. »Du bist ein vierblättriges Kleeblatt, Baby. Du dürftest gar nicht existieren, aber du tust es. Und ich bin der größte Glückspilz der Welt, weil ich dich gefunden habe.« Er reibt sich die Hände. »*Ich habe dich gefunden.*« Er packt mein Gesicht und küsst mich wieder leidenschaftlich auf den Mund, als würde er einen Schatz für sich beanspruchen. Meine Knie werden weich, und mein Schritt steht in Flammen. Als wir wieder voneinander ablassen, sprühen seine Augen förmlich Funken – genau wie meine, nehme ich an. »Sag mir, wie konnte das passieren?« Er zeigt auf meinen Körper und schaut mich bewundernd an.

Ich habe keine Ahnung, wie ich diese Frage beantworten soll. Ich werde ihm mit Sicherheit nicht meine Lebensgeschichte erzählen. Aber bevor ich überhaupt etwas sagen kann, ruft Kurtis laut aus: »O mein Gott, du bist eine Pastorentochter, richtig? Habe ich recht?«

Danke, lieber Gott. Das ist eine wunderbare Erklärung, und ich sehe, wie angetan Kurtis von diesem Gedanken ist. Natürlich haben wir während unseres dreistündigen Essens vor einer Woche nicht über meinen Familienhintergrund geredet, weil Kurtis mir die ganze Zeit von sich selbst und seinem Magazin vorgeschwärmt hat.

Ich nicke enthusiastisch. »Du hast es erraten – ich bin eine Pastorentochter.«

»Ich wusste es.«

»Ist das so offensichtlich?«

Kurtis kriegt sich nicht mehr ein vor Lachen. »Ja, das ist offensichtlich.«

Ich stimme in sein Gelächter mit ein.

»Du kannst diese ländliche Pastorenart nicht verstecken, besonders nicht vor einem Kenner wie mir.«

Ich tue beleidigt. »Aber Kurtis, ich bin nicht ländlich, ich bin kosmopolitisch.«

Kurtis wirft erneut den Kopf in den Nacken und lacht schallend auf. Ich scheine ihn gewaltig zu amüsieren. »Nein, das bist du nicht. Aber genau das macht deinen Charme aus. Ich wusste schon letzte Woche beim Essen, dass du eine Pastorentochter sein musst, aber ich wollte nichts sagen.« Er zwinkert mir zu. »Ich wollte dich nicht in Verlegenheit bringen.«

Ich schaue auf den Boden und erröte wie eine alte Jungfer. »Und ich dachte, ich könnte dir etwas vormachen.«

Er lacht wieder. »Erzähl mir mehr.«

»Na ja …«, sage ich und überlege, wie ich fortfahren soll. »Mein Daddy war ein Pastor, wie er im Buche steht. Er hat mehr als einen Jungen wieder davongejagt, das kannst du mir glauben.«

Kurtis bricht erneut in schallendes Gelächter aus. Dieser Mann ist wirklich leicht zu belustigen.

»Mein Daddy hat mir verboten, mit einem Jungen auszugehen. Ich durfte mich mit keinem einzigen verabreden, nicht mal auf ein Eis. Er hat mich zu Hause unterrichtet, damit er mich von den Jungs fernhalten konnte. Er hat mich quasi eingesperrt.«

»O Gott, die Welt wird das lieben.«

»Aber dann, während einer seiner göttlichen Missionen in Afrika, auf der er den hungernden Kindern helfen wollte, kam es zu einem tragischen Zwischenfall mit einem Nilpferd, den mein Daddy – Gott hab ihn selig – nicht überlebte.« Ich schaue nach oben und verdrücke wie auf Kommando ein paar Tränen. »Doch bevor er nach Afrika gegangen ist, musste ich meinem Daddy versprechen – nein, ich musste ihm schwören –, dass ich immer rein bleiben werde vor den Augen Gottes.«

»Heilige Scheiße.«

»Mein Daddy hat mir immer gesagt, dass ich zu schön sei, um mich einfach irgendwem hinzugeben. Ich musste ihm schwören, dass ich auf jemand …« Ich spüre förmlich, wie Kurtis den Atem anhält, während er auf das nächste Wort von mir wartet. »… *Besonderen* warte.«

Wenn ich Kurtis jetzt auch nur leicht anpusten würde, würde er umfallen wie eine schlafende Kuh. Er vergräbt den Mund in meinem Haar und flüstert mir ins Ohr: »Und, bin ich besonders, Butterblume?«

Ich lehne mich zurück und schaue ihn an, als würde ich ernsthaft über seine Frage nachdenken. »Kurtis Jackman, du bist unglaublich süß.« Ich berühre sanft sein Gesicht. »Ich weiß bereits, dass du anders bist als alle, die ich bisher getroffen habe.« Ich schüttle den Kopf, als müsse ich meine Gedanken ordnen. »Wenn du die Wahrheit wissen willst, dein Kuss hat mich fast dazu gebracht, den Schwur an meinen Vater zu vergessen – zum ersten Mal in meinem Leben.«

Kurtis zieht mich an sich und presst seinen Körper gegen meinen. Seine Erektion lässt mich vor Erregung zittern.

»Du machst mich wahnsinnig an, Kurtis«, sage ich und versuche, meinen Atem zu beruhigen.

»Butterblume«, stöhnt er und will mich erneut küssen.

Ich ziehe mich abrupt zurück. »Aber ich habe meinem Daddy etwas geschworen, und daran muss ich mich halten.«

Kurtis sieht aus, als würde er gleich aus der Haut fahren. »Komm her.« Er nimmt meine Hand und führt mich zurück zu den Sitzen. Einen Moment lang denkt er fest nach. »Du bringst mich um den Verstand. So jemand wie du begegnet einem nur einmal im Leben, und ich darf jetzt keinen Fehler machen.«

»Kurtis, ich habe dir bereits gesagt – ich werde nicht zum ersten Mal im Leben Sex in einem Porno haben.« Das meine ich wirklich ernst, egal, wie sehr es zwischen meinen Beinen pocht.

»O Gott, nein«, stimmt Kurtis mir schnell zu und klingt richtig alarmiert. »Du wirst dein erstes Mal nicht in einem Film erleben.« Er kichert, als hätte ich gerade etwas sehr Lustiges gesagt. »Nein, nein, nein. Du wirst dein erstes Mal mit *mir* erleben.«

Ich bekomme eine Gänsehaut.

Er verschlingt mich regelrecht mit Blicken. »Und glaub mir, Baby, wenn wir zum ersten Mal miteinander schlafen, dann werden wir ganz alleine sein.«

Ich bin mir sicher, mein Gesichtsausdruck verrät meinen Schock, auch wenn ich normalerweise ein gutes Pokerface aufsetzen kann.

Kurtis beugt sich zu mir und ist nur noch wenige Zentimeter von meinem Gesicht entfernt. »Und glaub mir, ich werde es richtig machen.« Dann küsst er mich wahnsinnig zärtlich.

Ich bin erleichtert von der Sanftheit seines Kusses und den beruhigenden Worten, auch wenn es sich irgendwie so anfühlt, als hätte er mir gerade gesagt, dass er mich durch Köpfen hinrichten lassen wird und nicht durch langsamen Aderlass.

»Ich wollte schon immer einen ernsthaften Film drehen«, sagt Kurtis. »Einen Film, den die Menschen respektieren. Du weißt schon, weg von dieser Pornoschiene.« Er fährt sich mit der Hand durchs Haar und scheint tausend Gedanken auf einmal zu haben. »Vielleicht ist es ein Zeichen von Gott, dass du mit deinem Aussehen und deiner Art gerade jetzt in mein Leben getreten bist. Vielleicht ist genau jetzt der Zeitpunkt gekommen, den Mainstream-Film zu drehen, von dem ich schon mein Leben lang träume.«

Mir droht das Herz aus der Brust zu springen. »Von was für einer Art Mainstream-Film träumst du denn, Kurtis?« Ich kann nicht mehr richtig sprechen. Die Worte bleiben mir fast im Hals stecken.

Kurtis grinst. »Ein Film über ein Mädchen vom Lande, das das größte Sexsymbol wird, das die Welt je gesehen hat.«

Ich sitze auf der Stuhlkante und starre gebannt und atemlos auf Kurtis' Lippen, als er fortfährt.

»Es wäre die Neuverfilmung eines Mythos«, sagt Kurtis. Er öffnet die Hände wie ein Zauberer, der ein weißes Kaninchen aus seinem Hut zaubert. »Eine Film-Hommage an Marilyn Monroe.«

Ich wusste es. Kurtis ist da, um mein Schicksal zu erfüllen. Ich bin kurz davor, zu hyperventilieren. Aber ich reiße mich zusammen. Ich muss jetzt alles richtig machen. Wie zum Teufel bleibe ich lange genug interessant für diesen lüsternen Porno-King, dass er einen Film mit mir dreht? Meine Gedanken rasen, und plötzlich fällt mir das Buch ein, das ich letzte

Woche gelesen habe, während ich mich von meiner Brust-OP erholt habe. Es ging um König Henry VIII. und seine zweite Frau Anne Boleyn. Wahrscheinlich sollte ich mir eine Scheibe von Anne Boleyn abschneiden.

Die gute Anne wusste, dass es ihre Bestimmung war, eines Tages Königin zu werden – was damals ungefähr das Gleiche war, wie auf den Kinoleinwänden der ganzen Welt zu erscheinen. Aber als König Henry Anne ins Bett kriegen wollte, ohne ihr ein Königreich zu versprechen, hat sie sich nicht darauf eingelassen. »Ich bin zu besonders, um eine von deinen Huren zu sein«, hat sie dem lüsternen König geantwortet – und das hat sie ernst gemeint. Diese Frau hatte wirklich Mumm, wenn man bedenkt, dass König Henry bereits eine Königin hatte. Doch sie ist bei ihrer Forderung geblieben, und am Schluss hat Henry alles getan, was sie wollte, nur um sie ins Bett zu kriegen.

Gut, das Ende von Annes Geschichte ist nicht besonders schön (möge ihre Seele – und ihr Genick – in Frieden ruhen), aber der Punkt ist: Anne hatte einen Plan. Sie ist nicht davon abgewichen, und er hat funktioniert. Und genau das werde ich auch tun – ich mache einen Plan und weiche keinen Millimeter davon ab.

Wie lange kann das schon dauern? Wenn ein richtiger König dazu gebracht werden konnte, sich gegen seine Königin und die gesamte Kirche zu stellen, nur um das Mädchen zu kriegen, das er haben wollte, dann müsste es doch ein Kinderspiel sein, einen Porno-König dazu zu bringen, einen simplen Film mit mir zu drehen.

KAPITEL 9

13 Jahre alt

2561 TAGE BIS ZUM KILLING-KURTIS-TAG

Es ist jetzt genau ein Jahr und neunzehn Tage her, dass Daddy gegangen ist. Und exakt ein Jahr, dass ich seinen ersten und einzigen Brief erhalten habe. Als ich vor einem Jahr den ungeöffneten Umschlag in den Händen gehalten habe, wollte ich so schnell wie möglich zum Eingang des Trailerparks laufen und darauf warten, dass Daddy mich abholt. Aber ich habe dem Drang widerstanden, aus dem Wohnwagen zu springen, und zuerst den Umschlag geöffnet. Vielleicht hatte Daddy mich ja gebeten, etwas Bestimmtes einzupacken oder ihn an einem bestimmten Ort zu treffen.

»Ja, es ist wahr«, hat Daddy in seiner schnörkeligen Schrift geschrieben. »In Hollywood scheint immer die Sonne. Und es gibt an jeder Ecke Filmstars und riesige Villen.« Ich konnte kaum atmen, als ich Daddys Zeilen zum ersten Mal gelesen habe. Ich konnte den Blick kaum auf die Worte fokussieren, also habe ich sie erst mal in Zeilen und Abschnitten in mich aufgesogen, anstatt sie wirklich zu lesen: »... arbeite sehr viel ... vermisse dich schrecklich ... nur das Beste für Charlie Wilbers Tochter ... hübscheste Kleid, das ich je gesehen habe ... verdienst immer nur das Beste ...«

Schließlich, fast am Ende der Seite, direkt über dem großen, rundlichen Herzen, in das Daddy meinen Namen geschrieben hat, ist mein Blick an einem vollständigen Satz hängen geblieben: »Es wird noch ein bisschen länger dauern, als ich dachte, bis ich mit diesem reichen Kerl sprechen kann«, hat Daddy geschrieben. »Aber keine Sorge, ich komme zurück und hole dich, sobald ich eine Villa für uns gefunden habe.«

Ich habe den Brief auf den Boden fallen lassen, und um mich herum hat sich alles gedreht.

Seitdem habe ich nichts mehr von Daddy gehört.

Jeden Abend, bevor ich schlafen gehe, lese ich Daddys Brief immer und immer wieder. Dann stecke ich ihn sicher unter mein Kopfkissen. Und jedes Mal, bevor ich die Taschenlampe ausschalte, sage ich mir selbst laut: »Ich liebe dich mehr als den Sternenhimmel.«

In den meisten Nächten träume ich von Daddy. Und in jedem Traum kommt er mir übermenschlich groß und wichtig vor. In einigen Träumen bin ich mit Daddy in Hollywood, im Garten unserer Villa, und wir lachen zusammen in der Sonne – neben unserem Brunnen mit den Skulpturen von nackten Frauen und Engelchen und dem kleinen Amor mit Flügeln. Manchmal kommt Daddy im Traum auch zu mir und setzt sich in unserem Trailer auf meine Bettkante – wie in alten Zeiten. »Nur das Beste für Charlie Wilbers Tochter«, sagt er dann immer. Ich umarme ihn und frage ihn, warum er mich verlassen hat. Und er antwortet immer: »Weil du das Beste im Leben verdienst.« Jedes einzelne Mal erwidere ich dann: »Aber Daddy, ich will nur *dich*.«

In manchen Träumen – wenn auch nicht sehr oft – ersteche ich Daddy mit einem großen Fleischermesser, und das Blut spritzt über mein ganzes Bett und den Boden und über meine nackten Zehen, und Daddys Augen treten vor Schock und Schmerz hervor, und ich erkenne Bedauern und die Bitte um Vergebung in seinem Blick, als ich das Messer immer tiefer und tiefer in seine Brust stecke. Dann ziehe ich das Messer heraus und steche immer und immer wieder zu. Er schreit, wenn ich das Messer mit aller Kraft erneut in seine Brust ramme – so tief, dass ich sein warmes, blutiges Fleisch um meine Faust herum spüre. Und dann drehe ich das Messer in Daddys Brust, als würde ich ein tiefes Loch aushöhlen.

Aber ganz egal, welchen Traum ich in der letzten Nacht von Daddy hatte, ganz egal, welches Buch ich am Tag zuvor gelesen habe, während Mommy geschlafen oder im Diner gearbeitet hat, und egal, wie sehr ich mir vorgestellt habe, dass ich ein schickes Mädchen in einer großen Villa in Hollywood mit einem Brunnen mit Skulpturen von nackten Frauen und Engelchen und einem kleinen Amor mit Flügeln wäre, egal, wie oft ich zum Laden gelaufen bin, um mir ein Eis oder einen Hotdog zu kaufen, oder wie oft ich auf die großen Felsen geklettert bin – eine Sache bleibt immer gleich. Ich vermisse meinen Daddy. Ich vermisse Daddy so sehr, dass es wehtut. Wenn Daddy nicht bald zurückkommt, um mich zu holen, dann gehe ich selbst nach Hollywood, koste es, was es wolle. Und ich finde ihn.

Das ganze Jahr musste ich alleine mit meiner Mutter leben, und es war die Hölle. Diese Frau würde sogar in einem leeren Haus einen Streit anfangen. Sie spricht kaum mit mir, außer wenn sie mich wegen irgendwas anschreit – üblicherweise wegen einer Kleinigkeit, zum Beispiel, weil ich im Hinterzimmer die Schranktür offen gelassen habe. »Wenn du die verdammte Schranktür offen lässt«, schreit sie immer, »stoße ich mir den Kopf an, wenn ich mitten in der Nacht aufs Klo muss!« Ich hasse es, wenn meine Mutter mich wegen der blöden Schranktür anschreit. Es ist ja nicht so, als würde ich ihr absichtlich eine Beule an der Stirn verpassen. Mein Gott, jeder macht doch mal einen Fehler.

»Hey, Charlene«, sagt meine Mutter eines Tages, als würde sie eine normale Unterhaltung über das Wetter anfangen wollen.

Ich hasse es, wenn sie mich Charlene nennt. Immer, wenn sie meinen Namen ausspricht, erinnert mich das daran, dass Daddy nicht da ist. Daddy und ich sind wie Salz und Pfeffer. Wie Erdnussbutter und Marmelade. Charlie und Charlene. Wenn Daddy nicht hier ist, um Charlie Wilber zu sein, gibt es auch keinen Grund für mich, Charlene Wilber zu sein, oder? Gott, wie ich es hasse, wenn meine Mutter mich Charlene nennt. Das ruft mir nur in Erinnerung, wie sehr ich meine andere Hälfte vermisse. Und außerdem nennt mich eh nur meine Mutter so. Sogar Daddy nennt mich entweder Butterblume oder Charlie Wilbers Tochter.

»Charlene«, sagt meine Mutter wieder, als ich ihr beim ersten Mal nicht antworte. Aber ich blicke nicht von meinem Buch auf. *The Stranger Beside Me*. Es geht um Ted Bundy. Mein Gott, dieser Mann hat wirklich jeden verarscht – nur weil er so ein hübsches Gesicht hatte.

Als ich nicht aufschaue, gibt meine Mutter schließlich auf und stapft aus dem Trailer. Die Tür fällt knarrend hinter ihr ins Schloss. Ich schaue auf die Uhr. Sechs Uhr. Wahrscheinlich geht sie zur Arbeit ins Diner. Zum Glück ist sie weg. Wenn Daddy endlich kommt, um mich zu holen, werde ich ihr keine Träne nachweinen – selbst wenn ich sie nie mehr wiedersehe.

KAPITEL 10

15 Jahre alt

2015 BIS **1922** TAGE BIS ZUM KILLING-KURTIS-TAG

Ich sitze an dem kleinen Tisch in unserem Trailer und lese ein Buch. Es heißt *Ein anderer Frieden* – einer der »Klassiker«, die Mrs Monaghan mir immer empfiehlt, die Gute. In dem Buch geht es um Gene, der an einem Ast rüttelt, auf dem sein bester Freund Finny steht. Finny fällt runter und bricht sich das Bein. Gene hat absichtlich an dem Ast gerüttelt, weil er eifersüchtig auf Finny ist, da er so gut aussieht. Das ist ja alles schön und gut, aber in dem ganzen restlichen Buch geht es nur darum, dass sich Gene so schuldig fühlt wegen dieser Sache und keinen Frieden findet, bla, bla, bla. Mein Gott, ich wünschte, Gene würde endlich aufhören zu jammern. Was geschehen ist, ist geschehen, Gene.

Die Wohnwagentür wird aufgestoßen. Ich blicke auf.

»Hey, Charlene«, sagt meine Mutter und räuspert sich. »Das ist Jeb.«

Neben meiner Mutter steht ein Bär von einem Mann mit Flanellhemd. Seine dunklen, lockigen Haare sehen aus, als hätten sie schon seit einem Jahr keine Schere mehr gesehen, und sein Bauch droht den letzten Knopf seines Hemds zu sprengen.

»Hi, Charlene«, sagt der Kerl. »Ich bin Jeb.« Seine Stimme klingt sanfter, als ich bei seiner Größe vermutet hätte. Er geht einen Schritt auf mich zu und streckt mir seine Hand entgegen.

Ich starre seine Hand an, rühre mich aber nicht.

Jeb nickt und zieht seine Hand zurück. »Schön, dich kennenzulernen«, sagt er ruhig.

Meine Mutter grinst bis über beide Ohren, als hätte sie gerade einen lebenslangen Vorrat an Keksen gewonnen. »Jeb wird eine Weile bei uns wohnen«, sagt sie voller Begeisterung. »Das heißt immer, wenn er in der Stadt ist. Jeb ist Trucker, also ist er oft unterwegs. Aber immer, wenn er da ist, wird er bei uns wohnen und uns helfen, die Rechnungen zu bezahlen und so weiter. Er wird sich um uns kümmern.« Meine Mutter und Jeb tauschen verliebte Blicke aus. »Er wird der Mann im Haus sein.«

Ich sage kein Wort. Daddy wird ausflippen, wenn er von Jeb erfährt. Der Holztisch fühlt sich unter meinen Handflächen heiß an. Ich balle die Hände auf meinem Schoß zu Fäusten. Das wird nicht gut ausgehen.

»Also gut«, sagt meine Mutter. »Komm mit, Jeb. Ich gebe dir eine Vierzehn-Sekunden-Tour von unserem kleinen Palast.« Sie kichert, und mir kommt es vor, als würde ich meine Mutter in diesem Moment zum ersten Mal kichern hören.

»War nett, dich kennengelernt zu haben, Charlene«, sagt Jeb wieder. Er tippt sich an den imaginären Hut und folgt meiner Mutter in den hinteren Teil des Wohnwagens.

Als ich in dieser Nacht in meinem Bett liege, höre ich, wie meine Mutter und Jeb zusammen lachen – und sich stöhnend auf der Matratze hin und her wälzen. Ich halte mir das Kissen über die Ohren, und mein Magen verkrampft sich. Als die Geräusche aus dem Hinterzimmer endlich verklungen sind und ich gute dreißig Minuten nichts mehr gehört habe, schleiche ich mich mit meiner Taschenlampe in ihr Zimmer und blicke auf die bewegungslosen Körper meiner

Mutter und von Jeb hinab. Jebs Arm liegt über der Schulter meiner Mutter. Sein Mund steht offen.

Ich höre Daddys Stimme in meinem Ohr: »O Gott, nein.«

Ich verlasse das Zimmer auf Zehenspitzen und öffne dabei die Schranktür. Meine Mutter kann ruhig eine Beule an der Stirn bekommen. Vielleicht denkt sie dann noch einmal darüber nach, bevor sie das nächste Mal mit einem anderen Mann zusammen lacht und sich mit ihm auf der Matratze wälzt.

Ich sitze an dem kleinen Tisch, esse eine Schüssel Cornflakes und trinke meinen Tee. Jeb kommt aus dem Schlafzimmer und setzt sich zu mir an den Tisch. Er ist so groß und breit, dass er sich in Etappen setzen muss. Sein Haar sieht aus wie ein Rattennest auf seinem Kopf. Sein Bauch hängt über den Bund seiner Schlafanzughose und ragt unter dem Lynyrd-Skynyrd-T-Shirt hervor. Ohne zu fragen, schüttet sich Jeb ebenfalls Cornflakes in eine Schüssel und schenkt sich dann auch noch Tee ein.

»Also, Charlene«, beginnt Jeb und mampft seine Cornflakes. »Was machst du gerne?«

Ich antworte nicht.

»Gehst du gerne angeln?«

Ich bleibe still.

»Ich gehe wirklich gerne angeln. Ich könnte dich mal mitnehmen, wenn du magst.«

Ich sage kein Wort.

»Oder magst du Eis? Ich wollte mir nämlich heute noch ein Eis holen und dich fragen, ob du auch eins willst.«

Ich starre weiter vor mich hin und antworte ihm nicht, obwohl ich Eis liebe.

»Mein Lieblingsgeschmack ist Erdbeere. Ich weiß, die meisten Leute mögen am liebsten Schokolade, aber mir schmeckt Fruchteis viel besser. Was denkst du?«

Ich beschließe, endlich etwas zu sagen. »Jeb, ich bin fünfzehn, nicht fünf.«

Jeb grinst und freut sich offenbar tierisch, dass ich ihm endlich antworte. »Na ja, Eis kann einem in jedem Alter schmecken, oder? Ich bin sehr viel älter als fünfzehn, und ich liebe Eis noch immer.«

»Ich mag kein Eis.« Das ist natürlich nicht wahr. Ich liebe Eis ebenfalls. Aber ich werde auf keinen Fall meinen Daddy verraten und mit einem anderen Mann Eis essen gehen.

»Na gut, wir müssen ja kein Eis essen«, sagt Jeb. »Wir können tun, was immer du willst.«

Ich antworte nicht.

Jeb räuspert sich. »Deine Mutter sagt, du liest gerne?«

Ich reagiere in keiner Weise auf diese Frage. Und wenn ich antworten würde, würde ich Jeb sagen: »Ich lese nicht gerne.« Fliegt ein Vogel gerne? Macht eine Spinne gerne Netze? Atmet ein Fisch gerne Luft durch seine Kiemen? Wenn ich antworten würde, was ich nicht tue, würde ich sagen: »Ich bilde mich selbst weiter, um mein vorbestimmtes Schicksal erfüllen zu können.« Selbstverständlich sage ich nichts dergleichen. Ich starre Jeb nur an und lasse ihn weiter seinen Monolog führen.

»Was liest du denn gerade?«, fragt Jeb.

Ich gebe nach. Ich kann einfach nicht widerstehen, wenn es darum geht, über meine Bücher zu sprechen, nicht mal bei Jeb. »Eine Biografie über Jayne Mansfield«, sage ich.

»O wow, nicht schlecht. Sie war eine tolle Frau, stimmt's?«

Witzig, wie Jebs Augen bei der Erwähnung von Jaynes Namen aufleuchten. Er stellt sich garantiert gerade ihre großen Brüste, ihre schlanke Hüfte und ihr strohblondes Haar vor. Ich nehme nicht an, dass er grinst wie ein Wolf, weil er an ihren scharfen Verstand und ihren Sinn für Humor denkt.

Wenn ich jetzt etwas sagen würde, was ich nicht tue, würde ich sagen: »Weißt du, Jeb, Jayne Mansfield war die Twentieth-Century-Fox-Alternative zu Marilyn Monroe. Eine Wahnsinns-Frau, die bekannt wurde als ›Monroe für die Arbeiterklasse‹, wenn du so willst.« Aber das sage ich nicht. Ich sage überhaupt nichts.

»Es hat kein gutes Ende genommen mit Jayne Mansfield«, fährt Jeb fort.

»Das tut es nie, Jeb.«

Jeb hält kurz inne und scheint nachzudenken. »Magst du Filme?«, fragt er schließlich.

»Ich weiß nicht. Ich mag Bücher.«

»Das wäre vielleicht etwas, was wir mal zusammen machen könnten. Ins Kino gehen.«

Ich antworte nicht. Ich werde mit Jeb nirgendwo hingehen. Im Gegensatz zu meiner Mutter, der es anscheinend egal ist, dass sie noch einen Ehemann hat, der jeden Tag zurückkommen könnte, würde ich Daddy nie betrügen.

Als ich auf Jebs Einladung ins Kino nichts erwidere, konzentriert er sich wieder auf seine Schüssel Cornflakes und macht sich danach noch eine zweite.

Ganze drei Monate nach unserem ersten gemeinsamen Frühstück gehört Jeb in unserem Trailer zum Inventar. Er hängt praktisch jeden Tag hier rum, auch wenn meine Mutter schläft oder arbeitet. Manchmal gehen Mutter und Jeb zum Bowlen oder besuchen ein Treffen der Anonymen Alkoholiker, was etwas ganz Neues für meine Mutter ist – und manchmal verschwinden sie im Hinterzimmer, um mit den Kurzhanteln zu trainieren, die Jeb meiner Mutter gekauft hat, damit sie »ihren Geist und ihren Körper in Form« bringt. Aber meistens reden sie nur viel und kichern und spielen

Domino – und natürlich höre ich immer wieder die unterdrückten Laute aus dem Hinterzimmer. Und jeden Tag – egal, ob Mutter da ist oder nicht – versucht Jeb, ein Gespräch mit mir zu beginnen. Er will mit mir angeln gehen oder ins Kino oder Domino oder Baseball spielen oder irgendeine andere Vater-Tochter-Beschäftigung, von der er bestimmt in einer Zeitschrift für gute Eltern gelesen hat.

Während der ersten zwei Monate habe ich Jeb vollkommen ignoriert, wenn er mich angesprochen hat, und nicht ein Mal von meinem Buch aufgeblickt. Und jedes Mal hat Jeb dann mit den Fingern geschnippt und »Och!« gesagt – mit einem Gesichtsausdruck, als hätte er es wieder um Haaresbreite verpasst, mich zu knacken.

Jedes Mal, wenn Jeb mit den Fingern geschnippt und gegrinst hat, ist es mir schwerer gefallen, ihn zu ignorieren, aber ich habe es immer zähneknirschend geschafft. Vor etwa einer Woche hat Jeb wieder mit den Fingern geschnippt, mich breit angegrinst, und ich habe fast vergessen, ihn böse anzuschauen. Ein paar Tage danach habe ich sein Lächeln sogar erwidert, und gestern habe ich nicht nur gelächelt, sondern musste laut auflachen, als er mich wieder so lustig angegrinst hat. Jeb hat sich von meinem Lachen anstecken lassen, und wir haben zusammen bestimmt zwei Minuten lang laut gekichert. Da hat mich ein seltsames Glücksgefühl überkommen – dasselbe Gefühl, das ich habe, wenn ich eines meiner Lieblingsbücher lese, nur besser. Doch dann habe ich schnell wieder auf mein Buch geblickt, und das seltsame, glückliche Gefühl ist verschwunden.

»Deine Mommy ist jetzt schon einen ganzen Monat lang trocken«, sagt Jeb eines Tages, als meine Mutter bei der Arbeit ist. Wir sitzen am Küchentisch und essen die Tomatensuppe und die getoasteten Käsesandwiches, die er für uns gemacht hat. »Ich glaube, ich backe ihr zur Feier des Tages einen Kuchen.«

O mein Gott, ich habe noch nicht wirklich drüber nachgedacht, aber es stimmt: Meine Mutter ist schon ewig nicht mehr betrunken auf ihrem Bett eingeschlafen. Und sie hat auch schon ewig nicht mehr gelallt oder nach Whiskey gestunken. Ich kann mich eigentlich gar nicht mehr daran erinnern, wann ich meine Mutter das letzte Mal mit einem Glas gesehen habe, in dem etwas anderes war als Cola oder Wasser. Vor ungefähr einem Monat – oder ist es schon länger her? – hat sie auch damit begonnen, tagsüber im Diner zu arbeiten, damit sie abends zusammen mit Jeb im Bett liegen kann.

Mein Magen verkrampft sich. Ich lege meinen Löffel auf dem Tisch ab. Mir wird ganz schlecht. Wenn Daddy nach Hause kommt und sieht, wie Jeb seine Frau und seine Tochter übernommen hat – wie er mir Tomatensuppe und Käsesandwiches macht und meine Mutter in Susi Sorglos verwandelt –, dann wird er ausrasten. O Gott, er wird denken, ich hätte ihn durch Jeb ersetzt.

Mein Herz rast.

Ich kann nicht zulassen, dass Daddy sieht, wie ich mit Jeb Witze mache und lache. Wenn er das sieht, dann wird er merken, wie sehr es mir langsam gefällt, Jeb um mich zu haben.

»Deine Mommy wird in ein paar Stunden daheim sein«, sagt Jeb. »Ich kaufe die Zutaten für den Kuchen. Willst du mitkommen?«

Ich schüttle den Kopf. »Ich muss in die Bibliothek und schauen, ob Mrs Monaghan ein neues Buch für mich hat.«

»Gut, dann fahre ich dich dorthin.«

»Danke, Jeb«, sage ich. »Das wäre reizend.«

Jeb grinst. »Reizend.« Er lacht.

Normalerweise würde ich jetzt mit Jeb mitlachen, weil er wieder dieses komische Gesicht macht, das mich einfach immer zum Kichern bringt. Aber ich kann nicht lachen. Das Blut rauscht mir in den Ohren, und mein Magen zieht sich zusammen. »Aber hey, Jeb, ich könnte den Kuchen danach mit dir zusammen backen – vielleicht kannst du mir zeigen, wie das geht.« Mein Magen verkrampft sich.

Ein breites Lächeln legt sich auf Jebs Gesicht. »Ich hole die Schlüssel.« Er springt förmlich ins Hinterzimmer und ist offensichtlich sehr glücklich.

O Gott, meine Brust wird immer enger.

Mrs Monaghan begrüßt mich wie immer sehr herzlich, als ich die Bibliothek betrete. »Hallo, Liebes«, sagt sie. »Womit kann ich dir heute helfen? Noch eine Biografie über einen Filmstar?«

Ich knete die Hände und trete nervös von einem Fuß auf den anderen. Ich blicke nach rechts und links, als hätte ich Angst, jemand könne hören, was ich sage. Mrs Monaghan sieht mich erwartungsvoll an und scheint zu ahnen, dass ich ihr ein Geheimnis anvertrauen möchte. Als ich weiter herumdruckse, wirkt sie leicht besorgt, wartet aber geduldig ab.

»Ich … ich weiß nicht, ob ich das sagen sollte …«, beginne ich.

»Was sagen, Liebes? Stimmt etwas nicht?«

»O nein«, antworte ich ein bisschen zu schnell. »Nein, es ist alles in Ordnung. Es ist nur … ich … ähm … ich muss ein *Referat* über etwas halten.«

Mrs Monaghan weiß, dass ich nicht zur Schule gehe. Ich bin mir sicher, sie wundert sich, was das für ein Referat sein soll und für wen ich es halten muss. »Ein Referat?«, fragt sie.

»Ja, Ma'am, ein Referat. Über … ähm …«

»Über was, Liebes?«, fragt Mrs Monaghan besorgt.

Ich hole tief Luft. »Misshandelte Frauen?«, sage ich zerknirscht.

Mrs Monaghans Miene verfinstert sich. »Oh«, sagt sie und runzelt die Stirn.

Mir treten Tränen in die Augen. »Ich hätte nichts sagen sollen. Ich … Mrs Monaghan, bitte erzählen Sie niemandem, was ich gerade gesagt habe. Bitte erzählen Sie vor allem Jeb nichts davon.« Ich vergrabe das Gesicht in meinen Händen. »Bitte vergessen Sie, dass ich hier war!«

Ich renne aus der Bibliothek und um die Straßenecke davon, bis ich vor Herbs Wäscherei stehen bleibe. Als ich außer Sichtweite bin, lehne ich mich gegen die Mauer und breche in Tränen aus.

Jeb macht es offensichtlich einen Riesenspaß, mir beizubringen, wie man einen *Gratuliere-dass-du-keine-Alkoholikerin-mehr-bist-Kuchen* backt. Ich wünschte allerdings, wir könnten einen *Gratuliere-dass-du-keine-Schlampe-mehr-bist-Kuchen* backen. Aber nein …

»Und mehr ist nicht dabei«, sagt Jeb, schiebt den Kuchen ins Backrohr und schließt die Ofentür. »Jetzt müssen wir nur warten, bis der Ofen piepst.« Er zwinkert mir zu. »Das wird ein sehr guter Kuchen – mit viel Liebe gebacken.«

Mein Herz rast. Meine Brust zieht sich zusammen. Ich versuche zu antworten, aber mir versagt die Stimme.

Doch anscheinend ist Jeb es schon so sehr gewohnt, dass ich nichts sage, dass es ihm gar nicht auffällt. Er reicht mir den Löffel, damit ich den Teig abschlecken kann. »Auf geht's, Charlene – jetzt kommt der beste Teil.«

Ich nehme den Löffel entgegen und probiere den Schokoladenteig. »Danke«, sage ich mit zittriger Stimme.

Er schenkt mir ein Lächeln, das Eisberge zum Schmelzen bringen würde. »Ist mir ein Vergnügen, Kleine. Du bist wie eine Tochter für mich, Charlene.«

Ich würde am liebsten in Tränen ausbrechen, wie ich es vorhin vor der Bibliothek getan habe, aber ich reiße mich zusammen. »Ich ...«, beginne ich, halte dann aber abrupt inne. O Gott, fast hätte ich gesagt: »Ich hab dich lieb, Jeb!« Was ist nur mit mir los? Wenn Daddy jemals herausfindet, was ich für Jeb empfinde, wird er mir nie verzeihen. Er würde mir wahrscheinlich sogar verbieten, mit ihm in Hollywood zu leben. O Gott, das ist überhaupt nicht gut. Das ist sogar sehr, sehr schlecht.

Jeb, meine Mutter und ich sitzen an dem kleinen Tisch vor der Küchenzeile und reiben uns die Bäuche von Jebs Schokoladenkuchen, der – wie ich zugeben muss – der beste war, den ich jemals gegessen habe. Meine Mutter weint sich die Augen aus, weil Jeb ihr verkündet hat, dass er morgen wegen eines Jobs wegfahren muss.

»Es ist doch nur für fünf Tage«, versucht Jeb meine Mutter zu beruhigen. »Mach dir keine Sorgen – ich lasse dir Geld für den Notfall da, während ich weg bin.«

Meine Mutter reibt sich die Augen und holt tief Luft.

Jeb steht auf und holt seinen Geldbeutel aus der Hose. »Hier sind fünfzig Dollar, Liebling.« Er steckt ein paar Scheine in die leere Kaffeedose im Regal.

»Danke, Jebby«, sagt meine Mutter. »Aber ich will nicht das Geld – ich will *dich*. Ich bin mir nicht sicher, wie ich es ohne dich schaffen soll.«

Jeb schaut meine Mutter mitfühlend an. »Ach, Carrie Ann, du hast es bereits einen Monat geschafft, Liebling. Und das war der schwerste Teil. Du weißt doch, dass ich Geld verdienen muss. Ich habe all meine Ersparnisse in den letzten Monaten für uns ausgegeben.«

»Ich weiß, ich weiß«, antwortet meine Mutter. »Danke, Liebling. Ich weiß nur nicht, ob ich ohne dich stark bleiben kann. Es ist jeden Tag aufs Neue schwer, nichts zu trinken.« Ihre Unterlippe beginnt zu zittern, und sie blickt beschämt zu Boden.

»Du schaffst das«, sagt Jeb ernst und zieht meine Mutter von ihrem Stuhl hoch in seine Arme. »Ich bin zurück, bevor du überhaupt merkst, dass ich weg war.« Er legt beide Hände auf ihre Wangen und küsst sie zärtlich. »Und wenn ich zurück bin, fangen wir vielleicht mit den Planungen für die Hochzeit an, um endlich alles offiziell zu machen.« Er lächelt sie an. »Wie klingt das?«

»O Jebby«, sagt meine Mutter, und ihre Augen leuchten auf. »Das klingt sehr gut.«

Mir wird schwindelig. Meine Magen verkrampft sich. Das kann nicht wahr sein.

»Und bis ich zurück bin«, fährt Jeb fort, »ist Charlene die ganze Zeit bei dir und passt auf dich auf.« Er dreht sich zu mir um. »Stimmt's, Süße?«

Ich kann mein Herz klopfen hören. Daddy wird ausflippen, wenn er hört, wie ein anderer Mann darüber redet, *seine* Frau zu heiraten und *seine* Tochter »Süße« nennt.

Das Schlimmste ist, Daddy würde wahrscheinlich zum Amokläufer werden, wenn er wüsste, wie sehr es mein Herz zum Rasen bringt, diese Worte von Jeb zu hören.

Ich nicke Jeb zu. »Jawohl. Ich werde hier sein.«

Meine Mutter schaut mich zärtlich an. »Danke, Charlene.« Sie geht einen Schritt auf mich zu und nimmt mich zum ersten Mal, seit ich denken kann, in den Arm.

Jeb kommt zu uns und umarmt uns beide.

Plötzlich verspüre ich das dringende Bedürfnis, zu heulen wie ein Schlosshund. Ich entziehe mich der Umarmung und setze mich wieder hin.

Meine Mutter und Jeb tauschen einen vielsagenden Blick aus. Meine Mutter nickt, als ob sie Jeb dazu ermuntern würde, etwas zu sagen, dann setzt sie sich mir gegenüber an den Tisch. Nervös spielt sie mit ihren Händen herum.

Jeb räuspert sich und setzt sich ebenfalls. »Charlene, Liebes«, beginnt er zögerlich. »Ich habe mir überlegt – also, deine Mutter und ich haben uns beide überlegt –, dass du wirklich zur Schule gehen solltest.«

Ich starre ihn mit offenem Mund an.

»Du bist so verdammt klug, Liebes. Du hast einen messerscharfen Verstand. Dir sind keine Grenzen gesetzt. Ich verstehe nicht, warum du in all den Jahren keine richtige Bildung genossen hast.« Er schaut zu meiner Mutter, die die Arme vor der Brust verschränkt, weil sie Jebs Kommentar anscheinend als Vorwurf auffasst. »Wenn ich von meinem Job zurück bin, will ich, dass wir dich so schnell wie möglich bei der Highschool anmelden, okay?«

Ich schließe den Mund und versuche, meine Gesichtszüge unter Kontrolle zu kriegen.

»Wie klingt das, Liebes?«, fragt Jeb. »Wenn du eine richtige Bildung genießen kannst, kann dich nichts im Leben aufhalten.«

Ich verziehe die Mundwinkel, als würde ich über Jebs Vorschlag nachdenken. »Hm«, beginne ich leise und versuche, den aufkeimenden Sturm in mir zu beruhigen. Ich spüre, wie meine Wangen rot werden und mir Tränen in die Augen treten. »Also …«, murmle ich. Ich zittere wie Espenlaub. Ich hole tief Luft und versuche, mich zu beruhigen, aber es fällt mir sehr schwer. Verdammt, ich muss mich zusammenreißen. Ich atme ein paarmal tief ein und aus. »Das wäre wirklich toll, Jeb«, sage ich schließlich so enthusiastisch wie möglich, aber meine Stimme zittert dabei. Obwohl ich mir äußerste Mühe gebe, dankbar zu lächeln, gelingt es mir nicht. Ich kann nicht anders, als in Tränen auszubrechen.

Jeb sieht aus, als würde er gleich mit mir mitweinen. Er steht auf und umarmt mich von hinten um meinen Stuhl herum.

Ich würde am liebsten vom Stuhl aufspringen, mich Jebs Umarmung entziehen und laut schreien: »Wenn Dummheit Schmutz wäre, wärst du unter einem ganzen Hektar Dreck begraben!« Aber das tue ich nicht. Stattdessen lehne ich mich gegen seine warme, starke Brust und schluchze vor mich hin.

»Ist ja gut«, sagt Jeb beruhigend und streichelt mir übers Haar. »Alles wird gut, Liebes.« Er küsst mich auf den Kopf. »Wir kriegen das alles wieder hin.«

Am nächsten Morgen, nach einer schnellen Schüssel Cornflakes, ist es für Jeb an der Zeit, sich zu verabschieden. Meine Mutter ist die ganze Zeit ein schluchzendes Häufchen Elend. Natürlich umarmt Jeb sie und versichert ihr, dass er schneller wieder zurück sein wird, als sie glaubt.

»Hey, Jeb«, sage ich mit zitternder Stimme. »Wie wäre es, wenn ich dir einen Willkommenskuchen backen würde, wenn du zurückkommst?«

Jeb schnappt nach Luft. Er geht einen Schritt auf mich zu und streckt die Arme aus. Ich gehe ihm entgegen und lasse mich erneut von ihm umarmen.

»Ich backe ihn genauso, wie du es mir gezeigt hast«, murmle ich an seiner Brust. Als ich mich aus Jebs Umarmung zurückziehe, strahlt er wie ein kleines Kind, und als ich meiner Mutter einen Blick über die Schulter zuwerfe, hat sie Tränen in den Augen.

»Macht euch keine Sorgen, ich bin bald wieder da«, versichert Jeb uns.

Meine Mutter nickt und bringt kein Wort heraus.

Nachdem Jeb meine Mutter noch ein letztes Mal geküsst und mir über die Wange gestreichelt hat, steigt er in seinen Laster, startet den lauten Motor und fährt davon. Dabei winkt er uns zu und wirft uns Kusshände entgegen.

Jeb ist jetzt schon drei Tage weg.

Meine Mutter ist vor über einer Stunde ins Bett gegangen.

Und ich habe es endlich geschafft, mich aus meiner Starre zu lösen.

Ich schleiche in den Küchenbereich, ziehe die gelben Gummihandschuhe über und stehle mich nach draußen.

Während ich gestern am Tisch gesessen und eine Biografie über Marilyn Monroe gelesen habe – die übrigens das beste Buch überhaupt ist –, habe ich gehört, wie sich meine Mutter draußen mit unserem Nachbarn Mr Oglethorpe unterhalten hat.

»Ja, diese Ratten werden wirklich zum Problem«, hat sich Mr Oglethorpe bei meiner Mutter beschwert. »Haben Sie schon eine in Ihrem Trailer gesehen?«

»Zum Glück nicht«, hat meine Mutter geantwortet. »Ich klopfe dreimal auf Holz. Ich hätte wahrscheinlich einen hysterischen Anfall gekriegt, wenn ich drinnen eine gesehen hätte. Vor ein paar Tagen ist draußen eine an mir vorbeigelaufen, als ich abends den Müll rausgebracht habe. Genau dort. Und ich hab geschrien wie eine Furie.«

»Ja, manche von denen sind ziemlich groß«, hat Mr Oglethorpe gesagt. »Ich hab gequietscht wie eine Badeente, als gestern Abend eine über meinen Küchenboden gelaufen ist.«

Meine Mutter hat gekichert, und Mr Oglethorpe musste herzhaft über ihre Reaktion lachen.

»Ich kriege diese Mistviecher«, fuhr er fort. »Ich stelle ein paar Fallen auf, und ich habe unter den Stufen zur Eingangstür auch schon Rattengift ausgelegt.«

»Ich hoffe, das hilft«, hat meine Mutter verzweifelt geantwortet. »Aber wenn Sie eine fangen, dann zeigen Sie sie mir bitte nicht. Beim Anblick von etwas Totem werde ich auf der Stelle ohnmächtig.«

Und jetzt knie ich dank Mr Oglethorpes perfekt getimter Rattenjagd mitten in der Nacht zitternd auf dem kalten Erdboden unter Mr Oglethorpes Stufen und leuchte mit der Taschenlampe. O Mann, es ist kälter als ein zugefrorener See im Januar und dunkler als eine schwarze Katze in einer Kohlegrube.

Aber als ich die Wange auf den Kies lege und mit der Taschenlampe unter die Stufen leuchte, sehe ich sie – eine Box mit Rattengift. Genau da, wo Mr Oglethorpe gesagt hat, dass sie ist. Ich nehme die Box und schleiche auf Zehenspitzen zurück zum Wohnwagen. Dabei zittere ich die ganze Zeit – entweder vor Kälte oder vor Nervosität … oder vor beidem.

Ich schleiche zurück in den Trailer und ins Hinterzimmer, wo meine Mutter schnarchend auf der Matratze liegt. Immer noch die gelben Gummihandschuhe an den Händen, strecke ich zitternd eine Hand aus und drücke die Fingerkuppen meiner Mutter leicht auf die Box mit Rattengift. Sie zuckt nicht einmal.

Zurück in meinem Bett ziehe ich mir die Decke bis unters Kinn und versuche, mit dem Zittern aufzuhören. Aber es gelingt mir nicht. Meine Nerven liegen blank. Wahrscheinlich sollte ich etwas lesen. Lesen beruhigt mich immer. Ich hole mein Marilyn-Buch und meine Taschenlampe unter dem Kopfkissen hervor, und in dem Moment, in dem ich das Buch öffne, werde ich ruhiger.

Ich bewundere die Art, wie Marilyn die Augenlider senkt, wenn sie lächelt. Ich kann nicht genug davon kriegen, wie sexy und gleichzeitig unschuldig sie aussieht. Und mir gefällt es, wie Marilyn die Welt in dem Glauben gelassen hat, dass sie genau die wäre, für die man sie hielt, obwohl sie in Wahrheit jemand ganz anderes war.

Ich blättere die Seiten um und betrachte jedes Foto eingehend.

O Gott, Fotos von Marilyn anzuschauen ist, als würde ich Fotos von mir selbst sehen, wenn ich blondes Haar und große Brüste hätte. Wenn ich älter bin und meine Haare blond gefärbt habe und meine Brüste erst ausgewachsen sind, werden Marilyn und ich wie Zwillinge aussehen. Wir beide sind uns so ähnlich – und das nicht nur äußerlich. Wir haben von A bis Z alles gemeinsam – bis hin zu unseren verrückten Müttern.

Der einzige Unterschied zwischen Marilyn und mir ist – soweit ich das einschätzen kann –, dass Marilyn ihren Vater nie kennengelernt hat und ins Heim kam, nachdem ihre Mutter verrückt geworden war. Sosehr ich Marilyn auch liebe und sein möchte wie sie, für diesen Unterschied bin ich tatsächlich dankbar, um ehrlich zu sein. Seinen Vater nicht zu kennen und im Heim zu leben ist vermutlich sehr viel schlimmer, als mit meiner Mutter in diesem Trailer zu leben.

Langsam werden meine Augenlider schwer. Die Buchstaben auf den Seiten beginnen zu verschwimmen.

Arme Marilyn. Es tut mir so leid, dass sie ihren Vater nie kennengelernt hat.

Mein Verstand will weiterlesen, aber mein Körper sagt, dass es Zeit ist, das Licht auszuschalten. Ich schiebe mein Buch und meine Taschenlampe unter das Kissen und falle ganz langsam in einen tiefen Schlaf.

KAPITEL 11

Odessa, Texas
16 Jahre alt

1613 BIS **1585** TAGE BIS ZUM KILLING-KURTIS-TAG

»Meine Damen und Herren Geschworene«, sagt die Staatsanwältin. »Der Staat Texas wird Ihnen ohne jeglichen Zweifel beweisen, dass diese Frau, Caroline McEntire«, und hier deutet sie auf meine Mutter, die neben ihrem vom Gericht bestellten Anwalt an einem kleinen Tisch sitzt, »am zehnten Oktober letzten Jahres vorsätzlichen Mord begangen hat, indem sie ihren Lebensgefährten Jeb Watson kaltblütig vergiftet und umgebracht hat.«

Ich muss zugeben, es war ein Schock, herauszufinden, dass der richtige Nachname meiner Mutter gar nicht Wilber ist, weil sie und Daddy die ganzen Jahre überhaupt nicht offiziell verheiratet waren. Sie war noch zu jung, als sie mich bekam, und wusste zuerst auch nicht wirklich, welcher Mann der glückliche Vater war. Das alles habe ich erst herausgefunden, als ich zum Staatsmündel wurde – was ebenfalls ein großer Schock für mich war. Ja, ich wurde mit vielen bösen Überraschungen konfrontiert, seit die Polizei vor Monaten meine Mutter verhaftet hat – und all das hat bewirkt, dass ich mich von Tag zu Tag schlechter fühlte.

Aber der größte Schock war wohl, dass ich herausgefunden habe, dass Wilber auch gar nicht mein offizieller Nachname ist, weil der Name meines Vaters nicht auf meiner Geburtsurkunde steht. Der einzige Vater, der in meinen Papieren auftaucht, ist ein Kerl mit dem Namen »Vater unbekannt«. Natürlich hat meine Mutter ziemlich schnell nach meiner Geburt gewusst, wer mein Vater ist, aber ich nehme an, sie ist einfach nicht mehr aufs Amt gegangen, um ihn eintragen zu lassen. Mir ist es selbstverständlich egal, was in irgendwelchen blöden Papieren steht. Ich bin Charlene Wilber und Charlie Wilbers Tochter. Und das ist Fakt. Aber die Leute vom Jugendamt schert es natürlich einen Dreck, wer ich wirklich bin, weil sich diese Idioten nur dafür interessieren, was in den Papieren steht. Ich habe sie immer wieder angefleht, meinen Daddy in Hollywood ausfindig zu machen, aber es ist ihnen einfach egal.

Wie schwer kann es schon sein, einen Kerl ausfindig zu machen, der in Hollywood in einer schicken Villa mit Tennisplatz und Bowlingbahn und einem Brunnen mit Skulpturen von nackten Frauen und Engelchen und einem kleinen Amor mit Flügeln lebt? Meine größte Angst ist, dass Daddy zum Trailer zurückgekommen ist, mich gesucht hat und ich nicht da gewesen bin. Der Gedanke daran, wie Daddy mit einem breiten Lächeln den Wohnwagen betreten hat und feststellen musste, dass ich spurlos verschwunden bin, zerreißt mir das Herz. Wieso sollte Daddy in einem heruntergekommenen Kinderheim in Odessa nach mir suchen? Er würde eher denken, dass meine Mutter mich entführt hat und mit mir nach Mexiko geflohen ist, als mich in einer trostlosen Einrichtung für Jugendliche ohne Eltern zu suchen.

Ich gehe jede Wette ein, dass Daddy zurück nach Kermit gekommen ist, um mich zu holen, während ich in Odessa festsaß. Als er mich im Trailer nicht mehr gefunden hat, hat er sich bestimmt gedacht, dass ich auf eigene Faust nach Kalifornien gefahren bin, um ihn zu suchen. Ich könnte mir jedes Mal die Augen ausheulen, wenn ich daran denke, dass

Daddy zurückgekommen ist und mich nicht gefunden hat. Aber eigentlich bringt mich in letzter Zeit alles zum Heulen. Ich hätte mir im Traum nicht vorstellen können, dass es möglich ist, so viele Tränen zu vergießen.

Mir ist klar, dass ich die Dinge selbst in die Hand nehmen und so bald wie möglich allein nach Kalifornien gehen muss. Doch leider muss ich noch eine Weile in diesem blöden Heim bleiben, bevor ich das tun kann. Jetzt, da die Polizei meinen Namen kennt und jeder beim Jugendamt denkt, er könne mir sagen, was ich zu tun und zu lassen habe, nur weil der einzige offizielle Elternteil von mir in eine Zelle gesperrt wurde, und da ich jeden Tag vor Gericht erscheinen und für die Jury die gute Tochter spielen muss, habe ich kaum eine andere Wahl, als mich zusammenzureißen und zu warten, bis dieser ganze Spuk vorbei ist.

Ich werfe einen verstohlenen Blick auf meine Mutter am Tisch der Verteidigung. Ich sitze in der Galerie hinten im Gerichtssaal neben Mrs Clements aus dem Kinderheim und kann nur den Hinterkopf meiner Mutter sehen und ab und zu ihr Profil, wenn sie ihrem Baby-Anwalt etwas zuflüstert. Dieser Anwalt kann nicht viel älter als ich sein, und ich bin gerade erst sechzehn geworden. Der Junge sieht aus, als hätte er seinem Großvater den Anzug gestohlen. Und meine Mutter? Nun ja, dank ihres destillierten Herzens und ihrer fermentierten Leber sieht sie ungemein schuldig aus. Zusammen wirken die beiden wie Dideldei und Dideldum.

»Als ersten Zeugen ruft der Staat Detective Mark Carter in den Zeugenstand«, sagt der Anwalt. Mrs Clements drückt meine Hand, und ich erwidere den Druck. Ich bin tatsächlich dankbar für ihre Unterstützung, denn in meinem Magen geht es zu wie im Taubenschlag.

Detective Mark Carter ist ein etwas rundlicher Mann mit

grau meliertem Haar, buschigen Augenbrauen und spitz zulaufenden Stiefeln. Ich erinnere mich an ihn von dem Abend von Jebs Mord, als er in unseren Trailer kam.

Nachdem er geschworen hat, die Wahrheit und nichts als die Wahrheit zu sagen, so wahr ihm Gott helfe, fängt Detective Carter mit den buschigen Augenbrauen an, dem hingerissenen Gerichtssaal zu erzählen, was er gesehen hat, als er an besagtem Abend in den Wohnwagen gekommen ist. Er beschreibt, wie er Jeb mausetot auf dem Boden vor der Küchenzeile gefunden hat, wie Blut und Speichel und Kuchenkrümel und weitere undefinierbare Körperflüssigkeiten an seinem Kinn runtergelaufen sind und sein Flanellhemd verschmutzt haben.

Dann beschreibt Detective Carter, wie er einen zur Hälfte aufgegessenen Schokoladenkuchen auf dem Tisch und meine Mutter volltrunken im Hinterzimmer vorgefunden hat. Als Nächstes beschreibt er, wie er mich in der Ecke des Trailers auf dem Boden sitzend, schluchzend und mit um die Knie geschlungenen Armen vor- und zurückwippend entdeckt hat.

Auf die Frage der Staatsanwältin hin erzählt Detective Carter noch von seiner meisterhaften Detektivarbeit. Er erzählt uns, wie er eine leere Rattengiftkiste im Mülleimer hinter dem Trailer der Oglethorpes gefunden hat, und er bestätigt mit funkelnden Augen, dass die Fingerabdrücke meiner Mutter überall auf der Box zu finden waren. Ich bin mir sicher, die Jury denkt, dass er wahrhaftig eine Meisterleistung vollbracht hat.

Als der Anwalt meiner Mutter Detective Carter ins Kreuzverhör nimmt, wird klar, dass dieser Kerl versucht, besonders gewieft zu erscheinen, es ihm aber nicht gelingt. Denn alles, was dieser Jungspund den Detective fragt, scheint ein weiterer Nagel im Sarg meiner Mutter zu sein. Sollte der Verteidiger in einem Mordfall nicht versuchen, seinen Klienten weniger schuldig aussehen zu lassen und nicht noch schuldiger? Ich schwöre bei Gott, wenn man das Gehirn dieses Typen in ein Matchboxauto einbauen würde, würde es sich im Kreis drehen wie ein durchgeknallter Käfer. Ich muss mich sehr zusammenreißen, um nicht aufzuspringen und nach vorne zu laufen, um diesem Idioten in den Arsch zu treten und den Detective selbst zu befragen, damit meine arme Mutter wenigstens den Hauch einer Chance hat.

Seit zwei Wochen sitze ich neben Mrs Clements in der Galerie des Gerichtssaals, höre den Zeugenaussagen zu, weine, lasse den Kopf hängen, schaue trotzig, verwirrt, verzweifelt und/oder schockiert – manchmal alles gleichzeitig. Ab und zu dreht sich meine Mutter zu mir um und blickt mich mit leeren, leblosen Augen an. Ich kann mir nicht vorstellen, was sie denkt, und ehrlich gesagt will ich es auch gar nicht wissen.

»Der Staat ruft Bernard Oglethorpe in den Zeugenstand.«

Mr Oglethorpe beschreibt die Unterhaltung mit meiner Mutter über die Ratten. »Nein, ich habe niemand anderem von der Box mit dem Gift unter meinen Stufen erzählt … Nein, ich habe Carrie Ann die Box mit dem Gift nicht gegeben … Nein, sie hat sich die Box in meiner Gegenwart nicht genommen … Nein, ich habe die Box mit dem Rattengift nicht bewegt … Nein, ich habe die Box nicht in den Mülleimer geworfen.«

»Der Staat ruft Margaret Monaghan in den Zeugenstand.«

Mrs Monaghan erzählt, dass sie mich schon seit Jahren kennt, dass ich oft in die Bücherei gekommen bin und dass ich schon immer leidenschaftlich gerne gelesen habe. Beim letzten Teil lächelt sie mir zu, und ich nehme an, das von einer Bibliothekarin zu hören, ist ein großes Lob. »Charlene war immer ein extrem schüchternes und höfliches und wissbegieriges junges Mädchen«, bestätigt Mrs Monaghan, fügt aber noch hinzu: »Ich muss zugeben, ich habe mich schon oft gewundert, warum sie zu Hause unterrichtet wird und warum sich ihre Eltern so wenig um sie kümmern.« Zur gleichen Zeit sehe ich, wie einige der Geschworenen ihr zustimmend zunicken.

Mrs Monaghan erzählt dem Gericht von dem unvergesslichen Tag, nicht lange vor dem Mord an Jeb, an dem ich verängstigt und nervös in die Bücherei gekommen bin, was für mich so untypisch war, dass sie es nie vergessen wird. Sie sagt, nachdem sie mich etwas gedrängt hätte, habe ich zugegeben, dass ich Informationen über häusliche Gewalt gegen Frauen suche.

Als Mrs Monaghan »häusliche Gewalt gegen Frauen« sagt, schnappen ein paar der Geschworenen nach Luft, und als Mrs Monaghan dann auch noch beschreibt, wie ich sie angefleht habe, nichts davon Jeb gegenüber zu erwähnen, und dass sie den verängstigten Blick in meinen Augen nie vergessen wird, rutschen ein paar der Geschworenen fast von ihrem Stuhl.

Der geniale Anwalt meiner Mutter versucht, Zweifel an dem Gespräch zwischen Mrs Monaghan und mir zu säen, indem er sie fragt, warum um alles in der Welt sie nichts unternommen hat, nachdem ich sie so angsterfüllt angefleht hätte, Jeb davon nichts zu erzählen. Aber entgegen den durchschaubaren Absichten dieses dämlichen Anwalts öffnet diese ganze Befragung nur noch eine Tür für Mrs Monaghan, um zu sagen: »Das frage ich mich selbst die ganze Zeit. Wenn ich irgendetwas getan hätte – egal was –, um diesem armen Mädchen zu helfen, dann säße sie jetzt nicht ohne ihre Mutter da und ohne eine Menschenseele, die sich um sie kümmert. Ich denke mir die ganze Zeit, dass ich Charlenes Mutter davon hätte abhalten können, diesen Mann umzubringen, wenn ich anders gehandelt hätte.«

Ich kann den Geschworenen nicht ins Gesicht schauen. Ich habe Angst, dass meine Blicke mich verraten.

Der Anwalt meiner Mutter ist anscheinend genauso schockiert wie jeder andere im Gerichtssaal, da er keinerlei Anstalten macht, die Sache wieder geradezubiegen. Hat dieser Idiot überhaupt Jura studiert oder wenigstens auch nur ein Buch über Verbrechen gelesen? Der Kerl ist so intelligent wie ein Sandwich.

Ich weiß gar nicht, warum die Staatsanwältin überhaupt noch weitere Zeugen aufrufen muss, aber sie tut es trotzdem.

»Der Staat ruft Officer Ronald Frampton in den Zeugenstand«, sagt sie.

Officer Frampton steht behäbig auf. Er ist so dick, dass es einfacher wäre, über seinen Kopf zu steigen, als um ihn herum zu gehen.

»Sie waren der erste Vollzugsbeamte am Tatort, richtig?«, fragt die Staatsanwältin.

»Das ist richtig.«

»Und was haben Sie als erster Verantwortlicher am Tatort vorgefunden?«

Officer Frampton beschreibt dieselbe Szene wie vorhin Detective Carter, mit der Ausnahme, dass ich bei seiner Ankunft weinend wie ein Baby über Jebs Leiche gebeugt war.

»Und wo war die Angeklagte zu diesem Zeitpunkt?«

»Volltrunken auf ihrem Bett im Hinterzimmer.«

»Haben Sie an ihr etwas Ungewöhnliches festgestellt?«

Officer Frampton beantwortet die Frage mit Ja und sagt, dass ihm zwei Dinge aufgefallen sind, als er meine Mutter zum ersten Mal gesehen hat. Erstens lag sie in ihrem eigenen Urin, und zweitens hatte sie eine hässliche Schramme auf der Wange. Als die Staatsanwältin nach genaueren Details zu der Schramme meiner Mutter fragt, sagt Officer Frampton, dass es für ihn so ausgesehen hat, als wäre ihr die Verletzung frisch zugefügt worden.

Officer Frampton identifiziert mehrere Fotos vom Tatort, darunter auch welche von meiner Mutter, die an diesem Abend aufgenommen wurden. Auf allen Fotos sieht meine Mutter unfassbar fertig und betrunken aus.

Während Officer Frampton redet, sehe ich, wie die Geschworenen die Fotos meiner Mutter sehr aufmerksam betrachten, und ich spüre förmlich, wie sie das menschliche Häuflein Elend auf den Bildern mit der aufgeräumten Version meiner Mutter vergleichen, die in ihrem billigen Kostüm am Tisch der Verteidigung sitzt. Als sie zwischen den erbärmlichen Fotos und der Frau, die im Gerichtssaal sitzt, hin- und herblicken, kann ich ihre Gedanken lesen, als würden sie in ein Megafon schreien: »*Sie können mich nicht verarschen, Lady. Ich weiß, was Sie getan haben.*«

Die Staatsanwältin schaut jetzt sehr selbstbewusst drein, als wäre sie sich sicher, alles richtig gemacht zu haben. Aber man muss keine übersinnliche Wahrnehmung haben, um sehen zu können, dass die Jury meine Mutter anblickt, als wäre sie ein Kalb bei einem Rodeo.

»Euer Ehren«, sagt die Staatsanwältin. »Der Staat schließt den Fall.«

Alle im Gerichtssaal atmen auf.

»Nun gut«, sagt die Richterin. »Hat die Verteidigung noch etwas zu sagen?«

Alle Blicke richten sich auf den vorpubertären Verteidiger meiner Mutter.

Der Idiot steht auf und räuspert sich. »Ja, danke, Euer Ehren. Die Verteidigung ruft Dr Irma Rodriguez in den Zeugenstand.«

»Frauen, die Opfer häuslicher Gewalt sind, werden häufig emotional, körperlich oder sexuell von einer anderen Person misshandelt – in vielen Fällen von ihrem Partner«, sagt Dr Rodriguez und schaut die Geschworenen an, als stünde sie vor einer Schulklasse.

Ich kann nicht glauben, dass der Wunderknabe tatsächlich Dr Rodriguez in den Zeugenstand gerufen hat, um der Jury zu erklären, wie häusliche Gewalt gegen Frauen aussieht. Gibt dieser dämliche Anwalt damit nicht zu, dass Jeb meine Mutter misshandelt hat? Und dass meine Mutter ihn deswegen getötet hat?

»Oftmals bleiben die misshandelten Frauen bei ihrem Partner und suchen sich auch keine Hilfe von außen. Sie versuchen erst gar nicht, der Situation zu entkommen«, fährt Dr Rodriguez fort und genießt es anscheinend, dass sie uns allen das eine oder andere noch erklären kann. »In den meisten Fällen haben die Opfer nur ein geringes Selbstwertgefühl und denken, sie sind selbst an der Misshandlung schuld.«

»Ist es auch üblich, dass diese Frauen oft denken, der einzige Ausweg aus dieser Situation sei, ihren Peiniger umzubringen?«, fragt der Wunderknabe.

»Ja«, bestätigt Dr Rodriguez. »Das kommt sehr häufig vor. Manchmal führt dieser Gedanke dazu, dass das Opfer den Peiniger tatsächlich umbringt, weil es denkt, das sei die einzige Möglichkeit, sich vor weiteren Misshandlungen zu schützen.«

Ich kann das nicht glauben. Wenn ich das richtig verstehe, gibt der dämliche Knabe gerade zu, dass meine Mutter das

Rattengift unter Mr Oglethorpes Stufen hervorgeholt und es in einem Schokoladenkuchen verbacken hat. O Gott, der Anwalt versucht nicht, die Jury von der Unschuld meiner Mutter zu überzeugen, er will sie davon überzeugen, dass sie nicht verurteilt werden darf, obwohl sie es getan hat. Dieser Kerl könnte nicht einmal Wasser aus einem Stiefel gießen, wenn er ein Loch in der Spitze und die Anleitung dazu an der Ferse stehen hätte.

Im Kreuzverhör bringt die Staatsanwältin Dr Rodriguez dann noch dazu, zuzugeben, dass der Umstand, misshandelt zu werden, noch lange keine Entschuldigung für einen Mord ist.

An diesem Punkt wendet sich die Richterin an die Geschworenen. »Meine Damen und Herren, ich werde Ihnen im Anschluss noch erläutern, was das Gesetz in solchen Fällen als Strafe vorsieht. Und erst nachdem Sie über alle Gesetze und Strafen in solchen Fällen im Bilde sind, werden Sie entscheiden, ob es Notwehr war – oder eben *nicht.*«

Vielleicht bilde ich es mir nur ein, aber für mich hat es so geklungen, als hätte die Richterin den Geschworenen einen Wink mit dem Zaunpfahl gegeben, als sie *oder eben nicht* gesagt hat. Und ich kann verstehen, dass sie Zweifel an dem hat, was der Anwalt meiner Mutter uns hier weismachen will. Ich glaube, es ist sehr unwahrscheinlich, in Notwehr einen Kuchen mit Rattengift zu backen.

»Die Verteidigung ruft Wanda Doshinsky in den Zeugenstand.«

»Ja, ich kenne Carrie Ann seit Jahren«, bestätigt Wanda Doshinsky dem Anwalt meiner Mutter. »Wir haben zusammen in Uncle Jimmy's Diner an der Route 271 gearbeitet.« Wanda erzählt weiterhin, dass meine Mutter immer wieder mit blauen Flecken und Schrammen bei der Arbeit erschienen ist. »Ja, schon seit Jahren immer wieder, seit ich sie kenne.«

»Und während der Zeit, in der sie mit Jeb Watson zusammen war?«

»Ja, da auch. Carrie Ann hatte immer blaue Flecken und Schrammen. Während der Zeit mit Jeb meistens im Gesicht.«

Ich will verdammt sein. Wer hätte gedacht, dass all die Male, die meine Mutter sich den Kopf an der verdammten Schranktür geschlagen hat, eines Tages ihr Untergang sein würden? Wahrscheinlich hat sie mich doch zu Recht immer angeschrien, wenn ich sie offen gelassen habe.

Natürlich habe ich darauf gesetzt, dass die Geschworenen glauben, Jeb hätte meine Mutter immer wieder verprügelt. Denn laut meinen Büchern braucht ein Mord immer auch ein Motiv, selbst wenn die Staatsanwaltschaft nicht zwingend eines vorlegen muss. Aber ich habe nicht erwartet, dass der Anwalt meiner Mutter alles auf den Kopf stellt und das Motiv als Entschuldigung hernimmt. Wenn das Gehirn aus Leder wäre, könnte dieser Anwalt aus seinem nicht mal einen Sattel für einen Flo herstellen.

Nach einer gefühlten Ewigkeit ist der Tag, den ich gleichermaßen gefürchtet und herbeigesehnt habe, endlich gekommen.

»Die Verteidigung ruft Charlene McEntire in den Zeugenstand.«

Man könnte eine Stecknadel im Gerichtssaal fallen hören.

Mrs Clements aus dem Heim drückt mir kurz die Hand. Ich stehe von meinem Platz im hinteren Teil des Gerichtssaals auf und mache mich mit zitternden Knien auf den Weg in den Zeugenstand. Das Herz schlägt mir bis zum Hals.

KAPITEL 12

16 Jahre alt

1583 TAGE BIS ZUM KILLING-KURTIS-TAG

»Charlene Ann … *McEntire*«, sage ich ins Mikrofon, als der Anwalt meiner Mutter mich nach meinem vollen Namen fragt. Verdammt, ich hasse es, einen anderen Namen zu sagen als Charlene Wilber, aber ich habe keine andere Wahl.

Ich atme tief ein und aus, um meine Nerven zu beruhigen. Ich werfe einen Blick zu den Geschworenen. Jeder einzelne von ihnen sitzt auf der Stuhlkante und starrt mich gebannt an.

»Kannst du uns erzählen, was am Abend des zehnten Oktober passiert ist?« Ich nicke, aber dann muss ich noch einmal tief Luft holen, bevor ich sprechen kann. »Also, ich … ich habe bei den großen Steinen in unserem Trailerpark ein Buch gelesen, wie ich es immer mache … also, wie ich es immer gemacht habe.« Ich blicke einen Moment lang auf meine Hände hinab. Das Leben hält schon so manche Überraschung parat. All die Jahre, die ich mit meiner Mutter im Trailerpark gelebt habe, habe ich gedacht, ich hätte es wirklich schlecht getroffen, aber plötzlich – wenn ich mir anschaue, wie die Dinge in letzter Zeit für mich laufen – vermisse ich diese Zeit schrecklich.

»Charlene?«, drängt mich der Baby-Anwalt. »Kannst du uns erzählen, was dann passiert ist?«

»Ja, Sir. Nach einer Weile«, fahre ich fort, »habe ich Hunger bekommen. Also habe ich beschlossen, zurück zum Wohnwagen zu gehen …«

»Und was ist dann passiert?«, fragt mich der Anwalt meiner Mutter.

»Ich … ich bin in den Wohnwagen gekommen … und ich habe Jeb auf dem Boden liegen sehen. Er hat gezittert und um sich getreten.« Ich benutze das Wort »krampfen« extra nicht, weil das vielleicht ein bisschen zu aufgesetzt klingen könnte.

»Und was hast du sonst noch gesehen?«

»Auf dem Tisch stand ein Kuchen. Ein halb aufgegessener Kuchen.« Das Bild von Jeb, bevor er in den Kuchen gebissen hat, kommt mir in den Sinn, und ich fange an zu weinen.

Die Richterin reicht mir eine Packung Taschentücher. »Brauchst du eine Pause, Liebes?«

Ich nicke und presse hervor: »Ja, bitte, Ma'am … wenn es Ihnen nichts ausmacht.«

Ich setze mich mit Mrs Clements auf eine Holzbank im Gang. Sie hat den Arm um meine Schulter gelegt, und ich lehne mich an sie und lasse sie mein Haar streicheln. Sie sagt etwas zu mir, um mich zu beruhigen, aber ich höre nicht zu. Ich bin in Gedanken.

Es war nicht schwer, meine Mutter wieder auf den Geschmack zu bringen. Ich musste nur zum Laden gehen, das Notfall-Geld von Jeb mitnehmen und den ersten Alkoholiker, den ich vor dem Laden gesehen habe, darum bitten, mir eine Flasche Whiskey zu kaufen. Das hat er nur allzu gern getan, weil ich ihm den doppelten Betrag gegeben habe, damit er auch eine Flasche für sich kaufen konnte. So einfach war das.

Trotz der dreißig Tage, in denen sie trocken war, und trotz ihrer neu entdeckten Lust am Leben konnte meine Mutter der blöden Flasche, die auf der Arbeitsplatte stand und praktisch ihren Namen rief, nicht widerstehen. »Nur einen Schluck«, habe ich meine Mutter noch flüstern hören, bevor sie kopfüber in der Flasche versunken ist. Als Jeb zu meinem Willkommenskuchen nach Hause gekommen ist, lag meine Mutter förmlich ertrunken im Whiskey im Hinterzimmer und war total weggetreten – so wertlos wie ein Lenkrad an einem Esel.

»Bist du bereit, weiterzumachen?«, fragt die Richterin, als ich wieder im Zeugenstand bin.

»Ja, Ma'am«, antworte ich.

Der dämliche Anwalt meiner Mutter schaut einen Augenblick lang auf seinen Notizblock, bevor er mir die nächste Frage stellt. »Als du in den Trailer gekommen bist – was hast du noch gesehen, außer Mr Watson auf dem Fußboden?«

»Na ja, ich habe einen halb aufgegessenen Kuchen gesehen und dass Jeb alle möglichen Flüssigkeiten aus dem Mund und auf sein Hemd gelaufen sind.« Ich wische mir die Augen mit einem Taschentuch ab. Ich denke nicht gern daran, wie Jeb ausgesehen hat, nachdem er den Kuchen mit dem Rattengift gegessen hatte. Erst vor Kurzem haben die Albträume von seinem schrecklichen Gesichtsausdruck aufgehört, und ich erinnere mich nicht gerne wieder daran.

»Noch etwas?«

Ich blicke vielsagend zu meiner Mutter, als hätte ich Angst davor, dass sie böse wird, wenn ich das jetzt sage. Wahrscheinlich ist es das Beste, wenn die Staatsanwältin diesen Teil im Kreuzverhör aus mir herauskitzelt. Ich schüttle den Kopf. »Nein, Sir.«

Der dämliche Anwalt fährt fort: »Hast du jemals gesehen, wie Jeb Watson deine Mutter geschlagen hat?«

Ich blicke wieder zu meiner Mutter, die mich anschaut, als wäre ich der Teufel persönlich. Mit weit aufgerissenen Augen schaue ich die Richterin an. »Muss ich diese Fragen beantworten, Ma'am?«

»Ja, das musst du. Und vergiss nicht, du stehst unter Eid.«

Ich nicke der Richterin zu. »Ja, Ma'am.« Ich drehe mich wieder dem Anwalt zu. »Ja«, flüstere ich ins Mikrofon. »Oft.« Und wieder beginne ich zu weinen. Das fällt mir nicht schwer. Eine so böse Lüge über den armen Jeb zu verbreiten ist härter, als ich dachte. Aber die mitfühlenden Gesichter in der Jury trösten mich. Jeder von den Geschworenen würde am liebsten aufspringen und mich in den Arm nehmen. Es fühlt sich fantastisch an, wenn einem so viele Leute aus der Hand fressen.

»Hat Jeb deine Mutter am zehnten Oktober geschlagen?«

»Ich weiß es nicht. Ich war ja draußen bei den Steinen und habe gelesen. Ich kann nur sagen, was meine Mutter mir erzählt hat, nachdem ich in den Trailer zurückgekommen bin.«

Der Anwalt tritt nervös von einem Fuß auf den anderen. Anscheinend ist er sich nicht sicher, was ich als Nächstes sagen werde. Soll er die Frage stellen oder nicht? O Mann, der Kerl kann einem richtig leidtun. »Was hat deine Mutter zu dir gesagt?«, fragt der Wunderknabe schließlich und reitet seine Klientin immer tiefer ins Verderben. Wahrscheinlich denkt er, eine Tochter würde nie etwas sagen, was ihrer Mutter schaden könnte.

»Hörensagen«, widerspricht die Staatsanwältin.

»Euer Ehren, es geht um den Geisteszustand meiner Klientin«, sagt der dämliche Anwalt.

»Ich lasse die Frage zu«, sagt die Richterin trocken. Sie wendet sich mir zu. »Mach weiter und beantworte die Frage.«

»Ja, Ma'am«, antworte ich. Ich räuspere mich. »Als ich in den Wohnwagen gekommen bin, lag Jeb am Boden, wie ich schon sagte. Und meine Mutter stand vor der Küchenzeile und hatte eine riesengroße Schramme im Gesicht, auf ihrer Wange ...«

Ich schließe die Augen und erinnere mich daran, dass meine Mutter an diesem Morgen ausgesehen hat, als wäre sie in einen Kaktushain gefallen (und hinterher von einer Viehherde überrannt worden) – dank einer Schranktür, die in der Nacht leider offen gelassen wurde. Und die Kurzhanteln, die unglücklich auf dem Boden gelegen sind, haben meiner armen, betrunkenen Mutter wohl auch nicht gerade in die Karten gespielt.

»Was hat deine Mutter zu dir gesagt?«, will der Anwalt wissen.

Ich blicke die Richterin an, als würde ich sie darum bitten, diese bestimmte Frage nicht beantworten zu müssen.

»Beantworte die Frage«, sagt sie zu mir.

»Ja, Ma'am.« Ich räuspere mich erneut. »Sie hat mir in die Augen geschaut und gesagt …« Mir treten wieder Tränen in die Augen, und ich wische sie mit einem Taschentuch ab. Ich rutsche auf meinem Sitz herum und werfe einen verstohlenen Blick auf die Geschworenen. Sie schauen mich gespannt an. »Sie hat gesagt …« Ich halte wieder inne. Ich spüre ihre Aufmerksamkeit auf mir, und das bringt meine Haut zum Kribbeln und Knistern, auch wenn sich mein Magen verkrampft in Anbetracht der Riesenlüge, die ich gleich erzählen werde. »Sie hat gesagt: ›Der Mistkerl hat mich gerade zum letzten Mal geschlagen.‹«

Alle im Gerichtssaal ziehen scharf die Luft ein.

Die Staatsanwältin grinst in sich hinein, als hätte sie diese Antwort in keinster Weise erwartet, aber wäre verdammt froh, sie zu hören.

Meine Mutter, die bis jetzt stur auf die Tischplatte geschaut hat, hebt plötzlich den Kopf und blickt mir direkt in die Augen. Für den Bruchteil einer Sekunde habe ich Angst, dass sie von ihrem Sitz aufspringen, mit dem Finger auf mich zeigen und schreien wird: »Charlene war es!« Mir wird ganz schlecht. Aber als ich den Blick in den Augen meiner Mutter sehe – als ob das Leben aus ihr entweichen würde wie aus dem armen Jeb –, weiß ich, dass sie nichts dergleichen tun wird.

In diesem Moment spüre ich ein Stechen in der Brust. Ehrlich gesagt hätte ich nicht erwartet, dass ich mich bei dieser ganzen Sache so schlecht fühlen würde.

Bis zu dieser Sekunde hat meine Mutter wahrscheinlich noch an der Wahrheit gezweifelt. Sie hat sich wohl alle möglichen Szenarien ausgemalt, um sich zu erklären, wie Mr Oglethorpes Rattengift es erst in einen Kuchen und dann in Jebs Mund geschafft hat. Aber jetzt kennt Mommy die Wahrheit – sie weiß, was ich dem armen Jeb angetan habe –, und plötzlich wird mir klar, dass ich es nicht ertrage, dass sie es weiß.

Tränen treten in die entsetzt aufgerissenen Augen meiner Mutter, und im selben Augenblick beginne auch ich zu weinen. Dann legt meine Mutter den Kopf auf die Tischplatte und fängt an zu schluchzen, als stünde sie an meinem Grab – oder noch wahrscheinlicher, als stünde sie an ihrem eigenen.

Der dämliche Anwalt stammelt und stottert herum und weiß anscheinend nicht, was er mit dieser neuesten Information anfangen soll. Habe ich seiner Klientin geholfen oder ihr geschadet? Er räuspert sich und schaut sich im Raum um – erst zu den Geschworenen, dann zu mir, dann zur Richterin –, und als er zu meiner Mutter schaut, die hinter ihm am Tisch sitzt, liegt ihr Kopf bereits auf dem Tisch, und ihre Schultern zucken unkontrolliert vor lauter Schluchzen.

Von meinem Platz im Zeugenstand aus blicke ich auf den Kopf meiner Mutter hinab, die ihr Gesicht in den Armen vergraben hat, und bete, dass sie zu mir aufsieht. Sie muss mich einfach anschauen, verdammt, damit meine Augen ihr sagen können, dass ich keine andere Wahl hatte. Ich habe nur getan, was Daddy verlangt hätte – ich habe nur getan, was getan werden musste. Aber Mommy blickt nicht auf. Sie schluchzt einfach weiter auf den Tisch und bedeckt das Gesicht mit den Armen. Ich starre weiter auf den Kopf meiner Mutter und flehe sie still an, mich anzuschauen. Mein Magen verkrampft sich, und alles in mir verzehrt sich danach, dass sie mich versteht. *Ich hatte keine andere Wahl.* Doch meine Mutter schaut nicht zu mir.

In mir tobt ein Sturm. Ich habe nur getan, was getan werden musste. Daddy wäre jeden Tag zurückgekommen, dessen war ich mir sicher, und Gott weiß, was er getan hätte, wenn er festgestellt hätte, dass Jeb seine Familie übernommen und meine Mutter in Susi Sorglos und mich in seine Tochter verwandelt hat. Er hat mir gesagt, er liebt mich wie eine Tochter! Und er hat gesagt, er will mich zur Schule schicken! Und das Schlimmste von allem: Er hat es geschafft, dass ich ihn fast so sehr vermisst habe wie Daddy, als dieser vor so langer Zeit weggegangen ist.

Ohnehin war es nur eine Frage der Zeit, bis Jeb uns verlassen hätte. Warum versteht Mommy das nicht? Jeb wäre nicht ewig bei uns geblieben, egal, was er gesagt hat. Egal, wie gern wir ihn um uns gehabt haben.

Ich kann die Tränen nicht stoppen, die mir aus den Augen strömen und über das Gesicht laufen.

Die Richterin sagt etwas von einer fünfminütigen Pause, aber ich stehe nicht auf. Durch meine Tränen starre ich weiterhin auf den Kopf meiner Mutter und warte auf meine Chance. Ihr Anwalt nimmt sie am Arm und zieht sie hoch wie eine Marionette.

Ich werde von meinen Schluchzern richtig durchgeschüttelt und will ihr mit meinem Blick alles erklären, damit sie es versteht. Aber sie schaut mich nicht an. Sie bedeckt ihr Gesicht einfach nur mit den Händen und bleibt so.

Das Herz klopft wie wild in meiner Brust.

Warum schaut sie mich denn nicht ein einziges Mal an? Bin ich so schrecklich, so wertlos, dass sie mich nicht einmal anschauen und ich ihr alles erklären kann? Nach all den Jahren, in denen sie volltrunken auf ihrer Matratze gelegen und mir ein Bolognese-Sandwich zum Essen gelassen hat, wenn ich Glück hatte? Da kann sie nicht einmal das für mich tun? Nicht einmal diese kleine Sache?

Dann soll sie von mir aus in der Hölle schmoren. Sie hat nicht das Recht, über mich zu urteilen. Sie hat Jeb vielleicht nicht so ermordet, wie ich es hier im Zeugenstand erzählt habe, aber das hätte sie genauso gut tun können. Sie hat vielleicht nicht den Kuchen gebacken, der dem armen Jeb letztlich den Garaus gemacht hat, doch sie hat ihn tatsächlich auf dem Gewissen, weil sie mein Leben so unerträglich gemacht hat, dass ich es selbst tun musste – weil sie Daddys Leben so unerträglich gemacht hat, dass er mich verlassen hat und ohne mich nach Hollywood gegangen ist. Dass er mich alleine in Texas gelassen hat, allein in dem Trailer ohne jemanden zum Reden, Tag für Tag. Alleine bei den großen Steinen ohne etwas zum Spielen außer Dreck! Verdammt noch mal! Wenn meine Mutter nicht so eine missratene Ehefrau gewesen wäre, würde Daddy sie vielleicht immer noch lieben, und wenn er sie noch geliebt hätte, wären wir jetzt vielleicht alle zusammen in Hollywood, genau in diesem Moment, und säßen in der Sonne und würden es uns gut gehen lassen. Und ich wäre die letzten Jahre nicht ohne meinen Daddy gewesen und hätte nicht mit meiner betrunkenen Mutter zusammenleben müssen. Ich hätte nicht jeden

Tag darauf warten müssen, dass mein geliebter Daddy wieder zurückkommt, wie er es versprochen, aber nie getan hat – und ich weiß nicht, warum! Ich schlage mir die Hände vors Gesicht, doch es ist sinnlos. Ich kann den Tränenstrom nicht stoppen, der wie ein Geysir aus meinen Augen schießt.

Meine Mutter kann meinem Blick ausweichen, soviel sie will, wenn sie sich damit besser fühlt, nach all dem, was sie mir in den letzten Jahren angetan hat, aber ich kenne die Wahrheit: Meine Mutter hätte Jeb genauso gut selbst umbringen können.

KAPITEL 13

18 Jahre und 4 Monate alt

598 TAGE BIS ZUM KILLING-KURTIS-TAG

»Heb dein Kinn etwas an, Butterblume«, sagt der Fotograf. »Ja, noch ein bisschen weiter. Perfekt, genau so.«

Der Auslöser der Kamera klickt mehrmals hintereinander.

»Das ist zu viel, Baby«, mischt sich Kurtis ein. Er steht direkt hinter dem Fotografen, und seine Augen durchbohren mich wie Laserstrahlen. »Nimm dein Kinn runter.«

Ich senke das Gesicht und schlage die Augen auf. Meine Nerven sind enorm angespannt, aber ich rufe mir selbst ins Gedächtnis, dass auch Marilyn jede Menge Nacktfotos gemacht hat, bevor ihre Schauspielkarriere ins Rollen gekommen ist. Als Kurtis vor drei Monaten vorgeschlagen hat, eine Fotoserie von der »Pfarrerstochter« für sein blödes Männermagazin zu machen, habe ich gesagt, ich tue es. Aber das heißt nicht, dass ich deswegen nicht total nervös bin. Natürlich habe ich zwei Bedingungen gestellt, bevor ich mich mit dem Fotoshooting einverstanden erklärt habe. »Erstens«, habe ich gesagt, »mache ich die Nacktfotos nur, wenn Sie mich zu einer legendären Schauspielerin machen, Kurtis.«

»Ja, Baby, zu einer legendären Schauspielerin, die auf Kinoleinwänden auf der ganzen Welt zu sehen sein wird«, hat Kurtis grinsend geantwortet. »Vertrau mir, diese Fotos sind nur der erste Schritt auf deinem Weg zum Star.«

Ich habe ihn angeschaut und überlegt, ob ich ihm glauben kann.

»Was ist deine zweite Bedingung?«, hat Kurtis mich mit funkelnden Augen gefragt.

»Ich mache die Nacktfotos – vom Oberkörper – nur, wenn meine Brüste nicht wie an der Wäscheleine hängend zur Schau gestellt werden. Du musst mir versprechen, dass wir diesen Teil der Fantasie den Männern überlassen.«

Kurtis hat die Mundwinkel verzogen und mich einen Moment lang nachdenklich angeschaut, als würde er seine Möglichkeiten überdenken. »Na ja, du kannst dich nicht ganz bedecken, ich meine, die Fotos sind schließlich für den *Casanova*. Wir haben Standards.«

Ich starrte ihn unbeirrt an.

Kurtis dachte noch einen Augenblick länger über die Situation nach. »Aber vielleicht können wir deine Schüchternheit auch gut verkaufen«, hat er schließlich beschlossen, und ich konnte seine Gedanken förmlich rattern hören. »Ja, wir machen daraus eine monatliche Serie mit drei oder vier aufeinanderfolgenden Shootings. Eine ›Braves Mädchen‹-Serie, die mit dir als zugeknöpfte Pfarrerstochter beginnt und dann Schritt für Schritt weitergeht.« Jetzt war er richtig in Fahrt. »Ja, du kannst deine Hose die ganze Zeit anlassen, Baby. Das ist in Ordnung. Und oben werden wir dich auch halb bedecken – zumindest am Anfang. Und mit jeder Ausgabe der Serie werden wir mehr enthüllen. Das wird die Spannung ins Unermessliche steigern.« Er verschlang mich fast mit den Augen. »Denn jeder liebt einen guten Spannungsaufbau.«

Und so war es.

Einen Monat später, als die ersten Bilder der »Pfarrerstochter« schließlich im Magazin erschienen waren, war klar, dass Kurtis so eine Art Porno-Genie ist. Die Leute liebten die Spannung tatsächlich. Obwohl meine zum Gebet gehaltenen Arme auf allen Bildern meine Brüste verdeckten und die Fotos ganz hinten im Magazin zu sehen waren, gingen die Ausgaben weg wie warme Semmeln.

»Du hast doppelt so viel Fanpost bekommen wie das Titelmodel mit den gespreizten Beinen«, hat Kurtis gejubelt. »Du bist die Fantasie eines jeden Mannes, Baby. Wir sind hier an etwas Großem dran.«

Im nächsten Monat, bei meiner zweiten Fotoserie im Magazin, war aus der Pfarrerstochter so etwas wie eine Sonntagsschullehrerin geworden, die oben ohne ist. Und obwohl meine Brüste wieder verdeckt waren – dieses Mal durch meine Hände –, verkaufte sich die Ausgabe noch besser als die letzte.

Bei meinem dritten Shooting hat sich die Pfarrerstochter-Sonntagsschullehrerin anscheinend in eine Studentin in einem Verbindungsheim verwandelt, wo es nicht an der Tagesordnung ist, dass man Oberteile trägt. Während Kurtis mich über die Schulter des Fotografen beobachtet hat – genau, wie er es heute tut –, habe ich für die Kamera posiert, wissbegierig (und gleichzeitig heiß und gelangweilt) geschaut und die Arme über der Brust verschränkt. Aber anders als bei den ersten beiden Shootings hat Kurtis dieses Mal versucht, mich zu überreden, die Arme über den Kopf zu heben.

Natürlich war mein erster Instinkt, Nein zu sagen. Aber als ich dann sah, wie Kurtis mich anschaute, als würde er auf mich warten, bevor er weiteratmet, habe ich eine Art elektrische Spannung durch meinen Körper fahren gespürt. Ein köstlicher Stromschlag, der mich direkt zwischen den Beinen getroffen hat und dann noch durch andere Teile meines Körpers gefahren ist. Und plötzlich *wollte* ich es tun. Ohne ein Wort zu sagen oder den Blick von Kurtis abzuwenden, habe ich den Körper von der Kamera weggedreht – und von

Kurtis' stechenden Augen – und die Arme über den Kopf gehoben. Und obwohl der Fotograf da war und unablässig meinen Oberkörper von der Seite fotografiert hat, hat es sich so angefühlt, als wären Kurtis und ich die einzigen zwei Menschen im Raum.

Ich habe Kurtis wortlos angestarrt und das Kinn über die Schulter gereckt. Mein Körper vibrierte durch diese köstliche Spannung, und meine Klit pochte wie verrückt. Ich kam mir vor wie ein Magnet, und Kurtis war der Stahl dazu. Als ich mir mit der Zunge die Lippen benetzt und mir dann auch noch in die Unterlippe gebissen habe, hat Kurtis langsam geblinzelt und am ganzen Körper gezittert. Da wurde mir schlagartig klar, dass er sich so nach mir sehnt, dass er vor nichts haltmachen würde. Wenn er verheiratet gewesen wäre, hätte seine Ehefrau schon verloren – und wenn er einer Kirche angehört hätte, hätte er sich nur zu gerne exkommunizieren lassen, um endlich mit mir schlafen zu können. Und verdammt, das Verrückte war, ich habe mich genauso sehr nach Kurtis gesehnt. Ich wollte nichts weiter als seine Königin sein.

Natürlich waren die Fotos von meinen seitlichen Brüsten eine Sensation, als die nächste Ausgabe des *Casanova* schließlich erschien. Anscheinend macht es jeden Perversling, der Kurtis' dämliches Magazin liest, wahnsinnig an, dabei zuzusehen, wie ein braves Mädchen sich langsam in ein böses Mädchen verwandelt.

Jetzt stehe ich hier bei meinem vierten – und hoffentlich letzten – Fotoshooting und habe nichts weiter an als eine kleine weiße Haube, ein Stethoskop und knappe weiße Hotpants mit einem kleinen roten Kreuz auf der Vorderseite (anscheinend hat sich unsere Pfarrerstochter/Sonntagsschullehrerin/Verbindungsstudentin noch zur Krankenschwester ausbilden lassen). Ich stehe vor dem Fotografen und Kurtis, strecke den Rücken durch und versuche, so zu schauen, als würde hier gleich alles in Flammen aufgehen. Und die ganze Zeit verdecke ich meine Brüste mit den Armen. Es ist so verdammt kalt hier drin.

»Mach einen Schmollmund, Butterblume«, schlägt der Fotograf vor.

Ich mache einen Schmollmund.

»Ja, das ist gut …«

»Aber behalte diesen unschuldigen Blick bei«, unterbricht ihn Kurtis.

»So?« Ich reiße die Augen weit auf und versuche, gleichzeitig unschuldig und verrucht zu schauen.

»Ja, Baby«, sagt Kurtis. »Das ist gut. Sexy, aber süß.«

»Okay.« Ich versuche, gleichzeitig so unschuldig wie der weiße Schnee auf unberührten Berggipfeln und doch schärfer als ein Ziegenbock im Pfefferbeet auszusehen – und friere mir dabei die ganze Zeit in diesem kalten Studio den Arsch ab. Als Spaß kann man das nicht gerade bezeichnen.

»Das ist gut, Baby«, sagt Kurtis. »Richtig gut.« Er dreht sich zum Fotografen um. »Welche Blende nimmst du?«

Der Fotograf verdreht die Augen. »Das kommt immer auf den Winkel an.« Er zwinkert mir zu. »Wie wäre es mit einem kleinen Lächeln, Butterblume?«

Ich lächle ihn verlegen an.

»Mehr ein Grinsen, Baby«, sagt Kurtis. »Aber behalte den unschuldigen Blick bei. Nur die Mundwinkel leicht nach oben ziehen, ganz leicht. Ja, genau so. O Baby, ja, das ist es.« Kurtis sieht mich an, als wäre ich eine Nadel und als würde er seinen Kopf durch mein Loch stecken wollen. »Du bist was ganz Besonderes, Baby.« Er grunzt wie ein Gorilla. »Du bist echt der Hammer, weißt du das?« Er beugt den Kopf zu dem Fotografen. »Wie fotografierst du das?«

»Sowohl automatisch als auch manuell. Ich mach das schon, Kurtis.« Der Fotograf grinst mich an. »Butterblume, warum versuchst du nicht …«

»Hey, Süße«, unterbricht ihn Kurtis wieder. »Tu mir einen Gefallen. Schau eine Sekunde weg und dann wieder zurück zu mir.«

Ich tue, was er sagt, und die Kamera klickt weiter.

»Ja, das ist gut. Genau so. Gut. Noch einmal. Ja, streck deinen Rücken durch.«

»Wie ist das?«, frage ich, strecke den Rücken durch und bemühe mich sehr, dabei meine Brüste mit dem Arm zu verdecken.

»Sehr schön. Und jetzt, Süße, schau genauso in die Kamera, wie du immer schaust, nachdem ich dich geküsst habe.« Seine Stimme klingt jetzt heiser. »Schau in die Kamera, als wären wir allein – als gäbe es nur dich und mich, und als täte ich diese Sache mit dir, die du so gerne magst. O ja, Baby, das ist es. Heilige Scheiße, ja, das ist es.« Den letzten Satz stöhnt Kurtis geradezu. Die Sache, die er meint, die ich so gerne mag – wenn er mich zwischen den Beinen küsst. Ja, verdammt, das mag ich wirklich sehr.

Ziemlich schnell, nachdem Kurtis mich das erste Mal geleckt hatte, war mir klar, dass ich ein Schlupfloch für meine Daddy-Keuschheits-Geschichte finden musste. Also habe ich Kurtis erklärt, dass es erlaubt sei, wenn er mich an meinen intimen Stellen küsst und leckt – sogar jeden Tag, wenn er will –, solange sein Penis dabei in seiner Hose bleibt.

Kurtis hat nur gelacht, als ich das gesagt habe. »Ah, also hast du ein Schlupfloch gefunden, Baby?« Er hat mir zugezwinkert. »Gut für dich, Baby – gut für dich.«

»Kurtis«, sagt der Fotograf und bedeutet ihm, einen Augenblick zu ihm zu kommen.

Kurtis blickt genervt in die Richtung des Fotografen, aber er reißt den Blick trotzdem von mir los (was ihn enorme Mühe zu kosten scheint) und schenkt dem Mann seine Aufmerksamkeit. »*Was?*«

»Kann sie nicht ihre Arme hinter sich halten?«, fragt der Fotograf leise, aber laut genug, dass ich es höre. »Können wir dieses Mal ein richtiges Oben-ohne-Bild mit durchgestrecktem Rücken machen?«

Kurtis überlegt kurz. »Nicht alles zu zeigen ist das, was sie besonders macht. Sie ist schüchtern. Sie ist ...« Er schaut mich mit leuchtenden Augen an. »... *unberührt.*«

Ich lächle Kurtis an. Das stimmt, Süßer. Ich bin unberührt.

Und das ist wahr. Als Kurtis (und der Fotograf) beim letzten Shooting meine Brust von der Seite gesehen haben, war das das erste Mal, dass überhaupt ein Mann einen Teil meiner nackten Brüste gesehen hat. (Dr Ishikawa zählt nicht, weil er Arzt ist und sowieso nur meine alten Brüste gesehen hat – und sogar, als Kurtis mich unter dem Rock zwischen den Beinen geküsst und geleckt hat, habe ich meine Klamotten angelassen.) Mich hat tatsächlich noch nie jemand komplett nackt gesehen. Sogar nach monatelangem Rummachen mit Kurtis, bei dem es wirklich heiß herging, habe ich immer meine Klamotten angelassen. Und das, obwohl wir fast alles getan haben, was nichts mit dem eigentlichen Geschlechtsakt zu tun hat – außer dass ich ihm einen geblasen hätte, da habe ich mich bis jetzt immer geweigert. »Nein, Kurtis«, habe ich ihm erklärt. »Kein Sex bedeutet, dein Penis muss außerhalb meines Körpers bleiben – egal, um welche Öffnung es geht.«

Natürlich hat Kurtis nach all den Monaten versucht, mich umzustimmen – bezüglich der Sache mit dem Blasen und Sex im Allgemeinen. Zumindest wollte er, dass ich mich für ihn ausziehe. Aber ich habe mich geweigert und immer wieder auf mein Versprechen meinem Daddy gegenüber hingewiesen. Doch ehrlich gesagt wird es immer schwieriger, Kurtis zu widerstehen – besonders seit ich zulasse, dass er mich leckt. O Mann, wenn er das tut, würde ich danach am liebsten die Beine spreizen und ihn tief, tief in mir spüren. So, wie ich stöhne und schreie, wenn er das mit mir macht, wundert es mich sowieso, dass Kurtis mir nicht schon längst einfach mal die Klamotten vom Leib gerissen und mich genommen hat.

Aber das hat er nicht. Obwohl er jeden Tag versucht, mich davon zu überzeugen, endlich tief in mich eindringen zu dürfen, ist Kurtis immer der perfekte Gentleman, wenn ich ihn abweise. Es kommt mir fast so vor, als würde ein kleiner Teil von ihm es genießen, dass ich Nein sage (natürlich will ein sehr viel größerer Teil von ihm – und zwar das lange, harte Teil zwischen seinen Beinen –, dass ich endlich Ja sage).

Allerdings denke ich mittlerweile, dass ich Kurtis genauso will wie er mich. Ich will ihn so sehr, dass ich mir langsam nicht mehr vertraue, weiterhin Nein sagen zu können. Doch so stark meine körperlichen Bedürfnisse auch geworden sind, mein Verstand weiß, dass meine Jungfräulichkeit mein einziger Trumpf in diesem Pokerspiel mit Kurtis ist – ein seltener und unersetzbarer Zustand. Auch wenn sich mein Körper nach ihm verzehrt, ist meinem Verstand bewusst, dass ich diesen Trumpf nicht hergeben kann, ohne dafür im Gegenzug ein Königreich zu bekommen. Ich muss Kurtis zumindest so lange hinhalten, bis unser Marilyn-Film Gestalt angenommen hat. Das ist die einzige Möglichkeit, meinen lüsternen Porno-König weiterhin auf die Erfüllung meines Schicksals zu konzentrieren. Aber ich weiß nicht, wie lange wir beide es noch aushalten. Besonders ich.

Der Fotograf druckst herum. »Sie mag ja unberührt sein, Kurtis«, fährt er fort und wählt seine Worte sorgfältig. »Aber *unberührt* wird nicht für immer Magazine verkaufen. Wir müssen das Geschäft früher oder später mehr beleben.«

Die Venen in Kurtis' Hals pulsieren. Er überlegt. Einen Moment später atmet er tief aus und geht durch das gleißende Licht auf mich zu. Er legt mir eine Hand an die Wange. »Baby ...«

»Ich bin nicht nach Hollywood gekommen, um ein Porno-Sternchen zu werden«, flüstere ich und presse den Unterarm fest an meine Brüste. »Ich bin hierhergekommen, um ein Filmstar zu werden.«

»Ich weiß«, sagt er leise und lässt die Hand sinken. »Aber du musst mir vertrauen. Das ist alles Teil des Plans.«

»Kurtis Jackman, ich bin hierhergekommen, um meine Bestimmung zu erfüllen und die Fackel, die durch Lana entzündet und dann an Marilyn weitergegeben wurde ...«

»... noch tiefer in die Katakomben der Geschichte zu tragen. Ich weiß, Baby«, unterbricht Kurtis mich und grinst von einem Ohr zum anderen. »Und das wirst du auch.«

Ich werfe ihm einen bösen Blick zu. Ich mag es nicht, wenn mich jemand unterbricht, vor allem nicht, wenn ich über mein Schicksal rede.

Kurtis schiebt die Unterlippe nach vorne und ahmt meinen bösen Blick nach. Als ich mein Kinn noch weiter recke, wird sein Grinsen breiter. »Baby, du bist das süßeste Ding, das ich je gesehen habe. Weißt du das?«

»Kurtis«, sage ich tadelnd. »Ich bin kein Pornostar. Ich bin *Schauspielerin*.«

»Hör mir zu, Baby. Marilyn hat selbst jede Menge Nacktfotos von sich machen lassen, und jetzt gehören diese Fotos zu ihrem Mythos dazu. Damals waren es diese Fotos, die sie zu einem ›It-Girl‹ gemacht haben.«

»Ich brauche keine Hilfe dabei, ein ›It-Girl‹ zu werden, Süßer. Ich bin bereits ein ›It-Girl‹. Schau mich doch an, verdammt. Mehr ›It-Girl‹ geht gar nicht.«

Kurtis muss kichern. »Das ist wahr.« Er berührt wieder meine Wange.

Ich denke einen Augenblick lang über die Situation nach und beiße mir in die Innenseite meiner Wange.

»Butterblume, vertraust du mir?«, fragt Kurtis. »Ich will doch nur einen Star aus dir machen. Siehst du das denn nicht?«

Ich bin von der Ernsthaftigkeit in Kurtis' Ausdruck überrascht. Er streicht mit dem Daumen über meine Wange. »Ich weiß genau, was ich tue, Baby«, flüstert er. »Du musst mir vertrauen.«

Ich werfe einen Blick zu dem Fotografen. Er starrt uns an und lauscht unverhohlen jedem Wort, das wir reden. Dann fällt mein Blick wieder zurück auf Kurtis. Und wieder überrascht mich der Ernst in seinem Blick. Ich betrachte ihn von der Seite. »Mal schauen, ob ich die Situation richtig verstehe, Kurtis Jackman. Du willst, dass ich zum allerersten Mal meine Brüste komplett entblöße – zum ersten Mal in meinem Leben. Jetzt und hier, vor dir – *und* vor diesem Fotografen?«

Kurtis' Augen blitzen auf, als hätte jemand eine Flamme in ihm entfacht. Abrupt dreht er sich zum Fotografen um. »Mach eine Pause, Phil«, blafft er ihn an. »*Draußen.*«

Kurtis' Brust hebt und senkt sich, als ich in nichts als knappen Hotpants und mit verschränkten Armen und nacktem Oberkörper vor ihm stehe. Wir stehen nur ein paar Schritte voneinander entfernt in einer Rumpelkammer im hinteren Bereich des Fotostudios.

»Ich habe das noch nie zuvor getan«, flüstere ich mit zittriger Stimme.

Kurtis nickt und ist anscheinend zu überwältigt, um etwas zu sagen. Sein Atem geht stockend. Sogar von hier kann ich die Erektion in seiner Hose deutlich erkennen.

»Du wirst der erste Mann sein, der mich jemals nur in Shorts und mit einem Lächeln auf dem Gesicht gesehen hat – in all meiner Pracht und mit beiden nackten Brüsten gleichzeitig.«

Kurtis stöhnt und nickt wieder. Seine Nasenflügel beben.

»Weil du mir so viel bedeutest, Kurtis Jackman.«

Sein Blick haftet auf mir, als hätte er einen Herzinfarkt und ich wäre die Herz-Lungen-Wiederbelebungsmaschine.

»Ich bin froh, dass du es bist, Kurtis«, sage ich. »Ich würde nicht wollen, dass es ein anderer Mann ist.«

Er stöhnt voller Erwartung.

Mir wird ganz warm zwischen den Beinen. Ich hole tief Luft und lasse meine Arme an den Seiten hinunter. Sofort werden meine Nippel unter seinem Blick hart. Ich kann kaum stillstehen, so sehr pocht es in meinem Schritt.

Als Kurtis mich in all meiner nackten Pracht vor sich sieht, stöhnt er laut auf. »O Baby«, murmelt er. »Du bist wundervoll.« Sein Blick ist heißer als eine billige Stripperin bei einer *Nickel Night*. Für ein paar Sekunden sieht er mich noch voller Ehrfurcht und Bewunderung an, dann ist es um ihn geschehen. Er stürzt sich auf mich wie ein Raubtier, und plötzlich spüre ich seine Finger, seine Lippen und seine feuchte Zunge überall auf meiner nackten Haut.

Ich werfe den Kopf in den Nacken und zucke zusammen, als seine Lippen meine harten Nippel umschließen. Ich schreie auf, als seine feuchte Zunge sie wieder und wieder umkreist. Er drückt mich gegen die Wand der Rumpelkammer, küsst mich, fasst mich an, verschlingt mich förmlich. Er presst sich fest an mich, und ehe ich weiß, wie mir geschieht, lege ich mein Bein um seine Hüfte und drücke meinen Schoß gierig gegen die Erhebung in seiner Hose. Ich sehne mich danach, ihn in mir zu spüren und mein unbändiges Verlangen zu stillen. Kurtis reagiert mit Stöhnen und kreisenden Bewegungen darauf und berührt mich genau an dem Punkt, an dem ich ihn am meisten will.

Seine Finger bahnen sich ihren Weg in meinen Slip, und ich winde mich unter seiner unanständigen Berührung. Als er mit den Fingern in mich eindringt, geht mein Körper quasi in Flammen auf, und ich muss laut aufstöhnen. Und als er dann beginnt, genau den Punkt zu massieren, der sich so unwahrscheinlich nach ihm sehnt, zucke ich heftig in seinen starken Armen zusammen. »Wes–«, schreie ich und beiße mir schnell auf die Zunge.

Heilige Scheiße! Jetzt hätte ich fast Wesleys Namen gerufen. O Mann, das wäre eine Katastrophe gewesen – das Ende meiner Bestimmung. »Was …«, sage ich und versuche damit den Namen zu überspielen, der mir fast herausgerutscht wäre. »Was geschieht mit mir?«

Verdammt, das passiert also, wenn man das Gehirn komplett ausschaltet und sich nur von seinem Körper leiten lässt – man kriegt einen Orgasmus, der das ganze Leben verändern kann.

Aber Kurtis hat ohnehin kein Wort von dem gehört, was ich gesagt habe. Schnell zieht er die Finger aus mir heraus und fummelt an seinem Reißverschluss herum. Ich spreize die Beine noch mehr und presse den Unterleib gegen ihn. Ich kann es kaum noch erwarten, dass er endlich in mich eindringt und mich praktisch in Stücke reißt. O Gott, ja, ich will ihn tief in mir spüren. Aber dann komme ich plötzlich wieder zur Besinnung und befreie mich aus seiner Umarmung – auch wenn meine Hüfte zuckt wie ein Fisch auf dem Trockenen. »Nein!«, rufe ich mit zitternden Knien.

»Ach verdammt!«, knurrt Kurtis mit heiserer Stimme. »Komm schon! Ich werde noch wahnsinnig mit dir!« Seine Wangen sind knallrot.

Ich trete einen großen Schritt zurück und verschränke wieder die Arme vor der Brust, während es in meinem Schritt immer noch unaufhörlich pocht und meine Knie mich kaum tragen. O mein Gott, das ist richtig körperlicher Schmerz, den ich da zwischen den Beinen spüre.

Kurtis sieht so gequält aus, wie ich mich fühle. »Ich habe nie so lange auf eine Frau gewartet – niemals«, sagt er und fleht mich förmlich an. »*Bitte*, Butterblume.«

Ich kriege kaum noch Luft und vergehe fast vor Verlangen. O Gott, wie sehr ich ihn will. Mir wird fast schlecht davon. »Ich habe es dir schon Millionen Mal gesagt«, bringe ich hervor und schnappe nach Luft. »Wir können nicht zu Abend essen, ehe wir das Tischgebet nicht gesprochen haben.« Ich schlinge die Arme noch fester um meine Brust und kreuze jetzt auch die Beine in der Hoffnung, das Pochen in meinem Schritt zu verbergen. »Und überhaupt – willst du, dass mein erstes Mal *so* wird?« Ich blicke mich in der engen Rumpelkammer um. »Hältst du nicht mehr von mir?« Mein Tonfall klingt tadelnd, fast schon verärgert. Aber das ist nur Show. O Mann, ich spiele hier gerade das Theater meines Lebens. Denn die Wahrheit ist: Ich will ihn – in einer Rumpelkammer, auf dem Boden, in einem Bett, im Auto, in einer Seitengasse … egal, wo. Es interessiert mich nicht, wo wir es tun, solange wir es nur endlich tun.

»Natürlich halte ich mehr von dir.« Er packt seinen Penis wieder ein und schließt den Reißverschluss. »Ich halte dich für einen Engel, verdammt.« Er geht auf mich zu, packt mich bei den Schultern und schaut mich mit durchdringendem Blick an. »Ich denke, dass du wunderbar bist. Und rein. Und so verdammt *gut.*« Seine Stimme zittert etwas. »Du bist *gut*, Butterblume, und ich bin so verdammt schlecht.« Jetzt klingt in seiner Stimme pure Emotion mit. »Bevor ich dich kennengelernt habe, wusste ich nicht einmal, dass ich auch gut sein will – ich dachte, ich wäre glücklich damit, ein schlechter Mensch zu sein.« Er zieht mich eng an sich und flüstert mir ins Ohr: »Ich will nur tief in deine Güte eindringen, Baby. Das ist alles. Ganz, ganz tief, damit du mich vor mir selbst retten kannst.« Er klingt plötzlich sehr ernst und eindringlich. »Ich will genauso ein guter Mensch sein wie du.«

Ich starre ihn mit offenem Mund an.

Kurtis atmet einen Moment lang ganz tief ein und aus. Sein Atem geht stockend, und er versucht anscheinend, sich wieder zu sammeln. Schließlich lässt er mich los und blickt mich resigniert an. »Du hast recht. Dein erstes Mal soll nicht in einer Rumpelkammer stattfinden. Das ist nicht gut genug für dich.« In seinen Worten schwingt so viel Gefühl mit, dass er hart schlucken muss. »*Ich* bin nicht gut genug für dich.«

Einen Augenblick lang weiß keiner von uns, was er sagen oder tun soll.

Schließlich nicke ich zustimmend. Das ist richtig. Ich bin gut. Und rein. Und mein erstes Mal sollte ich nicht in einer verdammten Rumpelkammer erleben. Da hat er recht.

»Es tut mir leid«, sagt er.

Ich nicke wieder. Wenn ich jetzt sprechen würde, würde ich ihm bestimmt sagen, dass er alles vergessen soll, was ich von mir gegeben habe, und mich jetzt und hier auf dem Fußboden vernaschen soll – dass er sich beeilen und endlich in mich eindringen soll, ganz tief, damit dieses schmerzhafte Verlangen in mir endlich gestillt wird.

»Ich werde einen Star aus dir machen, Baby«, sagt Kurtis.

Ich zögere mit meiner Antwort. »Ich will aber kein Pornostar werden«, sage ich schließlich. »Ich will Filmstar werden.«

»Ich weiß. Und das wirst du auch.«

»Aber ich habe immer noch keinen Fuß auf ein Filmset gesetzt, seit ich in Hollywood bin.«

Kurtis gibt einen lauten Seufzer von sich. »Ich habe es dir doch schon erklärt, Baby. Das eine führt zum anderen. Ich setze immer noch alle Teile zusammen. Ich bin dran, Investoren für unseren Film zu bekommen, aber eins nach dem anderen. Erst einmal müssen wir es schaffen, dass jeder verrückt nach dir wird. Vertrau mir.«

Ich blicke ihn stirnrunzelnd an.

»Jetzt lass uns zurückgehen und Geschichte schreiben. Was meinst du? Lass uns diese Fotos machen und der Welt etwas bieten, was sie noch nie zuvor gesehen hat. Wenn dich die ganze Welt endlich in all deiner Pracht sieht, wie ich es gerade getan habe, dann wirst du der Welt zu einem globalen Orgasmus verhelfen.«

»Können wir nicht einfach noch einmal Oben-ohne-Bilder von der Seite machen? Das fand die Welt anscheinend schon anregend genug.«

Kurtis legt den Finger unter mein Kinn und hebt mein Gesicht zu ihm. Er beugt sich runter und küsst mich zärtlich. Sein Kuss ist so süß, so voller Ehrfurcht, dass mir ganz schwindelig wird. Ehrlich gesagt pocht es nicht nur zwischen meinen Beinen, sondern auch ganz heftig in meinem Herzen. »Nein, du hast der Welt einen globalen Ständer verpasst, Baby«, flüstert er. »Das, was ich gerade gesehen habe, wird ihr den Orgasmus bringen.«

Ich kann mir ein Grinsen nicht verkneifen.

Kurtis lächelt zurück. »Baby, wenn du für die Kamera genauso die Arme hebst, wie du es gerade für mich getan hast, werden diese Fotos legendär.« Er beißt sich auf die Lippen und scheint zu überlegen. »Ich habe etwas für dich«, sagt er schließlich. Er zieht eine kleine schwarze Samtschatulle aus seiner Jackentasche. »Ich wollte dir das eigentlich erst heute beim Abendessen geben, aber es macht mehr Sinn, wenn ich es dir jetzt gebe, damit du es auf den Fotos tragen kannst.«

Das Herz bleibt mir fast stehen, als Kurtis mir die kleine Schatulle reicht.

Mit zitternden Händen öffne ich sie.

In ihr befindet sich eine Halskette mit einem Kreuz, das mit funkelnden Diamanten bestückt ist. Und an der Spitze des Kreuzes sitzt ein einzelner Diamant, der die Größe von Kermit, Texas hat und sich mitten im Stern von Bethlehem befindet. Sprachlos starre ich Kurtis an.

»Weil du meine Pfarrerstochter bist und ich dich zum größten Star machen werde, den die Welt je gesehen hat.«

Mein Herz scheint zu zerspringen. Ich habe mich noch nie so gefühlt, wie ich mich in diesem Moment bei Kurtis fühle. Das ist der glücklichste Moment meines ganzen Lebens.

Kurtis lacht. »Willst du denn gar nichts sagen, Baby?« Mir treten Tränen in die Augen, und er lacht wieder. »Ach, Süße. Nicht weinen. Ich habe dir das geschenkt, damit du lächelst.«

»Ich bin so glücklich«, entfährt es mir. »O Kurtis.«

»Ich habe dir das geschenkt, weil ich will, dass du verstehst, welche Gefühle ich für dich habe.« Er sieht mich mit funkelnden Augen an, und ich erröte. »Darf ich es dir anlegen?«, fragt er leise. Ich drehe mich um und zittere richtig vor lauter Adrenalin, das mich durchströmt. Er verschließt die Kette in meinem Nacken. Dann dreht er mich zu sich um und greift energisch nach meinen Schultern. »Ich mache einen Star aus dir, Baby. Du musst mir nur vertrauen.«

Ich nicke.

»Okay?«

»Okay, Kurtis.«

Offensichtlich erleichtert atmet er aus. »Also, bist du bereit, wieder zurückzugehen und diese legendären Fotos jetzt zu machen?«

Ich wische mir über die Augen und nicke. So, wie ich mich im Moment fühle, würde ich alles tun, worum mich Kurtis bittet – egal, was es ist. Er dürfte alles mit meinem Körper machen, und sei es noch so schmutzig, wenn er mir nur versprechen würde, mich nie wieder alleine zu lassen. Plötzlich ist es mir egal, ob die ganze Welt meine nackten Brüste sieht – sogar meine Bestimmung interessiert mich im Moment nicht mehr. Alles, was zählt, ist, dass ich mit Kurtis zusammen bin. Ich will in seinen starken, warmen Armen liegen, mit ihm schlafen, von ihm beschützt werden und mein Herz und mein Innerstes von ihm zum Explodieren bringen lassen. Für immer und ewig. Vielleicht ist ja auch *das* meine Bestimmung. Ich wische mir erneut über die Augen.

Kurtis nimmt mich in den Arm und vergräbt das Gesicht in meinem Haar. »Du bist so gut, Baby. So rein und gut. Ich will genauso gut sein wie du.«

Ich verschmelze mit ihm. Das Herz explodiert mir in der Brust wie das Feuerwerk am vierten Juli. Es gefällt mir, in Kurtis' Augen gut zu sein. Ich wollte auch nie wirklich ein schlechter Mensch sein. Ich hatte nur in der Vergangenheit keine andere Wahl. Aber vielleicht habe ich hier und jetzt mit Kurtis die Chance auf einen Neubeginn – vielleicht kann ich jetzt das gute und brave Mädchen werden, für das Kurtis mich hält. Das gute und brave Mädchen, das ich immer sein wollte.

»Ich werde dir die Welt zu Füßen legen«, verspricht Kurtis mir.

»O Kurtis«, sage ich mit Tränen in den Augen. Ich drücke mich fest an ihn und würde ihm am liebsten sagen, dass ich auch bereit bin, ihm die Welt zu schenken – den Himmel voller Sterne –, dass ich ihn für den Rest meines Lebens glücklich machen will. Ich berühre das Kreuz an meinem Hals und zittere vor Aufregung. Das ist mein wertvollster Besitz – das Beste, das ich je besessen habe. Ich werde es für immer tragen, jeden Tag meines Lebens, und dabei werde ich mich immer an diesen Moment erinnern.

Kurtis küsst mich, und das Gefühl schießt direkt zwischen meine Beine, als hätte er mir an der Stelle einen Stromschlag verpasst. O Gott, ich bin so was von bereit – er kann mich jetzt haben. Er kann jeden Zentimeter meines Körpers haben – innen und außen. Ich will kein Königreich mehr. Ich will kein Publikum in den Kinosälen auf der ganzen Welt, das mich bewundert. Ich will nur, dass Kurtis mich liebt und mich niemals wieder verlässt. Ich entziehe mich unserem Kuss und blicke in sein attraktives Gesicht. »Kurtis, ich muss dir etwas Wichtiges sagen.« Meine Wangen glühen förmlich – vor Liebe, die ich für diesen wunderbaren Mann fühle. »Ich will …«

»Ja, ich weiß, was du willst«, sagt er mit einem Funkeln in den Augen. »Und ich werde es dir geben, Baby. Das verspreche ich dir.«

Erwartungsvoll halte ich den Atem an und bin gespannt, was er als Nächstes sagen wird.

»Du wirst jetzt da rausgehen und diese legendären Fotos für mich machen. Und dann werde ich dir die Welt schenken – etwas, das ich noch nie für jemanden getan habe.« Seine Gesichtszüge erhellen sich bei dem, was er als Nächstes sagt. »Baby, ich werde dich nächsten Monat aufs Titelbild bringen und aus dir das Playmate des Monats im *Casanova* machen – *beides gleichzeitig.*«

KAPITEL 14

16 Jahre alt

1575 TAGE BIS ZUM KILLING-KURTIS-TAG

Ich liege auf der Seite in meinem Bett im Kinderheim. Es ist Zeit für die Hausarbeit, aber Mrs Clements macht heute eine Ausnahme für mich. »Bleib im Bett und ruh dich eine Weile aus, Liebes«, sagt sie zu mir, als wir aus dem Gerichtssaal zurückkommen.

Wie erwartet hat die Jury nach nur zwei Tagen Bedenkzeit meine Mutter des Mordes an Jeb schuldig gesprochen. Aber da sie offensichtlich von Jeb misshandelt wurde, lautete das Urteil nur Mord mit bedingtem Vorsatz anstatt vorsätzlicher Mord. Obwohl ich schon finde, dass es ziemlich vorsätzlich ist, wenn man seinem Freund einen vergifteten Kuchen backt. Aber das ist schon okay. Mord mit bedingtem Vorsatz bedeutet nur, dass Mutter den Rest ihres Lebens im Gefängnis verbringen wird, anstatt auf dem elektrischen Stuhl zu brutzeln. Ich muss zugeben, ich war ziemlich erleichtert, das zu hören.

Jetzt bin ich etwas verwirrt. Obwohl alles genau nach Plan verlaufen ist – außer natürlich, dass ich jetzt hier in diesem Kinderheim festsitze – und mir heute eigentlich nach Feiern zumute sein sollte, fühle ich mich irgendwie traurig und leer. Und ich kann nicht verstehen, warum.

Ich drehe mich auf die andere Seite. Die Geschworenen haben alles geglaubt, was ich ihnen erzählt habe. Ich war ein Star dort oben im Zeugenstand. Meine Mutter hatte nicht die geringste Chance. Ich hole tief Luft. Genauso wie der arme Jeb. Als ich Jeb den verhängnisvollen Kuchen überreicht habe, hat er mich so freudestrahlend angeschaut, dass es mir fast das Herz gebrochen hat. Er war so gerührt, dass ich mir die Zeit genommen und die Mühe gemacht habe, ihm diesen Kuchen zu backen, dass ich ihm das vergiftete Ding am liebsten wieder aus den Händen gerissen hätte. *Aber das habe ich nicht.*

»Mir hat noch nie jemand einen Kuchen gebacken«, hat Jeb mit leuchtenden Augen gesagt. »Normalerweise backe ich die Kuchen immer für andere.«

»Nun ja, jetzt nicht mehr, Jeb«, habe ich irgendwie rausgebracht, obwohl sich in mir alles zusammengezogen hat.

Und als er mich dann voller Freude und Dankbarkeit umarmt hat, bin ich fast zusammengebrochen und hätte am liebsten geweint. Aber das habe ich nicht. Ich habe mich zusammengerissen und ihn ebenfalls umarmt, so fest ich konnte. Doch dann habe ich Daddys Stimme in meinem Kopf gehört, und ich habe mich aus seiner Umarmung zurückgezogen. »Du musst ein großes Stück essen, Jeb«, habe ich gesagt und bin mit zitternder Stimme zurückgesprungen. »Es ist schließlich der erste Kuchen, den jemals jemand für dich gebacken hat.«

»Und es ist der erste Kuchen, den du alleine gebacken hast«, hat Jeb hinzugefügt. »Natürlich werde ich ein Riesenstück davon essen.«

Das Herz ist mir in die Hose gerutscht, aber ich habe weitergesprochen. »Ja. Ich weiß nicht, ob ich es richtig gemacht habe. Du wirst ihn trotzdem ganz aufessen, okay? Auch wenn er scheußlich schmeckt?« Ich habe doppelt so viel Zucker genommen, wie im Rezept steht, um jeglichen Geschmack von Rattengift zu überdecken, auch wenn ich überhaupt nicht weiß, wonach Rattengift eigentlich schmeckt. Aber ich dachte, es könne nicht schaden, Jeb vor einem eventuellen Nachgeschmack zu bewahren.

»Darauf kannst du Gift nehmen«, hat Jeb gesagt und sich im Raum umgeschaut. »Wo ist deine Mutter? Ist sie im Hinterzimmer?«

»Nein, sie ist noch bei der Arbeit«, habe ich gesagt, obwohl meine Mutter sturzbetrunken auf ihrem Bett gelegen hat. »Jeb, ich kann es gar nicht erwarten, dass du den Kuchen endlich probierst. Iss ein großes Stück, noch bevor du deine Sachen wegräumst, okay? Und dann essen wir noch eines, wenn Mommy wieder daheim ist.«

»Hmm ... lass mich darüber nachdenken«, hat Jeb geantwortet, doch sein Gesichtsausdruck hat mir verraten, dass er sich sehr geehrt gefühlt hat. Dann hat er ohne ein weiteres Wort und mit einem breiten Grinsen im Gesicht in den Kuchen gebissen.

Ich drehe mich auf den Rücken und lege mir die Arme übers Gesicht. Ich habe das Gefühl, ich muss mich übergeben – genau, wie der arme Jeb es getan hat, nachdem er von dem Kuchen gegessen hatte.

Vom Hauptsaal im Erdgeschoss dringen geschäftige Laute nach oben. Die anderen Kinder erledigen vor dem Essen ihre Hausarbeiten.

So, wie Jebs Augen hervorgetreten sind und sein Körper zu zucken angefangen hat, ist es kein Wunder, dass ich geschrien und geheult habe, als ich den Notruf gewählt habe. Da musste ich nicht schauspielern.

Ich höre unten das Klirren von Besteck. Wahrscheinlich decken sie gerade den Tisch fürs Essen. Ich drehe mich wieder auf die Seite, sodass mein Rücken der Tür zugewandt ist. Ich seufze laut auf. An diesem Tag im Gerichtssaal, als meine

Mutter erkannt hat, dass ich es gewesen bin, die Jeb den vergifteten Kuchen gebacken hat, hat mir der Blick, den sie mir zugeworfen hat, gar nicht gefallen. Sie hat mich angesehen, als hätte ich es verdient, ein ebenso großes Stück von einem vergifteten Kuchen zu essen. Es kam mir so vor, als wäre in diesem Augenblick alles Leben aus ihr entwichen – genau wie bei dem armen Jeb. Und vor allem hat es mir nicht gefallen, dass meine Mutter mich so angeschaut hat, als wäre ich hier die Böse. Ich bin kein schlechter Mensch. Das bin ich wirklich nicht. Ich habe vielleicht diese eine schlechte Sache getan, aber sie musste getan werden.

Ich höre Schritte hinter meinem Bett. Sanft berührt mich eine Hand an der Schulter. »Charlene.«

Ich drehe mich nicht um. Das muss ich gar nicht. Ich weiß genau, wer es ist. *Wesley*. Es ist immer Wesley, der mich anstarrt und mir auf Schritt und Tritt folgt wie ein junger Hund. An dem Tag, als ich das Kinderheim zum ersten Mal betreten habe, haben Wesleys Augen bei meinem Anblick geleuchtet wie ein Weihnachtsbaum. Fast so, als hätte er sein ganzes Leben schon von mir geträumt – oder vielleicht sogar, als hätte er zu Gott gebetet, dass ich in sein Leben trete. Und dann war ich endlich da. »Charlene«, habe ich ihn flüstern hören, nachdem Mrs Clements mich allen Kindern vorgestellt hatte. »Danke, lieber Gott.«

Ich spüre ein Klopfen auf meiner Schulter. »Hey, Charlene«, sagt Wesley. »Mrs Clements hat mich gebeten, dich zum Essen zu holen.«

Ich drehe mich um und schaue ihn an. Wesley ist ein Jahr jünger als ich. Sein Gesicht ist von Pickeln übersät, und seine Ohren sind zu groß. Er ist so dürr, dass er fast keinen Schatten wirft. Wenn er seine Zunge rausstrecken würde, sähe er aus wie ein Reißverschluss. Ich will etwas sagen, will ihm sagen, dass ich keinen Hunger habe. Aber dann, zu meiner großen Überraschung, fange ich an zu weinen. Das sind keine gespielten Tränen. Wo kommen sie nur her? Diese Tränen sind … ich weiß es nicht. Auf jeden Fall kann ich sie nicht mehr aufhalten.

»Hey«, sagt Wesley sanft. Er setzt sich auf meine Bettkante und streicht mir das Haar aus den Augen. »Schhh …«, versucht er, mich zu beruhigen. Er streichelt mir liebevoll über die Wange. »Keine Angst, Charlene. Alles wird wieder gut.« Er legt beide Hände auf mein Gesicht und wischt mir die Tränen von den Wangen. Dann blickt er mir tief in die Augen. »Ich passe auf dich auf, Charlene. Das verspreche ich dir. Okay? Ich werde immer auf dich aufpassen. Bis an mein Lebensende.«

Ich weiß nicht genau, warum, aber plötzlich setze ich mich auf und küsse Wesley mitten auf den Mund. Als meine Lippen seine berühren, schnappt er nach Luft, und ich fühle, wie sein Körper freudig überrascht auf meine Berührung reagiert, als er sich zu mir beugt und meinen Kuss erwidert.

Es ist mein erster Kuss, und ich bin überrascht, wie sanft und warm er ist – und vor allem, wie sehr ich ihn genieße.

Als wir uns voneinander losreißen, liegt ein Funkeln in Wesleys Blick.

»Nenn mich nicht Charlene«, sage ich nur, und das Blut steigt mir ins Gesicht.

Er leckt sich die Lippen. »Ich nenne dich, wie du willst.«

Ich beiße mir auf die Unterlippe und betrachte ihn. Ich kann seinen Geschmack noch auf der Zunge spüren.

»Wie soll ich dich nennen, Charlene? Ich nenne dich, wie immer du auch willst«, wiederholt er mit zittriger Stimme und erwartungsvoll. Als ich nicht antworte, lehnt er sich nach vorne und schließt die Augen. Anscheinend erwartet er, dass ich ihn noch einmal küsse.

Aber das tue ich nicht. »Butterblume«, flüstere ich mit klopfendem Herzen. »Ich will, dass du mich Butterblume nennst.«

KAPITEL 15

16 Jahre alt

1294 TAGE BIS ZUM KILLING-KURTIS-TAG

»Sehen wir uns später?«, flüstert Wesley, als ich in der Küche an ihm vorbeigehe. Ich weiß nicht, warum er mich das nach all dieser Zeit überhaupt noch fragen muss. Jeden Tag treffen wir uns nach den Hausaufgaben und nach der Hausarbeit unten an der großen Eiche. Und dort lasse ich mich von Wesley küssen. Immer und immer wieder. Was soll heute anders sein? Nichts wird anders sein. Von mir aus können wir uns jeden Tag küssen. Das sollte dieser dumme Junge doch langsam mal wissen.

Und Wesley hat keinen Grund, zu denken, dass heute etwas anders sein könnte, denn hier gleicht jeder Tag dem anderen. Und laut Mr und Mrs Clements soll das auch so sein. Mrs Clements erklärt mir immer, dass es ihre »gottgegebene Mission« sei, dem Leben von uns Kindern, »welche die Welt vergessen hat«, eine Art »Struktur« und »Stabilität« zu verleihen.

Mrs Clements achtet immer sehr darauf, das Wort »welche« zu verwenden anstatt »die«. Als mache sie das zu einer Art Genie oder so. Diese Frau trägt ihre Nase so weit oben, dass sie im Starkregen ertrinken würde. Mrs Clements kann von ihrer »gottgegebenen Mission« erzählen, soviel sie will, aber ich kenne die Wahrheit. Ihr gefällt es einfach, uns Kindern zu sagen, was wir tun und lassen sollen.

Um ehrlich zu sein, ist jeder einzelne Tag hier meine persönliche Hölle. Ich kann es gar nicht erwarten, hier endlich rauszukommen und in Hollywood nach Daddy zu suchen und zu leben wie eine Königin. Aber ich kann noch nicht gehen. Ich bin erst sechzehn. Wenn ich jetzt gehe, würde mich Mrs Clements bei der Polizei als vermisst oder als Ausreißerin melden. Und ich will nicht, dass irgendjemand – schon gar nicht die Polizei – weiß, wer ich bin, oder dass jemand nach mir sucht und sich in meine Angelegenheiten einmischt.

Nein, so schwer es auch sein mag, ich muss noch warten, bis ich dieses Kinderheim und das ganze System hinter mir lassen kann. Nur noch etwas länger als ein Jahr, und dann kann ich los – Richtung Westen. Wenn ich erst einmal volljährig bin, bin ich frei wie ein Vogel, und niemand wird mir je wieder sagen, was ich zu tun und zu lassen habe. Nie wieder. Doch bis dahin muss ich meine Zeit absitzen und geduldig warten, wie es eine folgsame und gewissenhafte junge Lady tun würde. Es hilft, dass Wesley mir dabei Gesellschaft leistet.

Aber diese Eintönigkeit jeden Tag, die Routine und die Tatsache, dass ich immer und immer wieder tun muss, was man mir sagt – das macht mich fertig. Jeden Morgen, immer zur selben Zeit, stehe ich auf und schleppe mich zur Schule. Daddy würde verzweifeln, aber ich habe keine andere Wahl. Zumindest jetzt noch nicht.

Zum Glück ist es keine richtige Schule. Es ist eine »Weiterbildungsschule« für »gefährdete Kinder« und »Problemkinder«. Ich weiß nicht genau, inwiefern ich in diese Rubrik falle, denn das Einzige, was mich »gefährdet«, ist die Langeweile, und mein einziges »Problem« ist, dass ich in einem Klassenzimmer mit dummen Lehrern gefangen bin, die mir Multiple-Choice-Tests austeilen. Aber ob es mir gefällt oder nicht, die Tatsache, dass ich nie auf einer Schule war, macht mich in den Augen dieser tiefgründigen Denker im Schulsystem wohl zu einem »Problemfall«.

Meine Rettung in all dieser Eintönigkeit und bei all diesen Regeln, die ich befolgen muss, ist – außer Wesley natürlich –, dass ich nur halbtags zur Schule gehen muss, da ich alle Tests in Lesen und Schreiben sowie in Problemlösung und »Analyse« – was immer das auch sein mag – mit Bravour bestanden habe. Auch wenn ich vormittags in die Schule gehen und den dämlichen Lehrern zuhören muss, wie sie mir etwas vom Satz des Pythagoras und Zellmitose und dem Krieg von 1812 erzählen, war Mrs Clements doch damit einverstanden, dass ich in allen anderen Fächern im Heim unterrichtet werden kann. Dank dieser kleinen Ausnahme kann ich jeden Tag für ein paar Stunden allein im Heim bleiben, wenn die anderen in der Schule oder bei der Arbeit sind. Dann liege ich auf meinem Bett und lese und lese und lese. Wenn ich diese Zeit allein mit meinen Büchern nicht hätte, würde ich wahrscheinlich durchdrehen, vor allem, weil Mrs Clements ständig mit mir reden will, um sicherzugehen, dass mit mir alles okay ist. Aber auch wenn ich oft vorm Explodieren bin, lasse ich das niemanden wissen. Ich lasse sie in dem Glauben, dass ich so bin, wie sie mich haben wollen – genau, wie Marilyn es getan hat.

Manchmal – wenn auch nicht sehr oft –, wenn ich allein bin und auf meinem Bett liege, heule ich wie ein Schlosshund. Ich weiß nicht genau, warum. Wahrscheinlich, weil ich Daddy vermisse. Ich kann mich nicht mal mehr genau daran erinnern, wie er aussieht. Ich versuche, mir die Wölbung seiner Lippen vorzustellen oder seine Koteletten oder dieses gewisse Funkeln in seinen Augen, aber es gelingt mir nicht. Und das bringt mich immer zum Weinen.

Manchmal denke ich auch daran, wie Jeb mich angesehen hat, bevor er zuckend auf dem Boden zusammengesackt ist. Dabei fühle ich mich wahnsinnig schlecht. Ich fühle mich nicht schlecht, weil er tot ist. Das war schließlich das einzig logische Ende für Jeb. Es tut mir leid, wenn ich daran denke, wie er mich in diesem letzten Moment angesehen hat – als ob er genau gewusst hat, dass ich es war, die ihm das angetan hat. Es hat mir besser gefallen, als Jeb noch dachte, dass ich ein braves Mädchen sei – genau, wie Mrs Monaghan es immer von mir gedacht hat. Und wie es Mrs Clements jetzt von mir denkt. Ich finde es schön, wenn die Leute denken, dass ich ein guter Mensch bin, denn das bin ich schließlich auch. Ich musste das einfach tun, ich hatte keine andere Wahl. Letztlich ist es wohl so, dass mir der Gedanke daran, dass Jeb jetzt unter der Erde von Würmern gefressen wird, nicht so sehr missfällt wie die Tatsache, dass er weiß, dass *ich* der Grund dafür bin.

Als ich eine Bananenschale in den Mülleimer in der Küche werfe, nicke ich Wesley fast unmerklich zu – es ist eher ein kurzes Blinzeln in seine Richtung, das ihm bestätigen soll, dass wir uns später sehen werden, um uns zu unterhalten und uns zu küssen. Natürlich werden wir das. Die Treffen mit Wesley sind das einzig Gute, das mir auf dieser großen, weiten Welt bleibt, und ich würde sie unter keinen Umständen ausfallen lassen.

Nachdem ich mich vergewissert habe, dass Wesley meine Zustimmung verstanden hat, verlasse ich ohne einen weiteren Blick in seine Richtung die Küche, damit Mrs Clements keinen Verdacht schöpft. Mrs Clements beobachtet alle Kinder hier mit Argusaugen – mich besonders, seit wir uns nach der »tragischen Verhandlung« meiner Mutter vor fast einem Jahr »so nahestehen«. Und ich bin mir sicher, sie hätte ein

Riesenproblem damit, wenn sie herausfinden würde, dass Wesley und ich uns küssen (und vor allem, wie sehr es mir gefällt). Ich meine, Wesley und ich leben unter einem Dach, und sie würde wahrscheinlich vermuten, dass wir weitaus mehr tun, als uns nur zu küssen. Auch wenn wir das nicht tun, will ich, dass Mrs Clements weiterhin denkt, dass ich brav und rein bin. Wenn sie so über mich denkt, dann kann ich mir das selbst auch einreden, nehme ich an.

Außerdem könnte niemand – nicht einmal ich selbst – je verstehen, was zwischen Wesley und mir ist. Ich bin ein ganzes Jahr älter als Wesley, und da sich Mädchen in der Regel schneller entwickeln als Jungs, sehe ich mittlerweile aus wie eine erwachsene Frau, während Wesley immer noch aussieht wie ein kleiner Bub. Und es ist nicht nur der Altersunterschied und die ungleiche Entwicklung, die uns zu einem seltsamen Paar machen. Auch wenn wir gleich alt und gleichermaßen entwickelt wären, wäre es trotzdem ein Affront gegen den natürlichen Lauf der Dinge. Ich meine, Wesley ist einfach … *Wesley*.

Manchmal, wenn Wesley und ich uns küssen, denke ich mir, *das ist, als ob Marilyn Scooby Doo küsst*. Oder noch besser, wir sind wie ein Sportwagen, der eine Schubkarre küsst, oder wie ein Gepard, der Goofy küsst. Oder am allerbesten, wir sind wie Marilyn und Goofy. Denn Wesley ist wie ein großer, dummer Zeichentrickhund, und ich bin eine legendäre Schönheit. Trotzdem fühle ich mich immer so verdammt gut, wenn ich Wesley unter der großen Eiche küsse, und wenn er mir Geschichten erzählt und mir verspricht, dass er für immer und ewig auf mich aufpassen wird. Ach, und natürlich, wenn er mir sagt, dass ich das schönste Mädchen auf der ganzen Welt bin.

Bei der letzten Sache hat Wesley selbstverständlich recht.

Ich bin verdammt hübsch. Im letzten Jahr konnte ich mir dabei zusehen, wie ich mich zu der atemberaubendsten Gestalt entwickelt habe, die ich je gesehen habe. Genauso atemberaubend wie die wundervolle Lana, als sie in dieses Café in Hollywood gegangen ist und entdeckt wurde. Genauso schön wie jedes Bild von Marilyn, auch das eine, auf dem sie in ihrem weißen Kleid zu sehen ist.

Ich brauche nur noch wasserstoffblondes Haar, um auszusehen wie Lana und Marilyn. Na ja, und noch größere Brüste. Ehrlich gesagt sind meine Brüste nicht annähernd so groß, wie ich sie gerne hätte. Aber meine Haut ist rein, meine Augen sind groß und blau, meine Wangenknochen sind hoch, und meine Lippen sind so voll und verführerisch, wie es nur geht. Ich bin immer wieder erstaunt, wenn ich mich selbst im Spiegel betrachte. Immer, wenn Mr Clements im Fernsehen Baseball schaut, stelle ich fest, dass ich genauso schön bin wie die Models in der Werbung – auch wie die, die im Bikini Bier verkaufen.

Mrs Clements weiß ebenfalls, dass ich wunderschön bin. Tausendmal hat sie schon zu mir gesagt: »Charlene, du bist das schönste Mädchen, das ich je gesehen habe. Eines Tages wird dir die Welt zu Füßen liegen, Liebes.« Und jedes Mal, wenn sie das zu mir sagt, erwidere ich: »Danke, Mrs Clements. Das will ich hoffen.«

KAPITEL 16

18 Jahre und 6 Monate alt

559 TAGE BIS ZUM KILLING-KURTIS-TAG

»Oh … hallo«, sagt die vertrocknete alte Sekretärin von Kurtis, als ich durch die Eingangstür zu seinem Büro marschiere. Sie blickt nervös zur geschlossenen Zimmertür. »Ähm, erwartet Mr Jackman Sie?«

»Hallo, Mildred«, schnurre ich. »Nein, Kurtis erwartet mich heute nicht. Ich will ihn überraschen.« Und ihm sagen, dass ich es satthabe, zu warten, bis meine letzten Fotos endlich in seinem dämlichen Magazin erscheinen. Die Fotos, auf denen ich komplett oben ohne von vorne zu sehen bin. Die Fotos, von denen er behauptet, dass sie mich zum Star machen werden.

Als Kurtis die Fotos vom Fotografen zurückbekommen hat, sind ihm fast die Augen aus dem Kopf gefallen. »Die sind sogar noch besser, als ich dachte«, hat er gesagt und mich lüstern angeschaut. »Diese Bilder werden besser als alles, was wir bisher gemacht haben, Baby.«

Gleich darauf hat sich Kurtis an die Arbeit gemacht, um eine Sonder-Doppelausgabe mit mir herauszubringen, aber das ist jetzt schon ewig her. »Bald«, sagt er immer wieder zu mir. »Hab Geduld. Das Warten wird sich lohnen.« Aber ich will nicht mehr warten. Wenn diese Fotoserie mich in einen legendären Filmstar verwandeln wird, wie Kurtis es mir versprochen hat, dann ist es an der Zeit, verdammt noch mal.

Es ist ziemlich offensichtlich, dass Kurtis denkt, er könne

mich mit Geld für unendliche Shoppingtouren und mit Blumen in Hülle und Fülle hinhalten. Oder damit, dass er mir Bücher kauft, die ich an seinem Pool lesen kann, aber das ist mir alles egal. Er versteht nicht, dass ich in meinem ganzen Leben immer auf etwas gewartet habe, und das habe ich so satt. Zügig gehe ich auf Kurtis' Bürotür zu. »Ich werde einfach reingehen und ihn überraschen«, verkünde ich fröhlich.

»Nein«, ruft Mildred viel zu laut für den kleinen Raum. Sie springt auf und blickt mich panisch an. »Mr Jackman ist in einem Meeting und will nicht gestört werden.« Sie sieht aus, als hätte ich gedroht, ihren Lieblingswelpen aus dem Fenster des dreißigsten Stocks zu werfen.

Mildreds Warnung hat auf mich die entgegengesetzte Wirkung. In Sekundenschnelle bin ich an der Tür und reiße sie auf. Kurtis wirft einen bitterbösen Blick auf die weit geöffnete Tür und will anscheinend gerade lospoltern, wer es wagt, sein »Meeting« zu stören. Aber als er sieht, dass ich es bin, setzt er eine gespielte Freude auf.

O Gott.

Kurtis steht Kopf an Kopf mit einer vollbusigen Brünetten. Sie stehen auf seiner Seite des Schreibtisches, was ein sehr unüblicher Anblick ist.

Verdammt, diese Frau hat die größten Brüste, die ich je gesehen habe.

Sein Gesicht ist rot. Genau wie ihres.

Die Frau glättet das Oberteil ihres Kleides. Es schmiegt sich so eng an ihre Kurven und ist so kurz, dass ich fast alles sehen kann.

Kurtis schiebt die vollbusige, dunkelhaarige Schlampe zur Seite und geht auf mich zu, um mich zu begrüßen. Währenddessen steckt er sein Hemd in die Hose.

Ich presse die Zähne zusammen. Kurtis lässt sein Hemd nie aus der Hose hängen.

»Baby«, schnurrt er, als er bei mir ankommt. »Was machst du denn hier?«

Ich stehe stocksteif da und fixiere diese Frau, während meine Gedanken sich überschlagen. Ich habe sie schon einmal gesehen, dessen bin ich mir sicher. Ein funkelndes Herz um ihren Hals erregt meine Aufmerksamkeit, und sofort fällt mir wieder ein, woher ich sie kenne. Diese Frau ist Bettie Paigette – die Bettie mit den großen Titten.

Ich wende mich Kurtis zu, und das Blut in meinen Adern kocht förmlich.

Kurtis räuspert sich. »Bettie, ich glaube, wir haben alles beredet«, sagt er schroff. »Sag Johnny einfach, er soll dir alles besorgen, was du brauchst.«

»Natürlich, Kurtis.« Sie schaut mich an und muss ein Grinsen unterdrücken. »Äh … Mr Jackman, meine ich natürlich. Danke.« Sie berührt die Kette um ihren Hals und lächelt mich an.

Kurtis räuspert sich erneut. »Gut, das war dann alles«, murmelt er.

Bettie geht an Kurtis vorbei in Richtung Tür, wackelt dabei mit ihrem Hintern und schenkt ihm ein strahlendes Lächeln. Aber Kurtis erwidert Betties Lächeln nicht. Sein Gesichtsausdruck bleibt wie versteinert, auch wenn seine Wangen feuerrot sind.

Und das sagt alles. Auch wenn ich dumm wie Brot wäre und bis jetzt noch nicht verstanden hätte, was hier vor sich geht, hat Kurtis sich gerade selbst verraten, indem er Betties Lächeln nicht erwidert hat. Denn Kurtis Jackman erwidert jedes Lächeln, besonders wenn es von einer Frau kommt. Er ist ein lockerer, freundlicher Typ, der alles dafür tun würde, dass die Leute ihn mögen, vor allem hübsche Leute. Wenn Kurtis und Bettie mit den großen Titten gerade tatsächlich eine Art geschäftliches Meeting gehabt hätten, dann hätte Kurtis das Lächeln dieser Frau mit absoluter Sicherheit sofort erwidert. Aber das hat er nicht. Und deswegen war das Meeting auch nicht geschäftlich.

Bettie mit den großen Titten geht an mir vorbei zur Tür, würdigt mich allerdings keines Blickes. Kurtis lässt sie gehen, ohne uns einander vorzustellen. Das ist ein weiterer Beweis für seine Schuld.

In dem Moment, in dem Bettie den Raum verlassen hat, nimmt Kurtis mich in die Arme. Ich kann sie an ihm riechen. »Hallo, Baby. Hast du die Blumen bekommen, die ich dir heute geschickt habe?«

Ja, ich habe die Blumen bekommen – rote Rosen und Butterblumen wie immer. Wahrscheinlich leben die Blumengeschäfte in ganz Hollywood nur davon, dass dieser Mann jeden Tag eine riesige Menge davon kauft. Aber die Blumen sind mir im Moment egal. Ich starre ihn an. »Kurtis Jackman, was zum Teufel geht hier vor zwischen dir und dieser *Frau?*« Normalerweise hätte ich andere Worte benutzt als »zum Teufel« und »Frau«. Aber Kurtis denkt ja, dass ich ein braves Mädchen bin, und sogar in meiner momentanen Wut möchte ich, dass das so bleibt.

»Wovon redest du denn da? Bettie arbeitet für mich, Baby. Im Club.« Er schaut mich unschuldig an, doch ich kaufe es ihm keine Sekunde ab. Dieser Mann würde mir im Moment auch ans Bein pissen und mir erzählen, dass es regnet.

Ich sage lange nichts und lasse Kurtis zappeln. »Kurtis Jackman, lüg mich nicht an«, flüstere ich schließlich und muss die Tränen unterdrücken.

Kurtis sieht kurz so aus, als würde er mir seine Sünden gestehen, aber dann ändert sich sein Gesichtsausdruck wieder, und er hat anscheinend beschlossen, bei seiner Story zu bleiben. »Wir hatten ein Geschäftstreffen«, erklärt er.

»Ein Geschäftstreffen worüber?«

Er zögert und überlegt anscheinend, ob ihm die Antwort auf diese Frage aus der Patsche helfen wird. »Ähm … Bettie wird in einem meiner Filme mitspielen.«

Ich schlage ihm mit der flachen Hand ins Gesicht. Ganz fest. »Du drehst einen Film mit *ihr?*« Sofort treten mir die Tränen in die Augen. Ich drehe mich um und will den Raum verlassen.

Kurtis packt mich am Arm. »Baby, nein.« Die Wange, auf die ich ihn geschlagen habe, ist knallrot. »Ich meine, ja, ich drehe einen Film mit ihr, aber keinen richtigen Film. Nicht so einen Film, wie ich ihn mit dir drehen werde. Sie spielt in einem meiner *Erwachsenen*-Filme mit.« Er grinst, als würde diese Erklärung alles besser machen. Und ehrlich gesagt, wenn alles, was die beiden miteinander zu tun haben, ein Porno ist, dann würde es auch alles besser machen. Denn es ist mir scheißegal, wie viele Pornos Kurtis dreht und mit wem. Ich meine, der Mann hat Geld wie Heu, und das muss schließlich irgendwo herkommen.

Aber ein Porno ist nicht alles, worum es hier geht. Nein, in Wirklichkeit geht es hier darum, dass Kurtis mit Bettie mit den großen Titten ins Bett geht. Und das ist überhaupt nicht in Ordnung. Um ehrlich zu sein, ist das eine riesengroße Scheiße. Wenn Kurtis denkt, dass er damit durchkommt, dass er mit Bettie schläft, obwohl er mir ständig Schleimereien ins Ohr flüstert und versucht, mich in sein Bett zu kriegen, und mich leckt und mich anfleht, ihn zu einem guten Menschen zu machen, dann hat er sich geschnitten. Schließlich bin ich Charlie Wilbers Tochter.

Und was noch wichtiger für meine Bestimmung ist: Wenn Kurtis mit Bettie mit den großen Titten schläft und einen Film dreht – Porno hin oder her –, dann ist das eine inakzeptable Kombination. Kurtis ist ein willensschwacher Mann mit den Stimmungsschwankungen eines Thermometers. Wahrscheinlich ist er nur noch etwas guten Sex davon entfernt, zu beschließen, dass Bettie mit den großen Titten und nicht ich in seinem Mainstream-Film mitspielen soll, von dem er schon sein ganzes Leben träumt.

Plötzlich kommt mir ein schrecklicher Gedanke. »O mein Gott, Kurtis Jackman. Hast du dieser Frau die Halskette geschenkt?«

Er blickt mich verwirrt an. »Wovon redest du?«

»Die Kette mit dem Herz, die sie um den Hals hatte.« Ich berühre das Kreuz mit den Diamanten an meinem Hals – mein wertvollster Besitz. »Sag mir sofort die Wahrheit. War die Kette mit dem Herz, die sie trägt, ein Geschenk von dir?«

Kurtis schnaubt. »Bist du verrückt? Sie *arbeitet* für mich.« Er verdreht die Augen. »Glaubst du jetzt, dass jede Frau, die eine Kette um den Hals trägt, sie von mir geschenkt bekommen hat? Sollen wir auch mal schauen, ob Mildred eine Kette trägt – und sie fragen, ob sie ein Geschenk von mir war?«

Ich weiß nicht, was ich sagen soll. Vielleicht hat er recht. Vielleicht bin ich gerade ein bisschen paranoid. Aber wer könnte es mir verübeln? In letzter Zeit komme ich mir vor wie ein Wasserkessel, der kurz davor ist, überzukochen. Die letzten sechs Monate, in denen ich darauf achten musste, dass Kurtis nicht das Interesse an mir verliert, ohne dass ich ihn zum Zug kommen lasse, haben mich langsam, aber sicher in den Wahnsinn getrieben. Auch wenn ich es sehr genieße, mit ihm rumzumachen, wird es immer schwerer, diesen Mann glücklich zu machen und dafür zu sorgen, dass er wieder zu mir zurückkommt, und gleichzeitig zu verlangen, dass er seinen Schwanz in der Hose behält.

Egal wie versucht ich auch sein mag, mich einfach zurückzulehnen und alles zu genießen, egal was für süße Worte Kurtis mir ins Ohr flüstert oder wo sein Mund und seine Hände auf meinem Körper auch landen mögen, um mich in Flammen aufgehen und meinen Schritt feucht und warm werden zu lassen, egal wie sehr ich mich nach ihm verzehre und am liebsten die Beine spreizen und rufen würde: »Jetzt tu es endlich, verdammt noch mal!« – in der hintersten Ecke meines Gehirns denke ich mir immer: »Es wird nichts mit meinem Film, wenn wir es jetzt tun.« Und da dieser Film meine Bestimmung ist, darf ich meinem Verlangen nicht nachgeben. Ich darf es einfach nicht. Ich befinde mich in einem Wettlauf mit der Zeit, um meinen Film zu kriegen, bevor ich am Ende nachgebe – oder bevor Kurtis die Geduld mit mir und das Interesse an mir verliert.

Und jetzt kommt auch noch die Sache mit Bettie mit den großen Titten hinzu. Ich weiß nicht genau, was ich tun soll. Kann ich wirklich von einem Mann wie Kurtis – von einem Porno-König, verdammt – erwarten, dass er ganze sechs Monate keusch bleibt? Es ist eine Sache, von ihm zu verlangen, dass er nicht mit mir schläft, aber kann ich wirklich von ihm erwarten, überhaupt keinen Sex zu haben, während er auf mich wartet? Ist das nicht so, als würde man von einem Löwen verlangen, nicht ab und zu mal einen Präriehund zu jagen, während er auf sein goldenes Zebra wartet?

Ich blicke Kurtis in die Augen. Sie flehen mich an, die Sache auf sich beruhen zu lassen. Verdammt! Es bringt mich fast um, das zu sagen, aber ich muss wohl einfach wegschauen, wenn Kurtis sich einen Präriehund schnappt – auch wenn dieser Präriehund so große Titten hat, dass mir fast schlecht wird. Aber ich schaue ganz sicher nur so lange weg, bis ich endlich zulasse, dass sich Kurtis mich schnappt – mich, sein goldenes Zebra. Denn wenn Kurtis Jackman seinen Schwanz erst einmal in mich gesteckt hat, dann kann er es vergessen, noch einmal mit einer anderen Frau ins Bett zu gehen – besonders nicht mit einer billigen, vollbusigen Stripperin mit Herzkettchen um den Hals, die es nicht einmal verdient hätte, meine Stiefel zu lecken.

»Butterblume, da läuft nichts zwischen Bettie und mir«, sagt Kurtis wieder. »Sie arbeitet für mich, das ist alles.«

»Kurtis, ich würde dir so gerne glauben«, sage ich. »Aber es kommt mir vor, als würdest du mir einen Bären aufbinden wollen.«

»Glaub mir«, fleht er mich an und schwitzt wie eine Hure in der Kirche. »Sie *arbeitet* für mich, das ist alles.«

Ich hole tief Luft. »Ihr zwei habt sehr vertraut gewirkt, als ich ins Zimmer kam.« Ich blicke ihn finster an.

»Wir haben übers Geschäft geredet.«

Man muss kein Genie sein, um zu wissen, dass er lügt. Tatsächlich verletzt es mich auch. Aber was soll's? Was würde es mir bringen, wenn ich ihn jetzt auf seine Lüge anspreche? Und was, wenn ich wie durch ein Wunder doch falschliege? Ich mache einen Schmollmund. »Warum drehst du mit *ihr* einen Film und mit mir nicht?«

»Weil ich nun einmal Erwachsenen-Filme drehe, Baby. Das weißt du.«

»Aber warum hast du meinen Film noch nicht gedreht?«

Kurtis zieht genervt die Luft ein. »Ich habe dir doch schon gesagt, dass es einen großen Unterschied zwischen einem Porno – was ich im Schlaf kann – und einem richtigen Mainstream-Film gibt, Butterblume. Ich muss Investoren suchen …«

»Das ist das andere. Warum um alles in der Welt brauchst du überhaupt Investoren? Mach doch den Film einfach selbst. Du bist reicher als Krösus.«

Er verdreht die Augen. »Ich bin ›reicher als Krösus‹ – was auch immer das bedeuten mag –, weil ich klug genug bin, um mir Investoren für meine Filme zu suchen. Du weißt doch, wie es läuft. Erst mache ich dich zum Titelmädchen in meinem Magazin, dann mache ich einen Filmstar aus dir. Die Sache ist in Arbeit. Eins nach dem anderen. Ich brauche Investoren, um dich zum Filmstar zu machen. Und um Investoren zu bekommen, muss ich dich bekannt machen. Vertrau mir, ich weiß genau, was ich tue. Du musst Geduld haben.«

»Ich habe Geduld. Aber nicht ewig.«

»Na ja, ich auch nicht.« Sein Tonfall wird plötzlich kalt.

Ich blicke in seine Augen und sehe überrascht, dass sie ausdruckslos sind.

O Scheiße.

Ich weiß schon länger, dass Kurtis langsam den Verstand verliert, weil er sein aufgestautes Verlangen nach mir nicht befriedigen kann, aber zum ersten Mal sehe ich diese Kälte in seinen Augen. Es muss bald etwas geschehen, oder sein unbefriedigtes Verlangen wird sich in etwas anderes als Leidenschaft verwandeln – etwas Wütendes und Dunkles. O Mann, plötzlich fällt es mir wie Schuppen von den Augen. Kurtis Jackman wird diesen Film mit mir nicht drehen, bevor ich nicht mit ihm geschlafen habe – nicht andersrum. Ich war eine verdammte Idiotin.

Ich nehme Kurtis in die Arme. »Ich weiß, dass du unglaublich geduldig gewesen bist, Liebster, wirklich«, sage ich.

»Ich schwöre, dass ich noch nie im Leben einen so ehrenwerten und integren Mann getroffen habe wie dich.« Ich verkneife mir ein Grinsen – immerhin rede ich hier mit einem Porno-König. »Und Baby, wenn der richtige Zeitpunkt gekommen ist, dann werde ich dir etwas geben, das du nie wieder vergessen wirst. Das verspreche ich dir.«

Er presst sich an mich, und ich spüre seine Erektion. Er holt tief Luft. »Etwas, das noch kein anderer Mann erlebt hat«, sagt er.

Ich atme laut aus. »Ich habe nur Angst, dass du das Interesse an mir verlierst, wenn ich dir einmal nachgegeben habe.«

Er schaut mich verblüfft an. »Ich könnte nie das Interesse an dir verlieren, Baby.« Er zieht sich aus unserer Umarmung zurück und nimmt mein Gesicht in seine Hände. »Weil ich dich liebe, Butterblume.«

Mir klappt die Kinnlade runter.

»Hast du das nicht gewusst?«

Ich schüttle den Kopf und bringe kein Wort heraus.

Sein Blick wird sanft. »O Butterblume, natürlich. Ich *liebe* dich.«

Ich weiß wirklich nicht, was ich sagen soll. Er *liebt* mich? Mein Herz fühlt sich an wie eine Wasserbombe, die gleich zerplatzt.

»Du musst mir vertrauen«, sagt Kurtis. Er lässt seine Hände auf meine Schultern gleiten. »In jeder Hinsicht.«

Okay, das war deutlich. Ich bin mir ziemlich sicher, dass dieser Mann mir gerade ein Ultimatum gestellt hat. »Wann, denkst du, wirst du meinen Film drehen?«, frage ich, nur für den Fall, dass ich die Situation falsch deute.

»Na ja, wann denkst du, wirst du mir endlich vertrauen – *in jeder Hinsicht?*«

Verdammt, ich habe die Situation richtig gedeutet. Kurtis hat gerade seine Karten auf den Tisch gelegt, und er weiß, dass ich bluffe. Es wird kein Film mit mir über Marilyn Monroe rauskommen, bevor ich Kurtis nicht reingelassen habe. Rein in mich, besser gesagt. Wenn das hier ein blödes Spiel ist, dann ist klar, wer zuerst an der Reihe ist – ich. Und das gefällt mir ganz und gar nicht.

KAPITEL 17

17 Jahre alt

929 TAGE BIS ZUM KILLING-KURTIS-TAG

Es ist später Nachmittag, und Wesley und ich liegen auf dem Rücken unter der großen Eiche und blicken in den Himmel, nachdem wir uns ausgiebig geküsst haben.

»Weißt du, was ich gerade denke?«, fragt er.

Ich wende ihm den Kopf zu.

»Das mit uns, das ist Schicksal«, sagt er.

»Wovon zum Teufel redest du?«, frage ich.

»Mir ist gerade klar geworden, dass wir sind wie in *Die Braut des Prinzen*.«

Ich starre ihn verständnislos an. Ich habe keine Ahnung, wovon er redet.

»*Die Braut des Prinzen*«, wiederholt er, als würde ich es beim zweiten Mal besser verstehen.

»Wesley und Butterblume«, fügt er noch hinzu.

»Wovon redest du, Wesley?«

»Hast du den Film nicht gesehen?«

Ich schüttle den Kopf. »Ich lese meine Bücher«, sage ich. »Wir hatten keinen Fernseher – und wir hatten mit Sicherheit nicht genug Geld, um ins Kino zu gehen.«

»Mann, du brauchst doch kein Geld, um ins Kino zu gehen. Du schleichst dich einfach rein.«

»Wie dem auch sei – ich lese meine Bücher.«

»Na gut, aber *Die Braut des Prinzen* musst du sehen.« Seine Augen funkeln jetzt richtig. »Wesley liebt Butterblume, und er würde alles für sie tun. Sie ist seine Prinzessin – so, wie du meine bist. Das mit uns ist Schicksal. Ich wusste es schon im ersten Moment, in dem ich dich gesehen habe. Dass wir uns getroffen haben war kein Zufall.«

Ich verdrehe die Augen. Ich weiß nicht, woher Wesley diesen Blödsinn hat, den er da von sich gibt. »Küss mich einfach, Wesley«, sage ich. »Und hör auf, so einen Unsinn zu reden.«

Wesley gibt nach, und wir küssen uns bestimmt fünfzehn Minuten lang. Als wir fertig sind, liegen wir wieder auf dem Rücken nebeneinander und blicken durch die Äste der großen Eiche in den Himmel.

»Hey, weißt du, was ich noch denke?«, sagt Wesley und dreht sich zur Seite, um mich anzuschauen.

Ich drehe den Kopf ebenfalls in seine Richtung.

»Wir haben gerade einen Sechsundfünfzig-Tage-Kuss-Lauf hinter uns.« Er strahlt mich plötzlich an. »Ich bin jetzt offiziell der Yankee-Küsser.« Er kichert.

Ich kann nicht anders, als über seinen Witz zu lachen, auch wenn ich ihm diese Genugtuung nicht gönne. Kein anderer Mensch auf der Welt würde diesen Witz verstehen, aber ich verstehe ihn, weil Wesley und ich zusammen in einer Art »Beständigkeits«-Hölle mit Mr Clements und Joe DiMaggio leben.

Mr Clements redet immer über sein Kindheits-Idol Joe DiMaggio, den »Yankee-Clipper«, und darüber, wie Joe DiMaggios rekordverdächtige Erfolgssträhne, die sechsundfünfzig Baseballspiele anhielt, uns etwas über »Beständigkeit« lehren könne. Mit Mr Clements zusammenzuleben bedeutet, sich jeden Tag etwas über Joe DiMaggio anhören zu müssen. Und wenn nicht über Joe, dann über Lou Gehrig, seinen anderen Lieblingsspieler. Ohne Unterlass redet Mr Clements über Joe und Lou, weil er meint, dass diese beiden mit ihren rekordverdächtigen Spielen die Bedeutung von »Beständigkeit« wirklich verstehen könnten.

Beim Essen fragt Mr Clements uns immer: »Was glaubt ihr, warum Joe Spiel um Spiel so viel Erfolg hatte?« Und wir antworten dann zum tausendsten Mal: »Beständigkeit«. »Genau, Beständigkeit«, sagt Mr Clements. »Vergesst das nie, Kinder. Das ist es, durch das ihr im Leben zu etwas kommt.«

Jedes Mal, wenn Mr Clements seine Beständigkeits-Rede hält, würde ich am liebsten aufspringen und sagen: *Also, Mr Clements, wenn »Beständigkeit« bedeutet, dass ich für den Rest meines Lebens mit Autogrammkarten auf dem Schoß in einem Kinderheim auf der Couch sitzen und mir Baseballspiele anschauen werde, dann kann ich darauf verzichten.* Aber natürlich sage ich das nicht.

Eigentlich macht es mir gar nicht so viel aus, wenn Mr Clements über Joe DiMaggio redet, denn er war mit Marilyn verheiratet. Nur wenn Mr Clements dann auch noch über Lou Gehrig und manchmal auch über Babe Ruth und unzählige weitere Spieler redet, von denen ich noch nie gehört habe, und darauf besteht, uns seine Sammlung von Autogrammkarten zu zeigen, auf denen ausgediente Yankee-Spieler mit Baseballschlägern zu sehen sind, und wenn er sich immer wieder fragt, warum er hier in West Texas verrottet, dann würde ich Mr Clements' Kopf am liebsten gegen die Wand hinter dem Fernseher rammen.

Das Lustige ist, die einzige Autogrammkarte, die ich wirklich sehen wollen würde, nämlich die vom Yankee-Clipper Joe DiMaggio höchstpersönlich, will Mr Clements uns einfach nicht zeigen. Als ich ihn vor zwei Tagen gebeten habe, uns diese »unbezahlbare« Karte zu zeigen, hat er gesagt: »Nein, Charlene. Joe ist mein Ticket für eine goldene Rente.

Deshalb muss ich ihn sicher verwahren, damit er in tadellosem Zustand bleibt.« Dabei hat er mir die Hand getätschelt, als würde ich nicht verstehen können, was »tadelloser Zustand« bedeutet.

O Mann, dieses Tätscheln hat mich vielleicht in Wallung gebracht.

Als dann gestern alle beim Arbeiten und in der Schule waren und Mrs Clements einkaufen und ich ganz alleine in meinem Zimmer gelernt habe, beschloss ich, mein Buch zur Seite zu legen, mir die Gummihandschuhe aus der Küche zu holen und in das Zimmer von Mr und Mrs Clements zu schleichen. Die Schachtel mit den Autogrammkarten habe ich sofort neben Mr Clements' Schreibtisch gefunden. Aber als ich die Schachtel durchwühlte, war mir schnell klar, dass das nicht seine wertvollsten Karten waren. Das waren nur die, die er uns immer zeigt, wenn er ein Baseballspiel im Fernsehen anschaut.

Ich habe noch ein bisschen weiter rumgeschnüffelt und einen kleinen Safe mit Zahlencode hinten im Schrank gefunden, der unter einer Decke versteckt war. Als ich versucht habe, den Safe zu öffnen, hatte ich allerdings keinen Erfolg. Nur so zum Spaß habe ich ein paar Zahlenkombinationen ausprobiert – Mr Clements' Geburtstag, Mrs Clements' Geburtstag, die Hausnummer vom Kinderheim –, aber ich hatte kein Glück.

Wesley fährt mit den Fingern meinen Arm entlang und kommt meiner rechten Brust gefährlich nahe. Das holt mich wieder in die Gegenwart zurück, in der ich mit ihm unter der großen Eiche liege. Wesley beugt sich zu mir und drückt seinen Körper an meinen Oberschenkel. Ich spüre seinen harten Penis in der Hose, der mir verrät, dass er nur zu gerne meine Brust berühren würde.

»Warst du je bei einem Baseballspiel?«, fragt mich Wesley.

Ich schüttle den Kopf.

»Ich schon«, sagt er. »Einmal, als ich noch klein war. Bevor ich zu meiner Oma gezogen bin.«

Im Gegensatz zu mir spricht Wesley gerne über seine Kindheit und über all das, was ihm gerade im Kopf herumgeht. Das macht mir natürlich nichts aus – ich höre Wesley gerne zu. Wahrscheinlich verhindert der Klang seiner Stimme, dass ich mich einsam fühle.

Es wundert mich, dass Wesley es trotz allem, was er in seinem Leben schon durchmachen musste, geschafft hat, so freundlich und gut zu bleiben. Er hat mir erzählt, dass seine Mutter ihn zur Welt gebracht hat, als sie noch ein Teenager war, keinen Cent in der Tasche hatte, und dass er seinen Vater nie kennengelernt hat. »Als ich sieben war«, hat Wesley sachlich erklärt, »hat sich meine Mutter erhängt, und ich bin zu meiner Großmutter gezogen. Aber als ich zehn war, ist sie gestorben, und seitdem bin ich hier.«

Und jetzt erzählt mir Wesley wieder irgendwelche Sachen. »Eines Tages nehme ich dich mit zu einem Baseballspiel«, sagt er, drückt sich an mich und streichelt mein Haar. »Ich werde dich überallhin mitnehmen und dir alles zeigen, Butterblume.« Ich weiß, dass Wesley mich nicht gerne Butterblume nennt, aber der gute, alte Wesley würde so ziemlich alles tun, was ich von ihm verlange. Der Lebenssinn dieses Jungen ist es anscheinend, mir ein Lächeln ins Gesicht zu zaubern.

Er beugt sich zu mir, um mich zu küssen, was ich mir gerne gefallen lasse. Es ist ein langer, leidenschaftlicher und guter Kuss, und während wir uns küssen, wandern seine Hände erst an meine Wangen, dann zu meinem Hals und schließlich runter in Richtung meiner Brust, bis er fast …

Ich schlage seine Hand zur Seite und entziehe mich dem Kuss. »Was zum Teufel denkst du, was du da tust, Wesley? Du kannst meinen Busen nicht berühren.«

Bei dem Wort »Busen« leuchten Wesleys Augen auf. »Ah, ich würde alles dafür tun, ihn berühren zu dürfen«, stöhnt er und presst seine Erektion gegen meinen Oberschenkel. »Ich will ihn nur einmal berühren. *Bitte.*«

Ich setze mich auf und blicke ihm in die Augen. Der arme Kerl sieht richtig verzweifelt aus.

Es ist nichts Neues für mich, dass Wesley mehr will, als mich zu küssen. Seit Monaten weiß ich schon, dass er alles dafür geben würde, meine Brüste und auch andere Stellen berühren zu dürfen. Ich würde sogar wetten, dass der arme Wesley seine eigenen Haare anzünden würde, wenn ich ihn dafür meinen Busen berühren lasse. Aber das geht nicht. Ich würde gerne sagen, der Grund dafür ist, dass er so dämlich ist (was stimmt), oder dass ich nicht will, dass er meinen Busen berührt (was nicht stimmt). Aber nichts davon ist der Grund.

Der wahre Grund, warum ich nicht will, dass Wesley meinen Busen berührt, ist, dass ich es zu sehr genieße, ihn zu küssen. Ich *liebe* es sogar, ihn zu küssen. Wesley zu küssen fühlt sich so gut an – als ob man fliegen oder auf einem Regenbogen rutschen oder auf einem Einhorn reiten würde. Wenn er seinen Körper an meinen presst und ich diese Beule in seiner Hose spüre, die an mir reibt, und er um mehr bettelt, dann verliere ich immer fast den Verstand. Ich habe mich noch nie in meinem Leben so gut gefühlt wie an Wesleys dürren Körper gedrückt, mit seinen Lippen auf meinen, seiner Zunge in meinem Mund und dieser harten Körperstelle, die mich zum Stöhnen bringt und dazu, ihn noch näher an mich heranzuziehen.

Wesley so zu küssen, zu spüren, wie er mein Haar streichelt, sogar ihm nur zuzuhören, wie er über Filme oder Baseballspiele oder was auch immer redet – all das bringt mein Herz zum Rasen, meine Haut zum Kribbeln, meinen Schritt zum Pochen und meine Wangen zum Glühen. Und nur, weil ich ihn *küsse*, verdammt.

Wenn ich zulassen würde, dass Wesley meine Brust – oder sogar beide Brüste auf einmal – berührt, dann bin ich mir sicher, ich würde ihn noch viel mehr tun lassen. Denn er hat etwas an sich, dem ich nicht widerstehen kann. Und anders als mein Daddy werde ich nicht zulassen, dass eine einzige Ejakulation mein ganzes Leben zerstört. Nein, ich kann nicht zulassen, dass mich irgendjemand davon abhält, nach Hollywood zu gehen, meinen Vater zu finden und mein Schicksal zu erfüllen, ein legendärer Filmstar zu werden wie Lana Turner oder Marilyn Monroe, und in Kinosälen auf der ganzen Welt von Publikum bewundert zu werden – nicht einmal der süße und gute und dumme Wesley. Ich bin Charlie Wilbers Tochter. Amen. Aus mir wird etwas. In etwa sieben Monaten kann ich von hier weggehen, und bis dahin muss ich verhindern, dass Wesley meinen Busen oder irgendeine andere Stelle meines Körpers berührt.

»Die Sache ist die …«, sage ich und wähle meine Worte mit Bedacht. »Ich fühle mich einfach nicht wohl dabei, so berührt zu werden, weil …«

Wesley stützt sich auf seinen Ellbogen, damit er mir besser ins Gesicht schauen kann. Er sieht besorgt aus.

»Der Mann, den meine Mommy … umgebracht hat …«, fahre ich langsam fort.

Wesley nickt und ermutigt mich, weiterzusprechen. Trotz seiner äußerlichen Gelassenheit weiß ich, dass er innerlich ganz aufgewühlt ist, weil ich nach all der Zeit endlich etwas Persönliches von mir preisgebe.

»Sein Name war Jeb. Und Jeb war … ein schlechter Mensch«, sage ich leise. Wesley sieht jetzt noch besorgter aus. »Ein sehr, sehr schlechter Mensch«, fahre ich mit belegter Stimme fort. Ich blicke zu Boden, und Tränen treten mir in die Augen, als ich mich an Jebs schmerzverzerrtes Gesicht erinnere, nachdem er den ersten Bissen von dem vergifteten Kuchen gegessen hatte. »Und jetzt … nach all dem, was er mir angetan hat … es tut mir leid, aber ich kann es einfach nicht ertragen, von irgendjemandem noch einmal so angefasst zu werden.«

Wesley nimmt mich fest in die Arme – so fest, wie sein dürrer Körper es zulässt. »Schhhh …«, beruhigt er mich. »Du musst nicht darüber reden. Ich bin derjenige, dem es leidtut. Du musst nichts tun, wobei du dich nicht wohlfühlst. Ich werde warten. Für immer, wenn es sein muss. Das Schicksal hat uns zwei als Kinder zusammengebracht, damit wir unser Leben gemeinsam verbringen können – damit ich für immer auf dich aufpassen kann.« Er küsst mich sanft auf den Mund. »Ich werde ewig warten, wenn es sein muss.«

Ich kuschle mich an ihn. »Er hat mir wehgetan, Wesley. Richtig weh. Und jetzt … ich kann einfach nicht …«

»Schhh …«, sagt Wesley wieder. »Ist schon gut. Der Mistkerl ist tot, Butterblume.« Er zieht sich etwas zurück und blickt mir in die Augen. »Er kann dir nie wieder wehtun. Niemand kann dir jemals wieder wehtun, weil ich jetzt hier bin.«

»Ich habe davon noch nie einem Menschen erzählt, Wesley. Du bist der Erste.«

Wesley zieht mich an sich, diesmal noch enger. »Ist schon gut«, sagt er.

»Nur dir«, sage ich. »Ich habe es nur dir erzählt.« Er drückt mich noch fester an sich.

Es fühlt sich wieder so an, als würde ich fliegen und auf einem Regenbogen rutschen und auf einem Einhorn reiten – alles gleichzeitig. In Wesleys Armen zu liegen, ihm meine dunkelsten Geheimnisse anzuvertrauen – auch wenn dieses spezielle zufällig nicht wahr ist –, ruft in mir das Verlangen hervor, ihm wirklich mein dunkelstes Geheimnis zu erzählen, um herauszufinden, ob er mich dann immer noch küssen und umarmen und mir Geschichten erzählen und meinen Busen berühren will. Ich weiß, ich sollte diesem Verlangen nicht nachgeben, aber ich kann nicht widerstehen.

»Wesley, da gibt es noch etwas, das ich dir erzählen muss«, flüstere ich. Ich ziehe mich aus seiner Umarmung zurück und schniefe laut. Ich schaue ihm mit zusammengepressten Lippen direkt ins Gesicht. »Es gibt etwas, das du über mich wissen musst. Etwas Schlimmes.«

Er setzt sich aufrecht hin und blickt mich erwartungsvoll an.

»Also du weißt, dass Jeb meiner Mommy und mir wehgetan hat … sehr weh.« Wesley beugt sich nach vorne, als würde er mich erneut trösten wollen, aber ich hebe die Hand, um ihn davon abzuhalten. »Bis meine Mommy eines Tages genug davon hatte und zu mir gesagt hat: ›Dieser Mistkerl wird uns nie wieder wehtun.‹ Und dann hat sie den vergifteten Kuchen für Jeb gebacken.«

Wesley nickt. Anscheinend kennt er die Geschichte schon von Mrs Clements.

Ich halte kurz inne. Ich sollte das nicht tun, aber ich tue es trotzdem. Ich kann der Versuchung einfach nicht widerstehen, mein Herz auszuschütten und meine Seele reinzuwaschen – vor allem bei so einem lieben und verständnisvollen Menschen wie Wesley. »Und das, was du über mich wissen solltest, ist, dass … ich … also, als meine Mommy den Kuchen gebacken hat …« Wesley nickt und ermutigt mich damit, weiterzusprechen. Ich spüre ein Kribbeln am ganzen Körper. »Als sie diesen Kuchen gebacken hat …« Adrenalin schießt durch meine Adern. Jetzt ist es so weit. Ich werde endlich jemandem erzählen, wer ich wirklich bin – und nicht nur *irgendjemandem*, sondern *Wesley*.

Er nickt wieder und schaut mich gespannt an.

»Als meine Mommy diesen Kuchen gebacken hat, der Jeb umgebracht hat, *da habe ich ihr dabei geholfen.*«

Jetzt ist es raus. Na ja, zumindest teilweise – aber das muss reichen. *Ich habe Jeb umgebracht. Ich habe den Kuchen gebacken. Ich war es.* Das habe ich doch gerade gesagt, oder? Denn ob ich meiner Mutter geholfen oder es selbst getan habe, ist doch fast das Gleiche, oder? *Ich war es.* Heilige Scheiße, mir fällt eine Last von den Schultern, so schwer wie ein Felsbrocken, weil ich es endlich jemandem erzählt habe.

Ich hole tief Luft und blicke Wesley in die Augen, um nach Verständnis oder Ablehnung zu suchen. Und es besteht kein Zweifel daran, was ich in seinem Blick erkenne – pures Verständnis.

Wesley streicht mir das Haar aus den Augen und küsst mich dann so zärtlich, dass mir die Luft wegbleibt. Verdammt, dieser Kuss entfacht ein ganz neues Feuer in mir.

»Ich bin froh, dass du es getan hast«, verkündet er nach unserem Kuss. In seinem Blick liegt etwas, das ich noch nie zuvor gesehen habe. »Dieser Mistkerl hat nichts anderes verdient für das, was er dir angetan hat«, sagt er. Er legt den Zeigefinger unter mein Kinn. »Und wenn irgendjemand dich noch mal auch nur mit dem kleinen Finger anrühren sollte, dann bekommt dieser Jemand es mit mir zu tun.«

KAPITEL 18

17 Jahre, 11 Monate und 26 Tage alt

745 TAGE BIS ZUM KILLING-KURTIS-TAG

Ich werde aus einem Traum gerissen, setze mich abrupt in meinem Bett auf und rufe »Beständigkeit«. Es ist noch ganz früh am Morgen, und wieder einmal habe ich davon geträumt, Mr Clements' Safe zu öffnen. Seit Monaten bin ich jetzt davon besessen, den verdammten Zahlencode zu knacken. Immer, wenn sich die Gelegenheit ergibt, wenn ich mir sicher sein kann, dass ich der einzige Mensch im Haus bin und die anderen mindestens die nächste Stunde nicht wiederkommen, dann schleiche ich mich in das Zimmer von Mr und Mrs Clements, streife mir Gummihandschuhe über und versuche es mit einer anderen Zahlenkombination.

Letzte Woche dachte ich, ich hätte es: 05-04-03, die Trikotnummern von Joe DiMaggio, Lou Gehrig und Babe Ruth. Als mir der Gedanke mit den Trikotnummern gekommen ist, bin ich fast wahnsinnig geworden, weil ich ganze zwei Tage warten musste, bis sich eine Gelegenheit geboten hat, die Zahlenkombination auszuprobieren. Aber zu meinem großen Entsetzen hat es nicht funktioniert. Ich habe jede Kombination und Reihenfolge mit diesen drei Zahlen ausprobiert, aber es hat nicht geklappt. Verdammt, verdammt, verdammt! Ich war mir doch so sicher.

Aber jetzt, wie aus dem Nichts, ist mir die Antwort im Traum gekommen. Und jetzt, da ich den Code kenne, frage ich mich, warum es so lange gedauert hat, bis ich darauf gekommen bin. Daddy ist mir im Traum erschienen, und nachdem er sein vertrautes dröhnendes Lachen von sich gegeben hat, hat er mir zugeflüstert: »Butterblume, benutze dein Gehirn. Was ist die Antwort auf Mr Clements' Frage?« Als ich ihn verständnislos angeschaut habe, hat er die Augen verdreht und hinzugefügt: »Was ist *immer* die Antwort auf Mr Clements' Frage?«

Dann, nach all den Monaten des Rätselns, lag die Antwort plötzlich glasklar vor mir: *Beständigkeit*. Natürlich. Was bin ich nur für eine Idiotin. Aber ich habe es noch rechtzeitig rausbekommen – genau vier Tage vor meinem achtzehnten Geburtstag.

Als die Sonne schließlich aufgeht, bin ich bereits angezogen und eine Stunde früher für die Schule fertig als sonst. Anders als an anderen Tagen kann ich es heute gar nicht erwarten, endlich in die Schule zu kommen, weil ich etwas in der Bibliothek nachschauen möchte. Mir fehlt nur noch eine winzige Information, dann habe ich alles, was ich brauche, um den Safe zu öffnen und die »unbezahlbare« Autogrammkarte von Joe DiMaggio in meinen nicht ganz so makellosen Händen zu halten.

In der Schule gehe ich noch vor der Geschichtsstunde direkt in die Bibliothek und hole das Lexikon mit den Buchstaben F-G aus dem Regal. Ich muss nur eine Minute durch die Seiten blättern, dann habe ich gefunden, wonach ich suche: »Henry Louis ›Lou‹ Gehrig, amerikanischer Baseballspieler bei den New York Yankees.« Ich überfliege den Eintrag und sehe sie sehr schnell – die Antwort, nach der ich monatelang gesucht habe: 2130. Natürlich! Lou Gehrig hat einen Rekord für die meisten aufeinanderfolgenden Spiele aufgestellt, indem er 2130 Spiele am Stück gespielt hat. Mann, wieso bin ich nicht schon früher darauf gekommen?

Als ich aus der Schule nach Hause komme, habe ich Glück. Niemand anders ist im Heim. Auch wenn ich mir nicht sicher sein kann, dass nicht jeden Augenblick jemand durch die Eingangstür kommt. Normalerweise würde ich erst sichergehen, dass in nächster Zeit niemand nach Hause kommt, um kein Risiko einzugehen, aber heute kann ich einfach nicht mehr länger warten. Außerdem läuft mir die Zeit davon, wenn ich diese verdammte Karte in Händen halten will, bevor ich von hier verschwinden kann. Jetzt oder nie.

Leise ziehe ich mir die gelben Gummihandschuhe über und schleiche dann in das Zimmer von Mr und Mrs Clements. Dabei halte ich den Atem an. Geräuschlos hole ich den Safe aus dem Schrank.

Mit zitternden Händen drehe ich das Schloss: Zuerst gebe ich die Spiele von Mr Joseph Paul DiMaggio ein, dann die aufeinanderfolgenden Spiele von Mr Henry Louis Gehrig. *Sechsundfünfzig* nach rechts, dann *einundzwanzig* nach links und dann noch mal *dreißig* nach rechts. Und obwohl ich mir hundertprozentig sicher bin, dass ich das Rätsel geknackt habe, seufze ich erleichtert auf, als sich die Tür so leicht öffnet, als hätte ich »Sesam öffne dich« gesagt. Ich lache vor Freude laut auf.

Ich werfe einen Blick in den Safe, aber etwas lässt mich kurz innehalten.

Es ist irgendwie komisch. Nach all den Monaten, in denen ich nach der Lösung gesucht habe, will ich jetzt fast nicht mehr wissen, was in dem Safe ist. Wie könnte der wirkliche Inhalt des Safes es mit dem Mysterium aufnehmen, das ich darum gebildet habe? Aber das ist wahrscheinlich nur die Romantikerin in mir. Natürlich werde ich nachschauen, was sich in dem Safe befindet. Doch vielleicht träume ich noch einen Augenblick länger – nur für den Fall, dass die Realität heftiger über mir zusammenbricht als erwartet.

Ich hole tief Luft und greife in den Safe.

Ein Stapel Papier.

Geburtsurkunden. Eine von Mr Clements. Oh, sein Name ist Eugene. Das wusste ich nicht. Und eine von Mrs Clements. Martha. Das wusste ich. Dann ist da noch eine Geburtsurkunde – und gleich dahinter eine zwei Tage später datierte Sterbeurkunde – für ein Baby namens William Eugene Clements. Und eine weitere Geburts-/Sterbeurkunde für ein Baby mit dem Namen Martin Phillip Clements, aber hier ist das Datum auf beiden Urkunden dasselbe. Anscheinend hatten Mr und Mrs Clements nicht viel Glück mit ihren Babys. Nun ja, das ist wirklich traurig, aber ich habe jetzt keine Zeit, darüber nachzudenken. Ich lege den Stapel Papiere zurück in den Safe.

Ich finde noch eine Hypothek für das Haus, die ich auch wieder zurücklege. Was mich betrifft, können Mr und Mrs Clements ihre Schuld für dieses Loch hier behalten.

Ein Schlüssel. Ich kann nicht sagen, wofür er ist, und ich habe auch keine Zeit, darüber nachzudenken. Zu blöd. Das wäre vielleicht ein interessantes Rätsel zum Lösen gewesen. Ich lege ihn mit den Papieren zurück in den Safe.

Und da ist sie, direkt in meiner Hand: eine Autogrammkarte des einzig wahren Joe DiMaggio, dem Yankee-Clipper höchstpersönlich – sorgfältig in einer durchsichtigen Plastikhülle verpackt. Ehrlich gesagt sieht sie genauso aus wie all die anderen Karten, die uns Mr Clements schon tausendmal gezeigt hat, und ich verstehe nicht genau, warum die hier so besonders ist. Aber gut, ich will ihm mal glauben. So, wie Mr Clements immer über diese Karte redet, hätte ich gedacht, sie wäre in Gold eingerahmt oder so.

Ich schaue mir das Foto von Joe DiMaggio an. Mein Gott, er war ja nicht mal attraktiv! Wie zum Teufel konnte dieser Kerl Marilyn Monroe heiraten? Ungläubig schüttle ich den Kopf. Wunder gibt es immer wieder. Das ist ja fast so verrückt, als würde ich Wesley heiraten – außer natürlich, dass Wesley niemals ein legendärer Baseballspieler werden wird. Also hinkt der Vergleich von Wesley und Joe DiMaggio wohl ein bisschen. Und noch dämlicher ist die Vorstellung, dass ich ihn eines Tages heiraten könnte.

Ich werfe einen Blick auf die restlichen Karten in meiner Hand. Wow, da ist noch eine Autogrammkarte von Lou Gehrig und eine von Babe Ruth.

Ich betrachte das Foto von Lou Gehrig, und dieser Mann war tatsächlich der Hammer. Genauso gut aussehend wie mein Daddy. Einen kurzen Augenblick zieht sich meine Brust zusammen. Dank dieser Karten werde ich meinen Daddy wiederfinden, und mein Traum, in die Fußstapfen von Lana Turner und Marilyn Monroe zu treten, wird wahr werden. Eine Welle von Emotionen droht mich zu überrollen, aber ich unterdrücke sie. Jetzt ist nicht der Zeitpunkt, sentimental zu werden – nicht, wenn mein Schicksal auf dem Spiel steht.

Schnell gehe ich die restlichen Sachen in meinen Händen durch, nur um mich zu vergewissern, dass ich nichts Wichtiges übersehe. Und tatsächlich, da sind noch zwei weitere Autogrammkarten von Baseballspielern namens Mickey Mantle und Yogi Berra. Diese beiden Karten sind in keinem so guten Zustand wie die anderen, und ich habe Mr Clements nie über diese beiden Spieler sprechen hören, also können sie nicht ganz so berühmt sein. Aber hey, dieser Mickey Mantle war auch nicht von schlechten Eltern. Wie ein Filmstar sieht er aus. Warum hat sich Marilyn nicht den ausgesucht? Das wäre ein Paar geworden, nach dem man sich umschaut.

Der Rest scheint nur ein Haufen Quittungen zu sein – nichts Wichtiges. Aber da ist auch noch ein Briefumschlag. Und als ich ihn öffne, kommt mir ein Bündel Bargeld entgegen. *Fünfhundert Dollar.* Meine Hände zittern, als ich die Scheine zähle.

Ich sitze ein paar Minuten vor dem Schrank von Mr Clements, mit den Karten und dem Bargeld in den Händen, und denke nach. Die letzten Monate war ich so davon besessen, den Zahlencode zu dem Safe herauszufinden, dass ich mir gar keinen weiteren Plan zurechtgelegt habe. Jetzt, da ich den Code kenne und den Safe jederzeit öffnen kann, besteht eigentlich kein Grund zur Eile. Das Lasso auszuwerfen, ohne vorher eine Schlaufe gebunden zu haben, ergibt nicht viel Sinn, wenn man eine Kuh fangen will. Es ist besser, einen Plan zu haben, der es mir erlaubt, mit Joe DiMaggios Karte *und* dem Bargeld in der Tasche von hier zu verschwinden, ohne dass sofort jeder weiß, dass ich es gewesen bin, die die Sachen mitgenommen hat. Ich habe keine Lust, von der Polizei gesucht zu werden, und ich will auch nicht, dass Mr und Mrs Clements schlecht von mir denken, nachdem ich gegangen bin.

Also abgemacht. Alles zu seiner Zeit. Und jetzt ist die Zeit noch nicht gekommen. Ganz leise lege ich jede einzelne Baseballkarte und den Umschlag mit dem Geld wieder zurück in den Safe und schließe ihn. Ich drehe das Schloss ein paarmal nach rechts, um es wieder richtig zu verschließen, und lege die Decke wieder über den Safe.

KAPITEL 19

18 Jahre und 7 Monate alt

524 TAGE BIS ZUM KILLING-KURTIS-TAG

»O Kurtis«, sage ich lachend. Er steht hinter mir und hält mir die Augen zu. »Du bist so blöd, Baby.«

»Nicht schummeln«, warnt mich Kurtis neckend. »Lass die Augen zu.« Er klingt wie ein kleines Kind.

Wir stehen in Kurtis' riesigem Garten in der warmen Vormittagssonne. Er hat mich hier rausgeführt, um mir ein weiteres Geschenk zu machen. Dieser Mann liebt es, mir Geschenke zu machen.

»Okay, okay. Ich schaue nicht«, sage ich. Ich höre das Plätschern von Wasser. Was ist das?

»Bist du bereit?«, ruft Kurtis und klingt ganz aufgeregt.

»Ich bin bereit, Süßer.«

»Öffne die Augen.«

Ich tue, was er sagt.

Vor mir steht ein riesiger Brunnen mit Statuen von nackten Frauen und Engelchen und einem kleinen Amor mit Flügeln. Ich schnappe nach Luft. Das kann nicht wahr sein. Es ist Monate her, dass ich zu Kurtis gesagt habe: »Dieses Haus hat alles, außer einen Brunnen mit Statuen von nackten Frauen und Engelchen und einem kleinen Amor mit Flügeln.« Und jetzt – sieh einer an, was dieser Mann getan hat.

»Und, wie findest du es?«, fragt Kurtis und grinst von einem Ohr zum anderen.

Ich öffne den Mund, um etwas zu sagen, kriege aber kein Wort heraus. Ich schüttle überwältigt den Kopf, und Kurtis lacht.

»Hast du das schon gesehen?«, fragt er und deutet auf den Sockel des Brunnens.

Ich schaue in die Richtung, in die er zeigt, und – o Gott – sehe einen Ring aus Butterblumen um den Brunnen herum gepflanzt. Mein Herz macht Luftsprünge. »Kurtis …«, ist alles, was ich sagen kann, während sich meine Augen mit Tränen füllen. Ich falle ihm um den Hals. »Das ist das beste Geschenk, das ich in meinem ganzen Leben bekommen habe«, rufe ich und lege meine Wange an seine breite Schulter.

Kurtis beugt sich hinunter und küsst mich so leidenschaftlich, dass meine Knie ganz weich werden. Und dann kniet er sich zu meinem größten Erstaunen vor mich auf den Boden.

Ich schnappe erneut nach Luft.

»Heirate mich, Baby«, sagt Kurtis und hält mir einen riesigen Diamantring entgegen.

Noch nie in meinem Leben habe ich etwas so Großes und Funkelndes gesehen. Und Kurtis hat für mich noch nie so wundervoll ausgesehen wie in diesem Moment.

»Willst du mich heiraten?«, fragt er, und ein breites Grinsen liegt auf seinem attraktiven Gesicht. »Komm schon, Baby. Sei meine Königin.«

Trotz der Tränen muss ich lächeln bei den Worten, die Kurtis gewählt hat.

Meine Gedanken überschlagen sich. Ich habe mir nie vorgestellt, dass ich Kurtis einmal heiraten würde. Ich habe immer gedacht, ich würde Wesley heiraten – so dumm das auch klingen mag. Von Kurtis wollte ich nur, dass er mich entdeckt wie Lana Turner in diesem Café und mit mir seinen Film über Marilyn dreht. Ich hätte nicht im Traum gedacht, dass ich mit diesem Mann einmal glücklich werden würde.

Aber jetzt, nach all den Monaten ohne einen Film in Sicht und mit Kurtis' Verlangen nach mir, das am Siedepunkt angelangt ist – und nach all den Geschenken, die er mir gemacht hat, und nachdem er so geduldig und nett zu mir gewesen ist und mir jeden Tag sagt, dass er mich liebt –, erkenne ich plötzlich, dass das einzig logische Ende dieser Geschichte ist, Kurtis zu heiraten.

Das sollte mich eigentlich nicht überraschen. Kurtis ist ein Mann, kein kleiner Junge. Natürlich erhebt er einen Anspruch auf das, was er will. Er ist ein Mann, der mich liebt – ein reicher und mächtiger und gut aussehender Mann, der mich behandelt wie eine Königin und der einen großen Star aus mir machen will. Mein Gott, wenn ich darüber nachdenke, wird mir plötzlich bewusst, dass Kurtis mein Joe DiMaggio sein muss. So muss es sein!

Ja, mein Herz hat immer Luftsprünge gemacht, wenn ich Wesley geküsst oder seinen Geschichten über Gott und die Welt gelauscht habe, das ist wahr. Und ja, Wesley war immer so lieb und freundlich zu mir, wie es noch niemand in meinem Leben gewesen ist. Aber davon zu träumen, den Rest meines Lebens mit Wesley zu verbringen, ist einfach nur dumm. Er ist ein Junge, kein Mann. Ein Junge, der eins und eins nicht zusammenzählen kann. Wie könnte so ein Junge jemals meinen Traum wahr werden lassen?

Überhaupt verwette ich meinen Hintern, dass Wesley mich schon längst vergessen hat. Ja, ich wette, er hat sich schon längst in ein Mädchen zu Hause verliebt (das natürlich nicht annähernd so hübsch ist wie ich) – und in diesem Fall wäre es unglaublich dämlich von mir, davon zu träumen, eines

Tages nackt mit Wesley in einem richtigen Bett zu liegen und ihn tief in mir drin zu spüren, während er mir ins Ohr flüstert: »Du bist meine Braut des Prinzen.«

Ich beiße mir auf die Lippe und überdenke die Situation. Der Brunnen mit den Statuen von nackten Frauen und Engelchen und sogar einem kleinen Amor mit Flügeln … Die Frage, die ich mir selbst stellen muss, ist die: Will ich diesen ernst zu nehmenden Film über Marilyn mit mir in der Hauptrolle drehen oder nicht? Denn das wird mit Sicherheit nicht passieren, wenn ich Kurtis nicht das gebe, was er will. Und das kann ich ihm nicht geben, bevor wir nicht vor Gott zu Mann und Frau geworden sind, denn das ist es, was ich ihm seit Monaten erzähle. Verdammt, das ist eine verzwickte Lage, in die ich mich selbst gebracht habe.

Das breite Grinsen auf Kurtis' Gesicht verwandelt sich langsam in einen ungeduldigen Gesichtsausdruck.

Mist, Kurtis ist wirklich ein verdammt gut aussehender Mann. Ich weiß nicht, warum ich das bisher noch nie so gesehen habe. Er sieht wirklich aus wie ein Filmstar. Er hat mich immer unglaublich gut behandelt. Und er hatte so viel Geduld mit mir. Ich könnte wirklich keinen besseren Ehemann als ihn finden.

Kurtis lässt den Ring langsam sinken, und sein Blick verfinstert sich.

»Ja«, rufe ich euphorisch und ziehe ihn auf die Beine. Sofort strahlt er mich wieder an. »Du dummer Mann, natürlich will ich dich heiraten. Ich war nur einen Moment lang so überwältigt und erstaunt darüber, wie viel Glück ein Mädchen nur haben kann. Ja, Baby! Ja!«

Er wirft den Kopf in den Nacken und lacht laut auf. »Du hast mich eine Sekunde lang ganz schön ins Schwitzen gebracht, Baby!« Er steckt mir den Ring an den Finger und wirbelt mich durch die Luft wie ein Kind am Weihnachtsmorgen. »Lass es uns so schnell wie möglich tun«, murmelt er in meinen Mund und küsst mich immer und immer wieder. Und ich weiß, dass er damit nicht die Hochzeit meint.

»O Süßer«, flüstere ich. Ich erwidere Kurtis' Kuss und vergrabe mein Gesicht in seiner Halsbeuge.

Er küsst mich auf den Kopf und lacht erneut voller Freude auf. Ich lächle ihn an und will eigentlich in sein Lachen mit einstimmen, aber plötzlich breche ich in Tränen aus.

»O Baby«, beruhigt mich Kurtis und denkt anscheinend, das sind Freudentränen. »Ich bin auch so glücklich.«

Ich vergrabe den Kopf an seiner Schulter und versuche, meine Tränen vor ihm zu verstecken, aber das bringt mich nur dazu, noch heftiger zu schluchzen. Ich habe wahrscheinlich nie wirklich daran geglaubt, Wesley jemals wiederzusehen, aber jetzt, da ich zu Kurtis' Heiratsantrag Ja gesagt habe, jetzt, da ich zugestimmt habe, für immer und ewig seine Ehefrau zu sein, jetzt weiß ich es sicher.

KAPITEL 20

17 Jahre, 11 Monate und 27 Tage alt

744 TAGE BIS ZUM KILLING-KURTIS-TAG

»Ich verstehe immer noch nicht, warum ich nicht mitkommen kann«, sagt Wesley. Wir stehen unter der großen Eiche an unserem üblichen Treffpunkt. Ich würde ihn so gerne einfach küssen, aber er ist so aufgeregt wegen meines bevorstehenden Geburtstags und meines Auszugs aus dem Heim in drei Tagen, dass er sich nicht einmal genug entspannen kann, um mich zu küssen.

Ich seufze genervt. »Mein Gott, Wesley. Ich hab's dir doch schon erklärt – du kannst nicht mitkommen. Und jetzt genug geredet. Lass uns ein bisschen knutschen.«

Er stampft fast mit dem Fuß auf, so wütend ist er.

»Hör zu, Wesley. Es gibt nichts, was ich lieber möchte …«

»Dann lass mich mitkommen. Ich muss doch auf dich aufpassen. Du bist meine Braut des Prinzen.«

Ich gehe einen Schritt auf Wesley zu und nehme seine beiden Hände in meine. »Überleg doch mal, Wesley. Benutze deinen Verstand.« Ich ziehe ihn neben mich auf den Boden, sodass wir gemeinsam unter der großen Eiche sitzen. »Wesley, du bist immer noch sechzehn, wirst nächsten Monat erst siebzehn. Es dauert noch ein ganzes Jahr, bis du volljährig bist. Wenn du jetzt das Heim verlässt, dann werden sie nach dir suchen. Du bist dann ein Ausreißer, und wir wollen uns doch nicht die ganze Zeit verstecken müssen, oder? Wie willst du denn auf mich aufpassen, wenn du in ständiger

Angst leben musst, dass dich jemand wieder hierher zurückbringt?«

Er knirscht mit den Zähnen.

»Wenn wir endlich zusammen sein können, will ich, dass wir frei sind wie die Vögel und alles tun und lassen können, was wir wollen.«

Er blickt nachdenklich zur Seite. Ich weiß, dass meine Worte seinen Widerstand etwas mildern.

»Hör mir zu, Wesley.« Ich lege die Hand auf sein Gesicht und streichle sanft über seine Wange. Er lehnt sein Gesicht in meine Berührung. »Ich will nichts mehr auf der Welt, als mit dir zusammen sein«, sage ich. »Aber wir müssen Geduld haben. Darin sind wir zwei doch gut, oder? Im Geduld haben?«

Er lächelt. »Ja, darin sind wir gut.« Er verdreht die Augen und fährt mir mit den Händen durchs Haar.

»Weißt du, wenn ich volljährig werde, gehe ich sofort nach Hollywood, um entdeckt zu werden. Und wenn du Geduld hast und wartest, bis du ebenfalls volljährig bist, dann kommst du auch nach Hollywood und ich werde bereits ein großer Filmstar sein. Ich werde in meiner Villa mit Swimmingpool und Tennisplatz und einem Brunnen mit Statuen von nackten Frauen und Engelchen und einem kleinen Amor mit Flügeln auf dich warten.«

Wesley lacht. »Das klingt alles wundervoll, bis auf den Brunnen – das klingt ein bisschen unheimlich.«

Nein, das klingt überhaupt nicht unheimlich, denke ich mir. *Das klingt wundervoll und ausgefallen.* Aber ich sage nicht, was ich denke, denn Wesley sieht im Moment so verdammt süß aus, dass ich nicht mit ihm streiten möchte.

O Mann, was soll ich bloß mit Wesley machen? Ich fände es so schön, wenn er mit mir in meiner Villa in Hollywood leben könnte. Dieser Junge hatte eine schreckliche Kindheit und hat es trotzdem irgendwie geschafft, ein liebenswerter Mensch zu bleiben. Ich würde mir nichts mehr wünschen, als dass er sorglos auf einer Luftmatratze in meinem Pool treibt und nachts nackt neben mir im Bett liegt, aber das Problem ist, ich weiß nicht, was Daddy von einem unerwarteten Hausgast halten würde.

Es überrascht mich, wie oft ich davon träume, dass Wesley mit mir nach Hollywood kommt und dort mit mir zusammenlebt. Lange Zeit dachte ich, Wesley und ich könnten nie ein Paar sein, weil ... na ja ... Goofy und Marilyn können einfach kein Paar sein. Aber dann habe ich das Foto von Joe DiMaggio auf der Autogrammkarte gesehen und angefangen, darüber nachzudenken, warum Marilyn ihn genommen hat, wo sie doch jeden hätte haben können. Das heißt, die beiden muss irgendetwas miteinander verbunden haben. Und ich habe mich gefragt, ob Wesley und ich nicht doch zusammenpassen würden. Ob Wesley vielleicht im natürlichen Lauf der Dinge trotz seines Aussehens das Salz zu meinem Pfeffer ist.

Aber es gibt ja auch noch ein anderes Problem. Kann ich meinen Traum erfüllen, wenn Wesley mit mir nach Hollywood kommt? Das weiß ich nicht so genau.

Was ich jetzt brauche, ist Zeit. Zeit, um mich nach Hollywood aufzumachen und entdeckt zu werden. Zeit, um Daddy zu finden. Zeit, über alles nachzudenken. Ich kann nicht für alles auf einmal eine Antwort finden, verdammt.

Ich konzentriere mich wieder auf Wesley – den armen, abgelenkten, aufgeregten Wesley. Er sitzt neben mir und betrachtet mein Gesicht, wie er es immer tut, weil ich so verdammt hübsch bin. Ich schürze die Lippen als Einladung für ihn, mich zu küssen, und er gehorcht, wie er es immer tut.

Und als sich unsere Lippen treffen, durchfährt mich auch nach all der Zeit noch diese Elektrizität. Diesen dürren Jungen zu küssen bringt mein Herz immer noch zum Rasen. Doch wenn ich es mir recht überlege, ist Wesley gar nicht mehr so dürr, wie er einmal war. Er hat tatsächlich ein paar Muskeln bekommen, seit ich ihn kennengelernt habe. Wann zum Teufel sind denn seine Schultern so breit geworden?

Ich schüttle den Kopf und konzentriere mich wieder auf meine Aufgabe. »Wesley, hör mir zu«, sage ich.

Er blickt mich mit übertriebener, ungeteilter Aufmerksamkeit an.

Ich klopfe ihm auf die Schulter. »Hör mal, ich habe eine Idee, die alles in Ordnung bringen wird, wenn wir Geduld haben.«

»Ach ja? Erzähl sie mir – ich bin ganz Ohr.«

Das ist die Untertreibung des Jahrhunderts. Wesley mag zwar nicht mehr so dürr sein, wie er einmal war, das stimmt. Aber seine Ohren sind immer noch viel zu groß für sein Hundegesicht.

»Ich habe mir das gut überlegt«, sage ich. »Wir müssen uns die wertvollsten Autogrammkarten von Mr Clements schnappen, und schon ist unsere Zukunft in trockenen Tüchern.«

Wesley schaut mich überrascht an.

»Ich kann die Karten in Hollywood verkaufen«, fahre ich fort. »Und wenn du in ungefähr einem Jahr nachkommst, dann habe ich schon alles vorbereitet für unser Leben als König und Königin.«

Wesley blickt zum Himmel auf, als würde er den lieben Gott um Gelassenheit bitten. Er seufzt laut auf. »Selbst wenn ich bei diesem hinterhältigen Plan von dir mitmachen wollen würde – wie zum Teufel sollten wir Mr Clements'

Karten stehlen? Ich meine, wir wissen ja noch nicht einmal, wo er sie aufbewahrt oder welche …«

»Mrs Clements hat mir vor ein paar Tagen in der Küche erzählt, dass er die wertvollsten in einem Safe in seinem Schrank aufbewahrt. Und sie hat gesagt, es gibt einen Zahlencode, den sich Mr Clements überlegt hat.« Ich muss in mich hineingrinsen. Obwohl ich weiß, dass ich lüge, taucht vor meinem geistigen Auge das Bild von mir und Mrs Clements in der Küche auf, wie wir Kartoffeln schälen und über Mr Clements' Safe reden.

Wesley schaut mich stirnrunzelnd an, sagt aber nichts.

»Alles, was wir tun müssen«, fahre ich fort, »ist, die Zahlenkombination herauszufinden. Wenn wir das geschafft haben, schleichen wir uns in sein Zimmer und stehlen die wertvollste Karte aus dem Safe. Das wird ein Kinderspiel.«

»Mrs Clements hat dir das alles erzählt?«

»Ja, hat sie. Du weißt doch, wie sehr sie mich mag. Sie hat sich darüber lustig gemacht, wie paranoid Mr Clements wegen seiner Karten ist und dass er immer Angst hat, dass sie jemand klauen könnte. Und dann sind ihr plötzlich Zweifel gekommen, ob es richtig war, mir davon zu erzählen, und ich musste ihr versprechen, dass ich mit niemandem darüber rede.«

»Also das ist keine gute Idee. Jetzt kannst du die Karten nicht mehr stehlen. Mrs Clements wird sich daran erinnern, dass sie dir von dem Safe erzählt hat, und sofort wissen, dass du sie gestohlen hast.«

Ich schlage mir auf die Stirn. »O verdammt! Daran habe ich gar nicht gedacht.« Ich schüttle den Kopf. »So ein Mist. Ich will schließlich nicht, dass die Polizei hinter mir her ist, vor allem nicht, wo ich in drei Tagen volljährig sein werde. Es wäre was anderes, wenn ich noch minderjährig wäre. Ich meine, wenn ein Minderjähriger wie du etwas stiehlt, kommt er höchstens in Jugendarrest, was keine große Sache ist. Dort gibt es Schlafsäle, und sie lassen einen frei, sobald man volljährig ist. Aber wenn sie mich erwischen, nachdem ich achtzehn geworden bin, dann sperren sie mich für eine wirklich lange Zeit weg.« Ich gebe einen lauten Seufzer von mir. »Verdammt, Mr Clements redet immer davon, dass diese Karten seine Rente versüßen werden. Sie müssen also wirklich sehr viel wert sein.«

Wesley rutscht nervös herum und beißt sich auf die Lippen. Ich kenne diesen Blick. Er denkt wirklich darüber nach, der Gute.

»Verdammt«, sage ich. »Ich habe wirklich gedacht, diese Karten könnten unsere Zukunft sein. Es tut mir leid. Ich habe nicht richtig nachgedacht.«

»Warte einen Moment«, erwidert Wesley. »Lass mich kurz darüber nachdenken.«

»Okay«, sage ich. »Aber könntest du mich küssen, während du darüber nachdenkst?«

Wesley schenkt mir ein Lächeln und lässt sich nur allzu gerne auf meinen Vorschlag ein. Aber bevor er sich zu mir beugen kann, liegen meine Lippen schon auf seinen, und ich küsse ihn so leidenschaftlich, wie ich es noch nie zuvor getan habe. Das muss eine schöne Überraschung für den armen Kerl sein, denn normalerweise lehne ich mich immer nur zurück und überlasse ihm das Küssen. Wesleys körperliche Reaktion auf mein unerwartetes Geschenk kann am besten so beschrieben werden: Sein ganzer Körper – Kopf, Gliedmaßen, Oberkörper, einfach alles – scheint zu explodieren und wie eine Feuerwerksrakete in den Himmel aufzusteigen. Aber ich muss ganz sicher sein. Ich brauche diese Autogrammkarten, damit ich nach Hollywood gehen und meinen Daddy finden kann. Und ich will auf keinen Fall, dass jemand vermutet, dass ich es gewesen bin. Also tue ich etwas, nach dem sich der arme Junge schon seit dem ersten Augenblick, in dem er mich gesehen hat, gesehnt hat. Ich nehme seine Hand, schiebe sie von meiner Schulter und lege sie auf meine rechte Brust.

O Mann, wenn Wesley schon davor explodiert ist, dann schießt er jetzt wie eine Rakete direkt in den Weltraum, umkreist den Mond ein paar hundertmal und zerschellt dann in der Galaxie in Millionen kleine Teilchen. In der Sekunde, in der Wesleys Hand meine Brust berührt, windet er sich wie ein Fisch auf dem Trockenen. Er presst seinen Körper so fest an mich, dass es fast wehtut, und reißt mich mit ihm zu Boden. Er stöhnt laut auf und hält sich an meiner Brust fest, als wäre sie sein Rettungsring. Und – o Gott – es gefällt mir. Es gefällt mir sogar sehr.

Ich schlinge die Beine um Wesley und drücke ihm meinen Unterleib entgegen. Plötzlich verspüre ich ein Verlangen zwischen meinen Beinen, das ich so noch nicht kannte. O Gott, ich muss mich wirklich zusammenreißen, um ihm nicht die Hosen runterzuziehen und mir selbst ein Bild davon zu machen, was es mit dieser lebensverändernden Ejakulation tatsächlich auf sich hat.

Wesley stöhnt, und ich tue es ihm gleich, als unsere Küsse und das Pochen zwischen meinen Beinen intensiver werden. Aber nein, nein, nein! Was mache ich hier bloß? Ich muss mich zusammenreißen – das Ziel im Auge behalten. Fast hätte ich es so weit kommen lassen, dass ein schwacher Moment mit Wesley den Lauf meines Schicksals verändert hätte. Ich darf keine Sekunde lang vergessen, dass ich eine Bestimmung habe, die ich erfüllen muss. Ich muss in die Fußstapfen von Lana und Marilyn treten und ihren Ruhm weiterleben. Ich muss an meinen Traum denken, auch wenn jeder Zentimeter meines Körpers danach lechzt, sich mit Wesleys Körper zu vereinen, auch wenn ich die Beine spreizen und ihn tief in mir spüren will. Es fühlt sich plötzlich so an, als würde es mich an einer Stelle jucken, an der nur Wesley mich kratzen kann. Das ist nicht gut.

Abrupt schiebe ich ihn zur Seite und setze mich aufrecht hin. Mit der Handfläche wische ich mir über den Mund.

»Nein«, fleht Wesley mich an. »Bitte nicht.«

Ich stehe auf und umkreise ihn wie ein wildes Tier.

»Bitte«, sagt er wieder mit zittriger Stimme. Er fasst sich in den Schritt und macht ein Gesicht, als wäre er gerade in einem Fleischwolf gelandet.

»Wesley«, stammle ich. »Ich will so gerne mit dir zusammen sein. Aber erst wenn alles geregelt ist, damit wir nicht mehr zurückblicken müssen. Bitte, Wesley, du musst hierbleiben, bis du volljährig bist. Wenn du jetzt mit mir kommst, bin ich erwachsen und du minderjährig – und o mein Gott.« Ich lege mir die Hand über den Mund, als hätte ich plötzlich einen schrecklichen Gedanken. »Wenn ich jetzt mit dir schlafe, begehe ich eine *Straftat*. O nein, Wesley, wenn wir Sex haben, wenn ich schon achtzehn bin und du immer noch minderjährig bist, dann machen wir etwas *Illegales*.«

Wesley liegt wie ein Häufchen Elend auf dem Boden und sieht aus, als müsse er sich jeden Moment übergeben. Er gibt einen gequälten Laut von sich, als könne er den Schmerz nicht mehr ertragen, und presst schließlich hervor: »*Bitte* komm zurück zu mir.«

»Wesley, wenn wir dem Hund den Schwanz abschneiden, können wir ihn nicht mehr annähen.« Ich lege mir die Hände über die Augen. »O Gott, ich habe ein Déjà-vu. Ein *schreckliches* Déjà-vu. Es ist wie bei Jeb … nur … nur dass *ich* jetzt der Erwachsene bin und *du* das Kind. Das ist nicht richtig, Wesley – wir müssen warten, bis wir *beide* erwachsen sind, sonst bin ich keinen Deut besser als Jeb. Damit könnte ich nicht leben.« Tränen schießen mir in die Augen. O Mann, ich hasse es, Wesley so anzulügen, wirklich, aber ich habe keine andere Wahl. Ich kann ihn nicht mit mir nach Hollywood kommen lassen. Das geht einfach nicht.

Während ich rede, kriecht Wesley über den Boden und hält sich den Schritt, als hätte ich ihm gerade einen Baseballschläger zwischen die Beine geschlagen. Aber da er nun einmal der herzensgute Wesley ist, springt er sofort auf, um mich zu trösten, als er meine Tränen sieht. Er nimmt mich in seine Arme, die – genau wie seine Schultern – nicht mehr annähernd so dürr sind, wie sie einmal waren, und drückt mich an sich. Als er sich aus der Umarmung zurückzieht, ist sein Blick voller Zärtlichkeit. Er wischt mir mit den Daumen die Tränen von den Wangen.

»Ich habe eine Idee«, sagt er leise mit beruhigender Stimme. »Überlass einfach alles mir.«

»Was hast du vor?«, frage ich.

Er grinst. »Überlass das nur mir.«

»Sag es mir.«

Er hält kurz inne.

»Wesley, was in Gottes Namen hast du vor?«

Jetzt grinst er mich breit an. »*Du* kannst die Autogrammkarten von Mr Clements nicht stehlen, aber *ich* kann es tun.« Er schaut mich voller Stolz an.

»Wovon redest du?« Ich setze einen verwirrten Blick auf.

»Mrs Clements hat *dir* von dem Safe erzählt, richtig? Nicht *mir*. Und sie weiß nicht, dass wir überhaupt miteinander reden. Sie würde nie auf den Gedanken kommen, dass du mir von den Karten im Safe erzählt hast.«

Ich ziehe die Augenbrauen hoch, als wäre mir dieser Gedanke vollkommen neu.

»Und im schlimmsten Fall, wenn ich erwischt werde, stecken sie mich ein Jahr in Jugendarrest, stimmt's?« Er klingt plötzlich vollkommen überzeugt von seinem Plan. »Und das ist auch nichts anderes als ein großer Schlafsaal, stimmt's?«

»Das stimmt.« Ich halte inne. Mein Gott, dieser Junge hat wirklich ein Herz aus Gold.

»Und der Jugendarrest kann auch nicht schlimmer sein als dieser von allen vergessene Ort hier, oder? Ich meine, worin liegt der Unterschied, ob ich im Heim oder im Jugendgefängnis bin?«

»Jugendarrest ist vielleicht sogar noch besser als diese Hölle hier«, sage ich.

»Wahrscheinlich«, stimmt mir Wesley zu.

Ich verziehe nachdenklich den Mund. Ich trete einen Schritt zurück und tue so, als müsse ich seine großartige Idee erst verarbeiten. »Ja, das alles ergibt wirklich Sinn. Du bist so klug, Wesley. Klüger, als ich es je sein werde. Ich wäre nie auf diesen Gedanken gekommen.«

Er klopft sich auf die Brust. »Ja. Je mehr ich darüber nachdenke, desto besser finde ich die Idee.« Er nickt ermutigend, als hätte er eine Entscheidung getroffen. »Du musst das Heim schon verlassen haben, bevor ich irgendetwas unternehme, damit sie dich nicht verdächtigen. Und nachdem du für immer gegangen bist, stehle ich die Karten und lege sie an einen sicheren Ort, an dem du sie auf dem Weg zum Bus abholen kannst. Hey, ich verstecke sie genau hier unter der Eiche. Dort unter dem Stein.«

»Ja, okay.« Ich nicke und lasse den Vorschlag sacken. »Und dann verkaufe ich die Karten in Hollywood, damit sie hier niemand mit uns in Verbindung bringt.« Für die nächste

Szene senke ich die Stimme zu einem eindringlichen, heiseren Flüstern. »Und wenn du dann endlich nach Hollywood kommst, nachdem du achtzehn geworden bist, werde ich einfach nur dasitzen und wie ein leckeres Dinner auf dich warten.« Ich werfe ihm einen verführerischen Blick zu – einen Blick, der weit mehr verspricht, als heute zwischen uns geschehen ist. »Nur wir zwei werden da sein. Wir werden nicht mehr zurückschauen und tun und lassen, was immer wir wollen.« Ich streiche mir leicht mit der Hand über die Brust, als ob ich mir vorstellen würde, es wäre Wesleys Hand in einem Jahr.

Sein Atem geht schneller, und er schließt die Augen.

»Du musst einfach Geduld haben und warten, bis du achtzehn bist«, sage ich. »Mehr musst du nicht tun.«

Er atmet hörbar aus. »Okay.« Entschlossenheit liegt in seiner Stimme. »Ich werde warten. Ich kann so lange warten, wie es dauert, wenn das bedeutet, dass ich dann mit dir zusammen sein kann.«

Ich mache einen Schritt auf ihn zu. »O Wesley, du passt wirklich gut auf mich auf.«

»Ich habe dir doch gesagt, ich werde für immer und ewig auf dich aufpassen. Das habe ich schon immer getan und werde es immer tun.«

»Weißt du was? Das glaube ich dir.«

»Kann ich noch einmal deine Brust berühren?«

»Nein. Ich hatte einen schwachen Moment, und das tut mir leid. Aber wir müssen warten. Du bist minderjährig.«

Er seufzt resigniert auf.

»Denk einfach daran, dass du in einem Jahr jeden einzelnen Tag meine Brust – oder auch beide Brüste – berühren kannst.«

Er muss hart schlucken. Der arme Kerl zittert sogar richtig.

Ich muss ebenfalls schlucken. Und ich zittere wohl auch. »Für immer«, füge ich noch leise hinzu und spüre bei dem Gedanken plötzlich ein Kribbeln am ganzen Körper.

Der Ausdruck auf Wesleys Gesicht ist so gequält, dass es nur nett von mir wäre, nichts mehr zu sagen. Aber ich kann mich einfach nicht zurückhalten. »Wenn du erst einmal achtzehn bist und nach Hollywood kommst, kannst du alles mit mir machen, was du willst. Das verspreche ich.« Ich fahre mir mit der Zunge über die Lippen und hole tief Luft.

Durch Wesleys Körper fährt ein Ruck, und er schließt erneut die Augen.

O Gott, was tue ich hier? Ich muss wieder zur Besinnung kommen und mich auf mein Ziel konzentrieren. »Jetzt lass uns zuerst die Zahlenkombination für den Safe herausfinden, okay?«, sage ich mit stockendem Atem.

Wesley öffnet die Augen und blickt mich mit funkelnden Augen an. Verdammt! Diesen Blick habe ich bei ihm noch nie zuvor gesehen. Es ist, als hätte er sich direkt vor mir von einem Jungen in einen Mann verwandelt.

»Wesley«, flüstere ich. Ich bin schon ganz feucht zwischen den Beinen.

Er beißt sich auf die Unterlippe.

Eine lange Pause entsteht. Ich bin völlig von meinen Gedanken abgekommen. Mein Gesicht fühlt sich ganz heiß an. »Wir werden eine Liste mit unseren Einfällen für die Zahlenkombination erstellen«, sage ich schließlich. »Und an dem Tag, nachdem ich das Heim verlassen habe, gehst du zu dem Safe und probierst die Kombinationen aus, wenn niemand im Haus ist.«

Es ist klar, dass Wesley mir überhaupt nicht zuhört.

»Wesley?«

Er kommt auf mich zu und nimmt mich in die Arme.

»Butterblume«, murmelt er und vergräbt den Mund in meinem Haar. Er holt tief Luft und drückt mich fest an sich.

»O Wesley«, sage ich und drücke ihn, so fest ich nur kann. »Die Zeit wird wie im Flug vergehen, Süßer. Du wirst sehen.«

»Ich werde dich vermissen«, antwortet er, und seine Stimme bricht.

»Ach komm schon, Wesley. Dafür haben wir jetzt keine Zeit. Wir müssen unseren Plan umsetzen.«

Zum Glück schenkt Wesley mir keinerlei Beachtung. Denn plötzlich bedeckt er mein ganzes Gesicht mit Küssen – meine Lippen, meine Wangen, meine Augen, meine Nase, meine Ohren –, bis sich in meinem Kopf alles dreht und mein Herz wie verrückt klopft. »Ich werde die Minuten zählen«, keucht er.

»Komm schon, Wesley«, stammle ich. »Die Zeit wird vergehen wie im Flug.«

Wesley küsst mich auf die Wange und drückt sich fest an mich, während er mir sanft übers Haar streichelt. Und am liebsten würde ich die Arme um ihn legen und ihn nie wieder gehen lassen. Doch das geht nicht. »Wesley«, sage ich mit weichen Knien. »Komm schon, Süßer. Wir müssen das jetzt durchziehen.« Im Ernst, ich könnte hier ewig mit Wesley stehen. Aber ich habe eine Bestimmung, und das ist wichtiger als alles andere.

Wesley zieht sich nickend zurück.

Ich berühre sanft seine Wange. »Okay?«

Er nickt.

»Lass es uns tun.«

Wesley wischt sich über die Augen und nickt.

»Also gut. Mrs Clements hat gesagt, dass die wertvollste Autogrammkarte von Mr Clements nicht die von Joe DiMaggio ist, sondern die von einem gewissen Yogi.«

Wesley starrt mich mit offenem Mund an. »Nicht die vom Yankee-Clipper?«

»Nein. Sie hat gesagt, das ist seine *Lieblingskarte*, aber nicht die *wertvollste*. Also leg Yogi nicht mit den anderen Karten unter den Baum, okay? Versteck sie irgendwo, dass du sie irgendwann für eine Busfahrkarte nach Hollywood verkaufen kannst.«

»Das ist ein guter Plan, Butterblume.«

»Vielleicht unter deiner Matratze?«

Wesley schüttelt den Kopf. »Ich finde schon ein gutes Versteck.«

»Ein richtig gutes«, sage ich. Der Junge ist wirklich herzensgut, aber wer weiß, was er mit gutem Versteck meint.

»Schon verstanden.« Er schenkt mir ein umwerfendes Lächeln.

Verdammt, wenn Wesley mich so anlächelt, dann würde ich am liebsten schreien: »Scheiß doch drauf – komm mit mir nach Hollywood!« Aber das wird nicht funktionieren, und das weiß ich. Wenn Wesley eines Tages zu mir nach Hollywood kommen soll, dann wird genau das passieren. Ich muss dem Schicksal einfach seinen Lauf lassen. Und in der Zwischenzeit habe ich keine andere Wahl, als Wesley für mich die Drecksarbeit erledigen zu lassen, so leid es mir auch tut. Bevor ich überhaupt einen Gedanken an ein neues, glückliches Leben mit Wesley in Hollywood verschwenden kann, muss ich dorthin fahren und in einem Café entdeckt werden und meinen Daddy finden und meine Villa einrichten (wenn Daddy das noch nicht getan hat) – und einfach alles in trockene Tücher bringen.

KAPITEL 21

17 Jahre, 11 Monate und 29 Tage alt

742 TAGE BIS ZUM KILLING-KURTIS-TAG

Als ich von der Schule nach Hause komme, ist keiner da – so wie immer. Halleluja. Heute um Mitternacht werde ich achtzehn Jahre alt – in acht Stunden und siebzehn Minuten. Aber zuvor muss ich noch ein paar Dinge im Haus erledigen.

Ich hole mir die Gummihandschuhe aus dem Spülbecken und gehe in Mr und Mrs Clements' Zimmer. Ich arbeite sehr schnell. Ich nehme eine Handvoll Autogrammkarten aus der Schachtel neben Mr Clements' Schreibtisch und zähle zwanzig Karten ab – welche es sind, ist egal. Ich gehe zum Schrank, ziehe die Decke vom Safe und öffne das Schloss. 56-21-30. Ich verdrehe wieder einmal die Augen bei dem Gedanken daran, wie simpel die Lösung doch ist und wie lange ich gebraucht habe, um draufzukommen.

Als ich gestern mit Wesley über die Zahlenkombinationen nachgedacht habe, hat es richtig Spaß gemacht, ihn zu den richtigen Zahlen zu führen. Ich habe ihm lediglich die richtigen Fragen stellen müssen und ihm Denkanstöße gegeben, sodass er schließlich »selbst« auf den Code gekommen ist, ohne dass ich etwas sagen musste.

Wenn Wesley morgen hierherkommt und den Safe mit den Zahlen öffnet, die ihm »selbst« eingefallen sind, dann wird er sich verdammt schlau vorkommen. Ich grinse in mich hinein. Mir wird ganz warm bei dem Gedanken, dass er sich richtig gut fühlen wird. Nach allem, was er im Leben durchgemacht hat, ist es das Mindeste, was er verdient hat.

Ich greife in den Safe und nehme den Umschlag mit dem Geld und die Autogrammkarten von Joe, Lou und Babe heraus. Und nur so zum Spaß schnappe ich mir auch noch die Karte von Mickey Mantle, von dem ich noch nie zuvor gehört habe. Aber vielleicht will ich mir auf der langen Busfahrt nach Kalifornien ein paarmal sein attraktives Gesicht ansehen.

Ich nehme das Bargeld aus dem Umschlag und stecke die Scheine in meinen BH. Dann stecke ich die zwanzig Karten aus der großen Schachtel und die Yogi-Berra-Karte in den Umschlag, in dem vorher das Geld war. Im letzten Moment stecke ich noch zwanzig Dollar in den Umschlag und lege ihn dann zurück in den Safe. Wieder muss ich grinsen, wenn ich an den Ausdruck auf Wesleys Gesicht denke, wenn er morgen den Safe öffnet. Ich wünschte, ich könnte hier sein, um ihn zu sehen. Der Anblick wird unbezahlbar sein.

Ich schließe den Safe, verdrehe das Schloss wieder und lege die Decke darüber. Dann schleiche ich nach unten, lege die Gummihandschuhe zurück in die Küche, packe meinen kleinen Koffer mit all meinen Habseligkeiten (zu denen jetzt auch ein paar alte Autogrammkarten und jede Menge Bargeld gehören) und setze mich auf die Couch im Wohnzimmer, um auf Mrs Clements zu warten, dass ich mich richtig von ihr verabschieden kann. Ich werfe einen Blick auf die Uhr. Sie müsste jeden Moment hier sein.

Der arme Wesley. Es schmerzt mich, wenn ich daran denke, was mit ihm passieren wird, wenn ich weg bin. Wenn Mr Clements herausfindet, dass seine wertvollen Karten und das Geld verschwunden sind, wird er das ganze Haus auf den Kopf stellen. Und wenn er dann die Yogi-Berra-

Karte dort findet, wo auch immer Wesley sie versteckt hat – denn er wird sich kein gutes Versteck ausdenken, dessen bin ich mir sicher –, dann heißt das für Wesley: ab ins Jugendgefängnis.

Falls Mr Clements wie durch ein Wunder die Yogi-Karte nicht findet – was ich aus tiefstem Herzen hoffe –, dann sitzt Wesley trotzdem bis zum Hals in der Scheiße. Denn wenn Mr Clements anfängt, Leute zu beschuldigen, und irgendjemand laut meinen Namen ins Spiel bringt, dann wird Wesley bestimmt zugeben, dass er der Dieb ist. Er wird schwören, dass er die Karten alleine gestohlen hat, ohne fremde Hilfe, und bestimmt nicht mithilfe des Mädchens, das in den letzten zwei Jahren kaum ein Wort mit ihm gewechselt hat.

Wo sind die verdammten Karten?, wird Mr Clements wissen wollen.

Das werde ich niemals sagen, wird Wesley antworten – oder vielleicht wird er auch zugeben, dass er sie unter der großen Eiche versteckt hat. Warum auch nicht? Er wird annehmen, dass ich sie bis dahin schon längst abgeholt habe, wie wir ausgemacht hatten. Natürlich werde ich nicht lange genug hierbleiben, nur um mir die wertlosen zwanzig Karten und zwanzig Dollar zu holen. Aber wahrscheinlich werden sie bis dahin trotzdem verschwunden sein, weil irgendein Junge, der an der Bushaltestelle herumlungert, sie sich geholt haben wird. Dieser Junge wird sich sehr über ein paar Baseball-Autogrammkarten und einen Zwanzig-Dollar-Schein freuen, vor allem, wenn ihn ein wunderhübsches Mädchen dafür bezahlt, den Umschlag unter dem Stein hervorzuholen.

Verdammt, ich hasse es, Wesley das antun zu müssen – wirklich. Aber ich habe keine Ahnung, wie ich es ohne Joe DiMaggio nach Hollywood schaffen soll. Und ich kann mir auch keine andere Lösung vorstellen, wie ich die Joe-Karte haben *und* mir gleichzeitig Mr Clements vom Leib halten könnte. Es tut mir in der Seele weh, mich so von Wesley verabschieden zu müssen und ihn mit den Problemen alleine zu lassen, aber ich habe keine andere Wahl.

Ich kann nur hoffen, dass Wesley es irgendwie schafft, nicht erwischt zu werden. Und um diese Chance zu vergrößern, habe ich mir tausendmal von ihm versprechen lassen, dass er die gelben Gummihandschuhe aus der Küche überzieht, wenn er Mr Clements' Safe öffnet. Aber falls Wesley doch erwischt wird – was ich bestimmt nicht hoffe –, dann tröstet mich der Gedanke, dass er nicht allzu lange im Jugendgefängnis sitzen wird, bis er mich am Busbahnhof in Hollywood trifft, wie wir es ausgemacht haben.

Ich hole tief Luft und rutsche auf der Couch herum.

Ich habe Rotz und Wasser geheult, als ich mich heute früh unter der großen Eiche von Wesley verabschiedet habe – genau wie er. Seit dem Abschied von Daddy vor all den Jahren habe ich nie mehr jemanden so fest umarmt und so viele Tränen vergossen wie heute. Ich war nur noch ein heulendes Häufchen Elend.

Anders als vor drei Tagen war es heute Wesley, der mir versichern musste, dass die Zeit wie im Flug vergehen wird. Dabei hat er meine Wangen und meine Lippen und meine Augen geküsst. »Ehe du dich's versiehst, sind wir wieder zusammen. Und dann trennen wir uns nie wieder.«

Ich konnte nur schluchzen.

»Hast du dir den Treffpunkt und die Zeit gemerkt?«, hat Wesley mich gefragt.

Ich habe so heftig genickt, dass ich das Gefühl hatte, mein Kopf fliegt gleich davon.

»Zwölf Uhr mittags am Busbahnhof in Hollywood, genau

zwei Tage nach meinem achtzehnten Geburtstag«, hat mich Wesley noch einmal erinnert. »Das sind von heute an nur noch dreihundertfünfundneunzig Tage. Null Problemo!«

»Okay, Wesley«, habe ich geschluchzt. »Ich werde da sein.«

»Wiederhole es trotzdem für mich«, hat er verlangt.

»Busbahnhof in Hollywood. Zwei Tage nach deinem achtzehnten Geburtstag. Genau dreihundertfünfundneunzig Tage von heute an. Mittags um zwölf.«

»Versprich mir, dass du da sein wirst, Butterblume.«

»Ich verspreche es, Wesley. Natürlich werde ich da sein.« Ich habe seine weichen Lippen geküsst, um mein Versprechen zu besiegeln.

Quietschend öffnet sich die Eingangstür und reißt mich aus meinen Gedanken an Wesley. Mrs Clements kommt mit einer Einkaufstüte herein. Ich stehe von der Couch auf, umarme sie zum Abschied und danke ihr für alles, was sie für mich getan hat. Mrs Clements umarmt mich ebenfalls und bittet mich, in Kontakt zu bleiben. Sie vergießt eine Träne, was auch mich zum Weinen bringt – aber nur, weil ich wieder an den armen Wesley denken muss. Dann verlasse ich ohne großes Aufsehen wie so viele Achtzehnjährige vor mir mit meinem kleinen Koffer in der Hand das Kinderheim und blicke nicht mehr zurück.

KAPITEL 22

Hollywood, Kalifornien, 1990
18 Jahre und 5 Tage alt

736 TAGE BIS ZUM KILLING-KURTIS-TAG

Die Busfahrt nach Hollywood dauert ewig und ist unerträglich. Sie ruft in mir das Bedürfnis hervor, mehr Leute auf einmal zu ermorden, als ich in meinem bisherigen Leben je ermorden wollte – und das will bei mir etwas heißen. Jeder einzelne Mensch, der auf jedem Streckenabschnitt meiner langen und qualvollen Reise durch das halbe Land neben mir sitzt, langweilt mich zu Tode mit seiner Lebensgeschichte und seinen Hoffnungen und Träumen und den riesigen Chancen, die in Kalifornien auf ihn warten.

Natürlich lächle ich bei jeder Konversation höflich und tue so, als würde ich aufmerksam zuhören, obwohl ich vor Langeweile fast vergehe. Und jedem meiner Reisebegleiter muss ich am Ende versprechen, in Kalifornien in Kontakt zu bleiben. Das zeigt mir wieder einmal, dass jeder von hübschen Menschen gemocht werden will.

An Tag eins in Hollywood zahle ich zuallererst die ganze Monatsmiete für ein kleines Zimmer über einem Spirituosenladen direkt am Sunset Boulevard – dank Mr Clements und seinem Haufen Kohle. Um ehrlich zu sein, sagt mir die Lage des Zimmers über dem Laden nicht gerade zu, aber der Sunset Boulevard macht das wieder wett. Außerdem kann ich mir im Moment noch keine anderen Wünsche leisten. Wenn Wünsche Pferde wären, dann würden Bettler reiten.

Das Zweite, was ich tue – noch bevor ich auf mein Zimmer gehe –, ist, den Typen an der Rezeption nach einem Telefonbuch zu fragen. Als ich das Buch öffne, blättere ich direkt zum Buchstaben »W« und halte den Atem an, während ich die alphabetischen Einträge bis »W-I-L-B-E-R« durchsuche. Verdammt, er steht nicht drin. Die Liste der Namen geht von »Wilber, Catherine F.« direkt weiter zu »Wilcox, Alexander«. So ein Mist. Ich habe wirklich gedacht, ich müsste nur ins Telefonbuch schauen, um Daddy zu finden – auch nach all den Jahren.

Gedankenverloren blicke ich von dem Buch auf. Hmm … vielleicht ist Daddy schon so berühmt, dass er nicht will, dass die Leute seine Telefonnummer kennen? Das könnte sein. Oder vielleicht hat Daddy auch gar kein Telefon? Plötzlich macht es mich nervös, mir Gründe dafür zu überlegen, warum Daddy nicht im Telefonbuch von Los Angeles steht, und ich bekomme Panik. Also beschließe ich, die nächsten Tage nicht mehr darüber nachzudenken.

Die dritte Sache, die an meinem ersten Tag in Hollywood auf dem Programm steht, ist einfach: Ich statte dem Grauman's Chinese Theater auf dem Hollywood Boulevard einen Besuch ab. Sofort, als ich dort ankomme, knie ich mich auf den Boden und lege meine Handflächen in die Handabdrücke von Lana und Marilyn. Und als meine Hände dieselben Stellen berühren, an denen schon die Hände dieser legendären Schönheiten lagen, mache ich eine Erfahrung, die nur als spirituelles Erwachen bezeichnet werden kann.

Ich schließe die Augen, und ein tiefes Verständnis durchflutet mich. Wenn ich mir vorher noch nicht hundertprozentig sicher war, dann bin ich es jetzt: Der Grund, warum ich hier auf Erden bin, ist, die Menschen genauso zu verzaubern, wie die beiden es getan haben. Ich muss in ihre Fußstapfen treten und ihre Geschichte weiterschreiben. Ich habe keinen Zweifel mehr daran, dass es meine Bestimmung ist, auf Kinoleinwänden auf der ganzen Welt von großem Publikum bewundert zu werden.

Mit diesen tiefgründigen Gedanken im Kopf gehe ich auf dem Rückweg zu meinem Zimmer noch in einem Drogeriemarkt auf dem Hollywood Boulevard vorbei und kaufe mir eine große Tube Blondierungsmittel.

Zurück in meinem kleinen Zimmer färbe ich mir die Haare blond und bewundere den Rest des Abends meine wasserstoffblonden Locken im Spiegel. Jetzt sehe ich endlich aus wie ich selbst.

Natürlich ist das Färben meiner Haare nur ein erster Teil von dem, was ich zu tun habe. Am nächsten Morgen – an Tag zwei in Hollywood – mache ich mich an die zweite Aufgabe.

Ich stehe vor einem einstöckigen, kastenartigen Gebäude auf dem Hollywood Boulevard. Auf einem großen Schild über dem Eingang steht in fetten, geschwungenen Buchstaben »Casanova Club« geschrieben. Und darunter blinken in Neonbuchstaben die Wörter »Oben-ohne-Bar«. Ja, dieser Club ist genau der richtige.

Der bullige Mann am Eingang mustert mich von Kopf bis Fuß. »Suchst du einen Job?«

»Nein, Sir. Ich will mich nur umschauen«, sage ich und schenke ihm ein zuckersüßes Lächeln.

Er hält verwirrt inne. »Nach was umschauen?«

»Nach den Mädchen.«

Seine Augen blitzen auf, als hätte ich etwas sehr Schmutziges gesagt. »Aha …« Er grinst in sich hinein. »Hmm. Eigentlich sind Frauen im Club verboten …«

Ich mache große Augen und einen Schmollmund.

»Aber ich denke, wir können hier eine Ausnahme machen.« Er schmunzelt erneut. »Du musst allerdings Eintritt bezahlen wie jeder andere Gast auch.«

Ich nicke zustimmend. »Vielen Dank, Sir.«

»Das macht zehn Dollar.«

Ich lege ihm das Geld in die ausgestreckte Hand und muss ebenfalls kichern. Ich bin mir sicher, Mr Clements würde es gutheißen, wenn er wüsste, dass ich mit seinem Geld gerade den Eintritt zu einem Stripclub bezahlt habe.

Als ich den Club betrete, bleibe ich gleich hinter dem Eingang stehen, damit sich meine Augen an das schummrige Licht gewöhnen können. In der Mitte des Raumes befindet sich eine schwach beleuchtete Bühne, auf der zwei Mädchen tanzen, die nichts weiter anhaben als winzige Slips. Die Brüste des blonden Mädchens sind sogar noch kleiner als meine. Sie tanzt unter einem leuchtenden Schild, auf dem der Name »Rhonda« steht. Rhonda ist mir egal. Aber das andere Mädchen, das mit den langen, schwarzen Haaren und den Ponyfransen, das anscheinend »Bettie« heißt – das hat Brüste, die so groß sind, dass sie aussehen, als würden sie ihren kleinen Körper jeden Moment umreißen. Diese Brüste sehen nicht so aus, als wären sie bequem zu »tragen«, muss ich sagen, und sie sind definitiv nicht das, was ich mir wünsche, aber zumindest bin ich hier richtig.

Meine Augen haben sich an den dunklen Raum gewöhnt, und ich erkenne ein paar Tische und Stühle, auf denen Männer sitzen. Direkt am Bühnenrand zu Füßen der Mädchen sitzen ein paar besonders gut aussehende Exemplare.

Ich habe noch nie zuvor nackte Frauen tanzen sehen, und ich weiß nicht genau, was ich davon halten soll. Ja, ich habe schon nackte Mädchen gesehen – Nacktbilder von Marilyn Monroe und Jayne Mansfield in den Biografien, die ich gelesen habe, und auch echte Mädchen ohne Klamotten, da ich mein Zimmer im Heim schließlich mit mindestens drei anderen Mädchen teilen musste. Aber diese zwei fast nackten Frauen auf der Bühne sind nicht nur Fotos in einem Buch und auch keine jungen Mädchen, die sich ihre Nachthemden anziehen. Nein, diese beiden Frauen wirbeln auf der Bühne herum, damit die ganze Welt sie sieht – direkt vor den Augen fremder, johlender Männer. Ich bin mir sicher, wenn Daddy jetzt hier wäre, würde er die Situation als ziemlich beschränkt bezeichnen.

Aber beschränkt oder nicht, ich kann meinen Blick nicht von den beiden abwenden und frage mich eine Million Dinge gleichzeitig. Wissen die Väter dieser Mädchen, was sie tun? Und was denken die Mädchen sich, während sie da oben auf der Bühne tanzen? Kommen sie sich dumm vor oder schämen sie sich wenigstens ein bisschen? Oder denken sie einfach gar nichts, als würden sie über belanglose Sachen wie das Wetter reden? *Gefällt* es ihnen vielleicht sogar, dass diese Männer sie angaffen und johlen und sich sabbernd die Hälse verrenken, um die Mädchen auf der Bühne tanzen zu sehen?

»Suchst du einen Job?«

Ich drehe mich zu der rauen Stimme um. Sie gehört zu einem kleinen Mann mit dunklem Haar.

»Der Mann am Eingang hat gesagt, wenn ich zehn Dollar zahle, darf ich reinkommen«, sage ich. »Ich will mich nur umschauen.«

Der Mann setzt einen finsteren Blick auf. »Umschauen? Das ist ein Männerclub, Puppe. Wenn du nicht hier bist, um zu tanzen, dann musst du wieder gehen. Jeder fragt mich schon, ob du ein neues Mädchen bist.«

»Ich will den Tänzerinnen nur ein bisschen zusehen, Sir –

damit ich herausfinden kann, ob es auch was für mich wäre.«
Das ist natürlich eine Lüge. Ich habe nicht das geringste Bedürfnis, in Unterwäsche vor einer Menge von etwa vierzig Männern zu tanzen, die in ihrem ganzen Leben noch nie etwas zustande gebracht haben, nur damit sie einen Blick auf meine Titten erhaschen können.

Warum sollte ich diesen Männern etwas zeigen, das noch kein Mann je zuvor gesehen hat? Wenn nicht einer von ihnen der Boss eines Filmstudios ist, dann fällt mir kein Grund ein, warum ich dort oben auf der Bühne halb nackt vor ihnen herumhüpfen sollte. Mein Schicksal ist es, ein Publikum von Millionen von Menschen zu begeistern und nicht ein Publikum von ein paar Dutzend. Soweit ich weiß, haben weder Lana noch Marilyn nackt in einem Stripclub getanzt, und ich habe das auch nicht vor. Aber natürlich sage ich nichts davon zu diesem bescheuerten Typen. Denn sonst würde er mich rausschmeißen, und ich brauche noch eine wichtige Information, um meinem Schicksal einen Schritt näher zu kommen.

Ich lächle ihn bezaubernd an und sage: »Ich würde gerne mit dem Mädchen mit den langen, schwarzen Haaren und den großen Brüsten dort oben auf der Bühne reden.« Gespielt schüchtern senke ich den Blick.

Der Gesichtsausdruck des Mannes verrät mir, dass ihm meine Schüchternheit gefällt – und der Gedanke, mich auf der Bühne zu sehen, gefällt ihm noch viel mehr. »Okay, Süße«, sagt er. »Du kannst ein bisschen zuschauen und lernen, worum es hier geht. Aber du kannst nicht hier stehen bleiben, wo dich jeder sieht. Du lenkst die Männer zu sehr ab.« Er überlegt einen Augenblick. »Und du kannst nicht gleich mit Bettie reden – du musst warten, bis ihre Schicht zu Ende ist.«

»Ja, Sir. Ich setze mich dort in die Ecke und werde niemanden stören.« Ich lächle ihn wieder ganz besonders schüchtern an. Bevor der Mann noch etwas sagen kann, entferne ich mich von ihm und stelle mich in eine leere Ecke auf der anderen Seite des Raumes.

Der Typ scheint zu überlegen, geht dann aber in die andere Richtung davon und lässt mich in Ruhe.

Das große Titten/kleine Titten-Duo verlässt die Bühne, und zwei andere Mädchen – diesmal beide mit mittelgroßen Brüsten – fangen an zu tanzen. Ich kann allerdings nicht sagen, ob ihre Brüste echt oder gemacht sind. Das einzige Mädchen, bei dem ich mir sicher bin, dass ihr Busen nicht echt ist, ist das dunkelhaarige Mädchen mit dem Pony von eben – Bettie mit den großen Titten.

Während die nächsten Mädchen auf der Bühne tanzen, geht Bettie mit den großen Titten durch eine Tür neben der Bühne in den Sitzbereich des Clubs. Sie ist jetzt mit Quasten und Pailletten bedeckt. Bettie fängt an, mit den Männern im Raum zu flirten – und innerhalb einer Minute, bevor ich überhaupt aufstehen und zu ihr rübergehen kann, drückt ihr einer der Männer einen Geldschein in die Hand und verschwindet mit ihr in einem Hinterzimmer.

Ich stehe auf und gehe zu dem dunkelhaarigen Mann, der jetzt an der Bar steht.

»Entschuldigen Sie, Sir?«, sage ich.

Er blickt mich genervt an.

»Kann ich dafür *zahlen*, mit dem dunkelhaarigen Mädchen während ihrer Schicht zu reden? Ich habe gerade gesehen, dass ein Mann Bettie Geld gegeben hat, um mit ihr zu sprechen. Sie sind gerade in dem Zimmer dahinten verschwunden. Kann ich bitte die Nächste sein?«

Sein genervter Gesichtsausdruck verwandelt sich in ein Grinsen. »Klar, Süße. Wenn du zwanzig Dollar hast, kannst du auch mit Bettie *reden* – genau wie jeder andere. Ich sage ihr, dass du auf sie wartest.«

Dank Mr Clements sitzt das Geld bei mir heute locker, also sind die zwanzig Dollar kein Problem. Auch nachdem ich die Busfahrkarte und das Motelzimmer und die zehn Dollar Eintritt für den Club gezahlt habe, sind immer noch etwa vierzig Dollar von Mr Clements' Geldvorräten übrig. Und natürlich habe ich noch Joe, Lou und Babe, die ich sicher unter der Matratze in meinem Zimmer versteckt habe. Trotzdem muss ich bei dieser Geschwindigkeit, in der das Geld weniger wird, zusehen, dass ich recht bald in einem Café entdeckt werde. In Hollywood gibt es nichts umsonst, und Mr Clements' Stipendium wird nicht ewig halten.

Nach ein paar Minuten kommt der dunkelhaarige Mann zu mir zurück, und ich folge ihm. Er führt mich durch eine Tür in einen kleinen Raum, in dem Bettie bereits auf einer Couch sitzt.

»Danke, Johnny«, säuselt sie.

Der Mann zwinkert Bettie zu und grinst dann mich an. »Fünf Minuten«, sagt er in geschäftigem Ton. Dann verlässt er den Raum.

Bettie deutet auf den Platz neben ihr, und ihr langes, schwarzes Haar fällt ihr über die Schultern. »Setz dich, Liebes.«

Ich setze mich ans andere Ende der Couch und presse die Knie zusammen. Ich habe eigentlich gedacht, diese Methode, an meine benötigten Informationen zu kommen, wäre verlässlicher und schneller, als einfach in die Gelben Seiten zu schauen, aber jetzt bin ich mir da plötzlich nicht mehr so sicher.

Bettie schaut mich amüsiert an. »Was kann ich für dich tun, Kleines?«

Jetzt, da ich Bettie aus der Nähe betrachte, sieht sie ziemlich mitgenommen aus. Sie ist nicht hässlich, nein, aber aus der Nähe sieht sie müder aus als noch eben im Licht auf der Bühne. Aber es ist schwer, sich auf ihr Gesicht zu konzentrieren, denn ihre Brüste sind so wahnsinnig groß und lenken all meine Aufmerksamkeit auf sich. Ich bestaune sie ehrfürchtig, tue dann aber schnell so, als würde ich die Kette um ihren Hals bewundern.

»Ich … ich wollte dich nur nach dem Namen deines Arztes fragen«, sage ich. »Dein Schönheitschirurg? Ich bin neu in der Stadt, und ich will mir …«

Bettie bricht in schallendes Gelächter aus, und ich höre abrupt auf zu reden.

»Du hast zwanzig Dollar gezahlt, um mich nach dem Namen meines *Schönheitschirurgen* zu fragen?«

Ich nicke. Was ist daran so lustig? Ich bin mir nicht sicher, ob ich in ihr Lachen einstimmen oder beleidigt sein soll – also starre ich sie verständnislos an.

»Liebes, du musst mich doch nicht bezahlen, damit ich dir den Namen meines Arztes verrate. Ich hätte dir das auch umsonst gesagt.« Sie lacht wieder laut auf.

»Oh. Danke.« Jetzt stimme ich in ihr Lachen ein. »Das ist aber nett von dir.«

»Er heißt Dr *Ishikawa,* Liebes. Alle Mädchen hier gehen zu ihm.«

»Dr wie?«

»*Ishikawa.* Ich schreibe es dir auf.«

»Kann ich mir die Größe aussuchen?«

»Natürlich. Er kann dir extra große machen – wie meine.« Sie lässt ihre riesigen Titten wackeln. »Oder er macht sie dir natürlich, obwohl ich nicht weiß, warum man sich natürlich aussehende Titten machen lassen sollte, wenn man für falsche bezahlt.« Sie lacht erneut, und ich lache mit, auch wenn ich mir ziemlich sicher bin, dass ich natürlich aussehende Brüste haben will.

Bettie mit den großen Titten scheint es überhaupt nichts auszumachen, dass sie hier so nackt vor mir sitzt, also nutze ich die Gelegenheit und begutachte ihre Brüste noch einmal ausgiebig. Ehrlich gesagt finde ich sie sehr anstrengend, und ich wünschte, ich bräuchte keine Brustvergrößerung, aber meine Bestimmung ist es nun einmal, blondes Haar und große Titten zu haben. Und anscheinend werden meine Brüste nicht von selbst größer.

»Du weißt aber schon, dass du dir deine Brüste nicht machen lassen musst, um hier zu arbeiten, oder?«, sagt Bettie. »Die Kunden hier stehen auf alle Formen und Größen.«

»O nein, ich will nicht hier arbeiten«, erkläre ich ihr. Stolz strecke ich meine spärliche Brust raus. »Ich bin *Schauspielerin.*« Ich finde es sehr aufregend, dieses Wort zum ersten Mal laut auszusprechen.

»Ach ja?« Sie schmunzelt. »Das ist schön für dich, Liebes. Ich bin auch Schauspielerin, aber ich muss meine Miete bezahlen, und deswegen tanze ich nebenher hier, weißt du?«

Dieses Mädchen denkt wohl, ich bin geistig beschränkt. Sie ist keine Schauspielerin. Richtige Schauspielerinnen tanzen nicht fast nackt und mit ballongroßen Titten in irgendwelchen Stripclubs rum. Es stimmt schon, Marilyn und Jayne haben Nacktfotos für bekannte Männermagazine von sich machen lassen, aber nur aus dem Grund, weil sie dann von Tausenden bewundernden Fans auf einmal gesehen wurden – und nicht nur von zwanzig Typen in einem Stripclub an einem Mittwochnachmittag.

Als ich nichts sage, fügt Bettie noch hinzu: »Also, Liebes,

wenn du dich dazu entschließen solltest, doch hier zu arbeiten, kannst du auch mit großen Titten nichts falsch machen.« Sie legt sich die Hände unter ihre Brüste und schiebt sie nach oben. Dabei verschwindet der Herzanhänger ihrer Kette komplett in ihrem Ausschnitt. »Seit ich diese Babys hier habe, hat sich mein Trinkgeld verdreifacht.«

Dieses Mädchen geht mir echt auf die Nerven. »Na gut, danke für die Infos«, sage ich kurz angebunden. Dann stehe ich von der Couch auf. »Du hast mir sehr geholfen.« Ich lächle sie freundlich an. »Dr Ishikawa, hast du gesagt?«

»Ja. Er arbeitet gar nicht weit von hier.« Sie schreibt mir seinen Namen und die Adresse auf einen Zettel. »Bitte sehr, Liebes. Unsere Zeit ist sowieso vorbei. Ich muss jetzt weiterarbeiten, damit ich meine Miete zahlen kann.« Sie zwinkert mir zu.

Ich nehme den Zettel aus ihrer Hand und gehe durch die Tür.

Zurück im Hauptraum gehe ich schnurstracks auf den Ausgang zu und habe Dr Ishikawas Namen sicher in meiner Tasche verwahrt. Aber als ich gerade gehen will, holt mich der kleine Mann mit den dunklen Haaren ein. »Warte«, befiehlt er.

Ich erstarre. Bin ich in Schwierigkeiten?

»Die ganze Zeit, während du mit Bettie da drinnen warst, haben mich die Männer nach dir gefragt. Du hast schon einen bleibenden Eindruck bei ihnen hinterlassen, obwohl du nur angezogen dagestanden hast. Tu mir einen Gefallen und sprich mit meinem Boss. Er zahlt mir immer einen kleinen Bonus, wenn ich ihm besonders hübschen Mädchen schicke.« Er gibt mir eine Visitenkarte mit einem Namen und einer Adresse darauf. »Geh gleich zu ihm und sag, Johnny aus dem Club schickt dich.«

»Danke, Johnny, aber ich habe beschlossen, dass ich doch nicht hier arbeiten will …«

»Nein, nein.« Er lacht. »Ich meine, ihm gehört zwar dieser Club, ja, aber er macht noch viel mehr. Er gibt auch das *Casanova Magazin* heraus, und ihm gehört eine Produktionsfirma. Und er ist immer auf der Suche nach neuen Mädchen, die etwas Besonderes an sich haben …«

»Eine Produktionsfirma?«, entfährt es mir. »Eine *Film*produktionsfirma?«

Er nickt und grinst mich vielsagend an.

Ich werfe einen Blick auf die Karte in meiner Hand. »Kurtis Jackman«, lese ich laut. Ich habe diesen Namen noch nie zuvor gehört, aber er lässt mich erschauern. Ich habe keinen Zweifel daran, dass dieser Kurtis derjenige ist, der mich entdecken wird, wie Lana damals in dem Café entdeckt worden ist. »Okay, Johnny. Morgen gehe ich zu Mr Jackman«, sage ich. *Gleich nach meinem Besuch bei Dr Ishikawa.*

KAPITEL 23

18 Jahre und 10 Monate alt

436 TAGE BIS ZUM KILLING-KURTIS-TAG

Ich genieße es mehr, als ich dachte, Mrs Kurtis Jackman zu sein. Es gefällt mir, mit Kurtis in unserer schicken Villa zu leben, am Pool zu liegen und so viele Bücher und Klamotten zu kaufen, wie ich lesen und tragen kann. Aber am schönsten finde ich es, wenn ich mit Kurtis im Bett liege und wir darüber lachen, wie toll ich aussehe.

»Ich bin so hübsch, dass du mich tagsüber mit einer Taschenlampe anstrahlen solltest«, sage ich zu ihm, als wir nackt im Bett liegen, und er lacht sich halb tot.

»Noch einen«, fleht er mich an und streichelt mein Gesicht.

»Ich sehe so gut aus, dass ich dem Glasauge eines Blinden eine Träne entlocken könnte«, sage ich, und Kurtis wirft vor lauter Lachen den Kopf in den Nacken.

Er liebt es, wenn ich solche Dinge sage. »Okay, und jetzt einen über mich«, bettelt er. Mein Ehemann beschreibt uns zwei immer gerne als *Die Schöne und das Biest* – auch wenn er fast so gut aussieht wie ich –, und ich spiele immer mit.

»Du bist so hässlich, dass deine Läuse die Augen schließen müssen«, sage ich.

Kurtis lacht laut auf.

»Wenn ich einen Hund hätte, der so hässlich wäre wie du, dann würde ich seinen Arsch rasieren und ihn zwingen, rückwärts zu gehen.«

Kurtis krümmt sich vor Lachen.

»Du bist so hässlich, dass deine Mutter dich überallhin mitgenommen hat, nur damit sie dich zum Abschied nicht küssen musste.«

Kurtis muss so lachen, dass er sich die Seiten hält.

»Ich war bei vier Landwirtschaftsausstellungen, drei Ziegentreiben, einem Clown-Rodeo und einer Hinrichtung, und ich habe noch nie so ein hässliches Gesicht gesehen wie deins«, sage ich.

Jetzt bricht Kurtis vor Lachen regelrecht zusammen.

Diese Momente mit ihm, in denen wir zusammen nackt im Bett liegen, rumalbern und unter der Decke zusammen lachen, sind meine Lieblingsmomente. Vor allem liebe ich es, wenn Kurtis seufzt und meine Wange berührt, als sei ich ein seltener Schatz – dann habe ich immer das Gefühl, das glücklichste Mädchen auf der ganzen Welt zu sein.

Natürlich lachen Kurtis und ich im Bett nicht nur. In den bisherigen vier Monaten unserer Ehe hatten mein Mann und ich genug Sex für fünfzig oder mehr Pornos. Kurtis sagt immer, wir haben viel nachzuholen. Manchmal ist der Geschlechtsverkehr schneller vorbei als ein Messerkampf in einer Telefonzelle, aber das ist okay – das bedeutet nur, dass Kurtis mich so sehr liebt, dass sein Körper es nicht länger ertragen kann.

In letzter Zeit ist er dazu übergegangen, sich selbst »Kurtis den Großen« zu nennen, als wäre er ein mächtiger Eroberer und ich ein unentdeckter Kontinent. Jedes Mal, wenn wir es tun – auch noch nach vier Monaten –, tut Kurtis so, als wäre er mit dem Diebstahl der Mona Lisa davongekommen. Und natürlich will er jede erdenkliche Stellung mit mir ausprobieren. Ich sage dann immer: »Aber klar, Süßer.« Schließlich hat der Mann mich geheiratet, um endlich mit mir schlafen zu können, da ist es nur fair, ihm auch etwas für seine Tat zu bieten. Ich muss zugeben, es gefällt mir ja auch selbst ungemein.

Das einzige Mal, dass der Sex mit Kurtis nicht ganz so schön war, war unser erstes Mal. Kurtis war sanft und vorsichtig mit mir, das war nicht das Problem. Ich war wahrscheinlich einfach nicht darauf vorbereitet, was in dem Moment passierte, als er zum ersten Mal in mich eindrang.

Alles, was auf diesen Moment hinführte, war so wie immer. Kurtis und ich haben uns gegenseitig verführt, wie wir es schon so oft getan haben (nur dass wir dieses Mal beide splitterfasernackt waren). »O Gott«, hat Kurtis immer wieder mit heiserer Stimme zu mir gesagt und mich die ganze Zeit zwischen den Beinen gestreichelt, mich geküsst und geleckt. O Mann, ich habe mich gewunden und gestöhnt und gezuckt wie ein Rodeoreiter und wollte ihn einfach nur noch in mir spüren. Als er sich endlich auf mich gesetzt hat und seine Erektion direkt über mir war, habe ich den Atem angehalten, die Augen geschlossen und den Kopf in den Nacken geworfen, damit er mir endlich das geben konnte, nach dem ich mich so sehr gesehnt habe.

»Bist du bereit, Baby?«, hat er mir ins Ohr geflüstert. Seine Stimme hat gezittert, und ich konnte seine Erektion direkt über meinem Eingang spüren.

»Ja«, habe ich gekeucht.

»Ich liebe dich«, hat er mir ins Ohr gehaucht – und dann ist er tief in mich eingedrungen. So tief, dass mir fast die Augen aus dem Kopf getreten sind.

Das war der Moment, in dem ich aufgejault habe, als wäre ich ein Hund und Kurtis wäre mir auf den Schwanz getreten. Nicht, weil Kurtis mir wehgetan hätte (denn das hat er nicht), sondern weil genau in dem Moment, in dem er in mich eingedrungen ist, Wesley vor meinem geistigen Auge aufgetaucht ist. Und da ist mein Gehirn zum ersten Mal gleichzeitig mit meinem Körper in Aufruhr geraten.

Als Kurtis eine Stunde später noch eine zweite Runde mit seiner »jungfräulichen Braut« verlangte – auch sein Schwanz war dazu mehr als bereit –, ist es wieder passiert. In der Sekunde, in der Kurtis in mich eingedrungen ist, habe ich an Wesley denken müssen.

Die ganze Zeit, während Kurtis mit mir geschlafen, gestöhnt und mir gesagt hat, dass er mich liebt, habe ich mich gefragt, wie Wesley wohl nackt aussieht und ob er sich genauso in mir bewegen würde wie Kurtis und ob er mich auch zum Stöhnen und Schreien und Wimmern bringen könnte – oder sogar noch mehr? Und das Schlimmste war, dass ich hinterher, als wir nackt und durchgeschwitzt nebeneinander im Bett lagen, nur an Wesley denken konnte und mich gefragt habe, wie es sich anfühlen würde, neben Wesleys nacktem, verschwitztem und knochigem Körper zu liegen anstatt neben Kurtis' starkem und muskulösem. Und bei diesem Gedanken musste ich weinen.

Zum Glück habe ich nach diesen ersten zwei Malen mit Kurtis und während unserer viermonatigen, glücklichen Ehe bis vor acht Minuten, als wir es zum millionsten Mal wie die Karnickel miteinander getrieben haben, gelernt, wie ich mich ausschließlich auf Kurtis konzentrieren und den Sex einfach nur genießen kann. Alles andere würde ja auch keinen Sinn ergeben.

Als ich schließlich herausgefunden hatte, wie ich den Ehemann, den ich habe, genießen und aufhören kann, mir zu wünschen, dass die Dinge anders wären, bin ich richtig glücklich mit meinem Leben geworden. Denn diese letzten vier Monate mit meinem Mann waren die reinste Glückseligkeit, wirklich – und das nicht nur im Bett. In den letzten Monaten musste ich Kurtis nicht einmal mehr wegen meiner Bestimmung nerven, denn mein geliebter Mann hat das Thema von selbst auf den Tisch gebracht.

Und er macht nicht nur leere Versprechungen, er lässt wirklich Taten sprechen. Letzten Monat hat er endlich die Doppelausgabe des *Casanova* mit meinen Oben-ohne-Bildern rausgebracht – und wie er mir versprochen hat, wurde ich das Covergirl, das Playmate des Monats *und* das Mädchen in der Mitte – etwas, das es laut Kurtis in der Welt der Pornomagazine noch nie gegeben hat und von dem die ganze Welt Notiz nehmen würde. Natürlich hatte mein geliebter Porno-König-Ehemann mal wieder recht. Die Sonderausgabe mit mir auf der Titelseite schlug alle bisherigen Verkaufszahlen des Magazins und machte mich augenblicklich zum »It-Girl« auf der ganzen Welt – genau, wie Kurtis es prophezeit hatte.

Ich hatte keine Ahnung, wie viele Leute den *Casanova* »lesen« oder zumindest einen Blick reinwerfen, aber es hat sich herausgestellt, dass es unzählige sind – vor allem bei Sonderausgaben wie dieser. In der Ausgabe waren auch alle meine vorherigen Fotos zu sehen, und es wurde ein Interview mit mir abgedruckt, in dem ich gefragt wurde, was mich anmacht und abtörnt. Und auf der letzten Seite stand noch eine Story darüber, wie ich mir meine Jungfräulichkeit für die Ehe aufgespart habe, weil ich so streng erzogen wurde (nebendran ein Foto von mir in einem weißen Spitzen-Negligé).

Am Tag, nachdem die Sonder-Doppelausgabe in den Zeitungsläden erschienen ist, hat mir Kurtis im Bett tief in die Augen geschaut und geflüstert: »Die Welt liegt dir zu Füßen, Baby. Wir haben Rekordzahlen.« Er hat mein Gesicht in die

Hände genommen und mich leidenschaftlich geküsst. Als der Kuss beendet war, haben seine Augen geleuchtet. »Die ganze Welt liebt dich, wie ich es tue«, hat er gesagt – und dabei habe ich ganz weiche Knie bekommen.

Ein paar Tage später, als ich am Pool lag, ein Buch gelesen und an einem Eis gelutscht habe, kam Kurtis zu mir, hat mich auf die Stirn geküsst und gesagt: »Die ganze Welt verliert den Verstand wegen dir, Baby. Unsere Verkaufszahlen gehen durch die Decke.« Ich habe von meinem Buch aufgeschaut, und er hat meine Wange mit den Fingerspitzen berührt. »Du bist so unglaublich atemberaubend«, hat er mir mit strahlenden Augen ins Ohr geflüstert, und meine Wangen sind dabei knallrot geworden.

Und gestern, als wir am Frühstückstisch saßen, unser Müsli gegessen und wie ein uraltes Ehepaar die Zeitung gelesen haben, hat Kurtis plötzlich seinen Löffel auf den Tisch fallen lassen und gerufen: »Du bist so verdammt schön, dass es richtig wehtut, dich anzusehen – dich anzuschauen, ist, wie direkt in die Sonne zu blicken.« Er hat mich dabei breit angegrinst, also wusste ich, dass er eine gute Art von Schmerz meint. »Ich werde aus dir den größten Star machen, den die Welt je gesehen hat«, hat er noch hinzugefügt. »Darauf kannst du dich verlassen.« Bei dieser letzten Bemerkung habe ich nicht nur weiche Knie gekriegt, sondern bin auch richtig feucht zwischen den Beinen geworden. Ich war ja nicht einmal geschminkt, als er das gesagt hat.

Bei dem Blick, den Kurtis mir über seine Müslischüssel hinweg zugeworfen hat, habe ich nicht nur einen feuchten Slip und rasendes Herzklopfen bekommen, sondern ich habe ein Gefühl verspürt, das für mich komplett neu war. Ich kann dieses Gefühl nicht so ganz beschreiben, aber wenn mir jemand sagen würde, dass es Liebe ist, könnte ich nicht wirklich etwas dagegen sagen. Mein Ehemann mag nicht perfekt sein, das ist wohl wahr, und mir ist bewusst, dass ich mit einem Porno-Produzenten verheiratet bin, aber ich nehme an, niemand auf der Welt ist perfekt, und ein Mädchen sollte nicht allzu wählerisch sein.

Auch wenn ich meinen Ehemann, den Porno-Produzenten, ursprünglich nur geheiratet habe, damit er mir dabei hilft, meinen Traum wahr werden zu lassen, habe ich es anscheinend geschafft, mit ihm mein Glück zu finden. Wenn ich daran denke, welch glückliche Wendung mein Leben plötzlich genommen hat, würde ich mir am liebsten auf die Stirn schlagen und vor Freude und Ungläubigkeit laut aufschreien.

Ich bin mit meinem süßen und liebenswerten Ehemann seit vier Monaten so glücklich, dass ich tatsächlich ein ganz neuer Mensch geworden bin. Mittlerweile summe ich ständig vor mich hin und kichere und kneife mich selbst in den Arm, um zu sehen, ob ich träume. Nur vor ein paar Tagen, als Kurtis und ich nach einer besonders guten Performance zusammen im Bett gelegen sind, hat er gefragt: »Hey, Süße, warum hast du dich eigentlich für so kleine Brüste entschieden?« Er hat so geklungen, als wäre das die natürlichste Frage der Welt, als würde er mich fragen: »Hast du je daran gedacht, auch mal *blauen* Lidschatten auszuprobieren?« Als ob so eine schreckliche Frage zu meinen wunderschönen Brüsten nicht Grund genug für eine Ehefrau wäre, ihrem Mann ein Messer in die Brust zu rammen.

»Ich bezahle dir größere, wenn du willst, Baby«, hat Kurtis noch hinzugefügt und wahrscheinlich gedacht, ich würde vor Freude jauchzen.

»Vielen Dank auch«, habe ich ihm lächelnd geantwortet. »Aber ich denke, meine Brüste haben die perfekte Größe für eine Schauspielerin.« (Ich musste nicht hinzufügen »im Gegensatz zu einer Stripperin«, was der zweite Teil seiner Bemerkung impliziert hat.)

Das, was mich an dieser Unterhaltung am meisten erstaunt hat, war die Tatsache, dass ich ganz ruhig geblieben bin, obwohl ich bei dieser Bemerkung von Kurtis eigentlich aus der Haut hätte fahren müssen. Es war, als wäre ich gar nicht ich selbst.

Da habe ich erkannt, dass das Leben in dieser schicken Villa und mit dem heißen Sex, den mir mein liebender Ehemann jeden Tag beschert, und mit den Liebesbekundungen, die er mir ständig macht, und mit dem Versprechen, dass ich eines Tages auf Kinoleinwänden auf der ganzen Welt ein Riesenpublikum begeistern werde, mich zu dieser reinen und guten Frau gemacht hat, von der Kurtis denkt, dass ich sie bin. Ja, ich habe in der Vergangenheit ein paar schreckliche Dinge getan (weil sie getan werden mussten), aber dank meines neugefundenen Glücks mit meinem Ehemann bin ich endlich dazu in der Lage, die Vergangenheit hinter mir zu lassen und mit reinem Gewissen neu anzufangen.

Die einzige Sache, die mir ein ganz klein bisschen Bauchschmerzen verursacht (und diese Sache ist wirklich kaum der Rede wert), ist die, dass sich Kurtis während des letzten Monats oder so irgendwie verändert hat. Seine Leidenschaft für mich hat angefangen, sich zu wandeln und zu etwas zu werden, das ich nicht ganz verstehe. Wenn er auf mir liegt und mich dazu bringt, seinen Namen zu rufen und ihn um Gnade anzuflehen, beginnt er in letzter Zeit immer zu knurren und flüstert mir ins Ohr: »Du gehörst mir.« Und das Seltsame ist, dass er es immer und immer wieder sagt, mit jeder Bewegung seines Körpers und mit so einer Intensität, dass sich mir die Nackenhaare aufstellen und mein Magen sich zusammenzieht.

Ich meine, ich wusste, dass Kurtis sehr besitzergreifend sein wird, wenn ich mich ihm endlich komplett hingegeben habe, aber diese Besessenheit von mir verwandelt sich langsam in etwas anderes als Leidenschaft. Ich weiß nur nicht genau, wie ich es benennen soll. Ich dachte, ich könnte Kurtis um den kleinen Finger wickeln, wenn ich erst einmal seine jungfräuliche Braut bin – und das ist auch meistens der Fall. Aber was ich nicht erwartet habe, ist, dass es sich in letzter Zeit so anfühlt, als hätte Kurtis seine Finger um meinen schlanken Hals gewickelt.

KAPITEL 24

18 Jahre und 10 Monate alt

430 TAGE BIS ZUM KILLING-KURTIS-TAG

»Ich habe eine Riesenüberraschung für dich, Baby«, sagt Kurtis, als er durch die Tür ins Wohnzimmer stürmt.

Ich blicke von meinem Buch auf. Kurtis überrascht mich immer mit schicken Geschenken.

Er beugt sich auf der Couch über mich und hebt mich hoch wie eine Puppe. »Ich habe dich heute für einen Schauspielkurs angemeldet, Baby.« Er grinst von einem Ohr zum anderen, als ob er der Meinung sei, dass ich bei dieser Neuigkeit vor Freude an die Decke springen müsste.

Mir stellen sich sofort alle Haare auf. Mein Ehemann will mich zur *Schule* schicken?

»Du bist jetzt offiziell eine Schauspielschülerin, Baby«, fährt Kurtis fort. »Jetzt musst du dir nur noch einen Job als Kellnerin suchen, und du bist eine richtige Einheimische von Los Angeles.« Er lacht.

»Du denkst, ich bin noch nicht gut genug als Schauspielerin?«

Er seufzt. »Natürlich bist du gut. Aber seien wir doch mal ehrlich. Du hast keinerlei Erfahrung, Baby – du weißt schon, vor der Kamera, Text aus einem Skript aufsagen. Du brauchst etwas Erfahrung, bevor wir die Investoren davon überzeugen können, dass sie einen ganzen Film mit dir drehen.«

»*Wen* müssen wir denn überzeugen? Ich dachte, du glaubst an mich, Kurtis.«

»Natürlich glaube ich an dich. Aber du bist neu in der Branche, Süße. Und Investoren stecken ihr Geld nicht in eine unbekannte Schauspielerin mit null Erfahrung.«

»Aber warum brauchen wir überhaupt Investoren? Ich verstehe immer noch nicht, warum du den Film nicht einfach selbst finanzierst.«

»Zerbrich dir mal nicht deinen hübschen Kopf über das Geschäftliche, Butterblume«, sagt Kurtis, als hätte ich den IQ einer Kaulquappe. »Du musst einfach nur der Star sein.«

Ja, aber es ist verdammt schwer, sich darauf zu konzentrieren, der Star zu sein, wenn es keinen Film gibt, in dem man der Star sein könnte. Plötzlich bin ich unglaublich wütend. Ich schiebe Kurtis zur Seite und stehe von der Couch auf. »Ich bin kurz davor, die Wände hochzugehen, Kurtis Jackman.«

Kurtis lacht und ist total unbeeindruckt von meinem Wutanfall. »Die Kamera liebt dich, Baby. Das ist offensichtlich. Und es besteht auch kein Zweifel, dass du auf der Leinwand unglaublich aussehen wirst. Trotzdem brauchst du noch Schauspielunterricht, damit du dich daran gewöhnst, Texte vor der Kamera zu sprechen. So ist es nun mal.«

»Sind Schauspielkurse wie Schule? Wo sie versuchen, jeden zu standardisieren?«, frage ich. »Ich brauche nämlich keinen kleingeistigen Lehrer, der versucht, aus mir eine Durchschnittsfrau zu machen.«

»Nein, nein, nein, genau das Gegenteil ist der Fall.« Kurtis kichert. »Du weißt wirklich nichts über Schauspielkurse?«

Ich schüttle trotzig den Kopf. »Teilen sie dort Multiple-Choice-Tests aus?«

Kurtis lacht und zieht mich wieder zu sich auf die Couch. »Komm her, Baby«, sagt er und setzt mich auf seinen Schoß. Ich komme mir vor wie ein kleines Mädchen auf dem Schoß von Santa Claus. Er streicht mir das Haar aus dem Gesicht und grinst mich an. »Weißt du, was Marilyn Monroe gemacht hat, als sie schon ein Star war?«

Ich schüttle erneut den Kopf.

»Sie hat Schauspielunterricht genommen«, erklärt mir Kurtis. »Und weißt du, warum?«

Wieder schüttle ich den Kopf.

»Weil sie noch besser werden wollte. Alle guten Schauspieler nehmen Schauspielunterricht, Baby. Alle.«

Also das ist mir neu. »Bist du dir sicher, Kurtis?«

»Natürlich.«

»Auch Marilyn?«

»Vor allem Marilyn. Es stand überall in den Zeitungen.«

Erleichterung und Euphorie überkommen mich. Vielleicht weiß Kurtis wirklich, wovon er hier spricht. Gedankenverloren verziehe ich das Gesicht.

Kurtis lacht und stupst meine Nase an. »Baby, während der ganzen Zeit, in der Marilyn diesen Film mit Laurence Olivier gedreht hat, hat sie Schauspielunterricht genommen.«

Ich kenne den Film nicht, von dem er spricht. Ich habe noch nicht wirklich viele Filme gesehen. Ich habe nur jede Menge Bücher über Filmstars gelesen. Aber ich glaube ihm. »Na gut«, sage ich plötzlich voller Tatendrang. »Dann brauche ich wohl einen Schauspiellehrer, Süßer – und zwar schnell.«

Kurtis kichert.

Von einer Sekunde auf die andere spüre ich, wie mir das Blut durch die Adern schießt. »Kurtis Jackman, du musst mir meinen privaten Schauspiellehrer besorgen. *Pronto.*« Ich hibble auf seinem Schoß herum, um mein Anliegen zu unterstreichen.

»Beruhige dich, Baby«, beschwichtigt mich Kurtis. »Jetzt gehst du erst einmal zum Schauspielunterricht, schaust, wie dir das gefällt, und dann sehen wir weiter.«

Ich schlinge die Arme um Kurtis' Hals. Wenn Marilyn Schauspielunterricht genommen hat, dann werde ich das auch tun. Vielleicht lerne ich ja tatsächlich noch die eine oder andere Sache – wer weiß? Und wenn sich herausstellt, dass die Kurse voll sind mit kleingeistigen, dämlichen Lehrern, die mir sagen wollen, was ich tun und lassen darf – Leute, die mich zu einer Durchschnittsperson machen wollen, die nicht weiß, wo oben und unten ist –, dann lächle ich einfach zuckersüß und ignoriere sie alle.

»Baby, ich will, dass du jeden Tag zum Unterricht gehst und so viel wie möglich lernst. Sei ein braves Mädchen, okay? Das wird dich beschäftigen und aus Schwierigkeiten raushalten, solange ich auf der Arbeit bin.«

Moment mal. Was für Schwierigkeiten meint er denn damit? Ich will ihm gerade genau diese Frage stellen, als Kurtis sagt: »Ich wüsste gerne mit Sicherheit, dass meine Ehefrau eine brave Pfarrerstochter ist, wenn ich nicht da bin.« Plötzlich spüre ich Kurtis' harten Penis gegen meinen Slip drücken. Er nimmt meinen Kopf fest in beide Hände, drückt mir gegen die Schläfen und blickt mir tief in die Augen. »Ein hübsches Mädchen mit zu viel Zeit kann nur allzu leicht abgelenkt werden.« Sein Blick ist plötzlich voller Härte, die ich nicht verstehe.

Ich zwinge mich zu einem Lächeln. Warum komme ich mir plötzlich vor wie eine Maus in der Falle? »Du tust immer so viel für mich«, stammle ich. »Vielen Dank.«

Kurtis drückt die Hände noch fester gegen meine Schläfen, und mein Atem geht schneller. Einen Moment lang denke ich, dass ich in Panik ausbreche. Da lässt er meinen

Kopf wieder los und holt tief Luft. »Du bist ein gutes Mädchen«, murmelt er, und ich spüre seine Erektion unter mir. »Lass uns nur zusehen, dass das auch so bleibt.« Mit einer ruckartigen Bewegung wirft Kurtis mich auf den Rücken auf die Couch, greift unter meinen Rock und reißt meinen Slip nach unten. »Du gehörst mir«, knurrt er und dringt grob in mich ein. »Und ich mache dich zu einem großen Star, verdammt.«

KAPITEL 25

18 Jahre und 11 Monate alt

415 TAGE BIS ZUM KILLING-KURTIS-TAG

Ich schrecke aus dem Schlaf hoch.

Ich habe von Daddy geträumt. In meinem Traum hat er mir verraten, wo ich ihn finden kann. Und als er es mir gesagt hat, war es so offensichtlich, dass ich mir total blöd vorkomme, dass ich nicht schon vorher darauf gekommen bin.

Seit ich in Hollywood bin, habe ich auf eigene Faust versucht, meinen Daddy zu finden. Als ich hier ankam, dachte ich, ich müsse einfach ins Telefonbuch schauen, zu seiner schicken Villa gehen und ihn schluchzend in die Arme nehmen. Als das nicht funktioniert hat, kam mir die Idee, einen Privatdetektiv anzuheuern, aber ich habe keine Möglichkeit gefunden, ihn zu bezahlen, ohne dass Kurtis es herausfindet. Und dass Kurtis feststellt, dass mein toter Pfarrervater gar nicht tot ist, ist keine Option.

Nach diesen zwei Einfällen, wie ich Daddy ausfindig machen könnte, blieb mir nichts anderes übrig, als die Gesichter der Passanten auf dem Bürgersteig zu mustern, durch verschiedene Straßen in den Hollywood Hills zu laufen, in denen die größten Villen stehen, und in jedes Lokal und jedes Diner im Umkreis von zwei Meilen zu gehen und nach ihm zu fragen. Aber obwohl ich an so vielen Orten nach ihm gefragt habe, habe ich immer nur die eine Antwort bekommen: »Nein, noch nie von ihm gehört.«

Das war sehr entmutigend, um ehrlich zu sein, doch ich

habe die Hoffnung nie aufgegeben. Ich habe immer daran geglaubt, dass das Schicksal mich und Daddy früher oder später wieder zusammenführt. Aber jetzt, da Daddy mir im Traum erschienen ist, bin ich nicht mehr auf die Hilfe des Schicksals angewiesen. Ich brauche lediglich die Gelben Seiten.

Ich laufe runter in die Küche, wo die Telefonbücher liegen.

Ich habe Glück. Es gibt nur einen Eintrag in der ganzen Stadt, der mich zu meinem Daddy führen könnte. Und dieser Ort liegt nur eine zehnminütige Taxifahrt von hier entfernt. Der Gedanke, dass Daddy die ganze Zeit nur einen Katzensprung von mir entfernt gewesen ist, lässt mich aufstöhnen. Ich würde mir am liebsten ins Gesicht schlagen, weil ich Idiotin nicht schon früher darauf gekommen bin.

Neunzig Minuten später stehe ich vor einem Schild mit der Aufschrift »Hollywood Putt-Putt-'n-Stuff Minigolf«. Es wird ihn umhauen, wenn er sieht, was aus seinem zwölfjährigen kleinen Mädchen – seiner größten Leistung – geworden ist.

»Entschuldige, Süßer«, rufe ich einem jungen Mann zu, der die Hecke bei dem Piratenschiff am neunten Loch stutzt. Der Junge macht mit seiner Arbeit weiter und hat anscheinend nicht gemerkt, dass ich mit ihm spreche. Ich gehe auf ihn zu – so nah, dass er mein Parfüm riechen kann – und tippe ihm auf die Schulter. »Entschuldige bitte.«

Er zuckt zusammen und dreht sich um. Es wird sofort deutlich, dass ihm gefällt, was er sieht. »Ja, Miss?«

»Hallo, Sir«, säusle ich lächelnd. »Ich wollte fragen, ob du mir vielleicht helfen kannst?« Während ich spreche, strecke ich ihm meine Brüste und Hüften verführerisch entgegen. Wenn ich schon mal hier bin, kann ich diesem jungen Mann auch zu etwas verhelfen, wovon er in einsamen Nächten träumen kann.

Er grinst mich breit an. »Klar.«

Der Typ ist dumm wie Stroh, aber dennoch irgendwie süß. »Weißt du vielleicht, wo ich Charlie Wilber finde?«

Er kratzt sich am Kopf. »Ähm … ich bin mir nicht sicher. Aber geh doch mal rein und frag Bob. Er ist der Besitzer und kennt hier jeden.«

Ich lächle ihn dankbar an und zwinkere ihm zu. »Vielen, vielen Dank, Süßer.«

Im Gebäude steht ein alter, gebrechlicher Mann hinter einem Tresen und gibt einer Familie ein paar Golfschläger. Ich warte hinter der Familie und muss mich daran erinnern, zu atmen. Als die Familie endlich geht, trete ich an den Tresen.

»Wie viele Spieler?«, fragt der alte Mann.

Das Herz rutscht mir in die Hose. Der Moment ist gekommen. Dieser Mann wird mich zu meinem Daddy führen – nach all der Zeit und all den Tränen. Die Emotionen, die mich zu überrollen drohen, sind kaum noch erträglich. »Eigentlich suche ich jemanden.«

Er zieht eine Augenbraue hoch und wartet auf weitere Informationen.

Das Herz schlägt mir bis zum Hals. Wenn ich Daddy endlich wiedersehe, werde ich ihn umarmen und küssen und meine Wange an seine Schulter legen und ihm in sein attraktives Gesicht schauen, das ich dann mit tausend Küssen bedecken werde. Danach werde ich mich mehrmals im Kreise drehen, damit er mich aus jedem Winkel betrachten kann und sieht, was aus mir geworden ist. Er wird durch die Zähne pfeifen und sagen: »Wow. Du bist die schönste Frau, die ich je gesehen habe, Butterblume.« Und dann wird er mich fragen, ob ich mich mit weniger als dem Besten zufriedengegeben habe, und ich werde stolz zu ihm sagen können: »Nein, Daddy. Das habe ich nicht. Ich lebe in einer schicken Villa mit einem Brunnen mit Skulpturen von nackten Frauen und Engelchen und einem kleinen Amor mit Flügeln – genauso, wie du es dir immer erträumt hast! Ich bin Charlie Wilbers Tochter, Daddy! Ich *bin* jemand!«

Aber dann frage ich mich plötzlich, warum Daddy mir nach diesem ersten Brief nicht mehr geschrieben hat. Warum hat er mich nicht geholt? Warum hat er mich nicht eingeladen, mit ihm in seiner schicken Villa zu leben?

»Miss?«

Ich hole tief Luft. Daddy wird mir das alles erklären. Es macht keinen Sinn, mir all diese Fragen zu stellen, wenn Daddy höchstpersönlich in ein paar Minuten vor mir steht und mir alles erzählt, was in den letzten sechseinhalb Jahren passiert ist. »Ja, Sir, danke. Ich suche Charlie Wilber.« Ich spreche Daddys Namen langsam und deutlich aus, damit er mich auch richtig versteht. »Er ist mein Daddy.«

Der Mann schaut mich überrascht an. »Du bist *Charlie Wilbers* Tochter?«

O Gott. Ich bin durch ganz Hollywood gelaufen, um meinen Daddy zu finden, und dieser Mann hat gerade seinen Namen erkannt! Ich kriege kaum noch Luft. Mehr als ein stummes Nicken kriege ich nicht zustande.

Der Mann schüttelt den Kopf. »Charlie ist nicht hier.«

Sofort schießen mir Tränen in die Augen. Das kann nicht wahr sein.

»Er war hier, aber das ist schon Jahre her.«

Bei diesen Neuigkeiten schlägt mein Herz noch schneller. *Daddy war hier.* Ich blicke auf den Teppich unter meinen Füßen und stelle mir vor, dass Daddy genau hier gestanden hat.

»Er kam fast jeden Tag hierher, hat seine Geschichten erzählt, seine Entwürfe für Golfplätze gezeigt, den Leuten geholfen, die Bälle aus den Röhren zu bekommen, und jedem gesagt, wie man das vierzehnte Loch schafft …« Der Mann sieht genervt aus. »Ja, jeder kannte Charlie«, fährt der Mann fort. »Diesen Kerl vergisst man nicht so schnell.« Er hält inne.

Ich spüre, dass er noch mehr zu sagen hat, aber aus irgendeinem Grund sagt er es nicht. Ich versuche, geduldig zu sein, wirklich, doch innerlich platze ich.

Ich warte, solange ich es ertragen kann, bevor ich ihn anfauche wie eine Hyäne. »Verdammt noch mal, Sir, wo ist mein Daddy jetzt?« Wenn dieser Kerl nicht gleich mit der Sprache rausrückt, werde ich über den Tresen greifen und ihm mitten ins Gesicht schlagen, sodass er seine Zähne verschluckt.

Der Mann presst seine Zähne zusammen. »Na ja, ich weiß nicht, ob er immer noch dort ist …« Er beißt sich auf die Unterlippe.

Mit bebenden Nasenflügeln schaue ich ihm tief in die Augen. »*Wo?*«

Er fährt fort: »Wie ich schon sagte, ich bin mir nicht sicher, ob er noch dort ist, aber ich kann dir erzählen, was passiert ist.«

Ich nicke, und das Herz rutscht mir fast in die Hose.

Der Mann spricht weiter, um mir genau zu sagen, wo ich meinen Daddy finde. Und während er das tut, muss ich mich am Tresen festhalten, damit meine Knie nicht nachgeben und ich auf dem Boden zusammenbreche.

KAPITEL 26

Lancaster, Kalifornien
18 Jahre und 11 Monate alt

412 TAGE BIS ZUM KILLING-KURTIS-TAG

Nach meiner fürchterlichen Busfahrt nach Hollywood vor fast einem Jahr habe ich mir geschworen, nie wieder mit einem Bus zu fahren. Aber natürlich hätte ich damals schon wissen müssen, dass man niemals nie sagen darf. Vor einem Jahr hätte ich mir auch nicht vorstellen können, mit einem Porno-Produzenten verheiratet zu sein. Und wenn ich noch mal eine Busfahrt über mich ergehen lassen muss, um meinen Daddy wiederzusehen, dann fahre ich eben noch einmal mit dem Bus. Ich würde mit dem Bus direkt zum Hades fahren, um Daddy wiederzusehen – ich würde mit hundert Bussen in die Hölle fahren und auf Händen und Knien zehn Meilen über heiße Kohlen kriechen.

Als der Bus davonfährt, ist es heißer als in einem Solarium, und ich stehe mitten im Nirgendwo vor einem kahlen, grauen Gebäude, das von Stacheldraht umgeben ist. Ich habe noch nie zuvor ein richtiges Gefängnis gesehen, und bei dem Anblick stellen sich mir die Zehennägel auf, vor allem, wenn ich daran denke, dass mein Vater darin eingesperrt ist. Auf einem Schild rechts von mir steht »Besuchereingang«, also muss ich da wohl hin.

Der Sicherheitsbeamte am Eingang durchsucht mich überaus gründlich. Aber das ist mir egal. Wahrscheinlich hat er in seinem armseligen Leben noch nie so eine hübsche Frau wie mich filzen dürfen, also gönne ich ihm den Spaß.

Je näher ich dem Raum mit der Aufschrift »Besucherzimmer« komme, desto nervöser werde ich. O Mann, ich bin so nervös, dass ich die Wände hochgehen könnte, und muss mich daran erinnern, zu atmen. Aber ich bin gefährlich nahe dran, ohnmächtig auf dem Boden zusammenzubrechen.

Es sind fast sieben Jahre vergangen, seit ich Daddy gegenüber an dem kleinen Tisch in unserem Trailer gesessen und ihn angefleht habe, mich nach Hollywood mitzunehmen. Sieben lange Jahre – und seitdem ist so viel passiert. In diese letzten paar Jahre passt ein ganzes Leben – der Kuchen für Jeb, die Baseballkarten von Mr Clements, Wesley und jetzt auch noch mein Ehemann, der Porno-Produzent. Ich bin mittlerweile eine erwachsene Frau und eine legendäre Schönheit, genau wie mein Daddy es vorausgesagt hat. Aber trotz dem, was alles passiert ist und zu was ich geworden bin, fühle ich mich plötzlich wieder wie ein zwölfjähriges Mädchen, das auf den zweiten Brief von seinem Daddy wartet, der nie kommen wird.

Das Besucherzimmer ist eine Betonkammer mit vergitterten Fenstern und Kantinentischen, die am Boden befestigt sind. Jedes Husten und jeder Schritt hallen in diesem Raum wider. »Warten Sie hier«, blafft mich ein Wärter an, und ich setze mich an einen der Tische. Als ich nervös mit den Fingern auf den Tisch trommle, fällt mein Blick auf den Verlobungs- und den Ehering an meiner Hand. Ich nehme beide ab und stecke sie schnell in meine Tasche. Dann schlage ich die Beine übereinander und nehme sie wieder auseinander und zittere dabei wie Espenlaub.

Ein Wärter auf der anderen Seite des Raumes ruft: »Tür auf!«

Ein lautes Summen ertönt.

Die schwere Stahltür auf der anderen Seite des Raumes

öffnet sich. Ich stehe aufgeregt von meinem Stuhl auf, als ein paar Häftlinge den Raum betreten. Die ersten drei Männer, die durch die Tür kommen, gehen direkt auf andere Besucher zu.

Aber der vierte Häftling, der in den Raum kommt, ist mein Daddy! O Gott, Tränen schießen mir in die Augen. »Daddy«, keuche ich, doch meine Stimme bricht.

Daddy schaut durch den Raum.

»Daddy«, rufe ich, als ich die Kontrolle über meine Stimme wiedererlangt habe. Ich winke ihm mit weichen Knien zu.

Daddy schaut zu mir rüber. »Butterblume?«

Diese Stimme. Als hätte ich sie erst gestern gehört, wie sie mir Gute Nacht gewünscht hat. »Ich bin es, Daddy!« Tränen laufen mir übers Gesicht.

Daddy kommt, so schnell es seine Fußfesseln erlauben, auf mich zu. »Ich werd verrückt.«

Ich werfe mich ihm in die Arme und fange an, hemmungslos zu schluchzen. Ich kann mich einfach nicht mehr beherrschen. Ich habe meine Tränen nicht mehr unter Kontrolle, ich habe meine Gliedmaßen nicht mehr unter Kontrolle – meine Stimme, meine Lungen, meinen Verstand. Ich bin komplett außer mir. »Daddy!«

Daddy tritt einen Schritt zurück und schaut mich an. »Ich glaube es nicht«, sagt er. »Sieh dich nur an.«

Wie oft habe ich mir diesen Moment schon vorgestellt. Ich habe mir vorgestellt, dass ich mich vor Daddy drehe, damit er sehen kann, wie groß und schön ich geworden bin. Ich habe mir vorgestellt, wie ich den Kopf in den Nacken werfe und lache, während er ruft: »Wow, Mädchen. Was bist du groß geworden!«

Aber jetzt, da ich endlich vor ihm stehe, habe ich mich selbst nicht mehr genug unter Kontrolle, um mich vor ihm zu drehen und zu posieren. Das Einzige, wonach sich mein Körper sehnt, ist, meinen Daddy ganz fest zu umarmen. Ich schlinge erneut die Arme um ihn und vergrabe mein Gesicht in seiner Halsbeuge. »O Daddy.« Ein gequälter Laut kommt aus meiner Kehle.

»Schhhh … Liebes. Beruhige dich. Wir haben hier nicht allzu viel Zeit. Lass uns Platz nehmen, damit du mir erzählen kannst, was du all die Jahre gemacht hast. Beruhige dich, Butterblume. Setz dich und rede mit mir, Liebes.«

Ich tue, was er sagt, und wische mir dir Tränen aus dem Gesicht.

»Und deine Haare … wow!«, ruft er und schüttelt den Kopf. »Das letzte Mal, als ich dich gesehen habe, warst du nicht größer als ein Popcorn-Furz, und jetzt sieh dich an. Du bist hübscher als jedes Gemälde, Charlene.«

Charlene? Seit wann nennt Daddy mich Charlene? Seit meiner Zeit im Kinderheim hat mich niemand mehr so genannt. Ich erstarre. Ist das wirklich mein Daddy?

»Was ist los, Butterblume? Was hast du?«

»Bist du es wirklich, Daddy? Du bist doch Charlie Wilber, richtig?« Plötzlich dreht sich alles in meinem Kopf, und ich kann keinen klaren Gedanken mehr fassen. Daddy ist so viel kleiner, als ich ihn in Erinnerung habe. Ich dachte, er sei mindestens genauso groß wie Kurtis, wenn nicht sogar größer. Aber er ist klein, und seine Schultern sind schmal. Ich dachte, er wäre so attraktiv und gepflegt wie Kurtis, aber er sieht anders aus, als ich ihn in Erinnerung habe. Seine Gesichtszüge sind viel härter, und er hat viel mehr Falten. Er sieht viel älter aus als damals. Wo ist das Funkeln in seinen Augen? Ich dachte wirklich, er würde Kurtis ähnlicher sehen.

Daddy schaut mich mit offenem Mund an.

»Bist du mein Daddy?«, wiederhole ich. »Charlie Wilber?«

»Natürlich bin ich es. Was ist denn plötzlich los, Liebes?«

»Ich … ich kann nur nicht glauben, dass ich dich nach all der Zeit endlich wiedersehe«, sage ich. Plötzlich kommt es mir so vor, als säße ich einem Fremden gegenüber. Warum hat er mir nur diesen einen Brief geschrieben? Warum hat er mich so lange allein gelassen, ohne dass ich wusste, wo ich ihn finden kann? »Warum bist du hier, Daddy?«, frage ich. »Was ist passiert?«

»Nun ja«, sagt Daddy. Er reibt sich mit einer Hand übers Gesicht, und seine Handschellen schlagen gegen den Tisch. »Ich hatte einfach verdammt viel Pech. Ich könnte in ein Fass voller Titten fallen und trotzdem nur an meinem Daumen nuckeln, wenn ich wieder rauskomme.«

Mein Magen verkrampft sich. War Daddy immer schon so vulgär? Und hatte er immer schon so einen heftigen Akzent? Jedes Mal, wenn ich mir in den letzten Jahren Daddys Stimme ausgemalt habe, hat sie für mich geklungen wie die eines Filmstars. »Was ist passiert, Daddy?«, flüstere ich und halte die Tränen zurück.

»Ach Scheiße, dieser Möchtegern-Milliardär wollte mir einfach nicht zuhören. Das ist passiert. Wahrscheinlich hat er gedacht, er ist ein zu hohes Tier, um sich meine Ideen für einen Minigolfplatz anzuschauen. Der Mistkerl wollte sich nicht mal mit mir treffen. Ich habe ein paar Wochen lang auf dem höflichen Weg probiert, seine Aufmerksamkeit zu bekommen, aber dann habe ich beschlossen, dass es schneller gehen muss. Also habe ich vor seinem Haus auf ihn gewartet, um von Mann zu Mann mit ihm reden zu können. Und als er rauskam, ist er einfach an mir vorbeigegangen und hat so getan, als wäre ich Luft. Da habe ich beschlossen, diesem Mistkerl Manieren beizubringen. Ein Mann kann nicht einfach an einem anderen Mann vorbeigehen und so tun, als wäre er etwas Besseres. Es ist mir egal, ob er sich den Arsch mit Hundert-Dollar-Scheinen abwischt. Es gehört sich nun mal, dass man anderen zuhört. Also bin ich zum Haus dieses Mistkerls gegangen und habe ihm Manieren beigebracht. Das ist passiert.«

Das Herz rutscht mir in die Hose. Wird mein Daddy den Rest seines Lebens in diesem gottverlassenen Gebäude verbringen müssen? Ich kann mich noch erinnern, was mit dem kleinen Kätzchen passiert ist, als Daddy Jessica Santos Manieren beigebracht hat. »Hast du ihn umgebracht, Daddy?«, flüstere ich.

Daddy lacht. »Nein, ich habe den Mistkerl nicht umgebracht. Ich habe ihm nur eine Lehre erteilt. Aber er war ein richtiges Weichei und hat geschrien wie ein kleines Mädchen. Deswegen kamen die Nachbarn raus, haben mich festgehalten und die Polizei gerufen. Dann hat dieser reiche Schnösel seine Anwälte angerufen, und die haben nur ›Ja, Sir‹ und ›Wie hoch?‹ gesagt, als er ihnen gesagt hat, dass sie springen sollen. Und nur, weil ich einen Golfschläger in der Hand gehalten habe, als ich ihm Manieren beigebracht habe, und weil dieser Golfschläger vielleicht ein paarmal an seinem Kopf vorbeigerauscht ist, weil ich ihm Angst einjagen wollte, hat plötzlich jeder gesagt, ich hätte mehr getan, als dem Mistkerl Manieren beizubringen, und es ›schwere Körperverletzung‹ oder so einen Scheiß genannt. Das zeigt nur, dass man, wenn man einem reichen Arschloch Manieren beibringen will, es nicht dort tun sollte, wo alle seine Nachbarn es mitkriegen, Butterblume.«

Ich muss grinsen. Ich kann nicht glauben, dass ich gerade noch daran gezweifelt habe, dass dieser Mann mein Daddy ist. Sein Gesicht hat zwar in den letzten sieben Jahren ein paar Falten mehr bekommen, und sein Haaransatz ist ganz leicht ergraut, aber sogar in seinem Sträflingsanzug sieht er immer noch so gut aus wie ein Filmstar. Ja, er ist immer noch mein gut aussehender, kluger Daddy, auch wenn ich – um ehrlich zu sein – etwas überrascht bin, dass er nicht klug genug war, sich bei dem, was er getan hat, nicht erwischen zu lassen. Wenn ich es gewesen wäre, die einem reichen Mistkerl Manieren beigebracht hätte, dann hätte ich mich bestimmt nicht erwischen lassen wie Daddy. Darauf verwette ich meinen Hintern.

»Und jetzt, Butterblume, erzähl mir alles über dich. Ich kann nicht glauben, wie groß du geworden bist. Du siehst aus wie ein Pin-up-Girl, verdammt. Wow! Ich habe noch nie in meinem Leben so eine hübsche Frau gesehen.«

»Ich bin eine legendäre Schönheit, stimmt's?«

»Und wie du das bist! Jetzt erzähl mir, was du so machst und was ich verpasst habe.«

Ich fange ganz am Anfang an. Ich erzähle Daddy die offizielle Geschichte, wie meine Mutter Jeb getötet hat, da ich mir seit einiger Zeit selbst einrede, dass dieser schreckliche Abend von Jebs Ermordung nie passiert ist. Aber Daddy blickt mich stirnrunzelnd an, als würde er mir kein Wort glauben.

»Wenn deine Mutter jemals eine Idee in ihrem Kopf gehabt hätte, dann wäre diese an Einsamkeit gestorben«, sagt er. »Und du willst mir erzählen, dass sie gleich *zwei* Ideen gehabt hat, um so einen speziellen Kuchen zu backen?«

Ich werfe einen Blick über die Schulter zu den Wärtern auf der anderen Seite des Raumes.

»Butterblume?« Er blickt mich von der Seite an. »Du willst mir weismachen, dass deine *Mutter* diesen Kuchen gebacken hat?«

Ich halte inne. Ich denke nicht gerne an diesen schrecklichen Abend zurück. Es ist schon lange her, dass ich einen Albtraum von Jebs Ermordung hatte, und das soll auch so bleiben. Aber ich kann nicht widerstehen. Ich beuge mich nach vorne und senke den Kopf. »Na ja, der Mann hat in *deinem* Bett geschlafen, Daddy«, flüstere ich.

Ein breites Grinsen legt sich auf Daddys Gesicht. »Ich wusste es.« Er nickt mir ermutigend zu, damit ich weiterrede.

Plötzlich habe ich Angst, dass die Gespräche im Besucherzimmer aufgenommen werden. Ich rede mit leiser Stimme und sorgfältig gewählten Worten weiter: »Er hat davon gesprochen, mich zur Schule zu schicken, Daddy.«

Daddy versteht mich ganz genau. Er verzieht die Mundwinkel. »Und was hast du dir da gedacht?«

»Ich habe mir gedacht: ›Niemand sagt Charlie Wilbers Tochter, was sie zu tun und zu lassen hat.‹« Mein Puls schlägt jetzt ganz schnell. »Niemand.«

Daddys Augen funkeln wie Diamanten. »Das ist mein Mädchen.«

In vorsichtigem Flüsterton und mit vagen Beschreibungen erzähle ich Daddy so viel wie möglich von meiner Show vor Gericht und wie die Jury mir aus der Hand gefressen hat. Ich erzähle ihm, wie diese Vorstellung vor den Geschworenen ein Feuer in mir entfacht hat und ich erkannt habe, dass es meine Bestimmung im Leben ist, in die Fußstapfen von Lana und Marilyn zu treten und ihre Geschichte weiterzuführen. Und ohne Wesley oder die Autogrammkarten zu erwähnen (ich bin mir nämlich nicht sicher, ob Daddy von Wesley wissen sollte, und will ihm auch nicht erklären müssen, was ich mit dem Geld für die Karten gemacht habe), erzähle ich Daddy von meiner Zeit im Kinderheim und wie ich darauf gewartet habe, volljährig zu werden, damit ich nach Hollywood kommen kann.

Ohne Kurtis' Stripclub oder Männermagazin auch nur mit einem Wort zu erwähnen, erzähle ich Daddy auch, wie ich gleich an meinem zweiten Tag in Hollywood von einem »reichen Filmproduzenten namens Kurtis« entdeckt wurde und dass er vorhat, einen »epischen« Film mit mir zu drehen. »Kurtis nennt es eine Hommage an Marilyn Monroe«, erkläre ich stolz. »Ich bin mir nicht sicher, ob ›Hommage‹ bedeutet, dass ich Marilyn selbst spiele – als eine Art Biografie –, oder ob ich jemanden spiele, der an Marilyn erinnert.«

Daddy schaut mich bewundernd an.

Ich bin versucht, Daddy von den Schauspielkursen zu erzählen, für die Kurtis mich angemeldet hat – genau wie Marilyn welche besucht hat. Aber dann überlege ich es mir doch anders. Ich will nicht, dass Daddy denkt, dass Kurtis mich zur Schule schickt, damit ich eine Gehirnwäsche bekomme wie alle anderen.

»Kurtis hat noch nicht alle Details zum Film geklärt«, fahre ich fort und platze fast vor Stolz. »Er sucht noch nach Investoren für unseren Film – denn sogar wenn man stinkreich ist, braucht man Investoren, um einen richtigen Hollywoodfilm zu drehen, Daddy. So läuft das im Filmbusiness.«

Daddy lauscht meinen Erzählungen mit breitem Grinsen und funkelnden Augen – und als ich fertig bin mit Erzählen, beugt er sich über den Tisch zu mir, und die Handschellen klappern zwischen uns gegen das Metall. Dann sagt er: »Wie reich ist denn dieser Filmproduzent, Butterblume?«

»O Mann, er ist steinreich.«

Daddy grinst von einem Ohr zum anderen. »Das ist gut, Butterblume. Das ist wirklich gut.«

Als ich heute hierhergekommen bin, war ich mir nicht sicher, ob ich Daddy erzählen soll, dass ich Kurtis geheiratet habe. Aber jetzt, da ich sehe, wie sehr er sich freut, weiß ich, dass er stolz auf mich wäre, wenn er wüsste, dass ich einen so reichen Mann wie Kurtis geheiratet habe. »Und weißt du was, Daddy?« Ich hole die zwei Ringe aus meiner Tasche. »Kurtis ist mein Ehemann.«

Daddy macht große Augen, als er den funkelnden Diamanten in meiner Hand sieht.

Als klar wird, dass Daddy nichts sagen wird, fahre ich einfach fort: »Das Lustige ist, der Diamantring ist nicht der Grund, warum ich ihn liebe.« Meine Augen füllen sich mit Tränen. »Er behandelt mich wirklich gut, Daddy. Ja, er ist ein berühmter Filmproduzent, und ja, er sagt, dass er mich zum Star machen wird, aber er ist auch unheimlich süß und lieb zu mir.« Ich spüre, wie mir die Röte in die Wangen steigt. »Er ist einfach der beste Ehemann auf der ganzen, weiten Welt.« Ich muss schlucken. Bis zu diesem Augenblick, in dem ich die Worte laut ausgesprochen habe, war mir gar nicht bewusst, wie sehr ich Kurtis liebe.

Daddy lächelt mich jetzt verschmitzt an.

Das Herz droht mir aus der Brust zu springen. »Jeden Tag sagt er mir, dass ich das schönste Mädchen auf der Welt bin.« Ich muss erneut schlucken. »Jeden Tag sagt er mir, wie sehr er mich liebt.« Ich spüre einen Kloß im Hals. Ich glaube, das ist es, was mich am meisten berührt – dass mir endlich jemand jeden Tag sagt, dass er mich liebt.

Daddy grinst mich breit an. »Er behandelt dich, wie Charlie Wilbers Tochter es verdient, behandelt zu werden?«

»O ja, auf jeden Fall. Ich habe mich nur mit dem Besten im Leben zufriedengegeben, wie du es mir beigebracht hast. Ich hätte keinen besseren Ehemann finden können.« Ich halte inne und denke über meine Worte nach. »Kurtis liebt mich wirklich, Daddy. Das tut er.« Als ich diese letzten Worte ausspreche, treten mir wieder Tränen in die Augen. Plötzlich begreife ich, dass ich es geschafft habe, durch Zufall gut zu heiraten. Auch wenn ich am Anfang nur einen Ehemann wollte, der mich zum Filmstar macht, ist es mir gelungen, mir einen Ehemann zu suchen, der mich zum Filmstar macht *und* mich liebt. »Er ist alles, was ich immer wollte.«

Daddy schüttelt ungläubig den Kopf. »Butterblume, du machst mich wirklich stolz.«

Daddys Gesichtsausdruck macht mich so froh, dass ich ihm jetzt auch noch den Rest erzählen kann. »Und weißt du was, Daddy? Kurtis und ich leben in einer großen, schicken Villa. Unser Haus ist so groß, dass man einen Raketenrucksack braucht, um von einem Ende zum anderen zu gelangen. Und wir haben sogar einen Brunnen mit Skulpturen von nackten Frauen und Engelchen und einen kleinen Amor mit Flügeln.« Ich platze fast vor Stolz.

Eigentlich hätte ich erwartet, dass Daddy jetzt vor Freude laut jubelt, aber stattdessen wird sein Blick plötzlich so finster, als hätte jemand das Licht ausgeknipst.

Ich bin mir nicht sicher, was ich Falsches gesagt habe. Daddys Gesichtsausdruck hat sich von einer Sekunde auf die andere plötzlich ins Gegenteil verwandelt. »Daddy? Was ist denn?«, stammle ich. »Was habe ich gesagt?« Mein Magen verkrampft sich.

Daddy schüttelt den Kopf.

»Daddy?«

Daddy reibt sich das Kinn, und die Kette seiner Handschellen scheppert gegen den Tisch. »Ich wollte derjenige sein, der dir den Brunnen mit den Skulpturen von nackten Frauen und Engelchen und dem kleinen Amor mit Flügeln schenkt.«

Ich kann kaum glauben, was ich da höre. »O Daddy, die Villa ist mir total egal. Ich habe mir nie etwas aus der Villa gemacht. Weißt du das denn nicht?« Mir schießen wieder Tränen in die Augen. »Alles, was ich immer wollte, war bei dir zu sein.« Ich bringe die Worte kaum raus. »Warum hast du mich verlassen, Daddy?«, presse ich hervor. »Warum hast du mich nicht mitgenommen? Ich habe auf dich gewartet und gewartet, Daddy – jahrelang. Und du bist nie zurückgekommen.«

»Ach, Liebes, ich konnte dich wirklich nicht mitnehmen. Das weißt du.«

»Nein, das weiß ich nicht! Warum hast du mir in dieser ganzen Zeit nur einen einzigen Brief geschrieben? Mein ganzes Leben lang habe ich nur auf dich gewartet, und du bist nie zurückgekommen, wie du es mir versprochen hast! Und du hast mir auch nie wieder geschrieben! Du hast mich nie angerufen! Nicht einmal eine Karte zum Geburtstag! Nicht eine einzige! Warum?« Ohne es zu wollen, habe ich zu schreien begonnen. Der Klang meiner Stimme hallt in dem sterilen Raum wider. Ich blicke mich beschämt um und sehe, dass ein Wärter uns anschaut. Daddy und ich lächeln ihn beide an, um zu zeigen, dass alles in Ordnung ist.

Der Wärter betrachtet uns noch einen Augenblick misstrauisch, dann schaut er wieder weg.

»Ich wollte dir nicht schreiben, bevor ich nicht alles in trockene Tücher gebracht hatte«, flüstert Daddy eindringlich und beugt sich zu mir. »Ich wollte dir alles bieten, was du verdienst – nur das Beste im Leben. Und dann, als ich hierhergekommen bin, wollte ich nicht, dass du mich so siehst.« Er macht eine ausschweifende Handbewegung durch den Raum, und seine Handschellen schlagen wieder laut gegen den Tisch.

Ich schnappe verzweifelt nach Luft. Ich würde ihm am liebsten sagen, dass er ein Idiot war, aber das ist etwas, was man meinem Daddy am besten nicht ins Gesicht sagen sollte. »Kommst du nie wieder hier raus?«, frage ich leise. Meine Wangen glühen.

»Natürlich komme ich hier raus. In genau zwölf Monaten und neunundzwanzig Tagen.«

Ich spüre Erleichterung in mir aufsteigen. »Mann, Daddy, das ist ja gar nichts. Ich dachte, du müsstest für immer hierbleiben. Dieses Jahr wird im Nu vorüber sein.« Ich hole tief Luft und sage erleichtert: »Wenn du hier rauskommst, dann kommst du zu mir und wohnst mit mir zusammen in meiner schicken Villa.« O Mann, in der Sekunde, in der die Worte meinen Mund verlassen haben, frage ich mich, wie ich dieses Versprechen halten soll, wenn man bedenkt, dass ich Kurtis in dem Glauben gelassen habe, dass mein Daddy, der Pfarrer, bei einem unglücklichen Zusammenstoß mit einem Nilpferd ums Leben gekommen ist.

Daddys Gesichtsausdruck erhellt sich. »Vielen Dank, Liebes. Das werde ich tun, Butterblume.« Er grinst mich fröhlich an. »Das klingt nach einem wirklich guten Plan.«

KAPITEL 27

19 Jahre und 5 Tage alt

375 TAGE BIS ZUM KILLING-KURTIS-TAG

»Kurtis?«, rufe ich, als ich unser Haus betrete. Ich weiß nicht, warum sein Auto heute schon so früh in der Einfahrt steht. Kurtis kommt normalerweise immer später nach Hause. Er wusste, dass ich heute Nachmittag zu meinem Kurs gehe und danach noch einen Friseurtermin habe – und ich habe ihm nicht gesagt, dass mein Friseur den Termin im letzten Moment abgesagt hat. Warum also ist er schon früher nach Hause gekommen? Na ja, dann bekommt mein scharfer Ehemann eben eine unerwartete Überraschung von seiner süßen Frau.

Ich habe mich schon den ganzen Tag darauf gefreut, Kurtis zu sehen, denn ich habe Neuigkeiten, die ihn von den Socken hauen und ihm die Freudentränen in die Augen treiben werden. Heute Morgen, gleich nachdem er zur Arbeit gefahren war, hat mich ein richtiger Hollywood-Agent angerufen und mich gefragt, ob ich für ihn arbeiten will. Einfach so. Ohne Vorsprechen. Ich wollte Kurtis schon den ganzen Tag erzählen, wie der Mann mich am Telefon angehimmelt hat. »Ich habe deine Fotos im *Casanova* gesehen«, hat er gesagt. »Und wow, du bist wirklich unglaublich. Ich bin mir sicher, ich kann dir so viel Arbeit verschaffen, wie du nur willst.«

»Wir reden hier aber schon von richtigen Filmen, oder? Nicht von Pornos?«, habe ich gefragt und dabei fast hyperventiliert.

»Natürlich«, hat er mir versichert. Dann hat er ein paar Filme aufgezählt, in denen einige seiner anderen Kunden mitgespielt haben, und ich bin fast ausgeflippt vor Freude.

»Kurtis?«, frage ich fröhlich, während ich die Treppe raufgehe. »Wo bist du, Süßer?« Ich öffne langsam die Knöpfe meines Kleides. Weil ich so gut gelaunt bin wie noch nie, werde ich meinen Ehemann heute besonders verwöhnen.

Da keine Antwort kommt, gehe ich langsam ins Schlafzimmer.

In dem Moment, in dem ich das Zimmer betrete, höre ich die Dusche im Bad laufen. Ich gehe auf die Badezimmertür zu, aber noch bevor ich dort ankomme, fällt mir auf, dass das Bett nicht gemacht ist. Ich bin mir sicher, dass ich es gemacht habe, nachdem Kurtis heute Morgen zur Arbeit gefahren war – kurz bevor mich dieser Agent angerufen hat. Warum ist es jetzt nicht mehr gemacht? Meine Nackenhaare stellen sich auf, und mein Magen zieht sich zusammen. Ich beuge mich langsam über das Bett und hole tief Luft. Mir wird schlecht.

Ich rieche Sex.

Meine Nasenflügel beben. Ich betrachte das Bett eingehend.

Da liegt ein langes, schwarzes Haar auf meinem Kissen.

So schnell wie möglich renne ich nach unten, stürme auf die Toilette und übergebe mich in die Kloschüssel. Als ich fertig bin, wasche ich mir den Mund aus und gehe durch die Eingangstür nach draußen. Tränen laufen mir über die Wangen, und Galle brennt in meiner Kehle.

Ich stolpere zu meinem Auto – einem kleinen Sportwagen, den Kurtis mir zum neunzehnten Geburtstag geschenkt hat – und fahre los. Erst rechts, dann links, dann wieder links – immer tiefer hinein in unser nobles Viertel in den Hollywood

Hills. Während ich fahre, sehe ich kaum die Straße, weil sich ein imaginärer Porno vor meinen Augen abspielt. Ein Porno mit Kurtis und Bettie, in dem mein Ehemann Betties riesige Titten von hinten knetet, während er sie in der Dusche vögelt.

Als ich in einer ruhigen Straße angekommen bin, in der niemand zu sehen ist, parke ich das Auto, stelle den Motor ab, kurble die Fenster hoch und schreie, so laut ich kann. Nach einer Weile verwandeln sich meine Schreie in hemmungsloses Schluchzen. Nach fünfzehn Minuten wird mein Schluchzen zu einem Schluckauf und zu einem traurigen Schniefen. Nach weiteren fünf Minuten bin ich völlig ausgelaugt und ganz still.

Ich fahre meinen Sitz ganz nach hinten, blicke mit glasigen Augen durch die Windschutzscheibe meines Autos und fummle gedankenverloren an dem Diamantkreuz herum, das um meinen Hals hängt. Ich denke daran, wie Kurtis mir die Kette in dieser vollgestopften Rumpelkammer geschenkt und mir versprochen hat, mich zum Star zu machen. Eine Sekunde denke ich darüber nach, mir die Kette vom Hals zu reißen und sie Kurtis ins Gesicht zu werfen, aber allein der Gedanke bringt mich erneut zum Weinen. Ich liebe meine Kette – und ich fände es furchtbar, wenn ich den Verschluss kaputt machen würde. Wenn ich einen Kettenverschluss kaputt mache, dann den von der Kette, die um Betties verdammten Hals hängt.

Ich stelle mir vor, wie ich Kurtis und Bettie unter der Dusche erwische. Ich reiße ihr die verdammte Kette vom Hals und werfe sie in Kurtis' überraschtes Gesicht, bevor ich mich auf dem Absatz umdrehe und davongehe. Kurtis stolpert aus dem Badezimmer und trocknet sich ab, um mir zu folgen. »Baby, warte. Ich liebe dich«, ruft er mir hinterher, während seine Eier zwischen seinen Beinen baumeln. Aber ich warte nicht. Ich gehe einfach weiter.

Verdammt! Dieser Film gefällt mir genauso wenig wie die anderen, die gerade in meinem Kopf ablaufen. Ich will Kurtis nicht verlassen. Ich habe die letzten Monate mit ihm wirklich genossen. Ich habe das Gefühl geliebt, mit meiner Halskette herumzustolzieren und zu wissen, dass mich endlich jemand auf dieser Welt wieder mehr liebt als den Sternenhimmel – so wie Daddy es vor vielen Jahren getan hat. Schon wieder laufen mir die Tränen übers Gesicht. Wie konnte Kurtis mir das antun? War ich ihm nicht eine perfekte Ehefrau? Ich greife nach der Kette um meinen Hals und lasse den Kopf sinken. Mein Wimmern und Schluchzen durchbricht die Einsamkeit und die Stille in meinem Auto.

Moment mal. Ich hebe den Kopf wieder. Haben wir nicht eine neue Haushälterin mit langem, schwarzem Haar? Oder ist die Haushälterin – an ihren Namen kann ich mich nicht erinnern – heute vielleicht krank und hat ihre Schwester mit langem, schwarzem Haar gebeten, für sie einzuspringen? Aber sofort frage ich mich, warum die Schwester der Haushälterin mit dem langen, schwarzen Haar das Bett wieder zerwühlt hat. O mein Gott, schläft Kurtis etwa mit der Schwester der Haushälterin?

Ich schlage mir die Hände vors Gesicht und lasse mich in meinem Autositz zurückfallen. Nein, Kurtis schläft nicht mit der langhaarigen Schwester unserer Haushälterin – Kurtis schläft mit Bettie mit den großen Titten. Genau, wie er es vor unserer Hochzeit getan hat. Genau, wie er es die ganze Zeit während unserer Ehe getan hat – die ganze Zeit, während er so liebevoll mir mit geschlafen und mir gesagt hat, wie wunderschön ich auch ohne Schminke bin. Ich beuge mich nach vorne, nehme die Kette ab und starre sie ein paar

Minuten lang in meiner Hand an, während mir die Tränen in Strömen über die Wangen laufen.

Das Glücksgefühl, das ich in letzter Zeit immer verspürt habe, hat sich plötzlich in einen stechenden Schmerz verwandelt, wie ich ihn noch nie zuvor gefühlt habe. Aber halt, vielleicht ziehe ich hier voreilige Schlüsse. Kurtis liebt mich, das weiß ich. Ich habe den Blick gesehen, mit dem er mich vor ein paar Tagen über seine Müslischüssel hinweg angesehen hat. In diesem Blick lag echte Liebe. Und bei dem ganzen Sex, den Kurtis und ich in den vergangenen Monaten gehabt haben, kann er doch für Bettie mit den großen Titten oder irgendeine andere Frau gar nichts mehr übrighaben. Auch wenn Kurtis *vor* unserer Ehe mit Bettie ins Bett gegangen ist, heißt das noch lange nicht, dass er *immer noch* mit ihr schläft, wenn man bedenkt, wie sehr er mich liebt. Ich drücke meine Halskette an die Brust und hole tief Luft.

Ich kann Kurtis und unsere glückliche Ehe und das Versprechen von dem Film nicht einfach so wegwerfen, ohne dass ich mit Sicherheit weiß, was hier vor sich geht. Vielleicht geht auch meine Fantasie mit mir durch. Vielleicht lasse ich mich von der Eifersucht überrollen. Vielleicht habe ich das Bett heute Morgen gar nicht gemacht, wie ich es dachte. Vielleicht hatte Kurtis ein Haar von Bettie an seinem Hemd, weil er sich im Club oder in seinem Büro mit ihr getroffen hat, um über den Porno zu reden, den er mit ihr dreht. Und vielleicht ist mein armer Ehemann auch krank nach Hause gekommen, hat sich gleich mit Fieber ins Bett gelegt, und dabei ist das Haar von seinem Hemd auf mein Kissen gelangt.

Es ergibt einfach keinen Sinn, dass Kurtis mich betrügt. Warum um alles in der Welt sollte er den ganzen Aufwand betreiben, mich zum Schauspielunterricht zu schicken, Investoren für unseren Film zu suchen, mir immer und immer wieder erzählen, dass er einen Star aus mir machen wird, mir jeden Tag sagen, wie wunderschön ich bin – auch ohne Schminke –, wenn er es im nächsten Moment mit einer Schlampe wie Bettie mit den großen Titten in unserem Ehebett treibt?

Plötzlich überkommt mich eine gewisse Ruhe. Ich denke, ich habe in diesem Fall überreagiert – so wie ich es ab und zu einfach tue. Ich zwinge mich zu einem Lächeln. Ich muss nur wieder einen klaren Kopf bekommen – noch einmal in Ruhe über alles nachdenken. Ich hasse es, das über mich selbst sagen zu müssen, aber manchmal ist mein scharfer Verstand mein größter Feind. Bevor ich nicht sicher weiß, was hier vor sich geht, sollte ich nichts überstürzen und meine glückliche Ehe oder mein Schicksal als Schauspielerin in Gefahr bringen.

Ich werfe einen Blick auf die Uhr. Ich sitze jetzt seit einer Stunde hier in meinem Auto. Genau jetzt würde ich nach Hause kommen, wenn ich beim Friseur gewesen wäre, wenn der den Termin nicht abgesagt hätte. Ich schiebe den Autositz zurück nach vorne, lege mir die Kette wieder um den Hals, drehe den Schlüssel um und fahre nach Hause.

»Kurtis«, rufe ich, als ich mit klopfendem Herzen durch die Tür trete. »Bist du da?«

Ich bin erleichtert, als Kurtis aus der Küche ins Wohnzimmer kommt und mich entspannt und glücklich ansieht. »Hey, Baby«, sagt er fröhlich und sieht alles andere als krank oder müde aus. »Und dein Haar sieht fantastisch aus, Baby«, schmeichelt er mir. Er küsst mich auf die Wange, und ich muss mich zusammenreißen, um mich nicht von ihm wegzudrehen.

»Gefällt es dir?«, stammle ich und streiche mir das Haar glatt. »Ich habe es diesmal nur leicht färben lassen. Ist die Farbe zu schwach? Was meinst du?«

»Nein, es ist perfekt. Ich liebe die neue Farbe. Lass es jedes Mal so machen, Süße. Das steht dir.«

»Gut. Danke.«

Ich starre Kurtis einen Moment lang an und muss hart schlucken. Mein Mann sieht im Moment nicht gerade aus wie ein hinterhältiges Raubtier, aber man kann ja nie wissen. »Okay«, seufze ich. »Ich gehe schnell nach oben und ziehe mir etwas Bequemeres an. Ich bin gleich wieder da.«

»Nicht so schnell.« Er packt mich um die Hüfte und zieht mich an sich, wie er es immer macht. Aber dieses Mal – zum ersten Mal überhaupt – entwinde ich mich seinem Griff.

Kurtis schaut mich verwirrt an. »Ist alles in Ordnung, Butterblume?«

»Alles in Ordnung«, murmle ich. »Ich bin nur etwas fertig vom Schauspielunterricht, das ist alles.«

»Ach ja? Wie war es denn heute?«

Ich betrachte ihn stirnrunzelnd und versuche, aus seinem Gesichtsausdruck schlau zu werden. Verarscht er mich oder nicht? »Heute war es eigentlich ziemlich gut«, sage ich schließlich und blicke ihm immer noch tief in die Augen. »Wir haben gelernt, unsere tiefsten, innersten Gefühle zu fassen und sie in eine ›authentische‹ Vorstellung zu stecken.«

»Deine tiefsten, innersten Gefühle fassen, wie? Zum Beispiel?«

»Na ja, zum Beispiel aufgestaute Wut«, antworte ich und werfe ihm einen finsteren Blick zu.

Kurtis bricht in schallendes Gelächter aus – aber ich stimme nicht in sein Lachen ein. Was ich gerade gesagt habe, ist in keiner Weise lustig.

»Du lernst also, wie du deine ›aufgestaute Wut‹ fassen kannst?«

»Ja, das lerne ich«, schnaube ich. »Und das ist nicht lustig, Kurtis Jackman. Ich lerne die Schauspielkunst, und das ist ein ernst zu nehmendes Geschäft. Ich bin ein *Instrument.*« Ich schüttle den Kopf, um die Haare aus dem Gesicht zu bekommen. »Ich lerne alles darüber, das gesamte *Spektrum* meiner *emotionalen Bandbreite* zu sammeln – und ja, auch aufgestaute Wut gehört dazu. Davon habe ich jede Menge, glaub mir.«

»O Baby, ich würde deine aufgestaute Wut nur allzu gerne freisetzen. Vielleicht kannst du mir später etwas davon zeigen.« Er gibt mir einen Klaps auf den Hintern, und ich zucke überrascht zusammen. Er lacht.

Ich ringe mir ein Lächeln ab. »Ich bin mir sicher, das lässt sich einrichten.«

Er zieht mich wieder an sich, aber ich befreie mich erneut aus seinem Griff. Ich weiß einfach nicht, was ich von der ganzen Situation halten soll. Ich brauche etwas Zeit zum Nachdenken. »Ich bin gleich wieder da«, sage ich. »Gib mir nur eine Minute, okay?«

»Okay, okay«, sagt er lachend. »Aber beeil dich. Kurtis der Große ist in der Stimmung, einen neuen Kontinent zu erobern.«

Ich versuche, über seine Bemerkung zu lächeln, doch mein Magen ist zu verkrampft dazu.

Ich gehe nach oben in unser Schlafzimmer.

Das Bett ist frisch gemacht. Meine Brust zieht sich zusammen.

Ich ziehe die Bettdecke zurück und begutachte mein Kissen. Das lange, schwarze Haar ist nicht mehr da.

»Butterblume!«, ruft Kurtis von unten. »Schwing deinen

süßen Hintern hier runter, Baby. Ich will dir heute etwas ganz Neues beibringen.«

Ich stehe einen Moment lang stocksteif da, lege den Kopf schief und blinzle mehrmals hintereinander. Bin ich verrückt geworden?

»Ich komme«, rufe ich wenig später. Ich stehe noch ein bisschen neben dem Bett und versuche, die wirren Gedanken in meinem Kopf zu ordnen. Ich bin mir nicht sicher, was hier gerade passiert. Lügt er mich an oder nicht? Bin ich paranoid oder nicht?

»Butterblume!«, ruft mich Kurtis wieder. »Komm schon, Baby! Ich musste schon den ganzen Tag lang an dich denken.«

Ich weiß nicht, was ich denken soll, aber das werde ich jetzt auch nicht herausfinden. Laut seufzend drehe ich mich auf dem Absatz um und gehe nach unten.

KAPITEL 28

19 Jahre und 6 Tage alt

374 TAGE BIS ZUM KILLING-KURTIS-TAG

»Hallo, Mildred«, zwitschere ich fröhlich, als ich mittags in Kurtis' Büro komme. Ich weiß, dass Kurtis vorhat, heute den ganzen Tag am Set seines neuesten Pornostreifens zu sein, weil er am Frühstückstisch von nichts anderem geredet hat. »Schön, Sie wiederzusehen.«

»Mrs Jackman«, sagt Mildred höflich.

Ich muss grinsen. An »Mrs Jackman« habe ich mich immer noch nicht richtig gewöhnt. »Ich bin hier, um meinem Mann eine Überraschung der besonderen Art zu bescheren«, sage ich.

Mildred pfeift durch die Zähne. »Ich denke nicht, dass Mr Jackman heute ins Büro kommt. Soll ich ihn anrufen und ihm sagen, dass Sie hier sind?«

»Nein, ich weiß, dass er furchtbar beschäftigt ist, der Gute, aber er hat gemeint, vielleicht schafft er es, zur Mittagspause für einen kleinen *Quickie* mit seiner geliebten Frau ins Büro zu kommen.« Bei dem Wort »Quickie« zwinkere ich Mildred zu, und sie zuckt zusammen. »Ich warte einfach eine Weile«, fahre ich fort. »Und falls er es doch nicht schafft, dann gehe ich eben wieder.« Ich seufze verträumt. »Ich kann einfach nicht genug von ihm bekommen.«

Mildred schaut mich peinlich berührt an. »Dann machen Sie es sich doch bitte gemütlich.« Sie deutet auf einen Sessel in der Ecke.

»O nein, ich werde in Kurtis' Büro auf ihn warten – nackt, wie Gott mich schuf.« Ich grinse sie an. »Mein Ehemann liebt nackte Überraschungen von seiner reizenden Frau.«

»Wie schön«, stammelt Mildred.

Die Gute. Ich kann mir vorstellen, dass es furchtbar abstoßend sein muss, für einen Porno-Produzenten zu arbeiten. Ich beuge mich zu Mildred runter und flüstere ihr verschwörerisch zu: »Ich glaube, Sie haben sich heute eine besonders lange Mittagspause verdient, meine Liebe.«

Mildred verzieht das Gesicht und steht auf. Ohne ein Wort zu sagen, nimmt sie ihre Tasche und verschwindet durch die Eingangstür.

Als ich in Kurtis' Büro bin, renne ich durchs Zimmer, öffne Schubladen und Schränke und komme mir vor wie Mata Hari auf geheimer Mission. Ich weiß nicht genau, nach was ich überhaupt suche, aber ich nehme alles genau unter die Lupe. Ich blättere durch einen Stapel Skripte auf Kurtis' Schreibtisch. *Lecker Barbara. Vom Winde gevögelt. Cathy mit Zucker und Sahne*. Der übliche Mist, den Kurtis dreht.

Ich lehne mich in seinem Stuhl zurück und seufze laut. Was habe ich eigentlich erwartet, hier zu finden? Eine Nachricht von Kurtis für Bettie, auf der steht: »Es hat mir viel Spaß gemacht, dich gestern unter der Dusche zu vernaschen, bevor meine Frau nach Hause kam«? Ich verdrehe die Augen, weil ich so albern bin, und stehe auf.

Gerade als ich mich von Kurtis' Schreibtisch wegdrehen will, entdecke ich einen Block mit Notizen. Ich nehme den Block in die Hand und werfe einen Blick darauf. Dann versuche ich, aus dem Gekritzel von Kurtis schlau zu werden. Seine Handschrift ist genau wie der Mann selbst – groß und überall. Aber plötzlich fällt mir in der Mitte der Seite ein Satz auf: »Bettie Page True Story«.

Bettie Page True Story?

Plötzlich klopft mir das Herz bis zum Hals. Was zum Teufel soll das denn bedeuten? Hat es etwas mit Bettie mit den großen Titten zu tun? Ich habe gewusst, dass ihr Bühnenname eine Hommage an ein berühmtes Pin-up-Girl namens Bettie Page ist, von dem ich noch nie im Leben gehört habe. Als ich Kurtis und Bettie vor sechs Monaten in genau diesem Büro überrascht habe, hat Kurtis gesagt, er plant, einen Porno mit Bettie mit den großen Titten zu drehen. Hat er also die Wahrheit gesagt? Hat das Gekritzel auf dem Block etwas damit zu tun? Oder plant Kurtis etwa einen seriösen Film mit ihr, was viel schlimmer wäre? Mein Puls rast immer schneller. Es würde mir bestimmt helfen zu wissen, wann Kurtis sich diese Notiz gemacht hat und ob seine Idee – wie die auch immer aussehen mag – sich mittlerweile weiterentwickelt hat.

Ich blicke auf die Uhr. Verdammt! Ich habe keine Zeit, hier rumzusitzen und über Bettie Page nachzudenken oder darüber, ob Kurtis einen Porno oder sonst einen Film mit Bettie mit den großen Titten dreht. Heute ist vielleicht der wichtigste Tag meines Lebens, denn in genau einer Stunde habe ich mein erstes echtes Casting für einen Hollywoodfilm – dank des Agenten von gestern, der mich heute Morgen noch mal angerufen und mir gesagt hat, wo ich hinkommen soll.

»Muss ich einen Text auswendig lernen?«, habe ich aufgeregt ins Telefon gerufen.

»Nein, Kleines. Je weniger du redest, desto besser«, hat der Agent geantwortet. »Du musst nur so sexy aussehen, wie du kannst. Und zieh einen Push-up-BH an.«

Ich weiß, Kurtis wird sich riesig für mich freuen, wenn ich die Rolle erst einmal bekommen habe. Wahrscheinlich wird er sich aufführen wie ein Verrückter und schreien und johlen und mich durch die Luft wirbeln. Aber vielleicht wird sich ein Teil von ihm auch schämen, dass nicht er es war, der mir zu meiner ersten Rolle in Hollywood verholfen hat. Kurtis wird sich bestimmt so freuen, dass er mir sagt, ich soll mein schönstes Kleid anziehen, damit ich sie alle umhauen kann.

»Kann ich Ihnen helfen?«, fragt der Mann hinterm Tresen in dem Erotikladen. Er steht vor einem langen Zeitschriftenregal voller Pornomagazine. Ich bin hier auf dem Weg zu meinem Casting vorbeigekommen, weil mir der Gedanke gekommen ist, dem Filmproduzenten eine signierte Ausgabe von dem *Casanova* mitzubringen, in dem ich auf dem Cover und als Poster erschienen bin. Ich wünschte, ich hätte ein paar Ausgaben mitgenommen, als ich vor einer Stunde in Kurtis' Büro herumspioniert habe – aber nein …

»Ich hätte gerne zweimal den *Casanova*, bitte«, sage ich zu dem Verkäufer.

Der Mann lächelt höflich und nimmt die Magazine für mich aus dem Regal. In dem Moment, in dem er sie in der Hand hält, stellt er offensichtlich die Verbindung zwischen der blonden Schönheit auf dem Titelbild und der blonden Schönheit, die direkt vor ihm steht, her. »Hey, das sind ja *Sie*«, ruft er.

»Ja, Sir. Die echte und leibhaftige Butterblume Bouvier.« Es bereitet mir immer noch großes Vergnügen, meinen Künstlernamen laut auszusprechen.

»Wow. Diese Fotos sind so verdammt scharf. Ich habe sie auf jeden Fall sehr genossen – allein in meiner Wohnung, wenn Sie verstehen, was ich meine.« Er zwinkert mir zu, und mir wird fast schlecht. »Würden Sie eine Ausgabe für mich signieren?« Er nimmt eine der Zeitschriften aus dem Regal und blättert im Nu zu meinen Fotos, als wüsste er genau, auf welcher Seite sie sich befinden. Ich werfe einen kurzen Blick auf meine nackten Brüste, die mir von der Seite entgegenspringen, und schaue schnell wieder weg.

»Es ist mir ein Vergnügen, Sir«, sage ich. »Danke für das Kompliment.« Ich unterschreibe auf dem Magazin und posiere lächelnd für ein Foto mit ihm. Dann sage ich noch Hallo zu dem Kollegen des Mannes, der aus einem Hinterzimmer gestürmt kam, als sein Kumpel ihn gerufen hat.

»Ich muss jetzt wirklich gehen«, sage ich. »Ich muss noch zu einem wichtigen Casting.«

»Na dann, viel Glück. Ich bin mir sicher, Sie werden es schaffen.«

»Vielen Dank.« Ich drehe mich Richtung Tür, halte aber noch mal inne. »Haben Sie vielleicht etwas über Bettie Page? Ein Buch oder etwas in der Art?«

»Ja klar. Wir haben ein ganzes Regal über Bettie Page.«

Der Mann führt mich in eine Ecke des Ladens, in der sich mehrere Regale mit Kalendern, Postern, Tassen und vielem mehr von Bettie Page befinden.

Ungläubig starre ich die Dinge an. Egal, in welcher Pose sich Bettie Page befindet oder wie das Licht auf den Fotos auf sie fällt – eine Tatsache ist nicht zu leugnen: Bettie Page ist die hübschere und kleinbusigere Zwillingsschwester von Bettie mit den großen Titten. Heilige Scheiße, sie ist tatsächlich ihr Ebenbild.

»Sie war eine Göttin«, sagt der Mann und wirft einen Blick auf einen Bettie-Page-Kalender. »Einzigartig.«

Ich versuche glaubhaft zu lächeln, aber es gelingt mir nicht. Jetzt, da ich diese Bilder von der echten Bettie Page sehe, bin ich mir plötzlich sicher, dass Kurtis' Gekritzel über die »Wahre Geschichte über Bettie Page« etwas mit Bettie mit den großen Titten zu tun hat. Und das verheißt ganz und gar nichts Gutes.

KAPITEL 29

19 Jahre und 1 Woche alt

373 TAGE BIS ZUM KILLING-KURTIS-TAG

»Wer ist er?«, schreit Kurtis mich an.

Ich habe schon tief und fest geschlafen, als mich Kurtis' Geschrei aus dem Schlaf gerissen hat. Ich schrecke hoch, und das Herz klopft mir bis zum Hals. Was zum Teufel ist passiert?

Langsam gewöhnen sich meine Augen an die Dunkelheit. Kurtis ist sturzbetrunken. Er schwankt umher, als wäre er angeschossen worden – oder besser gesagt, als wäre er (mehrmals) von Jack Daniels angeschossen worden.

»Wer ist er?«, schreit Kurtis wieder, und seine Augen treten aus den Höhlen hervor.

Ich habe keine Ahnung, wovon er redet. Ich habe ihm nie von meinen Besuchen bei Daddy erzählt. Woher kann er das wissen? »Kurtis, beruhige dich.« Ich versuche, ruhig und selbstsicher zu klingen, aber mein Herz rast wie verrückt.

Kurtis lässt sich aufs Bett fallen und packt mich an den Oberarmen. »Sag es mir!«, schreit er und schüttelt mich, bis meine Zähne klappern. »*Wer ist er?*«

Sein Griff wird immer fester. Ich versuche, mich daraus zu befreien, und strample und trete um mich. »Lass mich los, Kurtis! Ich weiß nicht, wovon du redest.« Weiß er von meinen Besuchen bei Daddy? Seit meinem ersten Besuch vor einem Monat bin ich noch zweimal im Gefängnis gewesen. Wie viel weiß Kurtis?

»Wer ist er?«, ruft Kurtis erneut.

»Kurtis, lass mich los.« Ich winde mich immer mehr unter seinem Griff, doch Kurtis ist mir körperlich haushoch überlegen. Wenn er wollte, könnte er mich wie einen Keks in zwei Hälften brechen. »Wovon redest du?«, schreie ich.

»Johnny hat dich heute mit ihm gesehen«, brüllt Kurtis.

Jetzt bin ich verwirrt. »Johnny?«, stammle ich. »Johnny aus dem Club? Ich war heute nicht bei Johnny.«

Wie aus dem Nichts lässt Kurtis meine Oberarme los, um mir mit der flachen Hand ins Gesicht zu schlagen. Der Schlag wirft mich aufs Bett zurück und raubt mir den Atem. Instinktiv bedecke ich meinen Kopf mit den Armen. Noch nie zuvor hat mich jemand geschlagen. Ich bin sprachlos.

»Spiel keine Spielchen mit mir. Wer *ist* er?«

Ich wimmere einen Augenblick lang vor mich hin und kann mich dann genug zusammenreißen, um ihm verständlich zu antworten. »Ich weiß nicht, wovon du redest!« Das muss ein Missverständnis sein, ein böser Traum. Ich fange an zu schluchzen.

Kurtis steht auf und streift wie ein räudiger Hund durchs Zimmer. »Johnny hat dich heute mit einem Mann im Roosevelt Hotel gesehen. Was hast du verdammt noch mal im Roosevelt Hotel mit einem anderen Mann gemacht?«

O Gott, jetzt wird mir alles klar. »Kurtis!«, rufe ich. »Ich bin heute zu einem Casting gegangen – einem richtigen Casting. Und danach habe ich im Hotel gegenüber noch einen Kaffee mit dem Produzenten getrunken – in der Lobby, Kurtis, nur in der Lobby. Wir haben über den Film geredet.« Meine Stimme zittert. Meine eine Gesichtshälfte brennt wie Feuer, und auch meine Arme schmerzen an den Stellen, an denen Kurtis mich gepackt hat. »Ich habe die Rolle bekommen, Kurtis – mein erstes Casting, und ich habe die Rolle bekommen! Ich wollte es dir erzählen, wenn du nach Hause kommst, aber ich bin vorher eingeschlafen.«

Ja, verdammt. Ich war unheimlich glücklich, als ich heute von dem Gespräch mit dem Produzenten nach Hause gegangen bin, und konnte es kaum erwarten, meinem Mann von meinem Glück zu berichten. Ich habe nicht mehr an Bettie mit den großen Titten oder die blöde *Bettie Page True Story* gedacht. Mir war nur noch wichtig, dass ich meinem Mann die frohe Botschaft überbringen konnte. Ich habe bis weit nach Mitternacht auf Kurtis gewartet, um ihm die guten Neuigkeiten zu erzählen, und war mir sicher, dass er sich unglaublich darüber freuen würde. Aber ich bin eingeschlafen, bevor er heimgekommen ist. Und jetzt schreit er mich an und schlägt mir ins Gesicht? Wie konnte es innerhalb weniger Stunden so weit kommen, dass ich erst vor Freude durch die Decke hätte gehen können und jetzt von meinem eigenen Ehemann verprügelt werde?

Kurtis kriecht wieder ins Bett zurück und streckt die Hände nach mir aus. Ich schrecke zurück. »Fass mich nicht an«, zische ich.

»Es tut mir leid, Baby. Ich bin betrunken. O Gott, ich bin so betrunken.« Er legt sich auf den Rücken. »Was hast du mit mir gemacht, Baby? Du machst mich verrückt. Ich war noch nie zuvor so verrückt.«

Will er damit etwa sagen, dass es *meine* Schuld ist, dass er mich geschlagen hat?

»Es tut mir leid, Baby«, sagt er. »Verzeih mir – es wird nicht wieder vorkommen.«

»Fick dich, Kurtis!«, schreie ich ihn an. Ich zittere vor Wut.

Plötzlich bedeckt Kurtis die Gesichtshälfte, auf die er mich geschlagen hat, über und über mit Küssen. Seine Lippen sind schleimig, und er stinkt – genau wie meine Mutter. Ich versuche, mich von ihm zurückzuziehen.

»Schhh ... Baby. Es tut mir leid.«

Ich stoße ihn von mir weg. »Ich war bei einem *Casting*, Kurtis – ich bin *Schauspielerin.*«

»Okay, Baby. Ja, du bist Schauspielerin.« Er lacht.

Warum lacht er? Der Produzent heute hat auf jeden Fall geglaubt, dass ich Schauspielerin bin. Als ich dort angekommen bin und ihm eine signierte Ausgabe des *Casanova* gegeben habe, hat er gesagt: »Vielen Dank – ich bin ein großer Fan von Ihnen.« Dann hat er – ohne dass ich einen Text vorlesen musste – gesagt: »Du bist das ultimative *Dream Girl* für meinen Film.« Und ich wäre fast gestorben und vor Freude direkt in den Himmel aufgestiegen. Es ist nicht wirklich eine Sprechrolle, okay. Hauptsächlich werde ich im Bikini ein Auto waschen und mir dann in einem Schlafzimmer andere Klamotten anziehen, während ein paar dämliche College-Jungs mich dabei durch ein Fenster beobachten – mich, ihr *Dream Girl*. Und so heißt auch der Film: *Dream Girl*. Also kann man wohl schon sagen, dass ich der Star in dem verdammten Streifen bin.

Plötzlich schießt mir ein Gedanke durch den Kopf. »Das Roosevelt Hotel ist überhaupt nicht in der Nähe des Casanova Clubs. Was zum Teufel hat Johnny dort heute gemacht?«

»Dich beobachtet«, lallt Kurtis.

Kurtis hat Johnny beauftragt, mir hinterherzuspionieren? Meine Nackenhaare stellen sich auf. O Gott, was hat Johnny gesehen? Ich versuche mich zu erinnern, wie sehr ich mit dem Produzenten geflirtet habe, während wir dort gesessen und unsere teuren Cappuccinos getrunken haben. Habe ich über den Tisch gelangt und nach seiner Hand gegriffen?

Habe ich den Kopf in den Nacken geworfen und über etwas gelacht, das er gesagt hat, obwohl es nicht annähernd witzig gewesen ist? Habe ich mit den Wimpern geklimpert und auf meiner Fingerspitze gekaut? Verdammte Scheiße. Ja. All das habe ich getan. Was hat Johnny gesehen? Und wie viele Tage beobachtet Johnny mich schon? Hat Johnny mich mit Daddy gesehen? In meinem Kopf dreht sich alles.

»Was meinst du damit, er hat mich beobachtet?«, frage ich und zittere wie Espenlaub.

»Ich weiß eben gerne, was meine Frau macht, wenn ich bei der Arbeit bin.«

Ich springe vom Bett auf. »Du vertraust mir nicht.«

Er wird wieder wütend. »Ich vertraue den Arschlöchern nicht, die jeden verdammten Tag meiner Frau hinterhergaffen – denen vertraue ich nicht. Du bist meine *Ehefrau* – du gehörst *mir*. Ich sehe, wie sie dich anstarren, Baby. Sie sabbern förmlich und betrachten jeden Zentimeter deines Körpers … In diesem Moment sitzen sie alle mit deinem Foto in der Hand auf ihrer Kloschüssel, starren deine Titten an und holen sich einen runter, während sie von dir träumen. Das macht mich wahnsinnig.« Er fährt sich mit den Fingern durchs Haar.

Also das ist jetzt aber nicht logisch. Ich werfe die Hände in die Luft. »All diese geifernden Männer haben mich nur nackt gesehen, weil du selbst meine Nacktbilder in deinem verdammten Magazin veröffentlichen wolltest – *in einer Doppel-Sonderausgabe mit mir!*«

»Ja, erzähl mir etwas, das ich noch nicht weiß. Das macht mich ja so wahnsinnig.« Er holt tief Luft. »Ich war noch nie zuvor verheiratet, Butterblume. Ich habe noch nie zuvor jemanden geliebt. Ich wusste nicht, wie es ist, wenn fremde Männer die Titten und den Arsch meiner Frau angaffen und

Fanbriefe schreiben, in denen steht, wie gerne sie sie ficken würden.« Er rauft sich die Haare. »Ich ertrage das nicht.«

Jetzt bin ich sprachlos. Dieser Mann hat wirklich den Verstand verloren.

Kurtis reibt sich das Gesicht und seufzt.

Verdammt, ich stehe hier im Dunkeln in meinem dünnen Nachthemd und friere mir den Arsch ab. Aber ich habe Angst, mich zu bewegen. Ein paar Minuten lang ist es still.

»Wie heißt dieser Produzent?«, fragt Kurtis schließlich. Anscheinend hat er sich etwas beruhigt.

»Es war nur ein Casting«, sage ich. »Ein seriöses Casting.« Ich verschränke die Arme vor der Brust und versuche, mich selbst zu wärmen. Es war so gemütlich und friedlich im Bett, bevor Kurtis reingestürmt ist und mir fast einen Herzinfarkt und ein blaues Auge verpasst hat. Ich glaube, ich hatte sogar einen schönen Traum von Kurtis.

Er seufzt. »Ich glaube dir.«

Ach, das ist ja herzallerliebst. Er glaubt mir.

»Ich *glaube* dir, Baby«, beharrt er noch einmal. Er klopft auf den Platz im Bett neben sich und will, dass ich zu ihm komme. »Komm schon. Sag mir, wie der Produzent heißt. Ich bin stolz auf dich. Ich will nur sichergehen, dass du in guten Händen bist.«

Ich bin skeptisch, und das sieht man wohl auch. Vielleicht kennt Kurtis den Namen des Produzenten bereits und will mich nur testen. Vielleicht ist das eine Falle. Aber vielleicht sagt er ja auch die Wahrheit – und wenn ich ihm sage, wer der Produzent ist, wird Kurtis verstehen, dass es sich wirklich um einen seriösen Film handelt. Es kann nicht falsch sein, ihm die Wahrheit zu sagen, also nenne ich Kurtis den Namen des Produzenten. »Er ist ein richtiger Filmproduzent, Kurtis«, füge ich noch hinzu. »Er ist auf die Filmhochschule gegangen und alles. Und er hat noch nie in seinem Leben einen *Porno* gedreht.« Diese letzte Bemerkung musste sein. »Vielleicht solltest du mit ihm über den Marilyn-Film reden?«

Kurtis brummt. »O ja, ich werde mit ihm reden. Darauf kannst du dich verlassen.« Er klopft wieder aufs Bett. »Und jetzt komm her. Ich will dir zeigen, wie leid es mir tut.«

Mir dreht sich der Magen um. Es besteht kein Zweifel mehr daran, dass das, was Kurtis und ich die letzten sechs Monate hatten, sich gerade in Luft aufgelöst hat. Puff … weg. Wie der Rauch von einer von Kurtis' stinkenden Zigarren.

»Komm schon«, säuselt Kurtis. »Komm ins Bett und lass mich dir zeigen, wie sehr ich dich liebe, Baby.«

Ich will nicht, dass Kurtis mich anfasst. Wenn er sich einsam fühlt, dann kann er sich selbst ficken. Oder Bettie mit den großen Titten, verdammt. »Den Teufel werde ich tun«, fauche ich ihn an.

Ohne seine Antwort abzuwarten, verlasse ich das Schlafzimmer und gehe den Flur entlang zu einem der Gästezimmer. Das Herz schlägt mir bis zum Hals. Ich zittere. Er könnte mich jetzt bewusstlos prügeln, und ich könnte nichts dagegen tun. Ohne eine Waffe oder einen ausgeklügelten Plan wäre ich nie in der Lage, mich gegen einen wütenden Kurtis zu verteidigen – das hat die heutige Nacht deutlich gezeigt.

Als ich mich auf die Bettkante im Gästezimmer setze, rast mein Puls wie verrückt. Ich bin angespannt und zittere am ganzen Körper, während ich auf Geräusche aus dem Gang lausche. Im Haus ist es mucksmäuschenstill – es hört sich nicht so an, als käme Kurtis mir hinterher. Natürlich besteht die Möglichkeit, dass er gerade auf Zehenspitzen den Flur entlangschleicht, aber ich bezweifle, dass Kurtis zu so etwas in seiner momentanen Lage fähig ist.

Ich blicke mich im Zimmer nach etwas um, das ich als Waffe gegen Kurtis verwenden könnte, falls er doch reinkommt. Auf dem Nachtkästchen steht eine Lampe, die aber viel zu groß und schwer für mich ist. Warum habe ich mich gerade in diesem Zimmer verkrochen? Ich bin eine Idiotin. Hier ist kaum etwas. Ich bin gefangen. Ich lausche erneut. Das Blut rauscht mir in den Ohren, aber sonst höre ich nichts. Ich durchsuche den Schrank. Da ist auch nichts Brauchbares drin. Verdammt! Ich setze mich wieder auf die Bettkante und stehe völlig unter Schock. Ich kann kaum noch atmen.

Verdammte Scheiße! Wie konnte dieser Mistkerl mich nur schlagen? Niemand schlägt Charlie Wilbers Tochter! Niemand. Ich sollte dieses Haus auf der Stelle verlassen und nicht mehr zurückblicken. Ich brauche keinen Kurtis Jackman mehr – ich habe jetzt eine Rolle in einem echten Hollywoodstreifen mit einem Produzenten, der zur Filmhochschule gegangen ist.

Und doch … bevor ich etwas überstürze, sollte ich nachdenken. Nach Kurtis' betrunkenem Wutausbruch heute Nacht ist klar, dass er mich nach sechs Monaten Ehe nicht einfach durch die Tür seines Hauses gehen lassen und mir zum Abschied einen freundschaftlichen Klaps auf die Schulter geben wird. Nein, verdammt, das wird er bestimmt nicht tun. Dieser Mann wird mich nur über seine Leiche gehen lassen.

Dann ist da auch noch dieser Ehevertrag, den ich am Tag vor unserer Hochzeit unterschreiben musste. Dank diesem blöden Stück Papier habe ich nicht einmal einen Eimer zum Pissen, wenn ich Kurtis vor unserem ersten Hochzeitstag verlasse. Und der ist noch sechs lange Monate hin. Wenn ich jetzt gehe, habe ich nichts als meine schönen Brüste und die Klamotten, die ich am Leib trage. Das wäre eine Schande, denn diese Stadt ist nicht gerade billig, und ich habe bereits jeden Cent von den Autogrammkarten für meine Brüste und die Kleider ausgegeben, die ich gekauft habe, bevor Kurtis angefangen hat, meine Rechnungen zu bezahlen.

Auch wenn mir Kurtis' stinkendes Pornogeld scheißegal ist, genieße ich es doch sehr, in diesem schicken Haus zu leben und auf einer Luftmatratze im Pool zu treiben. Und Daddys Blick, als ich ihm gesagt habe, dass er mit mir in meiner Villa in Hollywood leben kann … Natürlich werde ich mir eines Tages meine eigene Villa kaufen, aber ich bin mir nicht sicher, wann es so weit sein wird. Der Produzent von dem *Dream Girl*-Film hat lediglich gesagt, dass er sich »bald« bei mir meldet.

Ich knülle das Bettlaken zwischen den Fingern zusammen und versuche, meine Wut unter Kontrolle zu bringen. Was war ich nur für eine Idiotin, zu denken, dass ich mein Happy End mit einem Ritter ohne Furcht und Tadel gefunden hätte. Seit Monaten schwänzle ich jetzt wie ein liebestrunkener Dummkopf um meinen Ehemann herum, nur um herauszufinden, dass ich mit einem verdammten Monster geschlafen habe. Während ich die ganze Zeit die brave, glückliche Ehefrau gespielt habe, habe ich ganz vergessen, wer ich wirklich bin und was ich will – ich habe meine Bestimmung aus den Augen verloren. Ich habe einfach nur dagesessen, mit den Wimpern geklimpert, nett gelächelt und mich von Kurtis' schmieriger Art total um den Finger wickeln lassen. Ja, ich war wirklich eine Riesenidiotin.

Aber das ist jetzt vorbei, Kurtis Jackman. Ich bin wieder ich selbst. Meine Arme brennen an den Stellen, an denen du mich gepackt hast. Mir tut der Nacken weh, weil du mich geschüttelt hast wie eine Puppe. Die Schwellung an meiner einen Gesichtshälfte zieht sich langsam Richtung Auge hoch. Ich bin total erledigt und brauche bestimmt vier verdammte Schmerztabletten, damit ich auch nur eine Sekunde schlafen kann.

Zum Teufel noch mal. Niemand schlägt Charlie Wilbers Tochter. *Niemand*. Jetzt, da ich mit Sicherheit weiß, dass das glückliche Leben mit Kurtis nichts weiter war als ein Hirngespinst, habe ich keine andere Wahl, als in dieser Angelegenheit das Richtige zu tun – auch wenn es nicht einfach wird. Ich muss meinem Ehemann unbedingt ein paar Manieren beibringen. Ja, man muss die Schlange töten, sobald sie den Kopf hebt.

Auf Zehenspitzen schleiche ich zurück ins Schlafzimmer.

Kurtis schläft tief und fest auf dem Rücken und schnarcht wie ein Bär. Ich stehe in der Dunkelheit über ihm. Mein Herz klopft wie verrückt. Mir gefriert das Blut in den Adern. Ich könnte jetzt in die Küche gehen und das große Schlachtermesser holen, mit dem Kurtis letzten Monat den fetten Truthahn aufgeschnitten hat, und es meinem Ehemann mitten in die Brust rammen.

Ich spüre, wie die Schwellung in meinem Gesicht immer dicker wird. Mein Kopf tut unglaublich weh. Mein Nacken ist schon ganz steif. Ja, mein Mann hätte es wirklich verdient, heute Nacht ein Messer in die Brust zu bekommen.

Und dennoch …

Ich weiß besser als jeder andere, wie die Polizei auf einen toten Ehemann reagiert: »Die Ehefrau war es.« Und wenn sie das misshandelte Gesicht der Frau sehen und die Fingerabdrücke an ihren Oberarmen und dann noch die Tatsache dazuzählen, dass der Mann stinkreich war und es einen Ehevertrag gab – nicht zu vergessen, dass der Ehemann wahrscheinlich die ganze Zeit schon eine Affäre hatte –, dann spricht alles gegen die Ehefrau.

Natürlich würde ich im Zeugenstand große Krokodilstränen weinen und sagen, dass es Notwehr war. Aber der Staatsanwalt würde vor die Geschworenen treten und sagen: »Der Winkel der Eintrittswunden und die große Menge an Blut beweisen, dass das Opfer gelegen hat, während ihm das Messer in die Brust gerammt wurde.« Dann würde der Staatsanwalt mit dem Finger auf mich deuten und sagen: »Sie will uns weismachen, dass sie sich mit einem Schlachtermesser gegen ihren Mann gewehrt hat, der am Boden lag?« Und das wär's dann für mich gewesen. Sie würden mich für immer einsperren. Ich würde nie die Chance bekommen, meiner Bestimmung zu folgen und in Lanas und Marilyns Fußstapfen zu treten, weil ich zu beschäftigt damit wäre, in meiner kleinen Zelle irgendwelche Näharbeiten zu erledigen.

Ich stehe noch eine Weile über Kurtis und knete meine Hände, während ich überlege, wie ich ihn heute Nacht umbringen könnte, ohne erwischt zu werden.

Kurtis schnarcht weiter vor sich hin und hat keine Ahnung davon, dass sein Leben gerade am seidenen Faden hängt.

Plötzlich gibt er ein grunzendes Geräusch von sich, hustet und dreht sich auf die Seite. Instinktiv halte ich den Atem an. Als seine Atmung und sein Schnarchen wieder gleichmäßig sind, entspannt sich mein Körper wieder.

Ja, Kurtis muss sterben, daran besteht kein Zweifel. Aber selbst wenn ich eine Möglichkeit finden würde, seine Leiche noch heute Nacht zu entsorgen und alle Spuren zu beseitigen, würde ich damit nicht davonkommen. Nicht heute Nacht, nein. Nicht mit den Spuren im Gesicht. Nicht nach nur sechs Monaten Ehe und mit einem Ehevertrag, der es so viel einfacher macht, den Mann umzubringen, anstatt ihn zu verlassen.

Verdammt!

Ich gehe ins Bad und suche die Schmerzmittel in dem vollgestopften Medikamentenschrank. Sie stehen hinter Kurtis' unzähligen Tabletten – Schlaftabletten, Bluthochdrucktabletten, Schilddrüsentabletten, Antibiotika gegen Nasennebenhöhlenentzündung … O Gott, ich bin mit einem kranken, alten Mann verheiratet.

Ich gehe zurück ins Gästezimmer und lege mich zögerlich aufs Bett. Dabei versuche ich, mich so zu positionieren, dass mir möglichst wenig wehtut.

Ich werde etwas ruhiger. Ich werde immer ruhiger, wenn ich mich dazu entschieden habe, das Richtige zu tun. Ich brauche keinen Mann, der mir sagt, dass meine Brüste zu klein sind, oder der mich fragt, mit wem ich unterwegs gewesen bin. Ich brauche keinen Mann, der mit einer Stripperin mit Riesentitten schläft, und ich brauche definitiv keinen Mann, der seine Zeit damit verschwendet, irgendeine *Bettie Page True Story* zu planen, wenn er eigentlich jede Minute damit verbringen sollte, sich um unseren Marilyn-Film zu kümmern.

Selbst wenn mein Plan für die Zukunft wäre, jeden Tag auf der Luftmatratze im Pool zu treiben, einen Roman von Danielle Steel zu lesen und eine kühle Limo zu schlürfen oder den Rodeo Drive entlangzuschlendern, um mir ein neues Kleid zu kaufen, dann wäre das immer noch meine Angelegenheit. Niemand sagt mir, was ich zu tun oder zu lassen habe oder wo ich hingehen darf und wo nicht, und vor allem, mit *wem*. Niemand. Am allerwenigsten Mr Porno-König Kurtis Jackman.

Denn ich bin Charlie Wilbers Tochter, verdammt.

Trotz meiner Schmerzen werde ich langsam vom Schlaf übermannt. Während ich davondrifte, geht mir immer wieder derselbe Gedanke durch den Kopf. *Ich bin Charlie Wilbers Tochter.* Jawohl. Und schon sehr bald wird Mr Porno-König Kurtis Jackman, dieses lügende, betrügende und erbärmliche Arschloch von einem Ehemann, herausfinden, was das für ihn höchstpersönlich bedeutet.

Ich würde sagen, mein Ehemann sollte besser bald seinen Frieden mit Gott machen, denn sein Arsch gehört mir.

KAPITEL 30

19 Jahre, 1 Woche und 1 Tag alt

372 TAGE BIS ZUM KILLING-KURTIS-TAG

Das Licht, das durch die Jalousien im Gästezimmer scheint, weckt mich. Es ist schon fast Mittag. O Gott, mein Kopf tut weh. Mein Nacken schmerzt. Meine Arme stechen. Mein Kiefer pocht. Mein rechtes Auge ist angeschwollen wie ein Luftballon.

Leise schleiche ich den Gang entlang in unser Schlafzimmer. Im Haus ist es totenstill. Langsam stecke ich den Kopf durch die Tür. Kurtis schläft immer noch tief und fest.

Ich gehe in die Küche und hole mir ein Kühlpack aus dem Gefrierfach. Dann setze ich mich an den Küchentisch und halte mir das Eis über mein rechtes Auge. Es pocht wirklich ungemein.

Ich blättere durch die Gelben Seiten und nehme das Telefon in die Hand.

»Hollywood Flowers.«

»Ja, hallo«, sage ich ins Telefon. »Ich rufe von Mr Jackmans Büro aus an.«

»O ja, das übliche Rosen-Butterblumen-Bouquet für Mr Jackman ist heute Nachmittag fertig zur Abholung.«

Ich rufe natürlich dort an, um irgendwelche Informationen aus der Frau herauszubekommen, aber ich muss mich gar nicht anstrengen.

»Und der andere Blumenkranz von Mr Jackman liegt auch schon zur Auslieferung bereit.«

Plötzlich zieht sich meine Brust zusammen, und das Herz rutscht mir in die Hose. Ich war so dumm, Kurtis' leere Versprechungen zu glauben. Er ist ein Lügner durch und durch.

»Hallo? Sind Sie noch dran?«, fragt die Frau.

»Äh … ja, Ma'am. Tut mir leid. Das ist wunderbar. Ich … äh … ich bin eine Aushilfe, und Mr Jackman wollte, dass ich noch einmal überprüfe, ob der Name für diese Lieferung auch richtig geschrieben wurde. Aus irgendeinem Grund macht er sich wohl Sorgen, dass Sie es nicht richtig machen.«

»Ja, kein Problem. So wie immer – ›Bettie‹ mit ›i-e‹ statt mit ›y‹ und die üblichen Rosen und Tigerlilien.«

Zu hören, wie die Blumenverkäuferin Betties Namen sagt, und zu wissen, dass Kurtis ihr jede Woche Blumen schicken lässt, wie er es für mich tut, macht mich rasend vor Wut. Jetzt besteht kein Zweifel mehr – Kurtis hat mich die ganze Zeit mit Bettie betrogen, vor und während unserer Ehe, direkt vor meiner Nase, in meinem Bett, in meiner Dusche. Und jetzt besitzt er die Unverschämtheit, mich ins Gesicht zu schlagen, weil er denkt, dass *ich ihn* betrüge? Das erfüllt wohl das Klischee. Ein Betrüger denkt immer, dass ihn die anderen auch betrügen.

»Danke«, sage ich zu der Blumenfrau am Telefon. »Ach, und könnten Sie mir auch noch die Adresse für diese Lieferung bestätigen, nur damit ich Mr Jackman sagen kann, dass ich es überprüft habe?« Das Blut kocht in meinen Adern.

»Natürlich.« Sie bestätigt mir noch die Adresse, und ich schreibe sie auf.

Es ist nicht die Adresse des Clubs. Es muss also Betties private Adresse sein – praktisch, die zu kennen. »Ja, Ma'am. Das ist sie«, sage ich fröhlich. »Ich weiß wirklich nicht, warum er sich plötzlich Sorgen macht, dass Sie die falsche Adresse haben könnten. Ich werde ihm sagen, dass alles so ist wie immer.« Die Floristin kichert ins Telefon, und ich stimme ein. Wir lachen beide über die *dummen Männer.* »Gut, das war's dann. Danke.«

Meine Augen füllen sich mit Tränen, aber ich werfe den Kopf zurück und hole tief Luft. Ich stehe kurz vor einem Nervenzusammenbruch. Nur was habe ich erwartet? Es geschieht mir ja recht – ich habe mich mit einem Hund schlafen gelegt und bin mit Flöhen aufgewacht. Ich hätte es wissen müssen. Der Mann hat mir gesagt, dass er kein guter Mensch ist, verdammt. Ich hätte auf ihn hören sollen.

Also gut, unter diesen Umständen habe ich keinen Zweifel mehr daran, dass Kurtis sterben muss. Ich denke, jeder vernünftige Mensch würde zu dem gleichen Schluss kommen. Verdammt, verdammt, verdammt! Wenn ich mich jetzt gehen lasse und Kurtis in unserem Haus ersteche, dann kann ich den Mord ebenso gut überspringen und mich gleich der Polizei stellen. Denn es wird nicht viel länger dauern, bis sie von selbst kommt und mich verhaftet.

Ich kralle meine Fingernägel in den Holztisch. Ich will, dass Kurtis tot ist. Tot und blutleer. Tot und um all seine lebenswichtigen Organe erleichtert – besonders um sein Lieblings- und am meisten benutztes Organ. Aber ich gehe auf keinen Fall für das, was getan werden muss, ins Gefängnis. Ich lasse mich nicht schnappen wie Daddy. Ich hole tief Luft. Was ich jetzt brauche, ist ein wasserdichter Plan wie bei Jeb und meiner Mutter. Es ist schließlich nicht mein erstes Mal.

Vielleicht sollte ich für ein bisschen Ärger im Paradies zwischen meinem lieben Ehemann und seiner schmutzigen kleinen Schlampe sorgen. Ich blättere wieder durch die Gelben Seiten.

»Judys Blumen.«

»Ja, hallo, ich würde gerne einen großen Blumenstrauß bestellen, der morgen früh geliefert wird, wenn möglich.« Ich versuche, mit einem unauffälligen, kalifornischen Akzent zu sprechen.

»Ist der Strauß für einen besonderen Anlass?«

»Ja, Ma'am. Mein Boss will einer Frau zeigen, wie viel sie ihm wert ist.«

»Na gut.« Judy, die Blumenfrau, schlägt mir einen Strauß mit Rosen und Pfingstrosen vor. »Das ist perfekt«, sage ich. »Solange Sie sicherstellen, dass der Frau die Augen aus dem Kopf fallen, wenn sie den Strauß bekommt.« Habe ich das jetzt ohne texanischen Akzent hinbekommen? »Und bitte schreiben Sie auf die Karte Bettie mit ›i-e‹ anstatt mit ›y‹. Und eine Karte, auf der steht: ›Dein Herz ist sogar noch schöner als der Rest von dir.‹ Unterschreiben Sie die Karte mit ›Dein Verehrer‹.« Die Floristin schnalzt anerkennend.

Ich nenne Judy die Adresse des Casanova Clubs, damit die ganze Welt mitbekommt, wie großzügig Betties heimlicher Verehrer ist.

»Wir schicken morgen alles raus«, versichert mir die Floristin.

»Vielen Dank«, sage ich. »Wo wir schon dabei sind – stellen Sie doch noch einen Strauß zusammen. Einen ganz großen, der an eine andere Adresse geht. Nehmen Sie einfach ganz viele bunte Blumen.« Ich nenne der Frau meine Adresse. »Und wegen der Rechnung hat mein Boss ein spezielles Anliegen. Teilen Sie die Kosten für die beiden Sträuße bitte nicht auf. Er will nicht, dass man sieht, dass er Blumen in den Casanova Club geschickt hat. Schreiben Sie bitte einfach beide Sträuße als einen großen auf und schicken die Rechnung an die zweite Adresse – das Haus.« Wenn Kurtis je meine Kreditkartenabrechnung anschauen sollte, dann sieht er, dass ich für viele Blumen bezahlt habe, um das Haus schöner zu machen.

Die Floristin kichert. »Wir werden oft um so etwas gebeten. Kein Problem.«

»Vielen Dank.«

Ich atme tief ein und schließe die Augen. Schon wieder treten mir Tränen in die Augen.

Das Eis in meinem Kühlpack ist komplett geschmolzen, aber ich bin zu fertig, um neues zu holen. Ich lege meine Wange einfach auf den kühlen Küchentisch. Ich fühle mich total gerädert. Ich habe wirklich geglaubt, dass ich hier in diesem Haus mit Kurtis glücklich werden könnte – so unwahrscheinlich es auch gewesen sein mag.

Ein Geräusch an der Tür lässt mich aufblicken.

Gütiger Gott, Kurtis sieht aus, als wäre er von einem Laster überfahren worden.

»O Gott.« Er schnappt nach Luft. Er stürmt auf mich zu, als wäre ich auf offenem Meer über Bord gegangen. »Habe ich dir das etwa angetan? O Baby, es tut mir so leid.«

Ich habe heute Morgen noch nicht in den Spiegel geschaut. Wenn ich auch nur halb so schlimm aussehe, wie ich mich fühle, dann muss es wirklich schlimm sein. Kurtis legt die Finger unter mein Kinn und betrachtet mein Gesicht. Ich zucke unter seiner Berührung zurück. »O Butterblume, es tut mir so leid.«

Ja, es tut ihm leid. Mir tut es auch leid für ihn. »Setz dich«, sage ich schroff.

»Baby, ich ...«

»Setz. Dich.« Mein Tonfall lässt keinen Raum für Widerspruch.

Kurtis setzt sich hin.

»Ich wusste nicht, dass du ein Monster in dir hast, Kurtis

Jackman, aber jetzt weiß ich es. Und glaub mir, ich werde es nie wieder vergessen.«

Kurtis blickt mich zutiefst beschämt an.

Ich mache eine Pause, um meinen Worten Nachdruck zu verleihen. »Aber wahrscheinlich hat jeder irgendwo in sich drin ein Monster versteckt.«

Ein Funken Hoffnung blitzt in Kurtis' Augen auf.

»Ob du es glaubst oder nicht, ich werde nicht von dir verlangen, dass du ein anderer Mensch wirst – Monster hin oder her. Aber ich habe eine Regel, und die ist nicht verhandelbar: Dieses Monster darfst du nie wieder auf mich loslassen.«

Kurtis will etwas sagen, doch ich spreche einfach weiter.

»Wenn der Alkohol dieses Monster in dir zum Vorschein bringt, dann bleib nüchtern, wenn du in meiner Nähe bist. Wenn du einmal in der Nacht nicht zu mir nach Hause kommst, dann besauf dich und schlag, wen immer du willst – solange du mich nicht mehr anrührst. Ach ja, das erinnert mich daran, dass ich dir gestern etwas mitgebracht habe, als ich unterwegs war …« Ich ziehe etwas aus einer Schublade und setze mich wieder zu ihm. »Hier.« Ich schiebe ihm einen Kalender über den Tisch. »Ich dachte, du willst vielleicht mal einen Blick auf die Echte werfen, anstatt dich nur mit einem billigen Abklatsch zufriedenzugeben.«

Kurtis wird kreidebleich. Wenn ich ihn jetzt anpusten würde, würde er umkippen.

»Wie ich schon sagte, es ist mir egal, was du tust und mit *wem*. Mir ist es egal, wer das Monster in dir zu Gesicht bekommt – solange nicht ich es bin, sondern *jemand* anderes.« Ich deute auf das Foto von Bettie Page auf dem Tisch, um ihm einen Tipp zu geben, wer dieser »Jemand« sein könnte. »Aber mich wirst du in Zukunft behandeln, wie ein guter und ergebener Ehemann seine Ehefrau behandelt, verstanden?«

»Baby, ich …«

»Sei still. Ich bin noch nicht fertig, und ich werde nicht gerne unterbrochen. Das hier ist eine ernste Angelegenheit, und ich will nichts vergessen.«

Kurtis nickt. Es scheint ihm schwerzufallen, nichts zu sagen. Dieser Mann denkt, die Sonne geht auf, nur um ihn reden zu hören.

»Ich verstehe, dass es dich wahnsinnig macht, dass andere Männer ganz verrückt werden, wenn sie mich sehen. Aber du darfst nie vergessen, dass ich dir gehöre, Baby – so, wie du es immer sagst. Die *Fantasie* eines jeden Mannes ist deine *Realität* – die sehnsüchtig und mit gespreizten Beinen im Bett auf dich wartet.«

Kurtis' Augen leuchten auf.

»Aber wenn du jemals wieder die Hand gegen mich erheben solltest, dann verlasse ich dich schneller, als du dich umdrehen kannst. Dann kannst du bitten und betteln, soviel du willst, mir das Blaue vom Himmel versprechen und mir Blumen und Diamanten kaufen – ich werde nicht mehr zu dir zurückkommen. Und ich werde meine Meinung niemals wieder ändern.«

»Es tut mir leid …«, setzt Kurtis an.

»Und wenn du das Monster in dir nicht unter Kontrolle kriegen kannst, wenn du glaubst, dass du es nicht schaffst, mich nicht ab und zu mal zu verprügeln, dann gehe ich jetzt gleich. Ohne Vorwürfe. Ich will auch nicht dein Geld. Alles, was ich je wollte, bist du, Kurtis Jackman, vom ersten Tag an … und unseren gemeinsamen Film. O Gott, wie sehr ich mich auf diesen Film gefreut habe! Denn dieser Film ist unser gemeinsamer Traum, das, was uns überhaupt erst zusammengebracht hat, das Einzige, das mir beweisen kann, dass du mich für immer und ewig liebst, wie du immer sagst.« Ich schaue Kurtis unverwandt an. »Und ich weiß nicht, ob ich dir jemals überhaupt wieder ein Wort glauben kann, wenn du diesen Film nicht mit mir drehst, so wie du es versprochen hast.«

Es herrscht absolute Stille im Raum, als Kurtis das verarbeitet, was ich gerade zu ihm gesagt habe.

»Und wehe, du drehst einen seriösen Film mit einem anderen Mädchen … Puh!« Ich werfe wieder einen Blick auf den Kalender. »Ich weiß nicht, was ich dann tun werde.« Ich schüttle den Gedanken ab.

Kurtis sieht plötzlich so aus, als wüsste er nicht mehr, wo oben und unten ist.

Ich schaue ihn herausfordernd an. »Also? Was willst du jetzt tun, mein geliebter Ehemann?«

»Ich werde tun, was immer nötig ist, um dich zu behalten.«

Ich wusste natürlich, dass er das sagen würde, aber ich weiß auch, dass Kurtis Jackman sein inneres Monster nicht für immer kontrollieren kann – genau, wie König Henry seins nicht kontrollieren konnte. Aber zum Glück brauche ich kein »für immer«. Ich brauche nur noch etwas Zeit, um herauszufinden, wie ich ihn umbringen kann, ohne dass mir der Kopf abgeschlagen wird. Nach dieser beeindruckenden Rede von mir wird er es sich zweimal überlegen, ob er mich in nächster Zeit noch mal schlägt – und diese Weile reicht mir, um einen guten Plan auszuhecken, vielleicht sogar, um ihn endlich dazu zu bringen, diesen Film zu drehen. »Ich weiß, dass du willst, dass ich bleibe, Baby. Aber bist du mit den Forderungen und Bedingungen einverstanden, die ich aufgestellt habe?«

Kurtis grinst und amüsiert sich anscheinend über meine formelle Ausdrucksweise. Ich weiß, dass er mich für ein dummes kleines Mädchen hält, das sich wie eine Erwachsene benehmen will, aber das ist mir egal. Er muss verstehen, wie ernst es mir mit der Sache ist.

»Ich will dich unter allen Bedingungen und Forderungen.« Sein Grinsen wird breiter. Anscheinend findet er mich urkomisch.

»Na gut.« Ich versuche, zurückzugrinsen, aber das tut mir richtig im Gesicht weh. Ich zucke zusammen.

»Ach, Baby, ich hole dir etwas Eis.«

»Danke, Darling. Was bist du doch für ein fürsorglicher Ehemann.«

Und ein lügender, betrügender, erbärmlicher und armseliger toter Mann zugleich.

KAPITEL 31

19 Jahre und 2 Wochen alt

365 TAGE BIS ZUM KILLING-KURTIS-TAG

Obwohl ich in den letzten paar Tagen nichts lieber gemacht hätte, als meinen Daddy zu besuchen, habe ich keinen Fuß vor die Tür gesetzt. Ich kann nicht riskieren, dass mich jemand mit diesem blauen Auge sieht. Wenn ich Kurtis endlich über den Jordan schicke, will ich nicht, dass es auch nur einen Menschen auf der Welt gibt, der sagen könnte, dass Kurtis und ich nicht ein Herz und eine Seele gewesen sind. Ich will nicht, dass irgendjemand hinter meinem Rücken flüstert: »Vielleicht hat sie ihn umgebracht, weil er sie geschlagen hat.« Nein, von diesem Tag an bis zum Killing-Kurtis-Tag, wann immer der auch sein mag – ich habe immer noch keinen wasserdichten Plan –, werde ich alles dafür tun, dass die ganze Welt – einschließlich Kurtis selbst – denkt, dass ich diesem Arschloch zu Füßen liege. Und wenn Mr Kurtis Jackman endlich seinem Schöpfer gegenübertritt, will ich, dass jeder sagt: »Mein Gott, sie hat diesen Mann mehr geliebt als ihr Leben.«

Aber nach fünf langen Tagen, in denen ich herumgesessen und davon geträumt habe, Kurtis die Kehle durchzuschneiden und seine liebsten Körperteile abzuhacken, sind meine Wunden endlich so weit verheilt, dass ich sie mit etwas Make-up verdecken und wieder vor die Tür gehen kann – in diesem Fall ins Besucherzimmer des Gefängnisses, um meinen Daddy zu besuchen.

Ich schaue mich um, weil ich sichergehen will, dass kein Wärter in Hörweite von mir und meinem Daddy steht. »Es gibt etwas, das ich dir sagen muss, Daddy«, flüstere ich eindringlich.

Daddy runzelt die Stirn. »Was liegt dir auf dem Herzen, Butterblume?«

Ich werfe einen Blick auf die Wärter. »Meinst du, die Unterhaltungen hier drin werden aufgezeichnet?« Meine Stimme ist kaum hörbar.

Daddy sieht sich langsam im Raum um. Als sein Blick auf eine Kamera links von uns an der Decke fällt, nickt er und zuckt gleichzeitig mit den Schultern, als würde er sagen wollen: *Ich bin mir nicht sicher, aber es kann schon sein.*

»Daddy, hör mir gut zu.«

Daddy beugt sich zu mir.

Ich lächle ihn an, sodass es für die Wärter so aussieht, als würden wir eine fröhliche Unterhaltung führen. »Mein Mann … es hat sich herausgestellt, dass er überhaupt keine Manieren hat – wirklich überhaupt keine. Wenn ich nicht eine dicke Schicht Make-up im Gesicht tragen würde, könntest du jetzt sehen, wie schlecht die Manieren meines Mannes wirklich sind.«

Daddys Kiefer zuckt. Er versteht mich genau.

Ich nicke langsam und blicke ihn genauso finster an wie er mich, als ich daran denke, wie Kurtis mich vor fünf Tagen mitten ins Gesicht geschlagen hat. Mit den Fingerspitzen berühre ich mein immer noch leicht geschwollenes blaues Auge auf der rechten Seite.

»Es klingt so, als müsste jemand deinem Ehemann zeigen, was es bedeutet, mit Charlie Wilbers Tochter verheiratet zu sein, wie?«

Ich nicke. Ich wusste, mein Daddy würde mich verstehen.

»Erinnerst du dich daran, wie Jessica Santos mich gedemütigt hat? Erinnerst du dich, was mit ihrem Kätzchen passiert ist?«

Daddy nickt erneut. Seine Halsschlagadern pulsieren.

»Ich denke, mein Ehemann sollte genauso enden wie dieses Kätzchen. Alles andere würde ihm nicht begreiflich machen, was es heißt, mit Charlie Wilbers Tochter verheiratet zu sein.« Ich werfe einen Blick auf die Wärter am anderen Ende des Raumes und tue so, als würde ich über etwas Lustiges lachen, das Daddy zu mir gesagt hat.

»Ja, es hört sich wirklich so an, als müsste dein Ehemann noch das ein oder andere lernen.«

Ich nicke und schaue mich verstohlen um. »Wie lange dauert es noch, bis du hier rauskommst, Daddy?«

»Elf Monate und siebenundzwanzig Tage.«

»Also gut. Welches Datum haben wir heute, Daddy?«

Er sagt es mir.

»Also, in genau einem Jahr von heute an wirst du zu meinem Haus kommen und meinem Ehemann einen Besuch abstatten, okay? Es wäre so nett, wenn ihr zwei euch endlich kennenlernen würdet.«

»Das klingt gut.«

»Denkst du, du kannst dir die Adresse von meinem Haus in Hollywood merken?«

»Furzen fette Hunde?«

Ich nenne ihm langsam die Adresse und lasse sie ihn zweimal wiederholen.

»Das ist gut, Daddy«, sage ich. »Du musst nur wissen, an dem Tag, bevor du meinen Ehemann endlich kennenlernen wirst, werden wir nicht zu Hause sein. Dafür werde ich sorgen. Aber du kannst durch die *unverschlossene* Hintertür ins Haus kommen und es dir gemütlich machen, okay? Und am nächsten Tag – genau heute in einem Jahr – wird mein geliebter Ehemann ohne mich heimkommen, irgendwann kurz vor Mittag. Ich weiß noch nicht, warum er ohne mich heimkommen wird, aber das überlege ich mir noch. Und wenn ihr zwei ganz alleine im Haus seid, bringst du ihm ein paar Manieren bei, während ich nicht da bin.« Ich blicke mich um. »Erklär ihm das ein oder andere.«

Daddy nickt, und seine Augen verengen sich zu Schlitzen.

»Wenn du fertig bist, dann verlässt du das Haus für eine Weile, okay? Nachdem du gegangen bist, werde ich am Nachmittag nach Hause kommen. Ich werde die richtigen Leute anrufen und jedem das Richtige erzählen. Und wenn sich der Trubel nach ein paar Tagen gelegt hat, werden wir zusammenwohnen – nur du und ich, für immer, in meiner schicken Villa. Wir werden in unserem Pool schwimmen und in unserem Heimkino Filme anschauen oder an dem Brunnen mit den Skulpturen von nackten Frauen und Engelchen und dem kleinen Amor mit Flügeln sitzen.«

Daddy hört mir genau zu. Dann nickt er langsam. »Das klingt sehr gut.«

Ich fordere ihn dazu auf, die Adresse zu wiederholen, was er langsam tut. Ich bitte ihn, mir das Datum zu nennen, an dem er durch die Hintertür in mein leeres Haus kommen soll, und er tut es. Ich hole tief Luft und versuche, mein klopfendes Herz zu beruhigen. »Ich habe vollstes Vertrauen in dich, Daddy.«

»Nur das Beste für Charlie Wilbers Tochter«, sagt er mit belegter Stimme.

Ich recke meine Faust in die Luft, und Daddy und ich grinsen uns an. Nach all der Zeit verstehen wir uns immer noch blind. »Und während du im nächsten Jahr deine Zeit hier absitzt, werde ich draußen alles dafür vorbereiten, dass eine bestimmte Freundin meines Mannes die Verantwortung dafür übernehmen wird, Kurtis Manieren beigebracht zu haben, und nicht du. O Daddy, diese bestimmte Freundin erinnert mich so an meine Mutter, das kann ich dir gar nicht sagen.«

»Ach ja?«

»Jawohl.«

»Dann muss sie eine wirklich schlechte Person sein.«

»O ja. Diese Frau und mein Ehemann haben sich wirklich gefunden.« Ich senke die Stimme und flüstere, so leise es geht: »Gefunden – in meinem Bett, in meiner Dusche und weiß Gott, wo noch, wenn ich nicht da war.« Für einen Moment verziehe ich angewidert die Mundwinkel. »Ich werde mich um diese Frau genauso gut kümmern, wie ich mich um Mutter gekümmert habe, als du weg warst.«

»Du bist wirklich zuckersüß, Butterblume.«

»Ach, Daddy, ich bin so süß, dass Zucker in meinem Mund nicht einmal schmelzen würde.«

Daddy grinst mich an.

»Ach ja, und noch etwas. Da diese spezielle Freundin meines Mannes die ganze Verantwortung übernehmen wird, fände ich es schön, wenn du Kurtis besonders gute Tischmanieren beibringen könntest. Denn ehrlich gesagt ist mein Mann wirklich ein richtiges Schwein.«

Daddy schaut mich verständnislos an.

»Ich meine, du solltest meinem Mann beibringen, wie er seine Gabel und sein *Messer* richtig benutzt – denn seine Tischmanieren sind wirklich unter aller Sau. Ich denke, es wäre das Einfachste, wenn diese Freundin die Verantwortung dafür übernehmen würde, dass du ihm beibringst, wie man richtig mit *Messer* und Gabel isst.«

Daddys Augen leuchten wissend auf. »Da hast du wohl recht. Ich werde die richtigen Utensilien mitbringen, wenn ich mit deinem Mann spreche. Es wäre eine Schande, wenn diese spezielle Freundin nicht die Anerkennung kriegen würde, die sie verdient.«

»Das stimmt, Daddy. Danke.«

»Es wird mir ein Vergnügen sein. Ich würde alles für dich tun, Butterblume, das weißt du.«

»Aber ich sollte dich warnen, Daddy. Mein Mann ist ziemlich groß. Und manchmal kann er strohdumm sein. Sieh also zu, dass du wirklich große Utensilien benutzt, damit er auch versteht, was du ihm beibringen willst.«

Daddy grinst. »Ich werde schöne, große Utensilien verwenden und sichergehen, dass er mich versteht.«

»Ich denke, du wirst alles, was du brauchst, in unserer Küche finden, Daddy. Ich sorge dafür, dass alles für dich bereitliegt. Bedien dich einfach.«

»Klingt gut.«

»Bist du sicher, dass du alles verstanden hast?«

»Scheißt ein großer, schwarzer Bär in den Wald?« Er grinst mich breit an.

Ich lege die Arme um Daddys Hals. »Es ist so schön, meinen Daddy endlich wiederzuhaben.«

Daddy versucht, mich ebenfalls zu umarmen, aber die Handschellen hindern ihn daran.

»Wenn du hier rauskommst, dann versprich mir, dass du mich nie wieder verlässt«, flüstere ich und muss die Tränen zurückhalten.

»Ich verspreche es. Wenn ich erst hier draußen bin, werden wir für immer zusammen sein.«

»Zwei Minuten«, ruft der Wachmann.

Ich stehe auf und beginne, mich zu verabschieden.

»Butterblume, warte einen Moment.«

Ich setze mich wieder hin und schaue Daddy erwartungsvoll an.

»Jetzt, da wir ausgemacht haben, wann ich dich und deinen Ehemann besuchen komme, ist es nicht mehr so sinnvoll, dass du weiterhin hierherkommst und Dinge erzählst, die keinen etwas angehen.« Er wirft einen vielsagenden Blick auf den Wärter am anderen Ende des Raumes und dann auf die Kamera, die an der Decke hängt. »Was hältst du davon, wenn du das nächste Jahr, in dem ich hier meine Zeit absitze, für dich nutzt? Ein anständiges Mädchen wie du sollte nicht an einem Ort wie diesem sein und mit einem Kerl wie mir reden.«

Es bricht mir fast das Herz, meinen Daddy so was sagen zu hören, aber ich weiß, dass er recht hat. So gerne ich ihn in den nächsten zwölf Monaten auch jeden einzelnen Tag besuchen würde – es ist einfach zu riskant, jetzt, da wir gemeinsam planen, Kurtis über die Klinge springen zu lassen. Und jetzt, da ich weiß, dass Johnny sich jeden Tag an meine Fersen heften könnte, muss ich besonders vorsichtig sein, wohin ich gehe und wen ich treffe. Heute Morgen an der Bushaltestelle habe ich mich schon bestimmt zehn Minuten nach Johnny umgeschaut, bis ich mir sicher war, dass ich den Bus zum Gefängnis unbeobachtet betreten kann.

»Okay, Daddy«, sage ich. »Wahrscheinlich hast du recht.«

»Die Zeit ist um!«, ruft der Wärter in der Ecke des Raumes.

Daddy steht von seinem Platz auf.

»Ich liebe dich, Daddy«, flüstere ich und umarme ihn ein letztes Mal. »Mehr als den Sternenhimmel.«

»Ich liebe dich auch, Butterblume«, antwortet er und vergräbt das Gesicht in meinem Haar. Er legt die Lippen direkt an mein Ohr und murmelt: »Niemand legt sich mit Charlie Wilbers Tochter an. *Niemand*.«

KAPITEL 32

19 Jahre und 3 Wochen alt

349 TAGE BIS ZUM KILLING-KURTIS-TAG

»Hallo, Süßer«, sage ich, als Kurtis zur Tür hereinkommt. Er reicht mir einen großen Strauß Blumen – rote Rosen und Butterblumen – wie überraschend. »Oh, wie lieb von dir«, sage ich. »Vielen Dank, Liebster.« Seit Kurtis das Monster in sich rausgelassen hat, spielt er den perfekten Ehemann. Und ich die perfekte Ehefrau. Sind wir nicht zuckersüß?

Kurtis nimmt auf der Couch Platz, und ich setze mich auf seinen Schoß, wie ich es immer tue.

»Baby«, stöhnt Kurtis und genießt offensichtlich das Gefühl meines Körpers an seinem. »Was hast du heute gemacht?«

»Hat Johnny dir das nicht erzählt?«

Kurtis kichert. »Johnny hat dich heute nicht beobachtet. Er hat gerade im Club genug zu tun.«

»Aha. Also, wenn er mich beobachtet hätte, hätte er dir sagen können, dass ich mir beim Friseur die Haare für dich habe schön machen lassen. Und dass ich mir das neue Buch von Nora Roberts gekauft habe – ich liebe sie einfach.« Ich schenke ihm ein umwerfendes Lächeln. »Ein weiterer aufregender Tag in Hollywood.«

Kurtis beugt sich vor, um mich zu küssen.

»Ach ja, heute Nachmittag hat übrigens jemand für dich angerufen.« Das ist gelogen. »Eine Frau.«

Kurtis sieht plötzlich nervös aus.

»Sie wollte mir ihren Namen nicht sagen«, füge ich hinzu.

»Ach ja? Was hat sie denn gesagt?«

»Ich konnte kaum etwas verstehen, weil im Hintergrund ziemlich laute Musik lief. Das Einzige, das ich verstehen konnte, war, dass sie dich so schnell wie möglich sehen müsse.« Das ist natürlich auch alles gelogen. Niemand hat angerufen. Aber ich genieße Kurtis' nervösen Blick so sehr, dass ich einfach weitermachen muss. »Weißt du, worum es da gehen könnte?«

Kurtis schüttelt den Kopf. »Nein. Ich habe keine Ahnung. Und du sagst, sie hat hier zu Hause angerufen?«

»Mmm hmm.«

»Hmm. Das ist komisch. Ich habe wirklich keine Ahnung.«

»Seltsam. Dann war es bestimmt nur ein Telefonstreich.«

»Klingt sehr danach.«

»Hmm.« Ich warte einen Moment. »Hast du schon Zeit gehabt, bei meinem Produzenten anzurufen, wie du es versprochen hast?«

Kurtis holt tief Luft. »Ja, das habe ich. Es wird nicht funktionieren. Ich suche weiterhin Investoren für unseren Film.«

»Aber vielleicht würden die Investoren von alleine kommen, wenn du einen richtigen Produzenten wie ihn an Bord hättest.«

»Es wird nicht funktionieren, Butterblume«, sagt er leicht verärgert. »Vertrau mir.«

Wir sind also wieder an dem Punkt, an dem ich ihm *vertrauen* soll, wie? »Warum wird es nicht funktionieren? Er ist ein richtiger Filmproduzent, weißt du – er war auf der Filmhochschule und so.«

»Das hast du mir bereits erzählt. Aber ich brauche ihn nicht.« Er grinst mich an, als hätte er ein großes Geheimnis. »Ich habe beschlossen, den Film selbst zu produzieren.«

Ich starre ihn mit offenem Mund an.

»Und ich werde auch das Drehbuch schreiben.«

Okay … Mund zu.

»Ich habe beschlossen, dass ich niemanden brauche, um dich zum Star zu machen. Das werde ich ganz alleine tun.«

Ich weiß wirklich nicht mehr, was ich sagen soll. Kurtis schreibt nicht einmal die Drehbücher für seine dämlichen Pornos selbst. Und jetzt denkt er, er kann einen seriösen Film ganz alleine drehen und auch noch das Drehbuch dazu schreiben? Kurtis hat mir schon tausendmal erklärt, dass er seine Pornos nur »produziert«, was bedeutet, dass er der Mann hinter den Kulissen ist und jeder andere – vom Regisseur über die Schauspieler bis hin zu der Kostümdame (was immer das für einen Porno auch bedeuten mag) – für ihn arbeitet und das tut, was er befiehlt. Kann Kurtis überhaupt noch etwas anderes, als den Leuten um sich herum Befehle zu erteilen? Mir rutscht das Herz in die Hose. »O Mann«, ist alles, was ich herausbringe.

»Ich werde nicht zulassen, dass ein anderer Mann *meine* Frau in meinem eigenen Film herumkommandiert«, sagt Kurtis. »Wenn irgendjemand meiner Frau sagt, was sie zu tun hat, dann bin das *ich*.« Seine Augen sprühen Funken. »Außerdem werde ich mehr aus dir herausbekommen, als es jeder andere Produzent je schaffen wird. Ich kenne dich schließlich besser als jeder andere, Baby.«

Ich weiß nicht, ob ich über diese letzte Bemerkung lachen oder weinen soll. »Dein Wort in Gottes Ohr«, sage ich deswegen nur.

Ich rutsche von Kurtis' Schoß auf die Couch und versuche, aus dieser Situation schlau zu werden. Ist es an der Zeit, aufzugeben? Ist mein Marilyn-Film schon verloren? Sollte ich einsehen, dass ich verloren habe? Vielleicht sollte ich den

Killing-Kurtis-Tag einfach vergessen und jetzt gleich gehen. Vielleicht sollte ich einfach damit zufrieden sein, das *Dream Girl* zu spielen und die Sache mit Kurtis auf sich beruhen lassen. Aber würde Kurtis mich gehen lassen? Oder würde er mich verfolgen?

»Ich habe alles unter Kontrolle«, sagt Kurtis und tätschelt meinen Oberschenkel. »Zerbrich dir nicht deinen hübschen Kopf, Liebes.«

»Aber Kurtis, hast du denn schon jemals bei einem Film Regie geführt?«

»So gut wie.«

»Hast du schon jemals ein Drehbuch geschrieben?«

»So gut wie.« Er zuckt mit den Schultern.

Ich hole tief Luft. »Kurtis, bitte sag mir die Wahrheit. Planst du immer noch, den Film über Marilyn zu produzieren?«

»Natürlich. Davon träume ich schon mein Leben lang.«

»Aber ich meine, planst du immer noch, den Film mit *mir* zu produzieren?«

Er schaut mich ernst an. »Natürlich plane ich das.« Er berührt das Diamantkreuz an meinem Hals. »Du bist mein Star, Baby – meine *Ehefrau.* Wen sonst sollte ich in dem Film meiner Träume haben wollen?« Er schenkt mir sein charmantestes Lächeln. Einen Moment lang fühle ich tatsächlich so etwas wie Herzklopfen, ob man es glaubt oder nicht – auch nach all den Lügen und dem Betrug.

»Wirklich, Kurtis?«

»Natürlich.«

»Und du denkst, das wird bald passieren?«

»Ja. Ich habe in den nächsten Tagen alles unter Dach und Fach. Und dann können wir mit den Dreharbeiten beginnen.«

»Wirklich?«

»Worauf du dich verlassen kannst.«

Ein dümmliches Grinsen macht sich auf meinem Gesicht breit. »Also, das sind ja wirklich fantastische Neuigkeiten«, sage ich aufgeregt. »Vielen, vielen Dank, Baby.«

»Gern geschehen.« Er gibt mir einen Kuss auf die Nase.

Knicke ich gerade ein, oder war es vielleicht doch ein bisschen voreilig, den Killing-Kurtis-Tag so schnell zu planen, nachdem er mich geschlagen hat? Habe ich überreagiert? Ich muss zugeben, jeder hat schon einmal schlimme Dinge getan – ich natürlich nur, weil die Umstände mich dazu gezwungen haben. Aber macht einen das gleich zu einem schlechten Menschen? Wahrscheinlich nicht. Vielleicht fühlt sich Kurtis wegen dem, was er getan hat, so schlecht, dass er beschlossen hat, sich mit neuem Elan unserem Film zu widmen. Und vielleicht hat er so ein schlechtes Gewissen, weil er mir wehgetan hat, dass er beschlossen hat, von jetzt an so liebevoll und nett zu mir zu sein, wie er es war, bevor der ganze Mist passiert ist.

»Also«, sagt Kurtis nachdrücklich. »Warst du heute in deinem Schauspielkurs, wie du es sein solltest, Baby?«

»Ja, Sir«, sage ich. Tatsächlich war ich in den letzten drei Monaten fast jeden Tag im Kurs, und ich habe noch nie im Leben etwas so sehr genossen.

»Gut. Bleib brav und beschäftigt wie ein gutes Mädchen, damit du dich nicht selbst in Schwierigkeiten bringen kannst.«

Aha, da wären wir wieder. Was für Schwierigkeiten meint Kurtis da bitte schön? Mit einem richtigen Hollywood-Produzenten, der auf der Filmhochschule war, einen Cappuccino zu trinken? Eine Rolle zu ergattern in einem seriösen Film, für den es bereits Investoren gibt? »Ich gehe jeden Tag zum Unterricht und in die Workshops, damit ich mich auf einen richtigen Film vorbereiten kann«, sage ich stolz. »Ich nehme die Sache wirklich ernst, damit ich eines Tages eine angesehene Schauspielerin werde.«

Kurtis beißt sich auf die Lippe, als müsse er ein Schmunzeln unterdrücken. »Das ist toll, Baby.« Er tätschelt mir das Knie. »Du gehst einfach weiterhin in deine Kurse und siehst fantastisch aus, und den Rest überlässt du mir.«

Ich atme gedehnt aus. »Ich versuche es ja, Kurtis. Aber es scheint so unendlich lange zu dauern, unseren Film in die Gänge zu bringen.«

Kurtis knurrt plötzlich so laut auf, dass ich zusammenzucke. »Hast du überhaupt eine Ahnung, wie viele Dinge ich gleichzeitig erledigen muss? Wie viele Projekte ich jeden Tag stemmen muss? Was ich jeden Monat auf verschiedenen Wegen liefern muss? Und jetzt habe ich aus purer Güte beschlossen, mit meiner Frau selbst einen Film zu produzieren und zu drehen und alles, was dazu gehört – mit meiner Frau, die noch nie in ihrem Leben in einem Film mitgespielt hat. Und alles, was du dazu zu sagen hast, ist: ›Es scheint so unendlich lange zu dauern‹? Jetzt mach aber mal einen Punkt.«

Ohne Vorwarnung schiebt er mich zur Seite und stürmt aus dem Zimmer. Ich bleibe allein und mit offenem Mund zurück.

KAPITEL 33

19 Jahre und 1 Monat alt

347 TAGE BIS ZUM KILLING-KURTIS-TAG

Während der ganzen Fahrt zum Busbahnhof und auch noch, als ich von meinem Auto zum Eingang laufe, blicke ich immer wieder über die Schulter und suche nach einem Zeichen, dass Johnny mich verfolgt. Aber zum Glück ist er nirgends zu sehen. Trotzdem drehe ich noch eine Runde um den Block – nur um sicherzugehen – und nehme meine Ringe ab, bevor ich den Busbahnhof schließlich betrete.

Vor dreihundertfünfundneunzig Tagen haben Wesley und ich uns geschworen, dass wir uns zwei Tage nach seinem achtzehnten Geburtstag, Punkt zwölf Uhr mittags hier treffen. Und mir würde im Traum nicht einfallen, den armen Kerl zu versetzen. Ich finde eine Bank mit gutem Blick über den ganzen Busbahnhof und setze mich hin. Ich schaue auf die Uhr. Es ist 11:45 Uhr. Meine Knie zittern, so nervös bin ich.

Ich weiß, ich sollte nicht hier sein. Das Risiko ist viel zu groß, und ich bin wirklich dumm, weil ich es eingehe. Es sind immer noch elf Monate, bis ich Kurtis über den Jordan schicken kann, und ich sollte nichts tun, das auch nur annähernd so aussieht, als wäre ich meinem Mann nicht bedingungslos ergeben. Aber ich kann nicht anders. Wie sollte ich Wesley nach Kurtis' Tod je finden, wenn ich heute nicht hier auftauche? Und wie könnte er mich je finden – mit der neuen Haarfarbe, den neuen Brüsten und dem geänderten

Namen? Ich habe keine andere Wahl. Ich musste hierherkommen, auch wenn es eine fürchterlich schlechte Idee ist.

Außerdem werde ich ja nichts weiter tun, als mit Wesley auf einer Bank zu sitzen und zu reden. Ich werde Hallo zu ihm sagen und ihm erklären, dass wir so schnell nicht zusammen sein können – wenn überhaupt jemals.

Ich kann mir vorstellen, dass der arme Wesley diese Neuigkeiten nicht besonders gut aufnehmen wird, aber das kann ich nicht ändern. Mein Ehemann ist nicht die Sorte Mann, die mich mit einem anderen teilt, besonders nicht, wenn es der einzige andere Mann ist, der je in das Vergnügen gekommen ist, meine vollen Lippen zu küssen. Auch wenn dieser »Mann« nur ein kleiner, dummer Junge ist. Nachdem Kurtis ins Gras gebissen hat, sehen die Dinge vielleicht anders aus, wer weiß. Aber das kann ich jetzt unmöglich schon sagen. Wir müssen dem Schicksal einfach seinen Lauf lassen und abwarten, bis unsere Zeit gekommen ist.

Ich werfe wieder einen Blick auf meine Uhr. Zwölf Uhr. Warum braucht er denn so lange, um hierherzukommen? Ehrlich gesagt hätte ich damit gerechnet, dass er schon viel zu früh hier ist und es kaum erwarten kann, mich zu sehen.

Ich muss zugeben, ich freue mich richtig darauf, diesen süßen Jungen wiederzusehen. Ich habe ihn wirklich schrecklich vermisst. Das Leben in Los Angeles kann ein Mädchen ganz schön einsam machen. Ich bin es zwar gewohnt, allein zu sein – das war ich schließlich mein ganzes Leben lang. Aber es gibt einen Unterschied zwischen *allein sein* und sich *einsam* fühlen. Und in Hollywood fühle ich mich einsam. Erstens gibt es hier nirgends einen guten Ort, wo man Bücher bekommt: Jeder hier schaut sich immer nur Filme an. Und in Los Angeles bleibt auch keiner stehen, um mit dir über das Wetter zu reden und darüber, dass schon wieder so eine Bullenhitze herrscht. Natürlich habe ich es gehasst, wenn die Menschen zu Hause sich ständig über die Hitze beklagt haben, doch jetzt vermisse ich das tatsächlich.

Ich blicke mich lange im Busbahnhof um. Immer noch kein Wesley in Sicht.

Was mich in meinem Leben hier in Hollywood am einsamsten macht, ist die Tatsache, dass ich mit Kurtis in diesem großen Haus lebe und überall, wo ich hinschaue, Betties lange, schwarze Haare finde. Im Abfluss der Dusche. Auf meiner Couch. Auf meinem Kissen. Mir im eigenen Haus wie das dritte Rad am Wagen vorzukommen macht mich einsamer als einen Leuchtturmwärter – ganz zu schweigen von der Wut, die in mir kocht.

Ich schaue wieder auf die Uhr. 12:05 Uhr. Warum kommt er denn nicht? Wieso lässt er sich so viel Zeit? O Mann, wenn ich diesen Jungen mit den großen Ohren, dem knochigen Hintern und dem Hundeblick endlich wiedersehe, werde ich ihm eine Ohrfeige dafür verpassen, dass er mich so lange hat warten lassen – gleich nachdem ich ihm einen dicken Kuss auf seine köstlichen Lippen gegeben habe. Wow, mein Herz klopft wie verrückt. Wesley wird Bauklötze staunen, wenn er sieht, wie schön ich in einem Jahr geworden bin – er wird bei meinem Anblick total ausflippen.

Ich blicke mich wieder um und betrachte die Leute, die durch den Busbahnhof laufen. O Mann, die Menschen, die sich mittags hier herumtreiben, sind nicht gerade Schönheiten. Die Hälfte von ihnen könnte in einer Geisterbahn arbeiten. Ich schaue wieder auf meine Uhr und wippe mit den Füßen. *Wo zum Teufel bleibt der Kerl?*

Es ist nicht so, dass es mir etwas ausmacht, alleine zu sein. Im Gegenteil. Ich genieße es richtig, ganz allein auf meiner

Luftmatratze im Pool zu treiben, ein gutes Buch zu lesen und ein Eis zu schlecken. Das Problem ist, wenn Kurtis nach Hause kommt und anfängt, über irgendeine neue Szene aus seinem letzten Porno zu reden oder darüber, dass er Filialen vom Casanova Club in New York und Tokio eröffnen will, dann kann ich nur daran denken, ob er gerade Sex mit Bettie hatte. Und dann muss ich immer an meinen treuen Wesley denken und daran, wie wir zusammen unter der großen Eiche gelegen und über Gott und die Welt geredet und uns geküsst haben, bis unsere Lippen geschwollen waren. Dann fühle ich mich so einsam, dass es mir fast das Herz bricht.

Bis zu dem Tag, an dem ich in den Bus nach Hollywood gestiegen bin, habe ich Wesley mehr von mir erzählt als irgendeinem anderen Menschen auf der Welt – tausendmal mehr, als ich Kurtis erzählt habe, und mehr, als ich jemals einem Menschen erzählen werde. O Mann, ich habe Wesley sogar von Jebs Kuchen erzählt! Und das Beste daran war, dass er mich trotzdem noch wollte.

Plötzlich habe ich eine Erleuchtung: Wesley *liebt* mich. Er hat diese Worte nie zu mir gesagt, aber plötzlich weiß ich, dass es die Wahrheit ist. Er liebt mich und wird für immer und ewig auf mich aufpassen.

Wesley und ich passen einfach zusammen. Wir gehören zueinander. Und so ist es schon immer gewesen. Von dem Moment an, in dem ich durch die Tür des Kinderheims gekommen bin, ist es mir so vorgekommen, als hätte ich Wesley schon mein ganzes Leben lang gekannt, als hätten wir uns dort nicht kennengelernt, sondern uns wiedergefunden. Es gab nie eine Zeit, in der ich das Gefühl hatte, ihm etwas erklären zu müssen – er hat immer alles einfach verstanden. Wesley hat mich immer so gewollt, wie ich war. Verdammt noch mal, er hat mich schon geliebt, bevor ich blondes Haar und große Brüste hatte. Bevor ich tonnenweise Make-up getragen habe. Sogar nachdem er erfahren hat, dass ich Jeb einen vergifteten Kuchen vorgesetzt habe. *O Gott.* Das Herz klopft mir bis zum Hals. Wesley liebt mich – alles an mir, auch die schlechten Seiten.

Ich berühre das Diamantkreuz an meiner Kette und lasse die Finger über die funkelnden Steine gleiten. Ich dachte, Kurtis liebt mich, aber da lag ich falsch. Er will mich nur, weil ich so verdammt hübsch bin – aber Wesley will mich, weil ich einfach ich bin. Meine Augen füllen sich mit Tränen. Ich greife in meinen Nacken und öffne den Verschluss der Kette. Dann stecke ich sie in meine Tasche.

Wesley würde mich nie anlügen oder betrügen. Und er würde mich auf keinen Fall schlagen. Dieser Junge würde mir kein Haar krümmen – oder auch nur irgendeiner Fliege etwas zuleide tun. Er ist vielleicht nicht besonders klug, das stimmt, aber er ist einfach zuckersüß. Und deshalb liebe ich ihn.

O Gott. *Ich liebe Wesley!* Es ist wahr. Ich werde mich heute von Wesley nicht verabschieden, wenn ich ihn wiedersehe – ich werde ihm sagen, dass ich ihn liebe und dass ich für immer und ewig mit ihm zusammen sein will, vom heutigen Tage an. Ich werde keine elf Monate mehr warten, bis ich mein neues Leben mit Wesley beginnen kann – nein, verdammt. Mein neues Leben mit Wesley wird genau heute beginnen.

Ich werde zu meinem Mann gehen und ihm sagen, dass es aus ist zwischen uns, dass ich ihn nicht liebe und dass er mich nicht mehr haben kann. Und dann werde ich hoch erhobenen Hauptes das Haus verlassen und die Hand meines geliebten Wesley halten.

Wahrscheinlich wird Kurtis versuchen, mich mit Versprechungen von Geld und Filmen und Autos und was auch immer zu locken. Aber das kann er alles behalten. Die schicke Villa von Kurtis und all die anderen Dinge sind mir egal. Wesley und ich könnten in einer Bruchbude leben und wären glücklich, solange wir nur zusammen sind. Und ich brauche auch keinen Marilyn-Film mehr, selbst wenn Kurtis es nach all der Zeit doch noch schaffen sollte, ihn zu produzieren. Ich habe jetzt meinen *Dream Girl*-Film. Wenn die Welt mich als *Dream Girl* sieht, werde ich ein großer Star werden – die Produzenten werden mir zu Füßen liegen. Ich werde es ganz alleine schaffen, eine angesehene Schauspielerin zu werden. Dafür brauche ich Kurtis, den Porno-König, nicht.

Bei diesen Gedanken überkommt mich plötzlich eine große Erleichterung. Ich will Kurtis nicht einmal mehr umbringen. Wirklich nicht. Ja, er hat mich geschlagen, das ist wahr, und das bedeutet, dass er es verdient hätte, in kleine Stücke zerhackt und in seinem Garten verteilt zu werden. Aber plötzlich ist mir das nicht mehr wichtig. Alles, was ich will, ist ein glückliches Leben mit Wesley. Ich will meine Hände reinwaschen und endlich neu beginnen. Von heute an werde ich mehr wie Wesley sein – gut und rein und lieb.

Ich schaue wieder auf die Uhr. 12:27 Uhr. Verdammt, wo bleibt er bloß? Ich kann es kaum noch erwarten, meine Arme um den Hals dieses dürren Jungen zu werfen und ihm zu sagen, dass ich ihn immer geliebt habe – seit dem Tag vor all den Jahren, an dem wir uns auf meinem Bett zum ersten Mal geküsst haben.

Ich seufze laut auf. Ich wünschte wirklich, Wesley würde endlich hier auftauchen.

Ich bin richtig erleichtert, den Killing-Kurtis-Tag abblasen zu können. Aber ich mache mir auch ein bisschen Sorgen.

Kurtis ist kein Mann, der einfach sagen wird: »Es war nett, dich kennengelernt zu haben, Baby. Und jetzt geh und werde glücklich mit deinem Freund.« Trotzdem muss ich einfach darauf vertrauen, dass Wesley und ich auch ein glückliches Leben haben können, ohne dass ich meinen Ehemann wie einen Thanksgiving-Truthahn filetiere. Denn Wesley und ich lieben uns – wir lieben uns mehr als den Sternenhimmel. Und ich muss daran glauben, dass so eine Liebe – so groß und rein und ehrlich –, eine Liebe, über die ich immer in meinen Büchern gelesen habe, es schafft, jedes Problem zu überwinden, egal wie groß es auch sein mag. Auch wenn es so groß und muskulös und eifersüchtig ist wie Kurtis Jackman.

KAPITEL 34

19 Jahre und 3 Monate alt

285 TAGE BIS ZUM KILLING-KURTIS-TAG

Dass Wesley vor zwei Monaten nicht am Busbahnhof aufgetaucht ist, hat mir komplett den Wind aus den Segeln genommen, muss ich gestehen. Ich habe, solange es ging, auf dieser Bank gewartet, und als ich keine Minute länger mehr warten konnte, bin ich zu meinem Drei-Uhr-Schauspielkurs geeilt, auch wenn ich mich am liebsten die nächsten tausend Wochen im Bett verkrochen hätte. Aber es war gut, dass ich zum Unterricht gegangen bin, denn plötzlich ist Johnny dort aufgetaucht, um zu sehen, ob ich auch da bin, und er hat mich die ganze Stunde lang mit Argusaugen beobachtet. Dieser Mistkerl. Ich würde ihm nicht mal auf den Arsch spucken, wenn der in Flammen stünde. In diesem Moment habe ich Kurtis mehr gehasst, als ich je für möglich gehalten habe. Aber ich habe Johnny nur angelächelt und ihm zugewunken wie immer. So als wäre ich so süß wie der Puderzucker auf einem Marmeladendonut.

In der Woche, nachdem ich vergeblich am Busbahnhof auf Wesley gewartet habe, ging es mir hundeelend. Ich konnte nicht einmal den Kopf heben und so tun, als würde ich lächeln – nicht einmal, um die perfekte Ehefrau zu spielen. Tagelang habe ich mich gefühlt wie lebendig begraben.

Und genau während dieser schrecklichen Woche hat mein Schauspiellehrer beschlossen, der Klasse etwas sehr Wichtiges beizubringen, das jeder Schauspieler können muss: auf

Befehl weinen. »Ihr müsst euch in den Kopf des Charakters versetzen und euch selbst erlauben, zu *fühlen*, was er fühlt«, hat er erklärt. »Keine Zurückhaltung.«

»Aber wie kann ich fühlen, was mein Charakter fühlt, wenn ich noch nie in so einer Situation gewesen bin?«, fragt ein anderer Teilnehmer.

»Menschliche Emotionen sind allumfassend, unabhängig vom Kontext«, erklärt unser Lehrer lächelnd. »Man kann sich in die emotionale Lage des Charakters hineinversetzen, indem man auf seine eigenen persönlichen Erlebnisse zurückgreift. Wenn euer Charakter einen schweren Verlust erlitten hat, dann denkt an euren eigenen Schmerz, den ihr gespürt habt, als ihr etwas Wichtiges in eurem Leben verloren habt. Wenn sich euer Charakter verlassen oder betrogen fühlt, dann denkt daran, wie ihr euch gefühlt habt, als euch jemand verlassen oder betrogen hat.«

Und wie ich da auf meinem Stuhl gesessen und meinem Lehrer zugehört habe, wie er über Kummer und Herzschmerz geredet hat, bin ich einfach so in große, aufrichtige Tränen ausgebrochen. Ich war gar nicht an der Reihe, auf die Bühne zu treten und eine Übung zu machen oder so. Ich habe einfach nur dagesessen und gespannt dem Lehrer zugehört – und peng … schon ist es passiert.

Plötzlich konnte ich nur noch an Wesleys große Ohren und seinen Hundeblick denken und bin in hemmungsloses Schluchzen ausgebrochen. Als ich stundenlang auf dieser Bank gesessen habe und Wesley unbedingt erzählen wollte, dass ich ihn liebe, hatte ich nur diesen einen Gedanken im Kopf: »Mein Wesley würde mich nicht im Stich lassen. Nein, mein Wesley liebt mich – er wird kommen.« Und was hat Wesley dann getan, in Gottes Namen? Er hat mich im Stich gelassen. Genau wie jeder andere es immer getan hat. Da kam mir der Gedanke, dass Wesley mich nie wirklich geliebt hat – und dieser Gedanke hat mich fix und fertig gemacht.

Und zu denken, dass Wesley mich vielleicht nie geliebt hat, erinnert mich an meinen Daddy – an all die Jahre, in denen ich darauf gewartet habe, dass er zurückkommt und mich holt, was er nie getan hat. An all die Geburtstage, die kamen und gingen, ohne eine einzige Karte oder einen Anruf von ihm. An all die Male, die ich zum Briefkasten gelaufen bin und auf den Postboten gewartet habe, in der Hoffnung, dass vielleicht doch endlich ein Brief von Daddy ankommt – irgendetwas, das mir zeigt, dass es wenigstens einen Menschen auf der Welt gibt, dem ich wichtig bin.

Und dann musste ich aus irgendeinem Grund daran denken, wie Jeb mich immer umarmt und zu mir gesagt hat, dass er mich liebt wie eine Tochter; wie er mir beigebracht hat, einen Kuchen zu backen, und mir sogar erlaubt hat, den Löffel abzuschlecken, als wir fertig waren; wie er immer versucht hat, mich zum Bowlen oder ins Kino oder in die Eisdiele einzuladen, und wie ich immer Nein gesagt habe; und wie ich dem armen Jeb an diesem schrecklichen Abend den Kuchen serviert habe, und wie seine Augen geleuchtet haben, als er gesagt hat, dass ihm noch nie zuvor jemand einen Kuchen gebacken hat.

Und als ich dachte, ich hätte keine Tränen mehr, habe ich an meine Mutter denken müssen, die mich immer angeschrien hat, die immer nur auf ihrer dreckigen Matratze herumgelegen und nach Whiskey gestunken hat (zumindest, bis Jeb in unser Leben getreten ist). Ich musste daran denken, dass meine Mutter mir nicht ein einziges Mal in meinem Leben gesagt hat, dass sie mich liebt. Nein, sie hat mir sogar einmal erzählt, dass es ihr Leben ruiniert hätte, ein Baby zu bekommen. Und schließlich habe ich daran gedacht, wie meine Mutter mich vor Gericht nicht einmal dann angesehen hat, als sie wusste, dass ich es war, die den Kuchen für Jeb gebacken hat.

Als meine Tränen gerade am Trocknen waren, ist Kurtis vor meinem inneren Auge erschienen und nicht mehr verschwunden. Ich musste daran denken, dass er mich eigentlich entdecken sollte wie Lana Turner in diesem Café, es aber nicht getan hat; wie er mir immer wieder gesagt hat, dass er mich liebt, und mir dann trotzdem mitten ins Gesicht geschlagen hat – und noch dazu in unserem Bett mit Bettie mit den großen Titten geschlafen hat. Ich musste daran denken, dass ich dumm genug gewesen bin, Kurtis nicht nur meinen jungfräulichen Körper, sondern auch mein jungfräuliches Herz zu schenken, er aber nur den Körper wollte.

Da ist es mir plötzlich wie Schuppen von den Augen gefallen: Ich bin völlig allein auf dieser Welt. Es gibt keinen einzigen Menschen, der mich liebt, außer dem Publikum in den Kinosälen auf der ganzen Welt. Und da wurde mir klar, dass die Rolle des *Dream Girl* in diesem seriösen Hollywoodstreifen das Einzige im Leben ist, was mir wirklich etwas bedeutet.

Ich habe eine sanfte Berührung an meiner Schulter gespürt, und als ich mit tränenverschmierten Augen aufgeschaut habe, habe ich den grauhaarigen Schauspiellehrer gesehen, der mich mit seinen funkelnden, blauen Augen angelächelt hat. »Ist schon gut, Butterblume«, hat er mit ruhiger und tiefer Stimme gesagt. »Lass alles raus.«

Später, als ich mich ein bisschen beruhigt hatte, hat er zu mir gesagt: »Es scheint so, als hättest du jede Menge Erfahrungen im Leben gemacht, von denen du zehren kannst.«

Ich habe ihn halbherzig angelächelt und mit den Schultern

gezuckt, weil ich nicht wusste, was ich darauf erwidern sollte.

»Du hast wirklich Begabung«, hat er gesagt. »Du bist ein Naturtalent.«

So etwas Nettes hat noch nie zuvor jemand zu mir gesagt, und mir ist plötzlich ganz warm ums Herz geworden. Und dann konnte ich plötzlich zum ersten Mal seit einer Ewigkeit wieder lächeln. Als ich nach dem Kurs an einer Zoohandlung vorbeigekommen bin und im Schaufenster ein winzig kleines, schwarz-weißes Knäuel gesehen habe, habe ich keinen Moment gezögert, bin in den Laden reingegangen, habe meinen Geldbeutel gezückt und das kleine süße Ding gekauft.

»Was zum Teufel ist das denn?«, hat Kurtis gefragt, als ich mit meiner neuen Errungenschaft nach Hause gekommen bin.

»Das hier ist mein neues Kätzchen«, habe ich sachlich geantwortet. »Wilber.«

»Wilber? Du meinst wie das Schwein in *Charlotte & Wilbur?*«

»Ja«, habe ich geantwortet, da ich Kurtis ja schlecht erzählen konnte, dass ich mein Kätzchen so genannt habe, weil ich Charlie Wilbers Tochter bin.

Und Wilber war wirklich meine Rettung. Dank ihm konnte ich wieder klar denken und habe eingesehen, dass die Dinge, wie sie mit Wesley gelaufen sind, Schicksal waren, auch wenn es mir fast das Herz gebrochen hat, dass er nicht am Busbahnhof aufgetaucht ist. Da die Dreharbeiten zu *Dream Girl* bestimmt jeden Tag beginnen und meine Karriere dann durch die Decke gehen wird, kann ich sowieso keine Ablenkungen gebrauchen – auch wenn die Ablenkung so süß ist wie Wesley.

Und als Wesley nicht gekommen ist, wurde mir auch klar, dass es dumm von mir war, zu denken, ich könne Kurtis einfach verlassen. Wie zum Teufel hätte das funktionieren sollen? Und wie hätte ich ein neues Leben mit Wesley beginnen können? Kurtis hätte mich nicht einfach gehen lassen. Und Wesley und Kurtis in derselben Stadt, beide am Leben, beide mit Anspruch auf mich – das hätte nicht gut geendet. Es wäre wahrscheinlich so gewesen, als hätte man ein Feuerzeug an eine Dynamitstange gehalten und sich dann nach vorne gebeugt, um bei der Explosion zuzuschauen.

Aber jetzt bin ich wieder klar im Kopf. Ich habe es noch nicht geschafft, Daddy im Gefängnis zu besuchen (weil ich so beschäftigt war mit meinem Fortgeschrittenen-Schauspielkurs), um ihm zu sagen, dass ich mich dazu entschieden habe, mein Leben doch mit Kurtis zu verbringen. Das ergibt einfach am meisten Sinn. Jemanden zu töten ist eine ernste Sache, und ich habe beschlossen, dass ich damit ein für alle Mal fertig bin. Ich brauche wirklich nicht wieder Albträume, wie ich sie nach Jeb hatte. Und ich will auf keinen Fall den Rest meines Lebens in der Angst leben, von der Polizei geschnappt zu werden.

Außerdem war Kurtis in letzter Zeit ein ziemlich guter Ehemann. Er hat nicht nur ernsthaft von dem Marilyn-Film gesprochen, er hat sich auch wirklich darüber gefreut, dass ich das *Dream Girl* werde.

Und seit dieser einen Nacht ist das Monster in ihm nicht mehr zum Vorschein gekommen. Je mehr ich darüber nachdenke, desto eher denke ich, dass eine schlechte Tat jemanden nicht unbedingt zu einem schlechten Menschen macht. Letztlich bin ich zu dem Schluss gekommen, dass ich glücklich sein kann, solange ich das *Dream Girl* bin und auf meine Schauspielkarriere hinarbeite – sogar in einer Ehe mit Kurtis.

Ich muss mich nur zusammenreißen, dass ich nichts Unbedachtes tue, das ist alles.

Um nicht auf schlimme Gedanken zu kommen, habe ich mich abgelenkt und so viele Kurse wie möglich besucht. Warum auch nicht? Meinem Ehemann scheint es egal zu sein, dass er dafür zahlen muss, also mache ich einfach weiter. Denn es hat sich herausgestellt, dass es in der Schauspielerei immer noch viel zu lernen gibt, auch wenn man ein Naturtalent ist. Es mag von außen zwar nicht so aussehen, aber beim Schauspielern geht es um mehr, als nur auf Befehl zu lachen oder zu weinen oder gut auszusehen – zumindest, wenn man es richtig machen will.

Jetzt, da ich die Fortgeschrittenenkurse besuche, kann ich verstehen, warum Marilyn Monroe auch noch Unterricht genommen hat, als sie schon der größte Filmstar der Welt war. Genau wie Marilyn werde ich weiter lernen und üben, bis ich eines Tages einen Film drehen werde, in dem ich mehr tue, als nur im Bikini ein Auto zu waschen.

Aber da es momentan das ist, was ich für das *Dream Girl* benötige, werde ich darin mein Bestes geben. Jawohl, ich werde in den Schauspielkursen so viel wie möglich lernen, damit ich dieses Auto so authentisch waschen kann, wie es dem Charakter des *Dream Girl* entspricht. Ich habe mir schon eine Hintergrundgeschichte ausgedacht und bin mir sicher, dass sie mir dabei hilft, ihre Emotionen und Motivationen bis ins kleinste Detail zum Ausdruck zu bringen.

Apropos *Dream Girl* – ich muss zugeben, ich wundere mich etwas, dass sich dieser Produzent überhaupt nicht mehr gemeldet hat. Erst dachte ich, unser Anrufbeantworter zu Hause hätte seine Nachricht irgendwie gelöscht, also habe ich ein paarmal versucht, ihn anzurufen. Weil ich ihn nicht erreichen konnte, habe ich die Nummer von Kurtis' Büro angegeben, damit Mildred eine Nachricht für mich annehmen könnte. Aber er hat nie zurückgerufen. Nicht einmal dieser Filmagent, der mich überhaupt erst zu dem Casting geschickt und mir gesagt hat, er könne mir in dieser Stadt zu so viel Arbeit verhelfen, wie ich nur wolle, hat sich noch einmal gemeldet. Und ich kann nicht verstehen, warum.

KAPITEL 35

19 Jahre und 4 Monate alt

265 TAGE BIS ZUM KILLING-KURTIS-TAG

Ich bin es leid, auf den Anruf des Produzenten zu warten. Ich habe mein ganzes Leben darauf gewartet, dass etwas passiert, und ich will nicht länger warten. Heute nehme ich die Dinge selbst in die Hand. Ich werde direkt in das Büro des Produzenten gehen und ihn geradeheraus fragen: »Wann zum Teufel fangen wir endlich mit den Dreharbeiten zu dem *Dream Girl*-Film an, Sir?«

Als ich in seinem Büro ankomme, ist er nicht da.

»Ich werde warten«, sage ich zu seiner Sekretärin.

»Ich weiß nicht, ob er heute überhaupt noch ins Büro kommt.«

»Ich bin der Star in seinem Film«, erkläre ich ihr und recke stolz das Kinn. »Ich bin das *Dream Girl.*«

Seine Sekretärin lässt mich bleiben – aber ich habe das Gefühl, sie tut es nur aus Mitleid.

Nach ein paar Stunden kommt der Produzent dann doch noch ins Büro, und als er mich sieht, wird er knallrot. »Oh, Butterblume«, sagt er. »Hi.«

»Hi. Könnte ich vielleicht mal mit Ihnen reden, Sir?«

»Natürlich.« Er führt mich in sein dunkles und unordentliches Büro, macht das Licht an und deutet auf einen Stuhl. »Was kann ich für dich tun?«

»Na ja, ich wollte Ihnen nur sagen, wie sehr ich mich darauf freue, dass wir einen Film zusammen drehen. Ich nehme jetzt schon seit längerer Zeit Schauspielunterricht, und ich würde Ihnen wirklich gerne zeigen, was ich …«

»Dein Mann hat es dir nicht gesagt?« Er scheint sich nicht wohl in seiner Haut zu fühlen. Als mein Gesichtsausdruck ihm verrät, dass ich keine Ahnung habe, wovon er redet, fährt er fort: »Es tut mir leid, aber die Rolle des *Dream Girl* wurde anderweitig besetzt.«

Ohne dass ich etwas dagegen tun kann, schießen mir Tränen in die Augen. »Aber ich … ich habe die ganze Zeit Schauspielunterricht genommen und habe geübt wie …«

»Wir haben die Dreharbeiten mit der anderen Schauspielerin bereits begonnen.«

»Aber … bitte …«, flehe ich ihn an, und Panik überkommt mich. »Sie haben doch gesagt, ich sei das perfekte *Dream Girl* – Sie haben gesagt, ich wäre wie für diese Rolle geboren.«

Er schüttelt den Kopf. »Du bist ein *Dream Girl* – ohne Zweifel –, nur nicht meins.«

»Aber warum? Was ist passiert?«

Er schluckt hart. »Die Rolle wurde einfach neu besetzt, das ist alles. Das passiert in dieser Stadt ständig. Es tut mir leid.«

Ich springe von meinem Stuhl auf und deute mit dem Finger auf ihn. »Jetzt hören Sie mir mal zu, Mr Großkotz. Sie verraten mir jetzt sofort, warum die Rolle neu besetzt worden ist, oder ich prügle die Scheiße aus Ihnen raus und verprügle Sie dann, weil Sie geschissen haben.«

Für einen kurzen Augenblick legt sich ein Grinsen auf sein Gesicht, das aber sofort wieder verschwindet. »Warum fragst du nicht deinen Mann?«

Jetzt verstehe ich nur noch Bahnhof. Was meint er damit? »Ich … ich habe ihn bereits gefragt«, stammle ich. »Er hat gesagt, er hat mit Ihnen gesprochen. Aber er hat nichts davon gesagt, dass die Rolle neu besetzt wird. Er hat gesagt, er hat mit Ihnen über einen Film gesprochen, den er mit mir drehen möchte, für den er aber noch Investoren sucht, und …« Als ich den spöttischen Gesichtsausdruck des Produzenten sehe, füge ich schnell hinzu: »Keinen Porno, wenn Sie das meinen. Einen seriösen Film über Marilyn Monroe, in dem ich mitspielen soll.« Ich strecke meine Brust raus.

Er verzieht das Gesicht. »Unser Gespräch ist etwas anders verlaufen, als du es gerade beschrieben hast.«

»Ich verstehe nicht.«

Er zuckt mit den Schultern.

»Was wollen Sie mir damit sagen?«, frage ich, und meine Augen treten hervor.

»Du solltest mit deinem Mann sprechen, wenn du Details hören willst.«

Ich lehne mich im Stuhl zurück und fange laut zu schluchzen an. »Bitte erzählen Sie mir, was er gesagt hat.«

Er seufzt und reicht mir Taschentücher. »Es wird einfach nichts draus, okay?« Er hält inne und überlegt anscheinend, was er sagen soll. »Ich will es mal so ausdrücken: Dein Ehemann ist extrem besitzergreifend, was dich angeht. Er hat klargemacht, dass es ihm nicht gefällt, wenn du in irgendwelchen anderen Filmprojekten mit irgendwelchen anderen Produzenten – außer deinem Mann – mitmachst. Punkt.«

Ich starre dem Produzenten unverwandt ins Gesicht und presse die Lippen aufeinander. »Mein Ehemann *besitzt* mich nicht. Ich wurde dafür geboren, das *Dream Girl* zu spielen, und das wissen Sie auch. Sie können mir die Rolle immer noch geben, ob es meinem Mann gefällt oder nicht.«

Er grinst, aber es ist kein fröhliches Grinsen. Er setzt sich auf die Couch neben mir. »Also, wenn ich ehrlich bin, hatte ich nicht den Eindruck, dass ich den Film mit dir machen könnte – oder irgendetwas anderes, wenn es nach deinem Ehemann geht. Und weißt du, ich genieße solche Sachen wie atmen oder essen schon sehr …«

Ich bin mir sicher, in meinem Gesicht steht das blanke Entsetzen geschrieben.

»Also habe ich mich dazu entschieden, dass ich lieber atme und auch weiterhin einen Cheeseburger essen kann, als dich in meinem Film mitspielen zu lassen, Butterblume.«

Meine Brust zieht sich zusammen, und ich versuche, den Schmerz darin zu unterdrücken. »Aber …«, stammle ich. »*Bitte.*«

»Hör zu, es tut mir leid, dass ich so schonungslos ehrlich zu dir bin, aber so großartig du auch bist – und du bist großartig, und ich wünsche dir nur das Beste –, es gibt Dutzende andere Mädchen, die ebenfalls die Rolle des *Dream Girl* in meinem Film spielen können. Also habe ich beschlossen, die Rolle neu zu besetzen, um mir deinen verrückten Mann vom Hals zu halten. So einfach ist das.«

In meinem Kopf dreht sich alles. Ich lege mir die Hände übers Gesicht, und Tränen schießen mir in die Augen und laufen über meine Finger. »Bitte, bitte, bitte«, flehe ich ihn an, auch wenn ich weiß, dass es nichts bringt.

Ich wusste bereits tief in mir drin, dass Kurtis mir nicht zu meiner Bestimmung verhelfen wird. Aber jetzt stellt sich heraus, dass er mich aktiv und absichtlich davon abhält, eine große Schauspielerin zu werden.

Dieser Film war das Einzige, das ich in meinem Leben noch hatte.

Und jetzt habe ich nichts mehr.

Keinen Marilyn-Film.

Keinen *Dream Girl*-Film.

Keinen Ehemann, der mich liebt.

Keinen Wesley.

Kein Happy End für mich.

Plötzlich überkommt mich eine rasende Wut. Ich würde am liebsten auf dem schnellsten Weg nach Hause gehen und meinem Ehemann eine Axt in den Rücken rammen. Aber das werde ich nicht tun. Denn ich bin viel zu klug, um von dem Plan abzuweichen, den ich mit Daddy ausgeheckt habe. Ich bin schließlich Charlie Wilbers Tochter, und das bedeutet, ich lasse Daddy die Sache regeln, genau, wie wir es sorgfältig geplant haben – keine Zweifel mehr.

Und wenn Kurtis erst unter der Erde liegt, werde ich in jedem Film mitspielen können, in dem ich will. Wenn ich erst mal das ganze schmutzige Pornogeld von Kurtis geerbt habe – und ich werde jeden einzelnen Cent davon erben –, dann werde ich höchstpersönlich jeden Film selbst produzieren, den ich mag. Und ich werde keine verdammten Investoren dazu brauchen. Ich habe es satt, mich immer auf andere verlassen zu müssen, um meinen Traum wahr werden zu lassen. Von jetzt an nehme ich mein Schicksal selbst in die Hand.

Als ich von meinem Treffen mit dem Produzenten zurückkomme, ist Kurtis noch nicht daheim. Was ein großes Glück für ihn ist, denn meinen Mann nicht in tausend kleine Stücke zu zerhacken und im Garten zu verteilen, würde mich allergrößte Willensstärke kosten.

Ich sitze mit meinem kleinen Wilber auf dem Schoß am Küchentisch und nehme den Telefonhörer in die Hand.

»Judys Blumen.«

»Hallo, Judy.« Dank meinem Schauspielunterricht bin ich in meinem kalifornischen Akzent schon viel besser geworden. »Hier ist Charlene. Ich möchte wieder Blumen für meinen Boss bestellen.«

»Oh, hallo. Die üblichen zwei Sträuße?«

»Ja. Und die Rechnung wieder gesammelt an die Heimadresse.«

»Verstanden.«

»Aber machen Sie diesmal die zwei Sträuße doppelt so groß wie sonst – nein, dreimal so groß. Sie sollen so übertrieben und verschwenderisch aussehen, dass es eine Schande ist, so viel Geld für Blumen auszugeben, anstatt damit ein Dritte-Welt-Land mit Essen zu versorgen.«

Judy, die Floristin, lacht. »Okay.«

»Und auf der einen Karte für Bettie soll dieses Mal stehen: ›Ich werde dich immer lieben, mein Engel. In Liebe, dein dir ewig ergebener Bewunderer‹.«

»O ja, das wird ihr gefallen. Rosen und Pfingstrosen wie immer?«

»Ja. Aber vielleicht tun Sie dieses Mal noch ein paar Vergissmeinnicht dazu.«

»Okay. Das sieht bestimmt schön aus.«

»Und wie wäre es mit etwas Lavendel?«

»Hmm«, sagt Judy. »Das ist nicht gerade typisch für einen romantischen Strauß. Lavendel wird oft als Blume des ›Misstrauens‹ interpretiert.«

Ich fühle, wie sich mein Blick verfinstert. »Hmm«, sage ich. »Das ist egal. Mein Boss interessiert sich nicht besonders dafür, was die verschiedenen Blumen bedeuten. Ihm gefällt, was ihm gefällt. Und er sagt, dass Lavendel die Lieblingsfarbe seiner Freundin ist. Also machen wir ihm die Freude.«

»Kein Problem.«

»Und in den Strauß für das Haus stecken Sie bitte die größten und schönsten Blumen, die man sich vorstellen kann. Meinem Boss ist es egal, welche Blumen in dem Strauß stecken. Hauptsache, er ist teuer und strahlt pure Lebensfreude aus.«

Judy, die Blumenfrau, lacht erneut. »Das werde ich tun.«

»Vielen Dank.«

»Soll ich auf die Karte für den zweiten Strauß auch etwas schreiben? Das klingt nach einem besonderen Anlass.«

»O ja, das ist es«, antworte ich. »Aber wir lassen einfach die Blumen sprechen. Reden ist Silber, Schweigen ist Gold.«

»Wie wahr.«

»Also dann, vielen Dank und bis zum nächsten Mal.«

Ich streichle einen Moment lang über Wilbers Fell und versuche mich zu beruhigen. »Der Killing-Kurtis-Tag kann gar nicht schnell genug kommen, stimmt's, Wilber?«, flüstere ich, und mein kleines Kätzchen schnurrt zustimmend. Ich hebe Wilber hoch und vergrabe mein Gesicht in seinem weichen Fell.

Nein, das kann er nicht, sagt Wilber zu mir. *Er kann wirklich nicht schnell genug kommen*.

KAPITEL 36

19 Jahre und 6 Monate alt

195 TAGE BIS ZUM KILLING-KURTIS-TAG

Ich werde brutal aus dem Schlaf gerissen. Kurtis steht neben mir über das Bett gebeugt. Er stinkt, als wäre er in ein Schnapsfass gefallen. Seine Haare hängen ihm ins Gesicht. Ich setze mich sofort aufrecht hin und kriege eine Gänsehaut. Mein Atem geht schneller.

»Kurtis«, stammle ich. Ich blinzle, um seine Hände im Dunkeln zu erkennen. Hat er eine Waffe? Nein. Seine Hände sind zu Fäusten geballt. Will er mir wieder mit den Fäusten ins Gesicht schlagen? Oder öffnet er sie gleich, um seine Hände um meinen Hals zu legen?

Kurtis atmet heftig durch den Mund. Er ist so betrunken, dass er nicht mehr weiß, wo oben und unten ist. »Ich habe das Monster in mir freigelassen, Baby«, knurrt er. Er klingt nicht wie er selbst.

Ich habe zu viel Angst zu sprechen.

»Ich habe es rausgelassen«, lallt er. »Aber nicht an dir.« Er streckt mir seinen Kopf entgegen, um mich zu küssen. Als Kurtis' Mund auf meinem landet, fühlt es sich an wie schleimiger Gummi. »Sie hat mit einem anderen geschlafen – und wer immer der Kerl ist, er schickt ihr Blumen. Blumen und noch mehr Blumen und Karten, auf denen steht: ›Ich werde dich immer lieben‹. Sie wollte mir nicht sagen, von wem sie sich ficken lässt, also habe ich das Monster in mir freigelassen, Baby – genau wie du es gesagt hast.«

Ich rolle mich auf die Seite, und Kurtis' Körper fällt aufs Bett. Wilber springt erschrocken auf und hüpft auf den Boden.

Heute Abend, bevor Kurtis in den Club gegangen ist, habe ich ihm wieder erzählt, dass eine Frau bei uns angerufen hätte. »Es war die gleiche Frau wie bei den letzten Malen«, habe ich gesagt. »Sie nennt mir nie ihren Namen, sie sagt immer nur, dass sie unbedingt mit dir sprechen und dich sehen muss. Dieses Mal hat sie die ganze Zeit gekichert, als sie deinen Namen gesagt hat. Denkst du, es ist jemand aus dem Club, Baby?«

Natürlich ist nichts davon wahr. Alles, was ich Kurtis neuerdings erzähle, ist eine Lüge. Aber ich will ihn weiter provozieren, denn ich glaube, je öfter er glaubt, dass Bettie hier angerufen hat, und je öfter Johnny ihm erzählt, dass ihr heimlicher Verehrer ihr wieder einen Blumenstrauß geschickt hat, desto eher kommt Kurtis in Versuchung, sich im Club zu betrinken und Bettie zur Rede zu stellen – vielleicht sogar vor zahlreichen Zeugen. Und die Tatsache, dass Kurtis noch einen Schritt weitergegangen ist und sein inneres Monster auf Bettie losgelassen hat, wird Bettie nicht gerade helfen, wenn es wegen des Mordes an Kurtis zum Prozess gegen sie kommt.

»Sie schwört mir immer, dass sie es nicht ist, die hier anruft. Aber wer sollte es sonst sein?«

Ich habe Kurtis noch nie so betrunken erlebt. Ich hole tief Luft, um meine Nerven zu beruhigen. Ich muss mir nur immer wieder sagen, dass das alles zum Plan gehört – so angsteinflößend Kurtis auch gerade sein mag. »Du hast recht, Baby«, flüstere ich. »Du hast das Richtige getan«, sage ich mit zitternder Stimme. Vorsichtig nehme ich eine seiner Hände in meine und begutachte sie. Seine Knöchel sind geschwollen. Er muss ziemlich fest zugeschlagen haben. »Du lässt dich von niemandem für dumm verkaufen, richtig?«

Er zieht seine Hand weg, und ich zucke zusammen. »Sie wollte mir einfach nicht sagen, wer er ist«, sagt er. »Ich habe ihr gesagt, dass es mir egal ist, wer er ist. Sie soll es mir einfach nur sagen. Und ich habe geschworen, dass ich nichts tun werde. Aber sie wollte es mir einfach nicht sagen. Sie hat immer nur gesagt, dass sie nicht weiß, wer es ist.«

»Natürlich weiß sie, wer es ist«, schnaube ich. »Ein Mann schickt ihr immer wieder Blumen, und sie weiß nicht, wer er ist? Diese Frau versucht, dir ein X für ein U vorzumachen.«

»Sie ist eine verdammte Lügnerin«, knurrt Kurtis.

Plötzlich fällt mir ein kleiner Blutspritzer auf Kurtis' blauem Hemd direkt unter seiner Schulter auf. Es ist nur ein kleiner Fleck, aber es ist zweifellos Blut. »Es war gut, dass du dein inneres Monster auf sie losgelassen hast«, flüstere ich und begutachte den Blutspritzer. Auf Kurtis' blauem Hemd sieht er fast lila aus.

»Ich habe mein Monster freigelassen, wie du es gesagt hast«, murmelt Kurtis erneut und klingt, als würde er gleich einschlafen.

»Das ist in Ordnung.«

»Ich habe dich nicht verdient«, murmelt er.

Wahre Worte.

»Du liebst mich, obwohl ich dieses Monster in mir habe.«

»Das stimmt.«

Er kuschelt sich im Bett eng an mich. Er stinkt fürchterlich.

»Ist sie tot?«, flüstere ich.

»Nein, natürlich nicht. Ich bin doch kein Mörder, verdammt.«

»Bist du dir sicher?«

»Sie hat einen Schuh nach mir geworfen, als ich gegangen bin.«

»Okay, das würde einer Toten ziemlich schwerfallen.«

Kurtis kichert. »Du bringst mich immer zum Lachen, Baby. Deshalb liebe ich dich.«

»Und deshalb darfst du dein inneres Monster auch nie an mir …«

»Ich weiß! Das hast du bereits gesagt. Und es macht mich wahnsinnig, glaub mir. Denn manchmal würde ich am liebsten …«

Meine Nackenhaare stellen sich auf.

»Aber ich tue, was du verlangst, okay? Also hör auf, mich immer wieder daran zu erinnern.«

Seine Stimme klingt plötzlich nicht mehr nach »Ich habe dich nicht verdient«, sondern nach »Ich will dir ins Gesicht schlagen«. Ich habe am ganzen Körper Gänsehaut. Eine neue Taktik muss her. »Es macht mich nur so unwahrscheinlich scharf, wenn du dein inneres Monster an jemand anderem auslässt. Es gefällt mir, zu wissen, dass du schlimme Dinge tust, Kurtis, solange du sie nicht mit mir tust. Es törnt mich wahnsinnig an, wenn ich mir vorstelle, wie brutal und stark und männlich du sein kannst – und wie du diese Frau für ihre Lügen bezahlen lässt.«

Es hat funktioniert. Ohne Vorwarnung zieht er sich die Hose aus und dringt brutal in mich ein wie ein wild gewordenes, hungriges Raubtier. Und zum ersten Mal seit Langem genieße ich den Sex mit Kurtis wieder richtig bei dem Gedanken daran, wie er Bettie geschlagen und sie für ihre Lügen hat bezahlen lassen.

KAPITEL 37

19 Jahre und 10 Monate alt

33 TAGE BIS ZUM KILLING-KURTIS-TAG

Vor Kursbeginn kommt mein Schauspiellehrer auf mich zu. »Hey, gestern hat irgendein Typ nach dir gefragt.«

Ich bin sofort höchst alarmiert. War es Kurtis? Oder vielleicht Johnny? Ich versuche, mich zu erinnern, was ich gestern gemacht habe. Hätte ich im Kurs sein sollen? Meine Gedanken überschlagen sich.

»Er hat erst mit einem anderen Namen nach dir gefragt«, fügt mein Lehrer hinzu.

Jetzt bekomme ich Panik. Hat die Polizei schließlich doch herausgefunden, dass ich es war, die Jeb den Kuchen gebacken hat? Oder dass ich Mr Clements die Karten gestohlen habe?

»Aber dann hat der Typ gemeint: ›Vielleicht nennt sie sich auch Butterblume‹. Da war mir klar, dass er nach dir sucht.« Mein Lehrer grinst mich breit an. »So viele Frauen mit dem Namen Butterblume gibt es schließlich in Los Angeles nicht, stimmt's?« Er lacht, und ich stimme ein, obwohl mir das Herz bis zum Hals schlägt. »Auf jeden Fall hat mich dieser Typ angefleht, ihm deine Telefonnummer und Adresse zu geben, aber das habe ich natürlich nicht getan. Also hat er mich gebeten, dir das hier zu geben.« Er drückt mir einen gefalteten Zettel in die Hand.

»Danke«, sage ich mit zitternder Stimme.

»Er hatte so einen lustigen Akzent wie du, also dachte

ich mir, es wird schon in Ordnung sein.« Er zwinkert mir zu.

Ich bin sprachlos. Ist Daddy wegen guter Führung schon früher aus dem Gefängnis gekommen?

In dem Moment, in dem mein Lehrer davongeht, falte ich mit zitternden Händen den Zettel auseinander, und in einer vertrauten Handschrift sehe ich eine örtliche Telefonnummer geschrieben – gefolgt von dem süßesten kleinen Wort, das ich je gelesen habe: *Wesley*.

Ich springe von meinem Stuhl auf und will auf der Stelle zu der Telefonzelle auf dem Parkplatz rennen, aber da sehe ich Johnny in der Tür stehen, der mich mit Argusaugen beobachtet.

Langsam setze ich mich wieder. Verdammter Johnny. Verdammter Kurtis. Ich winke Johnny kurz zu und gebe ihm zu verstehen, dass ich mich über seinen Anblick ganz und gar nicht freue.

Johnny grinst mich an und setzt sich ganz hinten im Raum auf einen Stuhl.

Ich würde am liebsten sofort rausrennen und die Nummer anrufen, die auf dem Zettel steht, aber ich sitze hier fest.

Die nächste Stunde verbringe ich damit, meinen Mitschülern zuzuhören, wie sie kurze Monologe vortragen und die Themen »Motivation«, »Zielvorstellung« und »Subtext« diskutieren. Normalerweise bin ich in den Schauspielstunden immer sehr redselig – das passiert wahrscheinlich, wenn man seine höhere Bestimmung im Leben gefunden hat –, aber heute bin ich abwesend und still. Die Nachricht brennt mir fast ein Loch in die Hand und lässt meinen Atem schneller gehen.

Als die Stunde vorbei ist, gehe ich durch die Stuhlreihen zu Johnny rüber, als hätte ich nichts Besseres zu tun, als mit ihm über das Wetter zu quatschen. »Hey, Johnny«, sage ich und bleibe vor ihm stehen. »Was für eine Überraschung, dich hier zu sehen. Hattest du deinen Spaß hier hinten?«

Er grinst.

»Wirst du Kurtis von den ganzen Monologen erzählen? Ich bin sicher, vor allem der letzte wird ihm gefallen.«

»Kurtis will nur sichergehen, dass du in einem Stück beim Unterricht ankommst. Er macht sich Sorgen, wenn du den Sportwagen fährst, weil du noch Fahranfängerin bist, weißt du?«

Das ist so typisch für Kurtis. Erst schenkt er mir ein Auto, und dann nimmt er es als Ausrede dafür, mir hinterherspionieren zu lassen, weil er sich angeblich Sorgen macht, dass ich zu schnell fahren könnte. »Ja, ich weiß, wie sehr Kurtis sich um mein Wohlbefinden sorgt.« Ich beschließe, die Gelegenheit zu nutzen und Kurtis' inneres Monster noch ein bisschen zu provozieren, da Johnny ihm sicherlich alles berichten wird, was ich sage. »Kannst du mir vielleicht eine Frage beantworten, Johnny?«

»Ich kann es versuchen.«

»Wer ist die Frau aus dem Club, die immer bei mir zu Hause anruft?«

»Woher willst du wissen, dass es nicht irgendeine Vertreterin ist, die dir einen Staubsauger verkaufen will? Vertreterinnen können sehr penetrant sein.«

Mann, dieser Johnny ist wirklich so clever wie Toastbrot. »O Mann, dieser Gedanke ist mir noch gar nicht gekommen. Danke, so muss es sein.«

»War mir ein Vergnügen.«

»Aber beim letzten Mal hat sie besonders wütend geklungen. Ich werde mit Sicherheit keinen Staubsauger von einer Frau kaufen, die mich so beschimpft.«

»Was hat sie gesagt?«

Ich verziehe die Mundwinkel, als würde ich nachdenken. »Egal. Du hast recht. Ich werde es dabei belassen. Aber bitte, hab für mich ein Auge auf Kurtis. Ich will, dass er in Sicherheit ist. Diese Frau, wer immer sie auch sein mag, hat eine Riesenwut auf ihn, und ich mache mir Sorgen.«

Johnny lacht. »Mach dir keine Sorgen. Ich werde Kurtis vor jedem wütenden Mädchen beschützen.«

Ich unterdrücke ein Grinsen. »Danke, Johnny. Da bin ich mir sicher. Wirst du mir jetzt für den Rest des Tages Gesellschaft leisten? Ich erzähle dir jetzt nämlich, was ich noch für aufregende Dinge vorhabe. Zuerst steht hier noch eine Unterrichtsstunde an – diesmal über den richtigen Umgang mit Requisiten. Dann werde ich mir in einer neuen Boutique auf dem Melrose ein hübsches neues Kleid kaufen. Danach gehe ich noch zur Maniküre und lasse mir die Nägel knallrot lackieren. Da steht Kurtis voll drauf.« Ich zwinkere ihm zu.

»O Mann, es tut mir total leid, dass ich mir das alles entgehen lassen muss. Aber leider musst du den Rest des Tages ohne mich verbringen.« Er tippt sich an den imaginären Hut und verlässt das Gebäude.

Ich stecke den Kopf durch die Eingangstür und warte, bis Johnny den Gehweg entlangläuft. Sobald er außer Sichtweite ist, stürme ich in die Telefonzelle und wähle mit zitternden Fingern.

»Sunset Motel«, sagt eine Stimme am anderen Ende der Leitung.

»Wesley Miller, bitte.«

»Er hat seinen Schlüssel abgegeben, also ist er gerade nicht da. Soll ich ihm eine Nachricht hinterlassen?«

»Wenn er in den nächsten zwanzig Minuten zurückkommt, sagen Sie ihm bitte, dass er sich nicht vom Fleck rühren soll«, rufe ich ins Telefon. Dann fahre ich, so schnell es geht, mit meinem kleinen Sportwagen zu dem Motel.

Ich sitze auf einem klapprigen Metallstuhl in der Hotellobby und wippe vor und zurück, während es überall an meinem Körper kribbelt. Ich werde hier den ganzen Tag warten, wenn es sein muss – oder auch die ganze Nacht. Mein ganzes Leben, falls nötig. Gott ist mein Zeuge, ich werde diesen Ort nicht mehr verlassen, bevor ich den Blick – und die Lippen und auch jeden anderen Körperteil – nicht auf meinen lieben, süßen, treuen, ehrlichen und gutherzigen Wesley gelegt habe.

Ich warte und warte. Und dann warte ich noch ein bisschen.

Dieses Mal bringen mich keine zehn Pferde hier weg – komme, was wolle.

Nach einer gefühlten Ewigkeit öffnet sich die Glastür zur Lobby, und da ist er. Die Liebe meines Lebens.

Wesley.

KAPITEL 38

19 Jahre und 11 Monate alt

33 TAGE BIS ZUM KILLING-KURTIS-TAG

Als Wesley das Foyer des schäbigen Motels betritt, in dem ich fast zwei Stunden auf ihn gewartet habe, springe ich vom Stuhl auf, als hätte mir jemand einen Stromschlag verpasst. »Wesley«, rufe ich.

Wesleys Blick, als er mich sieht, ist unbezahlbar. Jetzt, da ich ihn besser sehe, ist es sogar Wesleys ganzes Gesicht, das unbezahlbar ist, nicht nur der Blick darin. Gütiger Gott, was ist nur mit seinem Gesicht passiert? Er sieht ja richtig gut aus. Wo ist mein schlaksiger, pickliger Junge mit den großen Ohren und dem Hundeblick hin? Das hier ist ein richtiger Mann – und noch dazu ein wirklich attraktiver. Und was ist mit Wesleys schmalen Schultern passiert? Vor mir steht ein breitschultriger Mann mit großem Bizeps und kantigem Gesicht. Meine Knie werden weich.

»Charlene?« Wesley ist offensichtlich total schockiert.

Ich nicke heftig. Das Herz droht mir aus der Brust zu springen.

Wesley steht einfach nur da und starrt mich mit offenem Mund an.

»Wesley, hol deinen Zimmerschlüssel«, flüstere ich. Meine Wangen glühen.

Wesley schüttelt den Kopf, als würde er seinen Augen nicht trauen. »Ich habe dich überall gesucht, und jetzt, endlich …«

»Hol deinen verdammten Schlüssel«, sage ich. Zwischen meinen Beinen pocht es plötzlich wie verrückt.

»Heilige Scheiße«, murmelt er. Schnell holt er seinen Zimmerschlüssel von dem Mitarbeiter an der Rezeption, der Wesley bewundernd angrinst.

Wesley und ich sprinten fast zu seinem Zimmer und sind beide zum Zerreißen gespannt. Wesley öffnet die Tür und bedeutet mir, zuerst einzutreten, was ich auch tue. Dann betritt er ebenfalls das Zimmer und schließt die Tür hinter sich. Auf der Stelle und ohne mich um Erlaubnis zu fragen, wie er es sonst immer getan hat, nimmt mich Wesley in seine starken Arme und küsst mich leidenschaftlich, während er seine Erektion gegen meine Hüfte presst.

Als seine Zunge in meinen Mund eindringt, wird mir fast schwindelig, und ich habe noch nie etwas so Süßes geschmeckt wie Wesleys Lippen und Zunge. Ich habe noch nie etwas so Gutes gerochen wie seinen Duft, und ich habe noch nie etwas so gewollt, wie ihn tief in mir zu spüren.

»Ich kann nicht glauben, dass du hier bist«, sagt Wesley und tritt einen Schritt zurück, um mich zu betrachten. »Ich habe dich wirklich überall gesucht – und jetzt bist du endlich hier.«

Ich lache vor Freude auf. Ich kann mich nicht erinnern, in meinem ganzen Leben schon mal so glücklich gewesen zu sein.

»Und du siehst aus wie ein Filmstar«, sagt Wesley sichtlich beeindruckt.

»O Wesley, ich bin ein Filmstar.« Ich muss kichern, als ich seine erstaunte Miene sehe. »*Butterblume Bouvier.*« Ich werfe die Hände in die Luft, als wäre ich die Assistentin eines Zauberers.

Er küsst mich wieder. Aber als er dieses Mal mit meinem

Mund fertig ist, küsst er mich auf die Wangen, auf die Augen, auf die Nase, auf die Stirn und sogar auf die Ohren. Die ganze Zeit presst er dabei seinen harten Penis zwischen meine Beine.

»O Wesley«, keuche ich und drücke mich an ihn. Mein Herz rast.

Ich greife nach unten und berühre die Beule in seiner Hose. Ich sehne mich so sehr nach ihm, und plötzlich steht für uns beide fest, dass die Zeit zum Reden vorüber ist.

Wesley reißt sich das T-Shirt vom Leib, und ich stöhne bei seinem Anblick auf.

Großer Gott, Wesleys durchtrainierter Körper wäre schon Grund genug, mich dahinschmelzen zu lassen. Aber noch etwas an Wesley bringt mich fast dazu, vor Lust zu wimmern: Der Junge hat sich tätowieren lassen – *mit meinem Namen*: »B-U-T-T-E-R-B-L-U-M-E«, steht in Großbuchstaben auf Wesleys Brust. Jeder Buchstabe ist von den Stängeln und Blüten von Butterblumen eingerahmt.

Also wenn das nicht reicht, eine Frau den Namen eines Mannes laut schreien zu lassen, dann weiß ich auch nicht. »Wesley«, schnurre ich, aber ich will nicht mehr reden. Ich will Taten. Ich will ihn. Ich fange an, mir das Kleid auszuziehen, doch Wesley übernimmt diese Aufgabe sogleich. Hastig reißt er mir das Kleid vom Leib.

Als sein Blick auf meine nackten Brüste fällt, glühen seine Augen wie heiße Kohlen.

Meine Haut kribbelt am ganzen Körper.

Im Bruchteil einer Sekunde liegen Wesleys Klamotten zusammen mit meinen auf dem Boden, seine Arme sind um mich geschlungen, und seine Lippen verschlingen meine. Als er mich zwischen den Beinen berührt und dann mit den Fingerspitzen in mich eindringt, schreie ich laut auf, und meine

Knie geben nach. Ich fasse nach seinem Penis, und er stöhnt. Drängend führt er mich zu seinem quietschenden Motelbett, drückt mich auf den Rücken, und ich spreize für ihn die Beine. Dabei stöhne ich wie ein Kalb bei der Schlachtung seiner Mutter. Ich habe mich noch nie im Leben so sehr nach etwas gesehnt.

»Wesley«, flüstere ich. »Mein Wesley.«

Wesley stöhnt, als sich sein Körper mit meinem vereint. Ich stöhne ebenfalls laut auf. Dann schlinge ich die Arme um ihn und ziehe ihn an mich, so fest ich kann.

Immer, wenn ich mit Kurtis zusammen war, habe ich mich gefragt, ob es sich anders anfühlen würde, Wesleys Körper statt den von Kurtis in mir zu spüren – und jetzt habe ich endlich meine Antwort: Ja, verdammt, es fühlt sich anders an. Es besteht kein Zweifel – mit Wesley zu schlafen ist eine Ejakulation, die die Trajektorie meines Lebens verändern wird. Und nicht nur das.

Ich habe das Gefühl, als würde mein Körper explodieren und in tausend kleine Teilchen zerspringen – bei jedem Kuss von Wesleys Lippen, bei jeder Bewegung seiner Zunge, bei jedem Stoß seines Körpers. Jetzt, da Wesley und ich einander lieben, wovon ich schon so lange geträumt habe, wird mir plötzlich glasklar, dass ich Kurtis nie geliebt habe, nicht einmal, als er mir über seine Müslischüssel hinweg gesagt hat, wie wunderschön ich bin, auch ohne Schminke. Die ganze Zeit war mein Ehemann nichts weiter als ein eckiger Stift für mein rundes Loch – wohingegen Wesleys Stift rund und hart und lang ist und perfekt passt.

Wesleys Stöße werden immer heftiger und drängender. Ich packe seinen Hintern und drücke ihn noch fester an mich, damit er tiefer in mich eindringt, als Kurtis es je getan hat. Als mein Körper beginnt, aus dem tiefsten Innern zu zucken und sich zusammenzuziehen und sich in warmen Wellen der Lust gegen seinen drückt, kann ich nicht anders, als gleichzeitig zu schreien und zu weinen. Die körperliche Befriedigung, die ich verspüre, ist anders als alles, was ich bisher gefühlt habe, aber deswegen weine ich nicht. Ich glaube, mir kommen die Tränen, weil ich zum ersten Mal in meinem Leben vollkommen glücklich bin.

Auch nachdem Wesley und ich innerhalb einer Stunde schon zum zweiten Mal miteinander geschlafen haben – und beim zweiten Mal hat er mich geküsst und geleckt, bis ich fast wahnsinnig geworden bin –, können wir noch nicht genug voneinander kriegen. Er schaut mich wieder und wieder bewundernd an, küsst jeden Zentimeter meines Körpers, saugt an meinen Nippeln, liebkost jede meiner Rundungen und malt mit den Fingerspitzen kleine Herzen auf meine Haut. Und ich kann ebenso wenig die Finger von Wesley lassen – sein gewölbter Bizeps, seine markanten Gesichtszüge, seine harten Bauchmuskeln und weichen Lippen. Und erst seine muskulöse Brust mit meinem Namen darauf.

»Du bist so *schön*«, murmelt Wesley, während seine Finger über meine Haut gleiten.

Mein Herz zieht sich zusammen. Kurtis hat mir tausendmal gesagt, wie wundervoll er mich findet, aber zu hören, wie Wesley mich als schön bezeichnet, ist etwas anderes. Es kommt mir vor, als würde er über mehr reden als nur über meinen schönen Busen – von dem Wesley übrigens anscheinend in keinster Weise beeindruckt ist.

»Wann hast du dir die machen lassen?«, fragt er und fährt mit der Hand über meinen linken Nippel.

»Gleich als ich nach Hollywood gekommen bin«, antworte ich. »Warum? Gefallen sie dir nicht?«

»Du hättest sie nur nicht gebraucht. Dein Busen war vorher schon perfekt.«

Ich mache einen Schmollmund. »Na ja, ich habe sie gebraucht, um Schauspielerin zu werden, Wesley. Ich muss mich den Standards der Filmindustrie anpassen – und ich kann keine legendäre Schauspielerin werden ohne Brüste, die in dieser Branche gefragt sind.« (Ich sage absichtlich »Brüste« anstelle von »Titten«, weil ich will, dass Wesley versteht, dass mein neuer Busen Klasse hat.)

»Sie sind unheimlich groß«, murmelt Wesley.

»Nein, sind sie nicht. Sie sind Monroes, keine Mansfields.«

Wesley schaut mich an, als würde ich Chinesisch sprechen.

»Sie haben Klasse«, erkläre ich ihm (denn anscheinend hat es nichts genutzt, das Wort »Brüste« zu betonen).

Wesley bricht in schallendes Gelächter aus.

Das reicht. Ich werde plötzlich ziemlich wütend.

Ich setze mich im Bett auf und greife nach meinem Kleid. Ich werde dieses Motelzimmer augenblicklich verlassen, und es ist mir egal, wie gut Wesley mittlerweile aussieht. Aber er packt mich am Arm und zwingt mich, zu bleiben.

»Warte«, sagt er, und ich bin überrascht, wie kräftig seine Stimme klingt.

Ich schaue ihn an und schmelze sofort wieder dahin. Er sieht so verdammt gut aus, dass ich ihm einfach nicht lange böse sein kann.

»Die ganze Zeit, die ich im Gefängnis war«, sagt Wesley ruhig und schaut mich eindringlich an, »habe ich jede Nacht davon geträumt, endlich deinen perfekten Busen anfassen zu dürfen.« Er leckt sich über die Lippen. »Und jetzt bin ich nach all der Zeit endlich mit dir zusammen – nach all den Träumen –, und ich muss feststellen, dass du sie für mich aufgepimpt hast.« Seine Mundwinkel verziehen sich zu einem frechen Grinsen. »Das ist alles, was ich sagen will.«

Meine Wut ist schon längst verflogen. »Oh, armer Wesley«, sage ich und streichle seine breite Brust. »Das muss ein Schock für dich gewesen sein.«

»Das war es«, sagt er grinsend und zieht mich an sich, um mir einen Kuss zu geben.

Plötzlich fällt mir auf, dass er das Wort »Gefängnis« benutzt hat – dass er im *Gefängnis* davon geträumt hat, meinen Busen anfassen zu dürfen. Ich entziehe mich unserem Kuss. »Du warst im Gefängnis?«, frage ich. »Hat Mr Clements herausgefunden, dass du es warst, der die Karten gestohlen hat?«

»Nein. Überhaupt nicht. Unser Plan hat perfekt funktioniert.«

Ich seufze erleichtert auf.

»Zuerst einmal«, sagt er, »wirst du nicht glauben, was der Code für den Safe war.« Er nennt mir die Zahlenkombination, mit der er den Safe geöffnet hat, und ich schlage mir in gespielter Ungläubigkeit an die Stirn.

»O Mann, du bist wirklich clever, Wesley«, sage ich, und er strahlt mich an.

»Warst du es, die den Briefumschlag unter dem Stein hervorgeholt hat?«, fragt er.

»Natürlich war ich das. Genau, wie wir es geplant hatten.«

»Das habe ich mir gedacht. Er war nämlich nicht mehr da, als ich zur großen Eiche gegangen bin, um zu schauen, ob er weg ist. Hast du dich über die zwanzig Dollar gefreut, die ich dir reingesteckt habe?«, will er grinsend von mir wissen.

»Das war eine nette Überraschung«, sage ich und erwidere sein Grinsen. »Du warst immer so gut zu mir, Wesley.«

Jetzt strahlen seine Augen noch mehr. »Ich habe es dir ja gesagt, Butterblume – ich werde *immer* auf dich aufpassen. So ist es immer gewesen, und so wird es immer sein.« Er zwinkert mir zu.

Ich schenke ihm mein strahlendstes Lächeln.

»Das Einzige, was ich an unserem Plan in letzter Minute geändert habe«, fährt Wesley fort, »war, dass ich die Yogi-Berra-Karte unter Christophers Matratze gelegt habe und nicht unter meine.« Christopher war ein ganz besonders dummer Junge im Kinderheim. Wenn sein Gehirn aus Dynamit bestehen würde, könnte der Junge sich nicht mehr die Nase putzen. »Ich dachte, es wäre besser, sie dorthin zu legen und Christopher die Verantwortung in die Schuhe zu schieben, wenn die Sache rauskommt, als die Karte selbst zu behalten.«

O Mann, Wesley ist doch klüger, als ich dachte – klüger und auch gut aussehender.

»Und zum Glück habe ich das getan«, redet Wesley weiter. »Denn als Mr Clements schließlich den Safe geöffnet und gemerkt hat, dass seine Karten fehlen, hat er das ganze Haus auf den Kopf gestellt, bevor wir alle von der Schule zurück waren. Er hat die Karte ziemlich schnell unter Christophers Matratze gefunden, und die Polizei hat schon auf ihn gewartet, als er zur Tür hereingekommen ist. Sie haben ihn ohne weitere Fragen einfach mitgenommen.« Er schnippt mit den Fingern.

»O Wesley, zum Glück hast du das getan. Wenn du dich an meinen dämlichen Vorschlag gehalten und die Karte unter deine Matratze gelegt hättest, hätten sie dich mitgenommen anstatt Christopher.« Ich schaudere bei diesem schrecklichen Gedanken. »Gott sei Dank hast du nicht auf meine dumme Idee gehört.«

Wesley tippt sich mit dem Finger an die Schläfe. »Ich bin nicht dumm, Charlene.«

Es macht mir überhaupt nichts aus, dass er mich Charlene nennt. Im Gegenteil, ich finde es zur Abwechslung mal ganz gut. Ich würde sogar so weit gehen zu behaupten, dass es mich anmacht, von ihm nach all der Zeit bei meinem richtigen Namen genannt zu werden.

»Und weißt du, was dieser Mistkerl Mr Clements noch gemacht hat?«, fragt Wesley. »Er hat gelogen und der Polizei erzählt, dass fünfhundert Dollar und nicht zwanzig in dem Safe gewesen wären – nur um sicherzugehen, dass Christopher für immer weggesperrt wird.«

»Wow!«, rufe ich aus. »Mr Clements würde einem Toten noch das Gold aus den Zähnen ziehen.«

»Das würde er.«

»Und warum warst du dann im Gefängnis?«

Er verdreht die Augen, ehe er weiterredet. »Nachdem sie Christopher mitgenommen haben, haben ein paar Kinder angefangen, zu verbreiten, dass sie nicht glauben, dass Christopher klug genug gewesen wäre, den Safe zu knacken. Und erinnerst du dich an dieses Arschloch Thomas? Er hat jedem erzählt, dass er denkt, dass *du* die Karten gestohlen hast. Er hat gesagt, er hat dich und mich schon Hunderte Male zusammen unter der großen Eiche gesehen und dass du mich nur verarscht hast.«

Ich schnappe nach Luft.

»Also habe ich ihm den Schädel eingeschlagen.«

O Gott. Plötzlich werde ich von meinen Emotionen überrollt. Dieser Mann hier war bereit dazu, alles zu tun, was er tun musste, um mich zu beschützen – auch wenn es seinem Wesen total widerspricht. Der Gedanke lässt meine Haut kribbeln, als hätte ich an einen elektrischen Zaun gelangt.

»Wesley«, keuche ich, und wir küssen uns wieder leidenschaftlich. »Berühr meine Titten«, flüstere ich, und er gehorcht willig. Ich bin mir sicher, er wird sie schon noch lieben lernen.

Ich habe noch nie zuvor den Penis eines Mannes in den Mund genommen, aber plötzlich überkommt mich das dringende Bedürfnis, es für Wesley zu tun. Also mache ich es.

Ich habe immer geglaubt, einen Penis zu lutschen würde sich so anfühlen, wie an einem warmen Eis am Stiel zu schlecken. Doch sogar mit geschlossenen Augen könnte ich Wesleys weichen und pulsierenden Schwanz nicht mit einem Eis verwechseln. Bei der ersten Berührung meiner Zunge stöhnt Wesley laut auf, und ich nehme an, ich bin auf dem richtigen Weg. Als ich seinen Schwanz ganz in den Mund nehme, schnappt er überrascht nach Luft und stöhnt so laut, dass er eine Herde Büffel damit aufschrecken könnte. Schließlich bin ich auch mutig genug, an ihm zu saugen, als hinge mein Leben davon ab, und er fängt an, mein Haar zu packen und sich in meinen Mund zu schieben wie ein zappelnder Fisch. Und da verstehe ich es plötzlich – genau das hier ist es, wofür Männer in der gesamten Geschichte der Menschheit schon immer gestorben wären. Oder getötet hätten. Und dieser Gedanke macht mich unheimlich scharf.

Ich bin mir nicht sicher, aber es fühlt sich so an, als würde Wesley gleich in meinem Mund kommen. Also höre ich auf mit dem, was ich tue, und setze mich auf ihn. Ich bin nicht abgeneigt, Wesleys Sperma zu schlucken – ganz im Gegenteil, ich würde liebend gerne jeden Tropfen von ihm schmecken –, aber ich glaube, für mein erstes Mal ist das ein bisschen zu ambitioniert. Wesley hat anscheinend nichts dagegen, dass ich meine Position verändert habe, denn nach nur ein paar Minuten auf ihm windet er sich unter mir und zuckt zusammen, und ich rufe laut seinen Namen, als sich tief in mir drin alles zusammenzieht.

Als wir fertig und beide schweißgebadet sind, liegen Wesley und ich splitterfasernackt nebeneinander, berühren uns und reden. Ich finde heraus, dass der arme Wesley fast achtzehn Monate im Gefängnis verbracht hat, weil er Thomas totgeschlagen hat – er saß noch lange nach seinem achtzehnten Geburtstag im Knast. Wer hätte gedacht, dass ein Richter einen Minderjährigen nach dem Erwachsenenstrafmaß verurteilt? Ich jedenfalls nicht.

Als ich Wesley sage, dass es mir unglaublich leidtut, dass er ins Gefängnis musste, und sich meine Augen mit Tränen füllen, weil es mir wirklich das Herz bricht, lächelt er mich an und sagt: »Ach, der Knast war gar nicht so schlimm. Das Essen war sogar ziemlich gut, und ich habe auch ein paar Freunde gefunden.« Als ich seine positive Einstellung nicht teile und ihm wieder sage, wie leid es mir tut, vor allem, weil er wegen mir so lange eingesperrt war, zuckt Wesley nur mit den Schultern und sagt: »Wenn ein Mann nicht die Verantwortung für seine Taten übernimmt, dann ist er ein Feigling.«

Mir fällt ein riesiger Stein vom Herzen, als ich erfahre, warum Wesley vor zehn Monaten nicht am Busbahnhof aufgetaucht ist. Er hat mich nicht vergessen, wie ich dachte. Er ist für mich ins Gefängnis gegangen und konnte deswegen nicht kommen.

Es ist schon lustig, wie alles aus einem bestimmten Grund passiert. Anscheinend hat das Gefängnis Wesley gutgetan. Nach der Hölle im Kinderheim war der Knast für ihn vielleicht fast so etwas wie ein schöner Urlaub. Er hat gutes Essen gekriegt und sogar Freunde gefunden, wie er gesagt hat. Und es hat ihn zu einem richtigen Mann mit richtigen Muskeln gemacht. Wow!

Was noch wichtiger ist: Weil Wesley so lange im Gefängnis war, sind es nur noch fünf kurze Wochen bis zum Killing-Kurtis-Tag. Er hätte zu gar keinem besseren Zeitpunkt zurückkommen können. Jetzt muss ich nur noch dreiunddreißig Tage warten, und dann können Wesley und ich und seine neuen Muskeln für immer zusammen sein – wir können uns lieben, wann immer wir wollen und wie wir wollen, und werden dabei steinreich sein.

KAPITEL 39

19 Jahre und 11 Monate alt

33 TAGE BIS ZUM KILLING-KURTIS-TAG

»Du bist *verheiratet?*«, fährt Wesley mich an, und in seinem Blick liegt eine Mischung aus Wut und Verzweiflung.

Er springt aus dem Bett auf und streift wie ein nervöses Raubtier durch das Motelzimmer. Obwohl er wütend und jetzt wahrscheinlich nicht der richtige Zeitpunkt ist, ihn zu bewundern, kann ich nicht anders. Wow, nachdem ich die ganze Zeit mit meinem alten Ehemann zusammen gewesen bin, ist es wirklich eine nette Abwechslung, mal den wohlgeformten Körper eines Jüngeren zu betrachten. Er muss im Gefängnis ziemlich viel trainiert haben, denn er sieht aus, als käme er direkt aus einem Museum.

»Hast du überhaupt eine Ahnung, wie lange ich auf dich gewartet habe?«, stellt er mich mit bebender Brust zur Rede. »Und du *heiratest?*« Er rauft sich die Haare und wird von Wut und Schmerz überkommen. »Du bist doch meine Braut des Prinzen.« Bei dem letzten Satz bricht Wesleys Stimme, und sein Gesicht verzieht sich vor Leid.

Auch mir zerreißt es fast das Herz. »Als du nicht am Busbahnhof aufgetaucht bist, Wesley, da habe ich gedacht, du hättest mich vergessen. Ich dachte, du liebst mich nicht mehr. Du hast versprochen, für immer und ewig auf mich aufzupassen, und dann bist du nicht gekommen.«

»Weil ich im *Gefängnis* war!«

»Aber das wusste ich nicht. Es hat mir das Herz gebrochen. Ich dachte, ich müsste auf der Stelle sterben.« Jetzt schießen mir die Tränen in die Augen. »Ich wollte ohne dich nicht mehr leben.« Die Tränen laufen immer stärker. »Als du nicht gekommen bist, war ich so verloren wie ein Osterei vom letzten Jahr, Wesley. Wochenlang bin ich jeden Tag Punkt zwölf zum Busbahnhof gefahren und habe gebetet, dass du auftauchst.« Das ist gelogen, aber ich muss es sagen. Ich würde alles sagen, um meinen Wesley nicht noch einmal zu verlieren. »Als du nicht gekommen bist, war ich am Boden zerstört.« Das ist wahr. »Und dann war ich bei einem Casting und habe dort einen reichen Filmproduzenten kennengelernt, und er hat mich gefragt, ob er mich zum Mittagessen einladen darf. Also, du weißt ja, wie hübsch ich bin, Wesley.« Das sage ich so, als wäre er für meine Schönheit verantwortlich.

Wesley greift sich an die Brust, als würde er sich das Herz herausreißen wollen. Vielleicht versucht er aber auch nur, sich das Tattoo von der Haut zu kratzen.

»Ich konnte nichts dafür, dass sich dieser reiche Filmproduzent auf den ersten Blick in mich verliebt hat«, fahre ich fort. »Und als er mich gefragt hat, ob ich ihn heiraten will, habe ich mir gedacht, es ist sowieso schon egal. Wenn ich dich nicht haben kann, wenn du mich nicht mehr liebst, dann kann ich genauso gut ihn oder jemand anderen heiraten. Oder von einer Brücke springen. Es war mir total egal – ihn heiraten oder sterben.« Mir wird bewusst, dass ich den Zeitpunkt meiner Heirat mit Kurtis etwas verändert habe, aber das musste ich tun. Jetzt, da ich meinen Wesley endlich wiederhabe, werde ich ihn bestimmt nicht wegen etwas so Unwichtigem wie dem genauen Datum meiner Hochzeit mit Kurtis wieder verlieren.

Wesley verzieht das Gesicht, als hätte ich ihm gerade seinen Penis in der Autotür eingeklemmt. Er legt die Hände übers Gesicht und gibt ein lautes Schluchzen von sich.

»Wesley«, sage ich. »Bitte, Baby. Reg dich nicht über etwas so Unwichtiges auf.«

Er vergräbt das Gesicht immer noch in seinen Händen, und seine Schultern zucken bei jedem Schluchzen.

»Wesley«, sage ich. Es zerreißt mir das Herz. Ich kann ihn nicht noch einmal verlieren. Er muss mich einfach verstehen. »Diesen Filmproduzenten zu heiraten war das Gleiche, wie mich auf die Schienen zu legen und auf den Zug zu warten«, sage ich. Dann kann ich meine Emotionen nicht mehr unterdrücken. Ich gebe einen langen, gequälten Laut von mir.

Wesley nimmt seine Hände aus dem Gesicht und kommt zu mir. Schnell nimmt er mich in seine muskulösen Arme und küsst meine tränenüberströmten Wangen. »Schhh …«, beruhigt er mich. »Ich verstehe dich.«

»Ich liebe ihn nicht, Wesley«, schluchze ich. »Ich habe immer nur dich geliebt. Ich liebe dich, Wesley. Nur dich.« Und das ist die reine Wahrheit. »Ich liebe dich mehr als den Sternenhimmel«, sage ich und werde von meinen Gefühlen überwältigt. Diese Worte habe ich noch nie zuvor zu jemandem gesagt, außer zu meinem Daddy. Aber so empfinde ich für Wesley.

Wesley drückt mich ganz fest. Die ganzen Male, die er und ich uns unter der großen Eiche geküsst haben, habe ich ihm nicht ein Mal gesagt, dass ich ihn liebe. Und jetzt, an einem einzigen magischen Nachmittag, habe ich mit ihm geschlafen (dreimal! – und ich habe ihm einen geblasen, was schon etwas heißen mag, verdammt noch mal!), und ich habe ihm gesagt, dass ich ihn liebe – mehr als den Sternenhimmel! Ja, okay, zufällig bin ich verheiratet, aber das zählt ja wohl nichts dagegen.

»Geh nicht zurück«, sagt Wesley bestimmt. »Bleib hier bei mir.«

Ich wische mir die Tränen aus dem Gesicht. »Ich kann nicht. Kurtis würde mich umbringen, wenn ich versuche, ihn zu verlassen.« Ich bin mir ziemlich sicher, dass das auch die Wahrheit ist.

»Ich werde dich beschützen.«

»Du kennst meinen Mann nicht. Ich habe einen wirklich schlechten Menschen geheiratet – und einen sehr reichen. Du könntest mich nicht ewig vor ihm beschützen. Er würde einen Weg finden. Er würde seine Leute schicken. Solange Kurtis am Leben ist, wird er nicht zulassen, dass mich ein anderer Mann kriegt.« Ich schaudere bei dem Gedanken.

»Also dann«, sagt Wesley trocken, »müssen wir ihn eben umbringen.«

Bei seinen Worten durchfährt meinen Körper ein wohliger Schauer, der mich richtig scharf macht. »Lustig, dass du das sagst, Wesley«, sage ich.

Ich erzähle ihm von Kurtis' innerem Monster – jedes kleinste Detail darüber, wie Kurtis mich geschlagen hat –, bis Wesley kurz davor ist, zu meinem Haus zu gehen und Kurtis noch heute Abend die Kehle durchzuschneiden.

»Nein, Wesley!«, rufe ich. »Was denkst du denn, wen die Polizei dafür verantwortlich machen wird, wenn du meinen Mann heute Nacht umbringst? *Mich*. Die Polizei macht immer die Witwe dafür verantwortlich, vor allem, wenn er so reich ist. Und wenn die Witwe zufällig ein wasserdichtes Alibi hat – was ich *nicht* habe, nebenbei gesagt, da ich den ganzen Nachmittag hier mit dir im Bett gelegen habe –, dann werden sie ziemlich schnell herausfinden, wer der Freund der Frau ist, und sie werden *ihn* einsperren.«

Wesley versucht, mir zu widersprechen, aber ich unterbreche ihn.

»Wer ist gestern in meiner Schauspielschule aufgetaucht und hat mit texanischem Akzent nach einer ›Butterblume‹ gefragt?«

Er knirscht mit den Zähnen.

»Und wer ist gerade zusammen in ein schäbiges Motelzimmer gerannt und hat fast vor den Augen des Rezeptionisten miteinander geschlafen?«

Ich sehe, dass meine Worte bei Wesley ankommen.

»Verstehst du denn nicht? Wir sind erledigt, wenn wir jetzt gleich etwas unternehmen. Und ich schwöre bei Gott, ich habe dich nicht nach all dieser Zeit endlich wieder, nur um dich dann für immer zu verlieren.«

Wesley blickt mich verzweifelt an.

»Aber mach dir keine Sorgen. Ich habe einen Plan, der es möglich macht, dass wir in dreiunddreißig Tagen für immer und ewig zusammen sein können. Wir werden tun und lassen können, was immer wir wollen und wann immer wir wollen. Und wir werden noch dazu stinkreich sein.«

Zum ersten Mal überhaupt erzähle ich Wesley von meinem Vater und davon, wie er in genau dreiunddreißig Tagen Kurtis einen Besuch abstatten wird. »Du musst hier weiter denken, Baby. Was macht es für einen Sinn, wenn wir Kurtis umbringen und einer von uns oder wir beide dann für immer ins Gefängnis müssen? Lass das meinen Daddy für mich tun – für *uns*. Es gibt keinerlei Verbindung zwischen Daddy und Kurtis. Du musst nur sicher sein, dass du in dreiunddreißig Tagen ein wasserfestes Alibi hast. Du musst dich irgendwo aufhalten, wo dich viele Leute sehen können, damit niemand auch nur eine Sekunde auf den Gedanken kommen kann, dass du Kurtis umgebracht haben könntest. Wenn wir

Daddy die Sache erledigen lassen, dann können wir für immer und ewig zusammen sein und müssen nicht mehr zurückblicken.«

Ich gebe Wesley das ganze Geld, das ich in meiner Tasche habe. Es ist genug, um das Motelzimmer für mindestens eine Woche zu bezahlen, und seine Augen treten bei dem Anblick fast aus den Höhlen hervor.

Als ich ihn frage, wie er es bis jetzt geschafft hat, für alles zu zahlen, sagt Wesley nur: »Du wärst überrascht zu wissen, wie viele Leute ihre Fenster und Türen unverschlossen lassen.«

»In genau einer Woche bringe ich dir mehr Geld«, versichere ich ihm. Und als er gerade protestieren will, füge ich noch hinzu: »Es ist das Geld, das vom Verkauf der Baseballkarten noch übrig ist. Es ist also sowieso deins.«

Als Wesley mich stolz ansieht, bin ich froh, ihm diese kleine Lüge über die Karten erzählt zu haben. Natürlich habe ich das ganze Geld für meine neuen Brüste und Klamotten ausgegeben, aber ich will nicht, dass Wesley denkt, er hat die Karten von Mr Clements nur dafür gestohlen, dass ich mir neue Titten habe machen lassen, die ihm nicht einmal gefallen.

Auch wenn ich das ganze Geld von den Karten schon verbraucht habe, wird es nicht schwer für mich werden, Wesley noch mehr Geld zu besorgen. Kurtis lässt jeden einzelnen Tag mehr Geld im Haus herumliegen, als Wesley in seinem ganzen Leben gesehen hat. Wenn ich eine nette Sache über Kurtis sagen kann – und mehr als eine nette Sache gibt es in letzter Zeit definitiv nicht mehr über Kurtis zu sagen –, dann, dass er mir so viel Geld gibt, wie ich brauche, damit ich mir Bücher und Klamotten und Make-up und Schuhe und Schauspielunterricht leisten kann. Ich könnte ein paar hundert Dollar aus dem Haus mitnehmen und sie Wesley geben, und Kurtis würde das Geld nicht mehr vermissen als eine Rolle Toilettenpapier. »Und wenn ich dir das Geld bringe, dann werden wir noch eine oder zwei Runden dranhängen. Wie klingt das?«

Jetzt muss Wesley grinsen. »Das klingt sehr gut.«

»Aber bis dahin musst du dich von mir fernhalten und mir vertrauen, okay? Und komm um Himmels willen nicht mehr in meinen Kurs. Komm nicht in meine Nähe, verstanden? Wir müssen nur noch kurze Zeit warten, und ich muss das tun, was ich immer tue, damit er nichts ahnt – damit die Polizei keinen Verdacht hat, wenn Kurtis endlich unter der Erde ist. Wir dürfen hier nichts überstürzen, okay?«

»Ich kann dich nicht mehr zu ihm zurücklassen, wenn er dich noch mal anfasst.«

»Mach dir um mich keine Sorgen, Baby. Es gibt jemand anderen, den Kurtis neuerdings als seinen Boxsack benutzt. Alles, was ich tun muss, ist, ihn die nächsten dreiunddreißig Tage auf diese andere Person zu fixieren.«

Wesleys Miene verfinstert sich, und sein Blick wird hart. »Wirst du mit ihm schlafen?«

»O Wesley.« Ich streichle Wesleys Gesicht, um ihn zu beruhigen. »Kurtis ist ein alter Mann – er ist *sechsunddreißig.*« Ich schnaube auf. »Glaub mir, Baby, Kurtis hat gar keine funktionierenden Körperteile mehr.«

KAPITEL 40

Hollywood, Kalifornien, 1992
20 Jahre und 2 Wochen alt

1 TAG BIS ZUM KILLING-KURTIS-TAG

Mein Kopf knallt gegen die Wand des Hotelzimmers, als Kurtis brutal in mich eindringt und dabei stöhnt und grunzt und schwitzt wie ein Schwein. Ich spüre, dass er gleich zum Höhepunkt kommt, was mir nur recht ist. In letzter Zeit bete ich immer, dass der Sex mit Kurtis so schnell wie möglich vorüber ist. Jetzt, da ich das Vergnügen hatte, mit Wesley zu schlafen, wird mir schlecht, wenn ich nur an Sex mit Kurtis denke.

Es hat mich all meine Willensstärke gekostet, nicht jeden Tag in das schäbige Motel zu gehen und mich mit meinem Wesley in den Laken zu wälzen. Und immer, wenn es Zeit ist, Wesley wieder zu verlassen und zurück zu meinem Ehemann zu gehen, ist es, als hätte ich mir ein köstliches Stück Schokolade auf die Zunge gelegt, einmal daran gelutscht und es dann ins Klo gespuckt. Es ergibt keinen Sinn. Aber es muss so sein.

Ich bin wirklich stolz auf mich, dass ich es geschafft habe, in den letzten zweiunddreißig Tagen nur siebenmal zu Wesley zu gehen. Und ich musste mir immer wieder sagen: »Behalt dein Ziel im Auge, Charlene.« Das hat mir dabei geholfen, mich an den Plan zu halten, auch wenn ich mir vorgestellt habe, dass Wesley und seine starken Muskeln nur einen Katzensprung entfernt in diesem Motelzimmer sind. Johnny hat mir in letzter Zeit nicht mehr nachspioniert.

Wahrscheinlich ist es ihm zu langweilig geworden, mir monatelang dabei zuzusehen, wie ich Bücher am Pool lese, meine Kurse besuche oder mir die Nägel und Haare machen lasse, und er hat Kurtis davon überzeugt, dass er mir vertrauen kann (oder dass ich viel zu langweilig bin, um sich zu sorgen). Trotzdem darf ich nicht unvorsichtig werden – vor allem nicht, wo ich so kurz vorm Ziel bin. Also sehe ich Wesley nicht einmal ein Zehntel so oft, wie mein Körper es gerne tun würde, nur um auf der sicheren Seite zu sein.

»Baby«, stöhnt Kurtis mit heiserer Stimme.

Ich drehe mein Gesicht zu seinem Ohr und ziehe scharf die Luft ein. Dabei versuche ich, meinen Atem so abgehackt und verlangend klingen zu lassen, als könne ich mich ebenfalls kaum noch unter Kontrolle halten. Natürlich, liebster Ehemann, bringst nur du das kleine Mädchen mit den großen Augen in mir zum Vorschein, das Mädchen, das an Happy Ends und Seelenverwandtschaft glaubt. Ich verdrehe die Augen, während mein Kopf wieder mit einem lauten Schlag gegen die Wand kracht.

Verdammt, warum wird er denn nicht endlich fertig? Warum braucht er heute so lange? *Poch, poch, poch*. Mein Kopf schlägt weiterhin gegen die Wand unseres Hotelzimmers.

»O Kurtis«, flüstere ich und lasse meine Stimme so erregt wie möglich klingen. Ehrlich gesagt fällt mir das ziemlich leicht – ich muss mir nur vorstellen, dass ich mit Wesley schlafe. So was nennt man »Method Acting«.

Ich warte.

Kurtis ist immer noch eifrig bei der Sache – er stöhnt und keucht, aber er reißt sich noch zusammen. Hmm. Ich versuche es mit ein paar anderen Tricks, bis er endlich zum Höhepunkt kommt. Ich reagiere mit meinem typischen Stöhnen darauf, das ihm signalisiert, dass ich ihn ja so sehr liebe, und das ich im letzten Jahr perfektioniert habe. Schließlich bricht er schweißgebadet auf mir zusammen.

Kurtis wird ruhig und sein Körper schlaff. »Du bist fantastisch, Baby«, sagt Kurtis, blickt mir tief in die Augen und grinst mich dümmlich an. »Ich liebe dich, Baby.«

»Ich liebe dich auch, Kurtis«, antworte ich. Und das stimmt. Ich liebe Kurtis wirklich – so, wie man jemanden liebt, der einen über ein Jahr lang angelogen hat. So, wie man jemanden liebt, bei dessen Berührung einem schlecht wird. So, wie man jemanden liebt, der einem so fest mit der Faust ins Gesicht geschlagen hat, dass es Wochen gedauert hat, bis die Spuren komplett verschwunden waren. So, wie man jemanden liebt, der einen so fest geschüttelt hat, dass die Zähne aufeinandergeschlagen sind, und der einen so fest an den Armen gepackt hat, dass man seine Fingerabdrücke noch lange danach auf der Haut sehen konnte. So, wie man jemanden liebt, der ein Jahr lang oder noch länger direkt vor der eigenen Nase und im eigenen Bett mit einer Schlampe namens Bettie schläft – als hätte er nicht bereits die loyalste und schönste Ehefrau der Welt. So, wie man jemanden liebt, der einem die Chance seines Lebens versaut hat, indem er einen richtigen Filmproduzenten, der zur Filmhochschule gegangen ist, bedroht hat, obwohl man für die Rolle des *Dream Girl* in dem Film dieses Produzenten geboren wurde und sie mehr als verdient hätte. So, wie man jemanden liebt, der einem immer und immer wieder versprochen hat, einen Film über Marilyn mit einem in der Hauptrolle zu drehen – und damit meine ich keinen Porno, sondern einen seriösen Film –, und einfach nichts dergleichen unternommen hat, bis deutlich wurde, dass es diesen Film niemals geben wird.

Ja, verdammt, ich liebe Kurtis.

Zu Tode.

Das ist wirklich aufregend, und wenn ich ehrlich bin, törnt es mich auch total an. Nach einem qualvollen Jahr minus einen Tag des Wartens darauf, dass sein Schicksal ihn endlich einholt, bin ich so nah dran. Dass sein Ableben so kurz bevorsteht, macht mich unglaublich an.

Plötzlich küsse ich meinen Mann stürmisch auf den Mund, und er steckt seine Zunge in meinen. So kurz davor zu sein, Kurtis zu töten, und nur noch einen Tag davon entfernt zu sein, jede Nacht mit meinem süßen Wesley in meinem eigenen Bett zu liegen und endlich die Freiheit zu genießen, zu jedem Casting zu gehen, zu dem ich gehen will, und jeden Film zu drehen, den ich drehen will – endlich die legendäre Schauspielerin zu werden, die ich werden muss, *und* Wesley dabei an meiner Seite zu haben wie meinen eigenen Joe DiMaggio –, das ist ein Aphrodisiakum, wie ich noch nie eines hatte.

»O Baby«, murmelt er. »Noch mal?«

»Noch mal«, flüstere ich.

Der Mistkerl kann genauso gut mit einem Lächeln in seinem dummen, verlogenen Gesicht über den Jordan gehen.

Danach liegen Kurtis und ich zusammen in dem Hotelbett, und ich stelle mir vor, wie Daddy die Hintertür öffnet (ich habe mich mehrmals vergewissert, dass sie auch wirklich nicht verschlossen war, als Kurtis und ich heute Morgen das Haus verlassen haben), das Haus betritt und staunt, als er es von innen sieht. Für einen kurzen Moment werde ich ganz traurig, weil ich nicht dabei sein und Daddys Gesichtsausdruck sehen kann, wenn er meine schicke Villa zum ersten Mal betritt. Aber Daddys Gesichtsausdruck nicht sehen zu können ist nur ein geringer Preis, den ich zahlen muss, damit ich für den Rest meines Lebens glücklich sein kann.

Bis jetzt ist alles genauso gelaufen, wie Daddy und ich es

vor einem Jahr besprochen haben, es sollte also keine Überraschungen geben. Kurtis davon zu überzeugen, mit mir eine Nacht außer Haus zu verbringen, war ein Kinderspiel. Ihm gefiel der Gedanke, mit mir in diesem schicken Hotel in Beverly Hills zu übernachten – als verspätetes Geschenk zu meinem zwanzigsten Geburtstag. Und er war auch gewillt, mich morgen Vormittag noch ein paar Stunden im Spa des Hotels verbringen zu lassen, während er schon mal nach Hause fährt.

»Ich muss dir etwas sagen, Butterblume«, presst er hervor.

Ich drehe den Kopf auf dem Kissen in seine Richtung.

»Ich ... ich denke nicht, dass aus dem Film über Marilyn noch etwas wird.«

Ich bin wie versteinert.

»Die Investoren halten die Idee einer Filmhommage an Marilyn Monroe für überzogen und klischeehaft.«

O Gott, Kurtis hat wirklich ein perfektes Timing. Natürlich ist das, was er mir da sagt, nichts Neues für mich, aber die Worte laut ausgesprochen zu hören – vor allem am Vorabend des Killing-Kurtis-Tags –, lässt mich meinen Ehemann noch mehr hassen, als ich es je für möglich gehalten hätte.

»Sie denken, es wäre besser, einen Film über eine mysteriösere und nicht ganz so bekannte Frau zu drehen.«

O Mann, wer mag diese »mysteriösere« und »nicht ganz so bekannte Frau« wohl sein? Mistkerl. Bis zu diesem Moment konnte ich mir nicht vorstellen, dass Kurtis etwas sagen oder tun könnte, was mich seinen Tod noch mehr herbeisehnen lässt. Aber er hat das Unmögliche gerade möglich gemacht.

Kurtis blickt mich verunsichert an.

»Hast du dein Bestes versucht?«, frage ich.

Kurtis nickt vorsichtig.

»Dann kannst du nicht mehr tun.«

Ein Ausdruck puren Erstaunens legt sich auf Kurtis' Gesicht.

Ich lächle ihn an. »Wir haben uns, und das ist das Einzige, was zählt.«

Kurtis nimmt mich in die Arme und bedeckt mich mit Küssen. »O Gott, ich habe dich nicht verdient, Baby.«

»Das ist wohl wahr.«

Kurtis lacht. Er zieht sich zurück und blickt mir erleichtert in die Augen. »Ich hatte Angst, du würdest mich verlassen, wenn ich dir das sage.«

»Dann kennst du mich wohl nicht besonders gut. Ich gehe nirgendwo hin.«

Kurtis zieht mich wieder an sich und drückt mich ganz fest. »Verlass mich niemals, Butterblume«, fleht er mich an. »Du bist das Beste, was mir je in meinem erbärmlichen, verdammten Leben passiert ist.« Es überrascht mich, dass er anscheinend die Tränen zurückhalten muss. »Ich kann nicht ohne dich leben, Baby.«

»Ich werde nirgendwo hingehen«, wiederhole ich bestimmt.

»Versprichst du das?« Er drückt mich noch fester an sich.

»Möge ich von Grashüpfern zu Tode getreten werden, wenn das nicht die Wahrheit ist.«

Kurtis gibt einen Laut von sich, der irgendwo zwischen Lachen und Weinen liegt, und dann presst er seinen Körper noch fester an meinen. »Ich kann nicht ohne dich leben«, flüstert er eindringlich.

»Ich verspreche dir, Kurtis Jackman: Du wirst keinen einzigen Tag ohne mich leben müssen.«

Er küsst meinen Kopf und hält mich ganz fest.

O Gott, ich kann es gar nicht mehr erwarten, dass der

morgige Tag endlich kommt. Plötzlich stelle ich mir vor, wie Daddy genau in diesem Moment durch mein Haus geht, die ganze Pracht bewundert und bestaunt und dann in der Küche die Messer findet, die ich für ihn vorbereitet habe, damit er alles hat, was er für seine Zusammenkunft mit Kurtis morgen braucht. Allein der Gedanke lässt mich erwartungsvoll zittern.

Kurtis zieht mich noch fester an sich.

Verdammt noch mal, ich muss ganz sichergehen, dass Kurtis morgen direkt vom Hotel nach Hause fährt, um Daddy zu treffen – genau wie geplant. Auf keinen Fall darf er mir das auch wieder versauen, wie er mir schon so viel versaut hat.

»Hör mir zu, Baby. Wenn ich morgen nach den Wellnessbehandlungen nach Hause komme, darfst du dich vergewissern, dass die Kosmetikerinnen ihren Job mit meinem Körper gut gemacht haben.« Ja, ich werde alles dafür tun, dass Kurtis morgen ohne Umwege nach Hause fährt und nicht erst noch ins Büro oder in den Club oder sonst wo hin. »Und Kurtis, ich habe eine kleine Überraschung für dich geplant.« Er hält mich so fest an sich gepresst, dass ich den Kopf in den Nacken legen muss, um ihm in die Augen schauen zu können. »Du erinnerst dich an diese schmutzige Sache, die du so gerne mit mir tun würdest?«

Kurtis' Augen blitzen auf.

»Also, wenn ich morgen nach Hause komme, werde ich genau das mit mir machen lassen. Wie klingt zwölf Uhr für dich, Baby?«

Kurtis gibt ein lüsternes Geräusch von sich.

»Aber wenn du mich warten lässt, dann ändere ich meine Meinung vielleicht wieder.«

»Warum bis morgen warten, wenn wir doch heute Nacht

hier sind?« Kurtis drückt mich wieder an sich und will mich küssen.

Ich hebe abwehrend die Hand. »Weil ich morgen nach dem Spa so entspannt sein werde, dass ich kein Problem mehr damit habe, dich diese Sache mit mir machen zu lassen. Und du willst es doch tun, oder?«

Kurtis grinst mich teuflisch an. »Ja, ich will es tun.«

»Gut, dann sieh zu, dass du deinen Hintern morgen in unser Bett schwingst und dort um zwölf Uhr mittags auf mich wartest.«

»Verstanden«, erwidert er.

Das war ja einfach. Mistkerl. »Was sage ich immer über Dinge, die man unbedingt will und auf die man warten muss, Darling?«

»Die besten Dinge im Leben sind es wert, darauf zu warten«, sagt Kurtis und imitiert meine Sprache.

»Das ist richtig, Baby. Und wenn du heute brav und geduldig bist, dann – das verspreche ich dir – wirst du morgen um die Zeit das Gefühl haben, gestorben und direkt dorthin gekommen zu sein, wo die bösen Jungs hinkommen.«

Kurtis lacht. »Versprochen?«

»O ja, Baby. Versprochen. Ich schwöre es bei Gott.«

KAPITEL 41

20 Jahre, 2 Wochen und 1 Tag alt

Killing-Kurtis-Tag

Ich stehe vor meiner Haustür und halte den Atem an. Jetzt ist es so weit. Ich habe ein ganzes Jahr auf den Killing-Kurtis-Tag gewartet, und endlich ist er gekommen. Ich komme mir vor wie im Traum. Ich drehe den Schlüssel im Schloss um und trete ein. Im Haus ist es so leise, dass man eine Maus auf einen Haufen Baumwolle pissen hören würde.

Ich bin mir nicht sicher, was ich tun soll. Soll ich nach Kurtis rufen und gleich in Panik geraten, wenn er nicht antwortet? Oder soll ich erst einmal nach meinem Daddy rufen, weil ich genau weiß, was passiert ist, und er vielleicht noch auf mich wartet? Nein, dieses Mal tue ich wirklich so, als wüsste ich von nichts. Ich muss in meiner Rolle bleiben und meine »Method Acting«-Fähigkeiten nutzen. Auch wenn ich oben ganz alleine mit meinem toten Ehemann bin, werde ich jeden Moment dieser Szene nach Drehbuch spielen: Ich bin gerade aus dem Spa gekommen, in dem ich mehrere Stunden verbracht habe (was zahlreiche Zeugen bestätigen können), und jetzt bin ich total entspannt und freue mich darauf, meinen geliebten Mann wiederzusehen.

Ich hole tief Luft. Es ist Showtime. Das wird meine bis dato größte Vorstellung. Langsam gehe ich die lange Treppe nach oben und komme meiner Freiheit immer näher. Das Herz schlägt mir bis zum Hals. Mit jeder Stufe, die ich nehme, rast mein Puls schneller und schneller. Schon bald wird dieses Haus mir gehören. Daddy und Wesley werden hier mit mir leben. Und ich werde mehr Geld haben, als ich mir je erträumt habe. Wenn ich einen Film machen will, dann mache ich einen Film. Wenn ich in einem richtigen Film mitspielen möchte, dann werde ich das tun. Wenn ich mich mit Wesley im Bett herumwälzen will, dann wälze ich mich mit Wesley im Bett herum. Und wenn ich meinem Daddy einen Raketenrucksack kaufen will, damit er durchs Haus fliegen kann, dann werde ich ihm einen kaufen. Ich werde jeden einzelnen Tag meines Lebens genau das tun, was ich will. Niemand wird mir mehr sagen, was ich zu tun und zu lassen habe.

Ich bin am Ende der Treppe angekommen. Auf Zehenspitzen schleiche ich zur Schlafzimmertür. Es ist mucksmäuschenstill im Haus. Mein Atem geht schneller. In meinem Kopf dreht sich alles.

Ich öffne die Tür zum Schlafzimmer. Sie quietscht und zerreißt die tödliche Stille.

Ich stecke den Kopf durch die Tür. Kurtis' Körper liegt auf dem Bett. Er ist auf die andere Seite gedreht und bis zum Kopf unter einer Decke versteckt. Daddy hat seinen Job so sauber erledigt, dass es fast so aussieht, als ob Kurtis nur schlafen würde. In meiner Aufregung benetze ich mir die Lippen mit der Zunge. Ich kann nicht glauben, dass es endlich passiert ist. Ich zittere wie Espenlaub.

Im Kamin in unserem Schlafzimmer flackert ein loderndes Feuer. Das ist seltsam. Warum hat Daddy den Kamin angemacht?

Ich schleiche zum Bett und bereite mich darauf vor, laut aufzuschreien. Durch meinen Körper schießt so viel Adrenalin, dass ich mich kaum noch unter Kontrolle habe.

Direkt vor Kurtis bleibe ich stehen. Sein Mund steht offen.

Zusätzlich zum Adrenalin durchflutet mich noch Euphorie und – wenn ich ehrlich bin – auch ein bisschen Bedauern. Sosehr ich Kurtis am Ende auch gehasst habe, was nur allzu verständlich ist, so hatten wir doch auch unsere guten Zeiten zusammen. Immerhin war es Kurtis, der mir vorgeschlagen hat, Schauspielunterricht zu nehmen, und dafür werde ich ihm ewig dankbar sein. Zu schade, dass es so weit kommen musste. Wenn ich die Dinge anders hätte lösen können, dann schwöre ich, ich hätte …

Moment mal – Kurtis' Lippe hat gerade gezuckt.

Der Mistkerl atmet. Er ist am Leben!

O Gott, das kann nicht wahr sein.

Ich schiele unter die Decke und sehe Kurtis' nackten Körper mit all den dazugehörigen Teilen – und ohne einen einzigen Kratzer. Mit zitternden Händen lege ich die Decke wieder über ihn. Verdammt! Warum lebt Kurtis noch? Großer Gott, ich muss hier weg. Versteckt sich Daddy noch irgendwo im Haus mit einem Messer in der Hand? Ich schaue auf die Uhr. Es ist 13:30 Uhr. Daddy sollte Kurtis bis zwölf Uhr getötet haben. Das war der Plan. Warum hat Daddy gewartet? Soll ich wieder gehen und später zurückkommen?

Scheiße, Scheiße, Scheiße! Ich dachte, Kurtis wäre um diese Uhrzeit bereits mausetot. Ich schnappe verzweifelt nach Luft. Heilige Scheiße, verdammt!

Kurtis bewegt sich und öffnet die Augen. »Butterblume«, murmelt er und klingt wahnsinnig entspannt. »Ich bin eingeschlafen, während ich auf dich gewartet habe.« Er lächelt mich an. »Ich bin bereit für dich, Baby.« Er hebt die Decke an, um mir zu zeigen, wie bereit er für mich ist. Und im Gegensatz zu dem, was ich Wesley vor einem Monat erzählt habe, scheinen alle seine Körperteile noch mehr als zu funktionieren. »Ich habe davon geträumt, dass du mir die Überraschung bereitest, von der du gesprochen hast.« Er stöhnt auf. »Du weißt, ich bin nicht gut im Warten, Baby. Komm jetzt her.«

Das kann nicht wahr sein. Mir wird übel.

»Komm schon«, wiederholt er. »Du hast es versprochen. Schlüpf aus diesen lästigen Klamotten raus und beweg deinen Arsch ins Bett. Du wirst Kurtis Jackman gleich zu einem sehr glücklichen Jungen machen – zu einem sehr glücklichen und sehr *schmutzigen* Jungen.«

O Gott. Ich habe Daddy vertraut. Ich dachte, wenn ich alles nach Plan vorbereite, wäre Kurtis bereits tot. Es ist mir nie in den Sinn gekommen, dass Daddy mich im Stich lassen könnte. Panik steigt in mir auf. Ist Daddy im Moment auf dem Weg hierher? Hat er das Datum falsch verstanden? Hat er meine Adresse vergessen, obwohl ich sie ihn so oft habe wiederholen lassen? Ist er in den falschen Bus gestiegen? Es gibt tausend mögliche Gründe, warum Daddy nicht hier ist. Meine Gedanken spielen verrückt. Ich muss herausfinden, was geschehen ist, und dafür sorgen, dass alles wieder rund läuft. Verdammt! Ich habe mich so darauf verlassen, dass Kurtis heute stirbt. O Gott, ich sehne mich körperlich danach, dass Kurtis tot ist!

Du musst einen klaren Kopf kriegen, Charlene, sage ich mir selbst. *Beruhige dich.*

Wahrscheinlich gibt es eine einfache Erklärung, warum das hier schiefgelaufen ist – und egal, was es auch ist, ich finde es heraus und überlege mir einen Plan B. Aber in der Zwischenzeit … ich blicke auf Kurtis hinunter. Er grinst mich an wie ein Opossum, das die Scheiße aus einer Klobürste frisst.

Es ist Zeit, eine Entscheidung zu treffen. Ich muss Nägel mit Köpfen machen!

»Komm schon, Baby«, sagt Kurtis. »Versprochen ist versprochen.«

Ich hole tief Luft. Dann, obwohl sich mir der Magen umdreht, ziehe ich mich aus und krieche in das verdammte Bett.

KAPITEL 42

20 Jahre, 2 Wochen und 2 Tage alt

KILLING-KURTIS-TAG PLUS **1** TAG

»Was zum Teufel ist passiert, Daddy?«, flüstere ich ungeduldig in den Telefonhörer. Dieses Mal haben mir die Wärter nicht erlaubt, Daddy im Besucherzimmer zu sehen, sondern mir gesagt, ich könne mit ihm nur am Telefon und mit einer Scheibe Plexiglas zwischen uns reden.

»Ach, Butterblume. Es tut mir leid, Liebes. Ich habe mich wirklich darauf gefreut, deinem Ehemann Manieren beizubringen.«

Ein kurzer Anruf bei der Strafvollzugsbehörde hat mir bestätigt, dass Daddy tatsächlich noch an diesem gottverlassenen Ort gefangen ist. Aber keiner wollte mir sagen, warum. Also bin ich heute Morgen, gleich nachdem Kurtis sich auf den Weg zu seinen Pornodrehs oder in den Club oder zu irgendeinem anderen wichtigen Porno-Business gemacht hatte, in meinen schicken Sportwagen gestiegen und den ganzen Weg hierher ins Niemandsland gefahren, um herauszufinden, was zum Henker gestern passiert ist.

»Warum bist du immer noch hier drin, Daddy?«, flüstere ich. »Du solltest doch vor ein paar Tagen freikommen und mich besuchen.«

»Liebes, sie haben meine Haftstrafe verlängert …«

»Was meinst du damit, sie haben deine Haftstrafe verlängert? Sie können dich nicht länger im Gefängnis lassen, als du müsstest. Du hast deine Zeit abgesessen.«

»Ja, meine Strafe dafür, dass ich diesem Möchtegern-Milliardär Manieren beigebracht habe, habe ich abgesessen, das steht fest. Aber vor ein paar Monaten habe ich so ein Arschloch hier drin mit einer Glasscherbe verletzt – was er natürlich absolut verdient hatte –, und diese Korinthenkacker von der Gefängnisbehörde haben sich sofort alle über mich hergemacht. Du weißt ja, wie das läuft.« Er kichert und schüttelt den Kopf. »Aber dieser Bastard hat gekriegt, was er verdient hat.« Er grinst mich schief an. »Er wusste nicht, ob er scheißen oder erblinden soll, also hat er einfach ein Auge zugemacht und sich in die Hose geschissen.« Er lacht.

Zum ersten Mal in meinem Leben kommt mir der Gedanke, was für ein Dummkopf mein Daddy doch ist. »Verdammt, Daddy«, jammere ich. »Warum zum Teufel?«

Ich kann nicht glauben, was hier passiert. Dank Daddys Unfähigkeit, sich unter Kontrolle zu halten, habe ich ein ganzes Jahr meines Lebens damit verschwendet, auf den Killing-Kurtis-Tag zu warten. Und nicht nur das, ich habe Jahre damit verschwendet, darauf zu warten, dass Daddy zu mir zurückkommt und mich holt. Ich habe auf einen zweiten Brief von ihm gewartet. Ich habe darauf gewartet, ihn hier in Hollywood zu finden. Und was kriege ich dafür von ihm? Er lässt mich im Stich und in meiner Ehe mit einem unnützen Porno-Produzenten zurück? Mein Daddy nutzt mir so viel wie ein verdammter Aschenbecher auf einem Motorrad. Ich hole tief Luft und atme laut aus. Jetzt bin ich mir ganz sicher – wenn ein Mädchen will, dass etwas getan wird, dann muss sie es selbst tun. Ich habe es satt, immer darauf zu warten, dass ein Mann die Dinge erledigt. Ich werde mich in Zukunft selbst um meine Angelegenheiten kümmern.

Am liebsten würde ich in Tränen ausbrechen, aber ich unterdrücke diesen Drang. Ich habe keine Zeit, mich selbst zu bemitleiden. Es ist Zeit, in die Gänge zu kommen und sich einen Plan B zu überlegen. Und zwar schnell. Ich muss den Verstand nutzen, den der liebe Herrgott mir gegeben hat. Alle Puzzleteile liegen bereits vor mir, das weiß ich. Ich muss sie nur noch zusammenfügen. Es muss noch einen Weg geben, wie ich Kurtis loswerden kann. »Okay, Daddy, hör mir zu«, sage ich langsam. »Du behältst einfach nur den Namen *Kurtis Jackman* in Erinnerung, okay?«

Daddy nickt.

»*Kurtis Jackman*. Hast du das verstanden?«

Daddy nickt erneut.

»Wenn du Kurtis Jackman keinen Besuch abstatten kannst, dann muss er eben dich besuchen.«

KAPITEL 43

20 Jahre, 2 Wochen und 4 Tage alt

KILLING-KURTIS-TAG PLUS 3 TAGE

Als Kurtis nach Hause kommt und meinen Koffer neben der Tür stehen sieht, wird er blass. Verdammt, Kurtis Jackman, dazu hast du allen Grund.

Ich zwinge mich dazu, dicke Tränen zu weinen, was mir nicht besonders schwerfällt. Ich muss nur daran denken, dass ich eigentlich schon mit Wesley in diesem großen, schicken Haus leben sollte und dass mein Daddy sich nicht ein paar Monate länger unter Kontrolle haben konnte, um seiner reizenden Tochter zu helfen, und dass ich ein ganzes *Jahr* darauf gewartet habe, dass er meinen Ehemann umbringt, obwohl ich diese kostbare Zeit dafür hätte nutzen können, mir einen narrensicheren Plan zu überlegen, bei dem mein dämlicher Daddy nicht involviert ist.

»Kurtis Jackman«, schreie ich hysterisch. Ich mache ein großes Drama daraus, mir die Ringe von den Fingern zu ziehen und sie ihm an den Kopf zu werfen. »Leck mich am Arsch, du Hurensohn!«

Kurtis schaut mich mit aufgerissenen Augen an.

»Du kannst deine Diamanten behalten, Kurtis. Du kannst auch dein schickes Haus und deinen Sportwagen und dein ganzes Geld für dich behalten. Und weißt du, was du noch kannst? *Du kannst dich selbst ficken!*«

Ich habe das F-Wort in Kurtis' Gegenwart noch nicht oft benutzt, weil er ja denkt, dass ich aus gutem Hause stamme, und ich mag das Wort auch nicht so häufig zu benutzen, dass es irgendwann seine Wirkung verliert. Aber in dieser speziellen Situation gibt es kein anderes Wort dafür. Ich weiß, ich schwenke ein Stück rohes Fleisch vor einem hungrigen Löwen, aber ich denke, mir wird nichts passieren. Soweit ich weiß, hat Kurtis heute nicht getrunken, und ich habe ihn endlich diese schmutzige Sache machen lassen, um die er mich schon so lange angefleht hatte (und ich schwöre bei Gott, ich hatte danach eine Art posttraumatische Belastungsstörung), aber Kurtis war danach glücklicher als eine Katze, die auf einer Bank in der Sonne liegt und einen Fischkopf verzehrt. Ich nehme an, diese zwei Tatsachen werden mir meinen hungrigen Löwen heute vom Leib halten.

»Was zum …?« Kurtis ist anscheinend völlig ahnungslos.

Ich drehe mich dramatisch auf dem Absatz um und laufe durchs Wohnzimmer, bis ich schließlich auf der Couch zusammenbreche, mir die Hände vors Gesicht schlage und hemmungslos zu schluchzen anfange. »Wie konntest du mir das antun, Kurtis Jackman? Wo ich dich so sehr geliebt habe? Du bist der einzige Mann, den ich je geliebt habe – der einzige Mann, der meine intimsten Stellen kennt –, und jetzt betrügst du mich so?«

»Was ist passiert?« Kurtis klingt jetzt genauso aufgeregt wie ich. Viel länger wird der Mann es nicht mehr aushalten. Er läuft durchs Zimmer und setzt sich mit besorgtem Gesichtsausdruck neben mich auf die Couch.

»Bettie aus dem Club ist heute hergekommen«, seufze ich. »Zu unserem Haus!« Das stimmt natürlich nicht. Bettie hat noch nie hier angerufen oder irgendetwas von dem getan, was ich Kurtis habe glauben lassen, die Gute.

Kurtis blickt mich erstaunt an. »Sie ist *hierhergekommen?*«

»Sie hat gesagt, du *liebst* sie, Kurtis. Sie hat gesagt, du hast die ganze Zeit, seit wir verheiratet sind, auch mit ihr geschlafen – in unserem Bett.« Ich schluchze laut auf. »Sie hat gesagt, ich könne jetzt genauso gut hier ausziehen, weil es nur noch eine Frage der Zeit sei, bis dieses Haus ihr gehört. Sie hat gesagt, ich solle aus *ihrem* Haus verschwinden.« Ich bin jetzt total hysterisch – jedenfalls hat es den Anschein. »Und Kurtis, sie hat auch noch gesagt, dass du den Marilyn-Film mit mir nicht drehst, weil du mit ihr eine *Bettie Page True Story* drehen wirst!«

Das Ironische an meiner kleinen Rede ist, dass Kurtis in letzter Zeit unglaublich nett zu mir gewesen ist. Zusätzlich zu dieser schmutzigen Sache, die er sich so lange von mir gewünscht hatte – und die ihn wahnsinniger gemacht hat, als ich ihn je erlebt habe –, habe ich während meiner Liebestreffen mit Wesley auch noch das ein oder andere gelernt, das mir dabei hilft, meinen Ehemann im Bett zu befriedigen. Der ganze heiße Sex mit Wesley hat mir gezeigt, was wahre sexuelle Befriedigung ist. Und diese neu entdeckten Sachen haben mir dabei geholfen, im Bett mit Kurtis oscarreife Vorstellungen abzuliefern. Kurtis hat das mehr als gefallen.

Und obwohl sein Interesse an mir in den Monaten, bevor Wesley aufgetaucht ist, etwas geringer geworden war, ist seine Leidenschaft für mich wieder neu entfacht. So, wie die Dinge in letzter Zeit gelaufen sind, bezweifle ich, dass der Mann auch nur noch einen Funken Leidenschaft für Bettie mit den großen Titten oder irgendeine andere Frau empfindet. Außerdem weiß ich genau, dass Kurtis die *Bettie Page True Story* genauso wenig hinkriegen wird wie meinen Marilyn-Film, selbst wenn er es versuchen würde. Denn mein Ehemann ist nicht nur ein Lügner und Betrüger, er ist auch ein Dummkopf von allergrößtem Ausmaß.

Kurtis fährt sich mit der Hand durchs Haar und ist ganz offensichtlich völlig aufgelöst. »O Gott, Butterblume …«

»Ich werde mir jetzt deine Sicht der Dinge anhören, Kurtis Jackman, denn als deine gute und loyale Ehefrau bin ich dir das schuldig. Aber wenn du wirklich vorhast, mich rauszuschmeißen und durch Bettie zu ersetzen, und wenn du einen Film über Bettie Page mit dieser Hure in der Hauptrolle drehen willst, dann sag es mir gleich – denn dann kann ich genauso gut sofort gehen und mein gebrochenes Herz woanders pflegen.«

Kurtis springt von der Couch auf. Er ist jetzt ein rasender Löwe, aber seine Wut ist nicht gegen mich gerichtet. Ich kann sein inneres Monster bereits kommen sehen. »Butterblume, bitte.«

»Sag mir sofort die Wahrheit.«

Er holt tief Luft. »Ja, okay, schon gut. Ich hatte schon immer eine Leidenschaft für Bettie Page – für die echte Bettie Page, nicht für Bettie aus dem Club –, und ich wollte schon immer eines Tages einen Film über Bettie Page drehen.« Er schüttelt vehement den Kopf. »Aber nicht mit Bettie in der Hauptrolle! Ja, ich habe ihr vielleicht von meinen Plänen mit dem Film erzählt, aber ich habe ihr mit Sicherheit nie versprochen, dass sie eine Rolle darin spielen wird.«

»Seit wann redest du mit einer billigen Stripperin aus dem Club über deine Träume?«

Er öffnet den Mund, um etwas zu sagen, aber kein Wort kommt raus. Anscheinend hat er keine plausible Erklärung parat.

»O Gott«, seufze ich und lege mir die Hand auf den Mund. »Bettie hat die Wahrheit gesagt – über alles.« Ich springe von der Couch auf und tue so, als wolle ich aus dem Zimmer stürmen.

»Warte! Nein! Hör mir zu!«

Ich halte inne und blicke ihn mit verschränkten Armen an. »Sag mir jetzt sofort die Wahrheit, oder ich verlasse dich für immer.«

»Ich … ich …«, stammelt Kurtis.

Ich wende mich zum Gehen.

»Warte!«

Ich bleibe stehen und starre ihn mit bebender Brust an.

Er schließt für einen Moment die Augen und scheint all seinen Mut zusammenzunehmen. »Ja, ich hatte Sex mit Bettie.« Er öffnet die Augen wieder. »Aber nur ein paarmal.«

Er ist so voller Scheiße, dass sie ihm schon aus den Augen quillt. Ich werfe ihm einen verzweifelten Blick zu. »Hier im Haus?«

»Nein.« Er schüttelt heftig den Kopf. »Niemals hier im Haus.«

Dieser Mann würde dich besinnungslos prügeln und dem lieben Gott erzählen, dass du vom Pferd gefallen bist.

»Ich bin manchmal schwach«, sagt Kurtis. »Ich bin ein schlechter Mensch. Das wissen wir beide.« Er sieht mich mit flehendem Blick an. »Du hast zu mir gesagt, ich könne alles mit jedem tun, solange ich die Hand nicht mehr gegen dich erhebe – und daran habe ich mich gehalten.«

Ich beiße mir auf die Unterlippe. »Hmm.« Meine Nasenflügel beben. »Das habe ich alles gesagt, richtig?«

Er nickt zustimmend.

Etwas ruhiger sage ich jetzt: »Und ich habe es auch so gemeint.«

Kurtis atmet erleichtert auf.

»Sosehr es mir auch in der Seele wehtut, festzustellen, dass du lieber mit einer deiner Huren aus dem Club schläfst als mit deiner dich liebenden Ehefrau, die noch nie in ihrem

Leben mit einem anderen Mann zusammen gewesen ist, so sehr muss ich mich anscheinend daran gewöhnen, mit dem Gedanken zu leben, wenn das bedeutet, dass du dein inneres Monster von mir fernhältst.«

Kurtis' gesamter Körper scheint sich zu entspannen.

»Es bricht mir das Herz – das tut es wirklich –, aber ich muss wohl lernen, mit dem Schmerz umzugehen. Weil ich dich liebe.«

»O Baby …«, beginnt er, doch ich unterbreche ihn mitten im Satz.

»Trotzdem hat Bettie hier heute eine Grenze überschritten, Kurtis Jackman«, sage ich.

Kurtis nickt heftig. »Das hat sie, ja, verdammt.«

»Ja, verdammt, das hat sie«, wiederhole ich eindringlich, und Kurtis schaut mich überrascht an. »Sie hat sich mit der falschen Ehefrau angelegt«, sage ich langsam und blicke ihn finster an. »Denn du gehörst *mir*, Kurtis.«

Kurtis' Augen flackern jetzt wie Römische Lichter. Er hat mich noch nie zuvor eifersüchtig erlebt, und anscheinend gefällt es ihm. Gut. Das macht mir die Sache einfacher.

Zu Kurtis' großer Überraschung beginne ich mich auszuziehen, ohne dass ich den Blick von ihm abwende. Ich lasse meine Klamotten auf den Boden fallen, steige aus meinem Slip und gehe auf ihn zu – mit nichts weiter als einem verführerischen Lächeln im Gesicht.

Seine Brust hebt und senkt sich, als hätte er gerade einen Marathon hinter sich. Ohne ein Wort zu sagen, lecke ich mir die Lippen, öffne den Reißverschluss seiner Hose und ziehe sie nach unten. Dann knie ich mich vor ihn hin. Als ich seinen Penis komplett in den Mund nehme, stöhnt Kurtis laut auf – und nach nur ein paar Minuten Arbeit ist er kurz vorm Überkochen.

Als er knurrt wie ein Grizzlybär und ich fühle, wie er anfängt, in meinem Mund zu kommen, höre ich sofort auf mit dem, was ich gerade tue. Ich drücke ihn auf die Couch, setze mich auf ihn und beginne ihn zu reiten.

»O Gott«, stöhnt Kurtis. »O Gott, verdammt.«

Während der ganzen Zeit, in der wir verheiratet gewesen sind, habe ich niemals den Sex mit Kurtis initiiert, geschweige denn ihm einen geblasen. »Ich liebe dich, Baby«, säusle ich und bewege meinen Körper auf ihm hoch und runter.

Kurtis ist völlig außer sich. Er wirft den Kopf zurück und stöhnt.

»Aber ich werde dich für immer verlassen, wenn du diese Sache heute nicht ein für alle Mal klarstellst. Es ist mir egal, wie viel Alkohol du dafür brauchst; es ist mir auch egal, wie du es tust – ob du diese Frau mit bloßen Händen erwürgen oder ihr eine Klinge in den Hals rammen oder sie zu Tode prügeln willst …«

Als meine Bewegungen immer intensiver werden, packt mich Kurtis heftig, und seine Leidenschaft ist kurz vorm Explodieren.

»Wie du diese Sache auch immer regeln willst, du musst mir nur deutlich beweisen, dass du dich für deine Frau und gegen deine Hure entschieden hast«, sage ich.

Ich reibe meinen Körper wild an ihm, und Kurtis gibt einen gequälten Laut von sich. Er packt mich am Hintern und leitet meine Bewegungen auf ihm. Zu meiner großen Überraschung fühle ich tief in meinem Innern, wie sich mein Körper zusammenzieht. O Gott, ich bin kurz davor, zu kommen. Ich stöhne laut und lange auf. »Du lässt dein inneres Monster besser raus und zeigst mir, wie sehr du mich liebst.« Kurtis zuckt und windet sich unter mir. »Du wirst ihr zeigen, dass sie sich mit der falschen Ehefrau angelegt hat.« Ich halte es nicht länger aus. Mein Körper explodiert vor Lust und zieht sich um Kurtis' harten Schwanz immer und immer wieder zusammen.

»O Gott«, sagt Kurtis und krallt die Finger fest in meinen Hintern.

Nach einer Minute, als meine Lust langsam verebbt ist und ich wieder einen klaren Gedanken fassen kann, merke ich, dass Kurtis noch nicht fertig ist – aber er ist gleich so weit.

Ich beuge mich zu ihm und flüstere ihm ins Ohr: »Hast du verstanden, was du zu tun hast?«

Jetzt macht er ein Geräusch wie ein Bär in der Falle.

»Hast du verstanden, was ich von dir erwarte?«

Sein ganzer Körper zuckt unter einer gewaltigen Ejakulation zusammen.

Ich setze mich aufrecht hin und wische mir den Schweiß aus dem Gesicht. *Ich deute das als ein Ja.*

KAPITEL 44

20 Jahre, 2 Wochen und 4 Tage alt

KILLING-KURTIS-TAG PLUS 4 TAGE

Ich habe die ganze Nacht wach gelegen und auf Kurtis gewartet. In einer Stunde dämmert es. Wo bleibt er, verdammt noch mal? Wie lange kann es denn dauern, jemanden umzubringen, wenn man erst einmal den Entschluss gefasst hat? Seit Stunden streune ich wieder und wieder durchs Wohnzimmer und zucke bei jedem kleinsten Geräusch zusammen.

Wo *ist* er?

Habe ich ihn zu sehr gedrängt? Habe ich ihn zu tief in meine Karten blicken lassen? Wird er zurückkommen, oder wird er mich für Bettie verlassen? Die ganze Nacht bin ich unser Gespräch wieder und wieder im Kopf durchgegangen und habe mich gefragt, ob ich mich dieses Mal wie ein Genie oder wie eine verdammte Idiotin verhalten habe.

Kurz vor Sonnenaufgang geht die Tür auf, und Kurtis stolpert herein. Er steht total neben sich und weint wie ein Baby. O Gott, der Mann sieht aus, als erhole er sich gerade von einer Autopsie.

»Hast du es getan?«, keuche ich und bekomme die Worte kaum heraus. Ich begutachte ihn von Kopf bis Fuß. Ich sehe nichts außer Rotz auf seinem gelben Hemd. Wo ist das Blut? War er nackt, als er sie umgebracht hat? Hat er sie erwürgt? Oder hat er es einfach nicht geschafft, seinen Auftrag auszuführen?

Kurtis zieht die Nase hoch und jammert vor Selbstmitleid. Er murmelt etwas Unverständliches, gefolgt von einem gelallten »Verlass mich nicht«.

»Hast du es getan oder nicht, Kurtis?« Ich kann seinen Gefühlsausbruch nicht deuten. Ist er hysterisch, weil er es getan hat – oder weil er es nicht getan hat? Ich greife nach seinen Händen. Die Knöchel seiner rechten Hand sind rot und geschwollen. Oder sehe ich nur, was ich sehen will? »*Hast du es getan?*«, frage ich erneut und kreische diesmal wie eine Verrückte.

Kurtis murmelt nur immer wieder: »Verlass mich nicht.« Ich muss also annehmen, dass er kläglich versagt hat. Ich schubse seine Hände zur Seite. Verdammt! Ich habe Kurtis um eine kleine Sache gebeten – er sollte nur eine kleine Sache für mich tun. Ich wusste, dass Kurtis zu nichts gut ist, aber das übertrifft alles. Jetzt weiß ich, aus was mein Ehemann gestrickt ist – aus Marshmallows und Regenbögen und verdammten Rosen, eingerahmt von Butterblumen. Dieser Mann ist ein totaler Versager, eine einzige Enttäuschung. Und wieder einmal muss ich erkennen, dass ich es selbst tun muss, wenn ich will, dass etwas erledigt wird.

»Geh nach oben«, sage ich kalt. »Ich brauche Zeit zum Nachdenken.« Bin ich denn der einzige Mensch auf dieser Welt, der wirklich Eier in der Hose hat?

Kurtis rührt sich nicht.

»Geh hoch!«, schreie ich ihn an. »Du musst jetzt schlafen.«

»Verlass mich nicht«, schluchzt Kurtis erneut und hält sich an mir fest. »Ich liebe dich, Butterblume.«

»Hör auf, wie ein Baby zu weinen, das keine Süßigkeiten kriegt, und geh nach oben.« Ich schiebe seine Hände von mir weg.

Kurtis bleibt auf der Stelle stehen und starrt mich mit blutunterlaufenen Augen an.

»Hör auf, dich wie ein Weichei zu benehmen, und schwing deinen Arsch nach oben!«, brülle ich.

Er schluchzt wieder laut auf.

»Geh!«

Kurtis dreht sich um und wankt die Treppe rauf.

Ich bin zu wütend, um zu schlafen. Ich renne wie ein aufgescheuchtes Reh durchs Wohnzimmer und versuche, einen klaren Gedanken zu fassen. Es gibt tausend Möglichkeiten, jemanden umzubringen, selbst wenn man nicht so stark ist wie Kurtis. Ich könnte heute Nacht durch Betties Fenster einsteigen und sie mit einem Golfschläger erschlagen, während sie schläft. Oder ich könnte ihr die Kehle aufschlitzen, mit einem Messer, das über und über mit Kurtis' Fingerabdrücken bedeckt ist. Oder ich könnte mit einer Flasche Champagner zu ihr gehen, in der sich Rattengift befindet, und zu ihr sagen: »Hey, Bettie, ich bin gekommen, um Frieden zu schließen.«

Ich schüttle den Kopf. Verdammt! Ich weiß nicht, was ich tun soll. Ich weiß nur, dass ich nicht noch einen Tag länger warten kann, um endlich mit Wesley zusammen zu sein und endlich meinen Traum wahr werden zu lassen. So ein Mist.

Aber bis zum Einbruch der Dunkelheit kann ich wahrscheinlich sowieso nichts unternehmen. Also kann ich mich genauso gut noch ein bisschen ausruhen, einen klaren Kopf bekommen und die Sache überdenken.

Ich gehe die Treppe hoch, als würde ich durch Sumpf waten. Mit jeder Stufe, die ich nehme, wird meine Verzweiflung größer und größer. Kann es möglich sein, dass es *nicht* meine Bestimmung ist, in Kinosälen auf der ganzen Welt von großem Publikum bewundert zu werden? Oder mit dem

Mann, den ich liebe, nackt im Bett zu liegen? Ist es meine Bestimmung, den Rest meines Lebens einsam und mit gebrochenem Herzen zu verbringen?

Oben im Schlafzimmer liegt Kurtis wie im Koma nackt und bäuchlings im Bett und sieht aus wie ein kalter Imbiss. Sein nackter Hintern ähnelt im Moment zwei Schweinshaxen in einem Jutesack, und ich könnte bei dem Anblick kotzen. Im Kamin brennt ein Feuer. Ich stelle mich vor die Flammen und lasse mich von ihnen wärmen, während ich auf Kurtis' nackten Körper starre. Tränen schießen mir in die Augen. Am liebsten würde ich laut aufschreien, aber ich unterdrücke das Bedürfnis. Einen Moment lang stehe ich stocksteif da, starre Kurtis an und überlege, was ich tun soll. Doch ich kann einfach keinen klaren Gedanken fassen.

O Gott, ich bin viel zu jung, um mich so ausgelaugt zu fühlen.

Mit einem lauten Seufzen hebe ich Kurtis' Hemd vom Boden auf und untersuche den hellgelben Stoff in der Hoffnung, auch nur einen winzigen Spritzer Blut darauf zu finden. Aber nein. Ich sehe kein Blut. Keinen einzigen Tropfen. Ich drehe es wieder und wieder um und suche nach dem winzigsten Fleckchen Blut, aber da ist nichts. Auf dem gelben Hemd würde ich jeden Blutfleck sofort sehen. Hat er es vielleicht getan, ohne dass Blut auf sein Hemd gekommen ist? Oder hat er es einfach gar nicht getan?

Ich seufze laut auf.

Vielleicht ist es an der Zeit, meine Bestimmung aufzugeben.

Vielleicht ist es an der Zeit, aufzuhören.

Vielleicht ist es an der Zeit, nach vorne zu blicken.

Wilber springt aufs Bett, und ich nehme ihn hoch. Er fühlt sich weich und warm an. Er schnurrt laut, als ich ihn streichle, und ich küsse ihn auf den Kopf. »O Wilber«, flüstere ich – und plötzlich stellt sich jedes Härchen meines Körpers auf. *Ich bin Charlie Wilbers Tochter.* Ich werde nicht aufgeben. Ich werde nicht »nach vorne blicken«. Ich habe eine Bestimmung, die es zu erfüllen gilt, und den süßesten Mann der Welt, der auf mich wartet. Es ist an der Zeit, sich zusammenzureißen.

Ich setze Wilber aufs Bett.

Was, wenn ich Kurtis jetzt einfach ein Kissen auf sein betrunkenes Gesicht drücken würde? Es ist doch möglich, dass der Gerichtsmediziner sagt, dass Kurtis an seinem eigenen Erbrochenen erstickt ist, oder? Auch wenn Kurtis steinreich ist und ich die Alleinerbin bin? Oder was wäre, wenn ich einfach das große Messer aus der Küche holen, es meinem Mann in den Rücken rammen und ihn aufschlitzen würde wie eine Weihnachtsgans? Ich könnte sagen, dass Kurtis total betrunken und wütend nach Hause gekommen ist und ich den Mistkerl umbringen musste, um mich selbst zu verteidigen. *Indem ich ihm ein Messer in den Rücken ramme, während er nackt auf dem Bett liegt?* Verdammt, ich bin nicht mehr ganz bei Trost.

Scheiße. Ich will nicht mehr nachdenken. Es ist mir egal, ob ich schlau bin oder nicht. Ich will einfach meinen Frieden, komme, was wolle. Ich will einfach nur mit Wesley zusammen sein. Ich kann keine Minute länger darauf warten, mein neues Leben mit ihm zu beginnen. Nachdem ich diese letzte Sache getan habe, werde ich ein guter Mensch sein, das schwöre ich bei Gott. Ich muss nur noch diese eine Sache erledigen, und dann kann ich ganz von vorne anfangen. Wirklich. Ich werde ein neuer, guter Mensch.

Ich nehme das Kissen von der leeren Seite des Bettes und gehe auf Kurtis zu. Mein geliebter Ehemann wird heute

Nacht an seinem eigenen Erbrochenen ersticken. Die Zeit des Wartens ist vorbei.

O Gott, ich zittere wie Espenlaub.

Ist Kurtis betrunken genug, dass mir das gelingen kann? Bin ich stark genug, so fest zu drücken, wie es nötig ist? Was, wenn er aufwacht, während ich ihm das Kissen ins Gesicht drücke, und anfängt, mich zu verprügeln? Verdammt, es ist mir egal. Ich werde es riskieren. Ich muss etwas tun. Ich verliere sonst noch den Verstand.

Ich stehe direkt über Kurtis, halte das Kissen in den Händen und nehme all meinen Mut zusammen.

Scheiß drauf. Jetzt oder nie.

Ich lege das Kissen auf Kurtis' Gesicht und drücke mit aller Kraft zu. Ich stöhne vor Anstrengung laut auf, aber zu meiner großen Erleichterung rührt sich Kurtis überhaupt nicht.

Ich höre lauten Tumult unten und ein kräftiges Pochen an der Tür.

Ich erstarre. Wer könnte das so früh sein? Und wer zum Teufel klopft so laut an die Tür? Ist Wesley so dumm, hier aufzutauchen?

Es klopft erneut.

Ich nehme das Kissen mit zitternden Händen von Kurtis' Gesicht.

Ist es Bettie? Haben meine ganzen Lügen, dass sie hier angerufen hat und vorbeigekommen ist, das Schicksal herausgefordert?

Das Klopfen an der Tür wird immer lauter.

Verdammt! Ich habe anscheinend keine Zeit, meinen Mann jetzt umzubringen, auch wenn er es absolut verdient hat. Ich hole tief Luft. *Reiß dich zusammen, Charlene.*

Ich werfe einen Blick auf Kurtis, der ausgebreitet auf dem Bett liegt. Er wird nirgendwo hingehen. Ich werde tun, was getan werden muss, nachdem ich geschaut habe, wer da so laut an der Tür klopft.

Plötzlich höre ich mitten in dem lauten Klopfen eine Männerstimme, die ich nicht kenne.

»Aufmachen!«, brüllt die Stimme.

Das ist definitiv nicht mein Wesley. Wer kann das sein?

»Aufmachen!«, ertönt es wieder. »Hier ist die Polizei!«

KAPITEL 45

20 Jahre, 6 Monate und 4 Tage alt

KILLING-KURTIS-TAG PLUS 164 TAGE

»Meine Damen und Herren Geschworene«, beginnt der Staatsanwalt. »Der Staat Kalifornien wird Ihnen zweifelsfrei beweisen, dass Kurtis Jackman Elizabeth Franklin – auch bekannt unter ihrem Bühnennamen Bettie Paigette – in ihrem Apartment in den frühen Morgenstunden des fünften Februars brutal zusammengeschlagen und ermordet hat.«

Ich sitze wie aus dem Ei gepellt in der ersten Reihe der Galerie. Wow, ich habe in meinem ganzen Leben noch nie besser ausgesehen. Mein Haar sieht so fantastisch aus wie nie, und das ist nicht übertrieben. Es hat etwas gedauert, aber ich habe schließlich das perfekte Blond gefunden, das zu meinem Teint passt – nicht so hell, dass es mich blass aussehen lässt, aber definitiv blond genug, dass sich jeder nach mir umdreht, wenn ich einen Raum betrete. Und auch meine Kleiderwahl ist makellos. In Anbetracht der ernsten Lage und meiner konservativen Erziehung trage ich ein Chanel-Kostüm und Schuhe mit hohen Absätzen (Letztere, um dem Kostüm etwas Sex-Appeal zu verleihen) und eine Kette mit einem Kreuz und funkelndem Diamanten an der Spitze um den Hals. Ein kleiner, aber unmissverständlicher Beweis meiner bedingungslosen Unterstützung für meinen fälschlicherweise angeklagten Ehemann. Ich könnte es nicht ertragen, wenn er diese schwierige und angsteinflößende Zeit ganz alleine durchstehen müsste. O Gott, was bin ich nur für eine loyale und liebende Ehefrau – und ein Hingucker noch dazu.

Auf dem Weg in den Gerichtssaal hat mich eine Horde Fotografen auf den Stufen umringt und so viele Fotos von mir gemacht, dass ich kaum noch etwas sehen konnte. »Butterblume«, haben sie alle auf einmal gerufen. »Stehen Sie Ihrem Mann zur Seite?« »Schauen Sie bitte hierher!« »Glauben Sie, dass Ihr Mann unschuldig ist?« Ich habe mein Gesicht mit einer Hand bedeckt, als würde ich nicht wollen, dass die Fotografen ein gutes Bild von mir machen – aber natürlich habe ich damit gewartet, bis ich sicher sein konnte, dass auch wirklich jeder von ihnen einen guten Schnappschuss von mir gemacht hatte.

»Kein Kommentar«, habe ich gemurmelt und trotzig die Lippen geschürzt. »Ich hätte gern etwas Privatsphäre in dieser schwierigen Zeit.«

Und jetzt sitze ich hier im Gerichtssaal, direkt hinter dem Geländer, und ringe in meinem Schoß die Hände, während mir leise Zweifel kommen. Kurtis hätte das diesem armen Mädchen nicht antun können, oder? Das glaube ich einfach nicht. Aber Moment … hat er es getan? Denn sosehr ich auch an die Unschuld meines geliebten Ehemannes glauben würde, es sieht nicht gut aus für ihn.

So, wie es aussieht, werde ich dieses Mal nicht in den Zeugenstand gerufen wie bei Mutters Prozess, da es so etwas gibt wie »eheliches Privileg«. Es ist wahrscheinlich am besten so. Meine loyale und liebende Aussage (»Ich schwöre, mein Ehemann war die ganze Nacht bei mir!« »Nein, er hat mich niemals geschlagen!«) käme vielleicht etwas zu überzeugend rüber (bei Geschworenen weiß man nie – auch wenn der Angeklagte ganz offensichtlich schuldig ist). Dass ich keine Aussage machen kann, macht mir überhaupt nichts aus, denn ich nehme an, ich kann aus der ersten Reihe genauso viel Schaden anrichten, wenn es an der Zeit ist.

»Können Sie Elizabeth Franklins Verletzungen für die Jury beschreiben?«, fragt der Staatsanwalt den Gerichtsmediziner.

»Das Opfer hat mehrere traumatische und tödliche Brüche in der Schädelregion erlitten, darunter ihr Stirnbein, die Augenhöhlenknochen, das Scheitelbein und das Hinterhauptbein«, erklärt der Experte. »Die zugefügten Verletzungen in der Schädelregion sind hier, hier, hier und hier auf diesem Diagramm dargestellt.« Er deutet auf ein Diagramm, auf dem die verschiedenen Knochen des Kopfes und des Gesichts dargestellt sind. »Der Bruch, den sie hier erlitten hat, an ihrem Hinterhauptbein, hat dafür gesorgt, dass ihre Augenhöhle zusammengebrochen und ihr Augapfel aus dem Kopf getreten ist. Das war wahrscheinlich der heftigste Schlag von allen – und vielleicht auch der tödliche.«

O Gott, Kurtis hat wirklich seine Freude daran, Frauen zu verprügeln. Ich werfe einen Blick auf die Geschworenen. Sie sind schockiert – und ehrlich gesagt, bin ich es auch. Ich wollte, dass Bettie stirbt, ja, aber ich hätte nie gedacht, dass Kurtis den Kopf des armen Mädchens zu Hackfleisch verarbeiten würde. Gütiger Gott, sie tut mir richtig leid.

»Rhonda Kostopoulos«, eine weitere Tänzerin aus dem Club sagt aus, als der Staatsanwalt sie aufruft. »Ja, ich kenne Bettie – *kannte* Bettie – seit Jahren. Sie war meine Freundin.« Rhonda schluchzt bei dem letzten Wort laut auf.

»Hat Bettie Ihnen gegenüber jemals erwähnt, dass sie mit dem Angeklagten Kurtis Jackman in irgendeiner Beziehung steht?«

»Einspruch. Hörensagen«, sagt Kurtis' überteuerter Anwalt.

»Euer Ehren, ich möchte eine Grundlage schaffen«, erklärt der Staatsanwalt.

»Abgelehnt«, sagt der Richter.

Ich bin etwas verwirrt und weiß nicht genau, was das alles bedeuten soll. Aber anscheinend lässt der Richter Rhonda weiterreden. Das ist gut, denn so, wie Rhonda Kurtis ansieht, bin ich mir ziemlich sicher, dass sie ihn am liebsten im Knast sehen würde.

»Na ja«, fährt Rhonda fort. »Er war Betties Chef im Club – und auch meiner –, deswegen hat sie ihn natürlich gekannt. Aber ja, sie hat ihn immer als ihren Freund bezeichnet.«

Ein Raunen geht durch den Gerichtssaal. Ich blicke gedemütigt zu Boden.

»Haben Sie Bettie und Mr Jackman je zusammen gesehen?«

»Ja, ich habe sie tausendmal zusammen im Club gesehen.«

»Also wirklich tausendmal – oder ist das nur so dahingesagt?«

»Na ja, ich meine, viele Male, Sie wissen schon.« Sie rutscht unbehaglich auf dem Stuhl umher. »Nicht tausendmal.«

Ich kann nur Kurtis' Hinterkopf sehen, wie er am Anklagetisch sitzt, aber seine Körperhaltung wirkt steif und kalt.

»Haben Sie je gesehen, dass Mr Jackman Bettie gegenüber gewalttätig geworden ist?«

»Einspruch«, sagt Kurtis' Anwalt ruhig. »Unzulässiges Beweismaterial.«

»Stattgegeben«, sagt der Richter. Er dreht sich zu Rhonda um. »Beantworten Sie diese Frage nicht.«

Der Staatsanwalt überlegt sich eine andere Frage. »Hat Bettie Ihnen gegenüber jemals erwähnt, dass Mr Jackman einen Hang zur Gewalttätigkeit hat?«

»Einspruch«, sagt Kurtis' Anwalt. »Hörensagen. Unzulässiges Beweismaterial.«

»Fragen Sie mich, ob Kurtis sie je geschlagen hat?«, fragt Rhonda und nickt stürmisch.

»Warten Sie einen Moment«, sagt der Richter zu Rhonda und hebt eine Hand. »Sagen Sie nichts mehr.«

»Ich will damit nicht die Wahrheit der behaupteten Tatsache an sich beweisen«, erklärt der Staatsanwalt. »Die Aussage soll sich gegen einen Beteiligten richten, der unrechtmäßigerweise die Nichtverfügbarkeit der eine Erklärung abgebenden Zeugin verursacht hat.«

Wovon zum Teufel reden diese Anwälte da? Ich wünschte, sie könnten einfach meine Sprache sprechen. Kurtis' teurer Anwalt erschwert diese Sache hier sehr viel mehr, als es der dämliche Anwalt meiner Mutter vor all den Jahren getan hat – das ist dieses Mal besonders lästig, wenn man bedenkt, dass der Angeklagte die Tat jetzt wirklich begangen hat.

Der Richter überlegt. »Das ist unzulässiges Beweismaterial. Einspruch stattgegeben.« Er wendet sich wieder Rhonda zu. »Beantworten Sie diese Frage nicht.«

Rhondas Gesichtsausdruck sagt unmissverständlich: »Ist gut, aber er *hat* sie geschlagen.«

Ich werfe Rhonda einen Blick zu, der besagt: »Er hat auch mich geschlagen«, und ich bin mir sicher, zumindest ein paar der Geschworenen haben diesen Gedankenaustausch beobachtet. Scheiß doch auf die Anwälte. Rhonda und ich werden Kurtis ganz alleine ans Kreuz nageln. Nur wir zwei Mädels, ohne dass wir etwas sagen müssen.

Der Staatsanwalt überdenkt seine Strategie. »Haben Sie Bettie je mit blauen Flecken oder offensichtlichen Verletzungen gesehen?«

»Einspruch«, sagt Kurtis' Anwalt. »Das ist irrelevant, Euer Ehren.«

Ich verdrehe die Augen und wünschte, Kurtis' windiger Anwalt würde endlich den Mund halten und die Frau sprechen lassen.

»Ich lasse die Frage zu«, sagt der Richter. Er dreht sich zu Rhonda, der Stripperin, um. »Sie können die Frage beantworten – aber nur diese eine Frage, ohne zu übertreiben.«

Rhonda nickt dem Richter zu und lächelt. »Okay.« Sie hält inne und blickt auf. »Wie war die Frage noch gleich?«

Ein paar Journalisten in der Reihe hinter mir kichern. Also das ist jetzt wirklich unhöflich. Wie würden sie sich fühlen, wenn sie vor Gott und der Welt im Zeugenstand säßen? Könnten sie sich dann an jede Frage erinnern? Das arme Mädchen gibt ihr Bestes.

»Haben Sie Bettie je mit blauen Flecken oder offensichtlichen Verletzungen gesehen?«, fragt der Staatsanwalt.

»Ja, Bettie hatte *immer* blaue Flecken«, sagt sie, als würde sie ein großes Geheimnis verraten. Dann fügt sie schnell hinzu: »Aber Bettie hat immer gesagt, dass sie nichts dagegen tun kann, weil Kurtis ihre Gehaltsschecks unterschreibt und ihre Miete bezahlt.«

Kurtis' Anwalt springt von seinem Stuhl auf und wirft die Hände in die Luft. »Streichen Sie alles nach dem Ja in der Antwort, Euer Ehren.«

Der Richter wirft Rhonda einen vorwurfsvollen Blick zu, aber sie drückt die Brust raus und sieht aus, als wäre sie sehr stolz auf sich. Der Richter wendet sich an die Jury. »Bitte lassen Sie den letzten Teil der Antwort der Zeugin außer Acht, in dem sie davon gesprochen hat, dass Mr Jackman Ms Franklin geschlagen, ihre Gehaltsschecks unterschrieben und ihre Miete bezahlt hat. Beschränken Sie sich lediglich darauf, dass Ms Franklin die blauen Flecken hatte, woher sie auch gekommen sein mögen.«

Ich versuche, auf meinem Stuhl klein und untergeben auszusehen. Je kleiner und schwächer ich in den Augen der Jury aussehe, desto besser können sie sich wahrscheinlich vorstellen, dass Kurtis mich verprügelt hat – und deshalb auch Bettie.

Der Staatsanwalt sagt, dass er keine weiteren Fragen mehr an Rhonda hat, und Kurtis' Anwalt steht auf. Anscheinend ist er jetzt an der Reihe, Rhonda im Kreuzverhör in die Mangel zu nehmen.

»Sie sagen, Bettie hat Ihnen erzählt, dass Mr Jackman ihr *Freund* war?«, fragt Kurtis' Anwalt.

»Das stimmt«, sagt Rhonda.

»Aber er war ihr Chef in dem Club, richtig?«

»Das ist richtig.«

»Haben Sie sie je zusammen gesehen?«

»Die ganze Zeit.«

»Im Club?«

»Ja.«

»Auch irgendwo anders?«

»Nein.«

»Haben Sie je gesehen, dass sie sich unter vier Augen unterhalten haben?«

»Ständig. Er war meistens ziemlich sauer auf sie.«

»Warten Sie. Haben Sie je gehört, worüber die beiden sich unterhalten haben?«

»Nein.«

»Dann ist es reine Spekulation, dass er sauer auf sie war?«

»Na ja, ich kann anhand seiner Körpersprache und seiner lauten Stimme sagen, dass er sehr wütend war, auch wenn ich nicht gehört habe, was er gesagt hat.« Rhonda wirft Kurtis einen vernichtenden Blick zu, der besagt, dass sie nicht einmal die Straßenseite wechseln würde, um ihn anzupissen, wenn er in Flammen stünde.

»Aber Sie haben nicht gehört, was er zu ihr gesagt hat, richtig? Die beiden hätten sich genauso gut über die Arbeit streiten können, oder? Darüber, dass sie zu spät kommt, zum Beispiel. Richtig?«

Rhonda schaut den Anwalt an, als wäre er eine Made.

»Würden Sie die Frage bitte beantworten?«

Rhonda räuspert sich. »Ich nehme an, das ist möglich.« Sie knirscht mit den Zähnen.

»Hat Bettie Ihnen gegenüber je andere *Freunde* erwähnt?«

Rhonda öffnet den Mund, um zu sprechen.

»Einspruch«, sagt der Staatsanwalt. »Hörensagen.«

»Stattgegeben«, sagt der Richter. »Beantworten Sie diese Frage nicht.«

Kurtis' Anwalt sammelt sich wieder. »Haben Sie je gesehen, wie Kurtis sich mit *besonderer Zuneigung* an Bettie gewandt hat?«

»Nein.«

Kurtis' Anwalt grinst übers ganze Gesicht. »Was untermauert dann Ihre Vermutung, dass Kurtis Betties Freund war, außer der Tatsache, dass Bettie es Ihnen erzählt hat?«

»Na ja, Bettie hat immer gesagt, dass Kurtis wahnsinnig eifersüchtig war, weil ihr irgendein anderer Kerl Blumen geschickt hat und ...«

»Stopp«, ruft Kurtis' Anwalt. »Hörensagen. Streichen.«

Mein Gott, Kurtis' Anwalt raubt mir den letzten Nerv.

»Stattgegeben.« Der Richter wendet sich an Rhonda. »Die Frage war, ob Sie mit eigenen Augen etwas gesehen haben, was Sie in dem Glauben bestätigen könnte, dass Mr Jackman der Freund von Ms Franklin war, und nicht, ob Sie etwas in der Art aus Ms Franklins Mund gehört haben.«

Rhonda lächelt den Richter höflich an und wendet sich dann mit hartem Blick wieder Kurtis' Anwalt zu. »Na ja, ich habe sie dabei erwischt, wie sie es in der Umkleide miteinander getrieben haben.« Ein Raunen geht durch den Gerichtssaal. »Das habe ich *beobachtet.*«

Tumult bricht im Gerichtssaal aus, und der Richter bittet um Ruhe. Sofort spüre ich, wie sich alle Augen auf mich richten. Ich versuche, keine Reaktion zu zeigen, auch wenn sich vor meinem inneren Auge wieder dieser Kurtis-und-Bettie-Porno abspielt, der mir eine Gänsehaut bereitet. Auch nach all der Zeit verletzt es mich sehr, daran zu denken, dass Kurtis die ganze Zeit mit Bettie geschlafen und ihr süße Versprechungen ins Ohr geflüstert hat.

Kurtis' Anwalt räuspert sich. »Einen Moment mal. Sie sagten doch gerade, dass Sie nie gesehen haben, wie Mr Jackman Bettie mit besonderer Zuneigung bedacht hat.«

»Ja, das stimmt.« Rhondas Blick ist jetzt eiskalt.

Eine Pause entsteht, in der Kurtis' Anwalt versucht, die Situation zu begreifen. Er schüttelt verständnislos den Kopf.

»Als ich sie in der Umkleide überrascht habe«, fährt Rhonda ungefragt fort, »habe ich alles andere als *besondere Zuneigung* gesehen.«

Jeder der Geschworenen schaut jetzt angewidert drein, genau wie ich, aber nur so lange, dass mich ein paar von ihnen sehen konnten. Dann bringe ich meine nonverbale Solidarität mit Rhonda zum Ausdruck, als würde ich besser verstehen als jeder andere, dass der Sex mit Kurtis alles andere als liebevoll war.

Kurtis dreht sich zu seinem Verteidiger um und flüstert ihm etwas ins Ohr. Und obwohl ich nur Kurtis' Hinterkopf sehen kann, wird die Wut in seinem Ausdruck deutlich. Ich bemerke, dass mindestens zwei der Geschworenen Kurtis angewidert betrachten, und da weiß ich, dass er verloren hat. Aber da dieser Prozess ja von den Steuerzahlern gezahlt wird und der Staatsanwalt wahrscheinlich lange und hart daraufhin gearbeitet hat, wird es bestimmt noch Wochen dauern, bis ein Urteil gefällt wird.

Kurtis' Sekretärin, Mildred, wird als Nächste in den Zeugenstand gerufen. Sie wirft Kurtis einen entschuldigenden Blick zu. »Ja«, sagt Mildred zögernd zu dem Staatsanwalt. »Ich habe jede Woche im Auftrag von Mr Jackman Blumen für Bettie bestellt … rote Rosen und Tigerlilien … ja, Bettie kam oft ins Büro … ja, sie waren alleine in seinem Büro und haben die Türe geschlossen … ja, öfter, als ich zählen kann. Nein, die anderen Tänzerinnen aus dem Club sind nie gekommen. Nur Bettie.«

Ich versuche, gedemütigt, aber gleichzeitig hoffnungsvoll dreinzublicken. Vielleicht hat mein großzügiger Ehemann einer seiner Angestellten nur eine Belohnung für ihre ausgezeichneten Tanzeinlagen gegeben?

»Hmm«, sagt Mildred und beantwortet die nächste Frage des Staatsanwalts. »Ich habe angefangen, die Blumen zu bestellen … kurz nachdem Bettie angefangen hat, im Club zu tanzen, denke ich. Also hat Kurtis ihr seit … ungefähr zwei Jahren Blumen schicken lassen.«

Zwei Jahre? Heilige Scheiße!

Mildred wirft dem Staatsanwalt einen flehenden Blick zu, aber er ist noch nicht fertig mit ihr. »Haben Sie jemals etwas beobachtet, das Sie in der Annahme bestätigt, dass Mr Jackman eine romantische Beziehung zu Ms Franklin gepflegt hat?«

»Einspruch. Das ist Spekulation«, sagt Kurtis' Anwalt.

»Abgelehnt. Ich erlaube die Frage – solange es um ihre eigenen Beobachtungen geht.«

»Sie meinen, ob ich etwas Romantisches bemerkt habe, außer dass er ihr zwei Jahre lang jede Woche hat Blumen schicken lassen?«, fragt Mildred.

»Ja«, antwortet der Staatsanwalt.

»Und abgesehen von der Tatsache, dass Bettie Mr Jackman oft in seinem Büro besucht hat und die beiden die Tür geschlossen haben?«

»Abgesehen davon, ja.«

Sie schließt einen Moment lang die Augen. »Ja. Mr Jackman hat mich einmal gebeten, Bettie ein Geschenk zu kaufen. Ein Schmuckstück.«

Mein Magen verkrampft sich.

»Was für ein Schmuckstück?«

»Eine Halskette.«

Mein Atem geht schneller.

»Eine Halskette mit einem Herzanhänger«, fügt Mildred hinzu. Sie wirft mir einen entschuldigenden Blick zu. »Ein Herz, bestückt mit Diamanten.«

Ich berühre das mit Diamanten übersäte Kreuz an meinem Hals und erinnere mich daran, wie ich Freudentränen geweint habe, als Kurtis es mir in der Abstellkammer geschenkt hat. Auch nach all der Zeit und nach allem, was passiert ist, würde ich bei der Erinnerung daran am liebsten zu heulen anfangen.

»Gibt es irgendetwas anderes, das Sie gesehen haben, das Sie zu dem Glauben verleitet, dass Mr Jackman eine romantische Beziehung zu Ms Franklin gepflegt hat?«

Mildred sieht aus, als würde ihr gleich schlecht werden.

Der Staatsanwalt starrt sie unverwandt an. Er hat wohl den ganzen Tag Zeit.

»Ja«, antwortet Mildred schließlich. »Da war noch etwas.«

»Und was bitte war das?«, fragt der Staatsanwalt.

Mildred muss hart schlucken. »Ich habe manchmal … na ja … Geräusche aus dem Büro gehört, wenn Bettie mit Mr Jackman da drinnen war.«

Der Staatsanwalt kann sich ein Grinsen kaum verkneifen. »Was für Geräusche?«

»Einspruch, reine Spekulation«, sagt Kurtis' Anwalt. »Irrelevant.«

»Abgelehnt.«

Mildred rutscht zum hundertsten Mal auf dem Stuhl umher. »Hmm … wie soll ich die Geräusche am besten beschreiben?«

»Versuchen Sie es«, fordert sie der Staatsanwalt auf.

Mildred wird rot. »Stöhnen, keuchen, schlagende Geräusche, Haut, die auf Haut klatscht, Sie wissen schon …«

»Geräusche, die zwei Leute beim Sex machen?«

»Einspruch«, sagt Kurtis' Anwalt und springt von seinem Platz auf. »Das ist reine Spekulation, Euer Ehren. Das ist lächerlich.«

»Ich lehne den Einspruch ab«, sagt der Richter streng.

Kurtis' Anwalt lehnt sich wütend auf seinem Stuhl zurück.

Mildred nickt beschämt. Ihr Gesicht ist knallrot, und ich bin mir sicher, meins ist es auch.

»Ist das ein Ja?«, fragt der Staatsanwalt.

Mildred blickt Kurtis schüchtern an. »Mmm hmm.«

»Ja?«

»Ja.«

Bastard.

»In der Zeit kurz vor Ms Franklins Tod – war Mr Jackman da jemals wütend auf Ms Franklin?«

Kurtis' dämlicher Anwalt erhebt zum hundertsten Mal Einspruch, dieses Mal wegen Hörensagen. Damit bekräftigt er seinen Titel als nervigster Mensch überhaupt. Dieser Kerl raubt einem echt den letzten Nerv. Er ist so ein Großmaul.

»Es geht um den Geisteszustand des Angeklagten«, sagt der Staatsanwalt sachlich und rettet mir den Tag als der weiße, von der Regierung gesponserte Ritter, der er ist.

»Abgelehnt.«

»Fahren Sie bitte fort«, sagt der Staatsanwalt zu Mildred.

»Wie war noch mal die Frage?«, sagt Mildred mit dünner Stimme.

Der Staatsanwalt wendet sich an den Protokollführer. »Würden Sie meine Frage bitte noch einmal vorlesen?«

»In der Zeit kurz vor Ms Franklins Tod – war Mr Jackman da jemals wütend auf Ms Franklin?«, liest der Protokollführer mit monotoner Stimme vor.

»Äh … ja«, murmelt Mildred. »In dieser Zeit war Mr Jackman öfter … wütend …« Sie wirft Kurtis einen weiteren entschuldigenden Blick zu, und sogar von meinem Platz aus hinter ihm sehe ich, dass Kurtis vor Wut kocht. »Anscheinend hat Bettie im Club Blumen von einem anderen Mann bekommen, und er hat mich gefragt, ob ich Bettie einen Blumenstrauß in den Club habe schicken lassen. Ich habe ihm gesagt, dass ich die Blumen immer in ihre Wohnung habe schicken lassen. Und er war sehr verärgert darüber, dass Bettie anscheinend eine romantische Beziehung zu einem anderen Mann pflegt.«

»Hat Mr Jackman sonst noch etwas gesagt?«, fragt der Staatsanwalt Mildred.

»Über was?«

»Darüber, dass Bettie ein Geschenk von einem anderen Mann bekommen hat?«

»Ein Geschenk? Sie meinen, irgendetwas? Nicht nur diese Blumen?«

»Ja, irgendetwas.«

Mildred seufzt. »Bettie hat von vielen verschiedenen Männern Blumen bekommen – und auch Schmuck. Einmal hat ein Mann ihr sogar ein kleines Hündchen mit einer roten Schleife geschenkt. Und Mr Jackman hat sich immer darüber aufgeregt. Ziemlich oft.«

O Gott. Das habe ich nicht kommen sehen. Und ich dachte, ich rühre die Suppe alleine um.

Mildred fährt fort: »Mr Jackman hat manchmal die verschiedenen Floristen und Juweliere angerufen und gefragt, ob eine spezielle Lieferung an Bettie von ihnen kam. Aber er hatte nie Glück. Also hat er mich gebeten, für ihn herumzutelefonieren und zu sehen, was ich herausfinden kann.« Sie zuckt mit den Schultern.

»Und? Haben Sie etwas herausgefunden?«

Für den Bruchteil einer Sekunde sehe ich, dass Mildred die Augen verdreht. »Nein.«

»Und warum nicht?«

Mildred blinzelt nervös, bevor sie antwortet. »Weil ich der Meinung war, dass die Floristen und Juweliere mir nicht freiwillig sagen würden, welche Kunden von ihnen Geschenke für eine Stripperin im Casanova Club bestellt haben.«

Im Gerichtssaal wird es lauter, und ich nutze die Gelegenheit, einen verstohlenen Blick auf die Jury zu werfen. Einige der Geschworenen nicken Mildred zustimmend zu.

Und was tue ich? Ich gebe einen Seufzer der Erleichterung von mir, wie ich es noch nie in meinem Leben getan habe. Heilige Scheiße, diese verdammten Blumen, die ich Bettie habe schicken lassen, werden noch mein Untergang sein. Als ich sie bestellt habe, konnte ich ja nicht wissen, dass

Kurtis wegen des Mordes an Bettie angeklagt werden würde. Ich dachte, Bettie würde wegen Mordes an Kurtis vor Gericht stehen, und in diesem Fall wäre es scheißegal gewesen, welche Blumen Bettie im Club bekommen hat. Ich hätte nie geglaubt, dass ich eines Tages hier sitzen und zuhören würde, wie der Staatsanwalt Kurtis' Sekretärin Fragen über die Blumen stellt, die Bettie in den Club geschickt worden sind.

Ehrlich gesagt macht mich die Sache mit den Blumen jetzt schon seit Monaten nervös. Vor drei Wochen habe ich einen riesigen Schock bekommen, als Kurtis' Anwalt bei einem meiner Besuche im Gefängnis aufgetaucht ist (schließlich bin ich bis heute immer noch Kurtis' gute und loyale Ehefrau) und Kurtis den Anwalt angeschrien hat, er möge doch bitte jeden Floristen im Großraum Los Angeles befragen, wer diese verdammten Blumen an Bettie geschickt hat. Aber zu meiner großen Erleichterung hat Kurtis' Anwalt nur die Augen verdreht und folgendermaßen auf seinen Vorschlag geantwortet: »Sie haben Ihre DNA, Kurtis. Verstehen Sie das? Jeden Blumenladen in Los Angeles zu überprüfen, um vielleicht einen der vielen Versager ausfindig zu machen, der Bettie ab und zu einen Strauß Blumen geschickt hat, wäre nicht nur Zeitverschwendung, sondern auch die reinste Vergeudung Ihres Geldes. Die Frau hat ihre Titten in einem verdammten Stripclub gezeigt, um Geld zu verdienen …«

»Männerclub«, zischte Kurtis ihn an.

»Was auch immer. Natürlich hatte sie viele Verehrer. Aber keiner von denen hatte in der Nacht, in der sie getötet wurde, Betties DNA auf seinem Hemd. Keiner von ihnen wurde dabei gesehen, wie er ein paar Stunden vor ihrem Tod in ihre Wohnung gegangen ist. Wir müssen uns darauf konzentrieren, was wirklich wichtig ist, Kurtis. Wir müssen herausfinden, wie wir die Aussagen der Experten zerlegen können, und nicht herausfinden, wer Bettie Blumen geschickt hat. Wenn wir das tun, bestätigen wir nur die Theorie, dass Sie rasend vor Eifersucht waren – und das ist keine gute Sache.« An diesem Punkt der Unterhaltung hat Kurtis sich die Haare gerauft und mich angeschaut, wie ich in der Ecke saß – und in diesem Moment hat der arme Kerl so verzweifelt ausgesehen, so zerrissen, dass er mir tatsächlich leidgetan hat.

Natürlich ist es keinem der beiden Genies in den Sinn gekommen, dass Betties Verehrer nur ein paar Meter von ihnen entfernt in der Ecke sitzt und sich gerade die Nägel knallrot lackiert. Ich war noch nie so dankbar dafür, dass Männer mich immer für eine Riesenidiotin halten.

Und so leid mir Kurtis in diesem Moment auch getan hat, ich musste doch ein bisschen in mich hineingrinsen bei dem Gedanken daran, dass die einzige Sache, die Kurtis unbedingt wissen wollte, die ganze Zeit direkt vor seiner Nase auf den Kreditkartenabrechnungen stand. Aber Kurtis waren die Blumen, die ich mit seiner Kreditkarte bezahlt habe, immer egal – genau wie die Kleider, Handtaschen, Schuhe, Bücher, Maniküren, das Make-up, die Unterwäsche, der Champagner, das Eis am Stiel, die Autowäschen, die Friseurtermine, die kleine Lederjacke für Wilber und was weiß ich noch alles. Ich nehme an, Kurtis hat diese Blumenrechnungen immer deswegen ignoriert, weil unser Haus immer voll von hübschen Blumensträußen war, manchmal von Kurtis selbst bestellt – oder besser gesagt von Mildred – und manchmal von mir in Kurtis' Namen bestellt.

»Du hast mir ja heute wieder einen riesigen Strauß mit farbenfrohen Blumen schicken lassen«, habe ich immer gesagt und auf irgendeinen übertriebenen Strauß gedeutet, den ich mir selbst habe schicken lassen.

»Wow. Ich habe schon einen tollen Geschmack in Sachen Blumensträuße, oder?«, hat er dann immer lachend gesagt.

»Auf jeden Fall. Vielen Dank dafür.«

»Ist mir ein Vergnügen, Baby. Was immer dich glücklich macht.«

Jetzt, nach all diesen Monaten, in denen ich mir Sorgen gemacht habe, dass diese blöden Blumen mir während Kurtis' Prozess das Genick brechen könnten, kann ich endlich erleichtert aufatmen, nachdem Mildred ihre Aussage gemacht hat. Ich wusste nicht, was Mildred im Zeugenstand sagen würde, und ich war mehr als erleichtert, als ich gehört habe, dass sie diese Blumensträuße genauso wenig weiterverfolgt hat wie Kurtis' Anwalt.

»Noch etwas?«, fragt der Staatsanwalt Mildred im Zeugenstand.

»Wie, noch etwas?«

»Noch etwas, das Mr Jackman Ihnen gegenüber gesagt hat, was seine Wut auf Ms Franklin deutlich gemacht hat?«

»Nein. Das war's.« Sie schaut zu Kurtis, und in ihrem Blick liegt echtes Bedauern.

»Danke. Keine weiteren Fragen.«

Kurtis' Anwalt steht auf und beginnt damit, Mildred ein Dutzend Fragen zu stellen, die alle verdeutlichen sollen, wie großzügig und freigiebig er doch immer zu ihr gewesen ist. Und Mildred hört tatsächlich gar nicht mehr auf damit, zu schwadronieren, was für ein guter Chef Kurtis doch ist. Ich glaube nicht, dass die Frau hier übertreibt. Denn wenn es eine nette Sache gibt, die ich über Kurtis Jackman sagen kann, dann die, dass er wirklich sehr großzügig und freigiebig ist (außer man verlangt von ihm, dass er einen Marilyn-Film mit einem dreht).

Als ich Mildred erzählen höre, welche netten Dinge Kurtis

in den letzten zehn Jahren, während sie bei ihm gearbeitet hat, für sie getan hat – zum Beispiel, für Mildreds Mutter das Pflegeheim zu bezahlen (was mir neu war) –, lässt mich das darüber nachdenken, welche netten Dinge er für mich getan hat. Wie er mich zum Beispiel mit dem Brunnen mit Skulpturen von nackten Frauen und Engelchen und einem kleinen Amor mit Flügeln überrascht hat. Und wie er mir die Augen verbunden, mich in die Einfahrt geführt und mir diesen schicken, roten Sportwagen mit einer großen, roten Schleife darum geschenkt hat.

Ich schaue auf den Diamantring an meinem Finger, und für einen kurzen Augenblick bin ich wirklich traurig darüber, wie die Dinge gelaufen sind. Ich wünschte mir tatsächlich, so wahr ich hier sitze, ich hätte Kurtis einfach verlassen und alles auf sich beruhen lassen können. Aber das ist wohl ein verrückter Gedanke.

Endlich ist diese Nervensäge von Anwalt fertig mit der armen Mildred, und als sie den heißen Stuhl verlassen darf, ist sie weiß wie die Wand und hält sich den Bauch. Als sie geht, werfe ich einen kurzen Blick zu den Geschworenen, und es macht mich tatsächlich ein bisschen traurig, dass ich in ihren Gesichtern, trotz der netten Dinge, die Mildred über Kurtis gesagt hat, erkennen kann, dass jeder einzelne von ihnen meinem geliebten Ehemann am liebsten die Eier abschneiden würde.

Jetzt wird Betties Nachbarin aus der Wohnanlage – eine Kellnerin – in den Zeugenstand gerufen. »Kathleen Wardenberg«, antwortet sie, als sie nach ihrem Namen gefragt wird.

»Ms Wardenberg, haben Sie in der Nacht vom vierten auf den fünften Februar etwas Ungewöhnliches bemerkt, das mit Betties Wohnung zu tun hat?«, fragt der Staatsanwalt.

»Ich kam gerade von der Arbeit nach Hause und habe *ihn*

gesehen.« Sie deutet auf Kurtis. »Er hämmerte an die Tür und schrie sie an, ihn reinzulassen. Ich würde sagen, er war sehr *aufgewühlt*. Ich habe gesehen, wie Bettie ihm die Tür geöffnet und gesagt hat, dass er sich ›verpissen‹ soll. Aber er ist einfach in die Wohnung gegangen.«

»Haben Sie in dieser Nacht noch etwas anderes bemerkt, das Ms Franklin betrifft?«

»Gleich nachdem er die Wohnung betreten hatte, habe ich Schreie von dort gehört. Als es nach einer Weile ganz leise geworden ist, habe ich mir Sorgen um sie gemacht und wollte nach ihr sehen.« Kathleen beginnt zu weinen. Nachdem sie sich mit einem Taschentuch die Augen trocken gewischt hat, erklärt sie, dass sie die Unglückliche gewesen ist, die Betties verstümmelte Leiche gefunden hat – und es hört sich wirklich so an, als hätte das arme Mädchen einen höchst grausamen Tatort vorgefunden.

Während die Geschworenen Kathleen zuhören, richten sich ihre Blicke auf mich. Wahrscheinlich wollen sie herausfinden, ob mir je in den Sinn gekommen ist, dass ich mit einem skrupellosen Killer verheiratet bin. Ich zeige keinerlei Reaktion, außer dass ich gelegentlich – und wirklich nur gelegentlich – versuche, auszusehen wie ein verlorenes Hündchen. Ein verlorenes Hündchen im Chanel-Kostüm und mit einer Diamantenkette um den Hals und so blonden Haaren, dass sich jeder im Saal zweimal umdreht. Es fällt mir nicht besonders schwer, denn wenn ich meine Gedanken manchmal schweifen lasse, fühle ich mich tatsächlich ein bisschen so wie ein verlorenes Hündchen.

Jetzt wird Detective Randall in den Zeugenstand gerufen. Wow, dieser Detective sieht aber gut aus – ganz anders als der dämliche Detective mit den buschigen Augenbrauen von Mutters Prozess.

Der Staatsanwalt hält einen durchsichtigen Plastikbeutel in die Luft, in dem sich ein blaues Hemd befindet.

»Ja, das ist das Hemd, das wir bei der Verhaftung des Angeklagten aus seinem Haus mitgenommen haben«, bestätigt Detective Randall. »Wir haben es auf dem Boden des Schlafzimmers gefunden, gleich neben dem Angeklagten, der betrunken im Bett geschlafen hat. Es hatte einen sichtbaren Blutfleck unterhalb der Schulter, wie diese Bilder zeigen.«

Ich muss zugeben, ich bin schon etwas stolz auf mich. Es ist erstaunlich, was ein Mädchen alles schafft innerhalb der fünfundvierzig Sekunden zwischen dem Zeitpunkt, zu dem sie die Polizei an der Tür klopfen hört, und dem, zu dem sie besagte Tür öffnet.

Als Nächstes hält der Staatsanwalt eine Plastiktüte mit einer Tablettendose hoch.

»Ja, diese Tabletten wurden auf Kurtis Jackman ausgestellt«, erklärt Detective Randall. »Wir haben sie in Elizabeth Franklins Wohnung gefunden.«

Der gute, alte Wesley. Als ich ihn ein paar Stunden vor meiner »Bring-sie-um-oder-komm-nicht-mehr-nach-Hause-Rede« gebeten habe, das Pillendöschen in Betties Apartment zu verstecken, hat Wesley sofort getan, was ich von ihm verlangt habe. Aber das ist eben Wesley. Loyal wie der Tag lang.

Der nächste Zeuge ist ein Forensikexperte, der im Polizeilabor arbeitet.

»Was haben Sie bezüglich des blauen Hemds, das am Tatort gefunden wurde, herausgefunden?«, fragt der Staatsanwalt und hält den Beutel mit Kurtis' Hemd hoch.

»Meine Tests haben ergeben«, antwortet der Experte, »dass das Blut unterhalb des Schulterbereichs mit hundertprozentiger Sicherheit von Elizabeth Franklin stammt.«

»Und haben Sie sonst noch etwas in Bezug auf das blaue Hemd herausgefunden?«

»Ja, Kurtis Jackmans DNA und Haare waren überall auf dem Hemd zu finden. Und ein langes, schwarzes Haar, das nicht dem Angeklagten gehört.«

»Waren Sie in der Lage, herauszufinden, wem das Haar gehört?«, fragt der Staatsanwalt.

Wessen Haar es ist, denke ich mir. *Waren Sie in der Lage, herauszufinden, wessen Haar es ist?* Ich war nicht auf der Uni und kann trotzdem schöner sprechen als diese Schnösel.

»Das lange schwarze Haar gehörte ohne Zweifel Elizabeth Franklin.«

Natürlich war es von ihr. Und es war so nett von Bettie, dass sie überall in meinem Haus ihre Haare verteilt hat – auf der Couch, im Abfluss der Dusche, in meinem Bett. Ich schaue zu den Geschworenen. Wenn sie noch irgendwelche Zweifel daran hatten, meinen geliebten Ehemann ins Gefängnis zu schicken, dann sind die jetzt verflogen.

Während der Prozess Tag um Tag fortgesetzt wird, werden Detectives, Labortechniker, Nachbarn, Stripperinnen und Pornodarstellerinnen in den Zeugenstand gerufen, und jeder einzelne von ihnen ist ein weiterer Nagel in Kurtis' Sarg.

Aber am interessantesten von allem ist, wie der Prozess in den Medien ein Eigenleben entwickelt – unabhängig von der Frage, ob Kurtis schuldig oder unschuldig ist.

Der Angeklagte ist ein Porno-König! Sein Anwalt ist eine Medienhure! Der Staatsanwalt ist ein Workaholic! Das tote Mädchen war das Ebenbild von Bettie Page! Die Welt will mehr und mehr und mehr – und die Welt kriegt mehr.

Und wer steht Woche für Woche für die Medien im Mittelpunkt? Eine atemberaubend schöne Blondine, die sich an-zieht wie ein Filmstar und das krasse Gegenteil der Toten zu sein scheint. Woche für Woche sitze ich in diesem Gerichtssaal, bin einfach nur schön, mache einen loyalen Eindruck und zweifle anscheinend immer ein wenig mehr an der Unschuld meines Ehemannes. Und die Welt verschlingt mich förmlich dabei.

Es ist wirklich schwer zu sagen, was mich so anziehend macht, aber viele Journalisten und Fernsehpersönlichkeiten geben ihr Bestes, um es zu beschreiben. Eine einflussreiche Talkshowmasterin hat gesagt, dass ich es ihrer Meinung nach geschafft habe, »unbefleckt aus dieser lasziven Sache herauszukommen«. Das gefällt mir.

Ein weiterer Experte im Fernsehen meinte: »Sie ist ein nettes Mädchen, das in einen Strudel aus Zwielichtigkeit und Ausbeutung geraten ist – ein kleines Mädchen vom Lande (mit perfekter Haut), die ihrem Stern nach Hollywood gefolgt ist, nur um dann die Verkörperung des kaputten amerikanischen Traums zu werden.« Diese Aussage wurde von den Medien auf der ganzen Welt aufgeschnappt, und mit der Zeit nannten mich alle nur noch *Die Verkörperung des kaputten amerikanischen Traums*.

Ein immer wiederkehrender Dialog über mich in den Talkshows hört sich etwa so an:

»Sie muss einen Porno gedreht haben – sie ist schließlich mit Kurtis Jackman verheiratet.«

»Nein, allem Anschein nach hat sie das nicht getan. Laut Aussagen von Kurtis Jackman persönlich war sie seine jungfräuliche Braut.«

»Ach kommen Sie schon«, sagt dann immer jemand. »Es muss irgendwo einen versteckten Porno mit Butterblume geben.«

Die Welt kriegt einfach nicht genug von mir, und die

Medien tragen ihren Teil dazu bei. An jedem einzelnen Tag während des vierwöchigen Prozesses kann man den Fernseher anschalten und sieht mich, wie ich – umgeben von einer Horde Fotografen – den Gerichtssaal betrete oder verlasse. Oder ein Video von mir, wie ich auf den Stufen vorm Gerichtsgebäude stehe und der Welt für »ihre Liebe und ihre Unterstützung« danke. Und wer auf Late-Night-Talkshows steht, der wird bei jedem Begrüßungsmonolog des Moderators an jedem einzelnen Tag der Woche einen anderen Witz über den Prozess hören (wenn auch nie auf meine Kosten). Und wer meine Brüste sehen will, der muss nur irgendeinen Fernsehkanal einschalten und bekommt meine Fotos von der »Pfarrerstochter« zu sehen (meine *lasziven* Teile wurden fürs Fernsehen geschwärzt).

Letzte Woche gab es sogar eine Sondersendung von Barbara Walters über zehn faszinierende Menschen – und wer war auf Platz sieben? Genau. Die gute alte Barbara hat meinen echten Namen herausgefunden – wahrscheinlich von meiner Heiratsurkunde –, und ich habe mir fast vor Angst in die Hose gemacht, als ich das gehört habe. Aber es stellte sich heraus, dass mein hartes Leben in Texas mich nur noch faszinierender gemacht hat.

»Butterblume hat ihren Vater nie gekannt«, hat Barbara in dem kurzen Beitrag fälschlicherweise behauptet. (Dafür kann ich ihr nicht wirklich einen Vorwurf machen, da Daddys Name ja nicht auf meiner Geburtsurkunde steht und meine Mutter sich zum Glück geweigert hat, interviewt zu werden.) »Die Mutter von Butterblume ist ins Gefängnis gekommen, weil sie ihren Lebensgefährten umgebracht hat, und die fünfzehnjährige Charlene McEntire wurde in Texas in ein Kinderheim abgeschoben.«

Da war es nur klar, dass plötzlich das Gesicht von Mrs Clements auf dem Bildschirm auftauchte, die glücklich in die Kamera gelächelt hat, weil sie fünfzehn Minuten Ruhm bekam. »O Gott, ja, Charlene war das süßeste Ding, das ich je gesehen habe. Sie hatte ihre Nase immer in ihren Büchern vergraben. Gut erzogen, ruhig, hilfsbereit im Haushalt, sehr, sehr schüchtern – sie hat kaum jemals mit jemandem geredet. Sie war einfach ein nettes, junges, gottesfürchtiges Mädchen. Und, o mein Gott, sie war auch das hübscheste Ding, das ich je gesehen habe. Ich habe immer zu ihr gesagt, dass ihr eines Tages die Welt zu Füßen liegen wird.« An dieser Stelle des Interviews hat Mrs Clements die Stirn gerunzelt und sehr beunruhigt in die Kamera geschaut. »Ich muss schon sagen, es hat mir das Herz gebrochen, zu sehen, dass sie für diese Nacktfotos in diesem schrecklichen Magazin posiert hat. Aber so, wie ich Charlene kenne, kann ich mit hundertprozentiger Sicherheit sagen, dass dieser Mann sie dazu gezwungen hat.«

Am Ende des Berichts hat Barbara direkt in die Kamera geschaut und Folgendes gesagt: »Wenn Sie hinter dieses blonde Haar und den Körper eines Pin-up-Girls schauen, hinter die Wollust und den Kitzel, die sie umgeben, was sehen Sie dann, wenn Sie sich Butterblume Bouvier anschauen? Ich sage Ihnen, was Sie sehen: ein kleines Mädchen namens Charlene McEntire, das im Leben Schreckliches durchmachen musste und sich dann zusammengerissen und neu erfunden hat – im Sinne ihrer Träume. Gott sei mit dir, Butterblume!«

O Mann, das war wirklich sehr, sehr nett von Barbara.

Barbaras Bericht darüber, dass ich eine faszinierende Person bin, hat die Menschen mit Sicherheit dazu gebracht, mich noch mehr zu mögen oder mich einfach zu bemitleiden. Es war auf jeden Fall eine gute Sache. Aber noch besser war, was die Leute von mir dachten, nachdem ein angesehenes Nachrichtenmagazin einen Bericht über den Prozess rausgebracht hatte. »Sie nimmt seit über einem Jahr auf der angesehensten Schauspielschule von Los Angeles Schauspielunterricht«, stand über mich in dem Artikel (und ich war natürlich außer mir vor Freude, als ich festgestellt habe, dass meine Schauspielschule als »angesehen« bezeichnet wird). »Ihr Schauspiellehrer, ein Veteran im Business mit einer beeindruckenden Liste an Schauspielschülern, hat Folgendes über sie gesagt: ›*Sie ist ein Naturtalent.*‹«

O Gott, ich bin fast in Ohnmacht gefallen. Als mein Lehrer exakt diese Worte zu mir persönlich gesagt hat, als ich sie am dringendsten hören musste, war ich ihm schon unendlich dankbar dafür. Aber als er die magischen Worte durch ein bekanntes Nachrichtenmagazin zur gesamten Weltbevölkerung gesagt hat, hat er damit bewirkt, dass die Menschen mehr tun, als mich zu mögen oder zu bemitleiden. Er hat dafür gesorgt, dass sie so an mich glauben, wie er an mich glaubt – er hat damit bewirkt, dass sie mich *respektieren*. Ohne auch nur eine einzige Ejakulation hat dieser Mann die gesamte Trajektorie meines Lebens verändert.

Schon vor dem Artikel war ich dank des Prozesses eine internationale Berühmtheit. Aber nachdem mein Schauspiellehrer in der Zeitung gestanden hat, wurde ich in den Augen der Welt zu einer verdammt guten Schauspielerin – eine richtige Schauspielschülerin, die hart dafür arbeitet, ihren Beruf zu erlernen. Plötzlich war ich eine respektierte und angesehene Schauspielerin, und mein Traum wurde wahr.

Danach konnte ich nichts mehr falsch machen. Ich gehörte plötzlich zur Crème de la Crème. Auch jetzt noch, drei Wochen nach dem Ende des Prozesses, kann die Welt einfach nicht genug von mir kriegen. Mein Gesicht ist jeden Tag auf einem anderen Titelbild zu sehen, manchmal auch auf zwei oder drei Covern gleichzeitig. Schon bevor ich überhaupt entschieden hatte, welcher Talentagentur in Hollywood die Ehre zuteilwird, mich zu repräsentieren, kamen mir die Drehbücher nur so zugeflogen – auch welche, in denen sie mich Text sprechen lassen würden. Ich bin die geliebte »Butterblume« der Welt – ich brauche keinen Nachnamen. Jawohl, ich bin jetzt ein richtiger Star.

Ich weiß, die Zeit mit Kurtis hatte ihre Vor- und Nachteile – und ja, mein Mann hat mich geschlagen und mich angelogen und mich mit einer Hure betrogen. Aber letzten Endes empfinde ich für diesen Mann nur noch Dankbarkeit. Denn auf Umwegen hat mein Mann sein Versprechen tatsächlich gehalten: Er hat mich zum Star gemacht. Und wahrscheinlich werde ich deshalb immer eine gewisse Zuneigung für Kurtis empfinden, egal, welche schlechten Gefühle ich mal für ihn hatte. Ende gut, alles gut.

In letzter Zeit empfinde ich fast so viel Zuneigung für Kurtis, dass es einem Teil von mir wirklich leidtut, dass die Geschworenen ihn für schuldig erklärt haben. Natürlich spricht da die Romantikerin in mir – oder vielleicht hat das Zusammenleben mit Wesley mich auch zu einem guten und reinen und liebenden Menschen gemacht. Aber tief in meinem Innern weiß ich, dass es für Kurtis nicht anders enden konnte als im Gefängnis – für den Rest seines Lebens. Er hat die Tat schließlich begangen. Also muss er seine Strafe absitzen. Da gibt es nämlich diese kleine Sache namens *Gerechtigkeit*, in die selbst ich mich nicht einmischen kann, selbst wenn ich wollte. Und jeder Texaner wird einem sagen, dass der Gerechtigkeit *immer* Genüge getan wird.

KAPITEL 46

Hollywood, Kalifornien, 1992
20 Jahre alt

KILLING-KURTIS-TAG PLUS 200 TAGE

»Würdest du mir eine Cola bringen, Baby?«, rufe ich. Ich treibe auf einer Luftmatratze im Pool und lese ein Drehbuch unter der herrlichen Sonne Kaliforniens. Das Leben könnte nicht besser sein.

»Klar«, ruft Wesley mir vom Haus aus zu. Und einen Moment später steht er in seiner Badehose am Beckenrand, hält meine Cola in der Hand und stellt seine Muskeln vor mir zur Schau.

Ich paddle an den Rand des Pools, und Wesley reicht mir die Cola.

»Danke, Baby.«

»Ist das gut?«, fragt er und meint damit das Drehbuch in meiner Hand.

»Ja, ist es.«

»Worum geht es?«

»Es geht um einen wirklich gut aussehenden Kerl, der eine Anmeldung für eine Partnerbörse ausfüllt, und das Mädchen, das diese Anmeldung bearbeitet, schickt ihm eine anonyme Nachricht, die ihn dazu bringt, nach ihr zu suchen. Ich würde die beste Freundin dieses Mädchens spielen.«

Wesley sieht nicht besonders beeindruckt aus. »Klingt nach einem Porno.«

»Das ist nicht das einzige Drehbuch, über das ich nachdenke. Es gibt auch noch andere.« Ich schnappe nach Luft. »Ich habe so viele bekommen, dass mir schon ganz schwindelig ist.«

»Ach, das machst du schon, Baby. Wie immer.«

»Ja, ich denke auch.« Wir lächeln uns gegenseitig an. Wesley hatte immer vollstes Vertrauen in mich. Als wir noch Kinder waren und ich ihm erzählt habe, dass ich in einem Café entdeckt werden will wie Lana Turner, hat er keine Sekunde daran gezweifelt.

Ich lege das Drehbuch einen Moment lang auf meine Brust und schließe die Augen. Ich treibe faul im Pool, sauge die Wärme der Sonne in mich auf und schwelge in meinem Glück. Ich bin frei wie ein Vogel. Mein Wesley ist bei mir, und wir können jederzeit miteinander schlafen (was wir auch tun). Ich bin schön und jung und verliebt – und es gibt niemanden, der mir sagt, was ich tun oder lassen soll.

Ich habe endlich mein Happy End gefunden.

Ich treibe noch ein paar Minuten im Pool herum, bis mich das Klingeln des Telefons aus meinen Tagträumen reißt.

»Ich gehe ran«, sagt Wesley. Er springt von seinem Loungesessel auf und greift nach dem Telefonhörer. »Hallo? Ja, das ist sie. Wer spricht denn da, bitte?« Wesley hat so gute Manieren – das liebe ich an ihm. »Einen Moment, Ma'am«, sagt er ins Telefon.

»Es ist für dich, Baby. Eine Frau von einer Behörde. Sie sagt, es sei wichtig.«

Ich paddle zum Beckenrand, passe dabei auf, dass mein Haar und mein Make-up nicht nass werden, und klettere von der Luftmatratze. Wesley gibt mir den Hörer. »Hallo?«, sage ich.

»Mrs Jackman?«, fragt die weibliche Stimme am anderen Ende der Leitung.

Ich schnappe zischend nach Luft. Wer bitte schön nennt mich denn so?

»Hier ist Sylvia Gonzales von der Strafvollzugsanstalt«, fährt die Frau fort. »Es tut mir sehr leid, Ihnen mitteilen zu müssen, dass Ihr Ehemann heute im Gefängnis ermordet wurde.«

Mir fällt die Kinnlade runter.

Als ich nichts erwidere, redet die Frau weiter: »Er wurde von einem anderen Häftling mit einer selbst gebastelten Klinge aus einem Rasiermesser und einer Zahnbürste erstochen.«

Mir fehlen die Worte. Die Gedanken drehen sich in meinem Kopf wie ein Karussell.

»Der Täter ist bislang unbekannt«, fügt die Frau hinzu.

Ich bin überrascht, wie viele Dinge mir gleichzeitig durch den Kopf gehen. Auf der einen Seite bin ich tatsächlich ein bisschen traurig, wenn ich daran denke, dass Kurtis Jackman seinen letzten Atemzug getan hat. Der Mann war schließlich nicht durch und durch schlecht, wenn auch überwiegend. Schlussendlich hat er mich zum Star gemacht, genau wie er es versprochen hatte. Ich nehme an, die Zeit und das Glück heilen doch alle Wunden, denn nach all den Monaten, in denen ich mir gewünscht habe, dass Kurtis tot und sein Körper blutleer ist, überrascht es mich jetzt doch, dass ich ein kleines Stoßgebet zum Himmel schicke und darum bete, dass der arme Mann nicht zu sehr gelitten hat.

Auf der anderen Seite bin ich auch wahnsinnig dankbar für die Millionen Dollar, die ich gerade von meinem Ehemann geerbt habe – die kommen mir gerade recht. Und zu guter Letzt überkommt mich auch eine Art Hochgefühl, wenn ich daran denke, dass mein Daddy nach all der Zeit endlich auch mal etwas für seine liebe Tochter getan hat. Bei diesem letzten Gedanken muss ich schlucken, und Freudentränen treten mir in die Augen.

»Es tut mir sehr leid, Ma'am«, sagt die Frau.

Ich sollte wohl besser etwas sagen. »Das sind ja schreckliche Neuigkeiten«, sage ich schließlich. »Danke, dass Sie mir Bescheid gesagt haben.«

Sie sagt mir noch, dass ich ein paar Formulare ausfüllen muss, da ich ja Kurtis' Frau bin, und wir vereinbaren einen Termin, um alles zu erledigen.

»Bis dann«, sage ich. »Vielen Dank noch mal.«

Ich gehe auf Wesley zu. Er sitzt auf dem Loungesessel, nippt an einem Softdrink und sieht dabei verdammt sexy aus. »Juhu, mein Daddy liebt mich«, singe ich vor mich hin. Ich recke triumphierend die Faust in die Luft.

»Worum ging es?«, fragt Wesley.

»Ding dong, Kurtis ist tot«, sage ich.

»Oh«, sagt Wesley, und ein Lächeln legt sich auf sein Gesicht. Er stellt seine Cola ab. »Klingt, als hätten wir etwas zu feiern.«

»Hol den Champagner, Baby!«, sage ich. »Und kauf dir ein paar neue Stiefel!«

Wesley kichert.

»Ich kann nicht glauben, dass mein Daddy nach all der Zeit endlich etwas für mich getan hat«, sage ich und muss schlucken. »Ich bin so gerührt, dass ich weinen könnte.«

Wesley sieht aus, als würde er gleich mit mir mitweinen. »Die Frau hat gesagt, dass dein Daddy ihn umgebracht hat?«

»O Gott, nein«, sage ich. »Das ist ja das Beste daran. Diese Idioten haben keine Ahnung, wer es war.«

Wesleys Grinsen wird breiter. »Stell sich das einer vor!«

Ich tätschle sein Bein, damit er auf dem Sessel rutscht. Dann lege ich mich direkt neben ihn und presse meinen fast nackten Körper an seinen. »Es ist wirklich ein gutes Gefühl, wenn jemand sich so gut um einen kümmert«, sage ich und fahre mit den Fingerspitzen über Wesleys Bauchmuskeln.

Augenblicklich versteift sich sein ganzer Körper. »Na ja, ich kümmer mich doch um dich.«

Ich schaue ihn an. O verdammt, jetzt habe ich seine Gefühle verletzt. »Ja, natürlich tust du das, Wesley – und das hast du auch immer getan. Ich habe nur gemeint, es ist schön, so ein nettes Geschenk von meinem Daddy zu bekommen, wenn man bedenkt, dass ich mein ganzes Leben darauf gewartet habe, dass er etwas Nettes für mich tut.« Ich fahre mit den Fingern über Wesleys muskulöse Brust und zeichne die Buchstaben meines Namens nach. Dabei presse ich mich an ihn und versuche, ihn von seinen verletzten Gefühlen abzulenken. Aber sosehr ich ihn auch zu verführen versuche, Wesley sieht immer noch total beleidigt aus. Anscheinend habe ich ihm die Dinge noch nicht gut genug erklärt. »Es ist nur so – bis jetzt war mein Daddy für mich so nützlich wie ein Lenkrad an einem Muli«, erkläre ich. »Und ich will damit nur sagen, dass es sich gut anfühlt, dass er endlich auch einmal etwas für mich getan hat.« Tränen treten mir in die Augen, und ich wische sie weg. »Noch nie hat mir jemand so ein schönes Geschenk gemacht.«

Ich spüre, wie sich Wesleys Körper vor Wut noch mehr anspannt, und sofort wird mir klar, dass ich einen Fehler gemacht habe. Mist. So habe ich das nicht gemeint. Als Kurtis Bettie für mich getötet hat, hat er mir praktisch das gleiche Geschenk gemacht wie Daddy. Verdammt! Ich hasse es, wenn Kurtis' Name in Wesleys Gegenwart aufkommt. Wesley hat es immer schon wehgetan, dass ich meine Unschuld an Kurtis verloren habe und nicht an ihn. Und dann nagt es auch an ihm, dass Kurtis auch noch Bettie für mich ermordet hat. So eine Scheiße. Das Letzte, was ich will, ist, dass Wesley sich neben einem anderen Mann wie die zweite Geige vorkommt – schon gar nicht neben einem lügenden, betrügenden Monster wie Kurtis. Ich küsse Wesleys weiche Lippen und versuche, ihn durch meine Verführungskünste auf andere Gedanken zu bringen, aber seine Lippen erwidern den Kuss nicht. Verdammt!

Wesley muss verstehen, wie sehr ich ihn liebe – dass er besser ist, als Kurtis jemals war, dass er gut und liebevoll und loyal und süß ist, genau das, was ich mir von Kurtis immer gewünscht habe, er mir aber nie gegeben hat. Wesley muss verstehen, dass ich keinen Mann will, der mich schlägt und belügt und betrügt. Ich will keinen Mann, der ein inneres Monster in sich trägt und Frauen den Kopf einschlägt. O Mann, Wesley hat mehr Charakter in seinem kleinen Finger als Kurtis in seinem ganzen, starken Körper.

»Dass Kurtis Bettie für mich umgebracht hat, zählt nicht als Geschenk«, sage ich und drücke mich fest an Wesley. »Denn ich habe Kurtis nie geliebt.« Noch einmal berühre ich die Buchstaben auf Wesleys muskulöser Brust. »Das hier ist das beste Geschenk, das mir jemals ein Mensch gemacht hat, Baby. Versprochen.«

Okay, das hat geholfen. Wesley beugt sich zu mir und küsst mich auf den Mund.

»O Wesley«, keuche ich. »Ich liebe nur dich – ich habe immer nur dich geliebt. Weißt du das denn nicht?«

Er nickt und küsst mich wieder – dieses Mal noch leidenschaftlicher.

»Du machst mich so scharf, dass du ein Chili aus mir machen könntest«, flüstere ich. »Komm schon, Baby.«

Wesley zieht mein Bikinihöschen nach unten und gleitet

mit seinen Fingern in mich, was mich zum Stöhnen bringt. »Du gehörst mir«, sagt er mit eindringlicher Stimme.

»Natürlich tue ich das«, flüstere ich. »Er ist jetzt tot, Baby. Es gibt nur noch dich und mich.« Ich küsse ihn und streiche mit den Händen über seine muskulösen Arme. Dabei reibe ich meinen Unterleib an seiner Erektion unter der Badehose. »Komm schon, Baby«, säusle ich und ziehe an seinen Shorts.

Jetzt kann mir Wesley nicht mehr widerstehen – er kann nie lange auf mich böse sein. Er steht auf, um seine Badehose auszuziehen, und als er sich wieder zu mir setzt, drückt er mich fest auf den Rücken, hält meine Handgelenke über meinem Kopf fest und dringt so tief in mich ein, wie es nur geht.

O Mann, er raubt mir fast den Atem.

»Du gehörst jetzt nur mir«, sagt er, stößt immer wieder zu und schaut mir direkt in die Augen.

»Ja, Wesley, ja«, keuche ich. »Ich gehöre dir.«

»*Ich* bin derjenige, der dich liebt. *Ich* bin derjenige, der auf dich aufpasst. *Ich*.«

Mein Puls rast. »Ja, Wesley. Ja.«

»Nicht *er*.«

»Nicht er.«

»*Ich*.«

»Du bist der Einzige, Wesley. Du. Der Einzige.«

»Weil du *mir* gehörst.«

Ich blicke von Wesleys gut aussehendem Gesicht auf die Buchstaben meines Namens und bin wie hypnotisiert davon, wie sie sich mit jedem Stoß seines Körpers auf und ab bewegen. Ich stehe am Rand purer Ekstase.

»*Heirate* mich«, stöhnt Wesley.

»O Wesley«, keuche ich. Mein Innerstes beginnt zu pulsieren. Er reißt mich in Stücke, und es fühlt sich so verdammt gut an.

»Heirate mich«, sagt Wesley erneut. »Ich will, dass du meinen Namen trägst.«

Ein gewaltiger Orgasmus überrollt mich. »Ja«, stoße ich hervor, während mein Körper sich vor Lust zusammenzieht. »*Ja.*«

Als ich fertig bin, ist Wesley noch nicht zum Höhepunkt gekommen, also lege ich meine Lippen an sein Ohr. »Ich will deine Frau werden«, flüstere ich.

Wesley stöhnt laut auf, und ein Schauer durchläuft seinen ganzen Körper, als er kommt. Dann lässt er meine Handgelenke los und legt die Hände an meine Wangen. Er nimmt mein Gesicht zärtlich in seine Hände und schaut mir tief in die Augen. »Du gehörst mir, Charlene – du bist meine Braut des Prinzen.« Er küsst mich sanft. »Vergiss das nie.«

KAPITEL 47

Lancaster, Kalifornien
20 Jahre alt

KILLING-KURTIS-TAG PLUS 231 TAGE

Hier ist die Hölle los. Vor zwei Minuten hat der Wärter, der mich gefilzt hat, laut gerufen: »O mein Gott! Du bist Butterblume!«, und mehr hat es nicht gebraucht. Alle Wärter und Besucher im Gefängnis haben sich auf mich gestürzt wie Ameisen auf Brotkrümel und mich um ein Autogramm gebeten. Und ich hatte keine andere Wahl, als zu lächeln und mit ihnen zu reden und jedes einzelne Blatt Papier zu unterschreiben, das sie mir unter die Nase gehalten haben. Normalerweise würde mir diese Aufmerksamkeit nichts ausmachen – ich würde alles für meine Fans tun –, aber heute habe ich etwas Wichtiges zu erledigen und kann es kaum erwarten.

Es stimmt, ich hätte die netten Mitarbeiter des Gefängnisses darum bitten können, mir Kurtis' persönliche Sachen und die Formulare, die ich ausfüllen muss, per Post zu schicken, aber klug, wie ich nun mal bin, habe ich beschlossen, diesen Besuch als Möglichkeit zu nutzen, meinen Daddy wiederzusehen, ohne dass jemand herausfindet, dass wir miteinander verwandt sind. Diese Möglichkeit wollte ich mir um nichts auf der Welt entgehen lassen.

Ich habe Daddy nicht mehr besucht, seit er mich am Killing-Kurtis-Tag im Stich gelassen hat. Und ehrlich gesagt war ich mir danach nicht sicher, ob ich ihn überhaupt jemals wiedersehen will. Aber das hat sich geändert, als er letzten Monat endlich auch mal etwas für mich getan hat.

Ich muss zugeben, in der Minute, in der ich das Telefonat mit der Frau vom Gefängnis beendet hatte, wäre ich am liebsten in meinen schicken Sportwagen gestiegen, hierher gerast und hätte meinem Daddy die Arme um den Hals geschlungen, um ihm aus tiefstem Herzen zu danken. Aber das konnte ich nicht. Auf keinen Fall. Denn jetzt, da ich berühmt bin und die ganze Welt mich liebt und ich mich auf dem besten Weg befinde, in die Fußstapfen von Lana und Marilyn zu treten und ihre Geschichte weiterzuschreiben, kann ich auf keinen Fall etwas tun, das verraten könnte, dass ich Charlie Wilbers Tochter bin. O Gott, es würde die Trajektorie meines Lebens nun wirklich schlagartig verändern, wenn jemand den Namen meines Vaters herausfände. Puh, jetzt stellt es sich doch als glückliche Fügung heraus, dass Daddys Name nie auf meiner Geburtsurkunde erschienen ist. Für die Welt bin ich die Tochter von »Vater unbekannt«, was für mich persönlich bedeutet, dass ich die Tochter eines Pfarrers bin, der bei einem schrecklichen Unfall mit einem Nilpferd auf einer seiner göttlichen Missionen in Afrika gestorben ist.

Ich stehe eine Ewigkeit am Eingang des Gefängnisses, lächle und gebe jedem einzelnen Wärter und Besucher ein Autogramm, als mir einer der Wärter schließlich anbietet, mich ins Büro zu begleiten, wo man sich um meine Angelegenheit kümmern wird.

»Sylvia«, sagt er und bringt mich zu einer Frau, die hinter einem Tresen steht. »Schau, wer hier ist.«

Sylvia streckt mir die Hand entgegen und stellt sich als Officer Gonzales vor, dieselbe Frau, die mich vor einem Monat angerufen und mir die traurige Nachricht vom Tod meines Mannes mitgeteilt hat. »Ihr Verlust tut mir wirklich schrecklich leid, Mrs Jackman«, sagt sie.

Ich muss all meine Willensstärke zusammennehmen, um sie nicht zu berichtigen und zu sagen: »Ich bin jetzt nicht mehr Mrs Jackman, ich bin Mrs Miller.« Aber jetzt und hier wäre es wohl unangebracht, diese fröhliche Neuigkeit zu teilen. »Danke«, antworte ich und zwinge mich zu einem traurigen und zurückhaltenden Blick.

Officer Gonzales reicht mir die verschiedenen Unterlagen, die ich folgsam unterschreibe, und dann holt sie eine kleine Schachtel mit Kurtis' bedeutungslosen persönlichen Sachen hervor. Ich setze mich hin und schaue mir den Inhalt der Schachtel einige Minuten lang an. Aber diese ganze Situation ruft keinerlei Gefühle in mir hervor. Ich bin jetzt Wesleys Frau, ich gehöre ihm, und ich könnte nicht glücklicher damit sein, welchen Lauf die Dinge genommen haben. Mein Leben mit Kurtis – zusammen mit all seinen Lügen und Betrügereien – kommt mir wie eine ferne Erinnerung vor.

Das einzige Gefühl, das ich Kurtis gegenüber aufbringe, während ich die Schachtel durchsehe, ist Dankbarkeit. Das ist alles. Kurtis ist der Mann, den der liebe Gott auf die Erde gesandt hat, um mich zu meiner Bestimmung zu führen, und er wird ewig einen Platz in meinem Herzen haben. Es stimmt schon, ich habe noch einen langen Weg vor mir, bevor ich in die Geschichte der Filmstars eingehe, aber ich bin auf dem richtigen Weg. Und es war Kurtis, der mich auf diesen Weg gebracht hat. Weil Kurtis Bettie umgebracht und der Prozess mich berühmt gemacht hat, habe ich jetzt fast alles, wovon ich immer geträumt habe – das Einzige, was mir zu meinem vollkommenen Glück noch fehlt, ist Daddy an meiner Seite.

»Sylvia«, sage ich und wende meinen Blick von der Schachtel ab. »Könnten Sie vielleicht in Ihrem Computer jemanden für mich suchen?«

Sylvia blickt mich verwirrt an.

»Es gibt einen Insassen hier, der mir seit einiger Zeit Fanbriefe schreibt. Er scheint ein anständiger Kerl zu sein, was immer er auch getan haben mag, um hierherzukommen. Da ich heute schon einmal hier bin, dachte ich, ich könne dem armen Kerl genauso gut eine Freude machen und ihn besuchen. Ihm ein Autogrammfoto von mir geben oder so was.«

»Wow. Das ist aber wirklich nett von Ihnen«, sagt Sylvia.

»Es ist nur eine kleine Sache, die einen Menschen glücklich macht, mit dem es das Schicksal nicht so gut gemeint hat«, erwidere ich. Ich deute auf die Mauern um uns rum. »Ich bin mir sicher, er weiß es zu schätzen, wenn zur Abwechslung jemand mal etwas Nettes für ihn tut.«

Sylvias Gesichtszüge werden weicher. »Das ist wirklich lieb.« Sie geht auf ihren Computer am anderen Ende des Tresens zu. »Sind Sie sicher, dass er hier untergebracht ist?«

»Ich bin mir sicher«, sage ich. »Er schreibt immer diese Absenderadresse auf seine Briefe.«

Sylvia drückt ein paar Tasten. »Wie ist sein Name?«

»Charles Wilber«, sage ich, und in der Sekunde, in der die Worte meinen Mund verlassen, schießt Adrenalin durch meine Adern. Ich kann es gar nicht erwarten, Daddy wiederzusehen. Ich will ihm unbedingt dafür danken, was er endlich für mich getan hat, und noch lieber will ich ihm sagen, dass ich ihm vergebe. Man soll schließlich nicht nachtragend sein.

Es wird sich anfühlen wie ein Ritt auf einem Einhorn und eine Rutschpartie auf dem Regenbogen, wenn ich diese wichtigen Worte der Vergebung zu meinem Daddy sage. Das Beste ist, wenn ich sie ausspreche, dann ist das wirklich die Wahrheit. Ich vergebe Daddy wirklich – alles, was er je getan hat. Ich verzeihe ihm, dass er mich mit Mommy im Trailer allein gelassen hat; ich verzeihe ihm, dass er mir nie einen zweiten Brief geschrieben hat; ich verzeihe ihm all die Geburtstage, die er verpasst hat, und all die Male, die ich am Briefkasten gesessen bin und auf den Postboten gewartet habe. Ich verzeihe ihm sogar, dass er mich ein Jahr umsonst darauf hat warten lassen, dass er meinen Ehemann umbringt, wo ich mir doch in der Zwischenzeit schon einen Plan B hätte ausdenken können. Ich verzeihe ihm alles. Jetzt, da sich mein Leben so zum Guten gewendet hat, könnte ich gar nicht anders. Denn wenn irgendetwas anders verlaufen wäre, dann hätten die Dinge nicht so geendet. Und das macht mich einfach nur glücklich.

Ich kann es gar nicht erwarten, Daddy von Wesley zu erzählen. Daddy wird so stolz auf mich sein, wenn er hört, dass ich meinen Seelenverwandten geheiratet habe – die Liebe meines Lebens –, einen Mann, der mich genauso behandelt, wie Charlie Wilbers Tochter es verdient, behandelt zu werden – und sogar noch besser. Ich blicke auf den Ehering an meinem Finger, und mich überkommt die pure Freude. Ich bin mit dem süßesten, gut aussehendsten, loyalsten Mann auf der ganzen Welt verheiratet. Dank Wesley zerspringt mein Herz jeden einzelnen Tag meines Lebens praktisch vor Liebe und Freude und Vergebung. Ich bin bereit, das alles mit Daddy zu teilen.

»Hmm«, sagt Sylvia. »Ich finde hier keinen Charles Wilber. Sieht so aus, als wäre er hier nicht untergebracht.«

Das Herz rutscht mir in die Hose, und mein Magen verkrampft sich. »Nein, er muss hier sein. Ich bin mir ganz sicher«, sage ich. »Können Sie bitte noch mal nachschauen, Ma'am?«

Sylvia starrt auf den Bildschirm. »Nein, er taucht nicht im Gefängnisregister auf.«

»Hmm …« Ich weiß nicht, was ich denken soll. »Wurde er vielleicht verlegt, oder so?«

»Nein, er müsste im System auftauchen, auch wenn er in einer anderen Einrichtung wäre.« Sie verzieht nachdenklich das Gesicht. »Warten Sie. Ich checke eine andere Datenbank.«

Mir zerreißt es fast das Herz. Das kann nicht sein. Ich habe meinen Daddy schon wieder verloren? Ich stehe kurz vor einem Nervenzusammenbruch.

»Ah, ich habe ihn gefunden.«

Ich atme erleichtert aus. Danke, lieber Gott. Es war nur ein Computerfehler. Ich kichere vor Erleichterung. O Gott, ich wäre fast zusammengebrochen.

»Also, es tut mir leid, Ihnen das sagen zu müssen, aber es sieht so aus, als sei Charles Wilber tot.«

Ich spüre, wie mir jegliche Farbe aus dem Gesicht weicht. Wenn ich nicht sitzen würde, würden meine Beine mich jetzt im Stich lassen. »Was?«, frage ich ungläubig, und Tränen schießen mir in die Augen.

Sylvia klickt auf einen anderen Button auf ihrem Computer. »Lassen Sie mich mal nachsehen, was passiert ist.« Sie schaut auf den Bildschirm. »Hier steht, Charles Wilber wurde letzten Monat von einem anderen Insassen erstochen. Mehr steht da nicht.« Sie zuckt mit den Schultern. »So beißt jeder mal ins Gras.«

Ein Schluchzen entfährt meiner Kehle.

Sylvia kriegt ein knallrotes Gesicht. »Oh, das tut mir leid, Mrs Jackman. Ich hätte das nicht sagen sollen. Das war sehr unsensibel von mir.« Sie verzieht das Gesicht. »Ich habe damit nicht Ihren Ehemann gemeint.«

Ich schüttle den Kopf und bin unfähig zu antworten. Mein Herz rast, und in meinem Kopf dreht sich alles. Daddy ist letzten Monat gestorben? O Gott, Kurtis muss Daddy das Messer aus der Hand gerissen haben, nachdem dieser ihn angegriffen hatte. Es muss eine Art Kampf gegeben haben. Ich fasse mir an die Brust. *Mein Ehemann und mein Vater haben sich gegenseitig umgebracht!*

Officer Gonzales schüttelt den Kopf. »Es tut mir so leid.«

O Gott, mein Vater hat sein Leben gegeben, um endlich etwas für mich zu tun. Er ist gestorben, weil er mir helfen wollte. Er hat sein Leben für mein Glück gegeben! Ich bedecke mein Gesicht mit den Händen und gebe einen wimmernden Laut von mir. *Mein Daddy war ein verdammter Heiliger.*

»Ihr Verlust tut mir wirklich, wirklich leid, Mrs Jackman.«

KAPITEL 48

20 Jahre alt

KILLING-KURTIS-TAG PLUS 231 TAGE

Wo ist er, verdammt? Ich bin mir sicher, dass ich ihn in der Schublade mit meiner Unterwäsche direkt unter der Halskette von Kurtis versteckt habe. Und die Kette ist auch nicht da. Panik steigt in mir auf. Ich muss diesen Brief finden. Ich habe jede Schublade in meinem Schrank herausgezogen, aber er ist nicht da.

Ich nehme all meine Kraft zusammen und reiße die schwere Kommode von der Wand, während ich hysterisch aufschreie. Vielleicht ist der Brief irgendwie hinter die Schublade gerutscht und steckt jetzt zwischen Kommode und Wand? Doch nein, als ich es schließlich geschafft habe, die Schublade komplett herauszuziehen, finde ich nichts weiter als einen verdammten Socken. *Wo ist er?*

Die Trauer um meinen armen, lieben Daddy frisst mich auf. Der Mann hat sein Leben für mein Glück gegeben. Der Mann hat das größte Opfer gebracht, das man bringen kann, nur damit ich das Beste im Leben bekomme.

Die ganze Fahrt vom Gefängnis zurück habe ich mir vorgestellt, wie ich mich mit Wilber und dem Brief von Daddy aufs Bett lege und mir die Seele aus dem Leib heule. Jetzt bin ich daheim, und der Brief ist nicht mehr hier!

Wie eine Wahnsinnige reiße ich jede Schublade meiner Kommode heraus – immer und immer wieder. Ich weiß, ich habe den Brief in der Schublade mit meiner Unterwäsche versteckt. Wo könnte er sein? Er ist die einzige Erinnerung, die ich überhaupt an meinen Daddy habe.

Ich renne durch das Zimmer, öffne alle Schubladen und Schränke, sogar mein Schmuckkästchen und die Schubladen, wo er unmöglich sein kann. Aber er ist nirgends. Ich durchwühle meinen Kleiderschrank, reiße alle Klamotten und Schuhe heraus, und meine Gedanken laufen Amok. Wo um alles in der Welt könnte er sein?

Das Herz droht mir aus der Brust zu springen. Ich kriege keine Luft mehr. Ich brauche diesen Brief! Mein Daddy ist gestorben, um mir einen Gefallen zu tun – und jetzt will ich mich in mein Bett legen und seine geschwungene Handschrift berühren und seine heiligen Worte lesen und weinen, bis meine Augen so geschwollen sind, dass ich sie nicht mehr öffnen kann.

Ich bin Charlie Wilbers Tochter, und Charlie Wilber ist gestorben, damit ich im Leben glücklich sein kann. Wenn ich seine Asche hätte, würde ich sie in dem Brunnen mit den Skulpturen von nackten Frauen und Engelchen und dem kleinen Amor mit Flügeln verstreuen. Es zerreißt mir das Herz, was für eine perfekte Tragödie das Ganze doch ist.

Habe ich den Brief aus Versehen in die Schublade mit Wesleys Unterwäsche gelegt? Oder habe ich ihn in letzter Zeit irgendwo herumliegen lassen und Wesley hat ihn aus Versehen in eine seiner Schubladen gesteckt? Es ergibt keinen Sinn, aber ich beginne damit, Wesleys Schubladen herauszureißen und seine Klamotten durch den Raum zu werfen. Ich knirsche mit den Zähnen. Meine Brust zieht sich zusammen. Wo zum Teufel ist er?

Ich durchwühle Wesleys Kleiderschrank und werfe seine Klamotten, Schuhe, Angelausrüstung und Comics durchs ganze Zimmer. Ich will gerade aufhören, als ich eine kleine

Box im obersten Fach sehe. Ich kann mich nicht daran erinnern, diese Box schon jemals in meinem Leben gesehen zu haben. Und in dem Moment, in dem ich sie sehe, erstarre ich.

Der Brief von meinem Daddy ist in dieser Box. Ich kann es spüren.

Eine seltsame Ruhe überkommt mich, als mir plötzlich bewusst wird, warum Wesley mir den Brief meines Daddys weggenommen hat: Er ist eifersüchtig, weil mein Daddy Kurtis für mich umgebracht hat und nicht er. Er ist eifersüchtig, weil mein Daddy mir das beste Geschenk meines Lebens gemacht hat. Er wollte derjenige sein, der mir das schenkt.

O Gott, wie sehr es mir in der Seele wehtut, dass Wesley mir nicht gönnt, endlich etwas von meinem Daddy zurückzubekommen, obwohl er weiß, wie sehr ich mein ganzes Leben darauf gewartet habe. Herauszufinden, dass Wesley sich nicht für mich freut, weil ich endlich das von meinem Daddy bekommen habe, was ich verdiene, ist schrecklich. Ich bin mir nicht sicher, ob ich das Wesley jemals verzeihen kann, wenn ich ehrlich bin.

Ich ziehe den Schreibtischstuhl vor den Kleiderschrank, genau an die Stelle, an der die Schachtel im obersten Fach liegt. Verdammt, sogar auf dem Stuhl stehend komme ich nicht dran. Also hole ich mir einen Kleiderbügel und versuche es erneut. Ich versuche, die verdammte Schachtel mit dem Kleiderbügel in Reichweite meiner Finger zu bekommen.

Als ich die Box endlich in meinen kleinen Händen halte, packe ich sie mit weißen Knöcheln und renne zurück in mein Schlafzimmer. Das Herz klopft mir bis zum Hals. Ich setze mich auf die Bettkante und starre den verhängnisvollen Gegenstand in meinen Händen an. Meine Wangen glühen, und die Augen treten mir aus dem Kopf.

Wilber springt auf meinen Schoß, und ich scheuche ihn davon. Ich liebe mein kleines Kätzchen, aber ich habe im Moment keinen Sinn für ihn. Mein Leben wird sich verändern und wahrscheinlich nicht zum Guten. Ich weiß, wenn ich diese Box öffne und den Brief meines Daddys darin entdecke, dann kann ich Wesley nie wieder mit denselben Augen sehen, und dieser Gedanke bringt mich fast zum Heulen.

Ein Teil von mir will nicht wissen, was sich in dieser Box befindet – ich würde lieber nur *vermuten*, dass Wesley sich nicht für mich freut, als es mit Sicherheit zu wissen.

Aber das ist nur die Romantikerin in mir. Ich werde in diese Box schauen – komme, was wolle.

So soll es sein.

Ich hole tief Luft und öffne die Box.

KAPITEL 49

20 Jahre alt

KILLING-KURTIS-TAG PLUS 231 TAGE

Daddys Brief liegt in Wesleys kleiner, blauer Box.

Verdammt! Jetzt kenne ich die Wahrheit.

Wesley hat sich nicht für mich gefreut, als ich mein besonderes Geschenk von Daddy erhalten habe – er war die ganze Zeit grün vor Neid. Ich dachte, Wesley würde zusammen mit mir Freudentränen vergießen, aber es waren Tränen der Eifersucht. Wie soll ich ihm diesen Betrug jemals vergeben? Dem Mann ist seine schäbige Eifersucht wichtiger als das Glück seiner Frau. O Mann, das ist eine bittere Pille, die ich da schlucken muss.

Ich lasse die Finger durch den Inhalt der Box gleiten.

Verdammt, da ist auch die Halskette, die Kurtis mir geschenkt hat. Sie liegt zusammengerollt auf dem Boden der Box, aber das verletzt mich nicht annähernd so sehr wie das mit Daddys Brief. Ich kann Wesley nicht verübeln, dass er auf Kurtis eifersüchtig war. Schließlich war Kurtis der erste Mann, dem ich mich und meinen Körper ganz hingegeben habe. Und dann hat er auch noch Bettie für mich umgebracht. Es ist klar, dass sich Wesley da wie die zweite Geige vorgekommen ist. Armer Wesley.

Ich werfe wieder einen Blick in die Box. Neben Daddys Brief und Kurtis' Kette liegt noch ein grünes Bandana, ein weißer Plastikstreifen, ein schwarzer Kamm und ganz unten irgendetwas, das in ein weißes Taschentuch eingewickelt ist. Ich greife in die Box und will gerade das Ding, das in das Taschentuch eingewickelt ist, herausholen, da lässt mich ein Geräusch im Türrahmen aufblicken.

Wesley. Er steht im Türrahmen, die Arme vor der Brust verschränkt und alle Muskeln angespannt. Mit funkelnden Augen starrt er mich an.

Ich öffne den Mund, um etwas zu sagen, aber es kommt kein Wort heraus.

Wesley hebt seine muskulösen Arme und hält sich am Türrahmen fest. »Du hast sie gefunden«, sagt er und wirft einen Blick auf die Box.

Ich bin wie versteinert und kann kaum noch atmen.

»Mach weiter«, sagt er. Er verschränkt die Arme wieder vor der Brust und lehnt sich gegen den Türrahmen.

Ich nehme das Taschentuch vom Boden der Box, und in der Sekunde, in der ich es auseinanderfalte, beginnt sich der ganze Raum um mich zu drehen. O Gott, ich halte einen Kettenanhänger in Form eines mit Diamanten bestückten Herzens in der Hand.

Ungläubig starre ich Wesley an.

»Dieser Mistkerl hat sie kaum angerührt«, sagt Wesley mit kalter Stimme. »Kurtis hat dem Mädchen kaum einen Kratzer verpasst.« Angewidert schüttelt er den Kopf. »Kurtis war ein *Feigling* – gelb wie Senf, aber nicht halb so scharf. Als das Mädchen ihn angefleht und geweint hat, weißt du, was er da getan hat? *Nichts*. Er ist eingeknickt und konnte die Sache nicht beenden. Nicht einmal, um *dich* zu behalten.« Wesleys Augen sind jetzt so dunkel und hart wie Granit. »Kurtis hat sie weinend auf ihrem Kissen liegen gelassen, mit nichts weiter als einem blauen Auge und Nasenbluten.« Seine Augen verengen sich zu Schlitzen. »Also habe ich es für ihn zu Ende gebracht.«

Ich kann nicht glauben, was ich da höre. Es ist nicht unbedingt eine schlechte Neuigkeit, dass Wesley es war, der Bettie für mich umgebracht hat – ich kann es nur einfach nicht begreifen. Mein süßer, lieber Wesley hat diesem Mädchen den Schädel eingeschlagen, sodass ihm der Augapfel rausgeflogen ist?

Wesley schnaubt laut auf. »Ich bin dorthin gefahren, um das Tablettendöschen zu deponieren, wie du es mir gesagt hast – und dann habe ich mich in ihrem Kleiderschrank versteckt und gewartet.« Seine Mundwinkel zucken. »Als Kurtis ankam, habe ich *alles* gesehen.« Sein Blick ist jetzt so kalt wie die Titten einer Hexe in einem Messing-BH. »*Jedes kleinste Detail*«, sagt er langsam.

Heilige Scheiße! So, wie er den letzten Satz gerade ausgesprochen hat, stellen sich mir die Zehennägel auf. Will Wesley damit andeuten, dass er gesehen hat, wie Kurtis in dieser Nacht mit Bettie Sex hatte? O Gott, ja, das glaube ich gern. Das würde allerdings auch bedeuten, dass Wesley mit eigenen Augen gesehen hat, dass sehr wohl noch alle Körperteile von Kurtis funktionieren – im Gegensatz zu dem, was ich ihm erzählt habe. Gütiger Gott, ich kann mir gut vorstellen, wie es den armen Wesley zur Weißglut getrieben hat, als er zusehen musste, wie Kurtis Bettie rangenommen hat – ich bin mir sicher, er hat sich ziemlich schnell zusammengereimt, dass Kurtis es mit mir genauso getrieben hat.

»Wesley, komm her«, sage ich mit klopfendem Herzen. »Komm her, Baby.«

Wesleys Pupillen sind geweitet. Er sieht nicht mehr aus wie er selbst.

»Setz dich aufs Bett, Süßer«, sage ich. Er schleicht wie ein Panther durchs Zimmer, und seine Augen sprühen Funken. Als er bei mir ankommt, nimmt er mir die Kette aus der

Hand und hält sie mir vors Gesicht. »*Ich* bin derjenige, der auf dich aufpasst. *Ich* bin derjenige, der getan hat, was getan werden musste.« Er spuckt mir die Worte förmlich entgegen. »*Ich*. Nicht dieses Weichei Kurtis. *Ich*.«

Mein Magen verkrampft sich. »Wesley«, keuche ich. Ich sehe, wie sein inneres Monster direkt vor meinen Augen zum Vorschein kommt.

Wesley beugt sich über mich und küsst mich stürmisch, und in dem Moment, in dem seine Zunge in meinen Mund gleitet, geht mein Schritt in Flammen auf. Wesley zieht an meinem Oberteil, als wolle er es mir vom Leib reißen, aber ich schiebe ihn zurück. Diese Enthüllung macht mich total scharf, das ist richtig, und Sex mit Wesley ist genau das, was mein trauerndes Herz jetzt braucht, aber zuerst will ich unbedingt die Wahrheit über Wesleys inneres Monster herausfinden.

»Ich habe es dir gesagt – ich werde dich immer beschützen«, presst Wesley durch seine zusammengekniffenen Lippen. »Es gibt etwas, das für dich getan werden muss? *Ich* werde es tun. Jemand bringt dich zum Weinen? Ich werde *ihn* zum Weinen bringen. Jemand fasst dich auch nur mit dem kleinen Finger falsch an? Dann muss er *mir* gegenübertreten.« Seine Nasenflügel beben. Er greift in die Box und holt das grüne Bandana hervor. »Dieser Mistkerl Thomas hat gesagt, du warst es, die den Safe geknackt hat? Tja, er musste mir gegenübertreten – mit seinem verdammten Kopf.«

»Oh«, sage ich nur.

Wesley greift wieder in die Box und zieht den Plastikkamm hervor. »Der Bastard Christopher hat immer wieder davon geredet, wie er es mit dir treiben wird? Wie er dir deine Unschuld rauben wird, ob es dir gefällt oder nicht? Er hat gesagt, er würde eines Tages von der Schule daheimbleiben, wenn du ganz alleine beim Lernen bist, und es dir so richtig besorgen. Tja, ich befürchte, leider habe ich ihn so sehr verprügelt, dass er diese Idee schnell wieder aus dem Kopf bekommen hat. Und stell dir vor, zwei Wochen später hat Mr Clements diese Yogi-Berra-Karte unter Christophers Matratze gefunden.« Er knirscht mit den Zähnen. »Dieser Mistkerl musste ebenfalls mir gegenübertreten.«

Mein ganzer Körper steht unter Strom. »Wesley«, keuche ich. »O Gott.«

Wesley greift wieder in die Box und zieht die Kette raus, die Kurtis mir geschenkt hat. »Und dieser Mistkerl hat den Vogel abgeschossen. Er hat gedacht, er könne dich schlagen, obwohl du nur halb so groß bist wie er und so wunderschön wie die Sonne selbst? Du warst seine Frau, verdammt, und er hat gedacht, er könne dich so behandeln? Tja, weißt du was? Dieser Mistkerl musste *mir* ebenfalls gegenübertreten. Er dachte, er würde seinem Schöpfer gegenübertreten, aber stattdessen trat er Wesley Miller gegenüber.«

Ich runzle verwirrt die Stirn. Moment mal. Wesley sagt, *er* hat Kurtis getötet? Das ist doch verrückt. Kurtis war im Gefängnis, als er starb. Es war Daddy, der Kurtis für mich getötet hat. »Wesley«, sage ich und schüttle den Kopf. Aber mehr kriege ich nicht raus.

»Es tut mir leid, dass ich dir das sagen muss«, sagt Wesley, und seine Gesichtszüge werden weicher. »Ich hätte dich gerne glauben lassen, dass es dein Daddy war, der endlich etwas für dich getan hat.« Er holt tief Luft. »Ich weiß, wie glücklich dich dieser Gedanke gemacht hat.«

Ich schüttle erneut den Kopf. Wie um alles in der Welt hätte Wesley Kurtis töten sollen? Es muss Daddy gewesen sein. Es gibt keine andere Möglichkeit. »Nein, Wesley. Daddy hat Kurtis getötet. Das weißt du doch. Ich habe Daddy gesagt, er soll die Augen nach Kurtis Jackman offen halten. Ich habe ihm gesagt, er soll sich den Namen *Kurtis Jackman* merken.«

Wesley schüttelt den Kopf. »Nein, Baby. Es tut mir leid.«

»Aber …« Ich glaube, ich verliere den Verstand. »Wie konntest du …?«

Er kann sich ein Grinsen nicht verkneifen. »Ich habe dir doch erzählt, dass ich im Knast ein paar gute Freunde gefunden habe.« Sein Grinsen wird zu einem strahlenden Lächeln. »Die Jungs im Gefängnis sind nicht solche Weicheier wie im Kinderheim, das steht mal fest. Es waren richtige Männer, die was von Ehre und Integrität verstanden. Männer, die Gut und Böse unterscheiden konnten. Es war eine richtige Gemeinschaft. Ich würde alles für die Jungs tun und sie alles für mich.« Er schmunzelt. »Und es war natürlich auch nicht verkehrt, dass du meine Freundin warst – du hast ein paar ziemlich große Fans da drinnen.« Er zwinkert mir zu.

Meine Gedanken überschlagen sich. Ich setze mich einen Moment lang hin und schüttle ungläubig den Kopf. Es versetzt mir einen Stich ins Herz zu glauben, dass Daddy nicht derjenige war, der sich für mich eingesetzt hat – aber gleichzeitig fühlt es sich an wie eine Rutschpartie auf dem Regenbogen, zu erfahren, dass Wesley Daddys Aufgabe übernommen hat. Und nicht nur Daddys Aufgabe – auch Kurtis' Job hat er für mich erledigt. Heilige Scheiße! Mein Wesley hat sowohl Bettie als auch Kurtis für mich umgebracht. Das ist doch der reinste Wahnsinn. Wesley ist wirklich mein Ritter ohne Furcht und Tadel. »O Wesley«, rufe ich aus. »Du hast mir das beste Geschenk gemacht, das ich je bekommen habe.« Ich schlinge ihm die Arme um den Hals und bedecke ihn mit meinen Küssen.

Jetzt ergibt es absolut Sinn, dass Wesley Daddys Brief gestohlen hat. Er war eifersüchtig, weil Daddy die Lorbeeren für den Mord an Kurtis abbekommen hat! Armer Wesley! Jeder wäre gekränkt, wenn er nicht das Lob dafür einheimsen dürfte, den Ehemann seines Mädchens getötet zu haben. Das ist mehr als verständlich. Ich lege mich aufs Bett zurück und fordere Wesley auf, über mich herzufallen. Die ganze Zeit dachte ich, Wesley sei eine Maus, und dann stellt sich heraus, dass er ein wilder Löwe ist. In meinem Kopf dreht sich alles, und mein Schritt pocht wie verrückt. Wenn das alles ein Mädchen nicht antörnt, dann weiß ich auch nicht. »Wesley, schlaf mit mir«, sage ich. Ich will, dass er mich zum Schreien bringt, damit ich mein geschundenes Herz vergessen kann.

Wesley legt die Hand zwischen meine Beine, und als er fühlt, wie feucht ich bin, stöhnt er auf. Wilber springt aufs Bett, und ich scheuche ihn davon. Ich liebe mein Kätzchen, aber jetzt bin ich dran, gestreichelt zu werden.

Wesley fängt an, mich mit leidenschaftlichen Küssen zu bedecken. Seine Finger bringen mich zum Zucken und Stöhnen. Zwischen meinen Beinen staut sich eine unglaublich große Lust auf.

»Ich war es, der Kurtis getötet hat«, flüstert Wesley mir ins Ohr, während seine Finger immer wieder in mich eindringen. »*Ich.*«

»Ja«, flüstere ich. Er bringt mich fast um den Verstand. »Du hast ihn dafür bezahlen lassen.«

Er zieht mir meinen Slip ganz aus und beginnt, den Reißverschluss seiner Hose zu öffnen, bis sein steifer Penis zum Vorschein kommt. »*Ich* habe ihn bezahlen lassen. *Ich* war es. Dein Vater war ein Weichei. Er hat in seinem ganzen Leben noch nichts für dich getan.«

Plötzlich stellt sich jedes Härchen auf meinem Körper auf.

Ich setze mich aufrecht hin. Wesley hat gerade gesagt, dass mein Vater ein Weichei *war*. Aber ich habe ihm noch gar nicht erzählt, dass Daddy tot ist.

»Verschwende deine Tränen nicht an deinen Daddy«, sagt Wesley und drückt mich sanft aufs Bett zurück, damit er sich auf mich setzen und in mich eindringen kann.

Ich schiebe ihn zur Seite und setze mich wieder hin. Jetzt bin ich wieder Herrin meiner Sinne. Es fällt mir wie Schuppen von den Augen. Wenn Daddy Kurtis nicht getötet hat, wie hätte Kurtis dann Daddy töten sollen? Ich starre Wesley mit weit aufgerissenen Augen an. »Wesley?«, presse ich hervor. »Wer zum Teufel hat meinen Daddy umgebracht?«

Wesley drückt mich an den Schultern zurück, aber ich schlage seine Hände zur Seite und breche in Tränen aus. Schluchzend werfe ich die Hände übers Gesicht. »Wesley, nein! Nicht mein *Daddy!*«

»Ach Scheiße.« Wesley zieht an meinen Armen, aber ich nehme die Hände nicht vom Gesicht. »Komm schon, Baby. Tu das nicht«, sagt Wesley. Er zieht wieder an meinen Armen. »Ach komm schon, Süße.«

Ich schüttle den Kopf. »Mein armer, armer Daddy«, murmle ich durch meine Tränen. Dann heule ich schmerzerfüllt auf.

»Komm schon.« Er zieht noch stärker an meinen Armen und hält dann meine Handgelenke fest, damit ich mein Gesicht nicht mehr bedecken kann. »Schau mich an«, sagt er schroff.

Meine Augen sind geschlossen. Ich schüttle den Kopf.

»Schau mich an!«

Sein Tonfall ist so herrisch, dass mir nichts anderes übrig bleibt, als ihm zu gehorchen. Ich öffne meine verweinten Augen.

»Du hast immer wieder davon geredet, wie sehr dein Daddy dich liebt. Und dass du Charlie Wilbers Tochter bist. Die ganze Zeit hat dein Daddy einen Scheißdreck für dich getan. Was hat dieser Mistkerl je für dich getan, als dich dein ganzes Leben lang zum Weinen zu bringen?«

Ich wimmere vor mich hin.

»Du hättest diesen erbärmlichen Versager schon vor Jahren zum Teufel jagen sollen, aber du hast ihm immer jedes Wort geglaubt und ihm erlaubt, dich zum Weinen zu bringen.«

Ich schüttle den Kopf und zittere am ganzen Körper.

»Liebes, ich habe deinem Daddy nur gegeben, was er verdient hat, okay? Er hatte genug Zeit, sich zu beweisen. Kurtis war schon über einen Monat lang im Gefängnis, als ich hingegangen bin und mit einem Freund von einem Freund gesprochen habe. Ein ganzer *Monat*, und dein Daddy hat es nicht geschafft, in dieser Zeit etwas für dich zu tun – nach all den Malen, die er dich zum Weinen gebracht hat. Weißt du was? Es war an der Zeit, dass dein Daddy *mir* gegenübertritt.«

Ich zittere wie Espenlaub. Wilber springt aufs Bett, und ich ziehe ihn an mich.

»Es tut mir nicht leid, was ich getan habe, Charlene«, sagt Wesley trocken. »Es musste getan werden. Du bist nicht mehr Charlie Wilbers Tochter – du bist jetzt Wesley Millers Frau.« Seine Augen sind wie glühende Kohlen. »*Du bist meine Braut des Prinzen.*«

Ich habe keine Ahnung, was ich sagen soll. Ich halte Wilber ganz fest und vergrabe mein Gesicht in seinem weichen Fell.

Wesley grinst. »Ich habe deinen Ehemann und deinen Daddy auf einmal erledigt.« Er schnippt mit den Fingern. »Es war ein Kinderspiel.«

Ich schließe die Augen, und Tränen rinnen mir die Wangen hinunter.

Wesley versucht, mich zu küssen, aber ich zucke zurück und halte Wilber ganz fest im Arm. »Nein!«, schreie ich. »Nein, Wesley!«

Wesley steht vom Bett auf und beginnt, wie ein Verrückter im Raum umherzustreifen. »Ich musste es tun, Charlene. Verstehst du das denn nicht?« Sein Gesicht nimmt einen wütenden Ausdruck an. »Ich habe mir nie verziehen, dass ich nicht da gewesen bin, um dich zu beschützen, als dieser Mistkerl dir wehgetan hat – ich habe mir selbst geschworen, dass dir nie wieder jemand wehtun wird, komme, was wolle. Und ich habe dieses Versprechen seitdem nicht gebrochen.«

Jetzt bin ich verwirrt. Redet er über die Zeit, in der Kurtis mich geschlagen hat? Das ergibt keinen Sinn. Wesley hätte mich nicht beschützen können – er war im Gefängnis.

Er schüttelt den Kopf, als er meinen verwirrten Gesichtsausdruck sieht, und gestikuliert wild mit den Händen, als suche er nach einem bestimmten Wort. »Du weißt schon, dieser Mistkerl, der dir und deiner Mommy wehgetan hat.«

O Gott, nein. »*Jeb?*«, frage ich ungläubig. »Du redest von *Jeb?*«

»Ja genau. *Jeb.*« Er spuckt den Namen förmlich aus. »Jeb, der Hurensohn. In dem Moment, in dem du mir erzählt hast, was er dir angetan hat, habe ich mir selbst geschworen, dass dich nie wieder ein Mann zum Weinen bringen würde, nicht unter meinem Schutz, egal, wer er ist«, zischt er. »Niemals wieder.«

Ich vergrabe das Gesicht in Wilbers weichem Fell und habe wieder das Bild des armen Jeb vor Augen, wie er sich auf dem Boden krümmt. Armer, armer Jeb. Ich wünschte wirklich, ich hätte diesen verdammten Kuchen für diesen netten Mann niemals gebacken.

»Es hat mich fast umgebracht, zu wissen, dass ich nicht da war, um dir zu helfen, als er dir wehgetan hat – der Gedanke daran, was er dir angetan hat, hat mich in den Wahnsinn getrieben. Und es war noch schlimmer, daran zu denken, dass ich hätte da sein und dich vor ihm beschützen können, wenn nur meine Oma nicht gestorben wäre.«

Ich kann keinen klaren Gedanken mehr fassen. »Wesley, wovon zum Teufel redest du?«

»Wenn meine Oma nicht gestorben wäre, wäre ich die ganze Zeit da gewesen.«

Wesley denkt anscheinend, dass es alles erklärt, wenn er den Satz noch mal wiederholt, aber ich habe immer noch keine Ahnung, wovon er spricht.

Er verdreht die Augen. »Dann hätte ich nicht ins Kinderheim gemusst.«

Ich fühle mich, als hätte mir jemand einen großen Stein an den Kopf geschmissen. »Wesley«, sage ich mit klopfendem Herzen. Ich halte inne, als mir plötzlich alles klar wird. »Deine Oma war *Mrs Miller?*«

Ein Lächeln legt sich auf sein Gesicht. »Ich wusste von dem Moment an, in dem du an die Tür unseres Trailers geklopft hast, dass du die Einzige für mich bist – für immer und ewig. Das schönste Mädchen auf der ganzen Welt.«

Plötzlich ergibt alles einen Sinn. »Du bist Mrs Millers dämlicher Enkelsohn?«

Er nickt.

»Mit dem zerzausten kleinen Hund?«

Jetzt schaut er mich glücklich an. »Ich wusste in der Sekunde, in der ich dich zum ersten Mal gesehen habe, dass du mein Schicksal bist – du warst das schönste Mädchen, das ich je gesehen hatte. Und als du all die Jahre später durch die Tür des Kinderheims gekommen bist, da wusste ich, dass das kein Zufall war. Ich wusste, du bist mein Schicksal, und meine Bestimmung ist es, für immer und ewig auf dich aufzupassen, egal, was passiert.«

Während Wesley redet, schaue ich in die Box. Ein Gegenstand liegt immer noch darin. Mit zitternden Händen hole ich ihn heraus. Es ist ein weißer Plastikstreifen – etwa fünfzehn Zentimeter lang und einen Zentimeter breit und leicht zu biegen. Ich bin mir nicht sicher, was das ist. Ich biege es hin und her und versuche, mir einen Reim darauf zu machen. Immer wieder drehe ich das Plastikband in jede Richtung, bis ich schließlich ein O daraus forme.

Ich drücke Wilber fest an mich und schnappe nach Luft.

Bei der plötzlichen Erkenntnis zieht sich mein Magen zusammen.

Wesley deutet auf das Plastikband in meiner Hand. »Diese Jessica Santos hat dich zum Weinen gebracht?«

»Nein, Wesley. *Nein.*«

»Na ja, leider musste ich *sie* ebenfalls zum Weinen bringen.«

Das ist kein Plastikstreifen.

Es ist ein winziges Flohhalsband.

EPILOG

Hollywood, Kalifornien
1996
24 Jahre alt

»Danke«, sage ich.

Tränen strömen mir über das perfekt geschminkte Gesicht. Ich lache und weine gleichzeitig, was okay ist, weil ich heute Abend wasserfeste Wimperntusche trage.

»Vielen, vielen Dank«, stammle ich und versuche, ruhig zu atmen. Jeder einzelne Mensch in diesem Kinosaal – von der ersten bis zur letzten Reihe – ist aufgestanden und belohnt mich mit tosendem Applaus. »O Gott, wo soll ich anfangen?« Ich lege meine perfekt manikürte Hand an den Mund, und sie zittert sichtlich. »Also, zuerst einmal danke ich der Academy. Das ist eine wahnsinnige Ehre für mich, und ein Traum ist in Erfüllung gegangen.«

Langsam setzen sich die Menschen im Publikum wieder auf ihre Plätze.

Ich warte, bis keiner mehr steht, denn ich will nicht, dass auch nur einer von ihnen eines meiner Worte verpasst.

»Und natürlich möchte ich all den anderen Nominierten danken.« Ich werfe den anderen Schauspielerinnen einen vielsagenden Blick zu. Sie sitzen alle auf ihren Plätzen und sind wie aus dem Ei gepellt. Jede Frau lächelt mich übertrieben an und tut so, als würde sie sich für mich freuen. »Ihr seid alle so talentiert, und jede Einzelne von euch hätte diesen Preis verdient. Es ist mir eine Ehre, meinen Namen im gleichen Atemzug mit euren zu hören.« Ich wische mir eine Träne aus dem Auge.

Ich suche die dritte Reihe nach Wesleys Gesicht ab.

Die Bühnenlichter blenden mich, und Wesley ist zu weit weg, als dass ich den Ausdruck auf seinem Gesicht erkennen könnte. Aber ich glaube, ich erkenne seinen Kopf. Heilige Scheiße, wenn ich diese Dankesrede nicht hinbekomme, wenn ich nicht immer und immer wieder betone, wie gut er zu mir ist, dann werde ich mir das später sicherlich anhören dürfen.

»Und natürlich«, setze ich an und konzentriere meinen Blick auf das, was ich für Wesleys Kopf halte, »geht mein größter Dank an meinen geliebten Ehemann Wesley.« Ich werfe ein strahlendes Lächeln in seine Richtung. »Du bist immer für mich da, Baby. Ich bin die glücklichste Frau der Welt, weil ich deine Braut des Prinzen sein darf. Für immer und ewig.«

Ich kann Wesleys Gesichtszüge nicht erkennen, aber ich nehme an, er lächelt. Zumindest hoffe ich, dass er lächelt und nicht zähneknirschend schmollt, weil ich ihm nicht genug für das gedankt habe, was er alles für mich getan hat, und weil ich mich nie genug erkenntlich zeige und *bla, bla, bla*. Das habe ich alles schon zur Genüge gehört.

Meine Brust hebt und senkt sich.

Ich blicke auf das riesige Publikum im Kinosaal und halte den Atem an.

Ich glaube, es ist an der Zeit, sich zusammenzureißen und diesen besonderen Moment – diesen einzigartigen Moment – zu genießen. Ich kann mir gerade keine Gedanken darüber machen, was Wesley jetzt wohl denken mag. In diesem Moment geht es um mich und um mein Schicksal. Ich werde mich später um meinen Ehemann oder um das, was er sagt oder tut, kümmern. Aber eines weiß ich sicher: Jetzt, da ich eine legendäre Schauspielerin und in die Fußstapfen von Lana und Marilyn getreten bin und ihre Geschichte weiterleben lasse, sagt mir niemand mehr, was ich tun oder lassen soll. *Niemand*. Nicht einmal Wesley.

Ich hole tief Luft.

Ich spüre die Blicke der ganzen Menschheit auf mir ruhen.

Ich sollte den Menschen besser geben, wonach sie verlangen.

Ich schenke meinem Publikum im Saal ein strahlendes Lächeln, dann lächle ich direkt in die vielen Fernsehkameras, die auf mich gerichtet sind.

»O Gott, ich komme mir vor wie in einem Sahnezug mit Biskuit-Rädern!«, sage ich.

Alle im Publikum lachen. O Mann, wie die Kalifornier es lieben, wenn ich meinen texanischen Slang auspacke.

Blut strömt mir durch die Venen.

Das Lachen der Menschen im Publikum entspannt mich.

»Aber vor allem«, beginne ich, »möchte ich jedem, der einen Traum hat, Folgendes sagen.« Ich hole erneut tief Luft. »Träume können wirklich *wahr* werden.« Das Publikum applaudiert. »Wenn ihr wisst, was eure Bestimmung ist, lasst euch von niemandem sagen, was ihr zu tun oder zu lassen habt.«

Noch mehr Applaus.

Die Musik beginnt zu spielen und signalisiert mir, dass meine Zeit zu Ende ist.

»Einen Moment noch«, keuche ich ins Mikrofon. Ich springe auf und ab, und das Publikum lacht mich an. »Ich will nur sagen, wenn ihr etwas wollt – wenn ihr etwas wirklich wollt, dann hört nie auf, an eure Bestimmung zu glauben.« Ich schreie jetzt über die lauter werdende Musik hinweg. »Seid einfach beständig – *Beständigkeit* ist der Schlüssel.«

Ein Typ auf der Seite der Bühne bedeutet mir wild mit den Armen, dass ich von der Bühne kommen soll. Wahrscheinlich sollte ich besser gehen.

»Ich danke euch allen vielmals«, sage ich und halte meine goldene Statue hoch in die Luft. Ich werfe dem Publikum eine Kusshand zu, und sie danken es mir mit tosendem Applaus.

Winkend gehe ich von der Bühne.

O mein Gott, sie lieben mich alle! Ich bin nicht mehr der kaputte amerikanische Traum – ich bin der wahr gewordene amerikanische Traum. *Ich bin Charlie Wilbers Tochter.* Ich bin ein Vorbild – eine Inspiration. *Ich bin jemand.*

Ja, ich bin der lebende Beweis dafür, dass ein Mädchen sein Happy End finden kann, wenn es nur seinen Verstand benutzt. Jawohl, ein wacher Geist kann einem Mädchen alles geben, was es sich vom Leben wünscht. Alles. Na ja, ein wacher Geist und harte Arbeit. Und von Gott etwas Talent bekommen zu haben schadet auch nicht. Natürlich hilft es auch ungemein, wenn das Mädchen zufällig noch bildhübsch ist.

Tja, wie sage ich immer so schön? Zum Glück bin ich so verdammt hübsch.

DANKSAGUNG

Ich muss so vielen Menschen dafür danken, dass sie mir geholfen haben, diese Geschichte zu Papier zu bringen.

Zuerst danke ich den Männern in meinem Leben: meinem Ehemann (der gesagt hat, nachdem er das Buch gelesen hat, und ich zitiere: »Muss ich jetzt mit einem wachen Auge schlafen?«); Baby Cuz (der das Buch gelesen und mich danach »eine verdammte Wilde« genannt hat, was für eine Frau natürlich das schönste Kompliment ist, das sie bekommen kann); und natürlich meinem eigenen, lieben Daddy (der jede Fassung dieses Buches gelesen hat und der Meinung war, dass es sein absolutes Lieblingsbuch von allen sei, die ich je geschrieben habe – auch wenn es wieder einmal um einen kranken Vater ging, mit dem er absolut nichts gemeinsam hat). Diese drei Männer in meinem Leben haben mir nicht nur dabei geholfen, das Buch zu formen (was sehr wichtig für mich ist), sie haben mir dabei geholfen, *mich* zu formen – was noch viel wichtiger ist. Ich liebe euch alle drei mehr als den Sternenhimmel.

Und an die wunderbar verdrehten Frauen in meinem Leben, die das Buch gelesen und Butterblume sofort ins Herz geschlossen haben, obwohl sie schon ein bisschen angsteinflößend ist: Mom, Tante Harriet, Lyn, Sophie, Nicki und

Lucy. Ihr sechs habt dieses Buch und meine liebe Butterblume von der ersten Seite an geliebt und mir den Mut gegeben, mich aus meiner Komfortzone herauszubewegen und die verrückten Stimmen in meinem Kopf freizulassen. Ich weiß nicht, ob ich dieses Buch ohne euren Zuspruch so ehrlich geschrieben hätte. Ohne euch hätte ich vielleicht nicht in diesem Ausmaß enthüllt, wie abnormal mein Gehirn sein kann. Ein besonderer Dank gilt meiner Mom. Mom, du hast keine Ähnlichkeit mit der Mutter in diesem Buch, außer der Tatsache, dass du manchmal sturzbetrunken auf deiner Matratze einschläfst und dich selbst anpieselst. War nur ein Scherz, Mom. Du hast mich besonders zu diesem Buch ermutigt, und das bedeutet mir sehr viel. Die Tatsache, dass du Butterblume von Anfang an so spannend gefunden hast, die Tatsache, dass du sie geliebt hast, wie ich es getan habe, gab mir die Zuversicht, mutig zu sein und der ganzen Welt meine soziopathischen Tiefen zu offenbaren. Hey, Mom, sieh's doch mal so: Du hast eine Soziopathin großgezogen. Darauf kannst du stolz sein!

Mein Dank geht an Stacy Carlson, Colleeny Roppé und Heather Dinsdale. Eure frühen Einblicke in Butterblume waren von unschätzbarem Wert. Ihr habt mir dabei geholfen, die Richtung herauszufinden, in die dieses Buch gehen sollte, und dafür danke ich euch. Stacy, du standest mir die ganze Zeit zur Seite, hast Butterblume analysiert und mir beim Brainstormen geholfen. Vielen Dank dafür!

Ein riesengroßer Dank geht auch an Jessica McEntire, das Mädchen aus Texas mit dem süßesten Akzent, den ich je gehört habe. Du hast mich verstanden, wenn mich niemand sonst verstanden hat. Ich kann dir gar nicht genug für all das danken, was du in Bezug auf dieses Buch für mich getan hast. Du hast mich mit unzähligen texanischen Redewendungen versorgt und mir Aufnahmen von Butterblumes Akzent geschickt, die ich für die Hörbuchfassung meines Buches verwenden kann und durch die ich Butterblume eine Stimme auf dem Papier verleihen konnte. Und am meisten danke ich dir dafür, dass du mich beruhigt hast, als ich total ausgeflippt bin, weil ich dachte, dass niemand dieses verrückte Buch je lesen wird. Ich kann dir wirklich nicht genug dafür danken, wie du mir bei diesem Buch geholfen hast, also habe ich das Einzige getan, mit dem ein Autor seinen größten Dank ausdrücken kann: Ich habe Butterblume deinen Nachnamen gegeben.

Ein großer Dank geht auch an meine treuen Agenten und Freunde Jill Marr und Kevin Cleary. Ihr habt das Buch in seinen Anfängen gelesen und mir Ideen gebracht und Mut zugesprochen. Und danke, dass ihr immer an mich glaubt, egal, in welche Richtung ich auch gehen mag.

Ich danke auch den folgenden Lesern, welche die Richtung dieses Buches maßgeblich beeinflusst und mir Mut gemacht haben, *Countdown to Kill* zum Nachfolger meiner *The Club*-Trilogie zu machen: Joe Rossi (King Silverback), Elizabeth Robbins, Elmarie Pieterse, Kelly Wilson und Keri Grammer. Wie ihr alle wisst, war ich mir nicht sicher, ob ich tatsächlich einen Psychothriller schreiben soll, nachdem ich im Erotik-/Romantikbereich so viel Erfolg hatte, aber ihr habt mich dazu ermutigt, meiner inneren Eingebung zu folgen und nicht auf Genres zu achten oder darauf, was man tun oder lassen sollte. Ihr habt mein Leben verändert und mein Herz berührt. Ich danke euch.

Melissa Saneholtz. O Mann, was für eine Frau! Danke reicht nicht. Deine Vorschläge, dein Input, deine Ehrlichkeit und deine Unterstützung waren für mich von unschätzbarem Wert. Es gibt nicht genug Worte, um meine Dankbarkeit dir gegenüber auszudrücken. Ich danke auch Sharon Goodman. Ihr zwei Ladys von Sassy Savvy Fabulous rockt einfach die PR. Ich bin froh, mit euch zusammenarbeiten zu dürfen.

Und zu guter Letzt möchte ich noch meiner geliebten Armee von Liebesäffchen danken – den treuen und wunderbaren Fans der *The Club*-Trilogie. Danke, dass ihr diese verrückte Reise mit mir unternommen habt. Ich liebe euch. Ich verehre euch. Ich bewundere euch. Ich habe viele Freunde dazugewonnen. Ich kann euch gar nicht genug Dank aussprechen. Ihr seid das Wichtigste für mich.

THE LIV

OF \

HOW ABU

BECOME UN...HY ADULTS

PATTERNS IN APPLIED PHENOMENOLOGY

Patterns in Applied Phenomenology (PAPH) is devoted to works in which phenomenological methods, concepts, and research results are used to address concrete practical problems or phenomenological insights are used to develop what might be termed phenomenologically-informed practices. We would be especially interested in manuscripts documenting how the phenomenological tradition can serve as a resource in peacemaking and related endeavors, but authors applying phenomenology in practical projects of all sorts are invited to submit proposals to paph@zetabooks.com.

PAPH is a peer-reviewed, English-language series published in both e-book and print-on-demand format in collaboration with the Initiative in Phenomenological Practice (IPP), whose mission is to foster original phenomenological investigation using a variety of phenomenological methods (including work carried out in many different disciplines). For more information, see www.ipp-net.org or contact Elizabeth A. Behnke, Study Project in Phenomenology of the Body, P.O. Box 66, Ferndale WA 98248, USA, phone: (360) 312-1332. E-mail: sppb@openaccess.org.

Anna Luise Kirkengen

THE LIVED EXPERIENCE OF VIOLATION: HOW ABUSED CHILDREN BECOME UNHEALTHY ADULTS

Translated from Norwegian
by
Eugenie Sommer Shaw

This book was originally published in Norwegian, under the title *Hvordan krenkede barn blir syke voksne,* by Universitetsforlaget AS, Postboks 508 Sentrum, 0105 Oslo, Norway, www.universitetsforlaget.no (1st edition 2005, 2nd edition 2009); the present translation is a slightly revised and corrected version of the second Norwegian edition.

Zeta Books, Bucharest
www.zetabooks.com

ISBN: 978-973-1997-46-9 (paperback)
ISBN:978-973-1997-47-6 (ebook)

This book too is dedicated to Karin Lisa and Martin,
and to Agathe, Odin Mattias, Viljar Alexander, and Simon

Table of Contents

Part II
SOCIAL FRAMEWORKS

Part III
STRUCTURAL PHENOMENA

PROLOGUE

As the senior editor of Patterns in Applied Phenomenology, I am pleased to provide a brief prologue to the inaugural volume in the series. And since Dr. Kirkengen's Preface already provides an overview of the book, both for the medical community and for readers from other backgrounds, here I shall address the phenomenological community (as well as other interested readers) by indicating several of the most important ways in which she draws upon phenomenological findings and puts a phenomenological attitude into practice in this work.

First and foremost, this book rests upon (and carries forward) one of the most basic achievements of phenomenological work: the retrieval and rehabilitation of *lived experience.* Here experience as it is directly lived through by the experiencer concerned is not taken as something "merely" subjective that would contaminate the search for biomedical objectivity and must therefore be dismissed as irrelevant, denigrated, explained away. Instead, "lived experience" names a field for rigorous phenomenological research inquiring into the experiential dimension in its own right, in and on its own terms. In this book, the focus lies both on the lived experience of violation and on the lived experience of the suffering that many survivors of child abuse (and other adverse experiences) are plagued with as adults. And although the names of the persons whose stories are told here are pseudonyms, the use of names (rather than abstractions like "the patient") reminds us that "experience" is always *someone's* experience.

Yet phenomenologists do not simply shift from third-person to first-person accounts based upon some sort of "introspection" directed toward a single, isolated stream of consciousness; rather, phenomenology overcomes such isolation in two main ways. 1) Phenomenological investigation attempts to describe the necessary structures of subjectivity itself, the invariant structures shared across the many possible variations in individual experiences. For example, lived experience per se – no matter whose experience it is – is on the one hand the unique experience of a particular situated individual, while on the other hand it also displays shared patterns or constellations of *lived meaning*. Every such pattern or possibility can be seen as a "most generous common denominator" visible in a myriad of individual cases, even where the actual "facts of the matter" are quite different in each case. There are, of course, innumerable patterns of lived meaning, and this book documents and discusses many such patterns. 2) But one of the most crucial essential features common to all human experience might be termed lived relationality: although each individual's experience is unique, it will always have its (own, unique) *relational history*, and cannot be considered in isolation from its context – including the lived world as a whole, as well as relationships with others who sometimes sustain and nurture us, but can also violate our integrity and shatter our existential trust. Thus each suffering person's predicament must be understood in the context of the situated life history in which this person has not only undergone traumatic events, but is also at risk for a reactivation of traumatic experiences when present circumstances reawaken past patterns of lived meaning.

Moreover, we can be victimized (and re-victimized) not only by individuals, but by social structures. Here a phenomenological *critique of presuppositions* becomes indispensable, bringing to light the tacit assumptions and attitudes, the received distinctions and habits of thought that not only shape our personal experience, but are embedded in our institutions as well. For example, thinking in terms of "mind" vs. "body" leads to a health care system that classifies a patient's problem as either "mental" or "physical" and further fragments the physical body into a host of "organs" and "systems," each addressed by its own subdiscipline. In this book, however, the author not only critically examines the presuppositions our current health care system takes for granted (as well as the asymmetries of power it perpetuates), but suggests the phenomenological notion of *embodiment* as an alternative paradigm. This term, however, must not be taken as if some disembodied mind, soul, or spirit were somehow to acquire a physical body. Instead, it refers to the phenomenological notion of the lived body as both experiencing and experienced, as having its native boundaries while remaining ineluctably situated in its lived time, lived space, and lived world, so that embodiment is inseparable from its relational context.

Finally, this book also contributes to a phenomenology of the clinical encounter as an occasion where (seemingly paradoxically) a hermeneutics of respect that allows each detail of a given individual's story to emerge, in its existential uniqueness, is precisely what makes it possible to discern the larger patterns that make sense of the details. In this way the physician can come to understand *this* particular person's lived experience of violation, not only by detecting certain recurring structures that are at work when abused children become unhealthy adults, but by respecting the very diverse ways in which such patterns are uniquely lived out in each person's experience.

In short, Dr. Kirkengen's work weaves together the fundamental phenomenological turn to lived experience; the phenomenological philosopher's concern with a critique of presuppositions; the phenomenological researcher's eye for repeatable, transindividual patterns of lived meanings; the existential phenomenologist's appreciation of the unique, situated individual; and the hermeneutical phenomenologist's project of not only letting a situated experiencer's story unfold, but uncovering the hidden keys that allow even strange and shattered stories to make experiential sense. Thus this work not only offers the medical profession a theoretical framework for an ethics of embodiment, but demonstrates how medical practice itself can be informed by a truly embodied ethics.

Elizabeth A. Behnke
Study Project in Phenomenology of the Body

PREFACE

After almost forty years of continuous medical training and general clinical practice, I am convinced that the medical profession's understanding of human beings is not only insufficient, but also misleading. The first is evidenced by the continual need for new research; the second needs to be explained. In characterizing much of the knowledge I have been taught as "misleading," I base my observations on daily clinical experience over many years. As such, contemporary medical knowledge has not helped me solve many of the tasks that are my profession's mandate – it has not made me a sufficiently good helper for people who seek my professional assistance. This daily feeling of inadequacy makes me a little disheartened, but even more, it makes me rebellious. This book is a product of my rebellion.

The book deals with how people may be affected, with regard to their health, by having their personal integrity violated, that is, having their boundaries transgressed without their consent or even against their will. And it concerns the medical profession's dealings with health problems that result from various kinds of boundary violations. The book's main question and concern is the following: *do biomedical professionals have adequate knowledge at their disposal to assist and support people whose suffering springs from integrity violation in general and from socially silenced boundary violation in particular?*

Boundary violations may be enacted as sexual, physical, mental, and emotional abuse and neglect of both children and adults within families. They may also be inherent in socially legitimized or rationalized violations of groups of people or strata of populations by means of racist, sexist, or other discriminating structures that stigmatize, marginalize, and humiliate. A fundamental issue in this book is whether this kind of social reality can be accounted for in medical knowledge production so that medical practitioners can meet and support humiliated people on the basis of knowledge that represents a "true" frame of reference for the impact of such existential experiences on these people's health.

The question of whether medical knowledge is *true* – and not only correct in terms of measures or valid in terms of methods – is an ethical question. This implies that the very validation of medical knowledge production is not sufficiently safeguarded by a proper distinction between correct or flawed research, but rather by a proper distinction between a right or wrong understanding of the human condition and of professional responsibility.[1] If the personal experience of being abused or disrespected is deemed unreliable, precisely because it is a subjective phenomenon, and if it is therefore not only considered irrelevant but actively avoided in research settings, then medicine fails to understand violated human beings. Such scientifically legitimized avoidance represents disregard of the human lifeworld in general and ignorance of individual lived experience in particular. If these phenomena are not taken into account, relevant or even salient information is being neglected. Consequently, sources of human suffering cannot be correctly identified due to their omission from scientific evaluation and analysis.[2] Such analytic omission is ethically indefensible.

Ever more solid epidemiological evidence bespeaks a connection between experienced pain, fear, and powerlessness and expressed pain, anxiety, and helplessness. At the same time, this knowledge points to its own methodologically based limitations, since it can only say *it is so* but not *how it became so* or *why it became so for the individual.* Thus although biostatistical investigations may suggest that boundary violations very probably en-

[1] Arendt 2003.

[2] Farmer 2005.

gender health problems, it is important to recognize the fact that this knowledge has crucial limitations, limitations that can neither be identified nor corrected within the same theoretical framework. Consequently, theories and methodologies other than the traditional biostatistical approaches are required if one aims at an adequate understanding.

It is, of course, also important to let this knowledge inform clinical practice. One obvious task concerns the medical profession's contribution to the prevention of abuse, meaning that medicine needs to recognize, identify, and address all kinds of abuse of power or social injustice. But even more important, the medical profession must not let itself be used as an instrument to cover up socioculturally instituted injustice by misusing its power and diagnosing violated persons as if they were diseased from "natural" origins, either defined as inherent in themselves or as stemming from a biological environment.[3]

That someone who is *"gekränkt"* (humiliated, violated) becomes *"krank"* (sick, diseased) is an old wisdom, deeply rooted in the Germanic languages and reflected in the common etymological source of the German words *"Kränkung"* and *"Krankheit."*[4] Therefore this book is not primarily about the fact *that* abuse is transformed into illness, but rather about *how* this transformation, on the micro-level, follows sociocultural influences, and *why* the resulting illnesses are met, on the macro-level, with inadequate efforts in somatic and psychiatric medicine, in the health bureaucracy, and in civil justice cases for the enforcement of laws intended to secure the individual's rights and atone for social injustice.

---

[3] Kirkengen 2001.

[4] According to Kluge F. Etymologisches Wörterbuch der deutschen Sprache. Berlin: Walter de Gruyter, 1967, pp. 400–1, the transitive verb *kränken,* "to vex, hurt, wound, offend," from Middle High German *krenken* – "to render weak, powerless," then "to plague, torrent, harass," "to distress, afflict" – is formed from *krank,* "sick, ill," just as *stärken* ("to strengthen") is formed from *stark* ("strong").

With this book about *how* violation of personal integrity leads to health problems, I address my colleagues – practicing, researching, teaching, and writing – in general practice or in specialized medicine. I also address researchers and clinicians in other health-related fields, such as nurses, psychologists, physiotherapists, midwives, pediatric nurses, and consultants in ergonomics. I address all professionals who work with children, such as teachers, child-care consultants, speech therapists, social workers, and special education teachers. I also address those in the legal professions, because attorneys, judges, and police personnel come in contact with people, old and young, who are hurt or have been hurt because of other people's lack of respect for their personal integrity.

I also address politicians and elected lawmakers because they have the opportunities to translate the knowledge of the impact of boundary violations into adequate initiatives and laws. Initiatives must be aimed at preventing humiliation, injury, abuse, or violation, especially of those who are young and dependent. Lawmakers must also work toward the goal of making sure that all people, no matter where they are, know that they are respected. Laws must aim to ensure that all people who have experienced others' disrespect and scorn get adequate and ample help so they can regain their self-respect and sense of self-worth.

First and foremost, I address students of medicine and other health-related fields. My declared intention is to show that the dualistic view of humans and the human body is untenable as it leads to a dualistic health system – the somatic and the psychiatric – and to two separate nosological conceptualizations, the somatic classification for illness on the one hand and the classification for mental illness on the other. It is imperative to remind students continuously to remember what they know about themselves and thereby also about others, rather than allowing the divided and divisive teaching in medicine and related fields of study to erase this knowledge: namely, that they are unique, undivided persons and mindful bodies.

In the hope that this book may reach people outside the medical profession as well, I use simple, everyday language. Integrity and violation are, after all, elementary human issues. We are all vulnerable, not just a few of us. Everyone has one characteristic in common, besides being mortal: we can all be humiliated.[5]

In a way, I speak from two margins in this book, one professional and one sociocultural: from the bottom rung of the medical hierarchy, and as a spokesperson for people who have been humiliated. However, anthropologists have taught me that marginal positions may bring about fruitful analyses and critiques of what is considered normal. What I am about to do is offer professional criticism, explicit and – I hope – constructive.

My entire concern is ethical in nature. I judge the very foundation of the medical body of knowledge – that is, the concept of the biological, mindless body, composed of separable organs and void of experience and meaning – to be mistaken. The nature of this knowledge – a concentrate of objectifying and abstracting observation – does not do justice to the nature of human beings.

People who suffer express *in their sufferings* that their existence is under threat. Their being becomes informed by efforts to establish a demarcation line between themselves and that which is *the threatening or dangerous other*. This is why they are disturbed in their everyday life and their usual tasks. This is why they ask for professional help in the health care system. In other words: they seek and ask for support and assistance to maintain or regain their integrity and vitality. *Integrity and vitality are phenomena that constitute human being-in-the-world on all levels, from the cellular to the philosophical.*

The ability or potential clearly to demarcate what is self from what is other is salient for all being. Evolution, humankind's common history, has secured this by means of elaborate systems for the identification of and reaction to patterns that denote

[5] Margalit 1996.

dangers because they are alien or "other" in the sense of *non-self.* Ontogenesis, our personal history from conception, the biographical process of development and learning, serves the same purpose and builds on the same principles. By means of these systems and principles, the common history of humankind and the individual biography of every human being are interwoven and embedded within life-enhancing structures. Consequently, *a consciousness of difference between self and other is manifest on all existential levels, from the cellular to the philosophical.*

What is experienced and identified as endangering a particular person's integrity comprises a wide range of phenomena, from typically or apparently external to internalized and to internal. The external may represent brief or constant physical, thermal, chemical, biological, sociocultural, or political influences or strains. The internalized phenomena may represent short- or long-term burdens due to humiliation and scorn inflicted either by society or by relevant others. The internal phenomena, finally, are the consequences of experienced powerlessness, social shame, and self-hate that initiate or permit destructive and self-destructive processes.

These processes may, *read from outside,* present as clearly separate and different categories of disease and incapacitation. The expressions of illness may, for example, appear as a breakdown of the innate and adaptive immune systems. In terms of clinical pictures, such a breakdown may present as serial and seemingly different episodic infections, as "composed" or apparently coinciding infectious states (termed co-morbidity), or as the unexpected and unusual effect of presumed banal or common infections.

These processes may also present as local or generalized inflammations in all kinds of body tissues. The inflammations may appear as limiting reactions to something that is acknowledged as other (food, toxins, allergens), or as an attack on what is self as if this were "other," that is, as so-called self-aggressive or autoimmune activities.

Finally, these processes may present as a lack of self-protection expressed either as lacking the ability to limit, completely or partly, cellular damage from different sources, or as a lacking or non-specific counteraction against the development of malignancy.

In conclusion: all categories of perceived, experienced, or reactivated danger may initiate or fuel three basic types of processes, all of which, in a certain sense, are responses: *infection, inflammation,* and *invasion* in the sense of tumor growth. These have in common that they are literally enacted and take place in the intersections between what is own and what is not – in other words, between self and other. Their common nature is boundary transgressing. The less clearly boundaries are marked, the faster they are transgressed; similarly, the less counterforce the human being under attack has at his or her disposal, the faster the boundaries are breached. The three basic processes also have in common that their fellow biological or biochemical substrates are engendered in or modulated by the interplay between the immune, the hormonal, and the central nervous systems.

In a certain sense, it may be misleading to maintain a tripartite conceptualization and terminology as if these three systems were separate. It may be more fruitful and effective for medical recognition and knowledge production to consider them *as aspects of human integrity* on cellular, hormonal, and neural levels. Such a view would apply to the etymological origin of integrity as "having no part or element lacking or taken away; undivided state; completeness; the condition of not being marred or violated; unimpaired and uncorrupted condition."[6] I lean to this etymology of integrity with reference to the ever increasing *and* converging insight in precisely the fields of knowledge the domains of which, until now, are the three aforementioned systems. As these expand their domains, they are confronted with the fact that the answer to their – let us say – micro-level biological questions is to be found "on the other side of the fence," so to speak: in other words, in either hormonal, immunological,

[6] The New Shorter Oxford English Dictionary. Vol 1. Oxford: Clarendon Press, 1993.

or central nervous functions, processes, or structures – and vice versa, of course. This phenomenon has been termed "cross-talk," a term that mirrors the tenuous assumption of a naturally constituted divide between these systems. However, the result is that these three medical specialties increasingly "talk together." So far, this has informed a common message: "The disparity between physical and psychological stressors is only an illusion. Host defense mechanisms respond in adaptive and meaningful ways to both."[7]

Researchers in the three aforementioned medical specialties have, in fact, started an integrative process that is by now most clearly expressed in the name of this new, tripartite specialty: neuro-endocrino-immunology. Furthermore, they are confronted with the emergence of yet another indisputable fact challenging the professional demarcation lines: so-called psychosocial phenomena have an impact on their professional materials, which means cells, hormones, and nervous structures. This fact is articulated as follows: "Fortunately, the initial controversies about whether psychological processes could really impinge upon and modify immune responses have now receded into the pages of history under the weight of the empirical evidence."[8]

And while closing the books of history concerning *the dogma of the non-influence of mind on matter* exactly due to the undisputable evidence that *mind informs matter*, the researchers draw a seemingly logical conclusion: they create yet another but this time four-segmented specialty: psycho-neuro-endocrino-immunology (or the other way around, perhaps). This so-called "translational" or interdisciplinary research across professional demarcation lines fills a growing number of biomedical journals.

However, another consequence, applying both to formal logic and to the rules of epistemology, has not been taken into consideration. This can be concluded from the following state-

[7] Fleshner & Laudenslager 2004, p. 114.
[8] Coe & Laudenslager 2007, p. 1000.

ment: "Individual differences in response to common stressors have become a central focus in many studies of behavior-immune-health relationships [ref]. Stability of these differences has also become important in providing credibility to their role in the variance noted in behavior-immune relationships in larger populations [ref]. The sources of these individual differences may be genetic, developmental, experiential, and/or stressor dependent. Thus, defining simple relationships between behavior (e.g., brain) and immunity is not likely to be forthcoming."[9]

Researchers in the so-called "frontline disciplines" of biomedical research have consequently acknowledged that the human mind informs bodily matter. This implies that the traditional biomedical framework, grounded in a dualistic concept of mind and matter as both separate and different, has been *invalidated.* Still, the researchers refer to the phenomenon of human experience in the traditional biomedical language. But according to the German philosopher Georg Wilhelm Friedrich Hegel (1770–1831), experience is an inextricably subjective phenomenon.[10] It belongs to the world of intersubjectively constituted meaning and values. The researchers admit that it might be impossible to establish a typology of unambiguous categories of "stressors" because they observe considerable differences in the way in which individuals respond to what is supposed to be "the same" (divorce, loss, economic hardship, examinations, accidents, etc.). They still claim that the brain is the interpreter, schematically and autonomously, and that these processes can be objectified with, among others, sophisticated brain imaging techniques. Likewise, they use the observation-based and objectifying behavior language, which indicates that they still maintain the traditional position that allows a direct conclusion from visible form to invisible content. Consequently, their studies concur with the strictly biologically informed frameworks of the

[9] Fleshner & Laudenslager 2004, p. 125.
[10] Hegel 1974.

most respected journals in the neurosciences, such as *Brain, Behavior and Immunity* and *Psychoneuroendocrinology*.

Norwegian microbiologist and immunologist Elling Ulvestad, leader of the Department of Microbiology and Immunology, Haukeland University Hospital, and professor at the Gade Institute, University of Bergen, has articulated a need for a different interpretation of biological data in his book *Defending Life*.[11] Furthermore, in an article published in *Medicine, Health Care and Philosophy*, he claims that biological explanations of human sickness, although correct in the methodological sense, *fail to do justice* to the nature of human beings as self-aware and self-reflecting.[12] He argues that researchers have consistently narrowed the "explanatory room" by focusing on sickening mechanisms instead of on the sick person's self-conscious interpretation of burdening experiences. By failing to make the meaningful human lifeworld relevant, researchers may have underestimated how artificial in vitro research actually is, and how insufficiently animal-based models explain human disease.

I claim that epistemological sophistication is urgently needed in order to transform research on human *biology* into research on *human* biology.

The converging messages from immunology, endocrinology, the neurosciences, genetics, and psychology bear witness not only to close material and functional connections, but also to stunning similarities with regard to measures and structures designed for integrity protection. These measures and structures are to be found on all levels of the biological hierarchy, including the level of human self-reflection and self-awareness. The converging messages become increasingly explicit with regard to how deeply and permanently experiences of integrity violation are *inscribed* in human beings in the sense of bodily manifestations. Likewise, the evidence of similarities, both with regard to

[11] Ulvestad 2007.

[12] Ulvestad 2008.

reaction and impact, evoked by supposedly different kinds of strains from cellular to sociocultural, bespeaks a *unity*. A dualistic model is no longer tenable as a valid framework for human sicknesses. Even attempts toward integration as expressed in a concept of the mindful body *and* the embodied mind mirror untenable dichotomies that need to be transcended.

Science has documented multilayered manifestations of integrity-enhancing and integrity-restoring abilities and efforts as the core of humankind's nature. These documents render two biomedically unexplained phenomena of human illness accessible for exploration and comprehension. The first phenomenon is the variety of sickness expressions, in diseased people, resulting from what are supposed to be identical causes of defined disorders. The fact *that every person is diseased in her or his own way* applies to the logic of the individual process of embodiment, the becoming of the lived body. The second phenomenon is the overt self-aggression in sickness expressions interpreted as autoimmune processes, in other words, "defense mechanisms gone astray." The fact *that persons mistake own for other and attack or destroy what is self* bespeaks the logic of confused, blurred, transgressed, or violated boundaries. Both phenomena are types of particularities, and as such they defy the methodology of the biostatistical mean.

All kinds of situations or processes where selfhood is either at risk or disrespected call upon protective measures by the person under attack, in other words, self-protective measures. However, when what is other not only forcibly invades but totally overpowers what is self – which is the case in abuse and neglect in the family by highly relevant others – the "battlefield" is by necessity "self" as long as a human being can endure what is unendurable. When all these measures are exhausted, when the ability to adapt, the person's individual adaptability, is broken down, then the most central premises for existence are no longer provided, and premature death may be the inevitable consequence.

INTRODUCTION

"Die Kranken haben ganz besondere Kenntnis vom Zustand der Gesellschaft."

"The diseased have a highly particular knowledge of the state of society."

WALTER BENJAMIN (1892–1940)

This book deals with a nexus of three phenomena: *body, experience, and meaning*. In doing so, it necessarily also addresses social life and socioculturally constituted roles and values. In the widest sense, it also points to political structures – in other words, issues of power. Since being and feeling overpowered may be lethal, as delineated in the preface, asymmetries of sickness and premature death may be indicators of societal constellations characterized by asymmetries of power. Likewise, socioculturally or politically legitimized asymmetries may represent concealed sources of unevenly distributed health problems and premature deaths. Consequently, a book about the relationships between body, experience, and meaning is, by necessity, also about how human beings, women and men, have their lives impacted by issues of power and powerlessness.

Guided by an attention to asymmetries of illness, my reflections start with the body. I address the biomedical framework of the human body, a framework that until now has been problematized to an astonishingly limited degree in research and clinical practice. The human body is consistently conceptualized as biologically determined and of male stature. Measured with the norm of the male body – and quite apart from the organs defined as female reproductive organs – the female body is rendered "naturally deviant." As such, female bodies have been excluded from the majority of studies about the occurrence, development, and treatment of most of the serious diseases. This was rationalized with reference not only to female bodies being naturally different in the sense of deviant, but also to their being "unstable" in the sense of variable. Unlike the "stable," by definition, male body, the female body was deemed disturbingly changeable due to being premenstrual, menstrual, pregnant, lactating, or pre-, peri-, and postmenopausal. Since the male body does not succumb to this "changeability," it was appreciated as a more reliable object for knowledge production. In other words: that which characterizes living organisms above all – that is, cyclical and dynamic change – was declared a confounder in medical research, a source of contamination of research data. While seeking to generate *valid* knowledge from homogeneous groups, researchers excluded women. However, this fact did not prevent results derived from studies into which women were too changeable and unstable to be included from being applied to them without hesitations, although by rules of formal logic, these results were *invalid.*

Only recently has the scientific community acknowledged that although this kind of research is methodologically correct, it is both fundamentally flawed and, as a consequence, unethical. Biomedical researchers are by now requested to include both women and men, and in near equal proportions, if possible. However, this leads to male and female bodies being counted, observed, and examined as if "male" and "female" were unambiguous, pure categories. In the interpretation of the results, the separate findings for these two categories are compared. If gendered differences are observed, these are consistently attributed to women as a deviance they "have." Consequently, women "have" many more complaints and health problems than men, and especially those kinds of complaints that, in the medical understanding, lack objective findings and therefore at best are termed "undefined." The fact that so much suffering expressed by women does not lend itself to medical definition or classification is not interpreted as a lack of medical knowledge about women, but rather as women's "natural" proneness to be deviant. This is reflected in the highly illogical medical term "functional illness," which blurs the fact of a highly dysfunctional medical theory concerning a wide range of human suffering and incapacitation predominantly presented by women. This breach of the rules of formal logic creates, of course, the need for yet another term: somatization disorder. The "term" denotes ailments that are experienced as bodily, yet cannot be objectified by medical technology. Somatization disorders do, however, belong to the domain of psychiatry and imply, as diagnoses, social stigma engendering social shame. The majority of patients diagnosed as suffering from somatization disorders are women. This confirms an ancient truth of woman's nature as "deviant."[13] In other words: historical and cultural prejudices have been inscribed into a theoretical framework named science.[14] The large differences in numerically calculated and documented morbidity with regard to a wide range of illnesses not related to the sex organs constitute – by means of exact epidemiological statistics – a segregated truth about women and men. This epidemiologically secured truth, however, does not comprise reflections on or considerations about how human health is impacted by gendered roles and experiences, social inequality, relational or structural violence, and other kinds of humiliation, stigmatization, and marginalization.[15]

Examining Asymmetries

Against this background, I shall use epidemiological data documenting gendered asymmetries of illness as a two-sided magnifying glass. With the first part I shall examine the possible or probable *social preconditions* for such gendered asymmetries. With the other part I shall explore in what way *medicine and the*

---

[13] Lloyd 1993.

[14] Busfield 1996; Doyal 1995; Russell 1995.

[15] Campbell 2002; Farmer 2005; Krieger & Smith 2004; Marmot 2006; Sapolsky 2005.

health care system itself may contribute to such imbalances.

The most evident groups of diagnoses are the aforementioned "functional" diseases. Among these, absorbing considerable amounts of human and economic resources, is one group that stands out with regard to the variety of expressions and the numbers of diseased people: chronic, non-malignant pain syndromes. The majority of patients diagnosed with chronic pain are women.

Current research in chronic, non-malignant pain has documented a disturbing and confusing occurrence of apparently different types of "pains" in many people suffering from chronic non-malignant pain. The abdominal region in particular seems to contain a range of possible, apparently different and coexisting "pains." The researchers in the field – comprising gastroenterology, gastro-surgery, gynecology, and urology along with rheumatology, neurology, anesthesiology, and odontology – have come to term this phenomenon *"overlap of pains."* These "overlapping pains" include several body parts and organ systems. As the term "overlap" is meant to indicate, they transgress anatomical, neurological, functional, and systemic boundaries. In other words, they do not adhere to the basic body scheme in biomedicine. Consequently, they blur the demarcation lines between the medical specialties. This implies a challenge for professionally established structures concerning hierarchies and domains of knowledge, authority, and power.

"Overlapping pains" also tend to co-occur with local or generalized "pains" in regions of the body other than the abdominal. How are such "pains" to be conceptualized? Do "they" call for an interdisciplinary approach? Are "they" to be regarded as medical artifacts? These "pains" have been shown to be significantly correlated with adverse lifetime experiences in general, and with childhood adversities in particular.[16] Is it likely that such "pains"

[16] Alander et al, 2008; Campbell et al, 2002; Drossman et al, 1996; Eberhard-Gran, Schei & Eskil 2007; Golding 1994; Hilden et al, 2004; Lampe et al, 2003; Leserman et al, 2006; Linton 1997; Meltzer-Brody et al, 2007; Norman et al, 2006; Ross 2005.

represent, far more often than is commonly recognized, painful yet convoluted expressions for painful but hidden impressions? Principally subjective as they are, and as such representing a disturbing phenomenon in the objectively based body of medical knowledge, they have emerged as belonging to patterns or clusters of complex illnesses connecting lifetime adversity to bad health and premature death.[17] In analogy to the medical terminology of "pains" as informed by the medical organ scheme of the body, one may wonder whether the growing documentation of the aforementioned connection between adverse experiences and excess morbidity perhaps bears witness to the *"overlap of body and mind"*? In fact, these questions touch the basis of medical theory. They urge the medical profession to reflect upon its current concepts of the human being and the human body, as well as upon the traditional concepts securing the production of valid medical knowledge.

Different "Pains"?

Taking persons diagnosed as suffering from irritable bowel syndrome (IBS) as a point of departure, several studies have explored the phenomenon of overlapping pains – or of co-morbidity, to use a more traditional medical term, dignifying the simultaneity of diseases. This term is, of course, only appropriate provided that seemingly co-occurring and apparently different diseases can be clearly distinguished with regard to origin, development, symptoms, and treatment.

In 2005, Heitkemper and Jarrett reviewed the body of knowledge concerning overlapping conditions in women with irritable bowel syndrome.[18] They confirmed a consistently documented gender imbalance characterized by an approximately 2 to 2.5

[17] Briere & Elliot 2003; Chartier, Walker & Naimark 2007; Felitti et al, 1998; Goodwin & Stein 2004; Mäkinen et al, 2006; Stein & Barrett-Connor 2000; Surtees & Wainwright 2007.

[18] Heitkemper & Jarrett 2005.

times greater prevalence of IBS in women than in men. Women diagnosed with IBS were also more likely than men diagnosed with IBS to report extra intestinal disorders including migraine headaches, different types of bladder discomfort, genital pain, and chronic pelvic pain. In a review of studies from 1966 to 2002, Whitehead, Palsson, and Jones found documented associations between the diagnosis of fibromyalgia and that of IBS (49%), chronic fatigue syndrome (CFS) and IBS (51%), temporomandibular joint disorder and IBS (64%), and chronic pelvic pain and IBS (50%).[19] Documented "overlap" of IBS and chronic pelvic pain ranges in different studies, according to the American College of Gynecologists, from 65% to 80% of patients.[20] In other words: from two out of three to four out of five women diagnosed with IBS are also diagnosed with chronic pelvic pain.

However, the figures increase when lifetime rates of these diseases are explored, as shown by Aaron and co-workers, whose point of departure was patients diagnosed as suffering from chronic fatigue (CFS), fibromyalgia (FM), and temporomandibular joint disorder (TMD).[21] These three groups of patients were examined with regard to ever having received one or more of ten other diagnoses. The authors state (p. 2398) that patients with CFS, FM, and TMD "were more likely than controls to meet lifetime symptom and diagnose criteria for many of the conditions, including CFS, FM, IBS, multiple chemical sensitivities, and headache. Lifetime rates of irritable bowel syndrome were particularly striking in the patient groups." Among patients currently diagnosed with TMD, 64% also had been diagnosed with IBS in the past. Among patients currently diagnosed with FM, 77% had also been diagnosed with IBS prior to the present. And among patients currently diagnosed with CFS, 92% had also been diagnosed with IBS during their lifetime. In other words,

[19] Whitehead, Palsson & Jones 2002.

[20] Chronic Pelvic Pain. ACOG Practice Bulletin no. 51, 2004.

[21] Aaron, Burke & Buchwald 2000.

from two out of three to nine out of ten persons ever diagnosed as suffering from IBS had also received either yet another chronic pain diagnosis or the diagnosis chronic fatigue. And among people with different yet non-objectified "pains" diagnosed as somatization disorder, McBeth and co-workers documented that features of somatization predict the onset of widespread pain within a twelve-month follow-up.[22]

Endangering "Pains"?

Medical research has documented complex patterns of fairly or near totally "overlapping conditions" linking pain in the stomach strongly with pain in the pelvis, pain in the bladder, pain in the head, pain in the muscles and joints – and all these pains, again, with the incapacitating exhaustion termed chronic fatigue syndrome (CFS). These medically conceptualized "different" and separate conditions nevertheless share several salient characteristics. Firstly, they can hardly be objectified – thus challenging the theoretically based definition of what constitutes a somatic disease and what, consequently, does not meet the criteria and therefore logically qualifies for the diagnosis of somatization disorder. Secondly, these conditions, despite their subjective nature, lead to observable incapacitation of many people, predominantly women, causing high figures of social and medical expenditure. Thirdly, these conditions evoke medical interventions, both in terms of diagnosis and of treatment, that are invasive in nature and therefore imply additional health risks. In a study based upon data from 89,008 persons attending a primary care outpatient clinic, Longstreth and Yao explored the occurrence of six types of surgery. They documented that patients diagnosed with IBS reported rates of gallbladder surgery threefold higher, removal of appendix or uterus twofold higher, and back surgery 50% higher than patients not

[22] McBeth et al, 2001.

diagnosed with IBS.[23] These findings were confirmed in a study published in 2005 by Cole and co-workers, who documented that patients diagnosed with IBS had an incidence of all types of abdominopelvic surgery 87% higher than the general population, and a threefold higher incidence of gallbladder procedures.[24] Consequently, people diagnosed with IBS have a considerably increased risk not only for both gallbladder and other abdominopelvic surgery, but also for the morbidity and mortality associated with these surgical procedures. Similar to these findings are the results of studies documenting that women diagnosed with chronic pelvic pain run a higher risk of lifetime surgery that women in the general population.[25]

But this already fairly complex pattern is only a part of a wider picture. In a population of nearly one hundred thousand persons diagnosed as suffering from IBS, Cole and co-workers documented a 60% higher odds for co-morbidity with three other conditions as compared to a random sample of nearly thirty thousand among non-IBS patients.[26] Apart from 60% higher odds of migraine and 80% higher odds of fibromyalgia, IBS patients also had 40% higher odds of depression. In addition to the psychiatric diagnosis of depression, persons diagnosed with IBS, and especially women diagnosed with both IBS and chronic pelvic pain, have been shown to have a higher lifetime history of other psychiatric diagnoses such as dysthymic and panic disorder and anxiety.[27]

The already circumscribed cluster of chronic pains and chronic malfunctions has also been explored, among both women and men, from yet another point of departure, namely, the diagnosis fibromyalgia. In 2006 Weir and co-workers published a study concluding as follows: "Patients with fibromyalgia were

---

[23] Longstreth & Yao 2004.

[24] Cole et al, 2005.

[25] Hastings & Kantor 2003; Hilden et al, 2004; Meltzer-Brody et al, 2007; Wijma et al, 2003.

[26] Cole et al, 2006.

[27] Heitkemper & Jarrett 2005.

2.14 to 7.05 times more likely to have one or more of the following comorbid conditions: depression, anxiety, headache, irritable bowel syndrome, chronic fatigue syndrome, systemic lupus erythematosus, and rheumatoid arthritis."[28]

Consistent "Pains"?

The epidemiological evidence documenting, in individuals, a *threefold* "overlap of pains" with apparently other and different "pains," with other diseases considered as of somatic nature, and with diseases conceptualized as of mental nature or origin, indicates yet another kind of "overlap": that between individuals. In a study among children aged eight to fifteen years who presented with functional abdominal pain (FAP) in primary pediatric care, the mothers were asked about their current health problems.[29] As compared to mothers of children without FAP, these mothers were significantly more likely to have a lifetime history of IBS, migraine, anxiety, depression, and somatoform disorders, the odds ratios increasing from 2.4 for migraine to 16.1 for somatization disorders. And the child's presentation with FAP was most closely associated with a maternal history of anxiety and depression (adjusted odds ratio 6.1, 95% confidence intervals 1.8–20.8). The occurrence of the most prevalent of chronic states among women, however – namely, chronic pelvic pain, chronic fatigue syndrome (CFS), and fibromyalgia – had not been elicited in this study.

In 2006 Aggarwal and colleagues published a study among 2300 adults concerning four "overlapping syndromes," in this case chronic generalized pain, chronic pain in face and mouth, IBS, and CFS.[30] Nearly one out of three persons reported suffering from at least one of these syndromes, and fifteen of the persons included reported suffering from all of them. The analysis

[28] Weir et al, 2006, p. 124.

[29] Campo et al, 2007.

[30] Aggarwal et al, 2006.

of this material made visible that such overlapping syndromes have a gestalt: she is a woman who worries about her health, whose utilization of health care services is extensive, who has several health problems in addition to those four in question, and who has recently experienced what is circumscribed as *"recent adverse life events."* The study did not address phenomena that might be termed "chronic adversities" such as a life informed by relational or structural violence, economic hardship, loss of work, alcohol- or drug-addicted spouses, sexism or racism, or long-term care for severely diseased children.

Mind Informs Matter

Psychologist Elissa Epel, cell biologist Elizabeth Blackburn, and colleagues have been conducting a longitudinal study for some years, including premenopausal, healthy women who are mothers of chronically ill children in need of continuous parental care. These mothers were compared with mothers of healthy children with regard to a variety of risk factors for cardiovascular diseases. It was shown that the strain of responsibility and uncertainty significantly contributed to increased cardiovascular risk in the mothers caring for sick children.[31]

The researchers also observed the length of the telomeres, the protective caps at the ends of chromosomes, and they measured the levels of telomerase, the enzyme restoring the telomeres when they get worn. In humans, the telomeres slowly get worn with increasing age. This means that measuring the length of the telomeres allows researchers to estimate the speed of cellular aging. And measuring increased levels of telomerase allows the conclusion that destructive processes are taxing the ability, in the cells, to counteract accelerated aging. Decreasing levels of telomerase combined with decreasing length of the telomeres, however, are to be interpreted as testifying that destructive forces have over-

[31] Epel et al, 2006.

ruled and exhausted the body's genetically secured protective potentials.

In their study, Epel, Blackburn, and co-workers could demonstrate that mothers caring for chronically sick children had both lower telomerase activity and shorter telomeres than expected for their age.[32] The researchers, however, differentiated within the group of mothers between those appraising their experienced level of distress as high and low, respectively. When comparing the two groups with regard to telomere length, the women reporting high levels of distress had much shorter telomeres than the others. The measured difference equaled *a decade* of cellular aging. A task that, as seen from outside, might be categorized as "the same" was, as experienced from within, taxing these women's vital resources differently. The difference was related to the personal appraisal – in other words, to the women's individual experiences.

Elizabeth Blackburn, Nobel Prize laureate in medicine in 2009, said the following about the intermediate findings to journalist Claudia Dreifus from the *New York Times* when interviewed about this topic on 14 July 2007: *"This was the first time you could clearly see cause and effect from a nongenetic influence. Genes play a role in telomerase levels, but this was not genes. This was something impacting the body that came from the outside and affecting its ability to repair itself."* When Dreifus asks: "Is this scientific proof of the mind-body connection?" Blackburn answers: *"It's a proof. There have been others. Researchers have found that the brain definitely sends nerves directly to organs of the immune system and not just to the heart and the lower gut. In that way, the brain is influencing the body. One of the things that came out of our study of these mothers is a link between low telomerase and stress-related diseases. We looked at the measures for cardiovascular disease – bad lipid profiles, obesity, and all that stuff. The women with those had low telomerase. We also looked at low telomeres and cancer. We wondered if cells with worn down chromosome tips might divide in some*

[32] Epel et al, 2004.

abnormal way. Our findings have yet to be published, so I can't tell you much here, but we think we're onto something." [33]

The levels of telomerase and the length of telomeres have also been studied among caregivers of Alzheimer's disease patients.[34] The study was based on the rationale that these persons endure chronic stress due, among other reasons, to being obliged to suppress and control strong and conflicting emotions, which has been shown to impair their immune responses.[35] Damjanovic and co-workers could demonstrate simultaneously an excessive loss of telomeres in several subsets of immunity-regulating cells and significantly higher basal telomerase activity in these cells. From these findings, the researchers concluded (p. 4249) that such changes indicated "an unsuccessful attempt of cells to compensate the excessive loss of telomeres in caregivers." A measurable impact on telomere length has also been demonstrated among elderly women with a pessimistic expectation for the future[36] and among unemployed Scotsmen.[37]

Theories at Risk?

The studies mentioned indicate that chronic pain syndromes challenge traditional biomedical theory concerning the human body and the human condition.

Firstly, they challenge the concept of the human mind as different and separate from the human body, manifested in the two separate systems for the classification of diseases as either somatic or mental.

Secondly, they challenge the concept of the human body as composed of different and separate systems of organs, manifest-

[33] Dreifus C. Studying cells for clues on aging. New York Times, Saturday, 14 July 2007.

[34] Damjanovic et al, 2007.

[35] Glaser et al, 1998.

[36] O'Donovan et al, 2009.

[37] Batty et al, 2009.

ed in the spectrum of medical specialties and subspecialties that are mapped onto and into the body.

Thirdly, they challenge the concept of a human body as a separate entity, manifested in the failure to make relevant the impact of social relations and sociocultural conditions on bodies in general, and on bodies in families and other circumscribed communities in particular.

Exactly due to the aforementioned assumptions composing the theoretical basis of biomedicine as it is apparently still practiced and taught in Western medical institutions, the phenomenon these studies point to is impossible to spell out in correct biomedical language. I want to make the case for the *integration* of relational and sociocultural experiences into bodily being. In order to prevent any misunderstandings, I emphasize that the term "experiences" does not denote processes with mental, emotional, or psychological aspects only. This is due to the fact that has been the point of departure for the French philosopher Maurice Merleau-Ponty.[38] He states that human beings are in the world as bodies. This means that humans can know nothing, feel nothing, learn nothing, experience nothing without their bodies being part of the knowing, feeling, learning, and experiencing. All human knowing is a result of perceiving, hearing, sensing, seeing, smelling, touching – and of being seen, being touched, being sensed, and being heard. Our bodily being, our existence as bodies, is our first and our common ground. There is no such thing as a bodyless thought, a non-embodied emotion, or a purely psychic experience regardless of its quality. Whether an experience is joyful, rewarding, conflicting, saddening, terrifying, or shaming – just to mention a few of a broad spectrum, and only as if all experiences were unambiguous, which they are not, as we all know – the joy, the reward, the conflict, the sadness, the terror, and the shame fill the body. They are embodied – in their diversity and, very often, their ambiguity. Consequently, it is literally meaningless to speak

[38] Merleau-Ponty 1989.

of, for example, psychic trauma. The term trauma denotes a shaking experience. And there is no shaking experience in human life that does not shake the body. We cannot "think" that we are shaken. We *are* shaken, to the depth of our bodily existence, to the inside of our organs, tissues, and cells.

And here we are back at the painful bodies that can harbor so many diseases. These are shaken bodies, disturbed in their balance, overloaded with too much of what is toxic for human beings, such as not being heard, not being respected, not being loved, but instead being violated, disregarded, neglected, humiliated, marginalized, harassed, stigmatized, abandoned, abused.[39] In fact, epidemiological studies have contributed to the increasing evidence of significant connections between being exposed to toxic relational or societal structures and each of the aforementioned states of medically defined or undefined bad health named IBS, fibromyalgia, chronic fatigue, chronic pelvic pain, depression, anxiety, and other disorders.[40] Anxiety disorder alone has shown to be connected to cardiac, thyroid, respiratory, and gastrointestinal disorders, to arthritis and migraine, to mood disorders and substance abuse disorders,[41] and to preterm birth.[42] And each of these disorders, again, is correlated with having been abused, abandoned, and neglected.[43]

The risk of being abused, abandoned, and neglected is higher for women than for men, both for structural reasons grounded in an asymmetry of power between women and men and for

[39] Felitti & Anda, in press; Lupien et al, 2009; McEwen 2008; Shonkoff, Boyce & McEwen 2009.

[40] Alander et al, 2008; Danese et al, 2007, 2008; Drossman et al, 1996; Heim et al, 2009; Hilden et al, 2004; Weissbecker et al, 2006.

[41] Sareen et al, 2006.

[42] Kramer et al, 2009.

[43] Anda et al, 1999, 2002b; Arnow 2004; Brotman, Golden & Wittstein 2007; Chapman, Dube & Anda 2007; Dong et al, 2004; Dube et al, 2003a,b, 2005; Edwards et al, 2003; Goodwin & Stein 2004; Gustafson & Sarwer 2004; Kendler et al, 2003; Whitfield et al, 2005.

relational reasons, since women are exposed to interpersonal violation to a much higher degree than men are. This fact has also been highlighted in the Adverse Childhood Experiences Study, performed in San Diego, California, among seventeen thousand middle-class American women and men.[44] They were asked to report certain types of childhood adversities. When comparing the reports of women and men as to variety of experiences, the researchers documented that women were 50% more likely than men to have experienced five or more of the ten selected categories of adverse childhood experience.[45] Due to structural and cultural conditions, much of this violence is socially silenced and impossible or risky to object to. These basic conditions, these different lives, are embodied differently. No doubt both women and men do experience adversities during their lives. But the proportions are different, and so are the conditions and circumstances. These differences are channeled, in a gendered manner, into different expressions resulting from gendered roles, habits, and attitudes. No doubt both women and men do embody their lives according to the meanings they attribute, within their social or cultural contexts, to what they experience. But human bodies, as fields of expressions and meaning, are gendered bodies. And these gendered bodies are more or less polarized between what is defined as the utmost feminine body and what constitutes the utmost masculine body in any given society.

Finally, I return to the painful and exhausted, predominantly female bodies who present their medically undefined painfulness resulting from adverse lifetime experiences, because these cannot be communicated explicitly and openly. Yet the medical response to such covert presentations of a variety of experienced adversities is inadequate. There is a high probability that the response to the pain resulting from hidden violations will be unsuccessful surgery or other kinds of interventions, as mentioned

---

[44] Felitti et al, 1998.

[45] Felitti & Anda, in press.

before in relation to the risks of lifetime surgery in patients diagnosed with IBS in general. In women diagnosed with chronic pelvis pain and bladder dysfunctions, however, this risk is even exaggerated due to gynecological and urological surgery, especially in women with lifetime sexual abuse experiences.[46]

Authority at Risk?

At present, there are several authoritative voices from a variety of specialties and subspecialties addressing the topic of "overlapping pains," which already indicates that the profession is struggling both with its terminology and with its intra-professional divides. The evidence of overlap makes it self-explanatory that this is nobody's "natural" domain. Basic research has demonstrated that these overlaps can be found from the system level to the cellular level: *the central nervous system, the hormonal system, and the immune system are affected simultaneously,* yet so differently in general and so variously in particular individuals that it is difficult both to categorize and to differentiate them, let alone to identify causalities.[47] Research results converge toward recognizing that the personal experience of being briefly or continuously overpowered or voiceless may be considered as a driving force of the findings.[48]

However, since what until recently was believed to represent separate states of sickness increasingly reveals itself as literally unlimited phenomena, some researchers have proposed a new name for everything: CSS.[49] The acronym is, according to its proponents, meant to express a "unifying concept" and is the

---

[46] Davila et al, 2003; Hastings & Kantor 2003; Hilden et al, 2004; Hulme 2000; Leserman 2005; Wijma et al, 2003.

[47] McBeth et al, 2005; Moss-Morris & Spence 2006; Winfield 2007.

[48] Coe & Laudenslager 2007; Glaser & Kiecolt-Glaser 2005; Kemeny & Schedlowski 2007; McEwen 2004; Sapolsky 2005; Segerstrøm & Miller 2004; Sorrells & Sapolsky 2007; Steptoe, Hamer & Chida 2007.

[49] Winfield 2007; Yunus 2007.

abbreviation of "Central Sensitivity Syndromes." This "term" is expected to solve the problem by comprising and containing all the previous descriptive names with yet another descriptive meta-name. A similar proposal of a "global" name for all the more or less overlapping bodily syndromes or symptom complexes has been launched by a group of Danish doctors offering the term Bodily Distress Disorders (BDD).[50] They claim that all the "undefined" and "functional" disorders, clustering in various constellations around heart problems, abdominal ailments, and muscular pains, in principle represent bodily distress resulting from emotional distress. However, these concepts are just as lacking in a consistent theoretical foundation as all the others used in the international literature are.[51] Such concepts are meant to combine, that is, to identify syndromes, without challenging the dichotomous system of classifications or the basic body-mind schism of biomedicine. Yet with the "scientific proof of the mind-body connection" nearly in reach, it may fairly soon be true not only that the spiritual, mental, and bodily aspects of human beings are connected, but that they belong together. The fact that people are undivided and embodied beings has not yet been reflected upon – let alone accounted for – in biomedical theory. Such a process is overdue. The present book is meant to contribute toward this process.

---

[50] Fink et al, 2007.

[51] MUS = Medically Unexplained Symptoms; MUPS = Medically Unexplained Physical Symptoms/Syndromes; MSS = Multiple Symptom Syndromes.

Comment by Philosopher and Ethicist Arne Johan Vetlesen, Professor at the Department of Philosophy, University of Oslo, Norway

The biomedical focus on the observable, on that which can be localized and – thereby – isolated or separated, represents an abstraction in the bad sense of the word, a way of grasping things engendering a likewise abstract logic and a problematic artifact: the wholeness to which the separated phenomenon belonged and with which they interacted is lost from sight. No part, no phenomenon observed in isolation (symptom), can be comprehended adequately – in terms of causality (etiology) or meaningfulness – when it has been taken out of its proper context.

Indeed, this particular "way of grasping things," the taking out of parts, is meant, in biomedical epistemology, to secure what is called *scientific validity*, in accordance with the criteria of evidence-based medicine. In *reality*, however, this very way of grasping things is detrimental to the explanation or understanding it is meant to give access to, which is expected to provide the answer to the double question concerning medical etiology and subjective meaning: what does this pain or illness mean with regard to my life, including my bodily and perceptive abilities and my mental and cognitive capacities?

In this sense I address the topic of psychic causality. A person's appraisal of what happened and why should not be regarded as inessential, but rather as unavoidable for the medical analysis of a particular pain. Symptoms must be traced back to their origin in – and ownership by – a unique and historical-biographical subject-in-the-world, or in other words to a lived mind-body integrated wholeness complete with "its" particular history and way of dealing with previous supportive, conflicting, and adverse experiences. The neglect of this historical and biographical context expressed in the systematic avoidance of the hermeneutics of illness in medicine implies an *ignorance* of dimensions or aspects of suffering that cannot be compensated for by means of scientific exactness. One may even argue that the measures for securing scientific validity themselves engender an ignorance that, in turn, invalidates the knowledge that has been gained.

Taking personal appraisal and historical-biographical situatedness as a point of departure, cell biologist Elizabeth Blackburn's comments are informed by precisely this epistemological challenge. In the study at hand, the "parts that are taken out" are biochemical and cellular materials defined as hormones, lipids, enzymes, white blood cells, and chromosomes, along with so-called factors or measurable entities like smoking, body measures, and blood pressure. The numerical measures of these materials and factors deviate from the norm, a fact that, in this particular study, points to something the participating persons have in common: they are caretakers for their severely diseased children.

I want to reflect upon Blackburn's wording of how these findings can be interpreted with regard to the question of etiology or causality. According to the *New York Times*, she says: "*This was the first time you could clearly see cause and effect from a non-genetic influence. Genes play a role in telomerase levels, but this was not genes. This was something impacting the body that came from the outside and affecting its ability to repair itself.*" In my reading, Blackburn's formulation represents a gigantic challenge for biomedicine. She states that the observed deviance on the level of genes cannot be explained as being caused by genetic phenomena, in other words by something on the same structural level. Consequently, an indirectly circumscribed "inside" cause is not provided. From this follows, according to Blackburn, the need to consider a cause from "outside" of not only the genetic level, but also the body. Now the interesting question is: *what determines what is "outside" and what is "inside"*? Does Blackburn assume the forces impacting on the mothers' bodies to be unidentified current or previous hardships, adversities, or strains? Does she address concrete physical assaults on the bodies, inflicted by other persons, and internalized by the women as a permanently straining state of being humiliated, violated, or harassed?

On the background of the study Blackburn refers to, it is not likely that she draws the demarcation between outside and inside along the lines of individual bodies. The women she talks about are selected with the scientific, separating way of grasping things, here focusing on one common condition: they are healthy, young mothers of chronically ill children. This (in scientific terms) common denominator, however, represents an extreme experiential situation. Does this kind of strain represent a similar or identical "influence" on different bodies? Does such a situation lend itself to be conceptualized as something going on "outside" of the body yet impacting its "inside," and even on a genetic level?

If Blackburn wants to make her points in opposition to the traditional mind-body schism informing medical theory and research, and in support of a mind-body connection, she cannot succeed. Her frame of reference is informed by separation and by an outer relationship between mind and matter, as if these were suited for separate descriptions *each in its own right,* rather than always undivided and interacting. If one aims at understanding not only the fact but also the nature of the mind-body interaction, historical-biographical situatedness must be given paramount relevance in any exploration of illness etiology.

Part I

INDIVIDUAL EXPERIENCES

Chapter 1

Fatal Insecurity

As we all know, what appears to be a problem is dependent on the way in which we view the world; the ideas and categories by which we think, interpret, and sort; and the framework or horizons within which we orient ourselves. Viewed this way, it is logical that anyone who observes a phenomenon or discovers a problem is situated. This means that the person is not free to think whatever he or she wants about the phenomenon or problem. To be situated is every person's fate. As social beings, all people are strongly influenced by the society in which they live and the life they are living. This fundamental premise for human existence is not cancelled by professional socialization. Any professional socialization that is within an area of expertise is instead doubly situated: the general social and the specific professional. Physicians are therefore their own lives and experiences, members and bearers of the values of society, and representatives and practitioners of their profession. These three fundamental aspects of physicians' existence create the basis for their activities. Physicians' knowledge base is not neutral, but governed by choice and evaluation. The basis for their actions is not neutral, but guided by ranking and prioritizing. This means that not only their mandate, their practice, and their attitudes, but their entire professionalism are all based on ethics. *Ethics must therefore take precedence over all their training and knowledge.*

General practitioners are even more specifically situated, not only through life, community, and profession, but also by place: they are the first in line, their office the meeting place between those seeking help and the profession offering help, the arena for unsorted needs, the entrance to vast yet limited resources and possibilities, and admission into the system designed to take care of people's health. This means that general practitioners have a mandate that is clear in theory, but almost impossible in practice. They are to sort people according to, in theory, clear distinctions that, in practice, are non-existent. The mandate assumes that social conditions in the sense of people's life with others exist independently from health conditions in the sense of people's illnesses. The mandate is based on the assumption that *social theories* about life, coexistence, community, and connections represent one field of knowledge, and that this field is both separate and distinct from *medical theories* about the human body, its parts, and its functioning.

PROFESSIONAL EXPERIENCE

I have been a general practitioner in the western part of Oslo, Norway, for thirty years. Most of my patients have been women of all ages and in all stages of life. I remember well my embarrassment when, many years ago, I realized how little I actually knew about my patients' lives. I had been treating two women over a period of time without success when I realized, almost coincidentally, that their husbands regularly beat both. Both men attempted to "legitimize" their violence. One blamed it on his alcoholic intoxication, which my patient was accused of having provoked by her nagging, so she had to put up with the punishment for her provocation. The other man cited the Bible, which gave him the right to chastise a sinful and not sufficiently submissive wife. For him, too, it was always useful to drink a little hard liquor before punishing his wife, but it was also her fault that he, a true, believing fundamentalist and highly regarded leader of the congregation, had to resort to drink from time to time since she was so frivolous by "cozying up" to other men at their religious meetings. Both women were later diagnosed with breast cancer, and both of them told me that after their surgery their husbands had stopped beating them. One of them had serious complications during follow-up treatment, the other struggled with an unyielding pain in the area of surgery. Both of them died of cancer within two years of surgery. Both left teenage children who had repeatedly witnessed their mothers being violated.

It is possible these women might have lived had I, at an earlier time, understood what they were suffering. However indirectly, they had offered me clues about their powerlessness, although in terms of bodily ailments. Both had an abundance of what women often suffer from and medicine defines as "diffuse and indeterminate."[52] What appeared thus, medically, was concrete in a social sense. But they had a public standing and a family reputation to protect. They were embarrassed to be married to such men and tried with all their might to pretend that all was well while their energy steadily waned, which presented itself as illness without medical findings and pain without organic malfunction. They were constantly alert to prevent another outburst, and if that failed, to prevent the children from noticing and neighbors from hearing. Still, they knew their neighbors were aware of the situation. But "everyone" entered into a socially tacit silence surrounding paternal violence behind closed doors within the protected zone called private life.[53] I contend that this protection cost these women their lives.

I had to admit I had been a blind and deaf physician to these two women. At the same time, I gradually came to understand that nonviolent abuse can also kill, even indirectly. One of my young, healthy, and happily pregnant, well-educated, and confident women was expecting her second child with her equally well-educated, healthy husband of her dreams. Starting in the middle of her pregnancy, she became increasingly ill. The outpatient maternity clinic and I were at our wits' end. The baby had

[52] Kirkengen 2002.

[53] Gracia 2004; Stark, Flitcraft & Frazier 1979.

to be rescued by cesarean section many weeks preterm. After she came out of the anesthesia, the woman went into a deep depression and the clinic staff mobilized maximal resources. Her husband was asked to join in sessions with an experienced family therapist. It gradually appeared that he had had sexual relations with several women during his wife's pregnancy. She had not known, but only had a deep sense of anxiety that she could not explain. His escapades, covered up by polite and apparently generous caring, had nearly cost the life of his child.

In the meantime, several of my female patients whose extensive health problems had necessitated their going on disability revealed to me another destructive source of suffering, namely, sexual abuse in childhood. This led me to do a six-month pilot study in my practice, combining gynecological examinations with a questionnaire about sexual abuse experiences. Of the 115 women who met the criteria, 85 allowed me to interview them. Of these, 24 had been sexually violated at least once in their lives.[54] I had known all these women previously, most of them for years, but I only knew of the violation experience of one of them. From this began my further research into how sexual abuse during childhood can lead to health problems later in life.[55]

I have spoken with many adults whose childhood was spent in what I would call "unboundaried" families. With that, I mean families in which the adults did not respect closed doors, personal letters, diaries, or drawers, where none of the children's body parts were off limits to adult hands, where all secrets were broadcast, where children were ridiculed and laughed at in front of others, where physical punishment was meted out indiscriminately, where adults used lies and excuses – in other words, these were homes where the child got no respect and the child's personal integrity was scorned.

---

[54] Kirkengen, Schei & Steine 1993.

[55] Kirkengen 2001.

DAMAGING CONTEXTS

To make the preceding theoretical and clinical thoughts clearer, I now turn to Lene Larsen. She says:

> I moved away from home at age nine because my mother was drinking. A couple of years later I was sent to an institution and was diagnosed with AD/HD. The time in the institution was hard. I stayed by myself most of the time and never went out with friends or others my age. I felt terribly down and depressed, no one understood me, and I felt like I did not fit in anywhere. I spent a lot of time in my room. Then I started using drugs. I am still under twenty years of age, and I have been an addict for seven years. I was sent to Oslo for treatment, since there is no suitable treatment center where I come from. Here in Oslo, the environment is much tougher than where I come from, but the dope is cheaper. Still, it is sufficiently expensive so I have to prostitute myself or steal. It is easy to steal here and easy to sell things to small stores. Where I come from everyone knows you and it was impossible to sell stolen goods.[56]

We will analyze Lene Larsen's history with reference to three phenomena. The first concerns a theoretically based division between life and suffering. The second is based on the theory of science and deals with categories. The third concerns a medical artifact called chronification. How these three are connected to my daily work as a physician will become clear through three studies: a sociological study from Norway,[57] a study of community medicine from the United States,[58] and a British study based on a group of general medical practice offices.[59]

Researchers at the Eastern Norway Resource Center for drug-related problems made a study of 291 drug addicts selected from all the public addiction clinics and institutions in two counties.[60] The study shows that 90% of the users have had mental health

[56] Aftenposten (morning edition), 2 November 2001.

[57] Landheim, Bakken & Vaglum 2003.

[58] Felitti et al, 1998.

[59] Coid et al, 2001.

[60] Landheim, Bakken & Vaglum 2003.

problems in the course of their lives. The most frequently mentioned are depression and anxiety. The researchers point out that the numbers are probably too low, since the youngest users, where psychological problems are quite common, are underrepresented in the study. Three out of four addicts claim they had these problems before they started using drugs, often already in childhood. The researchers conclude that drug use is a result of, rather than a cause for, psychiatric problems. They see it as a form of self-medicating, a self-administered anesthetic.

With this interpretation, researchers point to structural conditions that create or reinforce both social and medical problems. Until recently, the responsibility for psychiatric patients with drug problems fell on the psychiatrists. Psychiatry is a part of the health care system, run by physicians and distinguished by biomedical language and knowledge base. Drug users who suffer from psychiatric problems, however, are the responsibility of the drug abuse agencies. Their clinics are part of the social services led by social scientists influenced by their own diverse professional languages and knowledge. Drug users with psychiatric illness have often been denied admission to a psychiatric institution because of their drug use. Many of the patients in drug clinics were previously psychiatric patients. This does not mean that they started out in the wrong place, but rather that they received the wrong treatment. A destructive form of "self-help," that is, the use of drugs against an unnamed condition, has not been prevented. The condition has become chronic as a consequence of the incorrect interpretation of its origin by the health authorities. According to medical categorization, such patients have a double diagnosis or co-occurrence of mental illness and addiction.[61] The term documents two conditions: 1) medicine defines intoxication and mental illness as two separate variables; and 2) medicine sees the substance abusing and mentally ill person as the source of two kinds of pathology. Only recently are attempts made to offer treatment to persons diagnosed with depression and

[61] Hu et al, 2006.

drug abuse, based on the assumption that there is a possible connection or a common cause.

Back to Lene Larsen. She grew up in a home with a substance-abusing caregiver, her alcoholic mother. Her mother's substance abuse was so severe and her care so poor that a nine-year-old "moved." The word may summarize a drama – in other words, Lene was removed from her home by Child Protective Services. It could also represent a euphemism, a nice word for running away. Lene's house was not a home; it was an "unhomey" place. Sociological studies from the United States have shown that so-called "runaway kids" are children escaping from "unhomeyness."[62] This may involve violence, abuse, maltreatment, or lack of care. The failure may have a variety of causes, including substance abuse or mental illness among the adults in the home. We know that children of depressed mothers run a high risk of becoming depressed themselves.[63] This is possibly mediated through special daily rhythms of cortisol in teenage children of depressed mothers.[64] We know that children of women with depression during and after pregnancy (especially boys) may have cognitive problems later and may become violent, acting-out teenagers.[65] We also have indications that mothers' stress and serious difficulties within the family may contribute to the development of childhood diabetes,[66] and that parental distress renders their children more prone to get infections[67] and have their cellular immunity compromised.[68] Moreover, we know that very often mothers of physically and sexually abused children were themselves abused as children as well as in

[62] Dixon, Howie & Starling 2005; Kelly et al, 2003; Martijn & Sharpe 2006; Stoltz et al, 2007; Thrane et al, 2006.

[63] Hammen & Brennan 2003.

[64] Halligan et al, 2004.

[65] Hay et al, 2001, 2003; Sharp et al, 1995.

[66] Sepa et al, 2005.

[67] Caserta et al, 2008.

[68] Wyman et al, 2007.

adulthood.[69] We know that female substance abusers often live unstable lives with changing partners who are often violent.[70] Their children are therefore, in addition to lacking care, especially exposed to sexual and physical abuse.[71] We know that alcoholic women often give birth to children with birth defects or that their children are often later diagnosed as having attention deficit/hyperactivity disorder (AD/HD).[72] We now have documentation connecting stress, anxiety, and depression during pregnancy with the babies' pre-, peri-, and neonatal health,[73] their elevated risk of being born preterm,[74] and the children's later learning disabilities.[75] Studies also show a statistical correlation between serious stress during the first trimester of pregnancy and certain kinds of deformity,[76] as well as schizophrenia.[77]

Unhomeyness early in life creates extreme vulnerability. This was documented in a U.S. study, using epidemiological methodology.[78] Among seventeen thousand patients at a primary care outpatient clinic, all of whom were employed full time (which was a condition for being included in the study), researchers quantified the correlations between certain adverse childhood experiences and risk factors for the most frequent causes of death among today's U.S. adults. The study has now been expanded in more than fifty sub-studies, all published in prestigious medical journals.[79]

---

[69] Hazen et al, 2006; McKibben, De Vos & Newberger 1989.

[70] Cunradi, Caetano & Shafer 2002; Kim-Cohen et al, 2006.

[71] Dube et al, 2001b.

[72] Kvigne et al, 2003; Mick et al, 2002.

[73] Dominguez 2008; Mattes et al, 2009; Mulder et al, 2002; Schlotz & Phillips 2009; Wisner et al, 2009.

[74] PA Janssen et al, 2003; Kramer et al, 2009; Lipsky et al, 2003; Moutquin 2003; Rodrigues, Rocha & Barros 2008.

[75] Kahn et al, 2002; O'Connor et al, 2002, 2003.

[76] Carmichael & Shaw 2000; Hansen, Lou & Olsen 2000.

[77] Khashan et al, 2008.

[78] Felitti et al, 1998.

[79] www.cdc.gov/NCCDPHP/ACE; www.acestudy.org.

"Adverse childhood experiences" were divided into two groups, one for psychological, physical, or sexual abuse of the child, and one for various problems such as growing up with a single parent, living with an alcoholic or substance-abusing adult, living with an adult who is mentally ill or has attempted suicide, seeing one's mother being abused, or living with an adult who has been convicted of a crime or imprisoned. These were then correlated to the following ten risk factors for illness: smoking, obesity, physical inactivity, depression, suicide attempts, alcoholism, substance abuse, parents with substance abuse problems, more than fifty sex partners throughout life, and sexually transmitted diseases. Possible connections between the earlier mentioned childhood experiences and the ten risk factors were analyzed with reference to the seven leading causes of death among adults in the Western world: cardiovascular diseases, stroke, all forms of cancer, chronic respiratory diseases, diabetes, hepatitis, and broken bones (as a measure of injury).

The researchers found strong correlations between adverse childhood experiences and risk of early death among adults. These increased in strength when several kinds of negative experiences were present. The conclusion was that the impact of early, adverse experiences is strong and cumulative. Vincent Felitti, the leader of the study, summarized the findings under the evocative title "Turning Gold into Lead"[80] as follows:

> We found that such adverse childhood experiences are quite common although typically concealed and unrecognized; that they still have a profound effect a half century later, although now transformed from psychological experiences into organic disease; and that they are the main determinant of the health and well-being of the nation. Our findings are of direct importance to the everyday practice of medicine and psychiatry because they indicate that *much of what is recognized as common in adult medicine is the result of what is not recognized in childhood.* The study reveals the superficial nature of the current thinking about

[80] Felitti 2002, p. 359.

> depression and dependency because it shows that it has a strong dose-response relationship to previous life experiences. (my italics)

The most important question the study had generated, which the researchers found imperative to answer although the study's design did not suggest an answer, was: "Exactly how are adverse childhood experiences linked to health risk behaviors and to adult diseases?" I have taken the liberty of amplifying the question as follows: "What thoughts and ideas about human experiences and the human body must the field of medicine develop so that health professionals can understand how violations that did not kill the child may kill the adult that was once that child?"

With this question we are back to Lene Larsen. Even the short version of her twenty-year-old life, a brief newspaper vignette, opens the way to comprehension. How a childhood in deep insecurity put her adult life at great risk cannot be described more briefly – how the child's life was influenced by her mother's risk-taking, how degradation, neglect, and sexual and physical abuse interact, spiraling through the generations where wounding, vulnerability, *krenkethet* (a Norwegian word meaning violation) and *Krankheit* (a German word meaning illness) have a common destructive dynamic. Lene's mother was an alcoholic. She probably had experiences that made her longing to anesthetize herself so intense that she neglected and lost her daughter. By the time Lene is nine years old, she has already lost all her existentially crucial trust. She has learned that she has to put up with neglect from those closest to her. She has not learned from respectful adults how to show respect for other people's dignity. Consequently, she has no foundation for self-respect or self-esteem. An upbringing in instability, unpredictability, irresponsibility, and vulnerability leaves its imprint on her life. This deeply disturbed child, accustomed to chaos and precariousness, receives no help to calm down. On the contrary, she receives a psychiatric diagnosis. She is abandoned to her diagnosis, to her helplessness and her chaotic self-image and image of the world.

It makes sense that she soon follows her mother's pattern of escape through self-anesthesia. It makes psychological sense that her lifestyle is characterized by self-destructive negligence. It makes sociological sense that she has to pay for her escape from pain and upset through degrading theft and prostitution. These connections multiply her risk of dying by a factor of five compared to women her age.[81]

DIVIDING CATEGORIES

Lene describes how early violation becomes embodied. She "answers" the researchers' question "exactly how adverse childhood experiences are linked to health risk behaviors and to adult diseases." People like Lene do not actually practice risky behavior as the objectifying researcher's view from outside defines it. She practices learned powerlessness, self-contempt, and self-destruction. She has known from childhood that she is not someone anybody cares for, protects, or values. How could she then possibly consider herself worthy of respect? No one has helped her understand what she is doing again and again and why she is doing it, apparently of her own free will. She has been placed in categories created by health and social services and divided between the two: victim of neglect, Child Protective Services child, mentally ill, substance abuser, drug addict, prostitute, risk taker, criminal. This can be inferred from what Lene tells the journalist. Common professional and life experience calls to mind several other categories: truant, unskilled, eating disorders, bullying, teen pregnancy, victim of violence, sexually transmitted diseases, infectious hepatitis, HIV-positive, self-mutilation, induced abortion. The literature supporting the connections between childhood maltreatment and lifetime adversities including the aforementioned is increasing.[82]

---

[81] Potterat et al, 2004.

[82] Basile et al, 2006; Brennan et al, 2007; Christoffersen, Poulsen & Nielsen 2003; Desai et al, 2002; Dubowitz & Bennett 2007; Ehnvall et al,

All these categories fragment a person's life. And despite the evidence of strong experiential and biographical connections, the fragments still "belong" to various areas of "special care" where the personnel act as if the fragments represent a person's entire lived life. They treat the pieces, the constructs, that is, the artifacts. They base their treatment on valid science, but ignore valid knowledge based on experience. Their mandate is to help, treat, and heal, but they practice splitting. The feeling of powerlessness in once overpowered persons thereby becomes a chronic condition.

Lene Larsen is both a person and a prototype. There are many women whose lives share similar elements.[83] New U.S. and Canadian studies among women with severe psychiatric diagnoses show that 55% to 79% of them had experienced violence, often repeated violence of various kinds.[84] Experience of violence is also frequent among women who visit General Practitioners. A study of childhood and adult trauma among female patients at thirteen primary care facilities in London found not only a frighteningly high incidence of general experience of violence, but also that violent experience in childhood carries a high risk of becoming a victim of violence as adults.[85] Rape in childhood was predictive of rape and violence in adult life; physical violence in childhood was predictive of rape, violence, and other trauma as adults. The researchers concluded (p. 450): "Childhood abuse substantially increases risk of re-victimization in adulthood. Women who have experienced multiple childhood abuse are at most risk of adult re-victimization. Identification of women who have undergone childhood abuse is a prerequisite for prevention of further abuse."

2008; Fanslow et al, 2007; Flaherty et al, 2006; Gerke, Mazzeo & Kliewer 2006; Hillis et al, 2000, 2001; Sanci et al, 2008; Silverman et al, 2001; Swahn et al, 2006, 2008; Swanston et al, 2003; Turner, Finkelhor & Ormrod 2006.

[83] Arias 2004; Donohoe 2004a; Herman et al, 1997; Klein, Elifson & Sterk 2007; Messina & Grella 2006.

[84] Seeman 2002.

[85] Coid et al, 2001.

Both the English and the American study document an indisputable connection between early violation and future illness and premature death. The researchers' unambiguous message is that these correlations should be of interest to professionals in all fields whose mandate it is to care for people with special problems: drug addicts, alcoholics, prostitutes, mentally ill, sexually abused children, women in crisis centers, rape victims, victims of bullying, those injured through violence, smokers, obese people, anorexics, people with heart and lung diseases, cancer patients, etc. Researchers deliver the raw data for discussions about how these connections are created. They do not, however, offer a way of thinking that makes comprehensible the destructive force that – when it does not take the life of the child – takes the life of the adult who was once that child. Lene Larsen has the answer hidden in her story. Violation early in life, even where no visible violence took place, caused pain-provoking flight and self-numbing, which perpetuate and increase the vulnerability. A child whose dignity is violated becomes an adult who does not value life and health.

These two studies were seen as so significant and remarkable that they were accompanied by editorial comments.[86] The commentators explicitly emphasize the inherent ethical responsibilities of all health professionals. The studies do not only show the correlation between abuse and illness, although the connection is still medically unclear; they also document the lack of emphasis among health professionals on traumatic experiences as an important ingredient with regard to people's health. They maintain that as a rule, physicians do not gather information about trauma, aside from accidental injuries. Therefore the commentators call it professional neglect when health professionals fail actively to inquire about abuse experience, or when they ignore patients' voluntary tales of powerlessness. Both of these things happen, and they contribute equally to the fact that such experiences are not included in the professional medical evaluation of an actual illness.

[86] Foege 1998; Krugman & Cohn 2001.

In addition, the commentators to the British study point out (p. 434) a pathology-reinforcing dynamic that they characterize as "the interaction between the cycle of domestic violence and the cycle of professional neglect." They say that health care workers' lack of interest in and knowledge of abuses that happen in private and behind closed doors substantially contributes to the fact that such violence can continue, can be transferred from generation to generation, and can result in an enormous number of illnesses. They paint a picture of the cycle of professional disregard from all levels, that is, within health research, teaching, and practice. They hold responsible the politicians, research institutions, health educators, and clinicians who "close their eyes to a great deal of suffering." They state that such disregard is incompatible with the responsibility and professional self-image of the health professions. They also emphasize that the extent of illness as a documented result of abuse puts this public health crisis in line with the most important causes of illness and death, such as cancer, heart disease, stroke, and infections, as is made clear in the overview of the World Health Organization report on violence and health.[87]

Implicitly, the commentators point out that it is unethical to ignore life experience if one is to help sick people adequately. What they do not say, however – and perhaps do not see – is the core ethical problem in the production of Western biomedical and techno-medical knowledge. This concerns the scientific nature of medicine, medicine's view of the human being, and medicine's understanding of the human body. Biomedical knowledge is anchored in an objectifying theory and a methodology that turns people into things.[88] The view of human beings is group based, alienating, and abstracted from life. The human body is regarded in fragments, mechanistically and materially, but no living person is such a body. No group of people is so

[87] Krug et al, 2002a.

[88] Cassell 1992; Frank 1995; Kirkengen 2001; Lock & Gordon 1988; Svenaeus 2000; Young 1997.

homogeneous that their common characteristics constitute a more accurate description of them than those of the individual. No knowledge of people's health or illness is exhaustive if it ignores what characterizes a person most of all – his or her experiences and sense of self-worth. A person's inviolability is the core of an almost globally recognized statement of specific, fundamental human rights. This means, among other things, that a health care system that treats humans as things for research purposes practices a way of acquiring knowledge that is ethically indefensible.[89] It follows from this that the use of knowledge derived from research on alienated persons is unethical. Such knowledge is offensive because it ignores the experience, the meaning, and the purpose in these persons' life projects. It misinterprets the body, which is defined as matter rather than history. It seeks "solutions" detached from the lived life. This is how valid knowledge, correctly applied, may both injure and render a condition chronic. Then the medical profession and its practitioners violate people who have become ill from violation.

Ethics should provide the framework for understanding and the basis for the concepts in humane medicine. It should be the overriding premise for the building of theories, for research, teaching, and practice. The fact that it is not is a consequence of the history of Western science. Since the Age of Enlightenment researchers have been trained to believe that one can produce and accumulate value-neutral knowledge based on increasingly sophisticated methodologies. These are to insure that no "contamination" sullies the pure knowledge of human beings. It is pure only when all human aspects – that is, all ethical, esthetic, social, emotional, cultural, historical, personal, and individual aspects – are excluded qua design, and when it appears as value-abstract as possible qua mathematical calculations.

Looking from another theoretical position than the objectivistic, it is easy to see that such knowledge of the human being is

---

[89] Kirkengen 2001.

not knowledge about living humans with their lives reflected in their bodies, but about an idealized human body, a body where no human being is living.[90] No physician meets such a body – no primary care physician, in any case. People come to the primary care physician with unsorted bodily complaints, which lead to or are the results of problems in their lives. Here the people gather who suffer from conditions that do not exist in the specialists' abstract system of classification of abnormalities. This places the General Practitioner at a point of tension between profession and life, which generates many special dilemmas and conflicts. General Practitioners appear to be alone in having these problems and trying to solve them or live with them.[91]

DESTRUCTIVE IMPACT

How early negative, silenced, and hidden experiences may have a destructive effect on later health will now be explored. The Adverse Childhood Experiences (ACE) Study by Felitti and his colleagues shows a quantifiable correlation between such experiences and future health problems, which could be documented up to five decades later.[92] For example, such a connection could be documented regarding heart and vascular diseases, in this case especially cardiac infarction (IHD).[93] The authors of the latter study write (p. 1761):

> We found a dose-response relation of ACEs to the risk of IHD and a relation between almost all individual ACEs and IHD. Psychological factors appear to be more important than traditional risk factors in mediating the relation of ACEs to the risk of IHD. These findings provide further insights into the potential pathways by which stressful childhood experiences may increase the risk of IHD in adulthood.

[90] Cassell 1992; Leder 1992; Zaner 2003.

[91] Barbour 1995; Zaner 2003.

[92] Dube et al, 2003b.

[93] Dong et al, 2004.

This conclusion is supported by a study of six thousand adults concerning correlations between serious illnesses and physical abuse, sexual abuse, and overall neglect.[94] The study shows that physical abuse carries an increased risk of lung diseases, ulcers, and joint diseases; that neglect carries an increased risk for diabetes and autoimmune diseases; and that sexual abuse increases the risk for heart disease. An increased risk for being diagnosed with a chronic lung disease and a range of autoimmune diseases was also documented in the ACE Study.[95] A population study among 1359 women and men, averaging seventy-five years old, showed a relationship between sexual abuse in childhood and diseases of the thyroid gland in men and both rheumatoid arthritis and breast cancer in women.[96] Both thyroid gland diseases and rheumatoid arthritis are classified as autoimmune diseases.

With that, we are back to my two female patients who died of breast cancer. Both grew up in what they called "strict" homes. They told of abuse in the name of punishment and parenting, and about the adults' alcohol use and socially unacceptable behavior that had to be kept secret. Both women had, at a young age, taken on the task of concealing the family's social shame. They were not only overly responsible; they also became powerless to fulfill the impossible task they had taken upon themselves. Consequently, both women, through their childhood role as their family's social worker, were nearly predestined to become overly responsible rescuers for violent men without ever daring to resist or protest.

I will now connect these two women's histories with general knowledge about neuroimmunological and endocrine trajectories toward cancer. For many years, both women were in a constant state of alert and fear of the next unpredictable outbreak of

[94] Goodwin & Stein 2004.
[95] Anda et al, 2008; Dube et al, 2009.
[96] Stein & Barrett-Connor 2000.

violence. Is it reasonable to think that such a mental condition, that is, a constant feeling that life and health is at risk, nourishes the development of cancer? The negative effect on the immune system by so-called distress or emotional overload is well documented. Experimental inquiry into the connection has taken various forms. In immunological studies, "natural killer cells" (NK cells) are central objects for study; in the study of hormones, the role of cortisol has an important place.[97] NK cells are measurably suppressed in research subjects that are exposed to stress – for example, intense noise – and up to seventy-two hours afterward, but only if the research subjects believe they have no control over the noise. The same noise over an equally long period of time does not have the same effect, however, if the subjects *believe* that they can turn the noise off, even when that is actually not the case.[98] In other words, the person's own perception of authority and control – or impotence and dependence – determines the outcome.[99] The person's subjective experience of reality as overwhelming and unyielding weakens his or her NK cells.[100] The effect is intensified by repeated experience of impotence, and even more by chronic powerlessness.[101] This paves the way for pathological cells in the body's tissues and organs.

Subjective interpretations also affect the hormonal interplay between the hypothalamus, the pituitary gland, and the adrenal glands, the so-called HPA axis. A considerable body of documentation now exists regarding these hormones, particularly as to their effect on the naturally fluctuating daily production of corti-

---

[97]Abercrombie et al, 2004; Bower et al, 2007; Burns et al, 2002; Coe & Laudenslager 2007; Damjanovic et al, 2007; Elenkov et al, 2005; Epel, McEwen & Ickowics 1998; Epel et al, 2004, 2006; Glaser & Kiecolt-Glaser 2005; Glaser et al, 1998; Kiecolt-Glaser et al, 1998; Marsland et al, 2006; McEwen 1998; Reiche, Nunes & Morimoto 2005; Spiegel & Sephton 2001.

[98] Sieber, Rodin & Larson 1992.

[99] Epel, McEwen & Ickowics 1998.

[100] Sieber, Rodin & Larson 1992.

[101] Damjanovic et al, 2007; Epel et al, 2004; McEwen 1998.

sol. The concept of "allostasis" must now be introduced. Allostasis means *stability by means of change* and includes all the internal systems that make possible a flexible adjustment to routine as well as to changing daily life. Allostatic "load" happens with repeated experience of danger or continuous alertness with regard to unpredictable yet probable threat at any time. It is measured during long-term strain; in social crises such as war and emergencies; during exams, grief, loss of employment, and divorce; and with long-term suppression of strong feelings, such as with long-term nursing of a spouse suffering from Alzheimer's disease.[102] The loading is expressed by continual hyperactive production of cortisol. This has all the known consequences of increased cortisol levels, weight gain, elevated blood pressure, disturbances to blood sugar regulation, and loss of skeletal minerals, just to name the most central effects. To quote immunologist Bruce McEwen:

> Allostatic load leads to impaired immunity, atherosclerosis, obesity, bone demineralization, and atrophy of nerve cells in the brain.[103]

Allostatic load of different origin has been shown to be a reliable predictor of a complex of functional disturbances termed "metabolic syndrome," in women and men, comprising diabetes, obesity, and elevated levels of blood pressure and blood lipids, among others.[104]

In women, both the metabolic syndrome and obesity increase the risk for breast cancer.[105]

Persons who suffer a chronic sense of powerlessness may consequently develop osteoporosis because of chronically elevated cortisol. It is tempting to integrate this hormonal causality into a more complex system of possibly converging phenomena. It is possible that

---

[102] Glaser et al, 1998; Glaser & Kiecolt-Glaser 2005; McEwen 1998.

[103] McEwen 2004, p. 10.

[104] Brunner, Chandola & Marmot 2007; Chandola, Brunner & Marmot 2006; Räikkönen, Matthews & Kuller 2007.

[105] Mellemkjær et al, 2006; Pasanisi et al, 2006.

osteoporosis, like many other illnesses, should not be seen as an epidemic, but as part of a syndemic. The concept of a syndemic was introduced by the anthropologist Merrill Singer in the study of three interacting, mutually impacting, and mutually intensifying "epidemics," namely, drug abuse, violence against women, and AIDS.[106]

The following documented correlations can be understood through applying the concept of a syndemic: girls with eating disorders resulting from maltreatment or neglect do not reach their optimal bone mass before they are full grown; since their risk of being maltreated again later is very high they are, according to the most recent immunological knowledge, in many ways at risk of developing osteoporosis. Abused girls appear to be heavily represented among youths suffering from seizures; women who suffer seizures appear to enter menopause at a younger age and have a greater risk of cardiovascular disease. Early menopause in itself increases the risk for both osteoporosis and cardiovascular disease. Girls who have been sexually abused often have their schooling and further education interrupted, resulting in a low degree of economic autonomy later in life. Difficult living conditions because of lack of education and low income appear to bring women into menopause earlier. Among women with osteoporosis there are a high percentage with anxiety disorders and heart disease. Women with osteoporosis are at greater risk of developing Alzheimer's disease. Women who have been diagnosed with cardiovascular disease before menopause have a higher risk of developing dementia, as do women with metabolic syndrome, whose immune system has a high level of activity. Women with metabolic syndrome are often severely overweight, which brings an increased risk of breast cancer and cardiovascular disease. Among postmenopausal women there are a number with panic disorders. Anxiety – and especially phobias –appears to increase the risk of fatal heart attacks (myocardial infarction). Women suffering from anxiety also have a high inci-

[106] Singer 1996.

dence of migraines with auras, asthma and other lung diseases, cardiovascular disease, angina, and depression.

All the aforementioned connections are derived from studies that have utilized classical epidemiological methods. I present them in a footnote in shortened form for those who are particularly interested.[107] The authors have not placed these findings in relation to each other as I have taken the liberty of doing here. For now, it is simply my assertion that it would be productive to interpret the internal connections using Singer's concept of syndemics in order to free them from the limiting, and most likely misleading, "risk factor" thinking that characterizes traditional epidemiological research.

Let me now link the concept of allostasis to the cortisol curves found under various kinds of stress.[108] Allostatic "overload" as a result of constant emotional stress is presumed to wear down the organs and tissues involved. Immunologists believe that there are two causes or a double mechanism: a cessation of the body's response to cortisol, and/or a drop in cortisol production to consistently low levels. As a result of this lack of responsiveness, flexibility is diminished or lost, representing a breakdown of the organism's adaptability. Such mechanisms have been observed in both the pancreas's insulin-producing cells and in the thyroid's production of thyroxin. Exhaustion of the system that maintains stability through making adjustments appears as a flattened curve, which is experienced as "numbness" or resigna-

[107] The following sources are for particularly interested readers and are not cited among the references: Wise, J Epidemiol Community Health 2002; 56: 851–60; Harden, Neurology 2003; 61: 451–55; Falch, Tidsskr Nor Lægeforen 2003; 123: 3355–7; Smoller, Arch Intern Med 2003; 163: 2041–50; Samelson, Am J Epidemiol 2004; 159: 589–95; Yaffe, JAMA 2004; 292: 2237–42; Whitmer, Neurology 2005; 64: 277–81; Tan, Arch Neurol 2005; 62: 107–11; Albert, Circulation 2005; 111: 480–7; Dagenais, Am Heart J 2005; 149: 54–69.

[108] Gonzales et al, 2009; Lopez-Duran, Kovacs & George 2009; Maloney et al, 2009; Nater et al, 2008; Pierrehumbert et al, 2009; Sephton et al, 2009; Taylor et al, 2009.

tion. Such a flattened curve has been documented among many adults diagnosed with fibromyalgia or chronic fatigue syndrome and among adults with post-traumatic stress disorder.[109] Such a lack of response has proven to be a predictor for the development of cancer.[110] It was also found that among 104 women operated for breast cancer and observed for daily variations in cortisol levels, the women with such flattened curves had the lowest level of activity in their "killer cells" and the shortest survival after surgery.[111]

The discussion of the connection between psychological factors and the development of cancer has been going on for many years, and is not ended. An overview of studies of survival and recurrence of cancer and of seven types of coping styles has not been able to document that certain ways of being are more conducive to survival from cancer than others.[112] This study's theoretical perspectives are quite narrow in that they assume that the patients' objective, observable conduct, divided into seven categories, covers and is identical to how the cancer patients themselves experience their illness. Signs of serious stress in 37% of cancer patients in an oncology clinic, reported in a study from Canada,[113] were reviewed under the headline "Cancer and psychosocial stress: frequent companions."[114] The commentators clearly interpreted the emotional burden on the cancer patients as a result of the disease. There is no mention of the fact that it could be the other way around. How complex the nexus of malignancy, depression, chronic distress, immunosuppressive treatment, and dysregulation of the HPA axis actually is, was shown in a recent study among women with metastatic breast cancer.[115]

---

[109] Abercrombie et al, 2004; Bower et al, 2007; Devanur & Kerr 2006; Goertzel et al, 2006; Kumari et al, 2009; Lindeberg et al, 2008; McEwen 2005; Nater et al, 2008; Shea et al, 2007; Taylor et al, 2009; Weissbecker et al, 2006.

[110] Mormont & Levi 1997; Ticher et al, 1996.

[111] Sephton et al, 2000.

[112] Petticrew, Bell & Hunter 2002.

[113] Carlson et al, 2004.

[114] Van Halteren, Bongaerts & Wagener 2004.

[115] Sephton et al, 2009.

A meta-analysis of twenty-seven statistically based studies found no support for a correlation between breast cancer and various stressful events, with the exception of a possible slight increase following the death of a spouse.[116] The studies included were based on the assumption that "life events" are unambiguous and limited categories, and not multifaceted experiences that might have quite different meanings for different people. None of the studies requested information about experiences of violence or of sexual or physical abuse.

Here we return once again to my two patients with breast cancer. If I were to describe their coping styles according to the previously mentioned study, they would not have fit into any of the seven categories. For that reason they would possibly not have been included in the study. Moreover, should I imagine what their answers about stressful events might have been, I assume they would not have mentioned their childhood violations, their alcoholic husbands, or their years of physical abuse, because they were trained to view themselves as deserving punishment and used to keeping quiet about these socially shameful and stigmatizing experiences, the way sociological studies have documented.[117]

But I feel certain that it would have been important for their lives if I or someone else had understood earlier that they were living in constant fear, and had been able to help them protect themselves. I find support for this theory in some studies.

The first study concerns a contribution to an ongoing discussion of how to understand the increasing documentation of a connection between the use of antibiotics for various kinds of infections – among them urinary tract infections – and breast cancer.[118] Researchers do not believe that antibiotics "create" cancer, but that frequent use of antibiotics for certain kinds of infections reflect a compromised immune system that is overburdened by something other than the actual cause of infection.

---

[116] Duijts, Zeegers & Borne 2003.

[117] Gracia 2004.

[118] Velicer et al, 2004.

In other words, one assumes a common "soil" for both cancer and bacteria that is not yet identified.[119]

The next study presents the results of twenty-four years of observation of a group of 1462 Swedish women.[120] It registers a doubling of breast cancer risk among women who report having experienced serious emotional stress during the five-year period before they were included in the study. The authors write (p. 377):

> In conclusion, the significant, positive relationship between stress and breast cancer in this prospective study is based on information that is unbiased with respect to knowledge of disease, and can be regarded as more valid than results drawn from case-control studies.

The third study is from Finland and involves 10,808 female twins.[121] It shows that the daily bother and "stress" does not have an impact, but significant incursions into the women's lives do, such as divorce or loss of a spouse, near relative, or friend. The researchers emphasize this as follows (p. 415):

> The findings suggest a role for life events in breast cancer etiology through hormonal or other mechanisms.

A prospective Danish study including 6689 women, however, showed a negative correlation between self-reported stress and breast cancer.[122] Information concerning *acute stress* at the time of inclusion was collected by means of two questions only. The women were asked to quantify the intensity and frequency of current stressors. The researchers suggest that high levels of stress lower the production of estrogen, thereby protecting against cancer. No types of *chronic stress* were explored in this study. And a review of the documentation concerning stress and cancer concluded as follows:

---

[119] Ness & Cauley 2004.

[120] Helgesson et al, 2003.

[121] Lillberg et al, 2003.

[122] Nielsen et al, 2005.

> The substantial variability in the manner in which stress was conceptualized and measured (in these studies) did not allow for the calculation of a quantitative summary estimate for the association between stress and breast cancer.[123]

But not even in these reliable Nordic studies have questions been asked about the experience of violence or violation. On the background of my preceding account, I venture to assert that all studies represent variations on the existential theme that Vincent Felitti has sounded: living with experiences that change "gold into lead."

Studies aiming at exploring any possible connections between cancer and psychosocial factors representing distressing experiences usually presuppose that such factors, as for example a divorce, are unambiguous. Such an assumption veils the particularity of human experience and underestimates the implicit ambiguity. Biographical and historical contexts inform the individual background for the development of and reaction to life-threatening disorders. This was expressed as follows in a review:

> Most cancer patients behave in ways reminiscent of posttraumatic stress disorder. Comparative data suggest that cancer patients react in the same fashion as sexual assault victims. The resulting depression is similar in nature, and is worse when faced alone.[124]

Consequently it is no surprise that the authors of a meta-analysis of interventions called "psychosocial" with regard to survival from cancer describe the results as follows:

> Randomized studies showed no overall treatment effect, neither did the nonrandomized studies. Interventions using individual treatment were, however, found to be effective but interventions using group treatment were ineffective. Group treatments of breast cancer were ineffective.[125]

---

[123] Nielsen & Grønbaek 2006, p. 612.

[124] Mocharnuk 2001, p. 10.

[125] Smedslund & Ringdal 2004, p. 123.

A later study among breast cancer patients aiming at reduction of cancer-related anxiety showed a significant impact of cognitive behavior therapy in a one-year follow-up.[126] But the study design did not allow for evaluating the impact of the intervention on the immune system.

From this can be deduced that therapy based on random selection, approaches designed for groups, and a conceptualization of social life as a surface phenomenon did not work convincingly. However, the analysis indicated that individual approaches to cancer patients could be constructive:

In fact, all the (three) individual studies show a significant treatment effect.[127]

An approach based upon an understanding that sick people are possibly burdened by something that surfaces not only in compromised immunity and mood reduction, but also in powerlessness and hopelessness may give access to adequate support. This could be demonstrated in a study based on in-depth interviews with twenty postmenopausal women with breast cancer after chemotherapy.[128] The researchers found significant differences in the personal appraisal of what was supposed to be, in a biomedical sense, the "same" disease and the "same" therapy. The women had quite clear ideas as to what felt most burdening, why they were ambivalent with regard to their helpers, how they experienced insufficient support from their families, and how they felt pushed by society to return to "business as usual" sooner than they were ready.

Quite recently, three studies have documented measurable reductions in stress hormones and improved immunological activity in breast cancer and prostate cancer patients after psychological intervention[129] and mindfulness-based stress reduction.[130]

---

[126] Antoni et al, 2006.

[127] Smedslund & Ringdal 2004, p. 128.

[128] Browall, Gaston-Johansson & Danielson 2006.

[129] Andersen et al, 2007.

[130] Carlson et al, 2007; Witek-Janusek et al, 2008.

The authors of the study based on psychological interventions concluded (p. 953):

> Distress reduction is highlighted as an important mechanism by which health can be improved.

Meanwhile, these researchers have presented the results of a follow-up of the patients with breast cancer (mean eleven years). They demonstrate that the group of women who received psychological intervention had *reduced cancer recurrence, reduced death from cancer, and reduced death from other causes* compared with the patients who had not been offered this intervention.[131]

In both studies based on the concept of mindfulness-based stress reduction, reduced cortisol levels, improved quality of life measures, and enhanced immune functions could be demonstrated. These findings are supported in a review of studies during the last six years, which have explored the impact of psychological intervention among patients with breast cancer.[132] However, researchers in the field underline the fact that the cellular mechanisms that link psychological phenomena to tumor growth and immunity improvement, respectively, still need to be identified.[133]

On 22 August 2008, the journal *BMC Cancer* published a study titled "Breast cancer, psychological distress and life events among young women," including 622 women under the age of forty-five years (255 cancer patients, 367 health controls).[134] Researchers demonstrated that exposure to more than one (adverse) life event was positively associated with breast cancer in this group. Likewise they showed that a general feeling of happiness and optimism had a protective effect on the etiology of breast cancer. Thus they concluded (p. 245): "Young women who were exposed to a number of life events, should be considered as a risk group for BC and treated accordingly."

---

[131] Andersen et al, 2008.

[132] McGregor & Antoni 2009.

[133] Armaiz-Pena et al, 2009.

[134] Peled et al, 2008.

A POSSIBLE ANALOGY

I will conclude Lene Larsen's story with an analogy. From what she told the journalist, one can only infer that she was neglected and mistreated as a child. Still, her childhood experiences were such a burden that she was close to going under while still a teenager. For more than seven years she had been drug addicted, and during most of her adolescence she had gained money for drugs by prostituting herself. Considering her age, she had clearly experienced childhood sexual abuse, although not by family members and although she had consented. If one assumes in addition that she was sexually abused by caregivers while still a child, one can imagine her life history as even more differentiated, like that of Mary May.

Mary was sexually abused by her father from before she was school age. She was admitted to the children's psychiatric ward showing signs of regression. Among other symptoms, she developed a speech impediment. When she started school, her speech impediment returned and she was referred to a speech therapist. In the course of her school years, she was repeatedly treated for self-injuries. She cut into her own abdomen. The child's aim in doing this was to remove the nasty stuff her father forced her to swallow, and which she feared could hurt her since she never observed it coming out again.

Mary's story can now be read within the framework of Singer's concept of a syndemic weaving together of several "epidemics"; these should not be viewed and evaluated separately if one wants to understand their origin and find an adequate response. This involves the documented correlations between violation, maltreatment, and neglect in childhood on the one hand, and on the other hand, violence and abuse experiences in adulthood; use of various intoxicants; depression; overweight and all forms of eating disorders; sexually transmitted diseases; self-injury and suicide attempts; injuries from alcoholism; prostitution with its accompanying danger of injuries and infections; infection from dirty needles; and unwanted and early pregnancy.[135] All these health risks belong to a complex of problems that lead to an enormous number of severe illnesses and premature deaths.

Mary's history makes it very clear that self-mutilation can be an expression of bodily logic in relation to hidden violation, and that self-destructive behavior points to something destructive in the child's life, something that cannot bear the light of day, nor be mentioned. Self-injury is a phenomenon that, medically, has to be handled correctly. For example, every year there are approximately 140,000 hospital admissions related to self-injury in England.[136] Suicide attempts as an immediate or delayed reaction to abuse is counted in the medical statistics under the category of self-injury. However, self-injury with death as the intent is most often defined as mental illness. And in most studies of mental illness, including suicide and self-harm, experiences of boundary violation are not elicited.

An English study of the effect of standardized treatment for self-injury in primary care medicine neglected to study the experience-based causes of people harming themselves.[137] Given that no attempt was made to try to understand the cause before treatment, the results were predictable: no positive effect came from the intervention, and the "debutants" among the patients became, in fact, even worse during the course of the study. In understanding the phenomenon, it is clear that treatment that ig-

---

[135] Alvarez et al, 2007; Anda et al, 2001, 2002a,b; Augenbraun, Wilson & Allister 2001; Basile et al, 2006; Christoffersen, Poulsen & Nielsen 2003; Danese et al, 2008; Desai et al, 2002; Dietz et al, 1999; Dong et al, 2003b, 2004; Dube et al, 2001a, 2002a,b, 2003a; Flaherty et al, 2006; Fletcher 2009; Gerke, Mazzeo & Kliewer 2006; Gustafson & Sarwer 2004; Harned & Fitzgerald 2002; Heim et al, 2006; Jenkins et al, 2002; Johnson et al, 2002; Laws & Golding 1996; Liebschutz et al, 2000; Martijn & Sharpe 2006; Martin & Curtis 2004; Ompad et al, 2005; Sanci et al, 2008; Seng, Sperlich & Low, 2008; Silverman et al, 2001; Stoltz et al, 2007; Swahn et al, 2006; Swanston et al, 2003; Thrane et al, 2006; Turner, Finkelhor & Ormrod 2006; Williamson et al, 2002; Wilson & Widom 2009.

[136] Bennewith et al, 2002.

[137] Bennewith et al, 2002.

nores the sources of people's despair is not understood as help, but as a rejection, and therefore increases the despair.

A Scottish research team has documented that 4% of people who deliberately injure themselves will take their own lives within five to ten years.[138] In addition, people who injure themselves appear to have a higher rate of death due to other causes. A 2003 Norwegian study of the incidence of self-injury in thirty-six high schools showed high levels of risk for self-injury among both boys and girls under the following conditions: when they had experienced sexual or physical abuse, had friends who injured themselves, used drugs, and had been in trouble with the police.[139] These elements work together logically and become iconic for a young person whose life is at risk.

A study among 8300 U.S. students concerning self-injurious behavior showed a considerable "overlap" of suicidality and self-harm.[140] The researchers concluded (p. 634) that the presence of self-injurious behavior "should trigger suicide assessment." They also stated that "addition of trauma and distress variables attenuated this relationship." The distress variables elicited in this study were eating disorders; history of sexual, emotional, or physical abuse; and physical and psychological distress.

Mary often ran away from home. Runaway children have something to run away from.[141] Frighteningly strong correlations have been found between a childhood filled with neglect and homelessness as an adult.[142] Mary already began to prostitute herself at age ten so she could buy narcotic substances in order to tolerate the life she had to live. This documents a horrifying lack of morality among many well-established men who give children money in exchange for the children allowing them-

---

[138] Jenkins et al, 2002.

[139] Ystgaard et al, 2003.

[140] Whitlock & Knox 2007.

[141] Green, Ennett & Ringwalt 1999; Martijn & Sharpe 2006; Stoltz et al, 2007; Thrane et al, 2006; Walrath et al, 2003.

[142] Donohoe 2004a; Herman et al, 1997.

selves to be exploited. Mary represents the many young drug addicts who support themselves by prostitution and receive no psychiatric care because drug programs and psychiatry belong to two different agencies. She is also one of the many people who received psychiatric diagnoses in childhood, as a young woman, and as a grown woman, without anyone understanding what kind of life this child, this young person, this woman was living. Fragmented care fragments lives so the meaning of illness, abnormality, and malfunction disappears from view as the connections between them remain unseen. Then the fragments are "treated."

Sexually abused girls will very likely become self-destructive and self-contemptuous young women. This self-contempt or self-hatred, as some of them call it, is expressed in a lifestyle characterized by a lack of boundaries, risk to life and health, and lack of protection or attention. A new study from the United States shows that teenage girls who score high for distress on tests are much more likely to become pregnant than non-stressed teenagers. The researchers assume that chronic stress produces a lack of trust in their own strength expressed in a lack of courage to request the use of condoms by male partners.

In the end, then, I assume that much of what is "measured" with psychometric instruments involves the fundamental existential insecurity that results from a childhood characterized by lack of respect and boundaries. Children who, more than anything, have learned that they are worthless and not appreciated turn into young people who know neither their right to be protected nor how to protect themselves.

Chapter 2
Protective Splitting

THE WORLD WE CAN PERCEIVE

This chapter will have its foundation in a world where the senses rank above thoughts, where phenomena are preferably evaluated by other kinds of rationale than the scientific, and where not only formal logic is given documentary force, but also the logic of perception. In other words, we are entering into Maurice Merleau-Ponty's philosophy. He argued against the Platonic dogma that the world of the senses represents a lower form of reality by saying instead that it is precisely through the senses that human existence reveals itself. He removed the split between thoughts and senses. He thereby challenged Western philosophy's understanding of human beings, which had reigned for more than two thousand years.

Maurice Merleau-Ponty sees the human being as a bodily *I* that has a sensory interaction with the world. His thesis is that the world is only accessible for us humans through our senses, and that this sensuality is our main way of understanding the world we live in. The framework around our perceptive impressions dictates both what we sense and how we experience and interpret these sensations. He suggests that humans do not exist as a thinking consciousness, but as a body, a living body, both object and subject, both seeing and seen, both sensing and sensed, both touching and touched, both moving and moved. One simultaneously confronts the world and is part of it, both seeing the obvious and perceiving hidden connections in one's world. The human ability both to sense and to think allows for both synthesis and analysis, and it makes it possible for every one of us to understand our own past, present, and future as our lives comprising memory, experience, and anticipation.

Merleau-Ponty says:

> We shall no longer hold that perception is incipient science, but conversely that classical science is a form of perception which loses sight of its origins and believes itself complete. The first philosophical act would appear to be to return to the world of actual experience which is prior to the objective world, since it is in it that we shall be able to grasp the theoretical basis no less than the limits of that objective world, restore to things their concrete physiognomy, to organisms their individual ways of dealing with the world, and to subjectivity its inherence in history. Our task will be, moreover, to rediscover phenomena, the layer of living experience through which other people and things are first given to us, the system 'Self-other-things' as it comes into being; to reawaken perception and foil its trick of allowing us to forget it as a fact and as perception in the interest of the object which it presents to us and of the rational tradition to which it gives rise.[143]

With this philosophical position, Merleau-Ponty legitimizes the following approaches for me, as I study human conditions in order to understand the unhealthy person:

- to return to the world of actual experience that is prior to the objective world;
- to restore to things their concrete physiognomy;
- to restore to individuals their ways of dealing with the world;
- to appreciate the fact that subjectivity is grounded in history;
- to recognize the real experience through which other people and things are given to us;
- to reawaken perception and understand its achievement in its own right, rather than simply engaging in the ready-made world it delivers to us.

---

[143] Merleau-Ponty 1989, p. 57.

Merleau-Ponty himself has clarified what these preconditions mean, relating to his own admission to and recognition of his bodily experience, that is, his own lived life:

> This table bears traces of my past life, for I have carved my initials on it and spilt ink on it. But these traces in themselves do not refer to the past; they are present; and, in so far as I find in them signs of some 'previous' event, it is because I derive my sense of the past from elsewhere, because I carry this particular significance within myself. If my brain stores up traces of the bodily process which accompanied one of my perceptions, and if the appropriate nervous influx passes once more through these already fretted channels, my perception will reappear, but it will be a fresh perception, weakened and unreal perhaps, but in no case will this perception, which is present, be capable of pointing to a past event, unless I have some other viewpoint on my past enabling me to recognize it as memory.[144]

When Merleau-Ponty's fingertips feel a roughness in a tabletop and his eyes see a dark spot, two perceptions are tied together with a memory of own deeds. Then the roughness can be identified as his own initials, which he once cut into this tabletop, and as an ink spot he once made. Sensory perception and cognitive consciousness, when integrated, acquire the specific meaning of own action and experience. Together, they make up a very special "lived" meaning. This idea encompasses the lived body. In this lived body exists one's lived time, *temporality;* the rooms and places where one has lived, *spatiality;* and the relations one has had, *relationality,* incorporated in accordance with one's own experience, our *corporeality*. The expression "lived meaning" opens the world of perceptions and memories that every human being carries within and is formed by.

[144] Merleau-Ponty 1989, p. 413.

TYPOLOGY OF PAIN

Perceptions of pain stemming from traumatic memories are the effects of violence. They are the impact of boundary violations. In principle, it is unimportant to separate the various forms of violations or boundaries. All forms of boundary violations cause pain to the victim. That is the nature of violation.

This is true for all perception of pain as a result of injury to the body, that is, to skin, organs, and flesh. Such injuries can be unintentional, as in accidents. In accidents the violence lies in the disparity between what the body had to suffer and what the body can tolerate.

But it is also true for all perceptions of pain resulting from injury in and on the body caused by someone intentionally hurting another. That is exactly the abuser's intention. As the Norwegian philosopher Arne Johan Vetlesen, and likewise the English scholar of literature Elaine Scarry, have explained, intentional pain forces the abused to sense danger and fear.[145] The pain shall force the victim to become subservient. The pain shall show the force and power of the one and the weakness and powerlessness of the other. The pain is meant to demonstrate that the abuser dominates and the abused is subjugated, physically and literally. The pain shall document who is in control through fortune, action, and active position – with the social rank connected to these phenomena. Through its power, the pain documents who is the weak one, with low status, unable to resist, and passively obedient. The pain is an expression of the fact that someone has willfully made another the object of his or her scorn. The pain is a result of having been made an object – a thing.

This is also true of all perceptions of pain caused by self-injury. The pain from self-injury covers a wide spectrum of expressions of self-destructive behavior, in other words, violent attacks toward oneself. The violent act may be intended to visibly injure

[145] Scarry 1985; Vetlesen 2004.

one's outer boundaries by cutting, burning, scratching, or etching the skin, bloodying oneself by hitting, or tearing out one's hair on head or body. It may be intended to injure one's inner boundaries by pressing objects into body cavities or swallowing crushed glass, needles, knives, or acids. It may attempt to injure inner organs by ingesting poisonous or contagious material through food, injection, or inhalation. The intent may be to injure one's own consciousness by ingesting inebriating, dulling, or anesthetizing substances, or to jeopardize one's own existence in ways that seem oblivious to the inherent risks. The injury to self can be a form of slow suicide through a deadly lifestyle, or quick, if taking one's life. All self-destructive behavior causes pain. Every self-inflicted pain reflects a previous injury inflicted by others. The self-inflicted violence is an expression of great self-loathing. Such loathing is typically a result of other's scorn. Self-inflicted pain is therefore of double significance, twice making an object of the victim, first by others, then by oneself.

It is important to note that this is also true of all perceptions of pain that are not the result of bodily injury, but of assaults to the integrity of the person as a human being. Abuse of integrity causes pain, no matter whether it is physical, mental, sexual, social, or legal integrity that is violated. These various aspects of human integrity that are not of a bodily nature are just as fully integrated into every human's bodily *I*. Because we exist as bodies, degradation of every aspect of our integrity affects our bodies. The pain of abuse is felt and experienced by the body. How could it be otherwise?

Violence to one's integrity may be rejection, humiliation, ridicule, stigmatization, discrimination, marginalization, defamation, accusation, and many other things that are experienced as a personal insult in the sense that someone has forcibly intruded into personal space. Such experiences cause pain. It is not only useless, but also false to define this pain as purely metaphysical, as opposed to a purely physical pain. It is an insult to the victim to claim that there is such a thing as "pure" mental trauma. Such a definition presupposes that there are traumas that do not affect the victim's emotional life, identity, or sense of selfhood. But traumatic experiences such as accidents, catastrophes, war, violence, or sexual assault, to mention a few possible sources of trauma, involve the entire experiencing human being as an embodied being. People do not experience and interpret through a separate brain that "thinks" the experience of abuse. A person experiences his or her life as a bodily feeling and perceiving *I*. To differentiate between physical and metaphysical pain is wrong. The pain of abuse is not an exercise of the brain.

SERENA SAGER'S PAIN

Merleau-Ponty's interpretation will now be used when I reflect the documented, objective history of Serena Sager's illness in her own history of hidden and subjective experience. She was an only child, and her parents divorced when she was thirteen years old because her mother was an alcoholic and became physically abusive toward her husband when she was drunk. Because her alcoholism was not commonly known, she was awarded custody of her daughter. Her alcohol use increased after the separation, and she often neglected the most basic, practical household chores. Serena early took on the responsibility of covering for her mother's alcoholism and running the household. Her only safety and support in an unpredictable time was her mother's younger sister who, with her husband, lived in a neighboring town, a few kilometers from Serena's home. Serena also trusted her uncle completely. This couple's apartment was her only place of freedom. Here she was cared for; here was peace and order.

About a year after her father left, Serena started suffering from daily headaches. She was examined by an ophthalmologist and prescribed glasses, but it did not alleviate the headaches. Another ophthalmologist said she did not need glasses. She had a series of physiotherapy sessions without lasting effect. Then Serena started to have eating disorders and lost weight. Several family members expressed concern, except the mother who thought Serena was normal. The following year, the school physician referred her to a female neurologist because she had complained of sudden pain both in the *left* side of her head and neck and in her *left* arm and leg, as well as a strange numbness in the *entire left side* of her body. The neurologist found no organic cause, but could see that Serena was suffering and questioned her about her daily life. What the neurologist learned resulted in an immediate referral to a psychiatric division for children and youth.

A month later, Serena started therapy with a female child psychiatrist. The psychiatrist's journal sums up the first two conversations with Serena: headaches over a long period of time and pain in the *left side* of her body were central. The psychiatrist could see Serena's frustration with the fact that the pain had no medical explanation. She actively explored the hypothesis that several of Serena's problems could be caused by abuse experience. Serena then told her that she had been raped by her uncle the previous summer. The psychiatrist noted that Serena blamed herself for not getting away in time, that at the same time she was afraid of resisting a tall, strong, grown man, and that she wanted to protect her beloved aunt by keeping quiet. The psychiatrist did not gather more details about how this rape happened, but she noted in her journal that Serena experienced herself as *divided,* a constructive person in the right side of her body and a *destructive* person in the *left side* of her body. The psychiatrist therefore suggested that Serena was suffering from a schizoid or borderline condition. She concluded that Serena was living a life filled with suppressed problems that she had been carrying from physician to physician for several years in the form of bodily pain.

But the psychiatrist did not ask Serena how the abuse had happened and how she had experienced it. If she had asked, Serena might have told her the following: "My aunt had been hospitalized for a routine surgery. Because she came down with an infection, her hospitalization became longer than expected. I was supposed to help my uncle get the house ready for her return. He had a company event that evening and I was to stay over until the next day. I had gone to bed in my cousin's room and was asleep when he got home. He woke me up and asked me to come into the living room to talk, but I was sleepy and wanted to go back to bed. He persuaded me to get into bed with him to continue the conversation, which I did without hesitation because I trusted him. I probably fell asleep in the middle of the conversation. Early in the morning I woke up feeling my uncle pressed against my back. He was nude and I could feel he had an erection. He put his finger into my vagina. I was on my right side and therefore tried to push him away with my *left* arm. He bent over my *left side* so I could see his face on the edge of my *left* field of vision. Then I felt a very painful pressure in my lower body – and then I must have fainted. The next thing I knew was that he turned over and fell asleep. I hurried out of bed, dressed, and ran home. I told my mother what had happened. She did not disbelieve me, but said I should interpret my uncle's interest as a compliment. At the same time she asserted that it was my own fault. Then she forbade me to mention it again – to anybody."

Disturbed Consciousness

Six months later, Serena was examined at a local clinic because of a sudden dizziness, fatigue, and a six-hour loss of memory on the last day of a trip abroad. No acute illness was diagnosed. The first week after returning home, Serena had daily attacks; then they diminished, but in the course of the next two months she again had attacks of sleepiness, twitches, and hallucinations. She was therefore referred to the neurology department of the Central Hospital to determine if she was possibly suffering from narcolepsy or epilepsy. She also had attacks while she was hospitalized, which were described as follows in her records: "rapid heartbeat, shortness of breath/deep breathing, entire body shivering, shaking in arms and legs, unconsciousness, sometimes blue in the face, afterwards vague, tired." The thorough neurological examination did not reveal any pathology aside from reduced sensitivity to touch or pricking of the left side of her body.

But the neurologists did not ask Serena herself what had happened prior to the first attack on her trip. If they had asked, Serena might have told them the following: "I had received money from my father to travel with my older cousin to a Greek island for two weeks. We had a great time, and the day before returning home, we were sitting in our favorite coffee bar where we had been several times. I was not prepared when the owner of the bar, who was a bit interested in my cousin, approached me from the back to talk to my cousin who was sitting opposite me. He put his hand on my left shoulder and bent over me from the back. I caught sight of his face in my left field of vision. When I felt his hand and the pressure of his body, I burst into tears. I could not calm myself and cried for several hours. Of course, no one understood why I was crying. This was my first reaction after the rape. The attack came suddenly the next day, just before we were returning home, back to all the conflicts. I fainted and felt as if I could not breathe. I was unconscious for several hours."

Since the neurological exam had not included Serena's story, the attacks remained medically unexplained. She was therefore referred to the National Center for Epilepsy for further examination. While she was waiting for an appointment, the attacks ceased, and by the time she got her appointment, her problems appeared to have disappeared. Therefore Serena asked her aunt to cancel the appointment.

Some months later, on the initiative of the psychiatrist and social services, Serena moved into a supervised communal living situation. In the course of the next few months she was examined six times by a female gynecologist because of pains in her lower abdomen. Lacking pathological findings, the gynecologist assumed the pains were "functional" and got in touch with the psychiatrist. This conversation was not recorded in the journal of either physician. Between these consultations, Serena had numerous phone conversations with the gynecologist. That same spring, Serena saw her primary care physician several times with signs of gastritis. During this period, she missed school a lot and was given a medical excuse.

Then Serena was suddenly hospitalized because she had tried to commit suicide by taking an overdose. The journal recorded that it was a minor quarrel with a boyfriend that had prompted her attempt. The attending doctor saw her as deeply depressed. The Chief of Staff described her as melancholy.

But the psychiatrists did not ask Serena herself what was burdening her. If they had asked, Serena might have told them the following: "My aunt took me to the hospital when they found me. She knew that I had shortly before had a heated exchange with my then boyfriend – and that he had left me. She therefore told the doctor that it was probably the cause. She portrayed it as an altercation and the doctors believed it. I tried to tell them that I had been depressed for some time, and that it was the reason. I had been upset because my mother wanted to arrange an eighteenth birthday party for me, and I found out she had invited my uncle. He had just returned from a trip abroad. Suddenly, I was trapped. I protested wildly, but my mother would not listen. I could not refuse to attend my own party. At the same time, I could not tell anyone that I was furious because he had been invited. I had no legitimate way out, so I had to create one: hospitalization. My uncle often went abroad on business and was away for weeks. Then I could visit my aunt. Looking back, I see that was the times without attacks. That was also the reason I was well for months while he was working in Asia. That was why we earlier cancelled the appointment at the National Center for Epilepsy. An 'altercation' was not enough to set me off, but my aunt believed it, and the doctors believed her because they understood that she was in mother's stead for me and cared for me. My aunt often took me to doctor's appointments and hospitals. She also called the doctors for me and gave information to the psychiatrists. It was important for me to have her with me, but then I was, of course, unable to tell my story."

Harmful Repetition

Two years after the first rape, Serena consulted her gynecologist. She told her doctor that her uncle had raped her the previous week. The doctor tested her for sexually transmitted diseases and recorded the rape in her journal. She also noted that there were no bodily signs of force. She did not comment, so it is impossible to know what she thought.

But the gynecologist did not ask Serena further questions about what happened and how. If she had asked, Serena might have told her the following: "My friend and colleague Vera and I were invited to an office party. There were other groups meeting in the same restaurant. After dinner, Vera and I were sitting at a table with some colleagues when my uncle, who happened to be in the same place with some colleagues, suddenly came and sat down with us. Vera and I had had some drinks, and had to excuse ourselves to the restroom. We locked the door, because I was vomiting. Somebody tried to open the door, thinking we needed help. They called the management, who must have alerted my uncle. I remember hearing him talk to the manager. The door was opened and we got out. My uncle called a taxi and decided to take us home. I was too drunk and confused to argue. My uncle told the taxi driver to drop Vera off first, and then go to my house. When we got out and he sent the taxi away I realized what was going to happen – and that I could not escape. From that moment I remember only pictures, like movie stills, glimpses, and smells connected to some of the pictures, and strange things that happened afterward."

A year later Serena was again examined by the gynecologist because of pain in her lower abdomen. This time she got a prescription for an antidepressant that in some cases will also relieve pain caused by tension. The gynecologist interpreted the pain as probably of psychological origin, but she did not initiate a conversation about the rape this time either, although she probably viewed the pain as connected to it.

Later that fall Serena made several visits to a clinic because of pain in the *left* side of her abdomen, groin, and seat. They referred her back to her gynecologist because she indicated nightly pains in her lower abdomen. She had also been seen several times because of incidents of flickering in her *left* eye and numbness in her *left* arm and the *left* side of her face. After these incidents she had been very tired and sleepy. The physicians had interpreted this as migraine, but the migraine medications had not worked.

One day Serena was brought to the clinic after an acute collapse at work. Then she told of two rapes. She received a medical leave of absence from work and was sent to an outpatient psychiatric facility, and from there to conversations with a social worker who referred her to a female primary care physician with a great deal of experience with rape victims. Before her appointment with this physician, Serena went to still another clinic because of severe generalized pain and acute swelling of several joints. However, no rheumatic cause could be established. Her new primary care physician found it necessary to extend her leave of absence so she could enter into intensive psychomotor physiotherapy for her joint and tension pains, combined with conversations with the doctor. Her sick leave led to long-term leave before Serena could finally begin occupational rehabilitation.

Invisible Life

The history just described encompasses examinations, treatments, and opinions within medical and social institutions over a period of ten years. During this time there were more than forty consultations with primary care physicians and with specialists in six clinical specialties; four hospitalizations and several outpatient examinations; four years of psychotherapy; and a serious suicide attempt.

Serena Sager's medical history is characterized by long-term health problems that had no medical explanation and were not possible to cure with medical treatment. Her problems appear to come from an underlying cause or source that is unidentified. They are seen as somatizing, which is the medical term for what appear to be bodily expressions of mental processes of unknown origin. The collective ten-year-long appraisal and treatment, based on valid medical knowledge, does not reveal the cause of chronic illness and does not lead to an improvement in Serena's condition, and it does not prevent the twenty-year-old's complete collapse.

Biomedical knowledge production is grounded on viewing the patient as an object, a bodily object in somatic research and a behavioral object in psychiatric research. Research methods are connected to various technologies for uncovering truth, which emphasize the medical gaze as being key to uncovering true knowledge about the individual patient.[146] Using ever more sophisticated techniques to reveal flaws in the objectified human body, or the objectified psyche, biomedicine makes the patient invisible.[147] In today's medical treatment, sick people are not recognized as persons as a principle or in a consistent way.[148] This means that the medical world does not acknowledge the patients' subjective perspectives regarding their experiences, goals, and intentions.[149] These topics are, however, central points in phenomenology. As a philosophy, phenomenology is interested in the various aspects of the human lifeworld. It asks questions

---

[146] Foucault 1975.

[147] Cassell 1992; Leder 1992, 1995; Lock & Gordon 1988; Young 1997.

[148] Cassell 2004; Leder 1995; Toombs 1992.

[149] Cassell 2001, 2004; Leder 1995; Toombs 1992.

about people's being-in-the-world.[150] The subject's perspectives are central to its interest, and it views the human body as life embodied.[151] To understand the human body as embodied life converts lived bodies to meaningful, participating individuals within the various systems of values and signs that make up societies and the human lifeworld.[152]

As members of society, people are woven into structures that make up their world. Central among these are trust, a sense of belonging and feeling nourished, respect, caring, honor, and pride, and the opposites of these: deceit, loneliness and neglect, humiliation, desertion, dishonor, and shame. Because these existential elements of our daily lives are tied to agreements, intention, and purpose, the qualities informing an embodied experience are not inherent to the event itself. They cannot be fully derived from objective characteristics. Although we see the results of broken trust, social rejection, or shameful exposure as harmful to anyone, they can be deadly to some.[153] Some forms of pain can destroy a world.[154] Neglect, rejection, or lack of respect can make a person feel homeless in his or her own home and a stranger to his or her own body and self.[155] Deceit in times of general insecurity can endanger selfhood and life.[156]

Serena's lifeworld was characterized by several of these elements. They put her very existence in danger. But her many caregivers relied on medical theory and objective appraisal techniques. Therefore they could not identify the destructive forces creating the bodily symptoms that she carried "from doctor to

[150] Behnke 1997a; Merleau-Ponty 1989.

[151] Behnke 1997a,b; Cassell 2004; Merleau-Ponty 1989; Scarry 1985; Svenaeus 2000; Toombs 1992.

[152] Behnke 1996; Cassell 1992, 2001; Frank 1995; Kirkengen 2001; Leder 1995; Svenaeus 2000; Taylor 1994.

[153] Kirkengen 2001; Taylor 1994; Toombs 1992.

[154] Scarry 1985.

[155] Kirkengen 2001; Taylor 1994; Toombs 1992.

[156] Frank 1995; Kirkengen 2001; Scarry 1985.

doctor," as her psychiatrist so pertinently formulated it early in the ten-year-long process. But the psychiatrist also relied almost entirely on objectifying visual techniques. Soon after she started treating Serena, she asked a psychologist to give Serena a Rorschach test. The psychologist summarized the test results as follows:

- routinely escapes to an imagined world;
- avoidance of decisions, resolutions, and conflicts;
- confused logical thinking, especially under emotional stress;
- deficient view of reality;
- unusual control;
- good resources that she invests in control;
- negative self-image;
- strong need to distance herself from others.

The psychologist described Serena accurately, but in her conclusions she did not consider that Serena's behavior and attitudes were *logical strategies* in relation to her real traumatic experiences, and that they represented consistent expressions of a constant conflict between revelation and secrecy. The words of the psychologist documented exactly Serena's attempt to live in two incompatible realities, or even more precisely, the fact that she had to live with a real threat to her personal integrity in both of her homes, both her mother's and her aunt's – and that she was forced to bear it and keep silent.

The psychologist's description also gave a glimpse into why Serena's education was seriously interrupted after the first rape, which is referenced several times in the records. She simply had no energy to spare. All strength, attention, and concentration were needed to "watch out" and to "adjust." This correlates with the theories of the French philosopher and psychiatrist Pierre Janet, who wrote early in the research on trauma that abused individuals try to adjust to a reality that is invisible to others.[157] Janet further postulated that when a person's ability to adjust is exhausted, he or she breaks down and then illness is a fact.

---

[157] Van der Kolk & van der Hart 1989.

Together, Serena's medical records document severe hidden trauma. A traumatic childhood where she had no say within her parents' mutual hostility, and her mother's alcoholism, laid the foundation for Serena's protective strategies, which developed into illness. Left with a controlling but unpredictable mother to whom she still felt a certain loyalty, she had no possibility of expressing her powerlessness and fear with words.

Ever since elementary school she had to "express her feelings with her body," in the form of pain and eating disorders.

Pain expressed by young children has been shown to be strongly connected with what researchers define as "psychosocial problems."[158] This is true for aches in head, stomach, or back. Backaches in particular often point to overload in life rather than to injury from an overloaded school bag.

Serena had one source of support, one reliable close adult. That was the salvation for a child who constantly suffered overload. Because she had someone to go to, she could function, although marginally. This important relationship is central to understanding Serena's health problems. It meant so much to her that everything that brought conflict into this relationship became an existential threat.

Body Divided

The first physician to see that Serena was in existential danger was the neurologist. She noted explicitly Serena's daily vulnerability and drew adequate conclusions. Implicit in her recordings was also a documentation of another trauma. The neurologist mentioned that Serena suffered pain in her entire left side for which there was no adequate explanation. The examination was comprehensive with regard to this particular pain. The pain in the left side was recent and had come in addition to an already chronic headache that had been bothering Serena for several

[158] Jones et al, 2003.

years. The neurologist's conclusion was unambiguous in that she saw Serena as being in danger and that the pain was of psychological origin. However, the neurologist did not "read" Serena's inexplicable pain in her left side as a sign of violation, or more to the point: as the imprint of another's body.

Serena's experience of the attack had caused a bodily split. Splitting or dissociation is a protective strategy against events that individuals are literally unable to comprehend. These strategies were also described by Pierre Janet as early as the turn of the previous century.[159] He understood that people can protect their dignity against violation and the humiliating feeling of vulnerability by dissociating the experience or sensory perceptions connected to these experiences. Instead of integrating the experience, it is isolated; it remains a disturbing element of not-knowing that creates anxiety. The isolated sensory experiences remain bodily memories surfacing in pains, worries, and other health problems with no medical explanation. This agrees with recent findings within trauma research in neurophysiology and neuroendocrinology, also documented among children of different ages and related to different trauma experiences.[160]

The splitting can involve the entire body or a part of it, and may be conceptualized as a change of significance of the body parts connected to the danger or included in abusive acts. These are "affected," and are thereby alienated and consequently no longer obvious parts of the given, own body. This makes sense within Merleau-Ponty's framework of the human body as the lived body, the embodied life. It also fits in with the theory of Elaine Scarry, the English scholar of literature, that the commonly accepted meaning and significance of objects, deeds, and experiences can be "unmade" by inflicted pain. Scarry has ana-

---

[159] Putnam et al, 1986; van der Hart & Horst 1989.

[160] Elzinga et al, 2008; Kaplow et al, 2008; Pennebaker 2000; Pennebaker & Susman 1988; Pervanidou et al, 2007; Seng et al, 2005; Steel et al, 2004; van der Kolk & Fisler 1995.

lyzed "the unmaking of a world" by inflicted pain under torture.[161] The "making" is the social process that decides what things mean and what they are used for. Therefore we have a common opinion of what a bathtub is, although we know there are various kinds of bathtubs. They are made to hold one human body or more in warm water for comfort, pleasure, and cleanliness. The "unmaking" is the perversion of the tub to a place of torture by drowning or electric shocks. A person who has been tortured in a bathtub has internalized the tub as pain and powerlessness. The fear and pain has taken the form of a bathtub. The sight of a bathtub will thereafter mean fear, powerlessness, and pain, possibly forever.

A phenomenological understanding concerns the essence of human experiences and the embodiment of experiences in a subjective perspective. Serena had been forced to set apart the sensory perceptions in the entire left side of her body. This side of her body was in constant pain. The pain was documented by the neurologist who felt certain that there was a psychological reason for both the pain and the other complaints. However, the neurologist did not elicit whether there was a chronological relationship between the onset of the pain in Serena's left side and a previous trauma.

Serena's concrete description of the rape clarifies the *body-logical* origin of her pain. Beyond this, she describes exactly how a dissociated traumatic experience is revived through a sufficiently similar sensory experience. This is a phenomenon that trauma researchers have observed in war veterans and victims of catastrophes or accidents.[162] Everything that is, in a subjective, perceptual way, sufficiently like the traumatic sensory impressions may trigger their reemergence. The reemergence of an acute stress reaction has been demonstrated among veterans experimentally exposed to olfactory and audiovisual triggers remi-

[161] Scarry 1985.

[162] Goenjian et al, 1994.

niscent of combat situations.[163] The documentation included significant changes of a variety of neurological, hormonal, and immunological substrates. These findings supported earlier studies among adult survivors of childhood abuse exposed to provocative challenge tests, showing altered pituitary-adrenal axis responses.[164]

The problem is that these split memories that are "awakened" by something happening here and now are nevertheless not recognized as an awakened memory because the conscious and verbal memory does not contain the words about this memory. Therefore the sensory experience is not seen as an echo of something there and then, but as something happening here and now, which triggers reactions of fear, pain, anxiety, panic, breathing difficulty, fainting, paralysis, or convulsions, which are completely puzzling to anyone unfamiliar with the person's history. An observer who is not familiar with traumatic imprinting sees reactions formerly known as "hysterical." But Serena did not react "hysterically," even though neither she nor witnesses understood what triggered her helpless, depressive sobs – followed by acute loss of consciousness the day before her return home to her difficult life.

Record notes from the local hospital and the neurological ward detailed several attacks quite similar to epilepsy. However, Serena's "absences" as an expression of despair, brought on by insoluble conflicts and the feeling of being trapped, had never been made a topic in her numerous medical encounters. Still, this phenomenon was a central force in Serena's life. Every time she needed to escape from the abuse and neglect at home, she encountered the risk of meeting her abuser and rapist at the home of her only source of solace.

---

[163] Geracioti et al, 2008; Vermetten et al, 2007.

[164] Heim et al, 2001.

Pseudo-Seizures

In connection with Serena Sager's clinical history, I now want to discuss disturbances of consciousness with or without seizures that can appear as epilepsy. Since Serena was never examined at the National Center for Epilepsy, it is not possible to confirm whether she suffered from true epileptic or from so-called psychogenic seizures. That she at times had no attacks, and that she as a young grown woman no longer had such attacks, cannot entirely sort out the puzzle. Periods free of attacks have been described with all forms of epilepsy, even without medication, and in up to four out of five children with epilepsy, symptoms disappear in adulthood.[165] At the same time Serena herself has described – and family members have witnessed – that she could be in a state of reduced consciousness accompanied by small jerks in the left side of her body for up to several hours, where she was not responsive although she could hear some. Such attacks were typically always followed by tremendous fatigue and need to sleep. In this regard Serena fit the pattern of status epilepticus.[166] Such attacks are associated with having a poor prognosis as long as they are not isolated events precipitated by acute, identified illness, such as infection. Still, Serena has been free of incidents without medication since age twenty when she entered therapy after her breakdown.

Epilepsy is a frequently occurring neurological health problem among young people.[167] In one group of young people with various forms of attacks, at least one out of five has so-called psychogenic seizures, as described in the aforementioned study by the youth division of the National Center for Epilepsy. It is worth emphasizing that the kinds of seizures these patients have are very similar to those of genuine epileptics, but they often have certain characteristics not commonly seen, such as varying consciousness during the attack, the attack often appearing in

[165] Eriksson & Nakken 2003.

[166] Engelsen, Karlsen & Telstad 2003.

[167] Lossius & Nakken 1999.

specific situations, and attacks that are often longer lasting than genuine seizures.

The article gives no explanation of what the authors mean by the attacks often appearing in specific situations, so it is not entirely clear what is being referred to. One may interpret this as expressing an accumulated professional observation that these attacks follow certain patterns, and that there are possibly specific contexts that set off a reaction in these youths, which express as epileptic seizures. This characteristic fits Serena's situation. Her attacks were triggered by conflicts with her mother and exhaustion when she could not get respite at her aunt's without meeting her uncle. She never had an attack when he was away.

In the 1999 study by Lossius and Nakken, it is emphasized (p. 529) that many of the young people with so-called psychogenic attacks have "a background of dissociate pathology, a somatic condition, anxiety or depression, a post-traumatic disorder, an episodic lack of control or simulation." The psychiatric diagnoses are described as simultaneous or background illness in spite of the fact that the authors write: "several studies have shown that severe trauma during childhood or teenage years, such as severe neglect or sexual abuse, has often been the case in this group of patients." The authors admit, however, that "the knowledge of diagnosis and treatment of patients with psychological attacks is poor, both in neurological and psychiatric departments, and that these patients often fall between the cracks."

This means that many young people with "non-epilepsy" have experienced mistreatment or misuse as the source of their periods of consciousness disturbances triggered by conflicts or emotion- and stress-related situations. Still, their problem is judged as a case either for somatic or psychiatric medicine. This two-pronged system of treatment is a result of the medical theory that either the body or the mind is sick. Since evidence for a considerable "overlap" of certain mental disorders (for example, depression, suicidality, schizophrenia) and seizures (both epileptic and non-epileptic) is increasing, controversies about the demarcation between the realms of neurology and psychiatry are still inconclusive.[168] And whenever the either-or supposition does not apply, a classic situation of maladjustment occurs. This results in two forms of marginalization or rejection. Either the condition is defined as incompatible with the systems of medical classification, or the individual is marginalized or rejected by the health care system. When – as a consequence of having been abused – young people have been forced to learn protective strategies that cause them to withdraw their consciousness from what is going on around them, they do not fit into either somatic or psychiatric medicine. And as long as the health authorities only offer these two choices, one for patients with somatic diseases and one for the mentally ill, the abused fall literally between the cracks.

Neurology/Psychiatry

Epilepsy represents one type or group of disorders that accentuates the problems resulting from the dualistic foundation of the medical dividing line between neurology and psychiatry. It has long been considered difficult to decide what constitutes the "real" substrate in the various forms of attacks. Measurements based on technologies providing visible markers for otherwise invisible processes have been the accepted method of making the division. Two methods have mainly been used. One is a documentation of unusual brain activity mirrored in abnormal curves on an electroencephalogram (EEG). The other method seeks to show increased activity of stress hormones, especially elevated prolactin levels, in the blood. In pseudo-seizures there are no abnormal curves in an EEG. It was formerly considered certain that prolactin did not increase during a pseudo-seizure, but in 1998 the opposite was documented.[169]

---

[168] D'Alessio et al, 2006; Ettinger et al, 2005; Kanner 2006; Qin et al, 2005.

[169] Alving 1998.

Since proper neurological treatment requires a correct distinction between soma and psyche, neurologists have made a concerted effort to find additional methods of distinguishing between the truly sick and the imagined sick. As mentioned in the study conducted at the National Center for Epilepsy, it is possible that simulated attacks occur, which it should be possible to reveal with objective methods. Therefore neurologists have experimented with provocation tests of various kinds. These tests consist of procedures supposed to be completely safe; in addition, they can be measured, documented, and carried out in a uniform manner. The procedure is introduced to the particular patient in a standardized way. Medical staff then register whether this causes a pseudo-seizure or not.

Such a suggestive technique is evaluated – though not described – in a study from 1987 and shows that all of the thirty-four patients who had reacted to provocation had been suspected, before being included in the test, of having pseudo-seizures. However, none of those not suspected had reacted.[170] The conclusion was therefore that one could assume that suggestive techniques are good ways to separate real epilepsy from attacks of another kind. A few years later, neurologists at the university clinic in Miami reported a similar rate.[171] The specialists used intravenous saltwater injections as provocation. Nine out of ten of the 101 people included who had been classified, before the test, as suffering from pseudo-seizures reacted by having attacks. Twice as many women as men had pseudo-seizures, while the ratio of women to men with epilepsy was one to one. The group with pseudo-attacks had a larger share of the diagnoses hypochondria, depression, hysteria, schizophrenia, and somatic ailments than the group with epilepsy.

Suggestive techniques modeled on the previously mentioned studies were used in two instances at the Center for Epilepsy at

---

[170] French et al, 1987.

[171] Slater et al, 1994.

Cornell University, New York, and were reported in a review of relevant studies.[172] The tests consisted of an injection of salt water in a vein or an application of a small sponge saturated with alcohol on one side of the neck. Both types of provocations resulted in observable and recognizable attacks without visible markers in encephalograms. In both cases the diagnosis of dissociation was made from these findings, and the dissociation was in both cases explained as a result of severe abuse in childhood.

In that study, the known co-occurrence of pseudo-seizures together with a number of other psychiatric illnesses was emphasized, such as personality disorders, hysteria, hypochondria, schizophrenia, obsessive disorders, anxiety, psychosis, post-traumatic stress, affective disorders, somatization, and dissociation. It was underlined that all these phenomena, and especially dissociation, are strongly correlated with reports of abuse and neglect. The author concluded that the documented relationships between a history of abuse and dissociation, and between abuse and pseudo-seizures, is compelling evidence that a similar mechanism is involved. A pseudo-seizure may be a specific form of dissociation that involves a conversion-like trigger in its manifestation.

The author emphasizes the following: several different conditions tell us that there is reason to believe that in young people, seizures without verifiable cause should be viewed as signs of abuse. However, she does not wonder why a saltwater injection or an application of alcohol on the neck can trigger pseudo-seizures. If the clinically observed phenomenon, a direct response to two so different tests, has a common cause, one should probably bring in a phenomenological understanding of how the test can reactivate a trauma experience.

Given that many individuals who experience pseudo-seizures have experienced abuse against which they could not protect themselves in any other way than through a mental distance, these abuses have left behind wordless, perceptual impressions.

[172] Harden 1997.

Given that abuse of children often takes place in social situations where the adult is under the influence of alcohol, the smell of the sponge against the neck can remind them of the adult's alcoholic breath against the child's face or neck.[173] Given that sexual or physical abuse often involves a painful invasion of the body, injections can also be a strong trigger. All lab technicians and physician's assistants who take blood tests see daily the panicked anxiety that an injection needle or a blood-filled test tube can trigger in a person who otherwise appears calm. Given invasive abuse in childhood, something entering the body evokes associations to a phenomenon that abused children describe as "being filled with evil" or being poisoned.

The previously mentioned articles do not explain how the medical staff who administered the test with the alcohol sponge informed or instructed the patient.

However, the instruction given with the injection is quoted verbatim in the article by Slater and colleagues. First the patient is asked to give permission for an injection of medication to be administered (a physiological salt solution is described this way) that will lower the threshold for seizures. It is explained that this substance lowers the brain's natural resistance to attacks. The medication is likened to medicine that people who have seizures normally take every day, but that it is specially adjusted for this test in order to trigger an attack. The patient is also informed that the medicine has no effect on people who do not have seizures, but that it is a 90% probability that it will trigger an attack in individuals who have the problem. Information is given that the substance reaches the brain in thirty to sixty seconds,

---

[173] This interpretation has been validated by a reader of the Norwegian version of the present book who even accompanied it with yet another perceptual aspect: "Certainly the smell of alcohol can trigger memories. Yet I wonder whether the perception of sudden coolness does not work equally as well. The sudden coolness of forced undressing preceding abuse may be reactivated by the sudden coolness resulting from the alcoholic pad" (letter 24 May 2007, my translation).

that it reaches maximal concentration within one and one-half minutes, and that it is ineffective and out of the system after two minutes. While being injected, the patient is informed exactly how much time has elapsed, how the substance enters the body, and when it supposedly reaches the brain. Then one observes whether an attack occurs or not. A recent review of diagnostic procedures for the differential diagnosis of epileptic and non-epileptic seizures (NES) concludes as follows:

> No procedure attains reliability equivalent to EEG video-telemetry. Further rigorous evaluation, using standardized and replicable methodologies, is required. The range of symptoms present in NES suggests that a multi-method approach may be required. This too would require evaluation.[174]

But for people who have experienced forcible invasions of their body, this situation is probably so analogous to the abuse that a change of consciousness – to protect oneself – is the learned and logical result. Thus here it is science itself that triggers the protective strategies against abuse in the very act of attempting to apply objective measures correctly.

The latest review of studies on psychogenic non-epileptic seizures (PNES) confirms their association with high levels of psychiatric comorbidity and a positive correlation between the degree of psychopathology and the severity of the PNES disorder.[175] Likewise, the review confirms stress and conflicts to be precipitating factors and seizure triggers. Factors described as precipitating PNES include rape; injury; "symbolic" experiences in adulthood after childhood abuse; surgical procedures; giving birth; and undergoing anesthetics, death or separation, job loss, accidents, and earthquakes. The most consistent finding, however, is the relationship between PNES and traumatic experiences in general, and between PNES and childhood abuse in particular.

---

[174] Cuthill & Espie 2005, p. 293.

[175] Reuber 2008.

FRANK FINSE'S PAIN

In the following, the phenomenon of bodily pain as a result of abuse will be explored to show that similar experiences give different manifestations of pain, and that similar pain can be part of markedly different illnesses. This is to emphasize that an objective view from outside cannot see the subjective rationale that guides the particular consequence affecting the individual's life and body. In addition, the exploration is meant to underline that insight presumes closeness, understanding presumes detailed knowledge, and healing presumes appreciation of the problem.

Frank Finse's pain is a general human phenomenon in his particular expression. He is one of many young men who were sexually abused by one and the same adult. His pain is one of many embodiments of abuse performed by one man over a long period. Behind a veil of respectability, and legitimized by various positions of moral authority in a small community, he abused these boys for more than fifteen years. He admitted his guilt and was sentenced to eighteen months in jail.

I have talked to twelve of these men about their health. They present a variety of torments and disturbances, although they were abused by the same man in a similar fashion but with varying frequency and duration, and from differing ages at onset. Every one of them has his particular health problems. All these can be understood as the embodiment of abuse. Every man speaks through his body about his particular experience of abuse. Most of them have had medical exams and hospitalizations because of pain or frequent infections, particularly respiratory infections, chronic conditions such as asthma or migraines, or poor health without a medically diagnosed cause. These conditions – "undetermined" in medical terms – become understandable as expressions of the abuse experience if the individual describes his experience with his own words. Both the medically named conditions and the obscure illnesses follow the logic of an individual bodily manifestation.

Frank Finse has acknowledged the bodily logic that led in two periods of his life to lengthy hospitalizations for severe pain. The first happened when he was fifteen years old and very unsure about all sexuality. Before his admittance to the hospital he had been frequently abused both manually and orally. Frank experienced the latter as especially disgusting. The abuser used to lick the boy's semen from his stomach, and by doing that the man's face became shiny with slime. Frank reacted to this by "moving out" of his lower body. He created a division across his abdomen. By doing that, he separated his lower body and legs from sensory perception. That way he avoided feeling, but he could not avoid seeing.

During this time of abuse, he fell deeply in love with a girl for the first time, and she returned his feelings. This created a conflict between legitimate desire and illicit lust, which caused a breakdown in Frank's adaptability. With swollen legs and excruciating pain from the stomach on down, he was hospitalized at a unit for young rheumatics. No medical reason for his illness could be found. His parents were told that he might have a viral infection. As far as Frank remembers, the physicians did not discuss why it would only affect his legs. He gradually improved and went home after a lengthy stay in the hospital, but he still had pains in his legs. Later, he was seen several times as an outpatient because of continued possible rheumatic or other connective tissue disease in the lower part of his body, always with the same result. Twenty years later Frank was again hospitalized with the same complaints, but this time, of course, at a unit for adult rheumatics.

Body Theory

In order to understand Frank's pain and its return, I must turn again to Merleau-Ponty and his understanding of people's ways of being-in-the-world. Being is a phenomenological idea. It does not stand for a static condition, but rather for a becoming, a dynamic process, a continuous interaction between a Self and the world. The body takes part in this process. Or better, it *is* the process of becoming *I.* The body is not an object. A person both is and simultaneously has his or her body. A person is both subject and object at the same time. Merleau-Ponty explains what this is all about by describing how we can grip our right hand with our left and then try to decide which one is *I,* the subject, that is touching *me,* the object. What does the *I* feel, and what is the sensation of *me?* How do we decide which hand is the feeling and which is felt? Can we exchange *I* and *me* without changing the position of the hands? How does that happen, and what decides the place that is *I,* the subject, and the place that is *me,* the object?

Our hands are parts of our body that we can see. The *I* looks at the *me.* We see with our eyes, but we cannot see ourselves seeing. We can never see our backs (except with an arrangement of several mirrors), but we still know that our back is there, *and we know that it is our own.* We never see our inside; we feel it only at times, such as when our heart beats extra fast or when the stomach is more than well filled. Our body is a given, we are given as bodies. Our body is present, always with us, and always ourselves. But it is also distant, because we actually see only a small part of the outside and nothing of its inside. It is distant in another way as well, because we are not usually conscious of it. However, it can be very present in other situations when we are in need, but cannot find the restroom. Our body can also suddenly fill our entire field of vision because we see ourselves through the eyes of others.

The French existential philosopher Jean-Paul Sartre has spelled this out with the following example: he is bent over and peering with one eye through a keyhole. We can guess what he sees. He is, however, completely fascinated by what he sees and is not conscious of his own body. Then he hears a noise behind him and realizes that someone is watching him peeking. At once his consciousness changes focus. Jean-Paul, caught in a forbidden activity, suddenly sees himself with the other person's eyes. He sees not only the bent-over body with his face against the door. He also sees the visible purpose of this position that makes his entire body into an eye. The change of consciousness that happens is this: from being a subject, *I*, an embodied will to view an object while unseen, *I* am transformed into a subject, *I*, who sees myself as an object of another person's view. When *I* see myself as an object, *I* also can see that his or her purpose is visible, and so is the shame connected to this.[176]

The transition from seeing to being seen is not only a change of status from subject to object. The subject who sees is also the will to see something, the intention to see something particular and gain knowledge that will determine how best to view or observe. To see is not only physiology, but always: to see "as." This has been analyzed by the English scholar of the theory of science, Michael Polanyi, with regard to what we silently know in our bodies, so to speak.[177] People always see as *somebody*. This is to say that people see as interpreting beings who have purpose, knowledge, and presuppositions. To see is influenced by these assumptions. Therefore, we see everything we look at *as something;* that is, we categorize what we see. We interpret and sort with the tools we have learned. We always look outward from a situation. We are never free of these preconditions. We are situated.

Merleau-Ponty uses three expressions for our different types of body awareness: "present," "absent," and "permanent." We are feeling ourselves as a body when we practice new movements to acquire new skills in gymnastics or dance, when we learn to ski or skate, when we learn to ride a bicycle, swim, or climb, and when we are instructed in the use of certain tools or techniques. In those situations, we concentrate on our body or parts of it in relation to what we want to learn. Then the body is present in a special way because we are conscious of it not functioning well

[176] Sartre 1958, Part Three, chapter 1, IV.

[177] Polanyi 1969.

in relation to that which is new. We experience our body as untrained, unsteady, unbalanced, uncoordinated, and inelegant.

As soon as we have acquired the skills, integrating new and unfamiliar motions and muscle coordinations such as staying upright on a rolling bicycle, a change takes place in our consciousness. The body that had been very present because we were inexperienced now becomes "absent" in Merleau-Ponty's interpretation. Now we can sit on the bicycle and literally bike along because the body can be ignored. "It" can now ride a bike; we now "know" the motions, skills, and reactions needed to balance while we pedal, and steer. Now a change in consciousness can happen that indicates a change between *from* and *to,* as Michael Polanyi interprets it. Then the enriched bodily awareness (about riding a bike) can allow an orientation toward something else. It can simultaneously be the pleasure we feel balancing while moving forward, the speed creating a sense of flying, and the powerful motion the bicycle lets us unfold. But aside from having acquired the sensory, motor, or kinesthetic new skills, our awareness can now open up to the surroundings and "forget" the body, which now moves almost by itself.

The quotation marks around the word "forget" emphasize that it is not being used in an absolute sense, but rather a relative sense. When we are not concentrating on the body, but on what we do with it, this does not constitute the difference between presence and absence. Our body is "permanent," as Merleau-Ponty says, continuing in our consciousness – possibly independently of our degree of consciousness, and possibly also of what state of consciousness we are in. Even when we are totally engrossed in something, such as reading, our body is way back in our consciousness, but it is still present. It is our "from," the condition allowing us to sit, hold the book, read, understand what we are reading, and become engrossed in it. During conditions such as sleep, anesthesia, intoxication, or coma, we respond to various perceptions, although in differing ways that are obscure or invisible compared to a state of unaffected and rested alertness. Our lasting, lived body means we are our bodily *I;* we are bodily present as long as we are alive. That the body is "permanent" is the precondition for the fact that we "can" ride a bike or swim or ski or skate or dance, forever, once we have acquired these skills, even if lack of practice will show up after a long hiatus. Whatever we have integrated as kinesthetic or sensorimotor experience or learning is embodied, even if our awareness of it is more or less clear. Old learning can be renewed, and in meetings with people, events, and places, even dormant impressions can be awakened.[178]

Conflicts

Here I return to Frank, who was once again hospitalized with an acute and apparently generalized, painful inflammation of the tissues in his lower body and both legs. Again, no biochemical or immunological explanation was found. This happened at a time when Frank, together with some of the other abused men, had decided to sue their abuser. In the meantime all these men had become fathers of sons, and they realized that their sons were in danger as long as they kept silent. This time, as well, Frank's hospitalization coincided with a deep internal conflict connected to a much loved woman. He had never had the courage to tell his wife about the years of shameful sexual experiences. Again, Frank was confronted with an apparently unsolvable conflict between respectable, lawful love built on openness and trust, and secret, shameful, concealed sexuality. He now feared that when the group of men took action against their abuser, his wife would find him equally repulsive, disgusting, and contaminated as he had felt himself to be when he was involved in the abuse as a boy, and that she would leave him for that reason.

Frank was one of several men in the group who emphasized that becoming a father, and especially the father of a boy, had

---

[178] Gallagher 1997; Gallagher & Marcel 1999.

forced them to acknowledge how lastingly they were injured by the concealed, apparently past, and "almost forgotten" childhood experiences. Some related that their wives' pregnancy had caused old nightmares that occurred after abuse to reappear, almost exploding in force and frequency. It became apparent for several of the men that something threatening was approaching. There was a danger connected with becoming a father, and that danger was somehow connected to things they did not want to think about or be reminded of. Some mentioned explicitly and quietly that during the pregnancy, they had prayed intensely, in their prayers or secret thoughts, that the child not be a boy. They said they were ashamed to think this way, because the important thing was that a living, healthy child would be born and that the mother's life would not be in danger. They knew they could not disclose this secret and prohibited wish to their women. Still, they knew that this wish was a consequence of fear.

A boy's fear, connected to hidden and sinful experiences, to knowledge of disgust and paralyzing confusion, was transformed to a man's unspeakable fear. It was a fear of taking on an overwhelming responsibility – the responsibility of protecting a boy against possible male predators, especially their own, who still lived among them. In this fear of their own adult helplessness, several mentioned for the first time what they had not reflected upon as children because they had blamed themselves for allowing themselves to be abused: why had no nearby adults protected them? Had all adults been blind? Had none of them understood a thing? Did someone know who was too weak or cowardly to interfere? Had it not been as bad as they then experienced it and now again felt?

Their male fear was also about what the women in their lives would say and do, feel, think, and accept or reject – if he dared to confess and tell about the shameful, disgusting, sinful, and forbidden. Their women had, like themselves, grown up with a faith that prohibited sex before marriage. Their abuser had, himself, as their spiritual leader in the community, demanded virginity before marriage and condemned intercourse without the blessing of marriage. He had taken young couples to task during their wedding ceremony if they had "tasted forbidden fruit" and for that reason deserved to be chastised in public. All the abused men who were married had therefore presented themselves to their women as sexually inexperienced, the way the women, of course, were supposed to be. The men knew within themselves that this concealment of something unmentionable – which was not sexual relations with another woman, and not a pleasurable experience, but still something sexual, even if it was something dirty and repulsive – had bothered them since they started seeing girlfriends whom they later married. When should they have told – if they had dared? Many said they had felt a constant unease about accidentally disclosing something about it. They often felt dishonest – and then pushing this feeling back as something that needed to be forgotten together with the "unmentionable." What would happen to their marriage, to the sense of safety and respect?

Beyond this, what would family members say, who were relatives, friends, fellow worshippers, neighbors, and classmates of the abuser? What would happen if nobody believed them? What would be the consequence of exposing a spiritual leader who most people in the community looked up to? What would be the reactions against the accusers? Would more of them be rejected because of the revelations than those who had already left the community more or less of their own free will because of a lifestyle or condition considered unacceptable, such as seeing a psychiatrist or being an addict, a convict, or gay?

Comprehension

From conversations with these men, I know that many of their concerns turned out to be legitimate, except for their fear that their women would leave them as a result of the revelations during the investigation and preparations for indictment. Rather, the revelations helped the women begin to understand reactions and habits of their men that they could not previously grasp. These involved attitudes to social life, such as the perceptible but previously incomprehensible unrest before, and often absence from, occasions that involved the "whole" family (in other words also the abuser); the man's near manic avoidance of public toilets, which affected participation in social events and clubs, travel, trips, and get-togethers; the man's crass distrust bordering on disregard for authorities; and his complete refusal to belong to any religious group or participate in religious meetings in spite of the woman's expressed wishes.

The women could now also see the hidden rationale in their men's unusual behavior in their private dealings. One understood why her husband could not bear to have the children join them in bed, and had to leave the bed in pain or carry the children back to their own beds. Now he could say that the fear of touching their bodies the wrong way made him quite rigid. Another understood why her husband became furious if the children came into the bathroom when he was nude. Now he could admit that he felt his nude male body to be repulsive and shameless. A third woman was now told that when her husband heard her approaching when he was using the toilet, he was not able to complete urination. He could now tell her that shame, sex, and urination were tied together with his experience of watching his abuser urinate as a regular preliminary to the abuse. It explained to her his many maneuvers to avoid having anyone within earshot while he emptied his bladder. A fourth woman now understood why her husband became rigid, rejecting, and sharp whenever she tried to embrace him from behind. Now he could tell her that the abuser always approached him from behind. A fifth woman now understood why her husband's orgasm was always acutely interrupted if she touched his thigh or lower body with her hands. Now he could tell her that in his mind, he still could not separate her hands from the memory of his abuser's hands, and therefore experienced an acute sense of shame and a strange nausea when she touched him that way. A sixth could finally understand why her husband refused to carry their children when they were nude. Now he could admit that he simply did not know where he could touch them without doing harm.

While the men's worries about their women's rejection proved to be unjustified, their other worries were fully borne out, and then some. The destructive force connected with abuse that requires silence split families, friends, and neighbors. The silence surrounding such abuse of power has been pointed out by sociologists and anthropologists as an "epidemiology of absence" and is now becoming of interest to public health officials and epidemiologists.[179] Silenced abuse against women also includes abuse of children. Although all members of the public should react publicly when becoming aware of abuse, it is rather the rule than the exception that they look the other way and hear nothing. This conspiracy of silence results from stories of abuse that are often not believed, and therefore "unheard." Most frequently "unheard" are men's experiences of abuse.[180] Frank Finse's and the other men's often extensive and lasting injuries from sexual abuse during childhood show that such experiences are just as injurious to men as they are to women, although medically based knowledge about long-term effects is still limited.[181] Frank's health problems, like Serena's, show that a pain, whether acute or chronic, may be understood as "site-specific," connected to previous experience of pain in the same part of the body. This phenomenon will be discussed further in a later chapter. A study among boys

---

[179] Gracia 2004.

[180] Haskett, Marziano & Dover 1996; Holmes & Slap 1998.

[181] Anda et al, 2001, 2004; Briere & Elliot 2003; Briere et al, 1988; Dong et al, 2003b; Dube et al, 2005; Fergusson, Horwood & Lynskey 1996; Goodwin & Stein 2004; Holmes 2008; Morrow, Yeager & Lewis 1997; Salter et al, 2003; Stein & Barrett-Connor 2000.

with defecation problems showed just such a connection with previous anal penetration.[182] That study points out how medical intervention against lack of bowel control in some of the abuse victims was experienced as a direct repetition of the abuse, with suicide attempts as a result.

Cultural bias renders the role of a victim of sexual violence most compatible with the defined characteristics of femininity. This has had a near blinding effect when it comes to abuse of boys and men. Until recently, a male-dominated research community seems to have avoided a subject that was uncomfortable for them. For these reasons, when Frank and the other men got together to accuse their abuser, they not only found that there was a lack of knowledge about the effects of sexual abuse on men, but also had to confront massive disbelief among members of their community when they accused the man, even after he had confessed. Many doubted the fairness of the judgment. Among these were even parents of some of the men.

EPISTEMOLOGY

Both the general and the particular logic involved in embodying traumatic debility, humiliation, and abuse experience are accessible to insight, if one thinks of the human body in a different way than dualistic, mechanical, and fragmented. Dualistic, fragmented thinking still dominates biomedical education. It dominates medical pictures, ideas, and models of the body. These are consistent with four central theoretical assumptions:

- that the human body can be observed and described exhaustively as a biological object;
- that the human mind can be observed and described exhaustively as a behavioral object;
- that body and mind are separate and essentially different from each other;

[182] Morrow, Yeager & Lewis 1997.

- that only objective observations are a correct basis from which to produce valid medical knowledge about the human body and mind.

I tie my criticism of these premises to medical ideas that have status as psychiatric diagnoses. These diagnoses often appear as descriptions of what are common but difficult health problems in today's Norwegian population (and appear elsewhere as well). They represent only a small selection: mild personality disorders, mild psychic disorders, depression, phobias, panic and anxiety disorders, mood disorders, adjustment problems, somatic disorders, and eating disorders. All of these concepts belong to a dualistic, mechanistic, and fragmented way of thinking. The words bear witness to a particular point of view, a view from the outside, a scientific view, with prescriptive power in the production of knowledge. The basic premise for these words is that soma and psyche are separate, that soma can be understood biologically, that the psyche is expressed through behavior, that behavior can be observed, and that such observations are a valid basis for true statements about the purpose of said behavior. During observation of the individual as a behavior-object, all sociocultural context is methodically ignored. That which is ignored encompasses all of the phenomena that belong to relational, social, cultural, value-related aspects of people's lives. These aspects are called "confounders," meaning sources of contamination and untrustworthiness. The isolated person stands alone when viewed for purposes of medical research. As pointed out earlier, the knowledge of the body as object is administered by somatic medicine, knowledge of the behavioral object is administered by psychiatric medicine.

The pictures, ideas, and models of the two-pronged person are the result of one particular theory among many theories created by human beings. That theory is anchored in one manmade philosophical position among the many we know of from study of the history of ideas. This particular theory, at the time it emerged, had its own specific historical context and imperative. But neither the context nor the imperative is valid today. It is time to abolish it because we really know better.

We know that the demarcation between psyche and soma is sharp and precise in theory, but only there. In reality it is neither sharp nor precise. The division between somatic and psychiatric fields of knowledge has created a "no man's land" – here, a land for which no field exists. Clinicians, especially those of us who work in the first line, daily acknowledge that there exists a large, nameless area between the somatic and psychiatric systems of classification. The division between soma- and psyche-"language" has literally created a lack of language surrounding many human conditions. We see, in at least one out of three consultations, that neither good will nor correct knowledge is sufficient for diagnosing what our patients complain of. Possibly as many as half of our patients are in this "no man's land" where medicine does not have an adequate language to give their problem a proper name. Their condition cannot be sorted into the somatic or the psychiatric field of responsibility. These people exist "between responsibilities" – in other words, between the two groups who can give correct answers based on their field of valid knowledge.

As a primary care physician I stand with them. My job is to diagnose. The law requires it. My salary depends on it. It is built into my computer. Primary care physicians reign over an obscure system of classification, called ICPC (International Classification in Primary Care). It is useful in the many instances when we, as physicians, are in doubt. Then we are allowed to use words from the subjective world, medically imprecise words that represent the voice of the patient. But we know from daily communication with the second and third line of our profession, or from limits set by insurance, how little power this obscure system contains. We as physicians feel uncomfortable using this language. We know we don't sound properly medical, and we realize that we are not always listened to when we have to use it. The patients feel the same way, as an English study has shown.[183]

Some will say that the integration of soma and psyche is taken care of by the field of psycho-somatics. But the field is, as the name indicates, a medical specialty based on a dualistic worldview. It is naïve to believe that one can join two medical specialties, specialties that in structure and activity are built on a centuries-old division, with a hyphen. A hyphen is a linguistic phenomenon. It does not cancel a division of theory that has led to two comprehensive and detailed systems of classification, and literally documents a divided world of ideas. Psycho-somatics is also an unacceptable division of theoretical understanding if the goal is to integrate the emotional, cognitive, or mental aspects of individuals with the somatic. Neither the dualistic theory nor the fragmented methods behind the divided world of knowledge allow for synthesized thinking. Psycho-somatics has not, until now, been based on a consistent theory about why not all health problems, only some, not all individuals, but some, not the entire life, but only some phases of life, can be caused by something in the mind that affects the body with a pathogenic effect.[184]

A construction of language – that is, a joining of the two words "psyche" and "soma" to the notion of psycho-somatics as the name of a field of knowledge – probably does not effect what the physiotherapist and science theorist Eline Thornquist presents as a radically different understanding.[185] She says (p. 8):

> As active and experiencing social actors, people exist in a body, and as such are biological beings. The body connects what is traditionally divided: the material and the mental world, the objective and the subjective world. In addition, through bodily experience, we shape and pass on community and history. With such a starting point, it is possible to see connections between function and feelings, muscles and meaning, joints and life.

[183] Ogden et al, 2003.

[184] Kirkengen 2002.

[185] Thornquist 1998a.

Part II

SOCIAL FRAMEWORKS

Chapter 3

Violent Trajectories

SITE-SPECIFIC MEMORIES

In the following, I want to explore some phenomena and theoretical aspects that seem to be valid for all abusive experience. The word "experience" indicates that this is not about abuse as a category, as observed and objectively defined observations, but about being abused – in other words, as seen from the perspective of the abused. This allows us to approach a subjective view of the experience. It provides insight into how the victims experience and interpret the effect of the abuse. How the pain of abuse is experienced decides how it affects the victim at present and in the future.

Here we encounter the previously discussed idea of "lived meaning" in painful sensory perceptions and traumatic memories. There is now solid evidence that threats to life and integrity are stored in people's memories differently than other experiences. The feeling of helplessness can stay unintegrated in the person's cognitive memory. It may remain inaccessible to words and thoughts because it is only or mainly remembered in a sensory way. Medicine needs to be alert to sensory traumatic memories as researchers in neurophysiology recently describe them, that is, traumatic sensorimotor memories that are reactivated or awakened by perception of similarity.[186] You meet them in the

---

[186] Bremner et al, 1993, 1995; Geracioti et al, 2008; Goenjian et al, 1994; van der Kolk, Brown & van der Hart 1989; van der Kolk & Fisler 1995; van der Kolk, Herron & Hostetler 1994; van der Kolk & van der Hart 1989; Vermetten et al, 2007.

stories of war veterans, of survivors of fires, avalanches, and shipwrecks, of those tortured or raped, of people who have been on a respirator or who have been severely injured in accidents. The underlying phenomenon – the common structural denominator shared by such individual stories – is described by Pierre Janet. He saw that people have the ability to connect new experiences to earlier ones, that is: they associate, or they split new experiences from the previous, that is: they dissociate.[187] What we can say with fair certainty based on Janet's theories of dissociation and modern neurophysiology is the following: when a past trauma is reawakened by something in the present that has perceptive similarities with earlier trauma, the effect is unpredictable. The impact of a new abuse experience can apparently be completely disproportionate. This can only be understood if one tries to enter the mindset of the victim, where what is happening here and now blends with what happened there and then. Then the logic of perception appears, which makes apparent trifles cause major collapse or chronic non-malignant pain that today's medicine cannot heal.

Janet was the first to describe in a consistent fashion that people can actually separate toxic, harmful, and humiliating sensations and store them at levels of consciousness that are organized not verbally, but perceptually, and are therefore not accessible through cognitive memory. This is not covered by the Freudian term "the unconscious." There is reason to believe that we are conscious of everything that has happened to us, but that our consciousness is a dynamic and complex cognitive-perceptive multilevel activity. In my thesis I have called such wordless, sensory memories "bodily inscriptions." Other researchers also use such terms as bodily memories or bodily experiences. In Anglo-American literature the term "site-specific" is used.[188] Trauma psychologist Babette Rothschild describes in detail such site-specific memories. One example is a memory connected to an arm:

[187] Van der Hart & Horst 1989.

[188] Nijenhuis & van der Hart 1999; Rothschild 2000.

> A mid-thirties woman sought therapy for panic that developed while making love with her husband. Her arm had accidentally gotten caught under her in an awkward position, firing off memories of a rape she thought she had long put behind her. The rapist had pinned the same arm under her in the same position.[189]

Another example is a treatment-resistant pain with no medically proven cause in a woman's hip. The pain started after her husband's death from a heart attack while sitting next to her in their car. While driving, she immediately realized what was happening and changed direction toward the nearest hospital. Rothschild writes:

> It seemed that the more she focused on the pain, the faster her heart beat. I also asked her to notice what emotions she was feeling. She was scared. I had her just stay with those sensations for a few minutes: pain, heart rate, fear. As she persisted, her right foot dug deeper and deeper into my carpet. It wasn't long before she took a huge breath and began to sob. "I drove as fast as I could. I floored the accelerator. It was an old car and I just couldn't get it to go any faster!" It became very clear that a significant part of her hip problem was this memory of bearing down on the gas pedal. During the following process, she was able to release some of the guilt she had harbored for not making it to the hospital soon enough.[190]

Psychiatrist Sol Dahl of the psychosocial center for refugees in Oslo related a story at a workshop about a Bosnian woman with a painful, right-sided palsy. The woman, with her newborn son, had been captured after her husband, a journalist critical of the government, had managed to escape. Her captors wanted her to disclose his whereabouts. She was hung by her left arm while holding her child with her right. While she was beaten and cut, she had only one thought: should she faint, she had to strangle her baby at the last moment with her right arm so he

[189] Rothschild 2000, p. 55.
[190] Rothschild 2000, p. 118.

would not fall into the hands of the torturers alive. Her entire right side had therefore been tense and prepared. She managed to keep silent, the torture ended, and she was released. Some months later she found out that her husband had left the country without attempting to get her and the child out with him; she developed a generalized pain and acute paralysis in the right side of her body, especially in her right arm.

This is what is meant by site-specific. It also makes it clear that it is not necessarily the part of the body that experienced pain or injury that later becomes painful. The whole situation, and especially the significance and meaning for the victim, is what determines how such an experience later appears as bodily pain. This is not only about concrete perceptions inscribed into bodies, but also about bodies inscribed into cultural contexts, in revenge, war, humiliation, punishment, helplessness, guilt, and shame. Not the least shame. Indeed, the circle of violence in families and communities, and the circle of ignorance among health care workers, maintain a destructive force. This destructive force is connected to human existence as social beings through stigma, guilt, and shame.[191]

Katarina Kaplan and Her Hand

I became primary care physician for Katarina Kaplan by request from her insurance company caseworker. Before consulting me, she had mainly been seen by specialists. She was receiving medical rehabilitation by order of a specialist in neurology. It was quickly obvious that Katarina was unable to practice her profession as a physician. She wished to apply for rehabilitation focused on her profession. In order to establish a cause, we reconstructed her history of illness and trauma. Katarina had been substantially traumatized since childhood. Her parents had used punishments deserving the name of abuse. They used a riding

[191] Kirkengen 2001; Vetlesen 2001.

crop and a dog chain. In addition, her much older brother had physically abused her since childhood. She had tried again and again to relate to her parents what he was doing to her, but the parents would not listen. She gradually learned that it was no use to complain. Because she was not listened to or protected, she became ill. Already at fourteen she had eating disorders and was for a time anorexic. Neither her parents nor other adults or professionals understood that she was being abused.

While in high school, she was treated for symptoms indicating a bleeding peptic ulcer. No one knew that shortly before she was hospitalized, her brother had beaten her up. During her senior year she was involved in an automobile accident and received a head injury. While she was being treated for this injury, she gained sixty-five pounds, a paradoxical effect from a head injury. But no one connected the present and the earlier eating disorder. In spite of her health problems, Katarina started her medical studies. They ended up taking about twice as long as usual, because of her frequent absences with respiratory problems and a bout of mononucleosis with a long convalescence, as is seen in highly stressed young people. Her brother had continued to physically abuse and endanger her until she became an intern. Katarina had never told anyone about these brutal attacks and covered for her brother. What she learned as a child, that no one would listen, still governed her strategies.

After graduation, she had to postpone her internship for six months because of illness. Her time as an intern was interrupted several times because of apparent acute virus infections and one strep infection. Toward the end of her internship, almost three years after she graduated, she caught meningitis needing lengthy treatment. None of these periods of illness were interpreted as acute recurrences of an already chronic condition, because they had appeared as new illnesses. None of her caregivers had seen that she lived in constant fear and suffered such abuse that she nearly lacked the ability to resist.

The results of her treatment were unsatisfactory because Katarina became more and more fatigued, and after the internship ended, she had a breakdown. Still there was no recognition of a connection between her many illnesses. Her condition was termed a post-viral fatigue syndrome, and lacking effective, documented treatment, the neurologists had advised slow rehabilitation and a two-year rest period.[192]

The day after Katarina had told for the first time in her life that she had been abused by members of her immediate family from childhood until she was a qualified physician, she noticed increasing pressure in the back of her left hand and especially on the top of her fingers. She had managed to fall asleep, but had repeated nightmares. When she woke up the next day, all the fingers on her left hand had cracks across the middle knuckles, forming a line when she made a fist. During the course of the day, the cracks grew deeper. She got anxious and again and again stared at her red, swollen hand. Then she thought: "I have seen this before. My hand looked like that once before, the same way, with the same kind of cracks." Suddenly she could see herself, like a film clip, standing in the entry to her house at home. She was almost five years old. Her brother and she were home alone. He had tricked her into putting her left hand in the door opening – and then he had used all his thirteen-year-old force to slam the door shut on her fingers. They cracked.

The next "film clip" that appeared was a dramatic slide down a staircase with a red carpet and black iron railing and a hard landing on the tile floor below, resulting in bloody hair. Katarina was now convinced that these were true memories. She felt in this "film clip," too, that she had been pushed from the top step. However, she could not remember where this staircase was, and whose hand had pushed her. She asked her mother, in passing, during their next phone conversation. Her mother confirmed

[192] Chaudhuri & Behan 2004; McEwen 1998; Taylor & Jason 2002; Whiting et al, 2001.

that they had a black staircase with red carpeting in the house where they lived when Katarina was two years old. Not knowing what Katarina was looking for, her mother said: "You fell down that staircase once and got a concussion. We were not home and your brother had to wash the blood out of your hair."

During a painful, but at the same time redemptive labor of recall, Katarina has bit by bit dared to see, that is, remember, what she has always known. This way she has gradually begun to face her terrible childhood. Both the facts and the memories have enabled her to admit that she never was loved by her immediate family, and that she had always been in danger within her apparently respectable, well-to-do family. This way she has slowly released herself from her family and from the duty to be loyal and empathetic. She has started to live her own life and reorient herself toward returning to work.

Abuse by siblings and peers has so far not received much attention. This is due to the assumption that being maltreated by other children is not as harmful as being maltreated by adult caregivers. This assumption has, however, been challenged by a study published in 2006, including data from 2030 children.[193] The authors concluded (p. 1401):

> The findings provide justification for being concerned about such peer and sibling violence in schools and families and for counting such victimization in victimization inventories and clinical assessments.

Furthermore, children who are abused in their families are at risk of being abused by several members – and of experiencing other kinds of adversities exactly because they are exposed.[194] This has been clearly demonstrated in the ACE Study: every type of adversity increased the risk for having experienced additional hardship or maltreatment.[195]

---

[193] Finkelhor, Turner & Ormrod 2006.

[194] Leventhal 2007.

[195] Dong et al, 2004; Edwards et al, 2003.

Although to what degree traumatic experiences contribute to the development of chronic fatigue is still under discussion, most studies support the conclusion that the impact of distress must be considered.[196] Mediated by the central nervous system, the hormonal system, and the immune system, both inflammatory processes and cardiovascular irregularities are part of a nexus of findings in persons suffering from chronic fatigue.[197] One of the most consistent findings is the impairment of the immune system, expressing in frequent and serious infectious diseases or frequent reactivations of latent virus infections.[198] In the case of Katarina, her "proneness" to be infected and to suffer severely from these diseases was most prominent. However, in terms of causality, these infections were not a cause, but an effect of a life filled with anxiety, secrecy, threat, and deep shame for not being respected and cared for.[199] Katarina's ability to adapt was exhausted before she was thirty years old.[200]

Tanja Tambs and the Bed

Abuse by people whom you are close to always represents violence, even when there is no concrete physical violence involved. Violence can happen in a symbolic fashion, as the French social philosopher Pierre Bourdieu shows in his theories of social rank, which gives force to abuse without resorting to violence.[201] Such nonviolent abuse is about the lack of respect from one person who is meaningful to another. That individual's lack of respect for the other's integrity damages this person's self-respect and self-image. This phenomenon characterizes Tanja Tambs's his-

---

[196] Devanur & Kerr 2006; Heim et al, 2006, 2009; Kato et al, 2006; Taylor & Jason 2002.

[197] Boneva et al, 2007; Davis et al, 2008; Kirkengen & Ulvestad 2007; Raison, Lin & Reeves 2009; Ulvestad 2008.

[198] Glaser et al, 2005; Jones 2008.

[199] Gruenewald et al, 2004.

[200] Kirkengen 2008.

[201] Bourdieu 1990, 1998.

tory. From age four to eleven, she was sexually abused by her uncle during her frequent visits with him and his wife. She was very much loved by the childless couple. She was showered with attention. She was hugged and coddled from her arrival to her departure.

Her uncle put her to bed every night with a ritual that encompassed both caring and abuse. Therefore Tanja could not understand why she hated that time of day. The kind uncle could not possibly be the cause of the disgusting and painful things that happened in bed at night. The child helped herself to make the unexplainable explainable: she blamed the bed for what happened there. Therefore the bed took on a new meaning for Tanja: fear. Her fear of the Bed stayed with her. At home she became sleepless and developed headaches toward the end of the day. Therefore the family doctor prescribed sleeping pills for her from the age of five. But neither he nor her worried parents wondered why she could not fall asleep in her bed, but anywhere else, such as under the stairs, in a closet, in the bathtub, or behind the sofa, where she hid at bedtime.

"Pharmaco-logically," Tanja became a drug- and alcohol-addicted teenager, and "psycho-logically" she became a popular, spoiled sexual toy for a number of young men much older than herself. This so-called promiscuous behavior was used against her when, at age eighteen, she accused her uncle. The nice man who had loved his niece so much appeared so believable in court, and this impression was only enhanced by the appearance of the promiscuous, drug-addicted teenager. That her lifestyle was proof of the damage to her integrity, nobody understood. That she had been made into an object and thereby lost her self-respect never came up in court. Tanja therefore had to carry the shame for what was considered a false accusation and for her own self-destructive lifestyle. She was considered the source of her own destruction, and was judged and treated accordingly.

The medical treatment Tanja had received had not prevented her from becoming a user. Rather the opposite. The medical "solution" led to addiction and later drug abuse. Tanja had "chosen" a form of self-remedy for her difficult life. A definite thread connects her childhood and her adult life: symbolic violence, transgressed boundaries, and degradation to others' lust led to fundamental insecurity about limits and a deep self-contempt expressed in apparently voluntary, perilous, and fatal self-destructiveness.

Several studies have recorded such a connection, among both boys and girls, linked to the following phenomena: depression, suicide attempts and suicide, self-mutilation, early and many sexual relations, lack of prevention against pregnancy and sexually transmitted diseases, abuse of alcohol and narcotics, unwanted and teenage pregnancies with great risk of the child dying, eating disorders, and violent injury.[202] And to put this in a Norwegian perspective: in a study from 2001 among 710 young people outside of institutions, 31% said they had been forced into sexual activities.[203]

Elianne Ekgren and the Doctors

Rape without the use of force was also the hidden background for Elianne Ekgren's main health problems, namely, seizures. These started after her uncle had raped her in her grandmother's house from the time she was fifteen years old. Her uncle had separated from his wife and moved into his mother's house. Elianne had lived with her grandmother since she finished middle school and was now working. Her parents were divorced, her father had moved to northern Norway, her mother had remarried, and her mother's new husband did not wish to have Elianne living with

---

[202] Anda et al, 1999, 2001; Basile et al, 2006; Brown et al, 2000; DiClemente et al, 2001; Dube et al, 2001a,b; Hillis et al, 2004; Howard & Wang 2003; Kaplan et al, 1998, 1999; Kelly et al, 2003; Kilpatrick et al, 2003; Lieb et al, 2004; Roberts, Auinger & Klein 2006; Roberts, Klein & Fisher 2003; Rossow & Lauritzen 2001; Shrier et al, 1998; Silverman et al, 2001; Walrath et al, 2003.

[203] Mossige 2001.

them. As a result, her grandmother had become the most important person in her life. Of all her children, her oldest son, who was head physician at the local hospital, was grandmother's pride and joy. It was impossible for Elianne to tell her grandmother what her favorite son had done to her.

When the uncle found a new woman, but still lived in his mother's house, Elianne was put out, without Elianne daring to protest. Sixteen years old, she moved in with a single, alcoholic woman with three children and a history of abuse. There Elianne entered an environment with lots of alcohol and irresponsible sexuality that she was not able to defend herself against. Again she was raped. Then the seizures began. But Elianne did not seek help; she just tried to live with them. Then she moved in with a man from this circle. Eighteen years old, she became pregnant. After the delivery, the child's father moved out. Her grandmother helped her with money. Her next man was much older and an alcoholic, but she thought she could reform him and have a proper family. Soon she was pregnant again, and had her second child. But her husband did not want the responsibility for a family – and Elianne was divorced. When she met her third husband, he charmed her at first, but soon he turned out to be inconsiderate and violent. He knocked her unconscious and raped her late in her third pregnancy. Twice he was imprisoned for attacking Elianne, but both times she let him come back before she finally started divorce proceedings.

Elianne's relationship to men was clearly troubled. But with the background of rapes, her relationship to doctors was also a problem. Whenever she sought help, she saw colleagues of her first abuser. Even her gynecologist took the liberty of stroking her "to calm her" before gynecological examinations and would kiss her before she left. She did not protest. When she was finally examined at a neurological clinic because her seizures had become so violent, she was unsure whether these attacks could be an answer, a reaction to the increased helplessness and pressure she experienced in her daily life. She was also aware that her uncle had an excellent reputation among his colleagues. Therefore here too she found it unthinkable to tell her caregivers what her uncle had done to her. The doctors diagnosed epilepsy, and Elianne was given medication. When it turned out that no epilepsy medication had any effect, and only an anxiety-suppressing medication helped her, her physicians were mostly worried about the risk of addiction.

In 1995 Elianne Ekgren was diagnosed with cancer of the cervix and was treated at a cancer hospital. She experienced the diagnosis as a threat on several levels. Her body – or rather, her lower abdomen – was again invaded by destructive forces that she could not protect herself against. How threatened she felt can be seen from the fact that she developed pains and symptoms that she had never experienced before and that, according to her physicians, could not be connected to the surgery. Her diagnosis required regular gynecological examinations. In 1997 Elianne was again raped on a business trip. This rape made her seizures become nearly explosive. She could no longer control her attacks with pills. For a long time she was not able to work. After this rape Elianne was unable to tolerate gynecological examinations, which were required as a follow-up of her earlier cancer treatment. From pure fear, she postponed the tests again and again. Finally, the vaginal examination had to be performed under anesthesia.

After the rape, Elianne started sessions with a female physician and a female psychologist to get to the root of the connection between her seizures, her anxiety, and the resulting abuse of alcohol and drugs. When the childhood and adolescent rapes and her uncle's part in the history of her life and illnesses came to light, her seizures decreased dramatically. Step by step Elianne could define her need for safety and distance, especially from men, and gradually she could reduce her medication and return to work.

Elianne's history illustrates the well-known danger of being victimized again as an adult when having been abused as a child or an adolescent, usually referred to as re-victimization and shown in numerous studies.[204] These studies converge into the following message: the earlier a child's integrity is violated and the closer the abuser is to the child, the greater the probability that the child will be abused again both as a youth and as an adult.[205] Repeated experiences of abuse, even if the events are different, seem to reinforce already established damage. Their accumulated effect may appear to be out of proportion to the actual happening, seen in isolation.[206] This can possibly mean that the earlier experience of existential insecurity resonates more strongly after every reactivation. Every reminder that the world is a dangerous place enforces the already established insecurity. This "trampoline-effect," as I have come to circumscribe this joint impact of traumas, has been described in another, apparently totally different connection: among male and female soldiers, childhood maltreatment predicted increased morbidity, and a strong connection between the most extreme presentations of post-traumatic stress disorders and experiences of abuse and violence in childhood was demonstrated.[207]

SIMILARITIES AND DIFFERENCES

The following two stories are about the effects of oral penetration. The stories clarify that the event (abuse) and the experience (of being abused) are not the same. The same type of abuse (oral penetration) does not result in the persons being abused this way ex-

[204] Coid et al, 2001; Desai et al, 2002; Foshee et al, 2004; Gladstone et al, 2004.

[205] Basile et al, 2006; Bensley, van Eenwyk & Simmons 2003; Boney-McCoy & Finkelhor 1995; Cloitre et al, 1996; Desai et al, 2002; Ehrensaft et al, 2003; Folette et al, 1996; Humphrey & White 2000; Maker, Kemmelmeier & Peterson 2001; McNutt et al, 2002; Myall & Gold 1995; Sanders & Moore 1999.

[206] Arata 2000; Classen et al, 2001; Maté 2003; Messma-Moore, Long & Siegfried 2000; Scaer 2001.

[207] Bremner et al, 1993; Rosen & Martin 1996.

periencing the same. Their experiences are influenced by particular contexts and informed by colors, sounds, smells, and tastes. Experiences that appear similar from the outside result in something completely different. In spite of the differences, the experiences create equally logical, but not equal consequences.

The stories also point out some possible sources of errors in research of abuse. The errors come from the following scientific premises:

- abuse is defined as observable and limited events according to the theory that only the observable is a basis for valid knowledge;
- memories and experiences are defined as subjective and unreliable contributions to the production of knowledge;
- abuses are categorized by their apparent characteristics due to the assumption that apparently similar actions are the same;
- abuse and context are separated out on the assumption that one only gets "pure data" about "the same occurrence" when one removes the often various and even contradictory circumstances.

Similarities in the Abuse Histories of Fredrik Ferger and Judith Jansson

- They have, as children, experienced one of the most destructive forms of abuse, namely, oral penetration. It means they have been forced into a disgusting, nauseating, and often literally gagging and suffocating alienation of their mouth.
- They have been abused over a period of time by the same male perpetrator. In the case of Judith, the oral penetration was part of a more extensive pattern of abuse.
- They were exposed to a form of abuse distinguished by having their head pinned by the abuser while being forced to suck his penis.
- They used the same protective strategy against the feeling elicited by having their heads pinned, namely, "moving

away," a perceptual and cognitive distancing from the situation.
- They later experienced a reactivation of their sensory, motor, and kinesthetic bodily impressions of the abuse.
- They realized retrospectively that the reactivation was a logical result of site-specific perceptions.

Differences in the Illness Histories of Fredrik Ferger and Judith Jansson

- Fredrik had, during physical labor in a particular position, felt a strong throbbing in his face and head. This specific position represented a trigger for reactivating memories of oral abuse. It evoked what appeared to be an acute epileptic debut in the form of a grand mal seizure and resulted in Fredrik immediately being hospitalized in a neurological ward. Fredrik's history was judged to represent somatic conditions, which led to the diagnosis of epilepsy.
- Judith had had problems all her life with all kinds of food that in smell, shape, color, consistency, or taste reminded her of semen or a penis. Such associations triggered a pattern of reactions including asthma attacks, nausea, and vomiting from fear of being suffocated by something that "expanded in her mouth." The history of Judith's illness was judged to represent both somatic conditions, resulting in the diagnoses hepatitis, pancreatitis, chronic abdominal pain, and asthma, and psychiatric conditions, resulting in the diagnoses anorexia, bulimia, binge eating, and panic disorder.

Fredrik Ferger and His Epilepsy

In Fredrik's case, medical perspectives open up if one uses a phenomenological methodology.[208] He had been abused as a child. The abuse started when he was ten and continued until he

---

[208] Kvale 1996; Mishler 1986; van Manen 1990.

was fifteen years old. At age twenty-one he started having seizures. They led to hospitalization in the neurological unit of the regional hospital. The doctors could not find a reason in spite of thorough examination and follow-up. But during our conversation, a gestalt became visible in Fredrik's description that gave access to a deeper understanding of his seizures.

In phenomenology, the term "gestalt" can mean pattern, outline, figure, shape, rhythm, line, constellation, composition, form, proportion, gesture, movement, and many other things. One can rightly ask whether a word with so many meanings is useful at all. The answer is yes, because the word means something specific in every instance. This will become clear in my summary of the conversation with Fredrik. His explanations contained phenomena forming a subtext or coded story. It shows in the parts in italics in the following sequence of statements.

- The first two attacks were probably triggered by *hard work,* on these occasions I had done *hard work.* They all happened outside. The weather was hot the first two times. It happened so fast that I didn't understand anything. I felt a little strange. I slept for some hours afterward.
- I felt a little *quiver in my body,* but it started *here in my temples and along the sides of my face* … that means I fell right down. *It was more like a small, a kind of intense pain, maybe a little, like inside my head, and then I lost consciousness.*
- We were searching for sheep. My father walked along the foot of the hill and I went farther up. I was about to turn around. Then I knew something was about to happen. It started to … something … *just like an explosion in my temples, and then I collapsed.* I woke up … the last time I regained consciousness I went … I had fallen and gotten up and walked through the woods and climbed over some fences without problems and then I was walking along the yellow stripe in the middle of a heavily traveled road.
- What happens with my head, that *my head feels under pressure in a way,* or that *there is something moving inside my*

head – I have felt it once since when I walked along a street. I stopped, calmed myself completely, then it went away. But that is all I have registered since I started therapy. It happened right after I had talked about it the first time. Since then I have not noticed any signs.

- Before, *if I was to receive a lot of* information or *many things came in,* when I read something, then there was always a point where I had to stop. A blockage came. *Then I could not take in any more and my head felt as if it would explode.* Often it was only half of what I was supposed to read. But now I can take in twice as much or more. I don't feel *overwhelmed.*
- Yes, on several occasions my head was maybe, I was about to say used for different purposes, when I didn't want to continue or said no, then my head was *grabbed and slammed against the wall* ... And he tried to *force me to perform oral sex,* then he would hold my head with his fingers splayed around my ears ... and, it is as if ... how shall I say it ... as if it is *in this area* I feel the pain. It is *precisely* in this area.

His statements join together into a gestalt. They form the picture of a little boy whose head is grasped between two large hands with thumbs pressing against his temples and an explosive movement in the boy's head who is bent forward. The gestalt that Fredrik describes repeats the sensory memories from the abuse that he was not able to recall. However, they are resurrected as horrible feelings of pulsating pressure inside and in the front of his head when Fredrik has had to exert himself in specific ways. Therefore the fear has come both during physical exertions and during concentrated learning.

Fredrik's description of the abuses is a small phenomenological vignette, both in choice of words and syntax. His use of the passive tense, his distant mention of a head, and his focus on the hands of his abuser allows one to read how the abuse made the head a foreign object for its owner. It also gives a fascinating glimpse into dissociation. Fredrik left his head and literally turned it over to the grasp of his abuser. Only in that way could he stand what was happening. And it is only from here, from the inner perspective of a head he had moved out of, that his attacks become understandable.

Fredrik's description can also be associated with two documented conditions regarding the consequences of abuse. One is certain neurological signs, seen in persons who were sexually abused from childhood, which researchers interpret as part of the symptoms connected to post-traumatic stress.[209] The other is connected to the anxiety that could come upon him while trying to learn something, phenomenologically seen both as "having to take something in" and as feeling "throbbing in the temples" when he concentrated on his homework. This can be read from a substantial drop in his grades in the year when the abuse began. Such drops in school achievement, or absenteeism as a result of early abuse experiences, have been seen both in men and women in several studies.[210] This, in turn, seems to cause substantial differences in income and social status later on in life, as has been documented among women who have been sexually abused throughout their lifetime.[211]

Judith Jansson and Her Mouth

Oral abuse is invasion. It means that the "other," that which threatens our self, the repulsive, invades us and becomes part of us. That explains Judith Jansson's story. She was abused by a neighbor who raped her when she was eleven years old. After that he also shared her with a group of friends. They all used just her mouth. When Judith was twelve, she was hospitalized with abdominal pain, hepatitis, and pancreatitis. Therefore her gallbladder was removed. As far as Judith remembers, no doctor won-

[209] Gurvits et al, 2000.
[210] Desai et al, 2002.
[211] Thompson et al, 2003.

dered about this highly unusual combination of ailments in somebody so young.

She was never without pain. It followed her, and also the nausea. In addition, in her teens she developed an anxiety disorder. Then she developed asthma. But as an adult, Judith herself realized that what the doctors diagnosed as asthma is her fear of being asphyxiated by something large in her mouth. The anxiety always goes together with the nausea. The nausea is so strong that she is gagging. As a teenager, she reacted by avoiding food. She was diagnosed as anorexic and was treated over a long period of time. Then she tried to solve the problem by provoking vomiting. That brought on the diagnosis bulimia, but no particular treatment was given. But because she realized she could still the nausea and impulse to vomit with food, she gradually became seriously overweight. Consequently, her third psychiatric diagnosis was binge eating. Finally she realized that food in itself did not work, but only food whose smell, shape, taste, or consistency did not remind her of a penis or semen. Only food that is distinctly different from those perceptions, which are always in Judith from the mouth on down, can dampen her nausea and gagging.

Judith has been forced to take in the repulsive, disgusting, and "abject" in the sense of French linguist Julia Kristeva.[212] Her entire inside has been forcibly in touch with the revolting and disgusting – and as a result has become repulsive and disgusting. The taste in her mouth is the taste of abuse. Because she is not able to live with this perception, she has received, according to medical judgment, six diagnoses: chronic pain syndrome, asthma, panic disorder, anorexia, bulimia, and binge eating. Considering her bodily experience, it is logical that nausea takes her breath away and that she has to eat. Only by tasting something entirely different from the taste that is always in her can Judith make a clear distinction between herself and the unpleasant and degrading. Only then can she be herself.

[212] Kristeva 1982.

The available numerically based studies of possible connections between sexual abuse and eating disorders are not consistent. The reason is probably that they distinguish neither different forms of abuse nor different eating disorders. In an early study on this topic, including only women, among these women who provoked vomiting, most of them could tell that their vomiting was often precipitated by associations to forced oral penetration.[213] These women described similar strategies as were developed by Judith. An association between sexual abuse and bulimia has recently been confirmed in an Australian study.[214] And an American study confirmed a correlation between bulimia and childhood maltreatment.[215] High correlations between childhood sexual abuse and eating disorders (bingeing and self-induced vomiting) were shown in another Australian study.[216] In a Norwegian study of persons with eating disorders, 68% mentioned having experienced unwanted sexual contact.[217] Also in other studies, forced sexuality has been shown to provoke eating disorders in young people.[218] Eating disorders in particular, including bulimia, are strongly connected to a number of serious health problems, particularly among young people.[219] Ordered according to the strength of statistical correlation, these are: seizures, high blood pressure, chronic fatigue, pain, asthma and other breathing problems, and suicide attempts. The estimates for risk were unusually high, especially for the group with seizures.

Eating disorders resulting in severe obesity have been shown to be significantly correlated with childhood maltreatment in a study among adult women (physical and sexual abuse) and women and men (ten types of childhood adversities).[220] And the

---

[213] Goodwin, Cheeves & Connell 1990.
[214] Sanci et al, 2008.
[215] Gerke, Mazzeo & Kliewer 2006.
[216] Swanston et al, 2003.
[217] Roe, Martinsen & Rosenvinge 2002.
[218] McNutt et al, 2002; Shrier et al, 1998; Silverman et al, 2001.
[219] Johnson et al, 2002.
[220] Alvarez et al, 2007; Williamson et al, 2002.

multifaceted relationship between obesity and sexual abuse has been addressed in a review published in 2004.[221]

Judith's history, and her varying ways of relating to food and eating, shows that it is unproductive to define the various types of eating disorders as separate categories. She has had all the different types in her lifetime, and she has become overweight because food helps separate that which is self and that which is foreign. This is probably also one of the reasons for the documented connection between obesity and adverse childhood experiences in general.[222] Among researchers in the field of eating disorders there is steadily more agreement that it does not serve the understanding of the phenomenon to cling to the traditional categories of anorexia, bulimia, binge eating, or a mixture of these.[223]

Regarding Judith's asthma, a combination of breathing problems, fear, and a feeling of suffocation was mentioned by several people in my study.[224] They had all experienced oral abuse. One of them had come into conflict with her physician because she refused to use asthma spray. She could not tolerate the sensation created by the spray hitting the back of her mouth. In my study there were sixteen people who reported oral penetration as part of childhood abuse. Their stories testified to how having their mouth alienated by force affected all functions of the mouth – eating, breathing, speaking, enjoying, kissing, opening up, taking in, tasting and the like; breath, food, language, voice, digestion, and oral health can all be affected. And every story about what abuse of the mouth leads to shows that it happens in very individual and body-logical ways.

Chronic distress as a central phenomenon both in the development of asthma and in the frequency of asthmatic attacks is increasingly being studied and documented. Severe life events, parental psychological states, maternal distress, and domestic

---

[221] Gustafson & Sarwer 2004.

[222] Williamson et al, 2002.

[223] Fairburn & Harrison 2003.

[224] Kirkengen 2001.

violence have documented impact on children's risk for becoming asthmatic or evoking attacks, a risk also including atopic diseases in general.[225] Researchers such as Chen and Miller (p. 993) are at present outlining models that allow an explanation of how "stress gets inside the body and exacerbates symptoms of patients with asthma." Most central in these studies are, as I already have outlined in the preface and introduction of this book, how distress in general, and chronic overload in particular, activates the immune response. A general reflection on the topic is as follows:

> The biological pathways for how stress amplifies the immune response to asthma triggers include the hypothalamic-pituitary-adrenal (HPA) axis, the sympathetic-adrenal-medullary (SMA) axis, and the sympathetic (SNS) and parasympathetic (PNS) arms of the autonomic nerve system.[226]

The researchers conclude that the abovementioned connections cannot be doubted, and that inflammatory processes are caused and maintained by stress responses involving the hormonal and immune systems. They underline that it will be important to assess specific types of stress experiences and specific types of triggers, as there are likely to be more or less potent combinations of experiences and triggers. In line with this statement are the previous findings of connections between eating disorders in childhood and youth and pain, suicide, convulsions, and *asthma* in a study that did not include abuse.[227]

Fredrik and Judith have been able, in retrospect, to identify a range of such "triggers." They have also related that in different situations, they have had frequent nightmares and flashbacks, triggered by a variety of perceptions reminiscent of abuse situations in the widest sense and provoking symptoms such as head-

---

[225] Chen & Miller 2007; Kozyrskyj et al, 2008; Sandberg et al, 2000; Wolf, Miller & Chen 2008.

[226] Chen & Miller 2007, p. 993.

[227] Johnson et al, 2002.

aches, nausea, dizziness, disturbed vision, and disturbed concentration. The term "flashback" denotes sudden and short sensory perceptions from past events. It is linked to experiences of a kind that were so serious and life-threatening that they left "marks." If such damage is not healed and overcome – in other words, if the insecurity, anxiety, and restlessness it caused is maintained – this state of being is diagnosed as post-traumatic stress disorder. Flashbacks and nightmares are core symptoms in this disorder. As the term indicates, something perceived now points to something in the biographical past. Flashbacks are memories that, although typically fragmented and often torn, can be identified by the person him- or herself or by other persons who witnessed the event or situation in the past and who know what happened. In other words, flashbacks are neither false imaginations nor hallucinations or delusions. However, a variety of problems are linked to flashbacks.

- Traumatic experiences may be so distinguished by chaos that the memories, too, necessarily become chaotic. This can make it nearly impossible to limit, divide, or order them correctly. But such chaotic experiences often involve other people who can bear witness, and memories can be corroborated or supplemented with those of others.
- Traumatic experiences may be so filled with danger, shame, fear, guilt, fear of death, helplessness, and pain that the memories are necessarily infused with the same. This may prevent one from daring to remember, and therefore such "flashing glimpses" may be impossible to identify.
- Traumatic experiences may be so inconceivable and incomprehensible that the memories necessarily become unthinkable or defy comprehension. The latter is particularly evident in children who have been treated in ways that go beyond their frame of reference and understanding. This can result in their being unable either to think the memories or to relate them.

Flashback as a phenomenon has been thoroughly studied with war veterans. Various examples connected to war experiences have been observed in American soldiers recently returned from Iraq. Some of the veterans get panic attacks driving a car – resulting in dangerous faulty reactions. It turns out that such reactions are triggered by certain traffic-related situations. One of these is having to stop for a red light. The explanation is that a traffic light changing to red meant mortal danger during the war in Baghdad, where sniper attacks often hit American military vehicles when stopping at a red light. Another situation is to see trash and Wal-Mart shopping bags along the road blowing in the wind. The explanation is that drifting trash, and especially plastic bags quite similar to Wal-Mart bags, meant danger to convoys when bombs on the side of the road, covered with trash, were remotely detonated when the convoy passed.[228]

I now connect both traffic lights and blowing trash with the notion that anything can be undone, that everything that is included in a frightening experience can be emptied of its usual meaning and be filled with horror. Horrible experiences obviously prompt fearful reactions. Elaine Scarry has analyzed the existential reasons for the change in significance as a phenomenon. Now the most recent research in neurology and physiology is about to describe the neurological and hormonal correlations and their patterns.

But it is basically misleading to interpret these correlations, biochemical substances, and processes as the reason for the distinctions to be obliterated. It is the person who is experiencing and interpreting who literally has the "key." The one who has experienced something, and again experiences something seemingly similar, creates the connection between the here and now and the there and then. Only the particular individual provides access to an understanding of how this simultaneity, the lived time, acquires significance and effect.

---

[228] Army Times.com, 10 August 2004: Bragg PTSD rates comparable to Vietnam era.

Numerous studies have shown clear connections between abuse in childhood and post-traumatic stress disorder, diagnosed either in child victims of identified or unidentified trauma[229] or in adults.[230] In addition, childhood maltreatment is also related to all psychiatric disorders or symptoms, including psychosis and hallucination, that have been studied so far with regard to such relationships.[231] Traumatic experience was noted in 68.5% of 426 individuals admitted to a psychiatric clinic because of first-time psychosis.[232] A significant association was found between auditory hallucinations and general trauma, and especially between auditory hallucinations and childhood sexual abuse.[233] According to the classification systems for psychiatric illness, DSM IV, psychosis and hallucinations are among the main symptoms that qualify for several diagnoses, among them schizophrenia, psychotic disorders, bipolar affective disorder, dissociative disorder, and post-traumatic stress disorder.[234]

The psychiatric research literature is steadily converging toward assigning childhood abuse considerable negative effect on adult mental health. Although the main signs of schizophrenia are often found in people with a history of abuse, the research findings are nevertheless still inconsistent. Traditional psychiatric theory regards several other factors as much more important in the development of schizophrenia than early abuse experiences.

But in the last couple of years, some researchers have presented documentation suggesting that precisely such experiences

229 Copeland et al, 2007; Seng et al, 2005.

230 Goodman et al, 1999.

231 Agargun et al, 2003; Bak et al, 2005; Bebbington et al, 2004; Chapman, Dube & Anda 2007; Edwards et al, 2003; Goldberg & Garno 2005; Goodman et al, 1997; Hammersley et al, 2003; McCauley et al, 1997; McFarlane 2000; Read & Argyle 1999; Read et al, 2003, 2005; Schenkel et al, 2005; Shevlin, Dorahy & Adamson 2007; Spataro et al, 2004; Thompson et al, 2003; van der Kolk, Herron & Hostetler 1994; Whitfield et al, 2005.

232 Neria et al, 2002.

233 Hammersley et al, 2003.

234 DSM-IV 1994, pp. 273–315, 477–91, 424–29.

have been underestimated in view of the previously mentioned symptoms for schizophrenia.[235] And in a sub-study to the ACE Study mentioned earlier, Whitfield and colleagues reached the following conclusion about hallucinations among people with early abuse experience:

> We found a statistically significant and graded relationship between histories of childhood trauma and histories of hallucinations that was independent of a history of substance abuse. This finding suggests that a history of childhood trauma should be looked for among persons with a current or past history of hallucinations.[236]

This statement affirms a significant relationship between happenings in the past and the present. What is special in the last sentence of the statement is that researchers actually turn their eyes away from someone with hallucinations toward what may have caused them, and that they encourage health care professionals to broaden their view in a literal sense, a conclusion supported by a study conducted by Bak and coworkers.[237] This means they facilitate an interpretation of the sign, "hallucination," as indicative of something hidden, which might be important to know in order to understand.

---

[235] I. Janssen et al, 2003; Kelly 2005; Kilcommons & Morrison 2005; Read, Mosher & Bentall 2004; Read et al, 2003.

[236] Whitfield et al, 2005, p. 797.

[237] Bak et al, 2005.

Chapter 4

Vicious Circles

TYPOLOGY OF VIOLENCE

On 3 October 2002 the World Health Organization (WHO) under the leadership of Secretary General Gro Harlem Brundtland published its first global report about the connection between violence and health.[238] In the introduction to the short version of the report, the authors emphasize the following:

> No country or community is untouched by violence. Images and accounts of violence pervade the media; it is in our streets, in our homes, schools, workplaces and institutions. Violence is a universal scourge that tears at the fabric of communities and threatens the life, health and happiness of us all. Each year, more than 1.6 million people worldwide lose their lives to violence. For everyone who dies as a result of violence, many more are injured and suffer from a wide range of physical, sexual, reproductive and mental health problems. Violence is among the leading causes of death for people aged 15–44 years worldwide, accounting for about 14% of deaths among males and 7% of deaths among females.[239]

The authors also have published central data from the report in an article.[240] Here, the figures are mentioned: of the 1.6 million people who die yearly as a result of violent acts against themselves, against others, or against groups – relative to political, ethnic, or criminal conditions – sixty thousand are children. Several thousand are injured by either being the victim of or a wit-

---

[238] Krug et al, 2002a.

[239] Krug et al, 2002a, p. 1 (Summary).

[240] Krug et al, 2002b.

ness to the violent acts. Tens of thousands of lives are ruined and families are separated. Enormous costs are connected to treating the victims, reuniting or supporting families, restoring destroyed infrastructure, and investigating and punishing the perpetrators. In addition to these direct expenditures comes the indirect loss for the community's economy as a result of production and investment losses.

The authors write further that the complexity, presence, and multitude of violent acts can evoke a feeling of helplessness and create apathy. They stress that an analytic framework or categorization is needed to separate the threads in this complicated web in order for the nature of the problem – and the actions needed to handle it – to become clearer. They emphasize that the work to meet violence up until now has been divided into specialized fields for study and action. In order to conquer the shortfall in such a fragmented approach, they recommend an analytic framework that emphasizes the common threads and *the connecting lines between different kinds of violence,* so that the approach to prevention can take place in a *comprehensive* fashion.

This they base on examples from already available knowledge (pp. 1084–5):

> Although analysis of specific types of violence is worthwhile, it is also important *to understand their links.* For example, victims of child abuse have an above average chance of becoming involved in aggressive and violent behavior as adolescents and adults, and sexual abuse during childhood or adolescence has been linked to suicidal behavior. ... Much research has shown that the health consequences of violence are far broader than death and injuries. Victims of violence are at risk of psychological and behavioral problems, including depression, alcohol abuse, anxiety, and suicidal behavior, and reproductive health problems, such as sexually transmitted diseases, unwanted pregnancies, and sexual dysfunction. (my italics)

Besides these phenomena connected to the experience of violence by individuals, the authors point to structural norms in and around the phenomenon of violence (p. 1086):

> Much attention has to be paid to the varied social and cultural traditions that exist across the world. *The notion that violence towards women, children, or other human beings can be justified* needs to be reconsidered given the enormous health and social costs that violence exacts from victims and societies. Promotion of norms and values in which violence is depicted as illegitimate and irresponsible could be very important in creating social contexts that are intolerant of violence and are considerate to its victims. (my italics)

In emphasizing structural phenomena that "legitimize" violence, the authors especially point to the fact that research and action up until now have been too concentrated on the interpersonal level. Programs to prevent both violent acts and injuries from violence on both individual and interpersonal levels have somewhat distracted both the researchers and the government from the large asymmetries in social levels as a breeding ground for violence and feeding violence-related illness. The authors write (p. 1087):

> Violence prevention efforts need to be integrated into social and educational policies and thereby reduce *gender and social inequalities, which are major risk factors for most types of violence.* Inequalities can be addressed only by an array of interventions including legal reforms, strengthening of social protection services, education, and advocacy. (my italics)

In a commentary to the WHO report, the English primary care physician Iona Heath writes: "Underlying the bleak statistics in each chapter is a terrifying amount of pain and suffering."[241] And in the book *Family Violence in Primary Care,* which Iona Heath edited together with her colleague Stephen Amiel, one of the contributors, Lorna J. F. Smith, writes as follows in a chapter about violence in community and family:

> The gap between the "real" or "true" level of crime and that indicated by recorded crime statistics has been termed "the dark

[241] Heath 2002, p. 726.

> figure of crime" by criminologists. The British Crime Survey has shown that, overall, crime is three to four times greater than recorded by the police and that there is some four to five times more violence. There is every reason to believe that the dark figure of family violence is particularly high. By its intrinsic nature, violence in the family remains an elusive research topic: it takes place behind closed doors; is concealed from the public eye; and is often unknown to anyone outside the immediate family. Research cannot be undertaken unless victims are willing to disclose their experiences to someone. But much family violence is secret and victims may be subject to a variety of pressure not to tell outsiders about it – fear, loyalty, embarrassment, even self-blame and guilt. ... *All sources of information, therefore, are underestimated.* (my italics)[242]

The typology used in WHO's World Report divides the violence into *three* broad categories according to who is carrying on the violent act: violence toward oneself, violence toward others, and violence toward groups. Each of these three broad categories, *the self-directed, interpersonal, and collective,* is again divided to reflect more specific types of violence. *Self-directed* violence includes attempted suicide, suicide, and self-injury. *Interpersonal* violence is divided into two subgroups: family violence and violence toward partners, forms that mainly, but not always, happen in the homes; and public violence, meaning violence between individuals who are not related and that usually takes place in the public arena. *Collective* violence is use of violence as a tool of power in armed conflicts, genocide, oppression of opposing groups, and other breaches of human rights, such as by terrorism and organized violent crime.

Personally, I will add another category of collective violence: *structural violence.* This term denotes structures that imply or legitimize collective humiliation in the form of marginalization and stigmatization,[243] grounded in distinguishing marks for, for example, ethnicity, religion, sex, sexual identity, or age. The *Lan-*

---

[242] Smith 2003, p. 11.

[243] Farmer 2005; Riches 1986.

cet published an article titled "Racism and Health."[244] The article's theme is that a feeling of constantly being underestimated, and thereby prevented from developing one's talents because of having the "wrong skin color" according to the society's norm, results in shame and self-contempt, with all the consequences such a condition brings. Structural humiliation, which results in a constant feeling of being inferior, may also be a factor in a study of measured experience of pain. The self-described severe pain of teenage girls of color offers a sociocultural key to interpreting a "collective experience" of pain.[245] Measurable differences in the experience of pain can express the existential results of a triple burden that includes oppression, marginalization, and vulnerability: "wrong sex" seen through the eyes of a patriarchal society, "wrong color" seen through the eyes of white society, and "dangerous age" given the high risk of sexual abuse connected to sex, color, and age in this population studied.[246]

Still another form of structural violence without visible use of force should be noted. The danger inherent in this type of violence is exactly its invisibility. I address the potential abuse of power by large institutions in society, such as medicine and justice. Due to their right and authority to define what is normal, these institutions can ignore individual "divergent" experiences by denying that such experiences are real or relevant. Then the institution looks away from the experience and to the individual. The result of this is a view that the individual is or acts "unusual." Therefore the person is diagnosed or judged as "deviant," and after that, the institutions' treatments or sanctions are given accordingly, as the French social philosopher Michel Foucault has described.[247] It means that an individual who has experienced having his or her life, body image, and self-perception

[244] McKenzie 2003.

[245] Green et al, 2003.

[246] The impact on health from structural violence as it is expressed in racism will be explored and exemplified in chapter 5.

[247] Foucault 1975, 2000a,b.

disturbed as a result of a socially tabooed, unacceptable experience is humiliated again by society's institutions for help and justice when seeking relief for the pain of abuse and when asking for support to have the abuser punished. Medicine humiliates by way of science, the courts by way of justice.[248]

SYNDEMIOLOGY OF VIOLENCE, PREGNANCY, AND CHILDBIRTH

In 2001, the *Journal of the American Medical Association* published a study titled "Enhanced surveillance for pregnancy-associated mortality – Maryland, 1993–1998."[249] The purpose of the study was to number deaths and causes of death connected to pregnancy and birth by using expanded analytic techniques. The main goal of the study, deaths related to pregnancy, was defined as death from any cause during pregnancy and up to one year after the end of the pregnancy or after giving birth. The researchers used registered births and deaths as their source.

Among pregnant women in Maryland during the given period, there were in total 247 deaths related to pregnancy. The main cause of death among these women, that is, 20% of deaths comprising fifty women, was murder. In other words: the largest group of the dead women was murdered. The next largest cause of death was cardiovascular disease. By using advanced statistics for registering mortality among pregnant women, the researchers were suddenly confronted with a disturbing fact: women recently having been pregnant or having given birth were at a higher peril of dying from violence than from any other risk factor connected to pregnancy and delivery. Because the researchers had expanded their view to encompass not only biological caus-

[248] The impact on health from structural violence as it is expressed in institutionally practiced abuse of power will be explored by means of authentic examples in chapter 5.

[249] Horon & Cheng 2001.

es of death, but also sociological phenomena, a mortal danger was revealed, until then not given much attention.

This study supported an earlier finding of accidents during pregnancy as a leading cause of death.[250] Of forty-one registered deaths among pregnant women, twenty-one women had surely or possibly died from abuse or rape by their male partners. The authors concluded that the abuse and depression, the most likely causes of murder or suicide among these women, and often a combination of the two, had been overlooked by the pregnancy support system in all of these serious cases.

These results pose the question whether the medical view of the pregnant woman is so biased toward biological pathology that it does not register social pathology, even when this kind of danger is clearly visible to the caregivers. The medical gaze is guided by a theory of causality and separate entities, be these persons, organs, or bodily conditions. Therefore one can assume that for the same reasons, this particular gaze is blind to complex sources of relational pathology and less sensitive toward – or even ignorant of – highly relevant information regarding such conditions.

This assumption is supported by a study of routine questions and efforts regarding violence by partners among women who consult primary care physicians, internal medicine specialists, or gynecologists.[251] In this study, 79% of the doctors inquired about violence, but only when the reason for the consultation was an injury. At a first-time consultation, during routine visits, and during pregnancy-related visits, only 10%, 9%, and 11% of the doctors in the respective specialties inquired about such experiences. This means not only that the doctors routinely missed relevant information in opportune situations, but also that their attention appeared, in nine of ten instances and for most of the time they spent with the patients, to be led by a theoretical bias regarding what is relevant for a doctor to know when seeing female patients.

---

[250] Parsons & Harper 1999.

[251] Rodriguez et al, 1999.

Physicians appear to overlook relational pathology as a central element in women's health – this in spite of the fact that 25–66% percent of the female patients who consult the primary care physician have experienced violence perpetrated by a person close to them. And these women will not hide their experience if they are asked in an explicit and proper fashion, as a study has shown.[252] This has later been confirmed in other settings.[253]

The first study I mentioned supports similar earlier findings.[254] These studies suggest that violence by a partner often increases during pregnancy and after delivery. We also now know that less than a quarter of the women who are injured during this time receive medical treatment.[255] It has also been shown that older pregnant women who live with a violent partner attend later than usual for their first examination for pregnancy.[256] This, of course, means that interventions to protect the woman are delayed and the probability of injury increased. That pregnancy and birth is a serious time of risk of injury is illùstrated in an overview study that showed that being the victim of violence during pregnancy is much more likely than many other conditions that pregnant women are routinely asked about or examined for.[257] And the impact of violence on the pregnancy itself can, for example, be read from a study from Seattle. Based on pregnant women's reports to the police, the study documented a high risk for extremely low birth weight, premature and very premature birth, and death of the newborn related to violence against the mother.[258] The relationship between the mother's exposure to violence and an elevated risk for all kinds of perinatal

---

[252] Kimberg 2001.

[253] Becker-Blease & Freyd 2006; Chen et al, 2007; Read, Hammersley & Rudegeair 2007.

[254] Gielen et al, 1994; McFarlane 1989; McFarlane et al, 1992; Stewart 1994.

[255] Martin et al, 2001.

[256] Dietz et al, 1997.

[257] Gazmararian et al, 1996; Martin et al, 2006.

[258] Lipsky et al, 2003.

complications was recently confirmed.[259] The concept of allostatic load has been introduced in order to understand these relationships.[260] That maternal stress expressed in constant activation of the HPA axis is mediated to the infant and mirrored in an activation of the infant's HPA axis has recently been documented.[261] From the fetal side, the volume of the fetal adrenal gland has been shown to predict most precisely preterm birth.[262] And studies have confirmed a strong correlation between maternal and fetal cortisol levels.[263] On the background of these studies one can hypothesize that the child-to-be is literally informed by its mother's distress. These intimate connections may be the source for the documented relationships between maternal, antenatal distress and certain neurological findings in the children,[264] and immunological findings related to increased risk of atopic diseases, allergy, and diabetes in children.[265]

Occurrences of violence toward women are shown in all countries where there have been studies so far, although the numbers vary, as the WHO report about violence and health from 2002 points out. There is reason to estimate that globally, one out of three women is exposed to various kinds of mistreatment or sexual abuse in her lifetime.[266] The latest data from a WHO multi-country study including 24,097 women from fifteen different places in altogether ten countries show prevalences ranging from 15% to 71%.[267] However, only two of the fifteen sub-studies documented less than 25% lifetime prevalence of physical or sexual violence among women. The other thirteen studies demonstrated figures between 25% and 71%.

---

[259] Coussons-Read, Okun & Nettles 2007; Rodrigues, Rocha & Barros 2008.
[260] Shannon, King & Kennedy 2007.
[261] Stenius et al, 2008.
[262] Turan et al, 2007.
[263] Talge, Neal & Glover 2007.
[264] Van den Bergh et al, 2005.
[265] Lernmark et al, 2006; Merlot, Couret & Otten 2008.
[266] Donohoe 2002.
[267] Garcia-Moreno et al, 2006.

Whether pregnant women are exposed to violence in the same countries has not been studied to the same extent. But it is confirmed wherever studies have been done, although the social structures vary widely from country to country, such as, for example, Nicaragua, Mexico, Sweden, Turkey, Germany, Norway, and the United States.[268]

The increased danger of murder in connection with pregnancy was confirmed in a study where deaths as a result of injury for women between fifteen and forty-four years of age who had recently given birth were compared to women who had not given birth.[269] In the first group, 50% of the injuries resulting in death were murder, in the second, 26%. An age analysis showed that the number of murdered women in the age group fifteen to nineteen was 2.6 times higher than for other women of childbearing age. Most of the youngest women had been killed by their boyfriends, lovers, or husbands. That agrees with the findings about murders of women in general.

The disturbing finding that teenage pregnancy can be connected to an unknown high risk of violent death supported other findings of danger in connection with teen pregnancy.[270] It is under discussion whether the mother's age in itself or other conditions surrounding early pregnancy is the main source of danger. But an English study has shown that the problems increase if a young woman gets pregnant a second time before she is twenty years old. Then the risk of both premature birth and stillbirth triples.[271] In addition, healthy infants born full term of early adolescent mothers had a threefold higher risk of postneonatal death compared with adult mothers.[272]

Several studies have shown that sexual abuse in childhood leads to a high risk of teenage pregnancy, most of them unwant-

---

[268] Medline Abstracts: Violence against women and pregnancy, 2003.

[269] Dietz et al, 1998.

[270] Eure, Lindsay & Graves 2002; Phipps, Blume & DeMonner 2002.

[271] Smith & Pell 2001.

[272] Phipps, Blume & DeMonner 2002.

ed and unplanned. The connection between sexual abuse and unwanted teenage pregnancy was also corroborated in a study among about twenty-one thousand students regarding their attitude and conduct after forced sexuality.[273] Generally an unwanted pregnancy brings greater risk of complications for the mother and poorer health for the child than a planned pregnancy. The connection between complications in pregnancy as a result of experiences of violence and teenage pregnancy as a result of rape or violence represents a complex problem.[274]

Among 4127 men between nineteen and ninety years of age, there was a clear connection between having made a teenager pregnant and having grown up with violence.[275] To be a boy who is physically abused, who is sexually abused, or who sees his mother being mistreated, increased the risk of getting involved in a teenage pregnancy by respectively 70%, 80%, and 140%. Men who mentioned all three types of experiences were twice as often involved in such pregnancies as those who did not have such experiences while growing up. The authors conclude that the conditions that emerge here probably add to the carrying on of violence from generation to generation.

Parallel to this, a study shows that girls who have had many negative experiences in childhood, such as psychic, physical, and sexual abuse and violence against their mothers, have one and one-half times greater risk of unwanted pregnancy as an adult than women without such experiences.[276] The authors write (p. 1363): "Our study gives reason to believe that the effect of abuse in childhood continues through the teenage years and into adulthood." But they emphasize, like the authors of the aforementioned study, that one cannot draw any conclusions from this about how such experiences in childhood influence adult sexuality.

---

[273] Shrier et al, 1998.

[274] Harrykissoon, Rickert & Wiemann 2002.

[275] Anda et al, 2001.

[276] Dietz et al, 1999.

These probable but not yet understood connections also carry a high risk of sexually transmitted disease.[277] The authors of the studies that show this describe the conditions as two connected epidemics where one, sexually transmitted diseases, is visible, and the other, sexual and physical abuse of children in the family, is invisible. They assume that all the preventive efforts against the former will probably continue to give unsatisfactory results unless one makes a concerted effort to prevent the latter.

I claim that epidemiological models, due to their implicit structures, are not suitable for understanding the dynamics that here come into force.

A syndemiological model must be employed to encompass the complexities in the previously mentioned elements and their mutually reinforcing or mutually determining effect. I only use cues, but all refer to previously mentioned studies in addition to studies about the connection between eating disorders and problems of pregnancy and to three survey articles.[278] These are about, respectively, violence against young women; the consequences of childhood trauma for adult women's health; and the consequences of violence during pregnancy.

- *Sexually abused women, particularly if they also were sexually abused girls, are distinguished by:* eating disorders, obesity, danger of suicide, self-injury, use of all kinds of intoxicants, chronic pain, chronic illnesses, various forms of self-destructive acts, isolation, unprotected sex, sexually transmitted diseases, fragmentary schooling, interrupted education, reliance on others' support, poverty, re-victimization, inability to earn a living, injuries, and inability to function.
- *Pregnancies among such women are distinguished by being:* unwanted, early, affected by intoxicants, influenced by eating disorders and depression; they end spontaneously, are

[277] Hillis et al, 2000, 2001; Wilson & Widom 2009.

[278] Arias 2004; Dietz et al, 2006; Doherty et al, 2006; Kouba et al, 2005; Rickert, Vaughan & Wiemann 2003; Rodgers et al, 2003; Sollid et al, 2004.

too short, have to be terminated by cesarean section because of eclampsia; at birth, the children are too small for gestational age, dead, have low birth weight, developmental disorders, high risk of death during the first year of life, high risk of developmental and behavior disorders, and are in great danger of being neglected or abused by the mother's partner (regardless of whether he is the father or not).

Studies are now underway that will enable a deeper insight into the great complications connected to pregnancy among young women of color in the United States. The researchers combine longtime observation with the allostase model. It is assumed that much abuse experience among these women, in the form of both relational violence perpetrated by close males and structural violence connected to racism, puts mother and child in danger.[279] This topic will be explored as an aspect of structural violence in chapter 5.

Yet another cluster of health problems may be considered in this connection: the risk of pre-eclampsia, a pregnancy complication endangering the lives of both mother and child, is highly correlated with cardiovascular disease[280] and with periodontal diseases and systemic inflammation.[281] Researchers have found it fruitful to apply the concept of allostatic load to grasp the possible common source of cardiovascular and periodontal diseases,[282] both characterized by a clear social gradient.[283] The authors of the latter study conclude (p. 415):

> Indicators of allostatic load were associated with ischaemic heart disease and periodontal disease and had a mediating effect partly explaining the social gradients in both diseases. The results suggest *a possible common stress pathway* linking socioeconomic position to both conditions. (my italics)

---

279 Collins et al, 2004; Dominguez 2008; Rich-Edwards et al, 2001.

280 Magnussen et al, 2007.

281 Ruma et al, 2008.

282 Michalowicz et al, 2006; Offenbacher et al, 2009.

283 Sabbah et al, 2008.

Added to the aforementioned connections between women's lifetime experience of violation, especially in childbearing age, and increased danger for themselves and their children, this constellation of apparently unrelated health problems shows that these problems are nourished by destructive social sources and mediated by inflammations and infections that testify to such women's compromised vitality and integrity.

THE EMERGENCE OF VIOLENCE

The earlier mentioned studies conducted by Dietz, Anda, Hillis, and colleagues are sub-studies of the ACE Study.[284] In one of the comments on this study, by the former Director of the Centers for Disease Control and Prevention in Atlanta, William Foege, he writes:

> Felitti et al. are giving us the first indications of prolonged, even lifelong health problems associated with certain kinds of early childhood trauma. In one of the most significant studies since Henry Kempe surprised the medical world with descriptions of the "battered child syndrome," Felitti et al. begin a process of describing some indicators of childhood abuse and a resulting "battered adult syndrome."[285]

As is well known, Kempe's term "battered child syndrome" provoked two waves of reactions. The first was society's disbelief faced with the presented facts about battered and injured children of all ages as researchers gave numbers and described the severity of the injuries. The syndrome did not correspond to civilized society's self-image. But the findings could not be disputed. The second wave was about a scientific theoretical discussion that emerged from the gradually apparent paradox that mistreated children were not ill, as the term "syndrome" suggests, but hit and mis-

---

[284] Felitti et al, 1998.

[285] Foege 1998, p. 355.

treated. They were not "entities" afflicted by a certain disease with a particular etiology, and therefore suitable to be counted for epidemiological calculations. They had in fact been hit by someone. The definition of the child as being attacked by violence had in the first phase actually led the medical view toward the child, toward someone who had been hit, and as a result away from the perpetrator of the violent attack. Only gradually did society acknowledge that children who were victims of violence pointed to someone who had caused their injuries.

A completely parallel development happened a decade later. The pathological entity that appeared this time was the "battered woman." Battered women turned out to be large subgroups in every clinical study focusing on sex differences in a number of diseases or groups of diseases. They especially turned up in studies of people with so-called undetermined forms of poor health and chronic, therapy-resistant pain unrelated to malignancy. Such pain, presented in various parts of the body, and therefore variously named according to the organically structured illness classification, turned out to have a strong connection to being beaten. As late as toward the end of the 1980s, a medical thesis was titled: "Battered wives: Why are they beaten and why do they stay?"[286] Only the author's non-medical opponent ex auditorio, a theological researcher, pointed out the basic theoretical error that characterized the entire study, namely, the view of a woman as a pathological entity, whose distinguishing marks according to the title were: 1) to have been beaten, 2) to have caused herself to be beaten, and 3) to make sure that she would continue to be beaten. The medical gaze still focused on the women, guided by the question: "What is wrong with these women?" and not on their experiences of violence, on the relational pathology, or on the perpetrator.

The third parallel came shortly thereafter. In studies among battered women there was still another strong statistical connec-

[286] The thesis was rejected.

tion. Battered women had also been sexually abused. In addition, a large number of them had been sexually abused as girls.[287] For the third time a "syndrome" appeared, this time called "child sexual abuse syndrome." The studies of this syndrome created the impression that it usually involved girls, and rarely boys. But no one defends this syndrome any more. It has turned out to be far too compound and varied to serve as a research category or basis for treatment. However, it is no longer disputed that sexual abuse and mistreatment have a long-term effect on women's health, which is expressed in illness and too early death. As a result of gender roles, all types of abuse of women of all ages appear to be channeled into poor health, dependence, poverty, and submission. These phenomena are a perfect basis for "more of the same," with increasing destruction of health and with added chances that the children, as well, become part of the mother's injury and of the health consequences of humiliation and violation. Documentation of such connections is now arriving in increasing numbers and ever clearer forms.[288]

I dare predict a fourth syndrome: the "violated boy syndrome." Bits of knowledge of this are starting to appear, but surprisingly few and unbelievably slowly. The reason for this is probably not scientific, but rather sociocultural. Male researchers hesitate to study male violence and male injury from violation. The emerging contours of the syndrome allow for predictions that also among boys a strong connection can be found between violation or abuse and illness and too early death, in combination with, and affected by, use of intoxicants, violent acts, and criminality.[289] The impact on adult health from sexual

---

[287] McKibben, De Vos & Newberger 1989; Rickert, Vaughan & Wiemann 2003; Rodgers et al, 2003.

[288] De Genna et al, 2007; D'Onofrio et al, 2007; Flaherty et al, 2006; Friedlaender et al, 2005; Hammen & Brennan 2003; Parkinson, Adams & Emerling 2001; Webb et al, 2007; Zolotor et al, 2007.

[289] Connolly & Woollons 2008; Raj et al, 2006; Salter et al, 2003; Young et al, 2006.

abuse in boyhood has been demonstrated in increased risks for abuse of alcohol, use of illicit drugs, depression, suicide attempts, having problems in family and intimate relations, and being married to an alcoholic.[290]

The findings of the ACE Study lead to a central question: "How can being made a thing and alienated and humiliated be mortal?" What is at the core of such experiences? What is their destructive essence? Can one derive from this that having one's sense of safety and integrity destroyed, that suffering neglect and lack of respect, that having to close down one's senses in order to survive – that all these phenomena from the seamy side of human life are subjects for the health professions?

The answer is *evidently* yes, unambiguously underlined by the latest results of the ACE Study: the higher the experiential load early in life, the shorter is life expectancy. In the words of the authors: "People with six or more ACEs died nearly 20 years earlier on average than those without ACEs."[291]

And since the answer is yes, what can be done to include these questions in medical discourse, and the medical production of knowledge, in the correct way? Finally, but not least important: is being made an object and humiliated an integral part of medical research and clinical practice, so that medicine itself may be shown to practice oppression disguised as help?

INJURED GIRLS BECOME INJURED MOTHERS WITH INJURED CHILDREN

The statistics about violent deaths among newborns in the United States shows signs that fit into this sociocultural pattern of violence through generations.[292] The four major risk factors for violent death in the first year of life are these: first twenty-four

[290] Dube et al, 2005; Young et al, 2006.

[291] Brown et al, 2009, p. 389.

[292] CDC-Report 2002.

hours, born outside of a maternity institution, by a teenage mother with mental disorders. That is the shortest formulation for the previously mentioned "cycle of domestic violence." A teenage mother with mental disorders is in great probability an abused girl who is pregnant against her will, perhaps in addition pregnant from rape or incest, and with a boy or man who has himself experienced violence while growing up, particularly against his mother.

Now Foege's postulate that abuse in childhood is probably expressed in battered adults has found a tragic-logic extension because it has to be supplemented by "and dead children." The researchers of the ACE Study have pointed out a strong and graded relationship between negative childhood experiences, teenage pregnancy, long-term health and life problems, *and* stillbirths.[293] The authors emphasize that it is not the age of the mother, but the generational effect of her own violation and violence experience that kills her unborn or newborn child.

Recently added to the not unusual constellation of teenage mother with little education and children with low birth weight is a frightening long term-risk, namely, that these children, born of mothers with these characteristics, have a high risk of taking their own lives before they become adults.[294] Patterns of low birth weight, prenatal and perinatal adversities, and childhood adversities have been shown to be related to the risk of adolescent depression in females in a graded manner.[295] And in a longitudinal study from birth to early adulthood, a combination of low birth weight and childhood abuse was correlated with depression (tenfold), social dysfunction (ninefold), somatization (fourfold), and an increased likelihood of delinquency, school suspension, repeated grades, and impaired well-being.[296] A

---

[293] Hillis et al, 2004.

[294] Mittendorfer-Rutz, Rasmussen & Wasserman 2004.

[295] Costello et al, 2007

[296] Nomura & Chemtob 2007.

strong relationship between abuse and asthma was demonstrated in this study.

I have studied the later consequences of the breach of sexual limits through in-depth interviews with thirty women who were sexually abused as children, twenty of them by more than one abuser.[297] Twenty-one of them had also experienced sexual abuse as adults. The women's most frequently mentioned health problem was pain, generalized or local, constant or intermittent. The pain was not for the most part localized in the lower abdomen, but was there as well. The women had had several operations. Two out of three operations concerned problems in the stomach or lower abdomen and pelvis. Four of the women had never been pregnant, two of these were lesbians and two were less than twenty-two years old. Twenty-six had been pregnant, seventy-eight times all told. Five of them had had spontaneous abortions, five provoked. Among nineteen abortions reported, thirteen were spontaneous. Twenty-three women had given birth to fifty-nine children in all.

All twenty-six women reported problems in at least one of their pregnancies or deliveries. The most frequent problem in pregnancy was what I call "distance," expressed as follows: the woman did not feel pregnant; she was not looking forward to the child; she did not prepare for the child's arrival; she could not feel the movement of the child, even when she could see it on the ultrasound screen; she felt no connection to her abdomen; she could not feel anything from there; she could not activate muscles in that part of her body; she was depressed; she felt powerless, and experienced everything as unreal.

The bodily worries appeared as hemorrhages, nausea, eating disorders, pelvic or abdominal pain, and late or repeated miscarriages. The problems in connection with births were, according to how often they were mentioned, slow birth, premature babies, frequent surgical intervention, blood loss requiring transfu-

[297] Kirkengen 2001.

sion, psychosis, depression after birth, and distance from or rejection of the child.

Depression

Depression before, during, and after pregnancy is a serious research topic. An increased danger has been noted for premature birth among depressive pregnant women.[298] Because of a known connection between depression and a number of other risk factors for the child both before and after birth, a systematic registering of signs of depression in pregnant women has been undertaken, and a high incidence has been found.[299] Depressive women often have other mental health problems in addition to depression, and these, it has been found, are not correctly registered or adequately treated when these women come for pregnancy counseling.[300] Depression during pregnancy can be just as frequent as after birth, according to a Norwegian study.[301] Prenatal depression was shown to be related to social conflict in a dose-response relationship.[302] Researchers are concerned with the evidence of relationships between preterm deliveries, low birth weight, postpartum depression, maternal mental disorders including post-traumatic stress disorder, and maternal suicide and postpartum psychosis.[303]

At the moment there is great uncertainty about whether medication against depression in pregnant women may hurt the child's nervous system, which is sensitive to the same chemicals. The first part of a long-term study of children whose mothers used certain medications against depression (Selective Serotonin

[298] Orr, James & Prince 2002; Wisner et al, 2009.

[299] Marcus et al, 2003.

[300] Kelly et al, 1999.

[301] Eberhard-Gran et al, 2004.

[302] Westdahl et al, 2007.

[303] Comtois, Schiff & Grossman 2008; Goodwin, Keyes & Simuro 2007; Halbreich 2005; Wisner, Chambers & Sit 2006.

Reuptake Inhibitors, SSRIs) during pregnancy shows that the children are healthy and of normal weight.[304] But they differ from newborns with mothers who did not use such medication in a number of neurological measurements. Researchers also emphasize that these findings cannot be explained by "withdrawal" as with children of mothers who have used central stimulants during pregnancy. The signs show greater similarity to symptoms of poisoning by SSRI in adults and are therefore termed "neonatal serotonin syndrome." But a new review of observed withdrawal-like conditions in newborns of mothers who used medications for depression during pregnancy may still point to some of these substances evoking withdrawal in the newborn.[305] On the background of these findings among newborns and the recently revealed connections between SSRI preparations and deaths in children who have received these medications because of depression, caution is clearly necessary.[306] On the other hand, discontinuing antidepressant medication due to pregnancy may evoke relapse,[307] and dramatically increase the risk of postpartum psychosis, especially in women diagnosed with bipolar disorder.[308] Recent studies have clearly identified maternal depression as a risk for both preterm deliveries and gestational hypertension,[309] possibly mediated by elevated inflammatory markers linked to prenatal depression.[310]

In an overview article with 150 references and with a background of more than a thousand studies, depression after childbirth is still described as something that can appear quite suddenly, especially in its most dramatic form, as psychoses.[311] The

---

[304] Zeskind & Stephens 2004.
[305] Sanz et al, 2005.
[306] Whittington et al, 2004.
[307] Cohen et al, 2006.
[308] Stowe & Newport 2007.
[309] Toh et al, 2009; Wisner et al, 2009.
[310] Christian et al, 2009.
[311] Brockington 2004.

author refers to the traditional psychiatric theory, which does not consider the possibility that previous trauma may surface all of a sudden, apart from in individuals diagnosed with post-traumatic stress disorders (PTSD). Women diagnosed with PTSD (without differentiation of the original trauma in the study) run a higher risk for pregnancy complications than women not diagnosed with PTSD.[312] Increased occurrences of complications during pregnancy, and during and after birth, is now also shown for women who are diagnosed with schizophrenia.[313] Other serious mental disorders may increase the risk of postpartum psychosis more than a hundredfold.[314] It is also taken into consideration that both the pregnancy itself and the birth can be experienced as traumatic, especially when these have been problematic, and can lead to psychotic conditions after birth. But in a Canadian study among women with symptoms of PTSD after childbirth where information on earlier trauma was included, the researchers concluded: "In this study, post-partum stress symptoms appeared to be related more to stressful life events and depression than to pregnancy, labor and delivery."[315]

There is no professional consensus on what is the best treatment of such problematic and dramatic conditions among women about to give birth, partly because they represent such a wide spectrum. The effects of electroshock treatment for birth-related depression and psychoses among twenty-three women admitted to the University Hospital in Bergen, Norway, in the time span from 1985 to 1995 have been evaluated.[316] The author mentions that ten of the twenty-three women had a psychiatric history. In the paper, these histories are not specified other than as follows (p. 3000): "one patient had a chronic psychotic illness considered to be grounded in schizophrenic disorder pri-

---

[312] Seng et al, 2001.

[313] Jablensky et al, 2005.

[314] Nager et al, 2008.

[315] Cohen et al, 2004, p. 315.

[316] Berle 1999.

or to her pregnancy. In the others, the affective symptoms were dominant. Among the patients, 12 reported familial affective disorders." This very summary presentation of salient phenomena in these women's lives is in strong contrast to the detailed description of their treatment and related technology.

Eight of the women are treated with electroshock. Four of these get clearly better. Their cases are briefly described. The effect of the treatment of these four patients leads to the conclusion that shock treatment is to be recommended for postpartum psychosis and depression. But there is no indication, either in the article or the references, that attempts have been made to elicit whether these women might have been exposed to physical, psychic, or sexual trauma earlier. This allows one to believe that the subject is considered irrelevant in this connection. I claim that this disinterest represents a fatal error or professional blindness, since there now exists considerable documentation that connects the mothers' emotional problems during pregnancy and after birth with clear signs of disturbed HPA axis regulation,[317] as well as with their children's health and behavior problems and their utilization of health care services.[318]

Childbirth Psychosis

Mary May was sexually abused by her father until he died when she was seventeen years old. From the time she was ten she was also sexually abused by her older brother. After the death of the father when Mary was seventeen, her brother went abroad for several years. Then, during the first time without abuse since she was in preschool, Mary managed to complete an education and get married. Her first childbirth became unexpectedly dramatic because Mary became psychotic. She relates the following:

---

[317] Gonzales et al, 2009; Taylor et al, 2009.

[318] Ashman, Dawson & Panagiotides 2008; Mattes et al, 2009; Minkovitz et al, 2005; O'Connor et al, 2003; van den Bergh & Marcoen 2004; van den Bergh et al, 2005.

> As the pains began, my father was talking to me. He told me that we were having a child together. At the same time my husband observed on the monitor that our son's heart had stopped, and he ran to get the midwife. Then several people came in and it was great confusion because the heart had really stopped. They had to haul the baby out. But I saw that my father came close to me, even though I knew it was the midwife, but my father came and pulled out the baby. I tore the oxygen mask out of the wall and threw it at his head, but it was the midwife, and then I pulled a rack off the edge of the bed and was about to throw that at his head, but was stopped by the doctor. They managed to get the baby out. They had to sew a lot because they had to use forceps; I understood that when my head cleared. A few days later they asked whether I wanted to talk to a psychologist.

At the moment when Mary feels a certain pain in her abdomen, when she understands that the baby is coming out, she sees her father in the delivery room. At that time, her father had been dead for seven years. He had sexually abused Mary from age seven to seventeen. But the pain in her body and his presence and voice appear at the same time. He demands his child. Mary is in two worlds at the same time. The time difference is abolished. The pain means both "father" and "birth." She is in both realities. The confusion of time is reflected in how she confuses father and midwife several times. But there is also another simultaneity: Mary's perceptive world, including father, pain, and birth, and the concrete world of medicine, including a delivery room and a monitor to register a baby's heartbeat. Pain, father, and change in heart frequency coincide. Should one think about a connection between "father" and "heartbeat" that is similar to a connection between "pain" and "father"? If one rejects such an assumption and states that the coincidence was accidental, two medical questions must be answered. The first: what created the sudden danger of the child's death during what was until then an uncomplicated birth by a young and healthy first-time mother? The other: could this danger have been predicted?

Of course the answer to the second depends on the answer to the first. Since there is no record describing the incident, this has to be discussed based on Mary's report and on the actions taken. In a sudden change during childbirth, high forceps without anesthesia appears to be the only recourse for the staff. That means they had to weigh the probability of the baby's death against the probability of damage to the mother's body. The first is considered so likely that the latter becomes secondary. But Mary is not aware of what is happening to her body. Her attention is directed toward preventing her father from taking her child. Even though she knows that "father" is also the midwife, she has to prevent the child from being born at any price. She is so desperate that she becomes violent. That allows for still another indirect medical conclusion: if the sudden drop in the baby's heart frequency is caused by the mother, the cause must be highly unusual. The fighting and aggressive woman is strong and conscious, although she is clearly disturbed. She is completely unaffected by the pain from the operation. She fights those trying to bring her child into the world.

Another indirect conclusion is also given: the personnel does not offer any medical explanations and does not attempt any medical intervention. To the contrary, they recommend that Mary consult a psychologist. That means that the birth drama cannot be tied to a bodily or mechanical cause. If one assumes a connection, Mary has to be the connecting link. No one else knows that two worlds exist simultaneously. Only she knows about them and is in them both. Her body is the arena for an unsolvable conflict that no one else can know about. The child that is leaving her body is being claimed by her father as his property. She knows that the moment the boy is born the world will see that her father is her child's father. She is caught in a trap. Therefore she has to resist the birth of the child. To give him life means to reveal her shame. Mary has no choice but to act against life in the most fundamental way: her child's heart stops when she sees her father in the delivery room, although she is at the same time aware that he has been dead for seven years. He is recalled by the similarity of the pain that *then* meant abuse and the pain that *now* means birth.

Mary's condition was diagnosed as birth psychosis. None of her caregivers were aware of what she had experienced – that she had inhabited a double reality, one that was hidden and she alone had experienced, and one that she shared with others. Her behavior was therefore seen and judged from the outside. In that perspective, it was irrational and showed signs of insanity. But seen from the perspective of Mary's experiences, a rationale appears bearing witness that she is injured, not insane.

A study about the connections between hallucinations and trauma summarize the findings thus:

> In the 60 patients for whom child abuse was documented, hallucinations (including all six subtypes), but not delusions, thought disorder or negative symptoms, were significantly more common than in the non-abused group. Adult sexual assault was related to hallucinations, delusions, and thought disorder. A combination of child abuse and adult abuse predicted hallucinations, delusions and thought disorder. Child abuse was a significant predictor of auditory and tactile hallucinations, even in the absence of adult abuse.[319]

The birth described earlier, and the condition it gave rise to in Mary, resulted in her being separated from her child and admitted to a psychiatric ward. After a long hospitalization, Mary and her husband built a new house. During that time her brother returned from abroad. Under the pretext of helping, he assured himself a place in the family and intercourse with Mary. When she became pregnant a second time, she was not sure whether her husband or her brother was the child's father. Again she became psychotic during childbirth, and again she was separated from her child. During her next stay at the psychiatric

[319] Read et al, 2003, p. 10.

ward, it was discovered that she was again pregnant. Her condition was judged incompatible with pregnancy, and an abortion was performed. When Mary awoke from the anesthesia, she believed that she had given birth and that, as before, her child had been taken away. She managed to get herself to the nursery and took a newborn, certain that it was her own. What was happening was discovered, and she was stopped before she could leave the clinic.

A recent Norwegian study has confirmed a strong relationship between having been raped in adulthood and experiencing complications during delivery similar to those described previously.[320] Women reporting rape in adulthood had a fifteenfold higher risk for cesarean section, and a thirteenfold higher risk for assisted vaginal delivery when compared with women not reporting rape. The deliveries of raped women were typically characterized by lack of progress in the second stage of labor.

Back Pain

Line Lasson's history of abuse and illness is the result of two realities, Line's lived one and the one defined by medicine, both very different and also interwoven. Here too the impression is confirmed that medicine did not acknowledge Line's lived body. In her records, completely documenting six years of medical treatment of a young woman with low back pain, nothing indicates that anyone on the medical team had suspected at any time that another reality than the medical one might exist.

Line had been orally penetrated by her father once when she was eight years old, and once more when she was twelve.. Her father threatened her to silence and Line became almost mute. She was for that reason considered retarded, which led to harassment and a difficult school experience. Shortly after the first abuse, she also became incontinent, a problem that isolated her from her

[320] Nerum et al, 2010.

peers because she had to hide that she was wearing diapers. The incontinence lasted until she left home at eighteen and moved in with a somewhat older man. This meant that moving away from father, rather than medical intervention, was the cure she needed.

A study from Florida from 2003 is until now, as far as I know, the only documentation of a connection between sexual abuse experience in women and functional disturbances of the bladder. Researchers at a urological university clinic compared fifty-eight women with abuse experience in childhood to fifty-one who did not report such abuse, concentrating on problems with incontinence. They found a connection between sexual abuse and various urinary problems, difficulty achieving orgasm, and vaginal pain during intercourse. The abused women had also used laxatives to achieve weight loss considerably more often, and had more often stopped eating to get slim than the non-abused group.[321] I connect this to a recent Norwegian study about frequent urination, one that does not focus on abuse, but on pain: among women with the diagnosis fibromyalgia, researchers found a high incidence of frequent urination both during the day and at night. The researchers concluded: "The study indicates that an abnormally high frequency of urinations is a characteristic feature in fibromyalgia and a useful diagnostic variable. It is also objectively verifiable by urodynamic investigation. The pattern is that of urge, sometimes with incontinence."[322] However, they do not put fibromyalgia in connection with general pain as a result of negative experiences earlier in life. In the article there is no reference to the studies documenting such a connection.

Line's escape into an early marriage resulted in an early pregnancy and limited education. An interrupted education, resulting in problems in the job market and lifelong economic difficulties, is emerging increasingly clearly as a logical result of early assault. In a study from the United States, researchers showed a decreased income scale from "not abused" through "assaulted as children,"

---

[321] Davila et al, 2003.

[322] Stormorken & Brosstad 2005, p. 17.

"raped as adults," to "abused and raped." Double trauma experience – that is, sexual abuse in childhood and as an adult – predicted the lowest income among adult women in the study.[323]

Line had no occupational training and worked at a low-paying job as an assistant in a commercial kitchen. Already during her first year of marriage, her husband abused her when he had been drinking, and soon after this when he was sober as well. Line had to realize that he was intentionally hurting her and that she had moved from an abusive father to an abusive husband. This development from assault in childhood by close relatives to re-victimization in adulthood perpetrated by a male partner, lover, or husband – often connected with the man's use of intoxicating substances – is so well documented it is almost predictable.[324]

Line started having pain in her lower back and went to doctors. The pain was blamed on heavy work on the job in spite of the fact that Line did not improve when she was on sick leave, rather the opposite. Because of continued pain, she was referred to an orthopedic clinic. X-rays showed a small difference in the length of her legs and slippage between two vertebrae. Consequently there was pain and a finding. The finding was given causal significance, although the physicians told the patient that the slippage could be congenital, since she had no history of a mechanical injury to her back that might have caused it. This led to Line receiving a special corset and an insole for her left foot. The corset and the insole made Line feel as if she had lost her balance, but the doctors viewed the subjective perception of being out of balance as unimportant.

In spite of normal neurological status and normal vital functions, such as urination and bowel function, the orthopedic specialists concluded that an operation was necessary. In short, what the journal entry tells us is that an anomaly has been dem-

---

323 Thompson et al, 2003.

324 Bensley, van Eenwyck & Simmons 2003; Cunradi, Caetano & Schafer 2002; Jewkes 2002; White & Chen 2002.

onstrated in a painful area of the body; because of the lack of other visible pathology, and in spite of the lack of danger for lasting harm, the anomaly is defined as a diagnosis and an indication for surgery. The medically defined necessary surgery was without complications. Line had subsequently thorough rehabilitation and exercise in a special clinic.

At her checkup six months later, the following journal entry was posted: "The patient feels that her old pain is gone, but she gets another pain when standing for a long time. She should wear a light corset during weight-bearing work. New x-rays should be taken one year after surgery. She should be on medical leave for the rest of the year." A "new pain" has replaced the "old one." At her next half-year checkup, Line still mentions pain and has left her job. X-rays of the operated area show a change called pseudo-arthrosis. This is assumed to be the cause of her "new pain." She is prescribed more use of a corset, physiotherapy, and exercise. Different radiological techniques are ordered for her next checkup. But when Line turns up for this, she is pregnant in the first trimester and all x-rays are cancelled. The reason for the "new pain" in the area where the "old pain" was "removed" by "fixation" of the cause with painful results – all this is now shelved. How Line is going to complete her pregnancy with this pain and injury is at no time of concern to the physicians. A new corset that can be expanded with the pregnancy is ordered. She is to return after the child is born.

When Line has a checkup a few months after the birth, she is, according to the journal, pain free. The planned examinations are therefore considered unnecessary. The earlier suppositions about the origin of the pain are therefore neither validated nor invalidated. Her physicians do not know that, just after the birth, Line fled to a crisis center because she realized that the child was in danger as well if they stayed with the violent father. But no one wonders, no one asks. Just short of a year later Line visits the same clinic with the same pain. Now the journal reads:

"She has pains in her back and both legs. She also feels her legs get numb when walking. But it is very difficult to elicit why she is in such pain and what kind of pains she really has. She possibly has a kind of spinal stenosis symptomatology and should be checked again in six months."

Line's message that she has lost contact with her lower body and that her legs will not carry her is not heard. No one asks what is bothering her. Therefore no one knows that after her flight to the crisis center, she started therapy, had her child taken away from her, was moved to a municipal apartment, and there, in her new home, had been raped by her own father, the third rape in ten years. A year later she is again examined. The doctor now writes: "She is in constant pain. We cannot find a certain cause. Continued examinations with thought of surgery are not indicated at this point. We therefore are not making any further appointments."

The records documenting six years of considerable efforts on her behalf for a completely unresponsive health problem neither contain considerations with regard to this poor outcome nor any hint that her caregivers wondered what kind of life this young woman in pain really was living.

Abortions

Eva Maria Evju asked to be sterilized after her second childbirth. Between the two births she had had seven miscarriages. No doctor or nurse was ever told that Eva Maria was routinely beaten and raped by her husband, although the neighbors often called the police about domestic violence. Eva Maria was hoping in vain that someone would understand and take action. To resist had never occurred to her, because ever since childhood, she had learned through her father's sexual abuse that she was born to be the subject of others' lust or desire for dominance.

Of the thirty women in my study, eight had been sterilized, either because of long-term hemorrhaging, pain, or fear of pregnancy after unavoidable rapes. Four had had complete hysterectomies as treatment for pain or hemorrhage. None of these women had been asked in connection with these gynecological procedures if they had been sexually or physically abused. That never appeared to be a gynecological theme.

As a matter of fact, it is still like that today. A study from the five Nordic countries – Denmark, Finland, Iceland, Norway, and Sweden – regarding emotional, physical, and sexual violence and abuse among 4729 women admitted to gynecological clinics document this.[325] The study had two goals. One wanted to know how many women under gynecological care in the third line had experienced physical or sexual abuse. In addition, one wanted to know if their experiences were known by their caregivers. The results were remarkably negative on both accounts.

On the first issue: physical violence 38–66%, emotional abuse 19–37%, sexual abuse 17–33%. These numbers only mirror the women who define themselves as abused, of course. In my study there were several women who had several times been coerced into sex without realizing that they had a right to resist, either because they were used to it from a young age or because violence did not enter into it when the men "asserted their rights," as the women expressed it. Several also said they had never had forced sex, but at the same time they would mention that they would do anything not to provoke their partner's latent violence. That means that the high numbers from five of the world's most egalitarian societies are probably low estimates.

The second goal of the study was even clearer: 92–98% of the women had not discussed their abuse experiences with their gynecologist during their last stay at the clinic.

We see from several studies that sexual abuse in particular is so wrought with shame that many women will not relate such experiences, even in such an anonymous situation as answering a mailed questionnaire, as was done in the aforementioned

---

[325] Hilden et al, 2004; Wijma et al, 2003.

study. Women not only feel personal shame for being abused; they also feel guilty for being abused, since in many cultures, even in Europe, there still exists an opinion that a woman who is beaten has "deserved" it or "provoked" the man who beat her.[326] Studies based on personal interviews, however, show that the numbers increase as the researcher gets a closer relationship with the women, and the more the interview is used to deepen and investigate what words mean and how experiences are embodied. Only then does it become clear what women from different cultures and subcultures have been raised to believe is women's duty and men's right.

The Monster

Annika Anker's immediate family consisted, in addition to herself, of mother; father; a brother, six years older; and a sister, four years younger. In addition, she had a grandmother who lived next door. From when Annika was seven years old and until she was sixteen, her brother had vaginal intercourse with her in her bed at least twice a week. The brother used to sneak into her room at night. Often Annika did not hear him because she was asleep, but she used to wake up from feeling him licking her genitals. All abuse happened in complete silence. This was because of a third person in the room. Annika's younger sister shared a room with her, and Annika felt responsible for shielding her little sister from the brother's advances.

In the course of a few years, Annika became increasingly sleepless because she was constantly listening, since she never knew when her brother would come. In addition, she developed increasing headaches and neck pain. When she was fourteen, she could not carry the burden any longer and had an acute breakdown with crying spells, unrest, pain, and fear. But because her

[326] In a European Union study about violence against women, 46% of the respondents blamed the women (referred to in Gracia 2004).

parents did not make a concerted effort to find out what was bothering Annika, she finally confided in her grandmother. For the first time she told about her brother's many years of nightly visits and what he did, and that she was afraid that if she resisted he would go to her little sister. She also said that she could not take this pressure and secrecy any more.

Grandmother did not for a moment doubt that Annika told the truth, but the parents did not believe Annika and her grandmother. They supported her brother and his fiancée. The fiancée declared that he had confessed to her what he had done to Annika, and that she, his fiancée, had forgiven him because it was not something serious. But since the brother, in spite of his "confession," continued to visit Annika at night, Annika was forced to believe that what she herself saw as terribly wrong was possibly the brother's right. Because she was made a stranger in her own family, and continued to be in danger in her own home, she always felt vulnerable and estranged. When as an eighteen-year-old she was allowed to go to her first party among friends, she immediately fell in love with a somewhat older man, an acquaintance of one of her girlfriends. The man immediately made intense advances. Feeling that she had found her savior, Annika soon moved in with the man and married him. Shortly thereafter she was pregnant and had her first child. By then she had already understood that her husband had a problem with alcohol. After the birth, he required constantly more sexual access to Annika. Under this pressure she felt increasing panic and withdrew. That awakened his latent violence, and from then on he raped Annika. Through rape, she again became pregnant, and her husband continued to rape her throughout the pregnancy.

The daughter Nini was born several weeks before term, and Annika was horrified at the sight of her newborn. She saw a monster, a screaming, ugly, deformed monster with a demanding mouth when she looked at her daughter. Every time she nursed Nini, she got the shivers from fright at the sight of the deformed child at her breast. She tried to withdraw from the child as much as possible and her whole body was tense. Soon she had pains all over. Her whole body protested in abhorrence when touching Nini. With her entire self, she rejected the child that had been forced upon her, although she gradually realized that Nini was completely normal and not deformed. But already, early in her second year, Nini started to make strange contortions with her face and neck.

Because of her husband's increasing alcohol problems and violence, Annika and the children left him before Nini's second birthday. Gradually, Nini withdrew from her mother, while her ticks and contortions increased. She had in the meantime started preschool, where the other children laughed at her grimaces and teased her. The staff observed this and became concerned. They asked Annika to have Nini thoroughly examined. Specialists in pediatrics and neurology were consulted, but no signs of organic causes were found. Nini was referred to the State Center for Epilepsy for further examination with the thought of possible petit mal or tics. Again no organic cause could be found, although everyone could see what happened when Nini got her strange and increasingly repellent facial tics and head twists. But the experts had no explanation for these – and no treatment to offer.

Annika could see that her well-formed daughter became more and more deformed. At the same time, she had to face the fact that the intensity and frequency of Nini's grimaces mirrored her own moods. The more out of balance Annika was, the more Nini twisted and turned her face. As by logical magic, the abused woman's view of her child as deformed, her deforming view, so to speak, deformed her normal child. Nini's repellent twists mirrored her mother's rejecting glance. This glance was like a spell cast over the newborn child and had come to pass.

Annika has described how Nini constantly reactivated her deepest conflicts and most intense aversion, which were both based on her own abuse experience. Annika felt responsible for the child's need for nourishment, but she could not fulfill the child's need for closeness, love, and comfort. Gradually, the unloved child's uncomforted crying became the most trying thing for Annika. The crying was an accusation from which she could not escape – nor reach out to. It made her feel guilty and furious at the same time. She admits that she often screamed at Nini or grabbed her and shook her to quiet her, which of course caused the child to cry and writhe even more.

Children's crying that is considered "abnormal" by the child's parents has been identified as one of the main reasons that parents beat their children.[327] Among mothers who, again and again, turn to the health authorities on behalf of their children who have either alleged or acquired health problems, there has been found in the mothers excessive frequency of seizures, alcoholism, self-injury, drug addiction, and somatizing.[328] All these phenomena are strongly associated with violation and abuse experiences. But although the authors of the studies concerned knew about such experience by some of the mothers, they did not consider it of key importance. This is because of their chosen theoretical framework for understanding with emphasis on determined psychiatric illness among the mothers. Therefore the women were considered to be mentally ill and "insane" abusers of their children. That the mothers' attitudes possibly have a generational abuse connection and a gender-role expression for injury has been made the theme of a scientific critique of the traditional psychiatric concept.[329] However, not only abused mothers, but otherwise stressed parents represent a danger for their children, as documented in the increase of child abuse linked to deployment in military families.[330] But also non-abused, three-year-old children are exposed to depression when having a parent in a war zone.[331]

---

[327] Reijneveld et al, 2004.

[328] Bools, Neale & Meadow 1994; Jones 1994.

[329] Yorker 1994.

[330] Rentz et al, 2007.

[331] Chartrand et al, 2008.

Night Noises

A continuation of the violence that threatens mothers can, besides the previously mentioned consequences, actually emerge in their adult children's illness. The children may have been awake at night and heard strikes and muffled cries from their parents' room, where things happened that no one should hear and no one should know. Their continuing insomnia can be the cause of the bottomless tiredness that some people describe to their doctors and that medicine cannot cure.

Such a patient is Rachel Reitan. She arrives for still another consultation because of an indescribable weariness, and because she wakes up several times every night in a sweat and with a racing heartbeat. She also has high blood pressure. Because she prefers not to use medicine, she has had repeated twenty-four-hour monitor checks of her blood pressure. We had considered that her repeated high readings could be a reaction to the doctor's presence, although she says clearly and convincingly that she is not afraid of me. The monitor shows to our amazement that the highest readings are at night, both the diastolic and the systolic measurements. We agree that this could be interpreted to mean that even in her sleep, she is always "on alert," ready to respond to a threat that could materialize at any moment. The timing of the higher numbers coincides with Rachel's own observations about when her sleep is restless or interrupted. From the curves, it appears that she never is in a deep sleep at all these nights, and that she probably does not get proper rest on nights like these.

At an earlier visit with us she had to wait awhile between tests and consultation. From the small library in our waiting room she had chosen a book she had not seen before: the novel *The Time it Takes* by the Norwegian novelist Hanne Ørstavik. While reading, she recognized the voice of the girl in the book, talking about voices and sounds in the night, and her mother's use of scarves or turtleneck sweaters after such nights. She told the secretary she wished to borrow the book until her next appointment.

Now she arrives with the book in her hand. Since I assume she just wants to bring back a book she has borrowed, which many patients do, I tell her she can give it to the secretary so she can strike it off the list of borrowers. But she sits down and quietly puts the book down in front of me, saying: "No, I need to talk to you about this. Do you know the book? I mean, have you read it yourself?" When I nod, she says: "You see. I am Signe. It fits right in that my father, too, was very interested in the Bible. We were supposed to live so morally responsible lives. Do you think this is what my alarm is all about?" I remember enough of the book to realize what she is referring to. I only nod, and she continues to talk about things she has never mentioned before. This consultation is not about blood pressure or sleep, but about fear of being beaten, about sounds, about divorce, about an orphanage, and everything else that Rachel has recognized in the book's Signe. It is about the deep insecurity that still lives within her regarding the good and the evil dad in one and the same person. It is about sin, lies, deceit, double standards, concealment, and secrets. And it is about shame, the deep shame that falls on one who unwillingly becomes privy to it – and therefore a participant in the forbidden – and as a consequence, shares the responsibility for the cover-up and concealment.

At the end of the visit Rachel concludes that she will start in therapy with a psychologist, and that she will follow my advice about long-term treatment with a psychomotor physiotherapist. She now wants to seek a deeper insight into how her body carries dramatic childhood experiences in it, and how the past still affects it day and night.[332]

The central theme in Rachel's story is childhood trauma by witnessing violence toward her mother and the experience of fundamental insecurity connected to her father's official command about justice and his hidden practice of injustice. Her central health problems – insomnia, constant fatigue, bodily

---

[332] Kirkengen, Getz & Hetlevik 2008

tension, and higher blood pressure at night – can be tied to an early and continued existential insecurity. Her story underscores how children internalize life-threatening experiences, even if their own lives were not directly threatened. Children who witness violence in the family were the theme of an editorial in 1993.[333] The authors were quite unambiguous with regard to the damaging effect such experiences must have on children's emotional and cognitive development. Their conclusion was quite clear and contradicted earlier ideas that children did not suffer any harm from such things as long as they were not directly hurt themselves. Since 1993 the documentation of the harm children suffer from witnessing violence in the family has steadily increased. The results of a number of studies converge in the message that harm is caused in every instance, and to a greater extent the younger the child is.[334]

Still, no one had researched the long-term effect of indirect abuse on somatic health before Vincent J. Felitti and his associates published the first overview results from their ACE Study in 1998. Several studies have confirmed these findings by putting the spotlight on the relationship between the mothers' emotional abuse through living with violence and their children's health, or the mothers' inquiries to the health authorities on behalf of their children as a way to cover up and protect their children.[335]

---

[333] Groves et al, 1993.

[334] American Academy of Pediatrics 1999a,b.

[335] Bartlett et al, 2001; Dong et al, 2003a; Hegarty et al, 2004; Johnson et al, 2000, 2002; Kernic et al, 2002; Parkinson, Adams & Emerling 2002; Taft, Broom & Legge 2004.

Part III

STRUCTURAL PHENOMENA

Chapter 5

Destructive Authority

STRUCTURAL VIOLENCE

In this chapter, I shall first explore the impact of structural violence – in other words, of structures that violate human integrity and thereby human thriving and health – by means of examples of violent structures as these are embedded in social settings. Consequently, the interface between structural violation impact and medicine must be discussed. I shall argue that structural violation is *embodied as sickness and death*. Furthermore, I shall emphasize that when violation is embodied, the human right of undisturbed embodiment is violated. Finally I shall argue that contemporary biomedicine may become instrumental to the maintenance of violent structures due to its *theoretical basis*. Medical theory of the human body as mindless defines experience as an unreliable source of knowledge production. Since context is avoided, medicine may fail to contribute to a proper and adequate analysis of what appears as a surplus of sickness and premature death in individuals or groups. *Analytic omission* in medicine may contribute to the maintenance of social asymmetries and to abuse of power by methodically blurring the violent structures that cause suffering and death. This would not only imply a failure to accomplish a societal mandate. It would represent, in itself, an abuse of power.

Definition

I lean to Harvard physician and medical anthropologist Paul Farmer, who, with reference to Norwegian peace researcher Johan

Galtung and Latin American liberation theology during the 1960, defines structural violence as "social arrangements that put individuals and populations in harm's way. The arrangements are *structural* because they are embedded in the political and economic organization of our social world; they are *violent* because they cause injury to people (typically, not to those responsible for perpetuating such inequalities)."[336] Structural violence is often embedded in longstanding social structures that are "normalized" by institutions, and as such become part of what is deemed "regular" and "ordinary." Consequently, they are almost invisible. According to Farmer (p. 1686), "the idea of structural violence is linked very closely to social injustice and the social machinery of oppression." How "normalized" social injustice and "invisible" social suppression affect peoples' health, and how medicine and medical professionals respond to the normalized and invisible, shall be explored in the following.

Racism

Decades of continuous medical research, great progress in neonatal medicine, and high medical intervention to prevent premature termination of pregnancies in the United States and in Canada have so far not shown satisfying results. Preterm birth has been shown to be closely related to social class, and is thus termed a "social disease." The analysis of risk factors converges to a highly specific, identifiable picture of a woman prone to deliver preterm: she is very young, she is socially deprived because of being unskilled or unemployed, and she is Black. But even if she is older, highly educated, and employed, but still Black, her risk surpasses that of non-colored women of her age and in comparable professional positions.[337] This fact cannot be attributed

[336] Farmer et al, 2006, p. 1686.

[337] Alexander et al, 2008; Caughey et al, 2005; Colen et al, 2006; Collins et al, 2004; Getahun et al, 2005; Healy et al, 2006; Kramer et al, 2006; Rich-Edwards & Grizzard 2005; Rich-Edwards et al, 2001; Tanaka et al, 2007.

to a genetically determined proneness to preterm delivery among African-American women, but rather to racism.

The impact on health of racism has been spelled out by physician Camara Phillis Jones at the Centers for Disease Control and Prevention in Atlanta in the following way:[338] racism is a system of structuring opportunity and assigning value based on the social interpretation of phenotype. It puts some individuals and communities at an unfair disadvantage and other individuals and communities at an unfair advantage. According to Jones, racism can be identified on three levels: *institutionalized, personally mediated, and internalized.* Institutionalized racism is expressed in societal structures that rank and stigmatize by race. Personally mediated racism is expressed in underestimation and contempt due to race. Internalized racism is expressed in self-devaluation or self-contempt due to societal contempt. Individuals will often engage in self-destructive behaviors. Self-contempt as the predominant state of selfhood can be understood as chronic distress. Such a state of being has recently been identified as highly destructive for health.[339]

The toxicity, for the child, of internalized racism in its mother may surface in the risk gradients of stillbirth, preterm delivery, low birth weight, and death of the child within one year from date of birth in a study among interracial couples in the United States.[340] Compared to white couples, who had the lowest risk for stillbirth (defined as 1.0), Black couples held the highest relative risk (RR), 1.67. The risk in mixed couples with white mothers and Black fathers was only slightly elevated (RR 1.17); however, the risk of mixed couples with white fathers and Black mothers was considerably higher (RR 1.37), yet still clearly lower than for Black couples. The same patterns of graded risk were observed for the other outcomes. The researchers conclude (p. 86):

---

[338] Jones 2000.

[339] Glaser & Kiecolt-Glaser 2005; Kemeny & Schedlowski 2007; Segerstrøm & Miller 2004.

[340] Getahun et al, 2005.

> Our analysis underscores a strong influence of maternal race on perinatal outcomes. It is likely that complex social and behavioral factors are at interplay.

With Camara Jones's reflections about internalized racism in mind, I propose an interpretation of these findings as the impact of structural violence mediated by the mother: while the white mother's "whiteness" – in other words, her self-awareness of being white and "right" – almost compensates for the "wrongness" of a Black father, if I may say so, a white father cannot compensate for the Black mother's self-awareness of being "wrong" in contemporary U.S. social contexts. Rich-Edwards and Grizzard write:

> We argue that chronic exposure to poverty, racism, and insecure neighborhoods may condition stress responses and physiologic changes in ways that increase the risk of preterm delivery. Cumulative stressors may impact pregnancy outcomes through several intersecting pathways, which include neuroendocrine, behavioral, immune, and vascular mechanisms. Many of these pathways also lead to chronic disease. It may be useful to consider preterm delivery as a chronic disease with roots in childhood, adolescence, and early adulthood. Like other physiologic systems, the female reproductive axis may be vulnerable to the physiologic "wear and tear" of cumulative stress, which results in preterm delivery.[341]

Other researchers have supported the hypothesis of accumulated distress as an appropriate framework.[342] Harvard epidemiologist Nancy Krieger has called for the introduction of the notion of embodiment into epidemiology.[343] This phenomenological term, depicting the human body as incorporated experience, as a lived body, might offer relevant perspectives not only for epidemiologists. The impact of *personal* experiences of racism has been documented by James Collins and colleagues.[344] They conclude (p. 2132):

---

341 Rich-Edwards & Grizzard 2005, p. 30.

342 Hogue & Bremner 2005.

343 Krieger 2005.

344 Collins et al, 2004.

> The lifelong accumulated experiences of racial discrimination by African American women constitute an independent risk factor for preterm delivery.

The detrimental effect for the pregnant woman of experienced stigma due to race is mirrored in two stunning similar documentations. The first is the likewise detrimental effect of experienced threat and hostility, due to ethnicity, among Arabic-named U.S. women in the first six months following September 11, 2001.[345] The second is the likewise detrimental effect of experienced danger and threat, due to secrecy and lack of protection, among Finnish women who were pregnant during the Chernobyl disaster in 1986.[346]

The adverse implications on health from racial discrimination and stigmatization are increasingly discussed.[347] They may also be the structural ground for the much higher incidence of the most aggressive type of breast cancer, inflammatory breast carcinoma, among African-American women as compared to other women in the United States,[348] and the much poorer outcome of diagnosis, treatment, and surveillance of breast cancer in general.[349]

Sexism

A surplus of general morbidity and premature death linked to post-traumatic stress has been shown in a study among 31,000 female U.S. veterans.[350] The researchers also elicited a highly particular trauma experience among female soldiers, namely, having sustained sexual assault while in the military.[351] Twenty-

---

[345] Lauderdale 2006.

[346] Huizink et al, 2007.

[347] Krieger et al, 2008; Mays, Cochran & Barnes 2007.

[348] Hance et al, 2005.

[349] Gorin et al, 2006; Morris et al, 2007; Taylor et al, 2007; Thompson et al, 2006.

[350] Frayne et al, 2004.

[351] Frayne et al, 2003.

three percent of female soldiers in this material reported having been sexually assaulted, predominantly by male colleagues. As a consequence of *sexist prejudices and practices,* however, the women were forced to cooperate with and rely upon these men in dangerous situations even after having revealed the assault to the military police. The raped female soldiers were twice as likely to have the following two health problems: cardiac infarction and hysterectomy before the age of forty years. These studies allow the conclusion that not only violation mediated by *racism,* but also violence mediated by *sexism* represents a threat to women's health, and especially to their reproductive and cardiovascular health.

Among postmenopausal women who had their uterus removed, a clear *racial gradient* from 53% in Black, 50% in American Indian, 45% in non-Black Hispanic, and 40% in Caucasian women was shown.[352] Having the uterus removed was a significant predictor of cardiovascular disease (CVD). Yet when adjusted for demographic variables and CVD risk factors, the effect was reduced to non-significance. The authors concluded that women who had their uterus removed had a worse *initial* risk profile not determined by the surgical intervention. These risk factors were hypertension, diabetes, high cholesterol, obesity, lower education, lower income, and physical inactivity – and higher prevalence and incidence of cardiovascular disease. However, the researchers did not discuss whether the coinciding increased risks of both cardiovascular disease and of removal of the uterus pointed to a cluster of adverse conditions impairing both reproductive and cardiovascular health in a racially graded manner.

VICTIMIZATION AND RE-VICTIMIZATION

People who have experienced boundary violations early in life are at increased risk of being violated again. The dynamic from violation to repeated abuse is made clear through a number of

[352] Howard et al, 2005.

stories in the previous chapters. I will now unfold a central aspect of socially silenced violations in a critical reading of inscriptions of violence within medical contexts. In this way various forms of medical re-victimization will become visible.

In 1975, the sociologist Martin Seligman presented a theory about reactions observed in people who had been victims of violence, summarized in the concept of "learned helplessness." Its logic was based on the victims' experience of having to surrender completely to their attacker's terms. The victims were distinguished by emotional numbness and inappropriate passivity. In 1983, psychologist Janoff-Bulman and sociologist Frieze pointed out that numbness and passivity were stages in a process. They took as their point of departure a theory that human beings have the following basic assumptions in common: a person views him- or herself as inviolate and valuable and the world as meaningful and ordered. Violations destroy all these assumptions and the victim has to use various strategies in the form of thought, actions, and attitude to rebuild faith in the world being ordered and meaningful and in the view that he or she is valuable and vital. The self-image and the world-image must actively heal, and the healing must evolve in accordance with the victim's understanding of what happened, how, and why. The victim can then try to avoid new violations with assumed adequate "protective" and "tactical" maneuvers, all of which involve avoidance, escape, self-limiting, ritualized control, and constant alertness.

The adjustments are expressed in behavior that to an outsider seems like "being different." Unusual conduct is diagnosed by psychiatry and can result in the following "names": social or other phobia, panic syndrome, compulsive behavior, borderline, personality disorder, hypochondria, somatization disorders, and others.

But the healing of self-image and world-image cannot happen with suppressed, unconfirmed trauma. Therefore in 1986, the sociologists Finkelhor and Browne presented a model that includes central elements of humans as social beings, namely, deceit, helplessness, sexualizing, and stigmatization. It has been shown that stigma, self-reproach, shame, and guilt inform the impact of sexual trauma.

Sexual violation or domestic violence represent special trauma because nobody in the victim's surroundings seems to notice that something illegal is happening. When the victim's perceived reality does not match the socially accepted reality, the victim has to adjust to this discordance by using strategies to correct or separate the subjectively experienced reality. In the eyes of others, the resulting behaviors and attitudes are interpreted as signs of a problematic deviance. If the signs are interpreted as mental, psychiatry is responsible for an explanation and treatment. If they are interpreted as bodily, somatic medicine is consulted.[353]

Re-victimized in Medicine: Gunhild Grura

According to the Norwegian Professor of Psychology Hanne Haavind, a person who seeks help after an invasion of body, life, or integrity can be invaded again by the caregiver, that is, can be used or exploited through the care itself, through what is viewed as professionally correct or responsible "treatment."[354]

- In a concrete sense, a sexually abused person is sexually abused by the caregiver.
- In a symbolic sense, the abused assists the caregiver with admiration, services, and devotion.
- In a transferred sense, the sexually abused person is humiliated by the caregiver's professional theories.

[353] I have thoroughly explained the development of the theory of victimization and the structural preconditions for re-victimization in my thesis and my book *Inscribed Bodies: Health Impact of Childhood Sexual Abuse;* see Kirkengen 2001, pp. 358–68, and see also Browne & Finkelhor 1986; Janoff-Bulman & Frieze 1983; Peterson & Seligman 1983; Seligman 1975.

[354] Lecture Center for Women's Research, University of Oslo, 1992; Haavind 1994.

In psychiatry and psychology the latter is expressed through the experiences of the abused being interpreted as infantile sexual fantasies or ignored as unimportant or irrelevant to their health. The professional norm may also legitimize certain demands, actions, or treatments, aiming for a "normalization" of the patient's lifestyle or sexual practices. Social norms and theoretical models become implicit tools that humiliate the patient by defining him or her as a deviate in need of "normalization" through a certain treatment.

Gunhild Grura mentions all three possible forms of abuse related to treatment. One of them is documented in her records from a Norwegian university clinic. She had been violated by her stepfather and his friends from childhood until she fled to another part of the country at age twenty. From there, she dared to accuse her stepfather. While the court case was being prepared, she had frequent sessions with her male psychologist. According to her expressed wishes, he had undertaken to inform her new general practitioner about the case and about the many years of abuse. Gunhild Grura tells the following:

> Yes, I asked the psychologist to do that. I thought that the two needed to cooperate, and I was not able to tell right away. He, my new doctor, was very nice. I was not used to meeting nice people. I guess I was more or less seduced. He was not rough. I had an abuse reaction afterward although it was not exactly an abuse situation, not physically anyway. But I felt dirty and disgusting and such afterward. He was twenty years older than me, and he was also my doctor. This happened in the fall, before my case went before the court. I was treading a thin line. I had to sleep nights if I were to function at all during the day. There were several police interrogations and I had to travel back and forth some. I needed Valium, so in a way it became a mutual exploitation. This way we developed a relationship. In the beginning I thought I was the only one, but there were others. I found that out through others and because a couple of times I came to him unexpected. I was warned against him again and again. But my attitude was that when a person finally had been kind and thoughtful toward me, he had

> me nearly captured. It didn't matter what other people said. He was the rescuing angel that I had hoped for. He was the kind who wanted a mother, lover, and friend, and I was in a way all those things for him. Of course, I realize now that it was a dependent relationship. I had never before experienced that someone was good to me. I became almost as dependent on that as on Valium.

As a child, Gunhild had been hospitalized for three weeks for pain in the genital area that was treated as a urinary tract infection. In later years she had had numerous bladder infections, later also infections of the fallopian tubes. These were confirmed in connection with three endoscopies because of chronic pelvic pain. She had also had endoscopies of the colon and bladder to identify the sources of various pains. She had been treated for outer injuries, such as burns and cuts. Since childhood she had been anorexic, later bulimic, and as an adult, a mixture of the two. She had become pregnant by her stepfather and had an abortion, but the gynecologists had not been told. Because of poisoning with suicidal intent, she had been hospitalized six times. She had been a patient at eight Norwegian hospitals, several times in some because of various health problems. None of her caregivers ever asked her about humiliations, violations, or sexual abuse.

But at a certain time, Gunhild reports her abuse experiences, and in the records from a gynecological university hospital these are finally mentioned. The gynecologist writes that he has not discussed this with his patient, but he has asked her if she would like to consult a psychiatrist. He does not appear to see a history of incest as relevant in a woman with frequent stays in gynecological wards. This in spite of the fact that he writes: This patient is rather different; she always has to be examined under anesthesia.

The "difference" is not the evident and destructive effect of sexual trauma, but the patient's personality. The deviation, the pathology is assigned to her. The fear of men's hands is interpreted as Gunhild's lack of ability to act normally. The doctor does not understand the meaning of what he knows, and his assumed correct professional reaction is silence. Thus because medicine's patholo-gy-oriented view is aimed toward the individual body's materiality, the profession can allow itself to ignore a special pathological ingredient, namely, socioculturally suppressed violence.

What Haavind calls concrete and symbolic re-victimization is found in Gunhild's tale, and what Haavind calls transferred re-victimization is documented in her medical journal. In the name of care she was abused again because of medicine's theoretical blindness for the outcome of silenced abuse.

Careful Abuse

The phenomenon of re-victimization is a gendered phenomenon. Women of all ages are abused the most, and mostly by men, both at home, outside, and in their workplace. Therefore it is mostly women who seek help. Until quite recently, men had a monopoly on therapeutic or consulting professions. As a result, it is most often a man who is the caregiver. The function itself gives the caregiver rank above the one seeking help. In addition, the patient is usually of a lower social rank than the caregiving man. This quadruple asymmetry is based on a fifth structure, namely, culturally conceptualized gender. It identifies femininity as a passive practice of reserve and self-limiting, and masculinity as male aggressiveness, expressed in active testing of limits, especially women's, which increases his masculinity.

I have so far not personally known of any man who has been sexually abused by his doctor. However, I know of a case against a male psychotherapist who was sued by three male clients for misusing therapy sessions for sexual purposes. In all three men, the therapist had claimed that the crisis for which they sought him out was based on the fact that they had been sexually abused by their fathers as children. Although none of the men could recall any abuse, the therapist insisted that it had happened and found cause for the necessary therapy: "closeness practice with a good father," that is, himself, which in practice meant sexual acts in the form of mutual genital stimulation and the therapist's oral and anal penetration of his young clients. All three men allowed it to happen over a long period of time without resistance, although they repeatedly expressed their doubts verbally.

The gendered arena where the one seeking help meets someone who offers it is an arena of social power. The power built into the role of advisor, caregiver, and guide is an ethical responsibility that rests on the professionals. The responsibility is accepted by the professionals with an explicit promise to follow certain rules about how meetings between doctor and patient, lawyer and client, minister and parishioner, teacher and student, shall be conducted. The rules are not explicit in all professions regarding what should be taking place in such meetings. If the spoken rule is: "You must not harm the client," a therapist may still be tempted to think: "When I show a sexual interest in a female client who is being abused and cheated on by her husband, it is a positive experience for her and therefore surely not harmful, possibly even therapeutic."

A missing rule about what fundamentally does not belong in a professional relationship leaves room for individual interpretation, which leads to abuse of the situation's implicit asymmetry of power. It is only during the past twenty years that psychological societies in Western countries have seriously declared that any sexual contact between a therapist and a client is unethical, unprofessional, and anti-therapeutic. And only a few years ago most of the world's medical societies formulated a parallel rule. It happened based on, and under pressure from, increasingly solid documentation of the harmful impact of sexualizing therapeutic relations.[355] In 1991, these facts were presented by psychiatrist Eivind Haga in the *Journal of the Norwegian Medical Association:*

> Sexual relations between patient and caregiver are a form of incest. Many of the problems a patient has to cope with are the

[355] Gabbard 1989; Rutter 1989.

> same we observe in women who have been sexually abused. Women who are subjected to sexual advances from men with whom they have a professional dependent relationship have often been subjected to sexual abuse earlier in life. The effects of such sexual abuse fall under the serious psychiatric condition "post-traumatic stress syndrome." More than 10% of male therapists in the United States may be guilty of such abuse. 50% of all psychotherapists will encounter patients who have been victims of sexual abuse by earlier caregivers.[356]

Re-victimized in Medicine: Elisabeth Engh

Elisabeth Engh had been sexually abused by her stepfather from age five until she was seventeen. She was an adult and a mother when she first was hospitalized in a psychiatric clinic. She asked the doctors directly whether the early abuse had anything to do with her present problems. The doctors did not believe so. Elisabeth got better and was discharged, but soon suffered a relapse. She was referred to a psychiatric outpatient clinic, and again she mentioned her history of abuse. Again this was not considered important. She began to hallucinate and became mute, and was considered psychotic. She saw things she neither knew, nor understood. These were about her father and herself when she was a baby. Two years later her mother identified the concrete descriptions Elisabeth could tell from her "visions." Her father had abused her when she was just a baby. Therefore her mother divorced him before Elisabeth was three years old, but she had never told her daughter this. Through her mother's description, Elisabeth's apparently meaningless visions acquired authenticity as her own past. Elisabeth says this:

> I was forcibly hospitalized. They robbed me of my rights to my own life. That was another form of abuse. I had not injured myself, I did not try to injure others, I had not attacked anyone, and I was just terrified. I have tried to get away from it, away

---

[356] Haga E. [Review of Gabbard 1989.] Tidsskr Nor Lægeforen 1991; 111: 1268.

> from psychiatry. That stay and that diagnosis; it will haunt me forever. It is written and will be there forever. It is terrible for us who struggle with abuse that those who are treating us are so hung up in diagnosis. Why do they need a diagnosis? Should it not suffice that we have the memories of our childhood experiences? These diagnoses cause harm! And they remain. When I meet anyone from that clinic, I now feel that they view me as an idiot. The parents of some of my children's classmates work at that hospital. I still cannot bear to meet them. It means that I miss things that happen at school or at games. I do not want to meet them. But it means I neglect my children; I never join them in their activities.

Elisabeth's history illustrates how re-victimization can happen in psychiatry because psychiatric theory still attributes a minor or marginal significance to experienced abuse. Patients who tell about violence and sexual abuse are not heard or understood, due to *structural* reasons – this in spite of the now substantial documentation available connecting early abuse experience to later presentation of habits and signs, both among adolescents and adults, that are interpreted as psychiatric illness. As mentioned in earlier chapters, the connection is most pronounced among people who have been diagnosed as depressed, suicidal, or suffering from post-traumatic stress, and there are indications that it is also the case for people who have health problems such as nightmares, flashbacks, and hallucinations.[357]

Elisabeth was judged from a theoretical position that her particular habits and states of consciousness, her depression and changes in perception and awareness, documented mental disturbances independent of or unrelated to her abuse experience from her first to her seventeenth year. That she herself suspected a connection – and therefore repeatedly referred to her traumatic childhood – was not considered relevant in the evaluation and treatment of what was considered as her actual illness, and this

[357] Clum, Calhoun & Kimerling 2000; Read et al, 2003; Whitfield et al, 2005; Wise et al, 2001.

in spite of what she referred to as a life of daily danger, constant threats, continuous impotence, and permanent insecurity. Elisabeth had been "besieged," and the enemy was in her own house and could not be avoided or conquered.

Persistent War

Experiences from war or serious crises are now recognized as the cause of certain behaviors, altered states of consciousness, and extensive health problems that are currently referred to as post-traumatic stress disorders. "Invented" to cover a large spectrum of injuries to veterans of war, the concept was intended to turn attention away from the individual and toward the cause of injury, namely, war and violence. But as a diagnosis, a name for a condition characterized by deteriorating health, it can be used both to legitimize requests for social services by the victims and also to clear war criminals of claims of criminal acts. The "diagnosis" is therefore both controversial and instrumental. Given the prevailing definition, and used in a country where there has been long-term civil war, it fits 99% of the population.[358] Does that mean that 99% of the population (in this case, Sierra Leone's) qualifies for a psychiatric diagnosis of post-traumatic stress syndrome because they misbehave in their war-torn everyday lives? It is rather the other way around: given their living conditions, it would be a sign of collective insanity if they did not react with almost constant fear, vigilance, and insecurity.

Both men and women returning from war show signs of having experienced dreadful things.[359] They carry lasting memories not to be forgotten, memories that will not leave them alone, even when they return home to a peaceful country. Among them are large numbers who have been severely affected, and among these, people with "war experience" from childhood and adolescence are heavily

---

[358] Summerfield 2001.

[359] Frayne et al, 2004; Hoge et al, 2004.

represented.[360] Among male and female veterans (4,139,888 and 185,880, respectively) screened for what was termed "military sexual violence," the following relationships could be documented:

> Positive screens were associated with greater odds of virtually all categories of mental health comorbidities, including posttraumatic stress disorder. Associations with medical comorbidities (e.g., chronic pulmonary disease, liver disease, and for women, weight conditions) were also observed. Significant gender differences emerged.[361]

This study included twenty psychiatric and twenty-three somatic diagnoses or symptoms. In addition to the aforementioned correlations, the risk of being diagnosed for AIDS was comprehensively elevated for sexually offended men but not for women.

These findings emphasize how the experience of constant threat or the absence of a "safe harbor" has a negative effect on health. They concur with the increasing evidence of the detrimental long-term impact of integrity violation, recently confirmed in four studies on the *population-, cell-, and gene-level,* as linked to the concept of allostatic load.[362] It also supports the finding by the ACE Study of increased heart disease among people with negative childhood experiences, and of increased risk connected to sexual abuse in childhood.[363]

Soldiers who are raped by fellow soldiers have a lot in common with girls, boys, and women who are raped in their homes by family members:

- they are forced both in their daily lives and in crisis situations to rely on persons whom they have every reason not to trust;
- they are forced to be in close quarters with their abusers in spite of society's official, legal, and political condemnation of sexualized violence;

---

360 Bremner et al, 1993; Rosen & Martin 1996.

361 Kimerling et al, 2007, p. 2160.

362 Bradley et al, 2008; Choi, Fauce & Effros 2008; Lemieux, Coe & Carnes 2008; Sachs-Ericsson et al, 2005.

363 Goodwin & Stein 2004; Dong et al, 2004.

- they are forced to live under the same type of psychic terror, with unpredictable danger, used by totalitarian regimes to break down even the most stalwart resistance without physical violence.

Reported incidence of rape of female soldiers carried out by fellow soldiers is so prevalent that the United States Congress held a hearing on the subject in February 2004.[364] There it was also revealed that rape in the service, under the military jurisdiction, does not lead to consequences for the rapist, and in most instances he is not held responsible. However, it has severe consequences for the victim, who often is accused of having invited advances and is forced to continue working in near proximity to her rapist. In addition, there are no therapeutic services for these women in the field. As a result they are doubly under siege. The researchers conclude as follows:

> Since coronary heart disease is the leading cause of death in women, a thorough understanding of direct and indirect contributors to its pathogenesis is critical. Prevention of sexual violence (and perhaps other forms of trauma) may prove relevant to the campaign against coronary heart disease.[365]

If we add to these "on-the-job rapes" the enormous numbers of rapes of civilian women in war, particularly in ethnic wars in our time, such as Rwanda, Bosnia, Sudan, Congo, and other African countries,[366] the "civilized" recommendation by Frayne and her co-workers may seem rather naïve and utopian.

Differing Realities

Elisabeth Engh lived through war, although an invisible one. The war zone was at home where all children should be safe. She

---

[364] Nilsen K. American Forces shaken by rapes. Aftenposten, 18 February 2004.

365 Frayne et al, 2003, p. 224.

366 Donohoe 2004b; Swiss & Giller 1993.

was abused and humiliated by the two men who were closest to her until she was nearly a grown woman, namely, her father and her stepfather. They did things to her that were so painful and incomprehensible that they shattered Elisabeth's conceptual and perceptual universe from the time she was a baby. She had to suffer the same experiences of constant alarm, danger, threat, vulnerability, and torture as described earlier. She knew about such pain and danger before she acquired language, where everything was perception and nothing had names. When these perceptions again turned up in her mind's eye, activated by adult experiences, Elisabeth did not know which situations these visions, voices, and physical sensations were associated with. She only knew they had to do with herself and her father – a man she thought she had only known through photographs, and she knew for certain that the pictures warned of danger and unmentionable things. When these perceptions were activated, Elisabeth became as wordless and unable to communicate as when she was a child. She was frightened, and what little she had told earlier was not being heard.

The visions and voices she had mentioned, but not described, her fear and lack of communication, which seemed irrational – all these things were read by her caregivers into a chart of mental disturbance and degrees of illness that warranted forced commitment, in other words, depriving her of her freedom. She was forced to take medicines and to keep quiet about her war experiences. Such professional, theory-based abuse is discussed in an article where the author, reflecting critically on psychiatric diagnoses and how they are used, writes the following:

> In particular, strategies for dealing with the issue of childhood abuse and neglect are not often considered by adult psychiatric services for the chronically and severely mentally ill, despite these being important predictors of suicidal behaviour, hospitalization and prolonged disability.[367]

[367] McFarlane 2000, p. 896.

Professionally legitimized force and long-term incorrect treatment were analyzed in a case study of an abused woman in reference to systematic errors made as a result of psychiatric theory.[368] The author points out that psychiatry repeatedly interpreted the woman's claims of having been abused as proof of intractable schizophrenia. Only when someone listened to her story as being true could both patient and caregiver identify the hallucinatory elements as a child's sensory impressions. These were not irrational, just disproportionate. There had been "giants" who had taken control of her little body, and everything was "too big and too painful" to be "true." The now acknowledged memories were supported by the woman's mother, who could confirm details regarding time, surroundings, people, and other conditions. This allowed the woman not only to place the events in a biographical context, but also to identify several abusers. During this process, the woman became more and more herself and could leave a locked ward after several years' stay.

Elisabeth Engh at last received help from her mother, as well, when some years after the forced commitment, she dared to describe in detail what she had felt, seen, and heard. Then an earlier madness was confirmed. But this madness did not belong to Elisabeth. On the contrary, it was about very real and criminal acts committed by her father.

The members of the health care system had not accepted the story about what had happened. They had instead attributed the madness, as a theoretically based diagnosis, to the person reporting the madness. But when the perpetrator, her father, was finally identified, the victim, Elisabeth, was not rehabilitated. The diagnosis identifying her as the "owner" of the madness was still in force. It is still part of her medical record.

Given the authority of psychiatry and the importance of the medical record as an objective document in several situations, particularly in legal (criminal, civil, and insurance) cases, the results are obvious both on the individual and societal level.

---

[368] Huseby 1994.

- Reports of criminal acts are disregarded.
- The criminal acts are therefore not documented and judged by the courts.
- The story is considered a symptom of insanity and treated by the health authorities.
- The insanity is named (diagnosed), which makes it real and documented.
- When the falseness of the document is pointed out, it is still not reevaluated.
- The false document remains as if it were correct.
- As a personal document, it represents a lifelong stigma.
- As a medical document, it is incorporated in health statistics.
- Statistics based on such theoretically erroneous grounds create false truths about health.
- These false truths transform social injustice into "gender differences" in illness.

In such a reading, this "document" in fact reveals itself as a true documentation of medically legitimized falsification of social reality. Psychiatry is revealed as creating and then counting artifacts when it "diagnoses" the consequences of abuse. Numerous authors have pointed out and analyzed how psychiatry gives diagnoses, particularly to women, that cover up and falsify the consequences of exploitation and discrimination of the female gender.[369]

Elisabeth Engh is still suffering, but now mostly as a result of medical re-victimization. While clarity about her early experiences helps reconcile her with her traumatic past, her future is marked by the fact that she carries a stigma, inflicted upon her by a profession with authority. The profession does not use the same authority officially to relieve her of the "stamp on her forehead," as Elisabeth expresses it. She knows that in the eyes of others she is insane. Several of her neighbors have "seen" her that way because they are part of the system. That gives her a new "phobia": by trying to avoid the eyes of some people, she is not

[369] Becker 2000; Doyal 1995; Russell 1995.

present at her children's places. This way, the consequence of the abuse that began with her father and continued with her stepfather takes on a new twist because it comes between Elisabeth and her children.

Re-victimization of people in a medical context undoubtedly involves not only professional, but also ethical problems. When people who seek help for health problems after boundary violations – that is, after they have been victims of the abuse of power – are re-victimized in medical encounters, the same is happening: they become victims of the abuse of power. The medical community no longer lacks information about the health impact of sexual abuse and violence, subjugation, and humiliation. But this knowledge appears not to be given much weight or relevance in treatment situations. It may seem as if this knowledge – which should be first-rate, judging from the methodology used – is still relegated to second place, possibly because of its subject. Information about misuse of social and political power is necessarily such a loaded subject that it does not "fit" into the presumably value-neutral body of biomedical knowledge. If this applies, however, medicine has to explain not only why it ranks objectively based knowledge over subjectively based experience, but also certain forms of objective knowledge above other forms of objective knowledge.

It is striking that the considerable epidemiological documentation connecting boundary violations of any kind with a broad spectrum of illness is not integrated into clinical medical practice, and that this is true for the somatic specialties, and possibly even more for psychiatry. The reluctance to learn that is expressed in continued disinterest, skepticism, and underestimation must be characterized as unethical. It represents an enforcement of professional power, which in other words can be called abuse of power. It bears witness to the fact that scientific medicine – including psychiatry, which more and more seeks biological causes for mental illness – participates in processes that the medical profession is theoretically above: turning victims of abuse away and declaring them incapable of managing their own affairs, whether it is a case of social, cultural, or political abuse, and stigmatizing injured people because their behavior or health diverge from the norm. But if medicine contributes to the fact that the victims "feel shame"[370] because they have been made the target of scorn, and by seeking help, again have their deepest existential problems rejected, then medicine needs to explain how this fits into the profession's ethics.

Forced treatment and lasting definition as mentally ill, even when the person is otherwise considered competent and of sound mind, is a controversial subject. Psychiatrist Thomas Szasz has indicated that what he calls professionally legitimized "psychiatric abuse" is incompatible with the interpretation of civil rights.[371] A psychiatric patient can neither reject his or her role as a psychiatric patient, nor reject psychiatric treatment. To *demand* the right to both, which every somatic patient may do, here confirms on the contrary that psychiatry is right: such things show a person's lack of insight and prove that there is indeed mental illness present.

Szasz was met with the same "logic" when he asserted that injustice happens in the name of psychiatry. A stream of suspicious professional writing was published in the same journal. His colleagues even attacked the editor of the journal for allowing such an unscientific article by a biased and unqualified author to be published.[372] Just as protecting one's rights is considered proof of mental illness, criticizing a professional practice was considered proof of being unqualified. The exchange of words following a logical discussion of a professional practice proved that those who denounced an unbiased critic by claiming academic authority represented neither the one nor the other.

---

[370] Vetlesen 2001.

[371] Szasz 2003.

[372] BMJ's electronic page for fast responses after 20 December 2003.

Re-victimized in Medicine: Camilla Crohn

Camilla Crohn had her first dilatation and curettage (D & C) sixteen years old without anesthesia. It was performed by the head of a gynecological outpatient clinic because of heavy bleeding after she was raped by a boyfriend while she was held down by two of his friends. She did not, of course, dare to tell. Two years later she was raped by her driving instructor during a driver's education class. When still a child, she had been violated by her father's best friend. He was a neighbor, and he was allowed to put her to bed when he was visiting.

Camilla had fifteen gynecological operations in all, because of bleeding and two late and one early abortion. The stated reason for the interventions was always vaginal bleeding that could not be stopped with medication. Her records do not contain any indications if it was ever discussed whether what had not helped before should be done again. The interventions seemed more and more like a ritual rather than testifying to the applications of any scientific principles. In addition, Camilla was often treated by the same doctor who performed her first D & C. To avoid further abortions, she demanded to be sterilized.

Then Camilla had a conflict with three male colleagues with whom she was supposed to work and trust, but she did not feel she could depend on them. The constellation itself had reawakened a traumatic memory of three men and a rape. Without understanding why, herself, she took the wrong way every day for a week when she was going a certain place to teach. She was afraid she was going insane and saw a doctor several times because of her dangerous absent-mindedness in the car. But no one understood what she was saying, or what she was trying to communicate really meant. The road she should have taken was the road where she was raped by her driving instructor. Therefore in a situation where memories of the rape intruded into a professional context, she could not drive that way. As a result she dissociated as soon as she got into the car and drove a different way in this state of divided consciousness.

Camilla could not identify both of these constellations until, in a psychodrama staged by her employer in order to find a solution to the conflict, suddenly and to her own astonishment she told about sexual abuse. She was able to tell about the last rape first, since the rapist had not been emotionally close to her. Then she could see the covert reason for her avoidance of driving a certain route. The most painful to relate was the rape by her boyfriend and his helpers. When this became known and her three male co-workers understood the basis for her reactions, they solved the problem. Working through the psychodrama, Camilla could finally confront her medical abuser as well, and his fateful effect on her fertility. In an imagined confrontation she accused the doctor who had produced great anger and deep sorrow in her. After working through this, Camilla did not have any further gynecological operations. Thus an almost twenty-year history of illness was not cured by medical intervention, but by guided trauma therapy. Camilla has characterized the medical interventions as continuous reactivations of previous sexual abuse experiences.

Overlapping Pains

The documentation of a connection between sexual abuse and gynecological problems that bring women into the health systems has become rather extensive. Pain is the most frequently reported health problem related to women's fertility and pelvic organs. General studies of women's complaints show that such pains are not easy to categorize because they go beyond the medically defined limits of organs and body regions. Still, researchers studying chronic pain stick to the organically structured medical charts. As a result, problems of method appear because of what is referred to as "overlap of pains."[373] It can be that women complain about constant pelvic pain, especially during menstruation and particularly painful during intercourse. According to a clas-

[373] Heitkemper & Jarrett 2005; Zondervan et al, 2001.

sification based on separated organs and regions, such women have three kinds of pains and three "diagnoses": chronic pelvic pain, dysmenorrhea, and dyspareunia. This means that women with pains in the body's lower abdominal region may be referred to gastroenterological, gastro-surgical or gynecological services, and at each of these may receive several diagnoses for their pain. Thus "overlapping pain" is a medical artifact. And the result is that when women take part in studies to enumerate the relationship between abuse and pain, they have their bodies "split," that is, their bodily experience of pain. This divided pain is then categorized, not based on experience, but on anatomy.

That chronic, non-malignant pain may be related to abuse experience was reported for the first time in 1985 from an American pain clinic. The finding has later been confirmed through studies among women with chronic pelvic pain at gynecological units and among people with chronic abdominal pain at gastroenterological clinics.[374] No matter whether women with abdominal pain are referred to specialists for the stomach, pelvis, or urinary tract, many abused women can be found among the patients with pains at gastroenterological, gastro-surgical, urological, and gynecological wards.[375] Premenstrual syndrome, strong menstrual pains, heavy bleeding, sexual problems, pain during intercourse, urinary tract infections, problems with urination, stomach pains, and digestive problems have all been found significantly more often among sexually abused women than among those who have not been abused. Current documentation allows the statement that 40–50% of women with lower abdominal pain have been sexually abused and that 50–80% of women with pelvic pain also report chronic stomach pains, which means that between one out of two and four out of five present "overlapping pain."[376]

---

[374] Drossman et al, 1996; Reiter et al, 1991.

[375] Campbell et al, 2002; Davila et al, 2003; Golding 1999; Golding & Taylor 1996; Golding, Wilsnack & Learman 1998; Golding et al, 2000; Hastings & Kantor 2003; Hilden et al, 2004; Wijma et al, 2003.

[376] Chronic pelvic pain. ACOG Practice Bulletin no. 51, 2004.

Studies of the connection between abdominal pain as opposed to pelvic pain and sexual abuse not only show that women's pain presentations are difficult to categorize. They also show that women who report pain in abdominal or pelvic regions often report pains in other parts of their bodies as well. Such general pain presentations are again methodologically "split" according to where the women report the pain is situated, and also whether a medical "explanation" for the pain is found. Women who are categorized as "somatizers," without the caregivers or researchers having looked into the background for it, have a proven higher risk of developing so-called chronic pain syndromes throughout their bodies, which then is called muscular and skeletal pains or fibromyalgia.

Such pains are defined as tasks for specialists in rheumatology, physical medicine, or general practice.[377] Lately we have seen an increasing number of studies documenting a connection between sexual abuse and chronic pain.[378] Attempts have been made to calculate possible connections between fibromyalgia, that is, general muscle pain, and chronic back, neck, head, and facial pain, on the one hand, and violation and abuse experience in childhood on the other. Some of the studies include only women, some both men and women. Among the women in these studies, between 47% and 65% report both pain and sexual abuse.[379] In a Canadian study among women with childhood sexual abuse experience, 69% of the women had pains in their bodies that had been diagnosed as fibromyalgia.[380] They were not asked if they had also been physically abused or had witnessed violence in childhood. I assume that the numerical relations would have been even strong-

---

[377] McBeth et al, 2001.

[378] Bailey et al, 2003; Campbell 2002; Campbell et al, 2002; Golding 1994; Lampe et al, 2003.

[379] Aaron et al, 1997; Boisset-Pioro, Esdaile & Fitzcharles 1995; Goldberg, Pachas & Keith 1999; Golding 1999; Lampe et al, 2003; Linton 1997; Schofferman et al, 1993; Sherman, Turk & Okifuji 2000; Taylor, Trotter & Csuka 1995.

[380] Finestone et al, 2000.

er if these experiences had been taken into account as well. Among abused persons with chronic pain, the probability of the pain having been diagnosed as fibromyalgia was almost twelve times higher for women than for men. This may indicate that women and men present their pain from abuse differently, but it may also demonstrate that physicians follow cultural patterns in interpreting and naming women's health problems differently than those of men, as anthropologists have pointed out on several occasions.[381]

Similarly, there has been found a connection between chronic pain syndromes of the "muscular and skeletal kind" (for example, in the lower back) and the "pelvic type" (for example, in the lower pelvic area) and depression, stress, and abuse and misuse in childhood.[382] The analysis demonstrates that the researchers consider the kinds of pains to be independent variables (according to place), and that depression, stress, and abuse likewise are independent variables (called psychosocial factors). It has been shown that "psychosocial factors" like distress, chronic fatigue, fear of illness, and obsession with bodily problems predict abdominal pain with high accuracy.[383] Among three thousand patients in gynecological care, sexual abuse experience was strongly related to several psychiatric diagnoses, including "somatizing," self-reported distress, and poor health and frequent doctor visits.[384]

Re-victimized in Medicine: Thora Tjessem

For Thora Tjessem, as well, the medical treatment was aimed at a severe pain in her lower abdomen, but the pain was acute and had started without warning and without obvious cause in a fifty-year-old woman who had been healthy until then. She was about to leave for Italy on a prestigious professional assignment. During

[381] Kirmayer 1988.
[382] Lampe et al, 2003.
[383] Halder et al, 2002.
[384] Kovac et al, 2003.

preparations for her trip, Thora had come into conflict with the person in Italy who was in charge of several important events. Thora had reason to believe that he would use the opportunity to control her without her being able to prevent it.

A few days before her departure, she suffered acute and severe abdominal pain that increased as the day went on. A physician referred her to a gynecological university clinic. There, in the course of ten weeks, they performed three operations, removing her ovaries, fallopian tubes, and uterus, in addition to performing endoscopic examinations of her bladder, intestines, and lower pelvic organs.

The reason for these comprehensive and disabling procedures was an intense pain – in the patient's own words quoted in the journal, "pain from deep down in my pelvis and going up toward my right hip." When Thora was admitted, she had asked the physician on duty whether the pain could have something to do with a somewhat unsavory childhood. Without questioning her further, the gynecologist had said that was unlikely. He recorded verbatim her description of the deep pelvic pain, but without explaining why he did so. He did not quote her remark about "a somewhat unsavory childhood," however, and her asking about a possible connection between that and her acute pain.

Thora had accurately described the pain caused by forcible penetration, and at that time she had a dying father to be concerned about. She had also recently made progress in her long-term therapy for anxiety, nightmares, and depression. In addition, she now found herself in a situation where she was in conflict with a manipulative, controlling person. All these things she did not tell the gynecologist because he did not follow up on her mention of "a somewhat unsavory childhood." Thora had naturally not wanted to bother anyone who was not interested in her unsavory background. She also was in increasing pain, and an ultrasound finding of fluid behind her uterus constituted an indication for surgery, according to the gynecologists. They had explained this to her, and since she was told of the necessity of an operation, Thora had agreed. The surgery did not alleviate her pain, however. Therefore it was followed by two more surgeries where each time organs were removed, and between these operations, several invasive examinations searching for the cause of her constant pain.

The pain was still there, with the same intensity, of the same kind, and in the same location after the third operation. Her medical journal reads:

> Completely satisfactory post-operative condition, but the pain is not gone. Combined with earlier examinations, the ones performed today give reason to suspect myosis in the muscles of her pelvic floor. We strongly recommend that she seek psychomotor physiotherapy, which she has already done.

It is unclear what is "satisfactory" about such a result after ten weeks of continuous surgical intervention. The nearly authoritarian treatment recommendation by a University Clinic after an almost complete emptying out, so to speak, is suddenly connected to an unidentified patho-physiological model. Why the pain that precipitated three major surgeries and several smaller interventions without relief is suddenly interpreted as muscular is not explained in the medical record. Still, the advice is given, as if the gynecologist knows something about muscular pain in general that earlier was not regarded as relevant, and as if he now knows something about this particular pain that he feels should be treated, not just by a physiotherapist, but by a psychomotor therapist. The discharge interview with the patient did not contain any uncertainty. But that three operations declared to be necessary turned out not to be necessary after all did not make the gynecologists question the procedures.

The patient had offered relevant information upon admission. Although she phrased it as a question, connecting it to an earlier experience, the question contained knowledge of a similar pain. The acute pain reminded her intensely of an earlier pain, and the painful area was the same. The gynecologist accepted and weighted the description of the pain, but not the suggestion that it was associated to something else. He recorded only the information he considered relevant in accordance with the medical understanding of acute pain, its characteristics, localization, and intensity. Thus in the case of an acute health problem in an otherwise healthy person, a connection to earlier experiences was considered irrelevant information and therefore ignored.

When the pain resisted supposedly adequate treatment and evidence-based intervention, the same approach was continued until the repertoire of interventions was exhausted. Only then did the gynecologist consider that the cause of the pain might be inoperable in nature. The professional advice that this led to indicates that the gynecologist suddenly classified the problem as "somatizing" or as painful tension in some parts of the deep muscle structure toward the pelvis. Although the diagnosis "somatizing" was not used, it was implicit in the recommendation to seek psychomotor physiotherapy. But the medical record does not say why, during ten weeks of continuous treatment and surgeries in the same region, the gynecologist had not discovered these muscle tensions, which were now assigned causal significance.

Thora had been involved in a course of treatment to which she gave her consent; because every intervention had been described as justified and necessary. At no time had she been informed of other possible causes than organic ones to make surgical treatment necessary. The interventions were discontinued without pain relief – the real purpose – being attained. And the new recommendation indirectly confirmed that precisely because the pain had not been relieved, it was non-organic in origin, and therefore no longer a subject for somatic medicine.

Somatizing

Persistent pain in spite of long-term, presumably correct and adequate medical intervention is termed "somatizing." The term is used as a diagnosis that indicates physical pain that cannot be objectified, and is therefore considered mental in nature. We now know with certainty that hidden sexual trauma always expresses itself physically. It most likely leads to medical diagnostic or therapeutic interventions. "Somatizing" carries with it a high probability that physicians will perform operations where they do not find what they expected and where interventions do not have the desired effect. A Danish study by the physician Peter Fink[385] sheds light on the phenomenon of "somatizing" as well as on the medical problems related to the concept. With data from a ten-year review of Danish medical statistics, Fink pointed out possible risk factors and costs associated with interventions on "persistently somatizing" patients – that is, patients with lasting presentation of pain or difficulties without certain medical cause – by comparing these with "non-somatizing" patients.

Fink concludes as follows: somatizers were exposed to more frequent and more extensive surgery and other medical intervention than non-somatizers; most of the surgeries were abdominal or gynecological; and three out of four operations did not have the intended effect. The same results appeared for other forms of treatment, and the cost for the somatic interventions and the inconclusive surgical and medical treatments could be estimated to be enormous. They were exceeded only by the risk of injury during these treatments.

Gender distribution in this study is not made explicit, but by analyzing the numbers one finds that there were five times as many women than men among the "somatizers." The women had significantly more unnecessary and fruitless operations. The same was true for other medical interventions. Therefore more women bear the hard to calculate risk of such erroneous treatment, the inherent physical danger in every operation, the mental stress associated with a series of new and painful interventions, and the social stigma connected to treatment where doctors cannot find a cause or that fails to result in any improvement.

---

[385] Fink 1992.

Some of the documented findings are not discussed, such as the fact that a complete hysterectomy was the most frequent operation performed on one out of three of the "somatizing" women. Their average age was thirty-two. The youngest woman who had a hysterectomy because of medically unexplained conditions was twenty-two years old. Among the fifteen "somatizing" women who had their uterus removed, only two found that it had the intended effect. In only one of those two cases was any pathology found in the removed organ.

The study shows a striking inconsistency in use of concepts and way of thinking. Patients who persist in a bodily strategy for unknown reasons are referred to as "persistent somatizers." One of the people had twenty-four operations, and five had more than twenty. But the doctors who treat them again and again, and persist in their professional strategy for interpreting bodily signs, are not called "persistent neglecters." Their persistent response to others' persistent physical appeal is not considered a problem at all. And given the documentation that a primary source of women's "somatizing" is socially silenced abuse, a pattern appears that testifies to a structural re-victimizing in the medical profession by means of which, with objective, scientific authorization, women are pathologized and chronified.

In the study mentioned earlier among 3543 female soldiers, among whom 805 (23%) had reported having been raped during their active service, the researchers asked all the women whether and when they had their uterus removed. It was part of the assessment of a connection between rape and heart disease tied to known risk factors, including early menopause. Among the women who did not report rape during active duty, one out of ten had had a hysterectomy before age forty. Among women who had reported rape during active duty, it was one in five. The difference was highly significant.

Given the previously mentioned knowledge about the high number of women with chronic pain in the abdomen or the pelvic region among patients in gynecological or gastrological clinics, it is not surprising that much experimental treatment takes place to help the women in pain. In clinically controlled trials, the effect of various treatments for pain is evaluated.[386] This is reflected in the literature, where new techniques are tested, where "old" techniques are compared to "new," or where researchers compare a supposedly effective technique – for example, loosening so-called adhesions, places where organs appear "glued" to each other – as opposed to not doing so. In the latter case, both procedures were done with an endoscope, so the procedure (placing an endoscope in the abdomen without loosening adhesions) can be defined as a placebo operation. It has been shown that the effect of a loosening treatment differs minimally from a pure examination (placebo operation). Consequently, the method is no longer recommended.

A new technique in the trial stages is to cut nerve fibers in the lower pelvic area of women with very painful menstruation. It turns out that only a small group of women appear to have lasting relief from such an operation. But every operation can cause such adhesions – which could then possibly be the cause of new pain, in other words, solving a problem by creating a new one. Therefore the conclusion is that the number of women who can benefit from such an operation is much smaller than previously presumed. It has been shown that cutting nerves helps neither chronic pelvic pain nor vaginal pain during intercourse. A review including nine methodologically comparable studies (randomized controlled trials) concluded as follows:

> The evidence for nerve interruption in the management of dysmenorrhea is limited. Methodologically sound and sufficiently powered randomized controlled trials are needed.[387]

---

[386] The following references are for those especially interested and do not all appear in the bibliography: Chronic pelvic pain. ACOG Practice Bulletin no. 51, 2004; Johnsen, BJOG 2004; 111: 950–9; Swank, Lancet 2003; 361: 1247–50. Vercelli, Am J Obstet Gynecol 2003; 188: 606–10.

[387] Latthe et al, 2007, p. 4.

This comment, a quest for more and larger studies, is not informed by concern as to whether this procedure might be inadequate for the health problem it is meant to solve.

Sexual Pain

Vaginal pain, which makes intercourse intolerable, has been the subject of considerable professional disagreement about causes and solutions. This pain presents the same problem for making an objective diagnosis as the pain called fibromyalgia. In neither case have there been found tissue changes that can be causing the pain. As with fibromyalgia, the pain must be "objectified" or medically validated by defining the location and spread of the pain through pressure. While the pain from fibromyalgia is "objectified" by thumb pressure, genital pain, called dyspareunia, is "objectified" by touching certain areas with a swab.

The analogies in the medical approaches to the presentation of the kind of pain from fibromyalgia, which appear mostly in women, to that which appears only in women are striking. This is also true for the assumption is that the problem lies in the interface between somatic and psychiatric medicine. "Sexual pain disorders" are a group of female pain presentations that have neither clear anatomical or organic borders, nor demonstrated tissue damage. Such a lack of objectifiable findings typically leads to the phenomenon being "psychiatrized" by being termed functional disorder or mental disorder. Therefore the social profile of women with such pains has been examined.[388]

The authors conclude that women who have this kind of pain are such a diverse group that no one recommendation can be given for their treatment. They express doubt about a theoretical concept that defines pain according to the activity to which it is connected by comparing the term "sexual pain" to such fictional terms as "sports pain" or "occupational pain." Still, they believe

[388] Binik et al, 1999; Meana et al, 1997.

that such pain is a composite illness, requiring both gynecological and psychosocial approaches. A recommendation for treatment, however, fits neither into a gynecological model nor into a psychosocial model. It is based on the same principle as the treatment of "heart pain," angina pectoris: an ointment containing nitroglycerine to be applied in the vaginal opening before intercourse.[389] It is not clear how an effect of nitroglycerine ointment may be interpreted with regard to the nature of the pain and its cause. Increasing awareness is expressed concerning a principal problem: pains that cannot be precisely distinguished lead to the difficulty that female patients cannot be properly categorized in research settings.[390] In addition, women suffering from what is termed "vaginismus" often report abuse experiences, although not in significantly different numbers in the "different" pain groups.[391]

Given the current documentation about how many women with abuse experience are found among patients with chronic pain in gynecological and gastroenterological clinics, it is shocking how much experimentation takes place, with technical procedures and interventions, and how rarely the women are approached as *autonomous individuals* who possess a knowledge of their own lives, the relevance of which can no longer be questioned. For pragmatic reasons alone it should be required to obtain this information, not the least to prevent the women feeling, or in fact being, re-victimized by the medical procedures. Documentation already exists that surgery and removal of organs in order to cure pain that is most likely caused by abuse create new health problems. These are not just complications or disability when healthy organs are removed, as mentioned earlier. It also involves emotional reactions creating new problems, even if another problem appears to have been solved. Among women who had their uterus removed because of bleeding or pain, it was found

[389] Walsh et al, 2002.

[390] Reissing et al, 2004.

[391] Reissing et al, 2003.

that those with previous abuse experience more often reacted with severe depression in the year following surgery.[392]

At the same time, it is thought-provoking that women with abuse experience probably do not seek out a gynecologist unless they absolutely have to. An American study showed that women who had been victims of sexual abuse had a tendency not to show up for routine Pap smears.[393] Neglect of routine Pap smears can lead to a failure to discover and treat cervical cancer in its early stages. This could be one of the many possible causes of the previously mentioned high mortality among abuse victims.

Again, we may have a situation of complex, synergistic interacting causes of illness that calls for a *syndemiological rather than epidemiological model.* There are several other important conditions in addition to the previously mentioned delay in discovery. A main cause of cancer development in the cervix is identified as members of a wart-forming family of viruses (Human Papilloma Virus, HPV). A genital infection with this virus is classified as a sexually transmitted disease. Among people with early abuse experience, both women and men, the following conditions have been documented, all of which are relevant in this syndemiology: early sexual activity, inadequate protection against sexually transmitted diseases (such as HPV, chlamydia, gonorrhea, syphilis and HIV), many and changing sexual partners, unstable lifestyles that lead to poor health, abuse of alcohol and narcotics that harm the liver and other organs, and smoking. Smoking increases the risk of HPV-related damage to cervical cells in all women, but especially in women infected with HIV. An extract of tobacco affects cell surfaces and other cell characteristics in such a way that these may become malignant or that malignant cells are not discovered by the body's NK cells.[394] When killer cell activity is fur-

[392] Wukasch 1996.

[393] Farley, Golding & Minkoff 2002.

[394] The following references are for those who are particularly interested and are not included in the bibliography: Minkoff, J Infect Dis 2004; 189: 1821–8; Fine, J Immunol 2002; 169: 6012–9.

ther reduced as a result of allostatic loading, several different phenomena converge through different mechanisms to the same result: increased risk of developing cancer and other fatal disease.

Re-victimized in Medicine: Arja Askild

The subjects "somatizing" and "sexual" pain are central in Arja Askild's history. She was the youngest and only girl of six siblings. She was sexually abused from when she was five until she was eleven by her oldest brother. He was the most gifted of the siblings, and for that reason had high status in the family. He misused Arja both playfully and seductively. To protect herself from knowing that she had been raped, Arja for many years "forgot" what her brother had done to her. As long as she did not "remember," she was able to hold on to the notion that she had grown up in a happy and caring family, that she had been a loved child, and that she had had the special privilege of being selected as the favorite of the brother she admired the most. This strategy of dissociating knowledge about abuse led to a number of other dissociations. These resulted in her not daring to seek comfort and support from her parents, so they only could see her increasing shyness and reserve. They interpreted it as a sign that she was a "sensitive, vulnerable child."

Her parents were teachers and were surrounded by various professionals in childhood development. They discussed children with other parents and professionals. Arja was surrounded by people educated to understand, see, and take care of children's needs. But none of these professionals saw that this child was suffering, not even her parents. She demonstrated nonviolent abuse before their eyes by practicing splitting in increasingly numerous ways. But they were blind in their professionalism, or rather, blinded by their professional theories. They did not see two deeply disturbed children and therefore did not look for the disturbing elements. However, they saw, with an objective professional view, a "nervous" child, a child who reacted strangely or overreacted, who was anxious without reason and afraid of everything, a child who isolated herself and never came to her mother or father with a wish for closeness, comfort, or help. On the other hand they "diagnosed" their child as "sensitive" in a negative sense, that is, vulnerable, unsure of herself, and easily frightened.

They used words that mirror a theory that is commonplace in various health care professions wishing to change the focus from "misery" to "resources." I am talking about the theory of "congenital vulnerability." Of course, Arja was, like all children, born vulnerable, and she was particularly vulnerable because she was the child of parents who clearly, in spite of their professional expertise, did not see their own children – neither the eldest child who was the abuser nor the youngest who was the abused – while the abuse actually took place over a long period of time in their own home.

Against the theory of "congenital vulnerability" I quote Elizabeth A. Behnke, who notes that dissociative embodiment "is not only a matter of the embodiment of violation, but of the violation of embodiment itself insofar as something normally native to the very structure of bodily life has become deeply disturbed."[395] Arja's right to both an unharmed embodiment of her life and to an unharmed body had been violated. In an extension of the Swedish physiotherapist and philosopher Hildur Kalman's understanding about trust as the framework of our existential comprehension,[396] Arja had been chased out of the paradise of trust when she was five years old. From then on being violated was her frame of reference. Because she could not allow herself to remember that she was being abused, all her efforts at self-preservation were necessarily in the form of splitting, which, equally necessarily, constantly deepened the strangeness, distance, breach, and dissociation. Only through hidden trauma does the life Arja "chose" agree with how she interpreted what was happening to her. If one does not see the

---

[395] Behnke 2002, p. 5.

[396] Kalman 1999.

trauma, there is no connection in her life, just pieces, cuts, and fragments. Then one gets a picture of an individual who is constantly fleeing from apparently nothing. But seen differently, in a logical connection to a hidden premise, this continued flight has documentary force. Therefore professionals should have noticed the absence of something to give it all meaning.

But aside from Arja's increasingly definite withdrawal from her family, resulting in her early leaving her family to go abroad, the splitting strategy made her always and everywhere feel unsafe and threatened by something. She connected the threat with her body because she never felt healthy and was always convinced that something was wrong with her. Fear caused by the thought of having a damaged body led to frequent contact with health care providers.

Hypochondria/Dysmorphophobia

Such a fear of illness is, according to medicine's system of classification of diseases, an illness called hypochondria, defined as follows in DSM-IV:

> A. Preoccupation with fears of having, or the idea that one has, a serious disease based on the person's misinterpretation of bodily symptoms.
> B. The preoccupation persists despite appropriate medical evaluation and reassurance.
> C. The criterion A is not of delusional intensity (as in Delusional Disorder, Somatic Type) and is not restricted to a circumscribed concern about appearance (as in Body Dysmorphic Disorder).
> D. The preoccupation causes clinically significant distress or impairment in social, occupational, or other important areas of functioning.
> E. The duration of the disturbance is at least 6 months.
> F. The preoccupation is not better accounted for by Generalized Anxiety Disorder, Obsessive-Compulsive Disorder, Panic Disorder, a Major Depressive Episode, Separation Anxiety, or another Somatoform Disorder.[397]

---

[397] DSM-IV 1994, p. 465.

Body Dysmorphic Disorder, the feeling that there is something wrong with the body, parts of the body, or looks, is included in the diagnosis if it is not about a paranoid delusion. Primary hypochondria is seen in 1% of the population and among 3–4.5% of patients seen in primary care. Secondary hypochondria is diagnosed when the fear of disease is combined with another mental illness.

> Body Dysmorphic Disorder (BDD) is defined as follows:
> A. Preoccupation with an imagined defect in appearance. If a slight physical anomaly is present, the person's concern is markedly excessive.
> B. The preoccupation causes clinically significant distress or impairment in social, occupational, or other important areas of functioning.
> C. The preoccupation is not better accounted for by other mental disorders (e.g., dissatisfaction with body shape and size in Anorexia Nervosa).[398]

It is observed that the onset of the condition often coincides with puberty, and has a chronic course without adequate treatment. Although the condition may seem trivial to outsiders, it has considerable consequences in the form of social isolation, disability, unnecessary cosmetic surgery, psychiatric co-morbidity, suicide attempts, and suicide. Many patients diagnosed with BDD consult dermatologists and cosmetic surgeons without documented effect, and get worse instead as a result. In a study among persons diagnosed with BDD, four out of five reported experience of abuse or maltreatment.[399] And among patients attending cosmetic surgical outpatient clinics, 15% fulfilled the diagnostic criteria for BDD.[400]

A study of deaths among 3521 Swedish women between the ages of fifteen and sixty-nine years old who had cosmetic breast implants between 1965 and 1993 was initiated to identify possible

[398] DSM-IV 1994, p. 468.
[399] Didie et al, 2006.
[400] Crerand, Franklin & Sarwer 2006.

dangers connected to such surgery.[401] Women with implantations after cancer surgery were *not* included. The average follow-up time was 11.3 years, which was counted as 39,735 so-called "risk years" for death. Then the researchers compared the actual number of deaths in the study group with the expected number of deaths among women in general for the same number of years. The expected number was 58.6, the actual was 85. When this statistically calculated death rate was analyzed according to cause of death, three causes stood out: nearly three times as many women as expected had *committed suicide,* and unexpectedly many had died of cancer, especially lung cancer, usually connected to smoking.

The very surprising conclusion from the study was that more women with breast implants (without previous cancer surgery) die by their own hand than women in general. These findings have been confirmed in several studies.[402] It is discussed whether there are certain criteria that characterize women who ask for breast augmentation. Although the methodology chosen by, for example, Koot does not give the authors the opportunity to form an opinion about causes, their conclusion (p. 528) connects the suicide numbers to "a well documented link between psychiatric disorders and a desire for cosmetic surgery." They do not hesitate to emphasize that the surgery itself is unlikely to be the cause of the high incidence of suicide. However, they say that "the increased risk for death from suicide may reflect a greater prevalence of psychopathology" among the women who had surgery. If this interpretation, for which the authors have no foundation in the design of the study, is an unqualified guess, the article should not have been published in its present form. If, however, it is justified based on generally accepted knowledge, why do the authors then not hold the surgeons more explicitly responsible? In fact, the interpretation represents neither a correct finding nor a guess, but a cultural bias about women and a

---

401 Koot et al, 2003.

402 Pukkala et al, 2003; Schairer et al, 2006; Villeneuve et al, 2006.

medical bias about women's psychopathology. The conclusion reflects an astonishing blindness for what can be the real, social reasons for women's distorted body image and the resulting wish to reach a norm of bodily perfection and "femininity."

The surgeon Elizabeth Morgan and psychologist Mary Froning describe seven patients who had complications during cosmetic surgery because abuse experiences were reactivated by the surgery, which they had wanted.[403] The authors conclude (p. 478):

> Since child abuse is fairly common, we believe that the plastic surgeon who understands and looks for child sexual abuse sequelae in his or her patients will find that this makes it easier to help and understand many otherwise baffling patients and to decide which of them should have surgery.

I return to Arja. If one interprets what she says in the medical terms of classification systems for mental illness, she is in scientific terms a person who qualifies for several possible psychiatric diagnoses: dysmorphophobia secondary to depression, general anxiety, obsessive-compulsive disorder, and social phobia. In my understanding, however, she is a woman who from childhood had to separate five years of abuse experience in order to maintain a self-image of having been a loved, privileged child in a safe and caring family.

The preceding contains the possibility of a radical critique of psychiatric theory as part of biomedical theory, as Eline Thornquist indicates:

> Today, there is no one who subscribes to the theory of mind-body dualism or would admit they favor a splitting between body and experience, body and thinking, body and person. But the mind-body dichotomy is part of terminologies, ideas, and models. And just because we think through language, because we organize and structure the world with the help of ideas and categories through language, these are decisive in our comprehension of reality.[404]

---

[403] Morgan & Froning 1990.

[404] Thornquist 2003, p. 33.

The medical diagnosis of hypochondria as a document for dualism and dichotomy and the accepted clinical approximation based on exercises that should "correct the mistaken thoughts about the imperfect body" still exists in science. This diagnosis and treatment are given by doctors and therapists who deny they are practicing splitting. But they are thinking in a divided fashion when they ask: "Is this a hypochondriac? If yes, is the hypochondria primary or secondary to another psychic illness?"[405] Primary means that the person's own biological assumption is the source of the condition. Secondary means that the condition is caused by another psychic illness with its source in the person's neurological or biochemical structures.

Alexithymia

When Arja finally sought treatment as an adult, the therapist diagnosed her problem as alexithymia.[406] He based the diagnosis on Arja's own description of the fact that all her adult life, she has had problems with showing and expressing her feelings and longings, and that she lacks words for what she feels inside herself, especially in connection with close relationships, femininity, sexuality, and fertility.

The therapist did not grasp that Arja had described the effect of the nonviolent rapes on her universe of understanding. Her brother had forced upon her a secret. It made her homeless and orphaned in spite of the presence of both her parents. As a result, it had a paradoxical but logical effect: her only comforter, confidante, and advisor was the same person who abused her. In this way abuse and caring were knit together; fundamental existential phenomena, defined as mutually exclusive, were mixed; the opposing meaning of the concepts blended together; a strong

---

[405] Barsky & Ahern 2004.

[406] Alexithymia is defined as an affective syndrome characterized by a person's lack of ability to recognize and express his or her own emotions.

semantic distinction was erased; and the words thereby became meaningless and empty, for their commonly accepted content was cancelled by Arja's reality. For this reality there were no known, that is, commonly accepted, words, and there was no one she could go to and ask for help to find the words for what she was experiencing.

How could the child Arja possibly have analyzed the conflict of meaning as an outgrowth of the emotional conflict that her brother had forced her into? In the same way, sexual abuse and sexual play – and possibly lust – mixed. Arja was, like so many girls, violated by a kind seducer, a playful abuser – which is an effective strategy for reducing resistance, outcry, and telling. To be the victim of seductive abuse has long-term effects: the victim feels complicit because of lack of reluctance and resistance; the victim is embarrassed to have allowed herself to get involved in shameful activities, even more embarrassed about not having protested, and extremely ashamed of having been dumb enough to be tricked; in addition (and possibly most disastrously), the experience of the victim's own sexual awakening and desire has been connected to violation, exploitation, and humiliation. That means that the seduced/abused has been made a participant in the abuse. This is the ultimate debasement of herself – and the victim interprets it as something she is responsible for.

Her brother's playful abuse led Arja into a terrible emotional and conceptual confusion that she could not understand, either as a teenager or as an adult. Sexual attraction had become identical to sexual abuse; her sexual feelings literally smelled of abuse; and any association to or attraction toward sexual intimacy reactivated shame, guilt, and repulsion. There was total confusion in Arja's emotional world. Opposing concepts were mixed and their opposing meanings thereby cancelled. Things of the most different nature became one: violation was connected to desire, abuse was mixed up with caring, closeness meant danger, trust was like deceit, to feel attraction was identical to feeling repulsed, every dawning infatuation provoked the "run-alarm," the pleasing and the disgusting became synonymous on the sensual level. In other words: the most central existential and emotional differences were cancelled or erased, and all concepts for these phenomena were either completely emptied of their meaning, or filled with something else that no one else could understand or verify. These concepts were no longer valid tools for orienting herself. Arja had no valid words for *her* reality.

Sexual Infection

In addition to her medical consultations, which had not resulted in finding any bodily flaws, Arja had a lengthy history of treatments because of conditions that had received medical diagnoses. She had been treated with antibiotics for serious and painful urinary tract infections for seven years, she had cystoscopy and laparoscopy five times, and she had her appendix removed because of abdominal pain and the left ovary removed because of pelvic pain. When the pain continued after the surgeries, the physicians had assumed that the operations had caused adhesions in the abdominal cavity, which were now the cause of her pain. Urologists, nephrologists, gynecologists, and surgeons had treated her body, but because the pains and infections continued, they had to admit that the treatments had not worked and finally asked Arja to consult a psychiatrist, although not telling her why. She had hesitated to consult the psychiatrist because she had assumed it would bring her into a different kind of danger, namely, that he would discover what she herself saw as her latent "madness" based on frightening suicide wishes and annoying visions and conceptions. But the psychiatrist did not trace such thoughts or worries. The psychiatrist, the nonspecialist in chronic infections and chronic pain, had prescribed sexual abstinence for six months, without giving any reason for his advice. None of all these doctors had ever asked her about sexual abuse or other trauma.

Arja's early experiences had a long-term effect that stood in the way of most things she needed and wanted, such as closeness, intimacy, sexual happiness, a child. When she had finally "overcome" her resistance to intimacy with a man, her body rebelled and resisted to such an extent that she was sick from the honeymoon until the divorce seven years later. Only when she was no longer married – which meant she did not have to deny her deep longing/fear in connection with sexuality – only then did she feel better. In a magic-logic way, a chronic illness and a massive medical effort had been both a result and a cause. Just as her parents had not seen the abuse, only a "nervous child," her doctors did not see her abuse history, only a "sick woman." And just as her parents had revealed their inability to see, nurture, and protect, the doctors had revealed their lack of knowledge about how to understand, help, and cure.

In the years following the abuse, Arja's body is in uproar every time she "forces it" to tolerate sexual activity because she would like to have a child. This logical contrast is precisely expressed in the ways the American anthropologist Nancy Scheper-Hughes thinks about the body, namely, the "mindful body" and the "rebel body."[407] Arja's body is both mindful and rebellious. It speaks of a rationality and a body-logic related to an experience that is not to be remembered and therefore cannot be expressed, and of a conflict that, on one level, means that Arja cannot have a child without intercourse, but on a deeper level means that Arja has to deny what she knows about her life in order to retain an understanding that she is a loved, privileged, and protected member of a loving family.

Arja's extensive treatment is a documentation of the medical view of the body as de-personalized. All examinations and appraisals are done with the understanding that the human body is a physical object. They are correct representations of a technology constructed for objective visualization. They reflect the fact

---

[407] Scheper-Hughes 1990; Scheper-Hughes & Lock 1987.

that the medical view of the human body does not see the body as communicating and expressing a lived life. When medicine does not look for experience, then of course experience cannot be seen. Then medicine says that it cannot find anything that is relevant for understanding a given health problem. Still, this does not mean that nothing exists that is relevant for understanding. It just means that medicine has viewed the body as something a person *has,* rather than something a person *is.* The physiotherapist Eline Thornquist has pointed out the consequences of not viewing the body as a relevant site of experience. Then it cannot, of course, be recognized as a valid source of information.[408] The truths that Arja experienced connected to the conflict between her deep fear of sexuality and intimacy and her powerful longing for safety and a child were overruled by the truths that came from her examinations. A chronic infection and pain that prevented sexuality found no medical explanation. What does Arja say looking back at her experience with her medical caretakers? "I wish that doctors and other health care workers could take the pulse of the shame and concealment of their afflicted patients. Maybe that could make them notice the alarm buttons that make injured people run and escape."

AFTERTHOUGHTS

The female body who is admitted to the Women's Hospital is, socioculturally, a very special constellation. It is distinguished by something no other clinical division of the biomedical treatment system is distinguished by. It is something all cultures surround by taboos, rituals, power, and control: women's sexuality and ability to give birth, and the vulnerability and dangers connected to both. If the world's research literature in anthropology were collected in one library, no research theme would take up as much shelf space as the studies of people's ways of managing and con-

[408] Thornquist 1998a,b, 2003.

trolling women's sexuality and fertility. The field is "stuffed" with values connected to what the various societies, on differing bases and very different reasoning, define as women's honor and vulnerability, liberties and limitations, duties and roles. It is a mistake to believe that this entire array of values attributed to women's roles, functions, and abilities disappears the moment they enter the biomedical world run by allegedly value-neutral – and thereby also gender-neutral – knowledge. The clinical framework does not neutralize, but covers up the values by pretending to be a neutral place for bodies – although entirely female – and for the special organs that make the body feminine. When the specialists of women's bodies do not take social values into consideration, women must keep their lived lives to themselves, partially or completely. That they *do* so, we now know with certainty. But when it is these lived lives themselves that cause the problems in the body, it cannot be correct to ignore the very lives and values that characterize these problems. Then the possibility for misunderstanding becomes great – and with it, and by logical extension, the probability of incorrect treatment.

Chapter 6

Paternal Power

The medical profession per se is only one arena where structural violations of human integrity arise from assumptions deeply embedded in institutional practices. Those who have endured abuse may also find that neither the judicial system nor the health insurance system treat them (and their suffering) with respect. Two case histories can serve to illustrate how such further forms of re-victimization constitute yet another assault on human dignity.

LINNEA LINDBERG

My patient Linnea Lindberg was thirty-four years old, just married, and more than halfway through her first pregnancy when before attending for the first time, she sent me

A Letter

I wish to change doctors and you have been recommended by my therapist. I have heard that you know a great deal about sexual abuse. I was the victim of sexual abuse by my grandfather for almost twenty years. During the last eight years I have been under treatment of one form or another in order to deal with this, but as you surely know, this is a long-term proposition. For years, I tried to forget, run away from what had happened to me, but reached a point in 1990 where I had no choice but to change my life.

I am writing to you because I feel that my present doctor neither takes me and my situation seriously, nor takes seriously my need for space away from outside demands and pressure. These are addition-

al worries and burdens. I have stress-asthma and struggle with neck pain after two accidents. I have a lot of headaches, muscle pains in my entire body, and I have difficulty concentrating. I still struggle with nightmares and anxiety. Last November I was put on medical leave and have been since then. Today I go to psychomotor therapy, something I have been doing for several years. I stop in at a chiropractor when my neck, back, or hips lock up, something that happens all too often. I know that some of this is a result of accidents, but I am also aware that much may be psychosomatic and delayed reactions.

I am recently married and six months pregnant. I have been in touch on my own with Aker Hospital, which means I changed hospitals after my doctor said it didn't make any difference whether the hospital knew about my background or not. I have been seeing a midwife there, and so far I am very pleased with our conversations. I should mention that I have difficulty with bodily contact. Only my husband can touch me without my becoming tense or "escaping." The psychomotor therapist is helping me with this.

As a result of the abuse, and after a lawsuit, I have lost and broken all contact with my family, which has not given me any support. In spite of the fact that my parents live well in the best part of town, my mother is a serious alcoholic who spends most of her time around one of the larger liquor shops in town. From this I struggle with making a distinction – namely, that I am not my mother.

Therefore it is important to me that I am taken seriously. I am thinking of seeking disabled status in order to give me the breathing space I need after many strenuous years. As is evident from what I have told, it is very important for me to consult a physician who has knowledge about incest. I need to feel calm and safe in my present situation, having my first child, so this does not develop into a new trauma for me. I have lost confidence in my present doctor. I hope you are able to accept me as your patient.

Sincerely – Linnea Lindberg.

A Dialogue

The letter started a patient-physician relationship that some years later led to the following conversation between Linnea Lindberg (LL) and Anna Luise Kirkengen (ALK) about the consequences of early sexual abuse for later pregnancy:

ALK: Linnea, why was it so important to you to be referred to the ABC clinic that you opposed your doctor's recommendation and changed doctors?

LL: I had heard about the ABC clinic through descriptions at the incest center. Some of the employees of the incest center had been there to explain about some of the problems that might arise when women who have been raped are about to give birth. Therefore I knew that the staff were interested in this and wanted to learn how abuse could affect the patient and what they could do to create a sense of security. That they wanted to understand, and do the right thing, gave me confidence. At the center I also met abused women who had given birth there. Therefore it was so important for me to get there, and therefore I changed doctors and chose one that both of my therapists recommended.

ALK: Wasn't it very difficult to change so late in your pregnancy?

LL: Yes, it was, and my earlier doctor was otherwise both well qualified and friendly. But her judgment that it was not important for the maternity ward staff to know about my abuse experience – that was wrong. That showed me that she did not have sufficiently deep insight. It meant that she did not perceive my needs, but those needs were completely real. To ignore them would mean that I was compliant once again. That would not work when I was giving birth. To give in to others, once again, in such an important situation would have surely become the way to yet another experience of powerlessness. It felt almost as if I was about to enter a trap. Therefore it was important for me to see someone who knew what this was all about, before it was too late.

ALK: Why was trust so central, I mean both your trust in the staff and their trust that you knew what you needed then and there?

LL: There have been numerous situations in my life when I was not believed. Every time I hoped that someone would understand, although I did not dare to be explicit. One example is when I accused my grandfather and no one believed me. Even my parents witnessed against me. My grandfather threatened my lawyer. The whole family dismissed me. They were afraid of losing their inheritance, and that was important.

There was also the question of time limit. I should have brought my grandfather to justice much earlier, but I had not dared to. In addition, I had no clear picture of how the abuse had affected my health. That would probably have been a far reach, since even today, professionals, that is, some prominent professors of psychiatry, are quoted in the paper saying emphatically that sexual abuse does not necessarily do harm. They even refer to scientific studies. How could I then come forward and claim I had been injured by these abuses? In any case, the police dismissed the case because of the time elapsed. I wonder how the law can set time limits on such cases when the consequences of the abuse continue and will possibly make me an invalid for life.

Now I am in the middle of it again. Important people and institutions do not believe my story. My application for disability support was denied, in spite of the fact that the Health Insurance expert, Professor Gisle Grundt, concluded his evaluation as follows: "My client is a typical example of a victim of sexual abuse, with characteristic symptoms leading to the fact that as an adult, she has functioned very marginally socially as well as psychically." It actually took me back when I read that. It felt terrible to be called "a typical example of a victim of sexual abuse." After all, I am not just a case. I am a person with a life, *my* life. Grundt wrote further in his evaluation: "My suggestion is that she be awarded rehabilitation support while she is undergoing treatment, with the view toward recovery. If she is not entitled to rehabilitation support, she should be given disability pension for a time span of 2–3 years, after which her condition is reevaluated. I am concerned about her employment prognosis, but that she has managed to get married and have a child is a positive feature in an otherwise somber picture of a person's destiny." It is rather strange to read something like that about yourself. On the one hand I think: "is this me he describes like that?" and on the other hand "how can he make such a definite conclusion based on the short conversation we had?"

ALK: Professor Grundt defined your condition medically as well, I mean he wrote a diagnosis describing what your illness is all about, isn't that right?

LL: He gave me three diagnoses: post-traumatic stress disorder, anxiety with depressive neurosis, and asthenia. I am not sure what he based this on and what separates the three conditions that are given three different names. In any case, he found that I am seriously ill, but he still thought that I might be able to go back to work after two to three years of treatment. My therapist at the time, psychiatrist Kjetil Kittelsen, did not, however, use diagnoses when he wrote his rebuttal to Grundt. He agreed with the description of my injury, but not with Grundt's conclusion. He wrote: "I think Grundt's evaluation supports the correctness of granting disability pension for a limited time, but his suggestion of rehabilitation support shows a lack of knowledge about the last ten years of therapy and attempts at education and employment."

ALK: But Grundt's evaluation based on one single conversation carried greater weight than Kittelsen's statement based on acquaintance with you through weekly therapy over five months, and clearly also greater weight than my comprehensive statement in support of your application. The application was denied by the Health Insurance. What was their stated reason for the denial?

LL: They allowed for the fact that I had all the diagnoses as Grundt indicated and that these were the primary reason for my disability. But they did not allow for the fact that up until now, I had received "appropriate treatment" and that the disability was chronic. They had read Grundt's, yours, and Kittelsen's statements this way: "You are receiving medical treatment with a clear possibility of improvement of function and employment outlook. It appears uncertain when this may happen, but it is the opinion of the Health Insurance with a fair degree of certainty that the condition will improve."

ALK: You appealed the decision and were turned down again. Then you brought the decision before the Court with the help of your lawyer. In the meantime I wrote a new medical opinion, this time to assure your right to rehabilitation. In spite of the fact that I asked them to avoid the pressure of a time limit, they granted you only six months. And this appeal for rehabilitation – after two refusals concerning disability – was in the later opinion used against you, that is, as proof that you, in my opinion, were not long-term disabled. I also wrote a statement to the Court where I pointed out that you were re-victimized by the system.

LL: That statement was supported by a new statement by Kjetil Kittelsen after we had worked together every week for a year. While I was waiting for the decision by the Court, I received another cold shoulder from still another public authority. Some years after the police had denied my suit against my grandfather, I had still appealed to the County Administrator for restitution for harm from sexual abuse. Pointing to the fact that my mother had testified against me and abuse did not appear probable, the appeal was denied. The decision was appealed to the Compensation Commission for Victims of Violence. They had notified my grandfather and he met with them and "emphatically denied having sexually abused" me, the journal states.

My grandfather is dead now, and although my family chose my birthday for his funeral, something strange happened a short time later: my mother admitted that she had given false witness. And more: for the first time, she said that my grandfather had sexually abused her as well. Now that he was dead and could no longer threaten her, she was finally able to prepare an affidavit to that effect. With that letter and the previously mentioned professional opinions and statements from my two medical caregivers, Kittelsen and you, I once again appealed for restitution. The County Administrator again denied my application, saying "it was not proven within reasonable doubt that an illegal act took place." Then my lawyer Ina Immerslund sought restitution from the government on my behalf. And once again the Compensation Commission for Victims of Violence and the Department of Justice took on my case.

The decision was a clear maybe. The good news was: "The County Administrator's decision is overturned, the applicant will receive restitution from the government." The bad news was the amount: less than half of what my lawyer had requested, a little more than a few months' mediocre salary. It felt as if someone had said: "Yes, we believe you, but no, it wasn't all that bad." The double answer was rooted in the following statement: "The Commission has, based on information appearing in the documentation enclosed with the application, decided that the lack of loving care that the victim has been exposed to may be an even more important cause than the abuse for her inability to get an education and employment giving her an income commensurate with her abilities. The Commission therefore does not find that the demand for causality is fulfilled. The conditions for receiving compensation for economic loss therefore do not exist."

ALK: With this, the Commission stated that your difficult childhood was caused more by your having an alcoholic mother than by having an abusive grandfather. That your mother's alcoholism probably was a result of the same person's destructive disrespect for others' integrity was here made into two unrelated conditions. This means that your mother was not considered as someone injured by incest, but as an alcoholic who neglected her daughter.

LL: And this in spite of the fact that the Commission was told by my mother herself that she had been sexually abused by her father from the age of five until she was thirty-five! That means she couldn't even protect herself, so strong was his power over her. How could she then protect me, and how can the Commission think that this could be considered in isolation, as if there was not a connection? As a matter of fact, it wasn't just my mother he abused before me. My brother testified to the Commission that my grandfather brought us to a strip club when he was nine and I was four. Still another person in the family was sexually abused by my grandfather. That came out after he died last year.

Well, we started talking about trust. For all these reasons, lack of trust is such a dramatic theme in my life. Therefore trust is such an important condition for me to be able to function. Otherwise I am forced to split myself between *my reality* and what the authorities consider is real. *That splitting* has nearly destroyed me before.

ALK: This double life in two different realities, your reality with abuse and danger on one side, and the reality seen by your surroundings, a well-established, well-to-do family in a nice neighborhood – what has this double life done to your image of yourself and your body?

LL: There is this *shame:* I feel disgusting. I am damaged. Nobody may come close to me emotionally or physically. I must feel I am in control.

Then there are the *intoxicants:* I used a lot of alcohol when I was young to escape from pain, in order to numb myself, to feel better for a while.

Then there is the *splitting:* I disappear, move out, don't know where I am, lose the moment, and lose contact with my body; as an example: I walked with a broken leg without feeling anything.

Then there is this *preparedness:* all my energy goes to this constant readiness for alarm. I am constantly in pain, body aches, headaches, and nausea.

Then it is the *insecurity:* I feel insecure in most situations, both when I am alone and when I am with others, although it is about different things.

Then it is the *self-contempt:* I always feel I am doing things wrong, that I am not good enough, and it makes it hard to take criticism. The judge in my head judges me all the time.

Then it is *sex:* when I was younger I felt worthless and became quite promiscuous; that has changed since I got married, but sex is still a problem.

Then it is the *cover-up:* I have always had problems with my body and what it might show; at times I feel a need to cover my body, to hide it.

And then it is the *helplessness:* from my experience of others' power over me, I developed an increasing fear of situations where I felt locked in, trapped, without escape, surrendered.

ALK: And then you suddenly find you are pregnant, about to give birth, and understand that even this desirable condition may bring you back: to feel locked in, without escape, surrendered. Then you grasp at something you never have done before. You make a choice that affords you the best possible control because you know it is needed. If you do not direct it, you cannot go through giving birth.

LL: I had several clear ideas ahead of time. I wanted to have a cesarean. Anything else was unthinkable. I was certain I would not be able to nurse because of the sucking and the feeling in my breasts. I also knew that I could not stand to feel others' hands on my body and my abdomen. The pregnancy also made my body so visible. My sexuality was on display. That was a tremendous problem since I thought of sexuality as something disgusting and shameful. It reflected the shame of sexual desire that my grandfather had awakened in me when abusing me. The pregnancy reactivated all the terrible feelings I had felt in my body from the abuse. At the same time, I wanted to have a child with my husband.

ALK: Did this conflict become steadily stronger so you knew you had to solve it in order to give birth? How did you sort out all these conflicting feelings?

LL: I knew I had to say something about it. I wrote a letter that I intended to hand to the midwife when I arrived for the birth. I took my time. Many things became clear. The process of making things clear for others forced me to be specific with myself. That was actually the most important thing.

I wrote:

I have had a traumatic childhood with sexual abuse. Later I was also raped. I have been in therapy for a long time because of this but have never discussed childbirth and becoming a mother. I am afraid it may be difficult and I worry that it may bring back old memories. I have had conversations with midwife Marit during my pregnancy. In spite of all my terrible experiences I would actually like to give birth the natural way.

I am fearful about the birth and have no way out. When I encounter situations where I have no way out, I become anxious, nauseous, and want to escape. I am afraid of my reaction during birth, if I will panic, become detached, angry, or childlike. I am afraid of closeness. The best thing is if someone speaks to me in a calming manner. Examine me as little as possible. I do not want to have students in the room, as few people as possible. I am afraid of how my neck and back will react. If they act up, as when I am under stress, I usually end up with migraines. I am asthmatic. Stress exacerbates it. I don't know how I will react to pain. I hope that the midwife can help me with a pain reliever when I need it. Gynecological examinations are difficult for me. I know I have to endure it, but I hope the midwife only does it when it is absolutely necessary. I am afraid that the birth will give me associations to the abuse. When I am frightened, I often lose my common sense as well as my sense of time and place.

If I panic, don't touch me, but stay there and talk to me. Only my husband can physically comfort me. It is the comforting touch I cannot bear. That is because of my grandfather. He always comforted me after abusing me, when I cried. What examinations are needed will have to take place. The midwife can help me by clearly explaining what is happening so I don't get too frightened. She must try to make me feel safe. I hope I am not asking too much.

I am looking forward to the child, but am worried about not doing the right thing and that something will happen to harm the child. I know that nursing may set off feelings in me, but I would like to try. If it becomes difficult and I stop, please respect my choice.

That was what I wrote, so that those helping me would understand.

ALK: But then it happened differently after all. You and your husband went to the clinic because the water broke, but you were sent home again. Then you really took charge by waiting to go back so you actually gave birth twenty minutes after you came in the door. No one had time to read your letter.

LL: Yes, I took charge and gave birth fifteen minutes after I arrived. But my midwife Marit came running into the delivery room and had time to tell the others that I was a victim of abuse. Then I took charge and told them what they should not do to me. My husband stood next to me and I held on to his arm. He looked me in the eyes. He knew that was necessary. With his eyes, he held me in the now. I did not disappear. I only distanced myself a bit from my body, but not as completely as I otherwise might have done. I kept control of my muscles and I knew what was happening inside me.

But suddenly there was a disturbance around me. They could no longer hear the fetal heartbeat. A doctor was sent for. I suddenly thought of a friend who had also been abused, and her giving birth, which stopped and ended with a cesarean. As if this memory was needed to make me react! I suddenly had archaic powers. Then Oriana arrived speedily. My husband was blown away with admiration of such power. I ripped a lot, but Oriana was lying on my stomach and I had done it, I had not escaped or panicked. It was unbelievably great.

ALK: And then, right after this unbelievable victory, after having given birth with all your senses intact, you were once again thrown back into a difficult bodily experience. You had ripped and needed stitches. A female gynecologist confirmed all your apprehensions about your ruined body.

LL: I was so relieved, so happy and proud. But the physician who was going to sew seemed quite overwhelmed. She talked as if I was not there. She moaned and groaned. She talked loudly to herself saying she didn't know what belonged where and that everything was torn, including the clitoris. She immediately awakened feelings that I knew only too well, about what was ugly, destroyed about me. Then I was there again. The picture in my mind of my destroyed genitalia became threatening. Before I left the clinic I had a nurse help me with a mirror to see for myself. I *had* to see what I looked like.

ALK: I know you were in pain for a long time and had to be examined several times. Then you got up your courage and told this doctor what she had precipitated with her comments. She said she understood that you had experienced her treatment as another case of abuse, which you affirmed. But she did not apologize. She clearly did not completely understand, after all. And all this happened while you were starting to nurse, having bad dreams about hurting your child, and packing to move to Moscow where your husband represented a Norwegian firm.

LL: Nursing the baby went better than I had dared hope for. I managed to separate the feeling of Oriana's mouth from earlier sensations involving my breasts and feelings in the nipples having to do with my grandfather. Oriana was growing. I realized that I was able to be a mother. But my dreams were bad. Then we moved to Moscow. The apartment was so dirty and dark I refused to move in with Oriana. We got another apartment, but everything was strange and dangerous. I was alone far too much of the time. Then the terrorists started; bombs exploded several places in Moscow, especially in the area where we lived. Oriana was taken out in her carriage by our Russian babysitter one of those days. A bomb was set off near a pedestrian bridge where she had walked just the day before. I became desperate.

Then I got pains in my stomach and a high fever. I was sick and was examined by a Russian doctor. "An ovarian cyst," he concluded. The doctor lay down on top of me to "rupture" the cyst, as he said. The feeling of his body on my stomach was unbearable. The pain got worse, and finally my husband's firm arranged for a berth on a plane to Norway. At the City Hospital they found I had a burst appendix. It had led to peritonitis. I felt awful and spent an entire week in the hospital. After that I needed two weeks convalescence because I was so weak I could not lift Oriana. Again I experienced this familiar helplessness. Again I was under the control of others.

Then I understood that I never could stand to be under the thumb of others without it setting off all my fears, pains, escape mechanisms, and self-destructive reactions. I now know that everything that makes me feel helpless makes me sick. I now know that the most important thing for my future health is that no one but *I* decide about the circumstances of my life.

Therefore the Norwegian health insurance system and judicial system are paradoxically causing me pain and worry because they do not believe me, because both of these systems have the power to doubt my reality, the one I have lived, the one that has affected my body.

Two organizations that are supposed to help, but they disbelieve, stigmatize, and humiliate. It is an abuse of power.

In fact, this is essentially the same as what grandfather allowed himself to do.

JULIA JENSEN

My patient Julia Jensen had been on sick leave for a year and had then been granted rehabilitation for eighteen months while she was under continuous treatment, when she applied for extended rehabilitation. The Health Insurance office requested a supporting statement from consulting psychiatrist Eldri Ekre (Opinion A), Julia's primary care physician Anna Luise Kirkengen (Opinion B), and cooperating psychiatrist Bernt Burud (Opinion C), before the insurer's advisory physician Allan Almquist reached his conclusion.

Three Medical Opinions

Opinion A

In her statement Ekre summarizes an hour's conversation with Julia Jensen about her life and health in addition to a test result regarding depression. She refers to the fact that Julia describes her childhood and adolescence as fine, that her father died while she was a little girl, that she had a stepfather from school age on, but that her mother's new marriage did not last long, and she then grew up alone with her mother. Ekre also refers to the fact that Julia has limited schooling and education; that she already suffered back pain before she gave birth to her first and only child at age nineteen; and that she later worked part time before she got a full-time position with a catering firm, where in the course of some years she advanced to team leader, a position she had for four years before she was put on sick leave because of general body aches, especially in hands and feet, and because of anxiety.

Ekre summarizes Julia's personal history by mentioning that she has been married three times; that most of her adult life, she has been a single mother and support for her child; and that especially her last marriage was characterized by the fact that her husband was a psychopath, which Julia points to as one of the reasons for her present problems. Ekre perceives from Julia that her husband was not violent or threatening, but someone who tried to distort situations in order to make Julia believe that her friends were trying to seduce him; he had been extremely jealous and at the same time unfaithful the entire time, so Julia saw the divorce as a relief.

Ekre reports that Julia has had three operations for cysts and benign tumors in her pelvis and that both ovaries and the womb have been removed. She also mentions that Julia has a peripheral arterial circulatory deficiency that is being treated with two different medications. Ekre mentions that at fourteen Julia consulted psychiatrist Karl Klem because of an "out of body" experience, and that later, both at the end of her first marriage and during her third, she sought treatment from Klem. Ekre notes that Julia uses a moderate amount of alcohol and smokes up to twenty cigarettes daily.

Ekre reports that Julia sees her general and localized pains as the main reason why she is not able to work and that she is exhausted, but she also mentions that Julia has been bothered by a tendency toward varied anxiety for years; that she notices increased anxiety under pressure from work; and that she may be so anxious before meeting with customers that she vomits before going to work, especially because she is not comfortable with her leadership position. Ekre emphasizes that Julia has not had panic attacks or phobias against the use of public transportation, and that she feels well as long as she does not have as much responsibility as she did at the time before she went on sick leave. Ekre writes that Julia does not presently feel anxious at all, but more depressed, tired, and lacking energy than she usually does in the winter. Because of this last statement, Ekre recommends treatment with ultraviolet light.

Ekre ends by noting that Julia reports a rich social life; that she uses fairly high doses of three psychotropic drugs daily in addition to the two circulation-enhancing drugs; that she is not too pleased with her present psychiatric outpatient clinic; and that she benefits greatly from three treatments a week with a psychomotor physiotherapist.

Ekre concludes:

> The patient was put on sick leave because of pains in her feet, wrists, and back. In addition, she felt anxious about meeting customers and participating in meetings. As of today, the patient does not exhibit any symptoms of serious psychic illness. There is no reason to assume that the patient suffers from serious depression, thoughts of suicide, anxieties or phobia making her an invalid, psychosis, or other serious psychopathology. From a psychiatric point of view, the patient is fully able to return to work. Her main problem is pain in feet, wrists, and back, but there is no reason to assume that these symptoms are secondary to a psychic illness. She will need help to find a different type of work, and therefore I recommend her to an employment agency.

Because Ekre's conclusion diverged strongly from my earlier reasoning, the advisory physician Allan Almquist requested a new statement from me as her long-term primary care physician. In this statement I emphasize what I earlier had pointed out: that Julia Jensen's present health problems have to be seen as connected to the fact that both as a child and as a grown woman, she had been sexually abused. I relate her health problems for documentation of a connection between such problems and abuse experience.

Opinion B

- Julia Jensen had already consulted a psychiatrist at fourteen because she had symptoms of dissociation, a type of split consciousness caused by traumatic experiences. It has been shown that such epileptic-like conditions in young people are often connected to early serious traumatic experience.
- Her history of pain started with presentation of pain in her back and abdomen when she was eighteen years old. A strong connection has been found between such pain and sexual trauma.

- She has had five surgical interventions because of chronic pain in the lower abdomen, a condition proven to be connected to sexual abuse. At the fifth surgery her reproductive organs were removed. As a result, at age thirty-four she had to take estrogen to compensate for the lack of hormones and to prevent osteoporosis. The increased attention given to the side effects of hormone replacement is here an important secondary theme.
- From her teens, she has been treated for dissociation, chronic abdominal pain, chronic back pain, anxiety, depression, and three suicide attempts. Solid and comprehensive international research shows that all these phenomena are connected to traumatic experience, and especially to hidden sexual trauma.
- In later years, her everyday life and work has been more and more influenced by pain and anxiety, with instances of panic in situations where she feels trapped or caught and when she must meet and trust strangers. Both of these situations have increased in frequency exactly because she is a competent team leader. She tries to avoid these situations, almost at any price, which has developed into an increasing conflict between her and her employer, who controls both her hours and her free time by giving her extra work when there is someone absent on her team.
- For the last two years before her sick leave, she was in constant "alarm" because of the responsibility for her co-workers, which represented continuous pressure. She tried to oppose her superior, but was not heard. To be completely controlled by another became an unbearable situation, exactly because of her background of early sexual abuse. As a result, she reacted with all the signs of stress, such as rising blood pressure, episodes of rapid heartbeat, and difficulties with sleep and concentration.
- The more her time and energy was directed by her boss, the more dysfunctional she became from generalized pain. The

unpredictability and constantly increasing pressure reactivated her latent fear of others' control over her, leading to increasing anxiety and pain. She had to increase her dose of anxiety-relieving drugs both to be able to meet customers and especially before meeting with her boss. In spite of considerably increased medication, a few months later she was completely incapacitated due to pain.

- After a long wait, she was able to receive treatment from the psychomotor physiotherapist Birgit Bramnes, who found stiff muscles, locked breathing, and slight leg contact. According to Bramnes, Julia could not tolerate touch the first few months; she became anxious both when lying down and with exercises to mark body limits. After a year of weekly treatments, Bramnes concluded that Julia had bodily reactions typical of those stemming from sexual abuse and boundary violations. The treatment had by then resulted in somewhat decreased headaches, and Bramnes emphasized that Julia should avoid stress of any kind.
- She was referred to a psychiatric outpatient clinic for having her medication evaluated since the effect seemed marginal. After two consultations with a psychologist and a psychiatrist, respectively, she was advised to continue her usual medication but increase the daily dose if she felt she needed to; in addition, she was advised to continue her psychomotor therapy.
- She experienced a crisis and was nearly suicidal when she returned home from her first trip abroad in many years together with good friends. She considered getting in touch with psychiatric emergency services, but her fear of new situations and people prevented her from doing so. With these conflicting feelings she was summoned to psychiatrist Ekre, who found her "tanned, fit, and healthy," although she was at the time medicated with high doses of three different psychoactive drugs.

The large discrepancy between these two professional opinions led to Allan Almquist finding it necessary to seek yet another opinion from the cooperating specialist in psychiatry, Bernt Burud. His assessment, as well, was based on an hour-long conversation with Julia.

Opinion C

In his statement Burud summarizes the content of a one-hour conversation with Julia Jensen about her life and health, in addition to the results of two psychometric tests. Burud refers to Julia's consultation with Ekre, who concluded that from a psychiatric point of view Julia is able to return to work, while her primary care physician sees her as at least 50% occupationally handicapped because of chronic anxiety and pain. Burud also mentions that the primary care physician connects Julia's inability to function to early abuse experiences.

Burud reports that Julia explains her work situation up to the time of her sick leave. He emphasizes that she has had long-time employment with the same firm and has steadily advanced to more responsible positions, and that her position as team leader involves much varied work, especially when some of her co-workers are ill and she needs to substitute for them.

Burud mentions that Julia has previously received treatment at a psychiatric outpatient clinic combined with psychomotor physiotherapy. According to Burud's understanding, the focus has been more on psychotherapy than physiotherapy. He mentions that Julia is using several sedatives and anti-anxiety drugs at fairly high dosages every day. He also quotes her description of her psychic problems this way: that she struggles with considerable anxiety problems out among people, and that things are better at home where she feels she can manage her everyday life; that outside her home she is always afraid of losing control of her life; that she often feels an uncomfortable pressure against her chest and neck; that it happens that she vomits when she feels unwell; that she feels threatened when someone comes walking up behind her; that she experiences this as if they are going to grab her with some kind of claw or hand; and that she often wakes up perspiring in the morning and has periods of vertigo.

Burud points out that Julia is feeling better right now and is less anxious, but that she has a dog that is seriously ill. This bothers and worries her, and she is planning to get another dog when this one dies. Burud senses that she suffers depressive thoughts, that she would prefer to die, but has not made any serious suicide attempts. He also adds that in her depressive periods she has problems concentrating and remembering, as if her brain does not function as it should.

Burud describes Julia as asthenic, worn, aged, slow, cautious, slow in conversation, at times distracted and distant. He says she expresses major problems in relations with men and male friends because she does not feel safe in their company, and that she has difficulty tolerating physical closeness because it makes her feel as if she is suffocating. He also reports that Julia told him that as a child, she experienced one instance of sexual abuse, but she does not remember much about what happened, and that as an adult she was raped after having been locked in a room, which was a very frightening experience.

Burud thinks that Julia might be willing to volunteer, but that is unpaid work, and that she might consider half-time work, but not yet, because her anxiety level is still too high. Burud mentions that Julia gets different sensory experiences when she is with people, such as breathing difficulty, "pins and needles," pressure in her head, cold hands, and a desire to run away in a near panic. But he adds that she is feeling better now; she can take walks near her home or in open parks. He explains the results of two tests that show a clear anxiety-depressive condition, which means she is suffering subjectively and that this has been going on for a long time, even though she actually feels better right now. Burud interprets this as an expression of the symptom-load having been greater earlier and that it can become great again under stress.

Burud concludes as follows:

> Julia Jensen is presently hardly able to work, but I am uncertain whether she can be viewed as permanently disabled based on medical findings. She should initially be given assistance to steer her toward part-time employment. I think she would benefit from that, rather than passivity in the form of retiring with a pension.

Diagnosis: chronic anxiety – depressive illness.

On the basis of these three statements, Allan Almquist made this analysis:

> Cooperating specialist Bernt Burud concludes in his evaluation that at present the member is scarcely able to work, although the medical reasoning is not completely convincing. He recommends starting a process of helping the member to become active in a part-time job. The member has not yet applied for disability insurance, but she will most likely do so. Because of the member's age, a disability pension will not likely be approved before employment-directed rehabilitation has been sufficiently tried and her capability for work is established. I recommend that the member be informed about the progress made on the case and that we advise her to seek employment-directed rehabilitation. Conditions do not seem to justify monetary assistance for rehabilitation.

The Hierarchy of Medical Knowledge

I will now discuss the former case history starting with the recommendation from the Health Insurance's consulting physician and his conclusion that "conditions do not seem to justify monetary assistance for rehabilitation."

The Health Insurance authorities' evaluation of Julia Jensen as a person not "worthy of help to the needy" is based on a professional dissent or a gap between three professional's opinions. Opinion A and opinion B diverge to a considerable degree in their professional medical conclusions. But aside from the divergence, they are not of equal significance. The relation between them is asymmetric. Opinion A, that of the specialist, rates higher in the medical hierarchy than opinion B, that of the generalist. As the presented health problems are defined – namely, chronic pain and anxiety – the Health Insurance authorities have chosen to give the psychiatrist the role of expert in this case.

The expertise of psychiatry about the mental phenomenon of anxiety does not include the somatic phenomenon of chronic pain. In addition, this pain is divided: a generalized pain in almost all the muscles and joints, especially in arms and upper body, and a localized pain in hands and feet, especially in the toes. The generalized pain is exaggerated by physical work and anxiety. The localized pain is increased by cold and stress. Specialists in rheumatology have not found an organic change, that is, a bodily cause for the generalized pain. Therefore they have not suggested medication or other treatment. Specialists in circulation physiology have pinpointed a bodily cause of the localized pain: spasms in the veins, especially in legs and feet. They have therefore prescribed two medications for continued use. The first drug is meant to reduce the much too high muscle tone, which contracts the veins and reduces circulation, particularly in the legs. The second drug is meant to prevent thrombosis in the narrow veins. In addition to this, the specialists have strongly advised the patient to quit smoking. She realizes that this is sound advice but is not able to live up to it. Next to medication, cigarettes are the most important tools to keep the constant, free-flowing anxiety at bay. But the specialists in circulation physiology do not know about this anxiety. And they have not evaluated the muscle tone in the patient's body, neither generally nor particularly in the legs and feet, which are almost always cold and swollen. Therefore they have not registered the difference between the very high muscle tone in the legs' circulatory system and very low tone in the legs' motor muscles. And thus they do not recommend a treatment that could eventually affect these doubly dysfunctional conditions.

When the patient consults a psychomotor physiotherapist, she is examined with exactly this in mind, to distinguish differences in muscle tone in different parts of the body. At the first informational examination, the therapist finds stiff muscles throughout the body and blocked breathing in the form of tense, flat respiration and little movement in the thorax and abdomen with breathing in and out. In addition, she finds cold, stiff, and swollen legs from the thighs down to the toes, and the patient reports discomfort and pain with palpation. The muscle tone in the legs is weak; muscles feel powerless, without vitality, and with no response to palpation. The therapist also notes that the patient does not stand steadily, that she does not rest easily on her feet, and that poor balance makes her lack the flexibility to change position. The therapist concludes that the patient has little contact with her legs and that *her body awareness does not include her legs.*

Later the therapist tells the patient that her immediate impression of the patient's relationship to her legs could be described this way: as if the patient had long ago moved out of her legs. The therapist later writes in a report to the referring physician that the patient could hardly tolerate touch the first few months, that she became anxious when lying down, and that she became acutely anxious during exercises to demarcate body limits. Such exercises consisted of the therapist pressing her hands against the patient's body and the patient was supposed to return active pressure against the hands. To avoid anxiety attacks caused by this touch, the therapist found she could roll a ball over the patient's body and ask the patient to return the pressure against the ball in order to feel her own muscle power and her own outer limits. It turned out that the ball created sufficient distance between the hands and the touch so the patient could tolerate it and respond. After a year of weekly treatments, the therapist concluded that the patient had typical bodily reactions resulting from sexual abuse. In addition, these were particularly marked from the waist down to the feet.

Three specialists became involved in evaluating this patient's chronic, disabling pain. Rheumatologists found no cause for the pain. Circulation physiologists found two causes, namely, vein spasms and smoking, but neither their common source, anxiety, nor a distinct difference between the "inner" and "outer" or smooth and striped musculature. The psychomotor expert found a cause both for the generalized pain – namely, a dysfunctional pattern of tension in the entire musculature from anxiety, aversion, alacrity, and fear – and for the localized pain, a kind of shrinking away from her body's outer limits as a form of "inner exile," especially noticeable in the lower body.

When the psychiatrist evaluates the patient's health, the medical documentation concerning the absent (according to the rheumatologist) or present (according to the circulation physiologists) causes of pain are made relevant. The proven causes (muscular spasms) have been affected according to the medical causality model (treatment with medication, advice to stop smoking). The physiotherapeutic judgments of proven pain *and* proven causes, however, are not made relevant. In spite of the fact that the psychiatrist knows about the weekly treatments over almost two years, she gathers no information regarding findings or understanding of cause from the psychomotor specialist. Thereby she ignores a field of knowledge that in the hierarchic structure of medical knowledge is viewed as subordinate or unimportant. The psychiatrist sees the reduction of pain after two years of treatments as strictly the result of medication – and this in spite of the fact that she knows about the patient's continued excessive use of cigarettes, which can be an expression of the patient having a different understanding of her troubles than the physiologists, or of the fact that for other important reasons, she can take one advice but not the other. The psychiatrist does not appear to pay any attention to the psychomotor treatment at all. It is only mentioned with one sentence: "She (the patient) receives psychomotor therapy once a week, and she is very pleased with that." The psychiatrist does not inquire about why the patient is so satisfied with this treatment, while she is rather critical of the earlier psychiatric treatment and of a more recent contact with her local psychiatric outpatient clinic.

According to the medical hierarchy that gives psychiatric knowledge greater authority in this case, the rheumatological and circulatory expertise reduces the importance of pain as a cause of disability. The psychomotor understanding and treatment of the nature of pain as an expression of existential anxiety is discounted: it builds on an integrated understanding of the body as influenced by lived life and experience, and therefore diverges from the medical frame of reference. Thereby it disqualifies itself and does not need to be considered, regardless of the patient's claim that just this form of understanding and treatment is important and helpful.

Anxiety as a cause of disability, however, stays. The psychiatrist learns about early expressions of fear and dissociation that bring a frightened fourteen-year-old to a psychiatrist. But neither that nor several subsequent psychiatric consultations in connection with three unhappy marriages appear to make the psychiatrist see a connection. The psychiatrist's report does not say how to understand a child who has had a seemingly happy childhood and has "out of body" experiences. She is not told that a rape by an unknown adult man preceded it. He had knocked the child unconscious before he drove her to his home, where she woke up in his bed. In connection with the marriages, the psychiatrist is not told what the problems were. Nor is she told about a subsequent rape in this short conversation. Although the patient says that her third husband is "one of the reasons I am the way I am," the psychiatrist interprets the statement as an indication of a nonviolent but manipulative and jealous man. She is not told about this man's excessive sexual obsession and his perverted sexual demands and practices, both at home and outside. However, she states that the patient scores eleven points on a test of depression. Severe sexual abuse experience both early and later in life is not touched upon in this important conversation about existential anxiety as a cause of disability. Pain as a long-term result of vaginal rape and other forms of abuse are not mentioned, although the psychiatrist is told about a series of operations because of such pain, and about various presentations of pain through almost thirty years.

Opinion A about the patient's level of functioning based on an hour's conversation diverges in most respects from opinion B about the patient's exhausted ability to adjust as reason for her reduced energy to work. Since "anxiety" is now a leading diagnosis and psychiatry thereby the authoritative profession, psychiatric opinion C is called upon to clear up the present difference in medical understanding, interpretation, and conclusion. This psychiatrist, who also spends an hour with the patient after having been presented with opinions A and B, admits uncertainty, both regarding the degree and the nature of the patient's illness. He advises help for the patient so she "can find something to go to." From the patient's side this is an expression of a wish to be useful and to be in an environment where she can feel safe so as to avoid social isolation, since she lives alone. She talks about volunteering in the part of town where she lives in order to meet familiar people. But she cannot face "being locked in" someplace or meeting lots of unknown people. Nor can she imagine following a set timetable because she is quite upset so often, especially early in the day. She cannot deal with time pressure, because then she has problems with her eyesight, reading problems, and lack of concentration.

Opinion C is not quite unambiguous, which leads to the advice being "translated" into two decisions in the form of medical insurance initiatives. One decision does not see a medical reason why the patient should have further funds for rehabilitation, in spite of the fact that she is constantly and doubly medicated both for bodily and mental conditions; that she is still getting weekly treatments with a psychomotor physiotherapist; and that she is living in isolation, managing her personal daily chores only with great difficulty. The other decision regards her remaining ability to work, where she appears to be entitled to rehabilitation. This means that in the short term, she must be able to work so much that she earns at least half of her previous salary.

Medically Based Justice

In his thesis titled "Fairness and objectivity in medical judgments related to disability cases" (Rettferdighet og objektivitet i trygdemedisinske uførhetsvurderinger), the Norwegian physician Hans Magnus Solli mentions four necessary criteria for a fair evaluation of disability and distribution of society's funds for this purpose.[409] These four criteria concern objectivity and subjectivity on two different levels. One level is ontologically based. It says something about "being the way it is" and establishes "the special and essential character of what is." Ontological objectivity (shortened by the author to O-objectivity) is identical with the traditional idea of objectivity in biomedical terms. According to this idea of objectivity, illness leaves traces in the person's body, traces that exist independently of whether they are noticed or not, and that can be traced with the help of medical technology and measured quantitatively. Such traces are typically called objective findings.

O-objectivity is therefore defined like this: that which can be concretely found, as "things"; which is assumed to exist independently of human consciousness or knowledge; and which can be quantified and measured.

Which O-objectivity can we find in Julia Jensen's medical history? Besides the earlier mentioned "objective findings" in her

[409] Solli 2007, pp. 246–57.

body and abdomen, which were interpreted as indications for a gradual removal of her reproductive organs, there is now *measurable resistance in the walls of her blood vessels, particularly in her legs.*

Ontological subjectivity (shortened by the author to O-subjectivity) concerns human experiences, such as, for example, pain. It is defined thus: what exists only dependent on consciousness. Pain is consequently ontologically subjective.

Which O-subjectivity do we find in Julia Jensen's medical history? Since she was eighteen years old, she has been under medical treatment during long periods because of various pain presentations. These have led to a series of surgeries. They have lately been one of the major causes of her reduced level of functioning and ability to work.

The other level of evaluation is based on epistemology. Epistemology is about how and on what basis one can know something that is both valid and provable. Such a frame of reference gives guidance in generating new knowledge of the world's phenomena. Epistemological objectivity (shortened by the author to E-objectivity) is about professional knowledge's assumptions in the form of validity, methodical basis, and power of assertion. It is defined thus: a thought process characterized by objectivity, impartiality, neutrality, precision, intersubjectivity, and universal validity. Therefore it is considered possible to bring forth objective knowledge of even the ontologically subjective – for example, pain – given a professionally defined procedure.

Which E-objectivity do we find in Julia Jensen's medical history? Since the cause of the pain in her legs can be measured, it is ontologically objective. Since it is being treated with medication, it is defined as subordinate in connection to her disability. The pain in her body cannot be measured as an expression of a measurable inflammation, a tissue injury, or a measurable circulatory deficiency. Bodily pain cannot be understood using a physiological model. It is viewed as being based on perception and not as a sign of defined pathology. Therefore this pain is not made relevant. The same pain judged by a psychomotor physiotherapist appears as an expression of a lasting reaction to a traumatic experience. This observation is not grounded in a pathophysiological model, and is therefore not relevant with regard to an E-objective validation of pain as a cause of disability.

Epistemological subjectivity (shortened by the author to E-subjectivity) is, in short, defined as a position distinguished by ambiguity, partisanship, inaccuracy, arbitrariness, or pure subjectivity. An example of such E-subjectivity is a statement where a physician only repeats what a patient says about chronic pain, for example, and where there is no reference to clinical examinations and to how the physician interprets the patient's statements.

Which E-subjectivity do we find in Julia Jensen's medical history? Are the psychiatrists' reports characterized by E-subjectivity? Both base their evaluation on one hour's conversation with the patient where they put a slightly different weight on the data, but possibly not arbitrarily. Most likely they ask questions based on suppositions of what is relevant in questioning a patient who is disabled by anxiety. But if that is so, it is striking that in opinion A there is no hypothesis about what could have caused nearly lifelong anxiety and earlier dissociative symptoms. In addition, the two psychiatrists view the same information somewhat differently without explaining why. Possibly this is again not arbitrary, but based on experience, even if such experience then appears both different and "tacit." Both perform psychometric tests and explain these. Both gather information about the patient's use of psychotropic drugs as well as intoxicants. Neither of them makes a physical examination. They do not request reports from previous clinical evaluations. In other words: the psychiatrists' reports are built on what the patient tells them responding to their questions. As a result, the reports contain nothing aside from answers to their questions and contain no examination results other than test results. These too are chosen differently, and the reasons for the choices are not given.

According to the definition, Opinions A and C are characterized by high E-subjectivity and low E-objectivity in the evaluation of anxiety and non-somatic pain as a cause of disability.

Opinion B synthesizes medical information from the first, second, and third line in somatic and psychiatric medicine from five different specialties during a time span of thirty years. Information about her relationship with the patient as her primary care physician covers the same time span. All information together covers a comprehensive medical history with many interactions with the health care system. This comprehensive treatment has not resulted in better health for the patient, but in fact steadily worse health. Her medical history is not meaningful if one does not give relevance to the patient's history of sexual abuse in a chronological and symptomatic sense. This interpretation is also supported by examinations and findings by a psychomotor physiotherapist where the patient has gradually opened up to therapy based on trust, understanding, and bodily oriented support. In such an integrated interpretation, an accurate and logical story appears about the effects of sexual abuse on a person's health. These can be connected, point by point, to a substantial international body of research literature.

According to the definition, opinion B is characterized by low E-subjectivity and high E-objectivity.

The analysis of the case handling by medical insurance and the medical-professional consultants reveal two central inconsistencies. The first is ethical, the other is epistemological. In spite of the explicit requirement for high E-objectivity in the evaluation of insurance cases, it is still not that which decides the results in this case, but the professional hierarchy. Which arguments carry the most weight is decided by the specialist's authority. Who is given authority is decided by the medical understanding of people and their bodies. When both of these are based on ontological objectivity, medical judgment is grounded in criteria that rob the person of everything that makes him or her human. He or she is made a *thing*. The person who is made a thing is subjected to an authoritative, normative view informed by the methodological tools of natural science. Consequently, the person becomes the subject of an evaluation that by its very nature humiliates this person's dignity because it ignores what makes this person unique. Such medically legitimized justice is unethical.

Epilogue and Dialogue with Philosopher and Ethicist Arne Johan Vetlesen

I want to close this book by completing the circle of ethical considerations engendered by reflections upon boundary violation and health. And again, I turn to *philosopher and ethicist Arne Johan Vetlesen.* Taking a professional text concerning the "visibility of abuse" as my point of departure, I want to examine the ethical implications in one of the most advanced representations of the Foucauldian "medical gaze" represented with the sophisticated technological view "into" the human brain by means of Magnetic Resonance Imaging (MRI).

The actual text is part of a report from a conference in a field that medicine often refers to as "the front."[410] The war metaphor implies that it is here the "battle for health" takes place and must be won: in the neurosciences, in brain research, and in genetics. This field of knowledge, a conglomerate of specialties and subspecialties, has even defined its own specialized ethical framework: "neuro-ethics."

According to the conference report, keynote speaker Donald Kennedy, Editor in Chief of the journal *Science,* reflects upon ethical dilemmas connected to the use of new medical imaging technology exemplified by MRI. This technique allows observation of brain activity in persons that are awake. Kennedy constructs a hypothetical but realistic example to make his points: possible problems engendered by use of MRI as a tool in psychotherapy.

Kennedy opens his exploration of his "case" with a combined statement and question: "I am much more than my genes, they

[410] Mariani 2003.

are not my essence, they are not my soul; is then my consciousness, my brain, me?" In the following he presents for his audience the sickness history of a ten-year-old boy who suffers from sudden fits of rage when he runs amuck. The boy breaks all kinds of things – but he never attacks people. He is diagnosed as having an antisocial personality disorder and enters into psychotherapy. His rages increase, however, and he is dismissed from school. He is examined with MRI, and the pictures of his brain show certain changes in some areas. These findings are identified as signs of post-traumatic stress disorder; the examiners hypothesize these signs to be a result of maltreatment of the boy by one of his parents.

In order to clarify the findings further, the MRI is repeated under somewhat altered circumstances. This time the boy is shown – without preparation – manipulated film clips showing his parents arguing and one parent hitting the other. While he watches these scenes, the MRI of the boy's brain reveals intense activity in the area called the amygdala, but not in the brain's frontal cortex. From this constellation of visualized reactions, the examiners conclude that the boy is "predisposed to rage as a reaction to situations triggering his anger." On the same basis, the researchers predict that the boy will have similar serious fits of rage in the future. They also predict that the condition will, in time, get worse rather than better.

To this scenario Donald Kennedy connects the following questions:

- Was it justified to manipulate the scenes in order to study the boy's reaction?
- Was the use of MRI legitimate in this case?
- Should the use of MRI have been approved by the institution's authorities?
- What routines should have been followed in a case like this?
- Who should have been involved in the diagnostic process?
- Should the boy have been warned about the content of the film?

- Should consultants or parents have been informed or present?
- Should the boy be informed about the prognosis?
- If, later on, this boy is involved in harming another person, will the center where the diagnosis was given be held responsible?

To me, Kennedy's ethically framed questions, both singly and collectively, represent "ethics gone astray." They sound like an exercise in deference to the etiquette of research and clinical practice. In my opinion, something fundamental appears to have been simply jumped over or forgotten. I interpret this scenario as medically incorrect and ethically untenable. How does the ethicist respond to the "case" and the questions?

Arne Johan Vetlesen: To be honest, I am at a loss for how I, as an ethicist, should relate to the case history Kennedy presents. If one responds to his questions, it can be inferred that one tacitly agrees with his premises; one adopts his perspective, it might seem, which may be interpreted as consent with regard to what is ethically relevant and eventually problematic with this case.

The alternative to becoming captive to Kennedy's premises would be to reject his list of questions. Then one keeps a safe distance from his premises and understanding of what is ethically relevant. One might declare, with an air of superiority, that such manipulation must be rejected as a matter of principle because it violates the boy's moral status – his ability to think, feel, decide, and act on his own premises and toward his own objectives, rather than as someone who just "reacts" in such and such a way to the stimuli implicit in the manipulations (or experiments, if you will) that he is subjected to and, in fact, made an object of. In short, one may state that objectifying the boy's role and conduct is morally abhorrent and that Kennedy's manipulative list of questions must be rejected in total.

I feel a certain discomfort or dissatisfaction with both these alternatives, since they appear to be mutually exclusive. That said, I lean toward the latter conclusion. It appears that Kennedy overlooks something basic by asking the questions he asks. One way to express this is, as outlined ahead, by means of the distinction between making a person into an object of extreme influences, interests, or intentions, or preserving his best interests by protecting his integrity and keeping him inviolate (as in Kant's concept of a person's intrinsic, inviolate dignity, *Würde*).

Anna Luise Kirkengen: I share your conclusion that Kennedy's premises for asking these questions are unacceptable. They reflect a general medical presupposition regarding the appropriate professional level for making ethical questions relevant. All the questions relate entirely to *the ethics of knowledge application.* The questions are engendered by the clinical situation of introducing new and advanced technology without having established routines, a situation informed by expectations of being able to get access to hitherto unseen and unknown parts and functions of the human body.

The questions do not relate to *the ethics of knowledge production.* The knowledge "itself" is presumed to be value-neutral due to the objectifying measures that were taken when "it" was gained. This objective knowledge about what abuse experience "looks like" when made visible by imaging technology seems to represent a truth about how "brains" react to a particular "stressor." In other words, the validity of the pictures and of what they show – in the sense of unraveling or dismantling "detections" or diagnostics – is not the common topic of the questions.

The questions do not consider the boy's *person, situation, needs, and relationship* to the examiners or his *appraisal* of the examination. They do not indicate that the examiners even consider the possibility of *talking* to the boy about his own lifeworld experiences. Nor do they address the relevance of a prognosis built on abstract, statistically calculated data stripped from all kinds of context.

Even the only question seemingly focusing on the boy as a person, whether he ought to be informed about *this* (yet now easily turned into *his*) prognosis, is not asked out of concern for him. Indeed, this question makes him even more of a non-person than the other questions do. The examiners seem certain that their interpretation of what they have "discovered" is "right"; they seem confident that they are able to predict the future; and they seem to believe that the boy does not know what his brain "shows." On the basis of technically mapped brain activity they establish truth and predictability *about a person* while the person himself, the brain's "owner," so to speak, becomes literally invisible, unreal, and unimportant: invisible because not he, but his brain fills the researchers' entire field of vision; unreal because his personality and character are secondary to a general knowledge of brains; unimportant because technology, not personal characteristics, are the premises for the interpretation. In short, the questions show that the researchers' ethical concern is neither about the person they are examining nor the knowledge they apply or how it has been gained, but rather is about making sure their *practice* is ethically defensible. This is what I mean by "ethics gone astray."

Arne Johan Vetlesen: What modern medicine calls and recognizes as knowledge is information and data of the kind suited to be observed, measured, weighed, predicted, and controlled. In short, the medical view of human beings (viewed as the biological, organ-divided body, a complex machine with many functions in each of its parts) is the view that sees and gives relevance to *that which can be dealt with technologically*. Relevance is determined by the investigators' possibilities, although without the affinity, the reciprocal reference, actually being considered. This implies that the researcher is not necessarily aware of the fact that this technically steered and informed view is only one of several possible perspectives open to the professional.

To the extent that there is something skewed and selective, even blind, in this approach to humans with their suffering and pain, one may think that "the error will be discovered." But how can this approach, this objectifying view, be revealed as false? It would have to reveal itself, succumb to its own methods. I doubt that will happen. We know from Thomas Kuhn that the way "normal science" functions is that the individual practitioner looks for validation of the basic tacit suppositions (biases, according to Gadamer), rather than for their negations.[411] This tendency is reinforced by the steady arrival of more sophisticated equipment and apparatus for observing, measuring, predicting, and controlling what is defined (depending on diagnosis, etc.) as relevant patient data, notably at what are, in principle, levels of measurable and visible symptoms.

It may appear as if medicine is basically lacking a concept of and adequate access to the causes of pain and suffering. Is this the dimension that etiology should be concerned with? But if so, in what way and true to what premises regarding method, ethically and humanely?

At the level of causes, medicine must ally itself with the best from the philosophical tradition, which of course is not one, but many. Heidegger's early work has important contributions to offer in this case. In illness, the phenomenon to understand, the suffering to be eased by human assistance, is a constellation of irreducible factors: the person's biography as a strictly individual progression; this in an intimate concert with the lifeworld as a collective phenomenon; this in turn situated in a particular historical epoch, which in itself provides a horizon, a repertoire of interpretations, ideas, and projects for the individual. No illness or suffering is without its history: *the sufferer is doubly situated,* in the social world and within its historicity.

Anna Luise Kirkengen: You emphasize the mutual relationship, which possibly or probably is not reflected upon, between the technologies available to medical professionals and the phenomena they consider relevant in their research and treatment.

[411] Kuhn 1970.

Precisely the way they each refer back to the other determines what cannot be seen (and made relevant) and what is looked for or made observable (and given relevance). This reciprocity sets the stage for excluding information, and for a special form of blindness.

What is excluded is characterized exactly by the fact that it is invisible to the medical technological eye. Because suffering cannot be separated from life as biography and history, and since suffering cannot be abstracted or objectified, an apparent paradox appears: ever more sophisticated knowledge and technology is uncomprehending and powerless in the face of increasingly varied kinds of suffering. And this paradox points to its own origin: the knowledge, no matter how advanced, is not *adequate.* The paradox also points to a flaw: this kind of knowledge, although highly sophisticated, does not make up for the nearly complete lack of another kind of knowledge.

The abstract, objectified micro-knowledge about human genes and human brains is accorded the ultimate medical prestige. This prestige dominates the field to such an extent that the professionals who create and utilize this knowledge have gotten used to thinking that it tells everything that is important about human beings. As a result, they have also gotten used to thinking that it expresses what is most important about an individual. Here we are back to Donald Kennedy's introductory question: "is then my brain me?"

Arne Johan Vetlesen: It is hardly better to declare or recommend that I – a person, in fact – am my brain than that I am my genes. My ethically relevant identity, or integrity, or personhood, cannot be subsumed to or determined as a scientifically or medico-biologically interpreted aspect of my being, be it genes or brain, and especially not in the form of a reductive one-on-one relationship.

The ethically relevant aspects of our being-in-the-world, of our being-human, transcend the properties inherent in the tools utilized by these sciences or approaches. What are these aspects?

Are they something metaphysical or speculative? Well, they concern the qualities in us that give us the ability to go beyond such properties and their measurable and observable reality. The ethical aspects of our being point to something non-material because that is where they originate.

Acknowledgments

I thank my patients; by allowing me to get insight into their lives, they have helped me learn and understand. I especially thank those who also gave me permission to tell what I have learned and understood.

I thank friend and colleague Anders Seim. Without his insistence, this book simply would not have come into existence.

I thank friend, colleague, and very much appreciated supporter Vincent J. Felitti for his generosity and wide open ears and mind – on my behalf and in a shared concern of making comprehensible why integrity violations are mortal.

Thanks to my Norwegian-American translator Eugenie Sommer Shaw who, without hesitation, set aside her usual tasks for this translation because she believed in the book's message.

I am deeply indebted to philosopher Arne Johan Vetlesen for an exchange of ideas and thoughts, which he allowed me to integrate into the text, and likewise to immunologist Elling Ulvestad for his profound comments and advice.

I want to thank friends and colleagues Linn Getz and Irene Hetlevik for making their "heads" available whenever needed.

Finally, I want to express my gratitude to my editor, Elizabeth A. Behnke, for allowing me to take advantage of her deep sense of scholarship, and for kind and generous guidance.

Bibliography

The bibliography is based on the Vancouver rules for medical journals. The references are arranged in alphabetical order according to the author's or first author's name. In the case of several references to the same author, these are arranged chronologically; in the case of several references to the same author published the same year, these are, as in the footnotes, marked with the letters a or b after the year of publication. And when there are several references to the same first author, entries are arranged alphabetically according to the second author's name.

Aaron LA, Bradley LA, Alarcón GS, Triana-Alexander M, Alexander RW, Martin MY, et al. Perceived physical and emotional trauma as precipitating events in fibromyalgia: associations with health care seeking and disability status but not pain severity. Arthritis Rheum 1997; 40: 453–60.

Aaron LA, Burke MM, Buchwald D. Overlapping conditions among patients with chronic fatigue syndrome, fibromyalgia, and temporomandibular disorder. Arch Intern Med 2000; 160: 221–7.

Abercrombie HC, Giese-Davis J, Sephton S, Epel ES, Turner-Cobb JM, Spiegel D. Flattened cortisol rhythms in metastatic breast cancer patients. Psychoneuroendocrinology 2004; 29: 1082–92.

Agargun MY, Kara H, Özer ÖA, Selvi Y, Kiran U, Kiran S. Nightmares and dissociative experiences: the key role of childhood traumatic events. Psychiatry Clin Neurosci 2003; 57: 139–45.

Aggarwal VR, McBeth J, Zakrzewska JM, Lunt M, Macfarlane GJ. The epidemiology of chronic syndromes that are frequently unexplained: do they have common associated factors? Int J Epidemiol 2006; 35: 468–76.

Alander T, Heimer G, Svärdsudd K, Agréus L. Abuse in women and men with and without functional gastrointestinal disorders. Dig Dis Sci 2008; 53: 1856–64.

Alexander GR, Wingate MS, Bader D, Kogan MD. The increasing racial disparity in infant mortality rates: composition and contributors to recent US trends. Am J Obstet Gynecol 2008 Jan; 198(1): 51.e1–9. Epub 2007 Sep 17.

Alvarez J, Pavao J, Baumrind N, Kimerling R. The relationship between child abuse and adult obesity among California women. Am J Prev Med 2007; 33: 28–33.

Alving J. Serum prolactin levels are elevated also after pseudoepileptic seizures. Seizure 1998; 7: 85–9.

American Academy of Pediatrics. Task Force on Violence. The role of the pediatrician in youth violence prevention in clinical practice and at the community level. Pediatrics 1999a; 103: 173–8.

American Academy of Pediatrics. Committee on Child Abuse and Neglect. Guidelines for the evaluation of sexual abuse of children: subject review. Pediatrics 1999b; 103: 186–91.

Anda RF, Brown DW, Dube SR, Bremner JD, Felitti VJ, Giles WH. Adverse childhood experiences and chronic obstructive pulmonary diseases in adults. Am J Prev Med 2008; 34: 396–403.

Anda RF, Chapman DP, Felitti VJ, Edwards VJ, Williamson DF, Croft JP, et al. Adverse childhood experiences and risk of paternity in teen pregnancy. Obstet Gynecol 2002a; 100: 37–45.

Anda RF, Croft JB, Felitti VJ, Nordenberg D, Giles WH, Williamson DF, et al. Adverse childhood experiences and smoking during adolescence and adulthood. JAMA 1999; 282: 1652–8.

Anda RF, Felitti VJ, Chapman DP, Croft JB, Williamson DF, Santelli J, et al. Abused boys, battered mothers, and male involvement in teen pregnancy. Pediatrics 2001 Feb; 107(2): E19.

Anda RF, Fleisher VI, Felitti VJ, Edwards VJ, Whitfield CL, Dube SR, et al. Childhood abuse, household dysfunction, and indicators of impaired adult worker performance. The Permanente J 2004; 8: 30–7.

Anda RF, Whitfield CL, Felitti VJ, Chapman D, Edwards VJ, Dube SR, et al. Adverse childhood experiences, alcoholic parents, and later risk of alcoholism and depression. J Psychiatric Serv 2002b; 53: 1001–9.

Andersen BL, Farrar WB, Golden-Kreutz DM, Emery CF, Glaser R, Crespin T, et al. Distress reduction from psychological intervention contributes to improved health for cancer patients. Brain Behav Immun 2007; 21: 953–61.

Andersen BL, Yang H-C, Farrar WB, Golden-Kreutz DM, Emery CF, Thornton LM, et al. Psychologic intervention improves survival for breast cancer patients. Cancer 2008; 113: 3450–8.

Antoni MH, Wimberley SR, Lechner SC, Kazi A, Sifre T, Urcuyo KR, et al. Reduction of cancer-specific thought intrusions and anxiety symptoms with a stress management intervention among women undergoing treatment for breast cancer. Am J Psychiatry 2006; 163: 1791–7.

Arata CM. From child victim to adult victim: a model for predicting sexual revictimization. Child Maltreat 2000; 5: 28–38.

Arendt H. Responsibility and judgement. New York: Schocken Books, 2003.

Arias I. Report from the CDC. The legacy of child maltreatment: long-term health consequences for women. J Womens Health 2004; 13: 468–73.

Armaiz-Pena GN, Lutgendorf SK, Cole SW, Sood AK. Neuroendocrine modulation of cancer progression. Brain Behav Immun 2009; 23: 10–5.

Arnow BA. Relationships between childhood maltreatment, adult health and psychiatric outcomes, and medical utilization. J Clin Pychiatry 2004; 65 (Suppl 12): 10–5.

Ashman SB, Dawson G, Panagiotides H. Trajectories of maternal depression over 7 years: relation with child psychophysiology and behavior and role of contextual risks. Develop Psychopathol 2008; 20: 55–77.

Augenbraun M, Wilson TE, Allister L. Domestic violence reported by women attending a sexually transmitted disease clinic. Sex Transm Disease 2001; 28: 143–7.

Bailey BE, Freedenfeld RN, Kiser RS, Gatchel RJ. Lifetime physical and sexual abuse in chronic pain patients: psychosocial correlates and treatment outcomes. J Disabil Rehabil 2003; 25: 331–42.

Bak M, Krabbendam L, Janssen I, de Graaf R, Vollebergh W, van Os J. Early trauma may increase the risk for psychotic experiences by impacting on emotional response and perception of control. Acta Psychiatr Scand 2005; 112: 360–6.

Barbour A. Caring for patients: a critique of the medical model. Stanford, CA: Stanford University Press, 1995.

Barsky AJ, Ahern DK. Cognitive behavior therapy for hypochondriasis: a randomized controlled trial. JAMA 2004; 291: 1464–70.

Bartlett SJ, Kolodner K, Butz AM, Eggleston P, Malveaux FJ, Rand CS. Maternal depressive symptoms and emergency department use among inner-city children with asthma. Arch Pediatr Adolesc Med 2001; 155: 347–53.

Basile KC, Black MC, Simon TR, Arias I, Brener ND, Saltzman LE. The association between self-reported lifetime history of forced sexual intercourse and recent health-risk behaviors: findings from the 2003 National Youth Risk Behavior Survey. J Adolesc Health 2006; 39: 752–8.

Batty GD, Wang Y, Brouilette SW, Shield P, Packard C, Moore J, et al. Socioeconomic status and telomere length: the West of Scotland Coronary Prevention Study. J Epidemiol Community Health 2009; 63: 839–41.

Bebbington PE, Bhugra D, Brugha T, Singleton N, Farrell M, Jenkins R, et al. Psychosis, victimisation and childhood disadvantage: evidence from the second British national survey of psychiatric morbidity. B J Psychiatry 2004; 185: 220–6.

Becker D. When she was bad: borderline personality disorder in a posttraumatic age. Am J Orthopsychiatry 2000; 70: 422–32.

Becker-Blease KA, Freyd JJ. Research participants telling the truth about their lives: the ethics of asking and not asking about abuse. Am Psychol 2006; 61: 218–26.

Behnke EA. Edmund Husserl's contribution to phenomenology of the body in Ideas II. I: Nenon T, Embree L (eds). Issues in Husserl's Ideas II. Dordrecht: Kluwer Academic Publishers, 1996, pp. 135–60.

Behnke EA. Ghost gestures: phenomenological investigations of bodily micromovements and their intercorporeal implications. Human Studies 1997a; 20: 181–201.

Behnke EA. Body. I: Embree L, Behnke EA, Carr D, Evans JC, Huertas-Jourda J, Kockelmans JJ, et al (eds). Encyclopedia of phenomenology. Dordrecht: Kluwer Academic Publishers, 1997b, pp. 66–71.

Behnke EA. Embodiment work for the victims of violation: in solidarity with the community of the shaken. Conference Report Prague, Czech Republic, November 2002. http://www.o-p-o.net/essay/BehnkeArticle.pdf.

Bennewith O, Stocks N, Gunnell D, Peters TJ, Evans MO, Sharp DJ. General practice based intervention to prevent repeated episodes of deliberate self-harm: cluster randomised controlled trial. BMJ 2002; 324: 1254–7.

Bensley L, van Eenwyk J, Simmons WK. Childhood family violence history and women's risk for intimate partner violence and poor health. Am J Prev Med 2003; 25: 38–44.

Berle JØ. Alvorlig depresjon og psykose post partum – når bør elektrokonvulsiv behandling brukes? Tidsskr Nor Lægeforen 1999; 119: 3000–3.

Binik YM, Meana M, Berkley K, Khalifé S. The sexual pain disorders: is the pain sexual or is the sex painful? Ann Review Sex Research 1999; 10: 210–35.

Boisset-Pioro MH, Esdaile JM, Fitzcharles M-A. Sexual and physical abuse in women with fibromyalgia syndrome. Arthritis Rheum 1995; 38: 235–41.

Boneva RS, Decker MJ, Maloney EM, Lin J-M, Jones JF, Helgason HG, et al. Higher heart rate and reduced heart rate variability persist during sleep in chronic fatigue syndrome: a population based study. Auton Neurosci 2007; 137: 94–101.

Boney-McCoy S, Finkelhor D. Prior victimization: a risk factor for child sexual abuse and for PTSD-related symptomatology among sexually abused youth. Child Abuse Negl 1995; 19: 1401–21.

Bools C, Neale B, Meadow R. Munchausen syndrome by proxy: a study of psychopathology. Child Abuse Negl 1994; 18: 773–88.

Bourdieu P. The logic of practice. Nice R. (tr). Cambridge: Polity Press, 1990.

Bourdieu P. La domination masculine. Paris: Éditions du Seuil, 1998.

Bower JE, Ganz PA, Aziz N, Olmstead R, Irwin MR, Cole SW. Inflammatory responses to psychological stress in fatigued breast cancer survivors: relationship to glucocorticoids. Brain Behav Immun 2007; 21: 251–8.

Bradley RG, Binder EB, Epstein MP, Tang Y, Nair HP, Liu W, et al. Influence of child abuse on adult depression: moderation by the corticotropin-releasing hormone receptor gene. Arch Gen Psychiatry 2008; 65: 190–200.

Bremner JD, Krystal JH, Southwick SM, Charney DS. Functional neuroanatomical correlates of the effects of stress on memory. J Traum Stress 1995; 8: 527–53.

Bremner JD, Southwick SM, Johnson DJ, Yehuda R, Charney DS. Childhood physical abuse and combat-related posttraumatic stress disorder in Vietnam veterans. Am J Psychiatry 1993; 150: 235–9.

Brennan DJ, Hellerstedt WL, Ross MW, Welles SL. History of childhood sexual abuse and HIV risk behaviors in homosexual and bisexual men. Am J Publ Health 2007; 97: 1107–12.

Briere J, Elliott DM. Prevalence and psychological sequelae of self-reported childhood physical and sexual abuse in a general population sample of men and women. Child Abuse Negl 2003; 27: 1205–22.

Briere J, Evans D, Runtz M, Wall T. Symptomatology in men who were molested as children: a comparison study. Am J Orthopsychiat 1988; 58: 457–61.

Brockington I. Postpartum psychiatric disorders. Lancet 2004; 363: 303–10.

Brotman D, Golden SH, Wittstein IS. The cardiovascular toll of stress. Lancet 2007; 370: 1089–100.

Browall M, Gaston-Johansson F, Danielson E. Postmenopausal women with breast cancer: their experiences of the chemotherapy treatment period. Cancer Nurs 2006; 29: 34–42.

Brown DW, Anda RF, Tiemeier H, Felitti VJ, Edwards VJ, Croft JB, et al. Adverse childhood experiences and the risk of premature mortality. Am J Prev Med 2009; 37: 389–96.

Brown LK, Lourie KJ, Zlotnick C, Cohn J. Impact of sexual abuse on the HIV-risk-related behavior of adolescents in intensive psychiatric treatment. Am J Psychiatry 2000; 157: 1413–5.

Browne A, Finkelhor D. Impact of child sexual abuse: a review of the research. Psych Bull 1986; 99: 66–77.

Brunner EJ, Chandola T, Marmot MG. Prospective effect of job strain on general and central obesity in the Whitehall II Study. Am J Epidemiol 2007; 165: 828–37.

Brydon L, Walker C, Wawrzyniak A, Whitehead D, Okamura H, Yajima J, et al. Synergistic effects of psychological and immune stressors on inflammatory cytokine and sickness responses in humans. Brain Behav Immun 2009; 23: 217–24.

Burns VE, Carroll D, Ring C, Harrison LK, Drayson M. Stress, coping, and hepatitis B antibody status. Psychosom Med 2002; 64: 287–93.

Busfield J. Men, women, and madness: understanding gender and mental disorder. Houndmills: MacMillan, 1996.

Campbell JC. Health consequences of intimate partner violence. Lancet 2002; 359: 1331–6.

Campbell JC, Jones AS, Dienemann J, Kub J, Schollenberger J, O'Campo P, et al. Intimate partner violence and physical health consequences. Arch Intern Med 2002; 162: 1157–63.

Campo JV, Bridge J, Lucas A, Savorelli S, Walker L, Di Lorenzo C, et al. Physical and emotional health of mothers of youth with functional abdominal pain. Arch Pediatr Adolesc Med 2007; 161: 131–7.

Carlson LE, Angen M, Cullum J, Goodney E, Koopmans J, Lamont L, et al. High levels of untreated distress and fatigue in cancer patients. Br J Cancer 2004; 90: 2297–304.

Carlson LE, Speca M, Faris P, Patel KD. One year pre-post intervention follow-up of psychological, immune, endocrine and blood pressure outcomes of mindfulness-based stress reduction (MBSR) in breast and prostate cancer outpatients. Brain Behav Immun 2007; 21: 1038–49.

Carmichael SL, Shaw GM. Maternal life event stress and congenital anomalies. Epidemiology 2000; 11: 30–5.

Caserta MT, O'Connor TG, Wyman PA, Wang H, Moynihan J, Cross W, et al. The associations between psychosocial stress and the frequency of illness, and innate and adaptive immune function in children. Brain Behav Immun 2008; 22: 933–40.

Cassell EJ. The body of the future. I: Leder D (ed). The body in medical thought and practice. Dordrecht: Kluwer Academic Publishers, 1992, pp. 233–49.

Cassell EJ. The phenomenon of suffering in relationship to pain. I: Toombs KS (ed). Handbook of phenomenology and medicine. Dordrecht: Kluwer Academic Publishers, 2001, pp. 371–90.

Cassell EJ. The nature of suffering and the goals of medicine. 2nd ed. New York: Oxford University Press, 2004.

Caughey AB, Stotland NE, Washington AE, Escobar GJ. Maternal ethnicity, paternal ethnicity, and parental ethnic discordance: predictors of preeclampsia. Obstet Gynecol 2005; 106: 156–61.

CDC-Report: Variation in homicide risk during infancy – United States, 1989–1998. CDC 2002; 51: 187–89.

Chambliss LR. Intimate partner violence and its implications for pregnancy. Clin Obstet Gynecol 2008; 51: 385–97.

Chan KL, Strauss MA, Brownridge DA, Tiwari A, Leung WC. Prevalence of dating partner violence and suicidal ideation among male and female university students worldwide. J Midwifery Womens Health 2008; 53: 529–37.

Chandola T, Brunner E, Marmot M. Chronic stress at work and the metabolic syndrome: prospective study. BMJ 2006; 332: 521–5.

Chapman DP, Dube SR, Anda RF. Adverse childhood events as risk factors for negative mental health outcomes. Psychiatric Annals 2007; 5: 359–64.

Chartier MJ, Walker JR, Naimark B. Childhood abuse, adult health, and health care utilization: results from a representative community sample. Am J Epidemiol 2007; 165: 1031–8.

Chartrand MM, Frank DA, White LF, Shope TR. Effect of parents' wartime deployment on the behavior of young children in military families. Arch Pediatr Adolesc Med 2008; 162: 1009–14.

Chaudhuri A, Behan PO. Fatigue in neurological disorders. Lancet 2004; 363: 978–88.

Chen E, Miller GE. Stress and inflammation in exacerbations of asthma. Brain Behav Immun 2007; 21: 993–9.

Chen P-H, Rovi S, Washington J, Jacobs A, Vega M, Pan K-Y, et al. Randomized comparison of 3 methods to screen for domestic violence in Family Practice. Ann Fam Med 2007; 5: 430–35.

Choi J, Fauce SR, Effros RB. Reduced telomerase activity in human T lymphocytes exposed to cortisol. Brain Behav Immun 2008; 22: 600–5.

Christian LM, Franco A, Glaser R, Iams JD. Depressive symptoms are associated with elevated serum proinflammatory cytokines among pregnant women. Brain Behav Immun 2009; 23: 750–4.

Christoffersen MN, Poulsen HD, Nielsen A. Attempted suicide among young people: risk factors in a prospective register based study of Danish children born in 1966. Acta Psychiatr Scand 2003; 108: 350–8.

Chronic pelvic pain. ACOG Practice Bulletin No. 51. American College of Obstetricians and Gynecologists. Obstet Gynecol 2004; 103: 589–605.

Classen C, Field NP, Koopman C, Nevill-Manning K, Spiegel D. Interpersonal problems and their relationship to sexual revictimization among women sexually abused in childhood. J Interpers Violence 2001; 16: 495–509.

Cloitre M, Tardiff K, Marzuk PM, Leon AC, Portera L. Childhood abuse and subsequent sexual assault among female inpatients. J Traum Stress 1996; 9: 473–82.

Clum GA, Calhoun KS, Kimerling R. Associations among symptoms of depression and posttraumatic stress disorder and self-reported health in sexually assaulted women. J Nerv Ment Dis 2000; 188: 671–8.

Coe CL, Laudenslager ML. Psychosocial influences on immunity, including effects on immune maturation in senescence. Brain Behav Immun 2007; 21: 1000–8.

Cohen LS, Altshuler LL, Harlow BL, Nonacs R, Newport DJ, Viguera AC, et al. Relapse of major depression during pregnancy in women who maintain or discontinue antidepressant treatment. JAMA 2006; 295: 499–507.

Cohen MM, Ansara D, Schei B, Stuckless N, Stewart DE. Posttraumatic stress disorder after pregnancy, labor, and delivery. J Womens Health 2004; 13: 315–24.

Coid J, Petruckevitch A, Feder G, Chung W-S, Richardson J, Moorey S. Relation between childhood sexual and physical abuse and risk of revictimization in women: a cross-sectional survey. Lancet 2001; 358: 450–4.

Cole JA, Rothman KJ, Cabral HJ, Zhang Y, Farraye FA. Migraine, fibromyalgia, and depression among people with IBS: a prevalence study. BMC Gastroenterol 2006; 6: 26.

Cole JA, Yeaw JM, Cutone JA, Kuo B, Huang Z, Earnest DL, et al. The incidence of abdominal and pelvic surgery among patients with irritable bowel syndrome. Dig Dis Sci 2005; 50: 2268–75.

Colen CG, Geronimus AT, Bound J, James SA. Maternal upward socioeconomic mobility and black-white disparities in infant birthweight. Am J Publ Health 2006; 96: 2032–9.

Collins JW, David RJ, Handler A, Wall S, Andes S. Very low birthweight in African American infants: the role of maternal exposure to interpersonal racial discrimination. Am J Publ Health 2004; 94: 2132–8.

Comptois KA, Schiff MA, Grossman DC. Psychiatric risk factors associated with postpartum suicide attempt in Washington State, 1992–2001. Am J Obstet Gynecol 2008 Aug; 199(2): 120.e1–5. Epub 2008 Mar 20.

Connolly M, Woollons R. Childhood sexual experience and adult offending: an exploratory comparison of three criminal groups. Child Abuse Rev 2008; 17: 119–32.

Copeland WE, Keeler G, Angold A, Costello EJ. Traumatic events and posttraumatic stress in childhood. Arch Gen Psychiatry 2007; 64: 577–84.

Costello EJ, Worthman C, Erkanli A, Angold A. Prediction from low birth weight to female adolescent depression: a test of competing hypotheses. Arch Gen Psychiatry 2007; 64: 338–44.

Coussons-Read ME, Okun ML, Nettles CD. Psychosocial stress increases inflammatory markers and alters cytokine production across pregnancy. Brain Behav Immun 2007; 21: 343–50.

Crerand CE, Franklin ME, Sarwer DB. Body dysmorphic disorder and cosmetic surgery. Plast Reconstr Surg 2006 Dec; 118(7): 167e–180e.

Cunradi CB, Caetano R, Schafer J. Alcohol-related problems, drug use, and male intimate partner violence severity among US couples. Alcohol Clin Exp Res 2002; 26: 493–500.

Cuthill FM, Espie CA. Sensitivity and specificity of procedures for the different diagnostics of epileptic and non-epileptic seizures: a systematic review. Seizure 2005; 14: 293–303.

D'Alessio L, Giagante B, Oddo S, Silva W, Solis P, Consalvo D, et al. Psychiatric disorders in patients with psychogenic non-epileptic seizures, with and without comorbid epilepsy. Seizure 2006; 15: 333–9.

Damjanovic AK, Yang Y, Glaser R, Kiecolt-Glaser JK, Ngyen H, Laskowski B, et al. Accelerated telomere erosion is associated with a declining immune function of caregivers of Alzheimer's disease patients. J Immunol 2007; 179: 4249–54.

Danese A, Moffitt TE, Pariante CM, Ambler A, Poulton R, Caspi A. Elevated inflammation levels in depressed adults with a history of childhood maltreatment. Arch Gen Psychiatry 2008; 65: 409–16.

Danese A, Pariante CM, Caspi A, Taylor A, Poulton R. Childhood maltreatment predicts adult inflammation in a life-course study. Proc Natl Acad Sci USA 2007; 104: 1319–24.

Dantzer R, Capuron L, Irwin MR, Miller AH, Ollat H, Perry VH, et al. Identification and treatment of symptoms associated with inflammation in medically ill patients. Psychoneuroendocrinology 2008; 33: 18–29.

Davila GW, Bernier F, Franco J, Kopka SL. Bladder dysfunction in sexual abuse survivors. J Urol 2003; 170: 476–9.

Davis MC, Zautra AJ, Younger J, Motivala SJ, Attrep J, Irwin MR. Chronic stress and regulation of cellular markers of inflammation in rheumatoid arthritis: implications for fatigue. Brain Behav Immun 2008; 22: 24–32.

De Genna NM, Stack DM, Serbin LA, Ledingham J, Schwartzman AE. Maternal and child health problems: the inter-generational consequences of early maternal aggression and withdrawal. Soc Sci Med 2007; 64: 2417–26.

Desai S, Arias I, Thompson MP, Basile KC. Childhood victimization and subsequent adult revictimization assessed in a nationally representative sample of women and men. Violence Victims 2002; 17: 639–53.

Devanur LD, Kerr JR. Review: chronic fatigue syndrome. J Clin Vir 2006; 37: 139–50.

DiClemente R, Wingood GM, Crosby RA, Sinonean C, Brown LK, Rothenbaum B, et al. A prospective study of psychosocial distress and sexual risk behavior among black adolescent females. Pediatrics 2001; 108: 85–91.

Didie ER, Tortolani CC, Pope CG, Menard W, Fay C, Phillips KA. Childhood abuse and neglect in body dysmorphic disorder. Child Abuse Negl 2006; 30: 1105–15.

Dietz PM, Callahan WM, Cogswell ME, Morrow S, Ferre C, Schieve LS. Combined effects of pregnancy body mass index and weight gain during pregnancy on the risk of preterm delivery. Epidemiology 2006; 117: 170–7.

Dietz PM, Gazmararian JA, Goodwin MM, Bruce FC, Johnson CH, Rochat RW. Delayed entry into prenatal care: effect of physical violence. Obstet Gynecol 1997; 90: 221–4.

Dietz PM, Rochat RW, Thompson BL, Berg CJ, Griffin GW. Differences in the risk of homicide and other fatal injuries between postpartum women and other women of childbearing age: implications for prevention. Am J Public Health 1998; 88: 641–3.

Dietz PM, Spitz AM, Anda RF, Williamson DF, McMahon PM, Santelli JS, et al. Unintended pregnancy among adult women exposed to abuse or household dysfunction during their childhood. JAMA 1999; 282: 1359–64.

Dixon A, Howie P, Starling J. Trauma exposure, posttraumatic stress, and psychiatric comorbidity in female juvenile offenders. J Am Acad Child Adolesc Psychiatry 2005; 44: 798–806.

Doherty DA, Magann EF, Francis J, Morrison JC, Newham JP. Pre-pregnancy body mass index and pregnancy outcomes. Int J Gynaecol Obstet 2006; 95: 242–7.

Dominguez TP. Race, racism, and racial disparities in adverse birth outcomes. Clin Obstet Gynecol 2008; 51: 360–70.

Dong M, Anda RF, Dube SR, Giles WH, Felitti VJ. The relationship of exposure to childhood sexual abuse to other forms of abuse, neglect, and household dysfunction in childhood. Child Abuse Negl 2003a; 27: 625–39.

Dong M, Dube SR, Felitti VJ, Giles WH, Anda RF. Adverse childhood experiences and self-reported liver disease: new insights into a causal pathway. Arch Intern Med 2003b; 163: 1949–56.

Dong M, Giles WH, Felitti VJ, Dube SR, Williams JE, Chapman DP, et al. Insights into causal pathways for ischemic heart disease: Adverse Childhood Experience Study. Circulation 2004; 110: 1761–6.

D'Onofrio BM, van Hulle CA, Waldman ID, Rodgers JL, Rathouz PJ, Lahey BB. Causal inferences regarding prenatal alcohol exposure and childhood externalizing problems. Arch Gen Psychiatry 2007; 64: 1296–1304.

Donohoe M. Individual and societal forms of violence against women in the US and the developing world: an overview. Curr Women's Health Reports 2002; 2: 313–9.

Donohoe M. Homelessness in the United States: history, epidemiology, health issues, women, and public policy. 2004a. http://www.medscape.com/viewarticle/481800.

Donohoe M. War, rape, and genocide: never again? 2004b. http://www.medscape.com/viewarticle/491147.

Doyal L. What makes women sick: gender and the political economy of health. Houndmills: MacMillan, 1995.

Drossman DA, Li Z, Leserman J, Toomey TC. Health status by gastrointestinal diagnosis and abuse history. Gastroenterology 1996; 110: 999–1007.

DSM-IV™. Diagnostic and statistical manual of mental disorders. 4th ed. Washington, DC: American Psychiatric Association, 1994.

Dube SR, Anda RF, Felitti VJ, Chapman DP, Giles WH. Childhood abuse, neglect, and household dysfunction and the risk of illicit drug use: the Adverse Childhood Experiences Study. Pediatrics 2003a; 111: 564–72.

Dube SR, Anda RF, Felitti VJ, Chapman DP, Williamson DF, Giles WH. Childhood abuse, household dysfunction, and the risk of attempted suicide throughout the life span. JAMA 2001a; 286: 3089–96.

Dube SR, Anda RF, Felitti VJ, Croft JB, Edwards VJ, Giles WH. Growing up with parental alcohol abuse: exposure to childhood abuse, neglect, and household dysfunction. Child Abuse Negl 2001b; 25: 1627–40.

Dube SR, Anda RF, Felitti VJ, Edwards VJ, Croft JB. Adverse childhood experiences and personal alcohol abuse as an adult. Addict Behav 2002a; 27: 713–25.

Dube SR, Anda RF, Felitti VJ, Edwards VJ, Williamson DF. Exposure to abuse, neglect and household dysfunction among adults who witnessed intimate partner violence as children. Violence Vict 2002b; 17: 3–17.

Dube SR, Anda RF, Whitfield CL, Brown DW, Felitti VJ, Dong M, et al. Long-term consequences of childhood sexual abuse by gender of victim. Am J Prev Med 2005; 28: 430–8.

Dube SR, Fairweather D, Pearson WS, Felitti VJ, Anda RF, Croft JB. Cumulative childhood stress and autoimmune diseases in adults. Psychosomatic Med 2009; 71: 243–50.

Dube SR, Felitti VJ, Dong M, Giles WH, Anda RF. The impact of adverse childhood experiences on health problems: evidence from four birth cohorts dating back to 1900. Prev Med 2003b; 37: 268–77.

Dubowitz H, Bennett S. Physical abuse and neglect of children. Lancet 2007; 369: 1891–9.

Duijts SFA, Zeegers MPA, Borne BVD. The association between stressful life events and breast cancer risk: a meta-analysis. Int J Cancer 2003; 107: 1023–9.

Eberhard-Gran M, Schei B, Eskil A. Somatic symptoms and diseases are more common in women exposed to violence. J Gen Intern Med 2007; 22: 1668–73.

Eberhard-Gran M, Tambs K, Opjordsmoen S, Skrodal A, Eskild A. Depression during pregnancy and after delivery: a repeated measurement study. J Psychosom Obstet Gynaecol 2004; 25: 15–21.

Edwards VJ, Holden GW, Felitti VJ, Anda RF. Relationship between multiple forms of childhood maltreatment and adult mental health in community respondents: results from the Adverse Childhood Experiences Study. Am J Psychiatry 2003; 160: 1453–60.

Ehnvall A, Parker G, Hadzi-Pavlovic D, Mahli G. Perception of rejecting and neglectful parenting in childhood relates to lifetime suicide attempts for females – but not for males. Acta Psychiatr Scand 2008; 117: 50–6.

Ehrensaft MK, Cohen P, Brown J, Smailes E, Chen H, Johnson JG. Intergenerational transmission of partner violence: a 20-year prospective study. J Consult Clin Psychol 2003; 71: 741–53.

Elenkov IJ, Iezzoni DG, Daly A, Harris AG, Chrousos GP. Cytokine dysregulation, inflammation and well-being. Neuroimmunomodulation 2005; 12: 255–69.

Ellsberg M, Jansen HA, Heise L, Watts CH, Garcia-Moreno C, et al. Intimate partner violence and women's physical and mental health in the WHO multi-country study on women's health and domestic violence: an observational study. Lancet 2008; 371: 1165–72.

Elzinga BM, Roelofs K, Tollenaar MS, Bakvis P, van Pelt J, Spinhoven P. Diminished cortisol responses to psychological stress associated with lifetime adverse events: a study among healthy young subjects. Psychoneuroendocrinology 2008; 33: 227–37.

Engelsen BA, Karlsen B, Telstad W. Status epilepticus. Tidsskr Nor Lægeforen 2003; 123: 1533–5.

Epel ES, Blackburn EH, Lin J, Dhabhar FS, Adler NE, Morrow JD, et al. Accelerated telomere shortening in response to life stress. PNAS 2004; 101: 17312–5.

Epel ES, Lin J, Wilhelm FH, Wolkowitz OM, Cawthon R, Adler NE, et al. Cell aging in relation to stress arousal and cardiovascular disease risk factors. Psychoneuroendocrinology 2006; 31: 277–87.

Epel ES, McEwen BS, Ickowics JR. Embodying psychological thriving: physical thriving in response to stress. J Soc Iss 1998; 54: 301–22.

Eriksson A-S, Nakken KO. Epileptiske syndromer hos barn. Tidsskr Nor Lægeforen 2003; 123: 1362–4.

Ettinger AB, Reed ML, Goldberg JF, Hirschfeld RMA. Prevalence of bipolar symptoms in epilepsy vs other chronic health disorders. Neurology 2005; 65: 535–40.

Eure CR, Lindsay MK, Graves WL. Risk of adverse outcomes in young adolescent parturients in an inner-city hospital. Am J Obstet Gynecol 2002; 186: 918–20.

Fairburn CG, Harrison PJ. Eating disorders. Lancet 2003; 361: 407–16.

Fanslow JL, Robinson EM, Crengle S, Perese L. Prevalence of child sexual abuse reported by a cross-sectional sample of New Zealand women. Child Abuse Negl 2007; 31: 935–45.

Farley M, Golding JM, Minkoff JR. Is a history of trauma associated with a reduced likelihood of cervical cancer screening? J Fam Pract 2002; 51: 827–31.

Farmer P. Pathologies of power: health, human rights, and the new war on the poor. 2nd ed. Berkeley: University of California Press, 2005.

Farmer P, Nizeye B, Stulac S, Keshavjee S. Structural violence and clinical medicine. PLoS Med 2006 Oct; 3(10): e449.

Felitti VJ. The relationship of adverse childhood experiences to adult health: turning gold into lead. Z Psychosom Med Psychother 2002; 48: 359–69.

Felitti VJ, Anda RF. The relationship of adverse childhood experiences to adult medical disease, psychiatric disorders, and sexual behavior: implications for healthcare. I: Lanius RA, Vermetten E, Pain C (eds). The impact of early life trauma on health and disease: the hidden epidemic. Cambridge: Cambridge University Press, in press.

Felitti VJ, Anda RF, Nordenberg D, Williamson DF, Spitz AM, Edwards VJ, et al. Relationship of childhood abuse and household dysfunction to many of the leading causes of death in adults. Am J Prev Med 1998; 14: 245–58.

Fergusson DM, Horwood J, Lynskey MT. Childhood sexual abuse and psychiatric disorder in young adulthood: II. Psychiatric outcomes of childhood sexual abuse. J Am Acad Child Adolesc Psychiatry 1996; 34: 1365–74.

Finestone HM, Stenn P, Davies F, Stalker C, Fry R, Koumanis J. Chronic pain and health care utilization in women with a history of childhood sexual abuse. Child Abuse Negl 2000; 24: 547–67.

Fink P. Surgery and medical treatment in persisting somatizing patients. J Psychosom Res 1992; 36: 439–47.

Fink P, Toft T, Hansen MS, Ørnbøl E, Olesen F. Symptoms and syndromes of bodily distress: an exploratory study of 978 internal medical, neurological, and primary care patients. Psychosoma Med 2007; 69: 30–9.

Finkelhor D, Turner H, Ormrod R. Kid's stuff: the nature and impact of peer and sibling violence on younger and older children. Child Abuse Negl 2006; 30: 1401–21.

Flaherty EG, Thompson R, Litrownik AJ, Theodore A, English DJ, Black MM, et al. Effect of early childhood adversity on child health. Arch Pediatr Adolesc Med 2006; 160: 1232–8.

Fleshner M, Laudenslager ML. Psychoneuroimmonology: then and now. Behav Cogn Neurosci Rev 2004; 3: 114–30.
Fletcher JM. Childhood mistreatment and adolescent and young adult depression. Social Sci Med 2009; 68: 799–806.
Foege WH. Adverse childhood experiences: a public health perspective. Am J Prev Med 1998; 14: 354–5.
Folette VM, Polusny MA, Bechtle AE, Naugle AE. Cumulative trauma: the impact of child sexual abuse, adult sexual abuse, and spouse abuse. J Traum Stress 1996; 9: 25–35.
Foshee VA, Benefield TS, Enett ST, Bauman KE, Suchindran C. Longitudinal predictors of serious physical and sexual dating violence victimization during adolescence. Prev Med 2004; 39: 1007–16.
Foucault M. The birth of the clinic: an archeology of medical perception. Smith AMS (tr). New York: Vintage Books, 1975.
Foucault M. The birth of social medicine. I: Faubion J (ed). The essential works of Michel Foucault. Vol 3. New York: New Press, 2000a, pp. 134–56.
Foucault M. About the concept of the "dangerous individual" in nineteenth century legal psychiatry. I: Faubion J (ed). The essential works of Michel Foucault. Vol 3. New York: New Press, 2000b, pp. 176–200.
Frank AW. The wounded storyteller: body, illness, and ethics. Chicago: University of Chicago Press, 1995.
Frayne SM, Seaver MR, Loveland S, Christiansen CL, Spiro A, Parker VA, et al. Burden of medical illness in women with depression and posttraumatic stress disorder. Arch Intern Med 2004; 164: 1306–12.
Frayne SM, Skinner KM, Sullivan LM, Freud KM. Sexual assault while in the military: violence as a predictor of cardiac risk? Viol Vict 2003; 18: 219–25.
French JA, Kanner AM, Rosenbaum DH, Rowan AJ. Do techniques of suggestion aid the differential diagnosis of psychogenic versus epileptic seizures? Epilepsia 1987; 28: 612–3.
Fried LE, Cabral H, Amaro H, Aschengrau A. Lifetime and during pregnancy experience of violence and the risk of low birth weight and preterm birth. J Midwifery Womens Health 2008; 53: 522–8.
Friedlaender EY, Rubin DM, Alpern ER, Mandell DS, Christian CW, Allessandrini EA. Patterns of health care use that may identify young children who are at risk for maltreatment. Pediatrics 2005; 116: 1303–8.
Gabbard GO (ed). Sexual exploitation in professional relationships. Washington, DC: American Psychiatric Press, 1989.

Gallagher S. Mutual enlightenment: recent phenomenology in cognitive science. J Consciousness Studies 1997; 4: 195–214.

Gallagher S, Marcel AJ. The self in contextualized action. J Consciousness Studies 1999; 6: 4–30.

Gallagher S, Phillips AC, Drayson MT, Carroll D. Parental caregivers of children with developmental disabilities mount a poor antibody response to pneumococcal vaccination. Brain Behav Immun 2009; 23: 338–46.

Garcia-Moreno C, Jansen HAFM, Ellsberg M, Heise L, Watts CH, on behalf of the WHO multi-country study on women's health and domestic violence against women study team. Prevalence of intimate partner violence: findings from the WHO multi-country study on women's health and domestic violence. Lancet 2006; 368: 1260–9.

Gazmararian JA, Lazorick S, Spitz AM, Ballard TJ, Saltzman LE, Marks JS. Prevalence of violence against pregnant women. JAMA 1996; 275: 1915–20.

Geracioti TD, Baker DG, Kasckow JW, Strawn JR, Mulchahey JJ, Dashevsky BA, et al. Effects of trauma-related audiovisual stimulation on cerebrospinal fluid norepinephrine and corticotropin-releasing hormone concentrations in post-traumatic disorder. Psychoneuroendocrinology 2008; 33: 416–24.

Gerke CK, Mazzeo SE, Kliewer W. The role of depression and dissociation in the relationship between childhood trauma and bulimic symptoms among ethnically diverse female undergraduates. Child Abuse Negl 2006; 30: 1161–72.

Getahun D, Ananth CV, Selvam N, Demissie K. Adverse perinatal outcomes among interracial couples in the United States. Obstet Gynecol 2005; 106: 81–88.

Gielen AC, O'Campo PJ, Faden RR, Kass NE, Xue X. Interpersonal conflict and physical violence during the childbearing year. Soc Sci Med 1994; 39: 781–7.

Gilbert R, Widom CS, Browne K, Fergusson D, Webb E, Janson S. Burden and consequences of child maltreatment in high-income countries. Lancet 2009; 373: 68–81.

Gjerstad L, Taubøll E. Hva er epilepsi? Tidsskr Nor Lægeforen 2003; 123: 1359–61.

Gladstone GL, Parker GB, Mitchell PB, Malhi GS, Wilhelm K, Austin MP. Implications of childhood trauma for depressed women: an analysis of pathways from childhood sexual abuse to deliberate self-harm and revictimization. Am J Psychiatry 2004; 161: 1417–25.

Glaser R, Kiecolt-Glaser JK. Stress-induced immune dysfunction: implication for health. Nat Rev Immunol 2005; 5: 243–51.
Glaser R, Kiecolt-Glaser JK, Malarkey WB, Sheridan JF. The influence of psychological stress on the immune response to vaccines. Ann NY Acad Sci 1998; 840: 649–55.
Glaser R, Padgett DA, Litsky ML, Baiocchi RA, Yang EV, Chen M, et al. Stress-associated changes in the steady-state expression of latent Epstein-Barr virus: implications for chronic fatigue syndrome and cancer. Brain Behav Immun 2005; 19: 91–103.
Glover V, Bergman K, Sarkar P, O'Connor TG. Association between maternal and amniotic fluid cortisol is moderated by maternal anxiety. Psychoneuroendocrinology 2009; 34: 430–5.
Goenjian AK, Najarian LM, Pynoos RS, Steiberg AK, Petrosian P, Setrakyan S, et al. Posttraumatic stress reaction after single and double trauma. Acta Psychiatr Scand 1994; 90: 214–21.
Goertzel BN, Pennachin C, Coelho LS, Maloney EM, Jones JF, Gurbaxani B. Allostatic load is associated with symptoms in chronic fatigue syndrome patients. Pharmacogenomics 2006; 7: 485–94.
Goldberg JF, Garno JL. Development of posttraumatic stress disorder in adult bipolar patients with histories of severe childhood abuse. J Psychiatric Research 2005; 39: 595–601.
Goldberg TR, Pachas WN, Keith D. Relationship between traumatic events in childhood and chronic pain. J Disabil Rehabil 1999; 21: 23–30.
Golding JM. Sexual assault history and physical health in randomly selected Los Angeles women. Health Psychology 1994; 13: 130–8.
Golding JM. Sexual assault history and medical care seeking: the roles of symptom prevalence and illness behavior. Psychol Health 1999; 14: 949–57.
Golding JM, Taylor DL. Sexual assault history and premenstrual distress in two general population samples. J Womens Health 1996; 5: 143–52.
Golding JM, Taylor DL, Menard L, King MJ. Prevalence of sexual abuse history in a sample of women seeking treatment for premenstrual syndrome. J Psychosom Obstet Gynecol 2000; 21: 69–80.
Golding JM, Wilsnack SC, Learman LA. Prevalence of sexual assault history among women with common gynecologic symptoms. Am J Obstet Gynecol 1998; 179: 1013–9.
Gonzales A, Jenkins JM, Steiner M, Fleming AS. The relation between early life adversity, cortisol awakening response and diurnal salivary

cortisone levels in postpartum women. Psychoneuroendocrinology 2009; 34: 76–86.

Goodman L, Rosenberg S, Mueser T, Drake R. Physical and sexual assault history in women with serious mental illness: prevalence, correlates, treatment and future directions. Schizophrenia Bull 1997; 23: 685–96.

Goodman LA, Thompson KM, Weinfurt K, Corl S, Acker P, Mueser KT, et al. Reliability of reports of violent victimization and posttraumatic stress disorder among men and women with serious mental illness. J Traum Stress 1999; 12: 587–99.

Goodwin JM, Cheeves K, Connell V. Borderline and other severe symptoms in adult survivors of incestuous abuse. Psychiatr Ann 1990; 20: 22–32.

Goodwin RD, Keyes K, Simuro N. Mental disorders and nicotine dependence among pregnant women in the United States. Obstet Gynecol 2007; 109: 875–83.

Goodwin RD, Stein MB. Association between childhood trauma and physical disorders among adults in the United States. Psychol Med 2004; 34: 509–20.

Gorin SS, Heck JE, Cheng B, Smith SJ. Delays in breast cancer diagnosis and treatment by racial/ethnic group. Arch Intern Med 2006; 166: 2244–52.

Gracia E. Unreported cases of domestic violence against women: towards an epidemiology of social silence, tolerance, and inhibition. J Epidemiol Community Health 2004; 58: 536–7.

Green CR, Baker TA, Sato Y, Washington TL, Smith EM. Race and chronic pain: a comparative study of young black and white Americans presenting for management. J Pain 2003; 4: 176–83.

Green J, Ennett ST, Ringwalt CL. Prevalence and correlates of survival sex among runaway and homeless youth. Am J Publ Health 1999; 89: 1406–9.

Grilo CM, Masheb RM, Brody M, Toth C, Burke-Martindale CH. Childhood maltreatment in extreme obese male and famale bariatric surgery candidates. Obesity Res 2005; 13: 123–30.

Groves BM, Zuckerman B, Marans S, Cohen DJ. Silent victims: children who witness violence. JAMA 1993; 269: 262–4.

Gruenewald TL, Kemeny ME, Aziz N, Fahey JL. Acute threat to the social self: shame, social self-esteem, and cortisol activity. Psychosom Med 2004; 66: 915–24.

Gurvits TV, Gilbertson MW, Lasko NB, Tarhan AS, Simeon D, Macklin ML, et al. Neurologic soft signs in chronic posttraumatic stress disorder. Arch Gen Psychiatry 2000; 57: 181–6.

Gustafson TB, Sarwer DB. Childhood sexual abuse and obesity. Obesity (Reviews) 2004; 5: 129–35.

Haavind H. Gender as phenomenon and gender as a mode of understanding. Tidsskr Nor Psykologforen 1994; 31: 767–83.

Halbreich U. The association between pregnancy processes, preterm delivery, low birth weight, and postpartum depression – the need for interdisciplinary integration. Am J Obstet Gynecol 2005; 193: 1312–22.

Halder SL, McBeth J, Silman AJ, Thompson DG, Macfarlane GJ. Psychosocial risk factors for the onset of abdominal pain: results from a large prospective population-based study. Int J Epidemiol 2002; 31: 1219–25.

Halligan SL, Herbert J, Goodyer IM, Murray L. Exposure to postnatal depression predicts elevated cortisol in adolescent offspring. Biol Psychiatr 2004; 55: 376–81.

Hammen C, Brennan PA. Severity, chronicity, and timing of maternal depression and risk for adolescent offspring diagnoses in a community sample. Arch Gen Psychiatry 2003; 60: 235–8.

Hammersley P, Dias A, Todd G, Bowen-Jones K, Reilly B, Bentall RP. Childhood trauma and hallucinations in bipolar affective disorder: preliminary investigation. Br J Psychiatry 2003; 182: 543–7.

Hance KW, Anderson WF, Devesa SS, Young HA, Levine PH. Trends in inflammatory breast carcinoma incidence and survival: the surveillance, epidemiology, and end results program at the National Cancer Institute. J Natl Cancer Inst 2005; 97: 966–75.

Hansen D, Lou HC, Olsen J. Serious life events and congenital malformations: a national study with complete follow-up. Lancet 2000; 356: 875–80.

Harden CL. Pseudoseizures and dissociative disorders: a common mechanism involving traumatic experiences. Seizure 1997; 6: 151–5.

Harned MS, Fitzgerald LF. Understanding a link between sexual harassement and eating disorder symptoms: a mediational analysis. J Consul Clin Psychol 2002; 70: 1170–81.

Harrykissoon SD, Rickert VI, Wiemann CM. Prevalence and patterns of intimate partner violence among adolescent mothers during the postpartum period. Arch Pediatr Adolesc Med 2002; 156: 325–30.

Haskett ME, Marziano B, Dover ER. Absence of males in maltreatment research: a survey of recent literature. Child Abuse Negl 1996; 20: 1175–82.

Hastings DP, Kantor GK. Women's victimization history and surgical intervention. AORN J 2003; 77: 163–80.

Hay DF, Pawlby S, Angold A, Harold GT, Sharp D. Pathways to violence in the children of mothers who were depressed postpartum. Dev Psychol 2003; 39: 1083–94.

Hay DF, Pawlby S, Sharp D, Asten P, Mills A, Kumar R. Intellectual problems shown by 11-year-old children whose mothers had postnatal depression. J Child Psychol Psychiatr 2001; 42: 871–9.

Hazen AL, Connelly CD, Kelleher KJ, Barth RP, Landsverk JA. Female caregivers' experience with intimate partner violence and behavior problems in children investigated as victims of maltreatment. Pediatrics 2006; 117: 99–109.

Healy AJ, Malone FD, Sullivan LM, Porter TF, Luthy DA, Comstock CH, et al. Early access to prenatal care: implications for racial disparity in perinatal mortality. Obstet Gynecol 2006; 107: 625–31.

Heath I. Treating violence as a public health problem. BMJ 2002; 325: 726–7.

Hegarty K, Gunn J, Chondros P, Small R. Association between depression and abuse by partners of women attending general practice: descriptive, cross-sectional study. BMJ 2004; 328: 621–4.

Hegel GWF. Phänomenologie des Geistes. Frankfurt/Main: Suhrkamp, 1974.

Heim C, Nater UM, Maloney E, Boneva R, Jones JF, Reeves WC. Childhood trauma and risk for chronic fatigue syndrome: association with neuroendocrine dysfunction. Arch Gen Psychiatry 2009; 66: 72–80.

Heim C, Newport SJ, Bonsall R, Miller AH, Nemeroff CB. Altered pituitary-adrenal axis responses to provocative challenge tests in adult survivors of childhood abuse. Am J Psychiatry 2001; 158: 575–81.

Heim C, Wagner D, Maloney E, Papanicolaou DA, Solomon L, Jones JF, et al. Early adverse experience and risk for chronic fatigue syndrome: results from a population-based study. Arch Gen Psychiatry 2006; 63: 1258–66.

Heitkemper M, Jarrett M. Overlapping conditions in women with irritable bowel syndrome. Urol Nurs 2005; 25: 25–31.

Helgesson O, Cabrera C, Lapidus L, Bengtsson C, Lissner L. Self-reported stress levels predict subsequent breast cancer in a cohort of Swedish women. Eur J Cancer Prev 2003; 12: 377–81.

Hellhammer DK, Wüst S, Kudielka MB. Salivatory cortisol as a biomarker in stress research. Psychoneuroendocrinology 2009; 34: 163–71.

Herman DB, Susser ES, Struening EL, Link BL. Adverse childhood experiences: are they risk factors for adult homelessness? Am J Public Health 1997; 87: 249–55.

Hilden M, Schei B, Swahnberg K, Halmesmaki E, Langhoff-Roos J, Offerdal K, et al. A history of sexual abuse and health: a Nordic multicentre study. BJOG 2004; 111: 1121–7.
Hillis SD, Anda RF, Dube SR, Felitti VJ, Marchbanks PA, Marks JS. The association between adverse childhood experiences and adolescent pregnancy, long-term psychosocial consequences, and fetal death. Pediatrics 2004; 113: 320–7.
Hillis SD, Anda RF, Felitti VJ, Marchbanks PA. Adverse childhood experiences and sexual risk behaviors in women: a retrospective cohort study. Family Plan Perspect 2001; 33: 206–11.
Hillis SD, Anda RF, Felitti VJ, Nordenberg D, Marchbanks PA. Adverse childhood experiences and sexually transmitted diseases in men and women: a retrospective study. Pediatrics 2000 Jul; 106(1): E11.
Hobel CJ, Goldstein A, Barrett ES. Psychological stress and pregnancy outcomes. Clin Obstet Gynecol 2008; 51: 333–48.
Hoge CW, Castro CA, Messer SC, McGurk D, Cotting DI, Koffman RL. Combat duty in Iraq and Afghanistan, mental health problems, and barriers to care. N Engl J Med 2004; 351: 13–22.
Hogue CJR, Bremner JD. Stress model for research into preterm delivery among black women. Am J Obstet Gynecol 2005; 192: 47–55.
Holmes WC. Men's self-definition of abusive childhood sexual experiences, and potentially related risky behavioral and psychiatric outcomes. Child Abuse Negl 2008; 32: 83–97.
Holmes WC, Slap GB. Sexual abuse of boys: definition, prevalence, correlates, sequelae, and management. JAMA 1998; 280: 1855–62.
Holt S, Buckley H, Whelan S. The impact of exposure to domestic violence on children and young people: a review of the literature. Child Abuse Negl 2008; 32: 797–810.
Horon IL, Cheng D. Enhanced surveillance for pregnancy-associated mortality – Maryland, 1993–1998. JAMA 2001; 285: 1455–9.
Howard BV, Kuller L, Langer R, Manson JE, Allen C, Assaf A, et al. Risk of cardiovascular disease by hysterectomy status with and without oophorectomy: the Women's Health Initiative Observational Study. Circulation 2005; 111: 1462–70.
Howard DE, Wang MQ. Risk profiles of adolescent girls who were victims of dating violence. Adolescence 2003; 38: 1–14.
Hu HM, Kline A, Huang FY, Ziedonis DM. Detection of co-occurring mental illness among adult patients in the New Jersey Substance Abuse Treatment System. Am J Publ Health 2006; 96: 1785–93.
Huizink AC, Dick DM, Sihvola E, Pulkkinen L, Rose RJ, Kaprio J. Chernobyl exposure as stressor during pregnancy and behaviour in adolescent offspring. Acta Psychiatr Scand 2007; 116: 438–46.

Hulme PA. Symptomatology and health care utilization of women primary care patients who experience childhood sexual abuse. Child Abuse Negl 2000; 24: 1471–84.

Humphrey JA, White JW. Women's vulnerability to sexual assault from adolescence to young adulthood. J Adolesc Health 2000; 27: 419–24.

Huseby T. Descriptive and psychodynamic re-evaluation of "therapy-resistant" psychotic patients can open new therapeutic possibilities: a case report. Nord J Psychiatry 1994; 48: 63–8.

Irwin MR. Human psychoneuroimmunology: 20 years of discovery. Brain Behav Immun 2008; 22: 129–39.

Jablensky AV, Morgan V, Zubrick SR, Bower C, Yellachich LA. Pregnancy, delivery, and neonatal complications in a population cohort of women with schizophrenia and major affective disorders. Am J Psychiatry 2005; 162: 79–91.

Janoff-Bulman R, Frieze IH. A theoretical perspective for understanding reactions to victimization. J Soc Iss 1983; 39: 1–17.

Janssen I, Hanssen M, Bak M, Bijl RV, De Graaf R, Vollebergh W, et al. Discrimination and delusional ideation. B J Psychiatry 2003; 182: 71–6.

Janssen PA, Holt VL, Sugg NK, Emanuel I, Critchlow CM, Henderson AD. Intimate partner violence and adverse pregnancy outcomes: a population-based study. Am J Obstet Gynecol 2003; 188: 1341–7.

Jenkins GR, Hale R, Papanastassiou M, Crawford MJ, Tyrer P. Suicide rate 22 years after parasuicide: cohort study. BMJ 2002; 325: 1155.

Jewkes R. Intimate partner violence: causes and prevention. Lancet 2002; 359: 1423–9.

Johnson JG, Cohen P, Kasen S, Brook JS. Eating disorders during adolescence and the risk for physical and mental disorders during early adulthood. Arch Gen Psychiatry 2002; 59: 545–52.

Johnson JG, Smailes EM, Cohen P, Brown J, Bernstein DP. Associations between four types of childhood neglect and personality disorder symptoms during adolescence and early adulthood: findings of a community-based longitudinal study. J Personal Disord 2000; 14: 171–87.

Jones CP. Levels of racism: a theoretical framework and a gardener's tale. Am J Public Health 2000; 90: 1212–5.

Jones DPH. The syndrome of Munchausen by proxy [editorial]. Child Abuse Negl 1994; 18: 769–71.

Jones GT, Watson KD, Silman AJ, Symmons DP, Macfarlane GJ. Predictors of low back pain in British schoolchildren: a population-based prospective cohort study. Pediatrics 2003; 111: 822–8.

Jones JF. An extended concept of altered self: chronic fatigue and post-infection syndromes. Psychoneuroendocrinology 2008; 33: 119–29.

Kahn RS, Zuckerman B, Bauchner H, Homer CJ, Wise PH. Women's health after pregnancy and child outcomes at age 3 years: a prospective study. Am J Public Health 2002; 92: 1312–8.

Kalman H. The structure of knowing: existential trust as an epistemological category. Uppsala: Swedish Science Press, 1999.

Kanner AM. Epilepsy, suicidal behaviour, and depression: do they share common pathogenic mechanisms? Lancet Neurol 2006; 5: 107–8.

Kaplan SJ, Labruna V, Pelcovitz D, Salzinger S, Mandel F, Weiner M. Physically abused adolescents: behavior problems, functional impairment, and comparison of informants' reports. Pediatrics 1999; 104: 43–9.

Kaplan SJ, Pelcovitz D, Salzinger S, Weiner M, Mandel FS, Lesser ML, et al. Adolescent physical abuse: risk for adolescent psychiatric disorders. Am J Psychiatry 1998; 155: 954–9.

Kaplow JB, Hall E, Koenen KC, Dodge KA, Amaya-Jackson L. Dissociation predicts later attention problems in sexually abused children. Child Abuse Negl 2008; 32: 261–75.

Kato K, Sullivan PF, Evengård B, Pedersen NL. Premorbid predictors of chronic fatigue. Arch Gen Psychiatry 2006; 63: 1267–72.

Kelly BD. Structural violence and schizophrenia. Soc Sci Med 2005; 61: 721–30.

Kelly PJ, Morgan-Kidd J, Champion JD, Wood R. Sexuality knowledge, attitudes, and practices of young women in the juvenile justice system. Pediatr Nurs 2003; 29: 271–5.

Kelly RH, Danielsen BH, Golding JM, Anders TF, Gilbert WM, Zatzick DF. Adequacy of prenatal care among women with psychiatric diagnoses giving birth in California in 1994 and 1995. Psychiatr Serv 1999; 50: 1584–90.

Kemeny ME. Psychobiological responses to social threat: evolution of a psychological model in psychoneuroimmunology. Brain Behav Immun 2009; 23: 1–9.

Kemeny ME, Schedlowski M. Understanding the interaction between psychosocial stress and immune-related disease: a stepwise progression. Brain Behav Immun 2007; 21: 1009–18.

Kendler KS, Hettema JM, Butera F, Gardner CO, Prescott CA. Life event dimensions of loss, humiliation, entrapment, and danger in the prediction of onsets of major depression and generalized anxiety. Arch Gen Psychiatry 2003; 60: 789–96.

Kernic MA, Holt VL, Wolf ME, McKnight B, Huebner CE, Rivara FP. Academic and school health issues among children exposed to

maternal intimate partner abuse. Arch Pediatr Adolesc Med 2002; 156: 549–55.
Khashan AS, Abel KM, McNamee R, Pedersen MG, Webb RT, Baker PN, et al. Higher risk of offspring schizophrenia following antenatal maternal exposure to severe adverse life events. Arch Gen Psychiatry 2008; 65: 146–52.
Kiecolt-Glaser JK, Glaser R, Cacioppo JT, Malarkey WB. Marital stress: immunologic, neuroendocrine, and autonomic correlates. Ann NY Acad Sci 1998; 40: 656–63.
Kilcommons AM, Morrison AP. Relationships between trauma and psychosis: an exploration of cognitive and dissociative factors. Acta Psychiatr Scand 2005; 112: 351–9.
Kilpatrick DG, Ruggiero KJ, Acierno R, Saunders BE, Resnick HS, Best CL. Violence and risk of PTSD, major depression, substance abuse/dependence, and comorbidity: results from the National Survey of Adolescents. J Consult Clin Psychol 2003; 71: 692–700.
Kimberg L. Addressing intimate partner violence in primary care practice. 2001. http://www.medscape.com/medscape/WomensHealth/journal/2001/v06.n01/wh7556.kim.
Kim-Cohen J, Caspi A, Rutter M, Tomás MP, Mofitt TE. The caregiving environments provided to children by depressed mothers with or without an antisocial history. Am J Psychiatry 2006; 163: 1009–18.
Kimerling R, Gima K, Smith MW, Street A, Frayne S. The veterans health administration and military sexual trauma. Am J Public Health 2007; 97: 2160–6.
Kirkengen AL. Inscribed bodies: health impact of childhood sexual abuse. Dordrecht: Kluwer Academic Publishers, 2001.
Kirkengen AL. Begrepet "funksjonelle lidelser" bevitner biomedisinens dysfunksjonelle teorigrunnlag. Tidsskr Nor Lægeforen 2002; 122: 2647–9.
Kirkengen AL. Inscriptions of violence: societal and medical neglect of child abuse – impact on life and health. Med Health Care Philos 2008; 11: 99–110.
Kirkengen AL, Getz L, Hetlevik I. A different cardiovascular epidemiology. Tidsskr Nor Lægeforen 2008; 128: 2181–4.
Kirkengen AL, Schei B, Steine S. Indicators of childhood sexual abuse in gynaecological patients in a general practice. Scan J Prim Health Care 1993; 11: 276–80.
Kirkengen AL, Ulvestad E. Heavy burdens and complex disease – an integrated perspective. Tidsskr Nor Lægeforen 2007; 127: 3228–31.

Kirmayer LJ. Mind and body as metaphors: hidden values in biomedicine. In: Lock M, Gordon D (eds). Biomedicine examined. Dordrecht: Kluwer Academic Publishers, 1988, pp. 57–93.

Kivlinghan KT, DiPietro JA, Costigan KA, Laudenslager ML. Diurnal rhythm of cortisol during late pregnancy: associations with maternal psychological well-being and fetal growth. Psychneuroendocrinology 2008; 33: 1225–35.

Klein H, Elifson KW, Sterk CE. Childhood neglect and adulthood involvement in HIV-related risk behaviours. Child Abuse Negl 2007; 31: 39–53.

Koch F-S, Sepa A, Ludvigsson J. Psychological stress and obesity. J Pediatr 2008: 153: 839–44.

Koot VC, Peeters PH, Granath F, Grobbee DE, Nyren O. Total and cause specific mortality among Swedish women with cosmetic breast implants: prospective study. BMJ 2003; 326: 527–8.

Kouba S, Hallstrom T, Lindholm C, Hirschberg AL. Pregnancy and neonatal outcomes in women with eating disorders. Obstet Gynecol 2005; 105: 255–60.

Kovac SH, Klapow JC, Kroenke K, Spitzer RL, Williams JB. Differing symptoms of abused versus nonabused women in obstetric-gynecology settings. Am J Obstet Gynecol 2003; 188: 707–13.

Kozyrskyj AL, Mai X-M, McGrath P, Hayglass KT, Becker AB, MacNeil B. Continued exposure to maternal distress in early life is associated with an increased risk of childhood asthma. Am J Respir Crit Care Med 2008; 177: 142–7.

Kramer MS, Ananth CV, Platt RW, Joseph KS. US Black vs White disparities in foetal growth: physiological or pathological? Int J Epidemiol 2006; 35: 1187–95.

Kramer MS, Lydon J, Séguin L, Goulet L, Kahn SR, McNamara H, et al. Stress pathways to spontaneous preterm birth: the role of stressors, psychological distress, and stress hormones. Am J Epidemiol 2009; 169: 1319–26.

Krieger N. Embodiment: a conceptual glossary for epidemiology. J Epidemiol Community Health 2005; 59; 350–5.

Krieger N, Rehkopf DH, Chen JT, Waterman PD, Marcelli E, Kennedy M. The fall and rise of US inequities in premature mortality: 1960–2002. PLoS Med 2008 Feb; 5(2): e46.

Krieger N, Smith GD. "Bodies count," and body counts: social epidemiology and embodying inequality. Epidemiol Rev 2004; 26: 92–103.

Kristeva J. Powers of horror: an essay on abjection. Roudiez LS (tr). New York: Columbia University Press, 1982.

Krug EG, Dahlberg LL, Mercy JA, Zwi AB, Lozano R. World report on violence and health. Geneva: WHO, 2002a.

Krug EG, Mercy JA, Dahlberg LL, Zwi AB. The world report on violence and health. Lancet 2002b; 360: 1083–8.

Krugman RD, Cohn F. Time to end health professional neglect of cycle of violence. Lancet 2001; 358: 434.

Kuhn TS. The structure of scientific revolutions. 2nd rev ed. Chicago: The University of Chicago Press, 1970.

Kumari M, Badrick E, Chandola T, Adam EK, Stafford M, Marmot MG, et al. Cortisol secretion and fatigue: associations in a community based cohort. Psychoneuroendocrinology 2009; 34: 1476–85.

Kvale S. InterViews: an introduction to qualitative research interviewing. Thousand Oaks: Sage Publications, 1996.

Kvigne VL, Leonardson GR, Borzelleca J, Brock E, Neff-Smith M, Welty TK. Characteristics of mothers who have children with fetal alcohol syndrome or some characteristics of fetal alcohol syndrome. J Am Board Fam Pract 2003; 16: 296–303.

Lampe A, Doering S, Rumpold G, Sölder E, Krismer M, Kantner-Rumplmair W, et al. Chronic pain syndromes and their relation to childhood abuse and stressful life events. J Psychosom Res 2003; 54: 361–7.

Landheim AS, Bakken K, Vaglum P. Gender differences in the prevalence of symptom disorders and personality disorders among polysubstance abusers and pure alcoholics: substance abusers treated in two counties in Norway. Eur Addict Res 2003; 9: 8–17.

Latthe PM, Proctor ML, Farquhar CM, Johnson N, Khan KS. Surgical interruption of pelvic nerve pathways in dysmenorrhea: a systematic review of effectiveness. Acta Obstet Gynecol Scand 2007; 86: 4–15.

Lauderdale DS. Birth outcomes for Arabic-named women in California before and after September 11. Demography 2006; 43: 185–201.

Laws A, Golding JM. Sexual assault history and eating disorder symptoms among White, Hispanic, and African-American women and men. Am J Public Health 1996; 86: 579–82.

Leder D (ed). The body in medical thought and practice. Dordrecht: Kluwer Academic Publishers, 1992.

Leder D. Health and disease: the experience of health and illness. I: Reich WT (ed). Encyclopedia of bioethics. Vol 2. New York: Simon & Schuster MacMillan, 1995, pp. 1106–12.

Lemieux A, Coe CL, Carnes M. Symptom severity predicts degree of T cell activation in adult women following childhood maltreatment. Brain Behav Immun 2008; 22: 994–1003.

Lernmark B, Lynch K, Lernmark A. Cord blood islet autoantibodies are related to stress in the mother during pregnancy. Ann NY Acad Sci 2006; 1079: 345–9.

Leserman J. Sexual abuse history: prevalence, health effects, mediators, and psychological treatment. Psychosom Med 2005; 67: 906–15.

Leserman J, Zolnoun D, Meltzer-Brody S, Lamvu G, Steege JF. Identification of diagnostic subtypes of chronic pelvic pain and how subtypes differ in health status and trauma history. Am J Obstet Gynecol 2006; 195: 554–61.

Leventhal JM. Children's experiences of violence: some have much more than others. Child Abuse Negl 2007; 31: 3–6.

Lieb K, Zanarini MC, Schmahl C, Linehan MM, Bohus M. Borderline personality disorder. Lancet 2004; 364: 453–61.

Liebschutz JM, Feinman G, Sullivan L, Stein M, Samet J. Physical and sexual abuse in women infected with the human immunodeficiency virus. Arch Intern Med 2000; 160: 1659–64.

Lillberg K, Verkasalo PK, Kaprio J, Teppo L, Helenius H, Koskenvuo M. Stressful life events and risk of breast cancer in 10,808 women: a cohort study. Am J Epidemiol 2003; 157: 415–23.

Lindeberg SI, Eek F, Lindbladh E, Östergren P-O, Hansen ÅM, Karlson B. Exhaustion measured by the SF-36 vitality scale is associated with a flattened diurnal cortisol profile. Psychoneuroendocrinology 2008; 33: 471–7.

Linton SJ. A population-based study of the relationship between sexual abuse and back pain: establishing a link. Pain 1997; 73: 47–53.

Lipsky S, Holt VL, Easterling TR, Critchlow CW. Impact of police-reported intimate partner violence during pregnancy on birth outcomes. Obstet Gynecol 2003; 102: 557–64.

Lloyd G. The man of reason: "male" and "female" in Western philosophy. 2nd ed. London: Routledge, 1993.

Lock M, Gordon DR. Biomedicine examined. Dordrecht: Kluwer Academic Publishers, 1988.

Longstreth GF, Yao JF. Irritable bowel syndrome and surgery: a multivariable analysis. Gastroenterology 2004; 126: 1665–73.

Lopez-Duran NL, Kovacs M, George CJ. Hypothalamic-pituitary-adrenal axis dysregulation in depressed children and adolescents: a meta-analysis. Psychoneuroendocrinology 2009; 34: 1272–83.

Lossius R, Nakken KO. Epilepsi hos ungdom: behov for tverrfaglig utredning og behandling. Tidsskr Nor Lægeforen 1999; 119: 528–30.

Lupien SJ, McEwen BS, Gunnar MR, Heim C. Effects of stress throughout the lifespan on the brain, behaviour and cognition. Nat Rev Neurosci 2009; 10: 434–45.

Magnussen EB, Vatten LJ, Lund-Nilsen TI, Salvesen KA, Smith GD, Romundstad PR. Prepregnancy cardiovascular risk factors as predictors of pre-eclampsia: population based cohort study. BMJ 2007; 335: 978–86.

Maker AH, Kemmelmeier M, Peterson C. Child sexual abuse, peer sexual abuse, and sexual assault in adulthood: a multi-risk model of revictimization. J Traum Stress 2001; 14: 351–68.

Mäkinen T, Laaksonen M, Lahelma E, Rahkonen O. Associations of childhood circumstances with physical and mental functioning in adulthood. Soc Sci Med 2006; 62: 1831–9.

Maloney EM, Boneva R, Nater UM, Reeves WC. Chronic fatigue syndrome and high allostatic load: results from a population-based case-control study in Georgia. Psychosom Med 2009; 71: 549–56.

Marcus SH, Flynn HA, Blow FC, Barry KL. Depressive symptoms among pregnant women screened in obstetrics settings. J Womens Health 2003; 12: 373–80.

Margalit A. The decent society. Cambridge, MA: Harvard University Press, 1996.

Mariani SM. Neuroethics: how to leave the cave without going astray. Highlights from the annual meeting of the American Society of Neuroscience, New Orleans, Louisiana, November 8–12, 2003. http://www.medscape.com/viewarticle/465150.

Marketon JIW, Glaser R. Stress hormones and immune function. Cell Immunol 2008; 252: 16–26.

Marmot M. Health in an unequal world. Lancet 2006; 368: 2081–94.

Marsland AL, Cohen S, Rabin BS, Manuck SB. Trait positive affect and antibody response to hepatitis B vaccination. Brain Behav Immun 2006; 20: 261–9.

Martijn C, Sharpe L. Pathways to youth homelessness. Soc Sci Med 2006; 62: 1–12.

Martin SL, Curtis S. Gender-based violence and HIV/AIDS: recognising links and acting on evidence. Lancet 2004; 363: 1410–11.

Martin SL, Li Y, Casanueva C, Harris-Britt A, Kupper LL, Cloutier S. Intimate partner violence and women's depression before and during pregnancy. Violence Against Women 2006; 12: 221–39.

Martin SL, Mackie L, Kupper LL, Buescher PA, Moracco KE. Physical abuse of women before, during, and after pregnancy. JAMA 2001; 285: 1581–4.

Maté G. When the body says no: understanding the stress-disease connection. Hoboken, NJ: John Wiley & Sons, 2003.

Mattes E, McCarthy S, Gong G, van Eekelen JAM, Dunstan J, Foster J, et al. Maternal mood scores in mid-pregnancy are related to aspects of neonatal immune function. Brain Behav Immun 2009; 23: 380–8.

Mays VM, Cochran SD, Barnes NW. Race, race-based discrimination, and health outcomes among African Americans. Ann Rev Psychol 2007; 58: 201–25.

McBeth J, Chiu YH, Silman AJ, Ray D, Morriss R, Dickens C, et al. Hypothalamic-pituitary-adrenal stress axis function and the relationship with chronic widespread pain and its antecedents. Arthritis Res Ther 2005; 7: 992–1000.

McBeth J, Macfarlane GJ, Benjamin S, Silman AJ. Features of somatization predict the onset of chronic widespread pain: results of a large population-based study. Arthritis Rheum 2001; 44: 940–6.

McCauley J, Kern DE, Kolodner K, Dill L, Schroeder AF, DeChant HK, et al. Clinical characteristics of women with a history of childhood abuse: unhealed wounds. JAMA 1997; 277: 1362–8.

McEwen BS. Protective and damaging effects of stress mediators. N Engl J Med 1998; 338: 171–9.

McEwen BS. Protection and damage from acute and chronic stress: allostasis and allostatic overload and relevance to the pathophysiology of psychiatric disorders. Ann N Y Acad Sci 2004; 1032: 1–7.

McEwen BS. Glucocorticoids, depression, and mood disorders: structural remodelling in the brain. Metabolism 2005; 54 (Suppl 1): 20–3.

McEwen BS. Understanding the potency of stressful early life experiences on brain and body function. Clin Experiment Metabolism 2008; 57 (Suppl 2): 11–5.

McFarlane AC. Traumatic stress in the 21st century. Aust N Z J Psychiatry 2000; 34: 896–902.

McFarlane J. Battering during pregnancy: tip of an iceberg revealed. Women Health 1989; 15: 69–84.

McFarlane J, Parker B, Soeken K, Bullock L. Assessing for abuse during pregnancy: severity and frequency of injuries and associated entry into prenatal care. JAMA 1992; 267: 3176–8.

McGregor BA, Antoni MH. Psychological intervention and health outcomes among women treated for breast cancer: a review of stress pathways and biological mediators. Brain Behav Immun 2009; 23: 159–66.

McKenzie K. Racism and health: antiracism is an important health issue. BMJ 2003; 326: 65–6.

McKibben L, De Vos E, Newberger EH. Victimization of mothers of abused children: a controlled study. Pediatrics 1989; 84: 531–5.

McNutt L-A, Carlson BE, Persaud M, Postmus J. Cumulative abuse experiences, physical health and health behaviors. Ann Epidemiol 2002; 12: 123–30.

Meana M, Binik YM, Khalife S, Cohen DR. Biopsychosocial profile of women with dyspareunia. Obstet Gynecol 1997; 90: 583–9.

Medline Abstracts: Violence against women and pregnancy. Medscape Ob/Gyn & Women's Health 2003; 8. http://www.medscape.com/viewarticle/463956.

Mellemkjær L, Bigaard J, Tjonneland A, Christensen J, Thomsen B, Johansen C, et al. Body composition and breast cancer in post-menopausal women: a Danish prospective cohort study. Obesity 2006; 14: 1854–62.

Meltzer-Brody S, Leserman J, Zolnoun D, Steege J, Green E, Teich A. Trauma and posttraumatic stress disorder in women with chronic pelvic pain. Obstet Gynecol 2007; 109: 902–8.

Merleau-Ponty M. Phenomenology of perception. Smith C (tr). London: Routledge, 1989.

Merlot E, Couret D, Otten W. Prenatal stress, fetal imprinting and immunity. Brain Behav Immun 2008; 22: 42–51.

Messina N, Grella C. Childhood trauma and women's health outcomes in a California prison population. Am J Publ Health 2006; 96: 1842–8.

Messma-Moore TL, Long PJ, Siegfried NJ. The revictimization of child sexual abuse victims: an examination of the adjustment of college women with child sexual abuse, adult sexual assault, and adult physical abuse. Child Maltreat 2000; 5: 18–27.

Michalowicz BS, Hodges JS, DiAngelis AJ, Lupo VR, Novak MJ, Ferguson JE, et al. Treatment of periodontal disease and the risk of preterm birth. N Engl J Med 2006; 355: 1885–94.

Mick E, Biederman J, Faraone SV, Sayer J, Kleinman S. Case-control study of attention-deficit hyperactivity disorder and maternal smoking, alcohol use, and drug use during pregnancy. J Am Acad Child Adolesc Psychiatry 2002; 41: 378–85.

Minkovitz CS, Strobino D, Scharfstein D, Hou W, Miller T, Minstry KB, et al. Maternal depressive symptoms and children's receipt of health care in the first 3 years of life. Pediatrics 2005; 115: 306–14.

Mishler EG. Research interviewing: context and narrative. Cambridge, MA: Harvard University Press, 1986.

Mittendorfer-Rutz E, Rasmussen F, Wasserman D. Restricted fetal growth and adverse psychosocial and socioeconomic conditions as risk factors for suicidal behavior of offspring: a cohort study. Lancet 2004; 364: 1135–40.

Mocharnuk RS. Coping with cancer: a psychosocial approach. European Cancer conference, ECCO 11, 2001. http://womenshealth.medscape.com/Medscape/CNO/2001/ecco/Story.cfm?story_id=2481.

Morgan E, Froning ML. Child sexual abuse sequelae and body-image surgery. Plastic Reconstruct Surg 1990; 86: 475–8.

Mormont MC, Levi F. Circadian-system alterations during cancer processes: a review. Int J Cancer 1997; 70: 241–7.

Morris GJ, Naidu S, Topham AK, Guiles F, Xu Y, McCue P, et al. Differences in breast carcinoma compilation compared with the National Cancer Institute's surveillance, epidemiology, and end results database. Cancer 2007; 110: 876–84.

Morrow J, Yeager CA, Lewis DO. Encopresis and sexual abuse in a sample of boys in residential treatment. Child Abuse Negl 1997; 21: 11–8.

Moss-Morris R, Spence M. To "lump" or to "split" the functional somatic syndromes: can infectious and emotional risk factors differentiate between the onset of chronic fatigue syndrome and irritable bowel syndrome? Psychosom Med 2006; 68: 463–9.

Mossige S. Ungdoms holdninger til seksuelle krenkelser og overgrep: ungdommers oppfatning av barn som legitime mål for seksuelle handlinger. Oslo: NOVA, Rapport nr. 16, 2001.

Moutquin J-M. Socio-economic and psychosocial factors in the management and prevention of preterm labour. BJOG 2003; 110 (Suppl 20): 56–60.

Mulder EJH, Robles de Medina PG, Huizink AC, van den Bergh BRH, Buitelaar JK, Visser GHA. Prenatal maternal stress: effects on pregnancy and the (unborn) child. Early Human Development 2002; 70: 3–14.

Myall A, Gold SR. Definitional issues and mediating variables in the sexual revictimization of women sexually abused as children. J Interpers Viol 1995; 10: 26–42.

Nager A, Sunquist K, Ramiraz-León V, Johansson LM. Obstetric complications and postpartum psychosis: a follow-up study of 1.1 million first-time mothers between 1975 and 2003 in Sweden. Acta Psychiatr Scand 2008; 117: 12–9.

Nater UM, Youngblood LS, Jones JF, Unger ER, Miller AH, Reeves WC, et al. Alterations in diurnal salivary cortisol rhythm in a population-based sample of cases with chronic fatigue syndrome. Psychosom Med 2008; 70: 298–305.

Neria Y, Bromet EJ, Sievers S, Lavelle J, Fochtmann LJ. Trauma exposure and posttraumatic stress disorder in psychosis: findings from a first-admission cohort. J Consult Clin Psychol 2002; 70: 246–51.

Nerum H, Halvorsen L, Oian P, Sørlie T, Straume B, Blix E. Birth outcomes in primiparous women who were raped as adults: a matched controlled study. BJOG 2010; 117: 288–94.

Ness RB, Cauley JA. Antibiotics and breast cancer – what's the meaning of this? JAMA 2004; 291: 880–1.

Nielsen NR, Grønbaek M. Stress and breast cancer: a systematic update on the current knowledge. Nat Clin Pract Oncol 2006; 3: 612–20.

Nielsen NR, Zhang Z-F, Kristiensen T, Netterstrøm B, Schnohr P, Grønbek M. Self reported stress and risk of breast cancer: prospective cohort study. BMJ 2005; 331: 548–52.

Nijenhuis ERS, van der Hart O. Forgetting and reexperiencing trauma: from anesthesia to pain. I: Goodwin JM, Attias R (eds). Splintered reflections: images of the body in trauma. New York: Basic Books, 1999, pp. 39–65.

Noll JG, Zeller MH, Trickett PK, Putnam FW. Obesity risk for female victims of childhood sexual abuse: a prospective stody. Pediatrics 2007 Jul; 120(1): e61–7.

Nomura Y, Chemtob CM. Conjoined effects of low birth weight and childhood abuse on adaptation and well-being in adolescence and adulthood. Arch Pediatr Adolesc Med 2007; 161: 186–92.

Norman SB, Means-Christensen AJ, Craske MG, Sherbourne CD, Roy-Byrne PP, Stein MB. Associations between psychological trauma and physical illness in primary care. J Traum Stress 2006; 19: 461–79.

O'Connor TG, Heron J, Golding J, Beveridge M, Glover V. Maternal antenatal anxiety and children's behavioural/emotional problems at 4 years. Brit J Psychiatry 2002; 180: 502–8.

O'Connor TG, Heron J, Golding J, Glover V, ALSPAC Study team. Maternal antenatal anxiety and behavioural/emotional problems in children: a test of a programming hypothesis. J Child Psychol Psychiatry 2003; 44: 1025–36.

O'Donovan A, Lin J, Dhabar FS, Wolkowitz O, Tillie JM, Blackburn E, et al. Pessimism correlates with leucocyte telomere shortness and elevated interleukin-6 in post-menopausal women. Brain Behav Immun 2009; 23: 446–9.

Offenbacher S, Beck JD, Jared HL, Mauriello SM, Mendoza LC, Couper DJ, et al. Effects of periodontal therapy on rate of preterm delivery. Obst Gynecol 2009; 114: 551–9.

Ogden J, Branson R, Bryett A, Campbell A, Febles A, Ferguson I, et al. What's in a name? An experimental study of patients' views of the impact and function of a diagnosis. Fam Pract 2003; 20: 248–53.
Ompad DC, Ikeda RM, Shah N, Fuller CM, Bailey S, Morse E, et al. Childhood sexual abuse and age in initiation. Am J Public Health 2005; 95: 703–9.
Orr ST, James SA, Prince CB. Maternal prenatal depressive symptoms and spontaneous preterm births among African-American women in Baltimore, Maryland. Am J Epidemiol 2002; 156: 797–802.
Parkinson GW, Adams RC, Emerling FG. Maternal domestic violence screening in an office-based pediatric practice. Pediatrics 2001 Sept; 108(3): E43.
Parsons LH, Harper MA. Violent maternal deaths in North Carolina. Obstst Gynecol 1999; 94: 990–3.
Pasanisi P, Berrino F, De Petris M, Venturelli E, Mastroianni A, Panico S. Metabolic syndrome as a prognostic factor for breast cancer recurrences. Int J Cancer 2006; 119: 236–8.
Peled R, Carmil D, Siboni-Samocha O, Shoham-Vardi I. Breast cancer, psychological distress and life events among young women. BMC Cancer 2008; 8: 245.
Pennebaker JW. Telling stories: the health benefits of narrative. Literat Med 2000; 19: 3–18.
Pennebaker JW, Susman JR. Disclosure of traumas and psychosomatic processes. Soc Sci Med 1988; 26: 327–32.
Pervanidou P, Koliatis G, Charitaki S, Margeli A, Ferentinos S, Bakoula C, et al. Elevated morning serum interleukin (IL)-6 or evening salivatory cortisol concentrations predict posttraumatic stress disorder in children and adolescents six months after a motor vehicle accident. Psychoneuroendocrinology 2007; 32: 991–9.
Peterson C, Seligman MEP. Learned helplessness and victimization. J Soc Iss 1983; 39: 103–16.
Petticrew M, Bell R, Hunter D. Influence of psychological coping on survival and recurrence in people with cancer: systematic review. BMJ 2002; 325: 1066–9.
Phipps MG, Blume JD, DeMonner SM. Young maternal age associated with increased risk of postneonatal death. Obstet Gynecol 2002; 100: 481–6.
Pierrehumbert B, Torrisi R, Glatz N, Dimitrova N, Heinrichs M, Halfon O. The influence of attachment on perceived stress and cortisol response to acute stress in women sexually abused in childhood or adolescence. Psychoneuroendocrinology 2009; 34: 924–38.

Polanyi M. Knowing and being. Chicago: University of Chicago Press, 1969.

Potterat JJ, Brewer DD, Muth SQ, Rothenberg RB, Woodhouse DE, Muth JB, et al. Mortality in a long-term open cohort of prostitute women. Am J Epidemiol 2004; 159: 778–85.

Pukkala E, Kulmala I, Hovi SL, Hemmiki E, Keskimaki I, Pakkanen M, et al. Causes of death among Finnish women with cosmetic breast implants, 1971–2001. Ann Plast Surg 2003; 51: 339–42.

Putnam FW, Guroff JJ, Silberman EK, Barban L, Post RM. The clinical phenomenology of multiple personality disorder: review of 100 recent cases. J Clin Psychiatry 1986; 47: 285–93.

Qin P, Xu H, Laursen TM, Vestergaard M, Mortensen PB. Risk for schizophrenia and schizophrenia-like psychosis among patients with epilepsy: population based cohort study. BMJ 2005; 331: 23.

Räikkönen K, Matthews KA, Kuller LH. Depressive symptoms and stressful life events predict metabolic syndrome among middle-aged women: a comparison of World Health Organization, Adult Treatment Panel III, and International Diabetes Foundation definitions. Diabetes Care 2007; 30: 872–7.

Raison CL, Lin J-MS, Reeves WC. Association of peripheral inflammatory markers with chronic fatigue in a population-based sample. Brain Behav Immun 2009; 23: 327–37.

Raj A, Santana C, La Marche A, Amaro H, Cranston K, Silverman JG. Perpetration of intimate partner violence associated with sexual risk behaviours among young adult men. Am J Publ Health 2006; 96: 1873–8.

Read J, Agar K, Argyle N, Aderhold V. Sexual and physical abuse during childhood and adulthood as predictors of hallucinations, delusions and thought disorder. Psychol Psychother 2003; 76: 1–22.

Read J, Argyle N. Hallucinations, delusions, and thought disorder among adult inpatients with a history of child abuse. Psychiatr Serv 1999; 50: 1467–72.

Read J, Hammersley P, Rudegeair T. Why, when and how to ask about childhood abuse. Adv Psychiatr Treat 2007; 13: 101–10.

Read J, Mosher LR, Bentall RP. Models of madness: psychological, social and biological approaches to schizophrenia. London: Routledge, 2004.

Read J, van Os J, Morrison AP, Ross CA. Childhood trauma, psychosis and schizophrenia: a literature review with theoretical and clinical implications. Acta Psychiatr Scand 2005; 112: 330–50.

Reiche EM, Nunes SOV, Morimoto HK. Stress, depression, the immune system, and cancer. Lancet Oncol 2005; 5: 617–25.

Reijneveld SA, van der Wal MF, Brugman E, Sing RAH, Verloove-Vanhorik SP. Infant crying and abuse. Lancet 2004; 364: 1340–2.

Reissing ED, Binik YM, Khalife S, Cohen D, Amsel R. Etiological correlates of vaginismus: sexual and physical abuse, sexual knowledge, sexual self-schema, and relationships adjustment. J Sex Marital Ther 2003; 29: 47–59.

Reissing ED, Binik YM, Khalife S, Cohen D, Amsel R. Vaginal spasms, pain, and pain behavior: an empirical investigation of the diagnosis of vaginismus. Arch Sex Behav 2004; 33: 5–17.

Reiter RC, Shakerin LR, Gambone JC, Milburn AK. Correlation between sexual abuse and somatization in women with somatic and nonsomatic pelvic pain. Am J Obstet Gynecol 1991; 165: 104–9.

Rentz ED, Marshall SW, Loomis D, Casteel C, Martin SL, Gibbs DA. Effect of deployment on the occurrence of child maltreatment in military and nonmilitary families. Am J Epidemiol 2007; 165: 1199–1206.

Reuber M. Psychogenic non-epileptic seizures: answers and questions. Review. Epilepsy Behav 2008; 12: 622–35.

Rich-Edwards JW, Grizzard TA. Psychosocial stress and neuroendocrine mechanisms in preterm delivery. Am J Obstet Gynecol 2005; 192 (Suppl 5): 30–5.

Rich-Edwards JW, Krieger N, Majzoub J, Zierler S, Lieberman E, Gillman M. Maternal experiences of racism and violence as predictors of preterm birth: rationale and study design. Paediatr Perinat Epidemiol 2001; 15: 124–35.

Riches D. The phenomenon of violence. I: Riches D (ed). The anthropology of violence. Oxford: Basil Blackwell, 1986, pp. 1–27.

Rickert VI, Vaughan RD, Wiemann CM. Violence against young women: implications for clinicians. Cont OB/GYN 2003; 48: 30–45.

Roberts TA, Auinger P, Klein JD. Predictors of partner abuse in a nationally representative sample of adolescents involved in heterosexual dating relationships. Violence Vict 2006; 21: 81–9.

Roberts TA, Klein JD, Fisher S. Longitudinal effect of intimate partner abuse on high-risk behavior among adolescents. Arch Pediatr Adolesc Med 2003; 157: 875–81.

Rodgers CS, Lang AJ, Twamley EW, Stein MB. Sexual trauma and pregnancy: a conceptual framework. J Womens Health 2003; 12: 961–70.

Rodrigues T, Rocha L, Barros H. Physical abuse during pregnancy and preterm delivery. Am J Obstet Gynecol 2008 Feb; 198(2): 171.e1–6. Epub 2007 Oct 1.

Rodriguez MA, Bauer HM, McLoughlin E, Grumbach K. Screening and intervention for intimate partner abuse. JAMA 1999; 282: 468–74.

Roe O, Martinsen EW, Rosenvinge JH. Behandling av bulimia nervosa – resultater fra Modum Bads Nervesanatorium. Tidsskr Nor Lægeforen 2002; 122: 260–5.

Rosen LN, Martin L. Impact of childhood abuse history on psychological symptoms among male and female soldiers in the U.S. army. Child Abuse Negl 1996; 20: 1149–60.

Ross CA. Childhood sexual abuse and psychosomatic symptoms in irritable bowel syndrome. J Child Sex Abus 2005; 14: 27–38.

Rossow I, Lauritzen G. Shattered childhood: a key issue in suicidal behavior among drug addicts? Addiction 2001; 96: 227–40.

Rothschild B. The body remembers: the psychophysiology of trauma and trauma treatment. New York: W. W. Norton, 2000.

Ruma M, Boggess K, Moss K, Jared H, Murtha A, Beck J, et al. Maternal periodontal disease, systemic inflammation, and risk for preeclampsia. Am J Obstet Gynecol 2008 Apr; 198(4): 389.e1–5. Epub 2008 Mar 4.

Russell D. Women, madness & medicine. Cambridge: Polity Press, 1995.

Rutter P. Sex in the forbidden zone: when men in power – therapists, doctors, clergy, teachers, and others – betray women's trust. Los Angeles: J. P. Tarcher, 1989.

Sabbah W, Watt RG, Sheiham A, Tsakos G. Effects of allostatic load on the social gradient in ischaemic heart disease and periodontal disease: evidence from the Third National Health and Nutrition Examination Survey. J Epidemiol Commun Health 2008; 62: 415–20.

Sachs-Ericsson N, Blazer D, Plant EA, Arnow B. Childhood sexual and physical abuse and the 1-year prevalence of medical problems in the National Comorbidity Survey. Health Psychol 2005; 24: 32–40.

Salter D, McMillan D, Richards M, Talbot T, Hodges J, Bentovim A, et al. Development of sexually abusive behavior in sexually victimized males: a longitudinal study. Lancet 2003; 361: 471–6.

Sanci L, Coffey C, Olsson C, Reid S, Carlin JB, Patton G. Childhood sexual abuse and eating disorders in females: findings from the Victorian adolescent health cohort study. Arch Pediatr Adolesc Med 2008; 162: 261–7.

Sandberg S, Paton JY, Ahola S, McCann DC, McGuiness D, Hillary CR, et al. The role of acute and chronic stress in asthma attacks in children. Lancet 2000; 356: 982–7.

Sanders B, Moore DL. Childhood maltreatment and date rape. J Interpers Viol 1999; 14: 115–24.

Sanz EJ, De-las-Cuevas C, Kiuru A, Bate A, Edwards R. Selective serotonin reuptake inhibitors in pregnant women and neonatal withdrawal syndrome: a database analysis. Lancet 2005; 365: 482–7.

Sapolsky R. Sick of poverty. Scientific American 2005 (December): 74–9.

Sareen J, Jacobi F, Cox BJ, Belik S-L, Clara I, Stein MB. Disability and poor quality of life associated with comorbid anxiety disorders and physical conditions. Arch Intern Med 2006; 166: 2109–16.

Sartre JP. Being and nothingness. Barnes HE (tr). London: Methuen, 1958.

Scaer RC. The body bears the burden: trauma, dissociation, and disease. New York: Haworth Medical Press, 2001.

Scarry E. The body in pain: the making and unmaking of the world. New York: Oxford University Press, 1985.

Schairer C, Brown LM, Chen BE, Howard R, Lynch CF, Hall P, et al. Suicide after breast cancer: an international population-based study of 723,810 women. J Natl Cancer Inst 2006; 98: 1416–9.

Schenkel LS, Spaulding WD, DiLillo D, Silverstein SM. Histories of childhood maltreatment in schizophrenia: relations with premorbid functioning, symptomatology, and cognitive deficits. Schizophrenia Res 2005; 76: 273–86.

Scheper-Hughes N. The rebel body: the subversive meanings of illness. TAS Journal 1990; 10: 3–10.

Scheper-Hughes N, Lock M. The mindful body: a prolegomenon to future work in medical anthropology. Med Anthropol Q 1987; 20: 6–39.

Schlotz W, Phillips DI. Fetal origins of mental health: evidence and mechanisms. Brain Behav Immun 2009; 23: 905–16.

Schofferman J, Anderson D, Hines R, Smith G, Keane G. Childhood psychological trauma and chronic refractory low-back pain. Clin J Pain 1993; 9: 260–5.

Seeman MV. Single-sex psychiatric services to protect women. Medscape Women's Health 2002. http://www.medscape.com/viewarticle/440095.

Segerstrøm SC, Miller GE. Psychological stress and the human immune system: a meta-analytic study of 30 years of inquiry. Psychol Bull 2004; 130: 601–30.

Seligman MEP. Helplessness: on depression, development, and death. San Francisco: Freeman, 1975.

Seng JS, Graham-Berman SA, Clark MK, McCarthy AM, Ronis D. Postrraumatic stress disorder and physical comorbidity among female children and adolescents: results from service-use data. Pediatrics 2005; 116: 767–76.

Seng JS, Oakley DJ, Sampselle CM, Killion C, Graham-Bermann S, Liberzon I. Posttraumatic stress disorder and pregnancy complications. Obstet Gynecol 2001; 97: 17–22.

Seng JS, Sperlich M, Low LK. Mental health, demographic, and risk behavior profiles of pregnant survivors of childhood and adult abuse. J Midwifery Womens Health 2008; 53: 511–21.

Sepa A, Wahlberg J, Vaarala O, Frodi A, Ludvigsson J. Psychological stress may induce diabetes-related autoimmunity in infancy. Diabetes Care 2005; 28: 290–5.

Sephton SE, Dhabhar FS, Keuroghlian AS, Giese-Davis J, McEwen BS, Ionan AC, et al. Depression, cortisol, and suppressed cell-mediated immunity in metastatic breast cancer. Brain Behav Immun 2009; 23: 1148–55.

Sephton SE, Sapolsky RM, Kraemer HC, Spiegel D. Diurnal cortisol rhythm as a predictor of breast cancer survival. J Natl Cancer Inst 2000; 92: 994–1000.

Shannon M, King TL, Kennedy HP. Allostasis: a theoretical framework for understanding and evaluating perinatal health outcomes. JOGNN 2007; 36: 125–34.

Sharp D, Hay DF, Pawlby S, Schmucker G, Allen H, Kumar R. The impact of postnatal depression on boys' intellectual development. J Child Psychol Psychiatry 1995; 36: 1315–36.

Shea AK, Streiner DC, Fleming A, Kamath MV, Broad K, Steiner M. The effect of depression, anxiety and early life trauma on the cortisol awakening response during pregnancy: preliminary results. Psychoneuroendocrinology 2007; 32: 1013–20.

Sherman JJ, Turk DC, Okifuji A. Prevalence and impact of posttraumatic stress disorder-like symptoms on patients with fibromyalgia syndrome. Clin J Pain 2000; 16: 127–34.

Shevlin M, Dorahy M, Adamson G. Childhood traumas and hallucinations: an analysis of the National Comorbidity Survey. J Psychiatr Res 2007; 41: 222–8.

Shonkoff JP, Boyce WT, McEwen BS. Neuroscience, molecular biology, and the childhood roots of health disparities: building a new framework for health promotion and disease prevention. JAMA 2009; 301: 2252–9.

Shrier LA, Pierce JD, Emans SJ, DuRant RH. Gender differences in risk behaviors associated with forced or pressured sex. Arch Pediatr Adolesc Med 1998; 152: 57–63.

Sieber WJ, Rodin J, Larson L. Modulation of natural killer cell activity by exposure to uncontrollable stress. Brain Behav Immun 1992; 6: 141–56.

Silverman JG, Raj A, Mucci LA, Hathaway JE. Dating violence against adolescent girls and associated substance abuse, unhealthy weight control, sexual risk behavior, pregnancy, and suicidality. JAMA 2001; 286: 572–9.

Singer M. A dose of drugs, a touch of violence, a case of AIDS: conceptualizing the SAVA syndemic. Free Inquiry Creative Sociology 1996; 24: 99–110.

Slater JD, Brown MC, Jacobs W, Ramsay RE. Induction of pseudoseizures with intravenous saline placebo. Epilepsia 1994; 36: 580–5.

Smedslund G, Ringdal GI. Meta-analysis of the effects of psychosocial interventions on survival time in cancer patients. J Psychosom Res 2004; 57: 123–31.

Smith GCS, Pell JP. Teenage pregnancy and risk of adverse perinatal outcome associated with first and second births: population based retrospective cohort study. BMJ 2001; 323: 476–9.

Smith LJF. Violence in society and in the family. I: Amiel S, Health I (eds). Family violence in primary care. Oxford: Oxford University Press, 2003, pp. 3–25.

Solli HM. Rettferdighet og objektivitet i trygdemedisinske uførhetsvurderinger: en etisk og vitenskapsfilosofisk analyse av tre uførhetsmodeller i et historisk perspektiv (Fairness and objectivity in medical judgments related to disability cases: an ethical and scientific-philosophical analysis of three models of incapacitation in a historical perspective). Publication Series of The Norwegian Medical Society 2007; 4(3).

Sollid CP, Wisborg K, Hjort J, Secher NJ. Eating disorder that was diagnosed before pregnancy and pregnancy outcome. Am J Obst Gynecol 2004; 190: 206–10.

Sorrells SF, Sapolsky RM. An inflammatory review of glucocorticoid actions in the CNS. Brain Behav Immun 2007; 21: 259–72.

Spataro J, Mullen PE, Burgess PM, Wells DL, Moss SA. Impact of child sexual abuse on mental health: prospective study in males and females. Br J Psychiatry 2004; 184: 416–21.

Spiegel D, Sephton SE. Psychoneuroimmune and endocrine pathways in cancer: effects of stress and support. Sem Clin Neuropsychiatry 2001; 6: 252–65.

Stark E, Flitcraft A, Frazier W. Medicine and patriarchal violence: the social construction of a "private" event. Int J Health Serv 1979; 9: 461–93.

Steel J, Sanna L, Hammond B, Whipple J, Cross H. Psychological sequelae of childhood sexual abuse: abuse-related characteristics, coping strategies, and attributional style. Child Abuse Negl 2004; 28: 785–801.

Stein MB, Barrett-Connor E. Sexual assault and physical health: findings from a population-based study of elder adults. Psychosom Med 2000; 62: 838–43.

Stenius F, Theorell T, Lilja G, Scheynius A, Alm J, Lindblad F. Comparisons between salivatory cortisol levels in six-month-olds and their parents. Psychoneuroendocrinology 2008; 33: 352–9.

Steptoe A, Hamer M, Chida Y. The effects of acute psychosocial stress on circulating inflammatory factors in humans: a review and meta-analysis. Brain Behav Immun 2007; 21: 901–12.

Stewart DE. Incidence of postpartum abuse in women with a history of abuse during pregnancy. Can Med Assoc J 1994; 151: 1601–4.

Stoltz J-AM, Shannon K, Kerr T, Zhang R, Montaner JS, Wood E. Associations between childhood maltreatment and sex work in a cohort of drug-using youth. Soc Sci Med 2007; 65: 1214–21.

Stormorken H, Brosstad F. Hyppig vannlating – viktig diagnostisk markør ved fibromyalgi. Tidsskr Nor Lægeforen 2005; 125: 17–9.

Stowe ZN, Newport DJ. The management of bipolar disorder during pregnancy. Medscape Psychiatry Ment Health 2007. http://www.medscape.com/viewarticle/565128_print.

Summerfield D. The invention of post-traumatic stress disorder and the usefulness of a psychiatric category. BMJ 2001; 322: 95–8.

Surtees PG, Wainwright NWJ. The shackles of misfortune: social adversity assessment and representation in a chronic-disease epidemiological setting. Soc Sci Med 2007; 64: 95–111.

Svenaeus F. The hermeneutics of medicine and the phenomenology of health: steps towards a philosophy of medical practice. Dordrecht: Kluwer Academic Publishers, 2000.

Swahn MH, Simon TR, Hertz MF, Arias I, Bossarte RM, Ross JG, et al. Linking dating violence, peer violence, and suicidal behaviors among high-risk youth. Am J Prev Med 2008; 34: 30–8.

Swahn MH, Whitaker DJ, Pippen CB, Leeb RT, Teplin LA, Abram KM, et al. Concordance between self-reported maltreatment and court records of abuse or neglect among high-risk youths. Am J Publ Health 2006; 96: 1849–53.

Swanston HY, Plunkett AM, O'Toole BI, Shrimpton S, Parkinson PN, Oates RK. Nine years after child sexual abuse. Child Abuse Negl 2003; 27: 967–84.

Swiss S, Giller JE. Rape as a crime of war: a medical perspective. JAMA 1993; 270: 612–5.

Szasz T. The psychiatric protection order for the "battered mental patient." BMJ 2003; 327: 1449–51.

Taft A, Broom DH, Legge D. General practitioner management of intimate partner abuse and the whole family: qualitative study. BMJ 2004; 328: 618.

Talge NM, Neal C, Glover V. Antenatal maternal stress and long-term effects on child neurodevelopment: how and why? J Child Psychol Psychiatry 2007; 48: 245–61.

Tanaka M, Jaamaa G, Kaiser M, Hills E, Soim A, Zhu M, et al. Racial disparity in hypertensive disorders of pregnancy in New York State: a 10-year longitudinal population-based study. Am J Public Health 2007; 97: 163–70.

Taylor A, Glover V, Marks M, Kammerer M. Diurnal patterns of cortisol output in postnatal depression. Psychneuroendocrinology 2009; 34: 1184–8.

Taylor C. The politics of recognition. I: Gutman A (ed). Multiculturalism. New York: Princeton University Press, 1994, pp. 25–73.

Taylor ML, Trotter DR, Csuka ME. The prevalence of sexual abuse in women with fibromyalgia. Arthritis Rheum 1995; 38: 229–34.

Taylor RR, Jason LA. Chronic fatigue, abuse-related traumatization, and psychiatric disorders in a community-based sample. Soc Sci Med 2002; 55: 247–56.

Taylor TR, Williams CD, Makambi KH, Mouton C, Harrell JP, Cozier Y, et al. Racial discrimination and breast cancer incidence in US Black women. Am J Epidemiol 2007; 166: 46–54.

Thompson HS, Littles M, Jacob S, Coker C. Posttreatment breast cancer surveillance and follow-up care experiences of breast cancer survivors of African descent. Cancer Nurs 2006; 29: 478–87.

Thompson KM, Crosby RD, Wonderlich SA, Mitchell JE, Redlin J, Demuth G, et al. Psychopathology and sexual trauma in childhood and adulthood. J Traum Stress 2003; 16: 35–8.

Thornquist E. Kroppslig erfaring, språk og tenkning. Fysioterapeuten 1998a; 65: 8–12.

Thornquist E. Klinikk, kommunikasjon, informasjon. Oslo: Ad Notam Gyldendal, 1998b.

Thornquist E. Vitenskapsfilosofi og vitenskapsteori for helsefag. Bergen: Fagbokforlaget, 2003.

Thrane LE, Hoyt DR, Whitbeck LB, Yoder KA. Impact of family abuse on running away, deviance, and street victimization among homeless rural and urban youth. Child Abuse Negl 2006; 30: 1117–28.

Ticher A, Haus E, Ron IG, Sacket-Lundeen L, Ashkenazi IE. The pattern of hormonal circadian time structure (acrophase) as an assessor of breast-cancer risk. Int J Cancer 1996; 65: 591–3.

Toh S, Mitchell AA, Louik C, Werler MM, Chambers CD, Hernán-dez-Dias S. Selective serotonin reuptake inhibitor use and risk of gestational hypertension. Am J Psychiatry 2009; 166: 320–8.

Toombs KS. The meaning of illness: a phenomenological account of the different perspectives of physician and patient. Dordrecht: Kluwer Academic Publishers, 1992.

Turan OM, Turan S, Funai EF, Buhimschi IA, Copel JA, Buhimschi CS. Fetal adrenalin gland volume: a novel method to identify women at risk for impending preterm birth. Obstet Gynecol 2007; 109: 855–62.

Turner HA, Finkelhor D, Ormrod R. The effect of lifetime victimization on the mental health of children and adolescents. Soc Sci Med 2006; 62: 13–27.

Ulvestad E. Defending life: the nature of host-parasite relations. Dordrecht: Springer, 2007.

Ulvestad E. Chronic fatigue syndrome defies the mind-body-schism of medicine: new perspectives on a multiple realisable developmental disorder. Med Health Care Philos 2008; 11: 285–92.

van den Bergh BRH, Marcoen A. High antenatal maternal anxiety is related to ADHD symptoms, externalizing problems, and anxiety in 8- and 9-year-olds. Child Dev 2004; 75: 1085–97.

van den Bergh BRH, Mulder EJH, Mennes M, Glover V. Antenatal maternal anxiety and stress and the neurobehavioural developments of the fetus and child: links and possible mechanisms. A review. Neurosci Biobehav Rev 2005; 29: 237–58.

van der Hart O, Horst R. The dissociation theory of Pierre Janet. J Traum Stress 1989; 2: 399–411.

van der Kolk BA, Brown P, van der Hart O. Pierre Janet on post-traumatic stress. J Traum Stress 1989; 2: 365–77.

van der Kolk BA, Fisler R. Dissociation and the fragmentary nature of traumatic memories: overview and exploratory study. J Traum Stress 1995; 4: 505–25.

van der Kolk BA, Herron N, Hostetler A. The history of trauma in psychiatry. Psychiatr Clin North Am 1994; 17: 588–600.

van der Kolk BA, van der Hart O. Pierre Janet and the breakdown of adaptation in psychological trauma. Am J Psychiatry 1989; 146: 1530–40.

van Halteren HK, Bongaerts GPA, Wagener DJT. Cancer and psychosocial distress: frequent companions. Lancet 2004; 364: 824–5.

van Manen M. Researching lived experience: human science for an action sensitive pedagogy. Albany: State University of New York Press, 1990.

Velicer CM, Heckbert SR, Lampe JW, Potter JD, Robertson CA, Taplin SH. Antibiotic use in relation to the risk of breast cancer. JAMA 2004; 291: 827–35.

Vermetten E, Schmahl C, Southwick SM, Bremner JD. Positron tomographic emission study of olfactory recall in veterans with or without combat-related posttraumatic stress disorder. Psychopharmacology Bull 2007; 40: 8–30.

Vetlesen AJ. Det er ofrene som skammer seg: et essay om ondskap og skam. I: Wyller T. Skam: perspektiver på skam, ære og skamløshet i det moderne. Bergen: Fagbokforlaget, 2001, pp. 103–40.

Vetlesen AJ. Smerte. Oslo: Dinamo Forlag, 2004.

Villeneuve PJ, Holowaty EJ, Brisson J, Xie L, Ugnat A-M, Latulippe L, et al. Mortality among Canadian women with cosmetic breast implants. Am J Epidemiol 2006; 164: 334–41.

Walrath C, Ybarra M, Holden EW, Liao Q, Santiago R, Leaf P. Children with reported histories of sexual abuse: utilizing multiple perspectives to understand clinical and psychosocial profiles. Child Abuse Negl 2003; 27: 509–42.

Walsh KE, Berman JR, Berman LA, Vierregger K. Safety and efficacy of topical nitroglycerin for treatment of vulvar pain in women with vulvodynia: a pilot study. J Gend Specif Med 2002; 5: 21–7.

Webb RT, Pickles AR, Appleby L, Mortensen PB, Abel KM. Death by unnatural causes during childhood and early adulthood in offspring of psychiatric inpatients. Arch Gen Psychiatry 2007; 64: 345–52.

Weir PT, Harlan GA, Nkoy FL, Jones SS, Hegman KT, Gren LH, et al. The incidence of fibromyalgia and its associated comorbidities: a population-based retrospective cohort study based on International Classification of Diseases, 9th revision codes. J Clin Rheumatol 2006; 12: 124–8.

Weissbecker I, Floyd A, Dedert E, Salmon P, Sephton S. Childhood trauma and diurnal cortisol disruption in fibromyalgia syndrome. Psychoneuroendocrinology 2006; 31: 312–24.

Westdahl C, Milan S, Magriples U, Kershaw TS, Rising SS, Ickovics JR. Social support and social conflict as predictors of prenatal depression. Obstet Gynecol 2007; 110: 134–40.

Whitaker RC, Phillips SM, Orzol SM, Burdette HL. The association between maltreatment and obesity among preschool children. Child Abuse Negl 2007; 31: 1187–99.

White HR, Chen PH. Problem drinking and intimate partner violence. J Stud Alcohol 2002; 63: 205–14.

Whitehead WE, Palsson O, Jones KR. Systematic review of the comorbidity of irritable bowel syndrome with other disorders: what are the causes and implications? Gastroenterology 2002; 122: 1140–56.

Whitfield CL, Dube SR, Felitti VJ, Anda RF. Adverse childhood experiences and hallucinations. Child Abuse Negl 2005; 29: 797–810.

Whiting P, Bagnall A-M, Sowden AJ, Cornell JE, Mulrow CD, Ramirez G. Interventions for the treatment and management of chronic fatigue syndrome: a systematic review. JAMA 2001; 286: 1360–8.

Whitlock J, Knox KL The relationship between self-injurious behavior and suicide in a young adult population. Arch Pediatr Adolesc Med 2007; 161: 634–40.

Whittington CJ, Kendall T, Fonagy P, Cottrell D, Cotgrove A, Boddington E. Selective serotonin reuptake inhibitors in childhood depression: systematic review of published versus unpublished data. Lancet 2004; 363: 1341–5.

Widom CS, Czaja SJ, Dutton MA. Childhood victimization and lifetime revictimization. Child Abuse Negl 2008; 32: 785–96.

Wijma B, Schei B, Swahnberg K, Hilden M, Offerdal K, Pikarinen U, et al. Emotional, physical, and sexual abuse in patients visiting gynaecological clinics: a Nordic cross-sectional study. Lancet 2003; 361: 2107–13.

Williamson DF, Thompson TJ, Anda RF, Dietz WH, Felitti VJ. Adult body weight, obesity, and self-reported abuse in childhood. Int J Obesity 2002; 26: 1075–82.

Wilson HW, Widom CS. Sexually transmitted diseases among adults who had been abused and neglected as children: a 30-year prospective study. AJPH 2009; 99: 197–203.

Winfield JB. Fibromyalgia and related Central Sensitivity Syndromes: twenty-five years of progress [editorial]. Semin Arthritis Rheum 2007; 36: 335–8.

Wisborg K, Barklin A, Hedegaard M, Henriksen TB. Psychological stress during pregnancy and stillbirth: prospective study. BJOG 2008; 115: 882–5.

Wise LA, Zierler S, Krieger N, Harlow BL. Adult onset of major depressive disorder in relation to early life violent victimisation: a case-control study. Lancet 2001; 358: 881–7.

Wisner KL, Chambers C, Sit DKY. Postpartum depression: a major public health problem. JAMA 2006; 296: 2616–8.

Wisner KL, Sit DKY, Hanusa BH, Moses-Kolko EL, Bogen DL, Hunker DF, et al. Major depression and antidepressant treatment: impact on pregnancy and neonatal outcomes. Am J Psychiatry 2009; 166: 557–66.

Witek-Janusek L, Albuquerque K, Chroniak KR, Chroniak C, Durazo-Arvizu R, Mathews HL. Effect of mindfulness based stress reduction on immune function, quality of life and coping in women newly diagnosed with early stage breast cancer. Brain Behav Immun 2008; 22: 969–81.

Wolf JM, Miller GE, Chen E. Parent psychological states predict changes in inflammatory markers in children with asthma and healthy children. Brain Behav Immun 2008; 22: 433–41.

Wukasch RN. The impact of a history of rape and incest on the post-hysterectomy experience. Health Care Women Internat 1996; 17: 47–55.

Wyman PA, Moynihan J, Eberly S, Cox C, Cross W, Jin X, et al. Association of family stress with natural killer cell activity and the frequency of illness in children. Arch Pediatr Adolesc Med 2007; 161: 228–34.

Yorker BC. Munchausen syndrome by proxy as a form of family violence. Fam Viol Sex Assault Bull 1994; 10: 34–9.

Young K. Presence in the flesh: the body in medicine. Cambridge, MA: Harvard University Press, 1997.

Young SYN, Hansen CH, Gibson RL, Ryan MAK. Risky alcohol use, age at onset of drinking, and adverse childhood experiences in young men entering the US Marine Corps. Arch Pediatr Adolesc Med 2006; 160: 1207–14.

Ystgaard M, Reinholdt NP, Husby J, Mehlum L. Villet egenskade blant ungdom. Tidsskr Nor Lægeforen 2003; 123: 2241–5.

Yunus MB. Fibromyalgia and overlapping disorders: the unifying concept of Central Sensitivity Syndromes. Semin Arthritis Rheum 2007; 36: 339–56.

Zaner RM. Ethics and the clinical encounter. Lima, OH: Academic Renewal Press, 2003.

Zeskind PS, Stephens LE. Maternal selective serotonin reuptake inhibitor use during pregnancy and newborn behavior. Pediatrics 2004; 113: 368–75.

Zolotor AJ, Theodore AD, Coyne-Beasley T, Runyan DK. Intimate partner violence and child maltreatment: overlapping risk. Treat Crisis Interv 2007; 7: 305–21.

Zondervan KT, Yudkin PL, Vessey MP, Jenkinson CP, Dawes MG, Barlow DH, et al. The community prevalence of chronic pelvic pain in women and associated illness behaviour. Br J Gen Pract 2001; 51: 541–7.

Index

51 B-dul Coposu
ap. 48, Bucharest
RO-030604, Romania
Tel. (004) 0733046689
Fax. (004) 0318166779
www.zetabooks.com
orders@zetabooks.com

Tiparul executat la *Graficprint Industries*
www.graficprint.eu
e-mail: comenzi@graficprint.eu